견훤이 쓴
농암천하지대본

籠巖天下之大本

________________________ 님께

항상 행복한 나날이시길 바라며
제 마음을 담아 드립니다.

________________________ 드림

견훤이 쓴 농암천하지대본(籠巖天下之大本)

김병중 이상규 김태희 지음

초판 인쇄 2025년 12월 05일
초판 발행 2025년 12월 10일

지은이 김병중 외
펴낸이 신현운
펴낸곳 연인M&B
기 획 여인화
디자인 이희정
마케팅 박한동
홍 보 정연순
등 록 2000년 3월 7일 제2-3037호
주 소 05056 서울특별시 광진구 자양로 73(자양동 628-25) 동원빌딩 5층 601호
전 화 (02)455-3987 팩스 02)3437-5975
홈주소 www.yeoninmb.co.kr
이메일 yeonin7@hanmail.net

값 90,000원

ⓒ 김병중 외 2025 Printed in Korea

ISBN 978-89-6253-613-3 03810

연인M&B

籠巖天下之大本

농암국교 백주년 기념

김병중 이상규 김태희 지음

견훤이 쓴 농암천하지대본

서쪽(西) 땅(土)으로 가서 궁전(瓦)을 지은 견(甄)훤의 뿌리를 찾기 위해 쫓아다닌 3여 년, 천마를 타고 지상에 내려온 장수의 피를 받아 농바우가 쪼개지며 태어난 장한을 만날 수 있었다. 마고할미통시바우와 갓바우의 품에서 호연지기를 키우고, 말바우에서 용마를 얻어, 천마산에다 견훤산성을 쌓은 후 농바우 지나 왕재를 넘어 장도에 오르며 성(姓)까지 바꾼다. 견훤은 성을 갈고 아버지 바꾸는 것을 넘어 새로이 나라를 바꾸겠다는 결의로 출정해 마침내 선택받은 땅, 완산주에서 후백제를 세운다.

천 년을 살 것처럼 나라를 사랑하고 하루를 살 것처럼 백성을 사랑한 견훤, 그가 지나는 곳마다 설화가 남고 머무는 곳마다 산성이 생기는 것은 다 하늘이 내린 일이 아니겠는가. 무수한 왕들은 한 나라 한 왕좌에 목을 맸어도 견훤은 피를 흘리지 않기 위해 자신이 세운 나라를 자신의 손으로 거두고 머리를 농암으로 둔 채 하늘로 돌아간 그를 대왕이 아닌 천왕으로 부를 수 있으리라.

유년에는 고향 하늘의 별을 따려고 손을 뻗었지만, 이제는 농암인들의 손에 손을 잡으며 이 책을 묶는다. 농암국교 백 년 교육은 향후 천 년 역사를 써 가는 동력이므로 그 소산을 발굴하여 1성(城) 2동천(洞天)의 역사로 재정리한다. 청화산, 조항산, 도장산, 연엽산, 둔덕산, 천마산, 칠봉산이 있어도 우릴 키워 준 것은 팔할이 바로 불굴의 견훤 정신이다.

고향이 어릴 때는 교육의 일부지만 어른이 되어서는 추억의 학교다. 그 학교에는 출석부가 없어도 가슴에 이름표는 있고, 이름을 불러 주지 않아도 함께 모이는 운동장이 있다. 만나면 운동회같이 즐거운 축제의 시간이 소중한 역사의 한 페이지가 되는, 여기 농암국교 백 년의 상아탑을 쌓은 편린들이 한 권의 책이 된다. 농암은 가치 있는 커다란 책이자 우리들은 작은 학교가 되어 시대를 초월한 고전의 명작이 되리라.

가장 멋진 농암의 노래는 우리가 쌓아 온 역사의 성에서 만들어진다. 성은 감옥이 될 수 있으나 그 감옥이 있어 비로소 진정한 하나의 울이 되는 가치를 알게 한다. 이럴진대 어찌 고향을 사랑하지 않으랴. 농암 역사를 담아 내면서 이제 우리는 견훤을 다시 말할 수 있다. 농암은 견훤이 탄생한 고을, 고을의 천하지대본은 견훤이라고. 그리고 다시는 국호를 바꾸지 않고 견훤대왕이 원했던 동서가 하나 되는 위대한 대한민국을 건설하겠다고.

2025년 10월, 눈부신 날에
편찬위원장 김병중 큰절

한 권의 책을 낸다는 것, 그것도 살아 있는 백 년이 아닌 지나온 천 년을 묶어 내려면 수많은 역사 자료 수집과 철저한 고증이 필요하다. 그래서 각종 서적과 고지도, 현지답사와 생존자의 구술, 지명유래와 전설과 풍수지리 등 다양하고 많은 것을 참고하였다. 그렇다고 그것이 완결성을 갖는다고 주장할 수는 없다. 먼 과거로 거슬러 올라가 특정 사실을 정확히 밝혀 쓴다는 건 매우 어렵기 때문이다. 다만 최선을 다했고 확보된 기본 자료를 중심으로 충실하게 정리해 나가면서 일부 확인되지 않는 부분은 전후 맥락과 인과관계 등을 감안해 스토리텔링을 한 것도 있음을 밝힌다.

이 책은 개인의 평전이나 특정 분야에 국한된 내용이 아닌 후삼국의 영웅인 견훤대왕의 미흡하고 왜곡된 역사를 발굴하고 농암국교 100주년 기념을 위해 그간 잘 드러나지 않았던 농암 정신과 그 뿌리를 찾고자 했으니 결과에 비해 시간이 많이 소요되었다. 하지만 나뭇가지에 달린 결실이 모두 굵고 튼실할 수는 없으나 특별히 더 웅글고 단 열매도 딸 수 있었는데, 그것이 노력의 대가가 아닐까 생각한다. 견훤의 탄생에 대해 천마설화가 있음에도 지렁이 설화가 인정되고, 견훤 아버지인 아자개가 있음에도 지렁이가 아버지라는 것은 이해가 안 된다.

긴 세월을 한 권의 책으로 묶다 보니 농암 고을의 역사와 문화와 교육 등은 인위적인 경계 획정만으로는 구분되지 않음을 확인하게 되었다. 농암장이 서고 농암국교와 청암중이 생긴다고 농암 주민만의 고을이 아니라 화북과 황령, 은척과 사현, 가은과 삼송 등의 사람이 오고 문화까지 오게 된 것이다. 그 중심에 견훤이 있고, 천마산이 있으며, 설화 속의 농바우 개바우 말바우 마고할미통시바우와 대정공원과 농암장터가 있다. 지금은 농암이 아니지만 민지리의 섬안과 더대, 청천면의 삼송리는 농암이었으므로 이 책에 수록하였다. 그리고 인물 열전에서는 국민들의 귀감이 되는 인물을 대상으로 선정하였다. 더 훌륭한 인물들이 많으나 짧은 시간에 모두 발굴 수록하지 못한 게 아쉬움으로 남는다.

　지나온 역사는 변하지 않지만 그 평가는 변한다. 영세토록 변하지 않는 농암의 역사를 밝히기 위해 근거가 된 책과 지도는 다음과 같다. 「청조향람」, 「문경의 누대정재각」, 「문경학총서」, 「파리장서비기념시집」, 「조선의 의(義) 문경에서 일어나다」, 「문경문화재대관」, 「문경의 문화유산」, 「문경현지」, 「문경지」, 「상주군지」, 「괴산군지」, 「문경의 금석문」, 「견훤설화집」, 「민족문화대백과사전」, 「승평지」, 「윤하정지」, 「대정지」, 「백치자연보」 등과 견훤산성과 견훤궁기 등이 표기된 「영남지도」, 「해동지도」, 「조선지도」, 「광여도」 등이다. 이외에도 견훤이 이곳에서 태어나 15세까지 살며 사용했던 말을 발굴(농암사랑 카페에서 5년간 모음), 수천 여 어휘를 「견훤말」이라는 이름으로 정리·수록하였음을 밝힌다.

편찬위원장

농암찬가^(籠巖讚歌)

김병중

강 하나만 있어도 좋은데
쌍용수와 궁기천
심원의 쌍용과 궁터 왕궁의 소국
그곳 백 년은 평화의 천 년이 아니던가

전설의 바우 하나만 있어도 좋은데
농바우와 말바우
농바우에 견훤과 말바우에 명마가 나니
어찌 대국 하나 세우지 않겠는가

동천 하나만 있어도 좋은데
우복동천과 도덕동천
소의 배 안처럼 편해 도덕으로 사는 골짝
그곳 사람들은 나이를 잊고 살더라

신석호^(申石虎) 중에 하나만 있어도 좋은데
마고할미통시바우와 손녀마고통시바우
둘이 손잡고 있는 고모령을 넘어서 가면
한양 올라가 장원급제 소식 빨리 전하더라

청화산 표석　　　　　　　　문도 유경 뭉우리 표지석　　　　　　예향농암 뭉우리 표지석

용유동 소 한마리만 있어도 좋은데
삼화(三花) 연엽(蓮葉)과 종곡(鍾谷)의 우복(牛伏)
흰 소 타고 구멍 없는 피리부는 초동의 심우도라
꽃벼리 지나 배너미재 넘으면 만다라가 보이네

대정숲 4백 살 노송도 몸바쳐 항일을 하는데
개바우 개와 범바우의 범이
헌걸찬 용맹과 서기로 일비충천(一飛衝天)하여
도암과 운강과 지산 의병장 출정하지 않았는가

성 하나만 있어도 성주가 되는데
천마산성과 쪽금산성
주성과 보조성을 천혜의 물길이 감돌아
산성과 하회를 따라 걸출한 인물이 나더라

가항동 골맥이 하나만 있어도 좋은데
중궁 골맥이와 가항동 골맥이
여덟 개의 꼭지돌로 앉아 있는 대왕의 힘으로
청조향리의 아들딸은 어딜 가도 견훤이더라

택리지에선 청산 하나만 있어도 복지라는데
청화산 시루봉과 조항산의 갓바우
시루에 떡을 쪄 갓바우에 절을 올리면
농암 사람 누구라도 소원을 다 이루더라

선바우 하나만 있어도 좋은데
뭉우리에 기우단과 용바우가 단비를 내려
누가 뭐지 물으면 고개 끄덕이는 고을
금자은자로 재지 않아도 못물이 넘치지 않더라

봉우리 하나만 있어도 영봉이라 하는데
북두칠성 닮아 일곱 봉의 칠봉산이 불끈 솟아
견훤과 왕건은 견원지간이 아닌
하나의 별자리가 된 견우 친구 아닐런가

문도농암^(聞道籠巖) 표지석 하나만 세워도 좋은데
뭉우리와 용유동에 예향농암이라 세우니
79인의 사가정회 선비는 덕을 권하고
견훤 후예들은 진향루 올라 호연지기 키운다

반백 년의 학교 하나만 있어도 좋은데
백 년 넘은 농암국교에 청화 궁기 선암 도장 삼송
주경야독에 형설지공의 면학으로
보아라, 농자천하가 농암천하지대본이더라.

1부 견훤의 역사 바로 쓰기

2부 고을의 유적 바로 보기

3부 잘 알려지지 않은 이야기 바로 듣기

4부 농암의 승경과 길지

5부 동네방네 농암 이야기

6부 천 년의 역사 속 인물

1부

견훤의 역사 바로 쓰기

01. 견훤의 생애

후백제 견훤대왕 초상

견훤은 신라 말기의 장수이자 후백제를 건국한 시조이다. 재위 기간은 892년~935년이며, 상주 가선현(加善縣, 가은현, 가은+농암)에서 태어나 본래 성은 이(李)씨였으나 15세 때 출정해서 스스로 견(甄)씨라 하였다 전한다. 아버지인 아자개는 상주 가선현의 농민 출신으로 뒤에 887년 사불성의 성주가 되었는데, 그가 진흥왕 후손인 원선이라는 기록도 있으나 정확히 확인되지 않는다.

견훤은 자랄수록 남달리 체모가 뛰어나고 비범했으며, 뜻을 세워 경주로 갔다가 신라 서남해안의 변방비장(邊方裨將)이 되었다. "잘 때도 창을 베고 적에 대비하였으며, 그의 용기는 항상 다른 병사들을 압도했으므로 이러한 공로를 인정받았다." 진성여왕에 이르러 나라가 더욱 혼란에 빠지고 각 지역 호족들이 지방을 점거하여 독립적인 세력을 이루는 사태에 이르자, 서쪽 지방에서 점차 세력을 키워 나가다가 892년 무진주(광주)를 점령하고 스스로 왕위에 오른다. 이때 무진주의 성주 지훤, 순천의 박영규, 인가별감 김

농바우(견훤 탄생)

말바우(견훤 용마)

총^(여수)이 그를 적극 지지하면서 북진하여 900년 완산주에 도읍을 정하고 후백제를 건국하였다.

그의 출생 및 성장 터전으로 확인되고 있는 농암의 천마산 정상에는 견훤산성이 있다. 사람들은 이 산을 백제산 혹은 성재산이라 부르기도 하고, 성의 이름도 천마산성 또는 백제산성이라 부르기도 한다.^(문경현지 영조본, 환여승람, 신증동국여지승람) 이런 연유로 다른 곳에 견훤이 쌓은 산성이 다수 있다 해도 농암에는 견훤 설화와 유적이 워낙 많고 인과관계가 맞아떨어지므로, 농암의 산성은 그 어느 지역보다도 직접적인 관련이 있는 것으로 확인된다. 견훤이 하찮것 없는 지렁이 아들이 아니라 지구상에서 실존했던 인물 중 가장 설화가 많은 영웅, 그리고 가장 성을 많이 쌓은 것을 볼 때 그는 우리나라 어떤 건국 대왕보다 숭앙받고 특출했던 인물로 추론된다.

후삼국 분쟁에서 뛰어난 전투력으로 명성을 날렸으나, 왕위 계승 다툼이 일어나 아들 신검에 의해 금산사에 유폐당했다가 탈출해 왕건에게 귀부한 뒤 936년 10월 1일 세상을 떠났다. 특정한 지역 기반이 없는 취약점이 있었으나 용맹과 지략과 외교를 통해 후삼국 중 가장 강성한 세력을 확보해 나가다가 뜻을 이루지 못하고 무너진 것이다. 아들의 반란으로 혼란을 해소하지 못한 채 결국 '자기 손으로 나라를 세웠다가 자기 손으로 멸망'시킨 세계사에서도 찾아볼 수 없는 특별한 역사 속 불멸의 대왕으로 남게 되었다.

02. 견훤과 천마(天馬)설화

견훤이 쓴 농암천하지대본

높은 하늘나라에서 온 누리, 천상천하를 도맡아 다스리는 옥황상제의 슬하에 무남독녀 외딸이 있었다. 상제는 하나밖에 없는 딸을 그야말로 금이야 옥이야 애지중지하여 길렀다. 상제 부부의 지극한 사랑을 받으며 공주는 하늘 궁전에서 고이고이 자랐다. 어느덧 공주도 꽃다운 이팔청춘 열일곱 여덟의 아리따운 처녀로 장성하였다. 언제나 화창한 하늘 나라에는 사시장춘 온갖 새가 지저귀고, 기화요초가 아름답게 피어 있었다. 공주의 가슴속에도 어느덧 인생의 봄이 찾아왔던 것이다. 그리하여 고요한 그리움이 공주의 부푼 가슴속에 조수처럼 밀려왔다.

공주는 높은 다락에서 멀고 가까운 경치를 바라보며 그곳에 펼쳐져 있는 산과 시내, 그리고 하늘나라 백성이 사는 마을과 저자를 두루두루 살펴보고 있었다. 늘 변함없는 산·시내·마을·저자…, 그것들은 너무나 꼭 한 모양으로 자리잡혀 있어서 달리 변할 줄을 모르는 것 같았다. 자연뿐만이 아니다. 이 나라의 사람은 자라는 줄도 늙을 줄도 모른다. 공주는 아버지의 나이를 모른다. 늙지도 않고 젊지도 않고…, 언제나 그대로다. 사실 공주의 탄생과 성장은 이 나라의 하나의 기적이기도 했다. 도무지 시간이라고 하는 것이 한자리

농바우 공원 원경

에 딱 머물러 서 있는 것 같은 영원한 하늘나라에서 성장하는 공주는 바로 슬픈 인간의 운명을 숙명적으로 타고났는지도 모를 일이었다.

이런 생각 저런 생각에 골몰하여 두리번거리던 공주는 바로 다락 아래에서 아까부터 곧장 자기를 향해 오는 무엇인가를 느끼고 있었다. 무심코 눈길을 다락 아래로 떨어뜨렸을 때 공주는 그만 뜨거운 어떤 시선과 마주쳤다. 젊은 사나이 하나가 언제부터인지는 몰라도 꽤 오랫동안 그렇게 서서 공주를 쳐다보고 있었다. 공주는 순간 얼굴이 빨개지고 가슴은 방앗공이 내려찧듯 두근거렸다. 두 사람은 한동안 마주 바라보았다. 열기에 찬 눈과 눈, 그 사이로 불꽃이 튈 듯이 뜨거운 마음이 말없이 오고 갔다.

청년의 이름은 〈구호〉라고 불렀다. 이날 이후 두 사람은 사람의 눈을 피하여 몰래 만났다. 아름다운 공주와 미목이 수려한 구호 청년 사이의 사랑은 날이 갈수록 점점 깊어만 갔다. 이들은 그윽하고 고요한 산길을 찾아 혹은 한적한 시냇가를 찾아 시간 가는 줄 모르고 사랑을 속삭였다. 두 사람은 새 날이 밝으면 애오라지 서로 만날 기쁜 시간만을 고대했다. 그리고 만나면 서로 헤어지는 시간을 괴로워했다. 이들은 헤어날 길 없는 인간적인 사랑의 세계로 하루하루 깊이 빠져들고 있었다. 드디어 옥황상제도 두 남녀의 심상치 않은 관계를 눈치채게 되었다. 인간적인 감정을 탐한 두 사람의 행위는 천상의 질서를 어지럽히는 용납 못할 일이었다. 옥황상제는 몹시 노하여 사랑하는 딸을 유혹한 구호를 붙잡아 들였다. 사랑하는 딸을 위해서도 그를 이 이상 천상에 둘 수는 없다고 생각하였다.

그리하여 멀리 지상의 세계로 기약 없는 귀양살이를 보내려고 하였다. 상제는 하필이면 하나밖에 없는 자기의 딸을 자기도 모르게 감쪽같이 유혹한 구호가 이루 말할 수 없이 괘씸하였다. 상제는 백 년이란 기한을 작정하고 구호에게 지상에 내려가도록 영을 내렸다. 사랑이 죄가 되어 가혹한 형벌을 받게 된 구호는 물론 구호와 이별하지 않으면 안 되게 된 공주도 마음에 심한 충격을 받지 않을 수 없었다. 하루 한 시도 서로 헤어져서는 살 수 없었던 공주와 구호가 백 년 동안을 서로 보지도 못하고 만날 수도 없게 되었다는 것은 너무도 가슴 아픈 일이 아닐 수 없었다. 공주는 며칠을 두고 고민한 끝에 부끄러움을 무릅쓰고 아버지 상제 앞에 나아가 눈물로써 하소연 했다.

"아버님, 저희들의 잘못을 인정합니다. 그러하오나 아버님 저희들의 사랑은 끝없이 깊고 더할 수 없이 깨끗합니다. 하늘과 땅에 끝날이 오는 한이 있어도 저희들의 사랑만은 결코 변치 않을 것입니다. 죄가 크다면 아버님께 미리 말씀드리지 못한 점입니다. 이것만은 깊이 사죄하옵니다. 아버님, 저희들을 너그러이 용서하여 주십시오. 만약에 결코 용서하실 수 없다면 저도 죄인이온즉 저이와 함께 지상에 귀양 보내 주십시오. 저이에게만 죄를 주신다는 것은 너무나 부당한 처사인 줄 압니다. 저는 저이를 떨어져서는 단 하루도 살 수 없을 것 같습니다. 그런데 백 년이라니 이게 웬일입니까? 백 년을 떨어져 있다니 생각만 하여도 눈앞이 캄캄해집니다. 아버님, 두 사람이 함께 갈 수가 없다면 차라리 저 사람은 놔 두고 저를 벌 주십시오."

공주의 눈물겨운 호소에 상제는 새삼 공주가 그렇게까지 구호를 생각하고 있었던가 싶었다. 그럴수록 그의 마음은 무겁게 내려앉는 느낌이었다.

"나도 너의 생각을 이해 못하는 바 아니다. 너의 지극한 정성에 나도 감동이 되었다. 그러나 하늘나라의 질서와 법도는 나 자신의 사사로운 생각으로 어쩌지 못하는 법이다. 하지만 네 딱한 정경을 전혀 모른 체할 수도 없고 상제의 딸인 너를 지상에 보낸다는 일은 도저히 생각할 수 없는 일이다. 그렇다고 죄인인 구호를 그냥 천상에 머물러 있게 할 수는 없다. 더구나 여러 사람 앞에서 상제의 이름으로 공표한 사실을 다시 취소할 수는 없다. 구호의 형기를 감해 주는 도리밖에 없는 것 같다. 너는 너무 근심하지 말고 구호가 형을 마치고 돌아올 때까지 기다리도록 해라. 너희들이 이렇게 깊이 사랑하고 있는 줄을 내 미처 몰랐구나."

상제는 두 사람을 갈라놓게 된데 대해서 뒤늦게나마 후회하였다. 그러나 원상으로 돌이키기에는 너무나 때가 늦었던 것이다. 공주는 다만 눈물을 흘릴 뿐이었다. 지금에 와서는 형기만이라도 단축된 것을 다행으로 여겨야 했다. 그리고 아버지 상제의 너그러운 처사가 새삼 고맙기 그지 없었다. 마침내 구호가 하계^(下界)로 떠나야 할 날이 왔다. 공주는 다만 슬퍼하고 눈물을 흘리고 있을 때가 아님을 깨닫고, 멀리 떠나는 임을 위해 무엇인가 도움이 될 만한 것이 없을까 하고 궁리를 하였다. 생각한 끝에 공주는 하늘 보고^(寶庫)를 몰래 열고 들어갔다. 눈부신 여러 가지 보배들이 가지런히 쌓여 보관되어 있었다.

　공주는 그 가운데서도 가장 빛나고 아름다운 보배 상자 두 개를 꺼내어 품에 품고 나왔다. 공주는 보배 상자 두 개에 백마 한 필을 딸려서 구호에게 선사했다.
　"이것들은 변변치 않으나마 제가 드리는 마음의 선물입니다. 받아 주셔요. 먼 길 몸조심하시고 부디 빨리 다녀오셔요. 저는 당신이 돌아오실 날만을 기다리고 있겠어요."
　더 이상은 목이 메어 말을 이을 수가 없었다. 구호도 사랑하는 공주와의 이별이 더할 수 없이 안타까웠다. 공주와 오래 떨어져 있어야 하는 고통에 비하면 차라리 자기 한 몸이 귀양 가서 고생하는 것 쯤은 아무것도 아니었다.
　"공주님, 저 때문에 너무 심려는 마십시오. 과분한 선물은 감사합니다. 제가 돌아올 때까지 부디 몸조심하시고 평안히 계시기 바랍니다. 다녀오겠습니다."
　구호도 목이 메어 더 이상 말을 할 수 없었다. 옷소매로 눈물을 닦으며 한없이 슬퍼하며 전송하는 공주를 뒤에 남기고 구호는 차마 떨어지지 않는 무거운 발걸음을 떼어 유배의 길에 올라 하계로 내려왔다.

　보는 것, 듣는 것, 모두가 하나같이 생소한 지상의 세계는 구호를 더없이 고독하게 했다. 어디라 마음 부칠 데가 없었다. 구호는 정처없이 사면 팔방을 유리 방황하였다. 그러던 끝에 그의 발길은 어느덧 산 높고 물 맑은 한 곳에 이르게 되었다. 바로 문경^(지금 경상북도 문경시 농암면) 땅 천마산기슭이었다. 유달리 아름다운 산수를 앞에 하고 넋을 잃은 사람처럼 구경하던 구호는 문득 산속의 고요를 깨뜨리고 들려오는 난데없는 여인의 흐느끼는 울음소리를 들었다. 가슴을 쥐어 짜는 것 같은 애처로운 울음소리는 가늘게, 그리고 길게, 간간이 사이를 두고 들려왔다. 구호는 동정심과 호기심에 이끌려 저도 모르게 소리나는 방향으로 걸음을 옮겼다.

나무가 우거진 산등성이, 거기에 펄썩 주저앉아 머리를 풀어헤치고 구슬피 울고 있는 한 여인의 모습을 발견하였다. 세상 사람이라기에는 너무나도 고상하고 아름다운 여인 이었다. 구호는 걸음을 주춤하고 서서 황홀한 마음으로 여인을 물끄러미 바라보았다. 여인은 가까이에 사람이 나타난 것도 모르고 여전히 혼자 슬피 목이 메일만큼 흐느껴 울고 있었다. 구호는 여인에게로 한 발자국 두 발자국 가까이 다가갔다. 그리고 여인의 등에 가볍게 손을 얹고 부드러운 어조로 말을 걸었다.

"아가씨 생면부지의 사나이가 말을 거는 것을 용서하십시오. 아가씨는 아무도 없는 쓸쓸한 산속에서 어인 일로 이렇듯 슬프게 울고 계십니까? 제가 도와드릴 수 있는 일이 라면 힘을 아끼지 않겠습니다. 말씀을 해 주십시오."

난데없는 사나이의 출현에 깜짝 놀라는 듯했으나, 구호의 준수한 생김새와 점잖고 부 드러운 말에 여인은 마음이 놓이는지 옷고름으로 눈물을 닦고 입을 열었다. "저는 이 아래 산기슭에 사는 〈아비〉라는 처녀이옵니다. 어머니를 일찍 여의고 홀로 된 아버지 한 분을 모시고 가난하나마 행복하게 살아왔는데 어젯밤 난데없이 호랑이가 나타나 아버 지를 물어 갔습니다. 하늘처럼 믿고 태산 같이 의지해 온 아버지를 일조에 잃고 보니 너 무나 슬프고 억울하여 어쩔 줄을 몰라 이렇게 울고 있었던 것입니다. 자식된 도리로 아 버지의 원수를 갚아야 하겠는데 미련한 소녀는 무엇을 어떻게 해야 할지 감감하기만 합니다. 그리고 장차 누구를 의지하고 살아야 합니까?"

여인은 새삼 구슬 같은 눈물을 흘리며 슬퍼했다. 구호는 여인의 딱한 사정 이야기에 깊이 감동되었다. 그는 아비에게 호랑이의 행방을 자세하게 물었다. 그리고 아비가 가 리켜 준 방향으로 호랑이를 찾아 나섰다. 천상에서 온 구호는 이미 몸에 익힌 무술에 어 지간히 자신하는 바가 있었다. 산속을 찾아 올라간 그는 어느 숲속에서 호랑이 굴을 찾아냈다. 굴 안에서 어젯밤 아비의 아버지를 물고 간 호랑이가 웅크리고 앉아 있었다. 구호는 칼을 빼어들고 호랑이에게 달려들었다. 그는 호랑이와 맞싸워 기어코 쓰러뜨렸 다. 그러나 아비의 아버지는 이미 호랑이의 모진 발톱 아래 목숨을 잃은 뒤였다.

그는 방금 쓰러뜨린 호랑이를 어깨에 메고 죽은 아비의 아버지를 앞에 안고 그곳을 떠나 아비의 집으로 왔다. 아비는 아버지의 원수를 갚아 준 구호에게 진심으로 감사했다. 구호는 그 길로 아비를 도와 여인의 망부(亡父)를 위해 약례를 지내고 장사를 치렀다. 아비는 뜻밖에 구호를 만나 아버지의 원수를 갚았을 뿐만 아니라 아버지의 시신을 찾아 장사까지 지낼 수 있었다. 장사를 지내고 나니 아비의 마음은 한결 놓이기는 했으나 한편 앞일을 생각하면 막막하기만 했다. 그런데 일이 다 끝나자 구호는 다시 길을 떠나려고 하였다. 의지를 잃은 외로운 아비는 처녀의 부끄러움을 무릅쓰고 구호의 옷자락을 붙잡고 눈물로써 만류했다.

"장사님, 저를 버리지 마십시오. 몸은 비록 천하오나 태산 같은 은혜는 죽어 백골이 되고 티끌이 된들 잊을 수가 있겠습니까? 한평생 장사님을 모시고 당신의 손과 발이 되겠사오니 저를 버리고 가지 마십시오."

처음 한동안 굳이 사양하던 구호도 여인의 진정어린 애소에 그만 마음이 움직였다. 한편 의지할 데 없는 아비의 처지를 생각하면 인정상 도저히 뿌리치고 떠날 수 없었다. 또 일시적이나마 며칠 지나는 동안에 어느덧 두 사람 사이는 정이 들어 있었다. 구호는 그만 천상의 일을 까맣게 잊고 아비와 부부의 인연을 맺었다. 아비도 아버지를 잃은 슬픔을 잊고 구호와 함께 행복한 하루하루를 보냈다. 꿈결 같은 세월이 두 사람 사이에 흘러갔다. 그러던 어느 날 밤 아비가 꿈을 꾸었다.

큰 용 한 마리가 나타나 아비의 품으로 달려드는 것이었다. 아차! 하는 찰나에 눈을 떴다. 다음 날 아침 아비는 남편 구호에게 꿈 이야기를 들려주었다. 아내의 꿈 이야기를 듣고 그는 매우 기뻐했다.

"당신 그것 참 좋은 꿈이요, 우리 사이에 자식이 없는 것을 아시고 하늘에서 우리에게 자식을 점지하신 것이오. 두고

농바우 공원의 표지판

보시오.”

　과연 구호의 말과 같이 아비는 그달부터 태기가 있어 아이를 잉태하였다. 두 부부는 하루빨리 달이 차서 자식이 태어나기를 간절히 기다리며 하루하루를 기대 속에서 보냈다. 아이를 잉태한 지 아홉 달이 지나고 다시 만삭이 되었으나 해산의 기미가 전혀 보이지 않았다. 행여나 하고 다음 달을 기다리고 또 다음 달을 기다려 보았으나 끝내 해산이 없었다. 이들의 기쁨은 근심으로 바뀌었다.

　잉태한 열달이 훨씬 지났는데도 해산하지 않는 까닭이 무엇일까? 전세의 무슨 연고로 이런 일을 당하는 것이 아닌가? 두 사람의 마음속에는 별별 생각이 다 스치고 지나갔다. 그러나 뚜렷한 까닭을 알아낼 도리가 없었다. 구호의 마음에는 그제서야 무엇인가 집히는 구석이 있었다. 혹시 천상에서 있었던 일과 관계가 있는 것이 아닐까? 그러나 일이 이렇게 된 이상 어찌할 도리가 없었다. 그동안에도 세월은 자꾸만 흘렀다. 드디어 구호가 하계에서 보내야 했던 귀양살이의 시한이 다가왔다. 다시 천상으로 돌아갈 때가 온 것이다.

　구호에게는 다시 새 근심거리가 생겼다. 지상에 머물러 있을 기한이 다한 이 마당에 아비를 지상에 남겨 두고 혼자 천상으로 돌아가야 할지, 함께 천상으로 가도 괜찮을지, 아니면 천상 세계에 돌아가는 일을 아주 단념하고 아비와 함께 지상에 남아서 지금처럼 살 것인지, 세 갈래 길에서 그는 어떻게 해야 좋을지 알지 못했다. 지상의 여인을 천상에 데리고 올라갈 수 있을까도 걱정이 안 될 수 없었다. 진퇴양난이었다. 좋은 방도가 없었다. 생각하고 생각한 끝에 별도리가 없었던 그는 하는 수 없이 아비를 동반하고 천상세계를 향해 길을 떠났다. 나중에야 어떻게 되든 당장 애처로운 처지에 있는 아비를 그냥 버리고 떠날 수 없었던 까닭이다. 나중 일이야 그때 가서 보자는 심산이었다.

　인간 세상을 떠나 푸른 하늘 바다를 지나 천상 세계에 도착했다. 형기를 마치고 기뻐 돌아올 구호를 맞기 위해 천상에서는 벌써부터 준비가 야단스러웠다. 비록 죄인이기는 하였으나 장차 이 나라 옥황상제의 사위가 될 인물이 아닌가. 그 환영 절차는 왕자의 그것을 방불케 했다. 천악(天樂)이 울려 퍼지는 가운데 구호를 태운 백마가 구름 바다를 헤치고 천성(天城)의 안뜰로 서서히 들어왔다. 공주는 이날을 위해 오랜 세월을 가슴 조이며, 괴로운 하루하루를 마치 천 날과 같이 보냈던 것이다. 기다리기에 지쳐 이제는 거의 골수에까지 병이 들 지경이었다. 아버지 옥황상제도 딸의 심중을 이해하고 그녀의 처지를 가엾이 생각하고 있었던 터이므로 구호가 귀양살이를 마치고 돌아오는 즉시 결혼식을 올려서 두 사람의 한을 풀어 줄 생각으로 있었다.

그러나 이게 웬일인가? 천성문을 열고 들어선 구호는 혼자만이 아니었다. 구호의 바로 뒤를 따라 지상의 여인이 들어오고 있는 것이 아닌가! 이것을 보는 순간 공주의 눈앞은 캄캄해졌다. 피가 거꾸로 흐르는 것 같은 노여움이 솟구쳤다. 그 오랜 세월의 괴로운 기다림이 이렇듯 뻔뻔스런 배신으로 보상될 줄은 천만뜻밖이었다. 공주는 자기 눈을 의심하고 몇 번이고 눈을 씻고 보았으나 틀림없었다. 분명 구호의 뒤에는 여인의 그림자가 따르고 있는 것이 보였다. 공주는 기대가 무너지는 것과 동시에 스스로를 지탱할 힘조차 잃은 듯 그 자리에 정신을 잃고 쓰러지고 말았다. 옥황상제의 노여움 또한 말할 수 없었다. 딸의 비통도 비통이려니와 구호의 뻔뻔스러운 태도는 도저히 용납할 수 없었다.

"이런 괘씸한 놈 같으니? 그까짓 티끌이나 다름없는 지상의 여자 때문에 내 딸을 배신하다니!… 또 감히 여기가 어디라고 그 더러운 지상의 여자를 끌어들이고 있담! 괘씸하고도 더러운지고!"

상제는 화가 머리끝까지 치밀어 견딜 수가 없었다. 그는 구호에게 가장 엄한 형벌을 내리기로 하였다. 다시는 천상에 들어올 기회를 그에게 주어서는 안 되었다. 그리고 죽어 썩어 문들어질 지상의 여인과 함께 영원히 그곳에서 헤어나지 못하게 하였다. 구호와 지상의 여인을 추방하기 위해 말이 준비되었다. 구호와 아비에게는 한마디 변명의 말도 허락되지 않았다. 그들은 마침내 한 필의 말에 실려 천성문 밖으로 쫓겨났다.

예전에 탔던 백마와는 달리 이번에 탄 말은 하늘 바다를 헤엄쳐 가지 못하고 그만 하늘에서 곧바로 지상으로 떨어져 내려갔다. 말은 땅에 떨어져서 말 모양의 산이 되었다. 이것이 〈천마산(天馬山, 백마산)〉이다. 구호와 아비도 아차! 하는 사이에 말 잔등에서 떨어져 뿔뿔이 땅에 떨어졌다. 이들은 천마산 동쪽에 떨어져 두 개의 바위가 되었다. 그 형상이 장롱 모양을 하고 있다고 하여 〈농암(籠岩)〉이라고 불렀다. 구호와 아비는 바위가 되어 영원히 지상의 존재가 되어 버렸다. 이제는 서로 바위가 되어 말없이 바라보고 있을 뿐 그들의 사랑도 바위처럼 굳어 버렸던 것이다.

세월이 흐르고 또 흘러 오래된 어떤 날, 한쪽 바위, 그 옛날 아비가 변해서 된 농바우 하나가 반으로 갈라지며 그 안에서 한 장사가 나타났다. 한 손에는 칼을 쥐고 또 한 손에는 활을 잡고, 보기에도 씩씩한 사내 대장부였다. 끝내 해산을 못 본 아비는 바위가 되고 난 지금에사 해산하게 되었던 것이다. 농암에서 태어난 장사가 바로 후백제를 창건한 견훤이었다.

그는 이곳 천마산에서 활 쏘는 법과 칼 쓰는 법을 익히며 이곳에 성을 쌓았다. 그러나 그에게는 아직 타고 다닐 좋은 말이 없었다. 어느 날 농암 앞을 지나다 보니 그 앞에 말 세 필이 나와 풀을 뜯어먹고 있었다. 견훤을 보자 달음박질쳐 도망가는데 빠르고 날쌔기가 보통 말이 아니었다. 천하의 준마가 분명했다. 그러나 이 말들을 잡을 도리가 없었다. 궁리한 끝에 그는 묘한 계교를 생각해 냈다. 그럴듯한 허수아비를 만들어 바위 앞 풀밭에 세워 두었다. 말은 처음 한동안 허수아비를 사람으로 알고 가까이 오지 않았다. 그러나 날이 지나면서 허수아비를 심상하게 생각하고 가까이 와서 풀을 뜯어먹게 되었다. 허수아비 곁에 와서 몸을 비비기까지 하게 되었다. 어느 날 견훤은 허수아비를 치우고 자기가 허수아비 대신 가장하고 그 자리에 서 있었다. 말은 여느 날과 다름없이 허수아비로 알고 견훤이 서 있는 자리에 와서 풀을 뜯어먹고 있었다.

기회를 노리고 있던 견훤은 그중 가장 기운 세고 날쌘 말을 하나 골라잡았다. 견훤은 기뻐하며 말 등에 올라 타고 달려 보았다. 생각했던 대로 말은 날쌔기가 이루 말할 수 없었다. 그러나 그는 그 정도로는 성이 차지 않았다. 좀 더 날쌔고 빨라야 한다고 생각했다. 하루는 말에게 말했다.

"내 너의 달리는 속도를 시험하리라. 내가 화살을 쏠 터이니 그보다 더 빠르게 달려라. 그렇게만 한다면 너를 더욱 애지중지할 것이로되, 만약 화살보다 뒤떨어질 때는 용서없이 너의 목을 칼로 치리라."

이렇게 다짐을 하자 말은 뒷발을 구르며 힘차게 울음을 울었다. 자신이 있다는 태도다.

"그럼, 좋다."

견훤은 말 등에 올라탔다. 그리고 활을 당겨 과녁을 겨누고 쏘았다. 쏘는 것과 동시에 말은 껑충 뛰어올랐다. 그야말로 쏜살같이 달렸다. 목표한 지점에 왔다. 화살이 날아오는 기척이 없다. 견훤은 아마도 화살이 이미 지나가 버린 것이 아닌가 생각했다. 그는 화를 버럭 냈다. 말에서 뛰어 내리자마자 그 길로 칼을 뽑아 말의 목을 내리쳤다. 한마디 변명도 할 겨를 없이 말의 목은 땅에 굴러떨어졌다.

바로 그때였다. 씨잉! 하고 화살이 소리를 내며 날아와 과녁에 딱 꽂히는 것이 아닌가! 견훤은 아차! 하고 자기 자신의 경솔을 뉘우쳤으나 때는 이미 늦었다. 견훤이 명마를 실수로 목을 치고 난 다음 자신의 경솔함을 후회하고 한탄하며 방성대곡한다.

"時不利兮여 將次奈何오."

아까운 천하의 준마의 목은 땅에 떨어져 굴러 있다. 잠시의 감정을 참지 못한 자신의 경솔을 그는 뼈아프게 후회하지 않을 수 없었다. 말의 죽음을 깊이 애도하고 장사^(말무덤)를 지냈다. 그리고 다시 그런 말을 구하러 나섰으나 어디에서도 다시는 찾아볼 수 없었다. 견훤은 자신의 미련으로 하여 세상에서 보기 드문 천마^(天馬)를 잃은 것을 두고두고 후회하고 안타깝게 여겼다. 지금도 농암 천마산에는 옛날 견훤의 이야기와 함께 비명에 간 하늘 말의 애달픈 이야기가 전하고 있다.[1] 구호가 가지고 내려왔던 보배 상자의 행방에 대해서는 아무도 모른다. 과연 그 보배 상자 안에는 무엇이 들어 있었는지 지금껏 수수께끼로 남아 있다.

---

1) 양승운 「영남사적과 사화」, 대한지편찬실, 1956

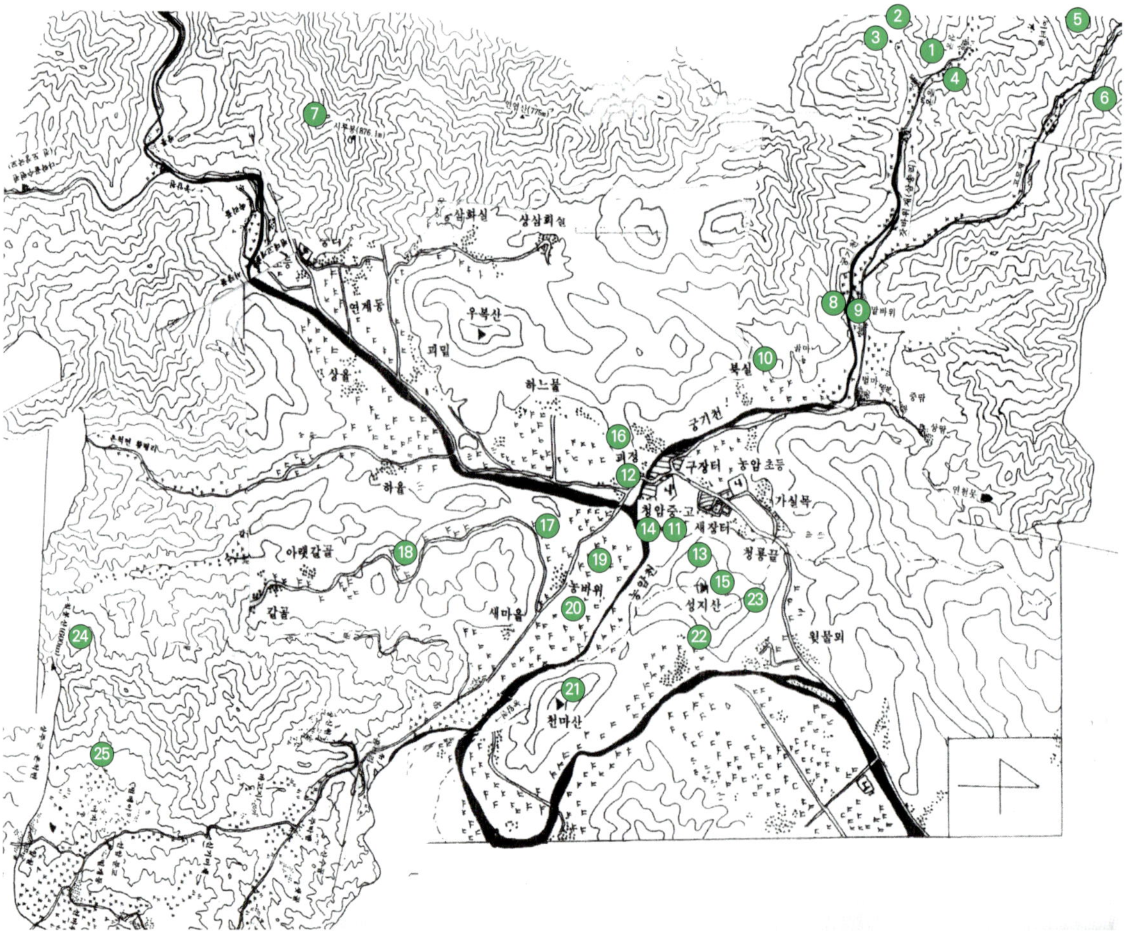

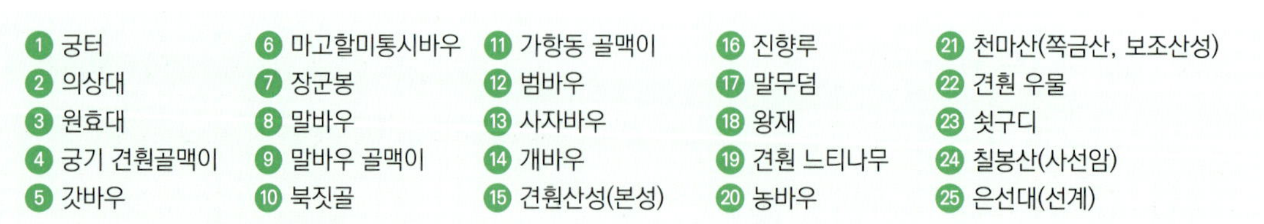

03. 견훤 유적 둘러보기

〈견훤 유적 지도〉 분포도

1. 궁터
2. 의상대
3. 원효대
4. 궁기 견훤골맥이
5. 갓바우
6. 마고할미통시바우
7. 장군봉
8. 말바우
9. 말바우 골맥이
10. 북짓골
11. 가항동 골맥이
12. 범바우
13. 사자바우
14. 개바우
15. 견훤산성(본성)
16. 진향루
17. 말무덤
18. 왕재
19. 견훤 느티나무
20. 농바우
21. 천마산(쪽금산, 보조산성)
22. 견훤 우물
23. 쇳구디
24. 칠봉산(사선암)
25. 은선대(선계)

〈농바우, 농암(籠巖)〉

갈동2리 들판 가운데에는 장롱처럼 생긴 바위가 있는데, 우리말로는 농바우, 한자로는 농암(籠巖)이라 표기한다. 이 바위는 견훤의 〈탄생 설화〉가 전래되어 오는 〈천마설화(天馬說話)〉의 유적인 셈이다. 옥황상제의 딸과 사랑을 나누다가 발각되어 지상으로 귀양 온 구호 총각이 지상의 아비 처녀와 동거하여 임신하게 되었으나 귀양 기간이 끝나 구호가 아비와 천상으로 올라갔는데, 이를 본 옥황상제가 대노하여 지상으로 두 사람을 내치게 된다. 그때 둘이 타고 온 말은 천마산이 되고, 구호와 아비가 두 개의 바위가 되었다, 그 뒤 아비의 바위가 갈라지며 태어난 사람이 바로 견훤이다. 견훤은 천상의 구호와 지상의 아비 사이에서 태어난 하늘이 내린 특별한 존재다.

고지도인 〈영남지도〉, 〈동국대지도〉, 〈해동지도〉, 〈광여도〉, 〈조선지도〉, 〈지승〉에는 가서, 가서면으로, 1786년 〈문경지도〉, 1872년 〈군현지도〉, 〈문경군방사면리도〉에서는 농암으로 표기하고 있다. 당시 농암과 갈동이라는 지명이 수백 년 동안 동시에 사용되었는데, 이 바위는 견훤 탄생을 말해 주는 바위로 〈농바우공원〉이 조성되어 있다.

농바우

〈의상대와 원효대〉

궁기리 중궁 마을에는 의상이 수도했다는 〈의상대〉, 상궁 마을에는 원효대사가 수도했다는 〈원효대〉가 있다. 이곳은 신라 때부터 중궁과 상궁 마을의 의상대와 원효대는 무술 연마와 호연지기를 기르는 견훤의 터전이 되었다. 궁터에서 청화산 능선 하나를 넘으면 신라 시대에 창건한 〈원적사〉와 〈심원사〉가 있는데, 이 절을 의상대사와 원효대사가 창건했고, 두 스님이 이곳을 오가며 수도했으니, 그 행로를 따라 견훤도 절과 수도의 명소에서 무예를 연마하였다. 18세기에 제작된 〈영남지도〉 등 여러 곳에 〈추심사(推尋寺)〉가 등장한다. 지도상 표기 위치를 보면 원효대와 의상대 사이로 이곳 부근에 적지 않은 절이 있었고, 그 절이 견훤과 무관치 않음(推尋, 모든 것이 거기 모이고, 그곳으로부터 나온다는

을 사료와 축대 등을 통해 확인하게 된다.

〈국신말(國神馬), 국선말(國仙馬), 갓바우〉

궁기리 조항산 정상의 암봉인 갓바우를 달리 부르는 말로, 국신말, 국선말, 또는 갓바우라 부른다. 국신말(國神馬)은 '하늘이 내려 준 나라를 구하는 말, 천마'라는 뜻이고, 국선말(國仙馬)은 '화랑의 우두머리가 타는 명마'로 이 바위가 내려주는 정기를 받으면 국신이나 국선이 된다는 것이며, 갓바우는 '장수가 갓을 쓴 모습'으로 보인다 하여 부쳐진 이름이다. 견훤은 천마를 타고 하늘에서 내려온 후예(천마설화)로 그가 유년 시절 조항산 갓바우 아래서 수련하며 하늘이 내려 준 용마를 말바우에서 얻었고, 천마산에 견훤산성을 쌓았으며, 왕재를 넘어 왕경으로 나아가 후백제를 건국한 영웅이 된 것이다. 이처럼 갓바우는 워낙 영험이 있는 곳이라 예전에는 무속인들이 움막을 치고 거주하기도 했던 곳이다. 영남 선비들이 고모령을 넘어 한양으로 과거시험 보러 가면서 기도를 하기도 했는데, 갓바우 능선인 고모령을 넘으면 등과비율이 새재보다 높다는 말이 전해진다.

〈장군봉〉

청화산 준령인 시루봉에서 비치재를 지나서면 장군봉이 눈앞으로 가까이 다가오고, 그 〈장군봉(646m)〉을 내려서면 쌍용계곡, 물을 건너면 도장산의 심원사에 이른다. 견훤은 무예를 닦으며 조항산에서 청화산(시루봉)과 도장산을 넘나드는 중간에 있는 장군봉을 무척 좋아했는데, 장군봉에 서면 도장산과 시루봉과 청화산의 삼산의 좋은 정기를 받게 되기 때문이었다. 사람들은 견훤이 그 산을 좋아하였다 하여 장군봉이라 불렀다.

시루봉(청화산)

장군봉(시루봉에서 본 장군봉과 도장산)

송면에서 고모령을 넘어가는 삼송3리 조항산 주릉에는 거대한 암석으로 형성된 산등성이가 있다. 이 바위는 견훤이 무술을 연마했다는 곳으로 주변으로는 낙타바위, 공기돌바위, 절개바위, 수직암벽타기 바위 등이 있는데, 이 바위들의 이름만 들어봐도 견훤의 무예 수련이 어떠했을 것이라는 상상이 된다. 이 바위가 편평하여 이평 뜰의 김진사가 벼 두 섬을 마당바위에 널어 말리며 중대봉에 앉아 돌을 던져 새를 쫓았다는 이야기가 전해지고 있으니 크기도 어느 정도인지 짐작이 가능하다.

삼송 마당바위

조항산 큰바위 얼굴

〈궁기(宮基), 궁터〉

궁기(宮基)라는 지명은 〈견훤궁기(甄萱宮基)〉의 줄임말이고, 순우리말로는 〈궁터〉이다. 〈견훤궁기〉라는 기록은 18세기 〈영남지도〉, 〈광여도〉에 정확하게 표기되어 있다. 〈해동지도〉와 1786년 〈문경지도〉, 1872년 〈군현지도〉에는 〈궁기〉라고 표기되어 있어 5곳에서 견훤궁이 있었다는 것이 입증된다. 그동안 〈고모현〉과 〈궁기〉가 병행 사용되었으며, 1914년 행정 개편 시 궁기리로 변경하였지만 〈견훤궁기〉로 완전 회복하지는 못했다. 견훤의 왕궁은 농암의 가장 서쪽 오지인 궁기리의 궁터에 자리잡고 있었는데, 그의 어머니가 살던 곳이 아차리라는 해석도 있다. 하지만 용마를 얻은 곳이나 훈련하던 장소와 성터, 말바우, 농바우, 천마산, 말무덤 등을 고려할 때 궁기리 절골(추심사 절터)이 견훤 왕궁일 가능성이 가장 높다. 특히 설화가 아닌 공적인 지도상에 견훤궁기라고 기록되고 있는 점과 추심사 관련 견훤 탄생 설화가 전하는 것을 보면 후백제왕 견훤이 이곳에서 출생하여 성장했다는 게 더욱 분명해진다. 궁터의 정확한 자리는 미확정적이나 지금도 축대 하부가 원형 그대로 남아 현재에 이르고 있는 〈절골〉로 비정된다.

궁터 왕궁이 있던 자리-절골, 추심사

절골 축대

〈말바우〉

문경시 농암면 연천리 개천가에는 말에 스친 자국이라 해서 말바우라는 붉은빛이 도는 바위가 남아 있다. 이 말바우 밑에는 물이 고여 있는 시퍼런 소가 있었는데 여기서 말 한 마리가 나와서 놀다가 사람이 곁에 가면 물속으로 쏙 들어가는 바람에 잡지 못했다고 한다. 그래서 견훤이 꾀를 내어 냇가에 허수아비를 세워 놓았다. 이 말은 허수아비를 매일 보게 되자 두려워하지 않았다고 한다. 그러자 견훤이 허수아비 뒤에 숨어 있다가 물 밖으로 나온 말을 꽉 붙잡았다.

어느 날 견훤이 말의 목덜미를 쓰다듬은 뒤 이윽고 입을 열어 말에게 일렀다. "내 장차 후백제를 세울 몸인데 장수 나자 용마나니 과연 네가 내 말이로구나. 이제 너를 시험할 터이니 활을 쏘아 네가 화살보다 빠르면 나와 일생을 같이할 것이나 만약 그렇지 못하면 네 목을 칠 것이다."라고 하자, 말이 하늘을 우러러 큰 소리로 울어 응답하자 곧 화살이 시위를 떠났고 이어 말도 번개같이 달리기 시작했다. 농바우 들판에 있는 느티나무 표적을 향해 활시위를 당김과 동시에 부리나케 말을 몰아갔다. 그런데 느티나무에는 이미 화살이 박혀 있었다. 자신의 말이 화살보다 늦었다고 생각한 견훤은 칼을 뽑아 백마의 목을 후려쳤다. 순간 쉬익 소리와 함께 화살 하나가 날아와 느티나무에 박혔다. 순간 견훤은 비명을 질렀다. 그러나 느티나무에 박혀 있던 화살은 견훤이 전날 연습할 때 쏘았던 화살이었다. 영웅은 하늘의 용마를 얻어야 등극할 수 있는데, 그는 말바우에서 하늘이 내린 천마를 잃고 비탄에 빠지고 말았다. 이후 마음을 다잡고 고향을 떠나 계림을 거쳐 새로운 길 전라도로 향할 수밖에 없었다는 설화를 가지고 있다.

  그리고 청화산 원적사 법당 뒤 큰 바위를 〈말바우〉라고도 부르며 잘 달리는 말의 안장이 올려진 바위 같아 큰 꿈을 이루려는 사람들이 이 바위를 많이 찾았는데, 견훤도 그중 한 사람이었을 것이다.

〈북짓골〉

  문경시 농암면 종곡1리는 말바우와 연접한 마을로 북을 치는 고을이라는 뜻이며, 〈북짓골〉, 〈북실〉, 〈북실골〉이라고도 한다. 옛날 견훤이 이곳에서 북을 울리면서 군사를 조련했던 곳이라 하여 붙인 자연마을 이름이다.

〈견훤산성, 천마산성, 백제성〉

  농암면 농암리의 천마산(백마산, 성지산, 성재산, 적지산, 백제산, 가대산, 견성산)에 있는 견훤이 쌓았다는 산성으로, 〈견훤산성, 견훤성, 천마산성, 백제성〉이라 부르기도 한다. 문경현지(聞慶縣誌, 영조본) 고적조(古蹟條)에는 "견훤산성은 가은현 서남 5리에 있다.

견훤산성 내 우물터

산 위에 돌로 쌓았는데 둘레가 565척이다."라 하였고, 환여승람(環輿勝覽)에는 "백제성, 일명 견훤산성이라 한다. 청화산 동쪽 10리에 있다. 견훤이 그 가운데 웅거했었다고 한다. 석천(石泉)이 하나 있다."고 하였다. 신증동국여지승람(新增東國輿地勝覽)에는 "가은 고현성, 고현 서남쪽으로 5리, 둘레는 565척이며, 우물이 10개이다. 일명 견훤성이라 한다."고 기술되어 있다. 성곽은 테뫼식 석축산성으로, 둘레는 약 1㎞이다. 성벽은 활석을 이용하여 쌓았으나 동쪽 일부는 산을 깎아 성벽으로 이용하기도 하였다. 성벽의 높이는 2~3m 정도이다. 성 내부 시설로는 우물로 추정되는 웅덩이가 있다. 화북의 견훤산성은 견훤이 쌓았다는 사료가 없으나 이 성은 지도와 사료가 정확하게 입증이 된다.

견훤산성 정상부 우물터

　이 성의 이름을 견훤산성 외에도 천마산성과 백제성이라고 부르는 것을 보면 다른 성들에 비해 직접 견훤과 밀접한 관련이 있는 것으로 보인다. 견훤산성의 전략적 가치는 보은, 옥천 방면에서 화북을 거쳐 쌍룡계곡을 통과하는 속리천(俗離川)을 따라 침입하는 서쪽으로부터 적을 방어함은 물론 계립령을 넘어 상주 등 내륙으로 들어오는 적을 방어하는 데도 중요한 지점이 된다. 그리고 청천 송면에서 고모령을 넘어 궁기, 연천쪽에서 오는 적도 이곳에서 차단이 된다. 이 성에서 10리 거리에 있는 가은성, 30리 거리에 있는 고모성과 고부성, 상주 화북에 있는 견훤산성 등이 하나같이 북·서쪽을 방비토록 축성되어 있다. 북·서의 세력이 비록 소백산맥을 넘어왔다고 해도 요충지가 되는 길목에 이 성이 있었기 때문에 신라로의 진입이 이 지역에서 저지되었을 것으로 추정된다.

〈견훤 우물〉

　견훤산성 안에는 돌샘(石泉)이 한 곳(신증여지승람에는 우물 10개) 있다. 이 샘물은 지금도 나오고 있으며 〈천마천(天馬泉)〉, 〈견훤 우물〉이라 부르고 있다. "견훤이 젊을 때 이 천마산에서 군사를 모아 놓고 전쟁 연습을 하고 있다가 목이 말라 물을 마시려고 이 샘에 갔더니 자기보다 먼저 야생마 한 마리가 물을 먹고 있었다. 견훤이 야생마를 살펴보니 날래고 억세게 잘 생겼으므로 이 말을 자기의 용마로 삼으려고 잡았다고 한다."고 전한다. 지금도 샘물이 나오고 있는 돌샘에서 생각해 보면 천마산 동쪽 더대 용출수가 나오는 샘과 농암2리 가항리 청룡 끝에 있는 우물, 그리고 개바우 쪽 꽃비리(꽃벼리〈끼뻐리〉) 부근 우물 중 한 곳으로 보인다. 더대샘이 사시사철 수량이 많고 정상부에서도 멀지 않아 가장 많이 이용했을 것으로 보인다. 산성에 군병들이 숙영할 수 있는 기본 조건으로는 물이 필수인데 천마산의 아래쪽 3곳에는 많은 양의 용출수가 나오므로 군사들에게는 최적의 조건이 되었을 것이다.

〈범바우와 개바우와 사자바우〉

우복산 끄트머리에 있는 진향루 아래로는 범처럼 생긴 〈범바우〉, 견훤산성이 있는 천마산 아래에는 사자처럼 〈사자바우〉가 있으며, 두 바위의 중간 지점에는 검은 개처럼 생긴 〈개바우〉가 있다. 이 바위들은 중간에 있는 개를 사이에 두고 범과 사자가 먹잇감으로 노리지만 서로 견제하며 개를 잡아먹지 못하여 각각 바위가 되었다는 전설이 있다. 그런데 중간에 있는 개바우는 아무도 범접할 수 없는 영험하고 특별한 힘을 가진 바위로 금수의 왕으로 칭하는 범과 사자도 함부로 탐하지 못하는 특별한 존재다.

범바우(진향루)

죄인이 그곳으로 달아나면 잡지도 못하는 소도(蘇塗, 지증대사 비문에 언급) 같은 곳이어서 그 바위가 있는 곳은 성지, 바위의 존재는 수호신이자 구원자 역할을 하였다. 나라가 위기에 처하면 스스로 운다는 바위로 〈견암(犬岩)〉이라고도 부른다. 견훤에게 젖을 물린 범이 〈범바우〉의 변신이라면 견훤이 쌓은 성(城)을 지켜 주는 사자는 〈사자바우〉의 변신인 것이다. 15세 때 견훤이 농바우에서 하늘이 내린 명마를 잃고 비탄에 잠겨 개바우 앞을 힘없이 지나는데 갑자기 개바우의 개가 우는 것이 아닌가. 그 울음에 귀를 기울이니 자신이 목을 칠 때 울던 말의 비명으로 들려와 깜짝 놀라 주변을 살피니 검은 바위만 개처럼 웅크리고 앉아 있었다.

천마산 사자바우

위기에 처한 견훤에게 이곳을 빨리 떠나라는 암시로 들려 개바우 앞에서 고개를

개바우 옛모습

개바우 표지판

가항동 골맥이와 동신당

말바우 골맥이(큰 어른)

숙이니 그제야 아무 울음소리도 들리지 않는다. 견훤은 더 큰 꿈을 향해 도전하리라 생각하고 물려받은 성^(姓)부터 바꾸기로 한다. 누구도 대항하지 못하는 명장이 되고자 자신의 성을 개바우의 견^(犬)자를 넣는다. '서쪽^(西) 땅^(土)으로 가서 왕궁^(瓦)을 짓는다.'는 뜻을 담은 〈견^(甄)〉으로 성을 정하고 후에 서남해 방수군이 되어 후백제를 건국하며 새 역사를 썼다.

〈궁기리, 말바우, 가항리, 농암리 견훤 골맥이〉

골맥이는 누석단^(累石壇)의 일종으로 고을의 수구막이 신앙이다. 마을은 대개 물을 따라 산을 등지고 있어 앞쪽의 허함을 메우기 위해 '고을을 막는다.'는 의미로 〈고을막이, 골막이〉라고도 부른다. 돌을 원추형으로 쌓아 올리고 그 정수리에 자연석 하나를 세우는데 마치 떡시루에 번을 두른 듯한 모습이다. 마을의 평화를 지켜 주고 풍요를 지켜 주며 다산의 복을 내려 준다고 믿는 전통 신앙의 일종이다. 돌은 변치 않는 속성이 있으므로 절에서는 돌탑으로 세우지만 민간에서는 그보다 쉽고 여러 사람들이 합심하여 세울 수 있는 것이 누석으로, 이는 협동정신의 소산이다.

농암에는 8개의 골맥이가 있어 다른 어느 지역에 비교가 되지 않을만큼 많다. 견훤을 숭상하는 골맥이의 꼭짓돌은 고을을 지키는 견훤의 또 다른 모습^(견훤 대왕신)으로 수호신 역할을 하며, 재앙을 물리치고 풍요와 다산을 가져다 주는 정신적 지주이다. 주민들은 매년 정월에 동제를 지내며 제주가 개울에서 목욕 재개하고 정성껏 의식을 올린다.

궁터 골맥이 바윗돌에 〈수문장^(守門將)〉이라 새겨져 있는데 견훤이 수호신이자 이곳에서 태어나 장수가 되었다는 또 다른 입증이다. 상궁에는 국신말 산신당과 상궁 골맥이, 중궁에는 산신당과 절터 입구 골맥이와 마을 입구 골맥이가 한 계곡에 5곳이나 있는 이유는 이곳이 견훤의 얼이 깃든 땅이자 골맥이^(돌과 나무의 토템, totem)를 견훤의 신으로 받들어 모시고 있다는 뜻이다. 그래서인지 이곳 사람들은 625전쟁 때 전사자가 1명도 없었다고 한다.

상궁골맥이

상궁골맥이 수문장

말바우 골맥이는 마을 안에 동신목인 500년 정도 되는 느티나무를 〈골맥이〉 또는 〈큰어른〉이라 불렀고, 그 마을의 동쪽, 현재 궁기리와 연결된 도로가 생기기 이전에 마을로 들어오는 입구였던 자리에 돌탑이 있었다. 그것을 〈작은골맥이〉 또는 〈작은어른〉으로 불렀으며, 높이가 약 50cm 정도이고 둘레는 5m 정도로 상부에 입석이 세워져 있었으나 무너진 상태다.

천마산 사자바우 밑에 위치한 농암리 〈산성골맥이〉는 탑의 형태로 상부에는 용 또는 말머리같이 생긴 돌이 서 있다. 마을 주민들은 이를 산신으로 모시며 〈돌탑거리, 안택탑, 작은어른〉 등으로 불렀다. 가항동 골맥이 앞으로는 길이 나 있었고 〈수문장과 원어른〉, 산성골맥이를 〈작은어른〉으로 불렀으니 골맥이도 장유유서가 있는 셈이다. 순위를 매긴다면 수문장, 원어른, 큰어른, 작은어른이 순이 아닐까 생각된다. 산성골맥이 돌탑 둘레는 약 20미터 정도, 높이는 2.5m가량으로 지름이 4미터이고, 돌탑 남쪽으로는 계단을 마련해 놓았으며, 상부 입석 옆에는 구덩이를 마련하여 시루 등 제기 일체를 보관하며 짚으로 덮어 놓았다. 그러나 지금은 아무도 돌보지 않는 묵은 묘지 형태로 꼭짓돌만 남아 있음이 확인된다.

이곳 사람들은 후백제의 시조왕이 된 그를 골맥이를 세워 지금도 믿고 기리고 의지하는 신앙의 유적에 제사를 올리고 있다.

〈진향루〉

1963년 면민 휴게소 용도로 이 정자를 지었다. 천마산에서 떠오르는 달을 맞이한다는 누각인 〈계월루(桂月樓)〉로 명명했으나 공식적으로는 푸르게 빛난다는 〈기록루(奇綠樓)〉로 이름을 부쳤다. 후에 이 정자를 지역 예산을 들여 지었다는 이유로 주민들의 비판을 받자 유림단체인 〈진향회〉에 매각, 〈진향루〉로 현판을 바꾸었다. 특히 정자 바로 아래는 전설의 범바우가 자리하고 있으며, 이 범바우의 범과 맞은편 천마산의 사자가 중간에 개바우의 개를 두고 서로 지켜보고 있는 형국이다. 이곳은 사방이 터져 있어 우측으로는 대정공원, 칠봉산, 앞산, 말무덤이, 앞쪽으로는 견훤 느티나무, 농바우, 개바우, 배너미, 견훤산성이, 좌측으로는 북짓골과 말바우 등이 멀리 보인다. 견훤의 얼을 되새기며 그의 유적을 한눈에 조망할 수 있는 최적의 장소이다.

〈견훤 느티나무〉

농바우 마을의 낙수바우 들판에는 1,200년 전 견훤이 심었다는 높이 30m의 느티나무 거목 한 그루가 들판을 압도하며 서 있다. 이 나무는 견훤이 심었다는 내용이 〈이영화 군수 공덕비〉에 새겨져 있으며, 보호수로 지정 관리되고 있다. 말바우에서 천마산과 농바우와 칠봉산에 이르는 곳을 견훤의 훈련 무대로 볼 때 이 느티나무가 견훤이 말바우에서 쏜 화살의 표적이 되었음 직하다. 마을에서는 보호수로 지정 관리하고 동제를 지내며, 198평의 논을 매입하여 많은 사람들이 느티나무 그늘을 즐기고 견훤을 추억하며 다양한 행사를 개최하는 장소로 이용하고 있다.

〈말무덤〉

견훤이 말바우에서 용마를 얻은 뒤 그 말이 자신이 탈 수 있는 훌륭한 말인지 여부를 시험하고자 했다. 그 시합은 말바우에서 농바우 느티나무를 표적으로 화살을 쏘면서 동시에 말을 출발시켜 누가 빠른지였다. 그러나 표적에 이르러 화살이 먼저 도착한 것을 보고 자질이 부족한 말이라고 판단해 사정없이 말의 목을 내리치지만 금세 그것은 자신의 판단 착오였음을 알게 되자 통탄을 금치 못했다. 그는 농바우의 느티나무에서 가까운 삼밭골에 말무덤을 크게 짓고 아픈 마음을 추스릴 수밖에 없었다.

앞산(말무덤)

말무덤 가는 길(농바우 봇길)

〈왕재〉

견훤이 대망의 꿈을 안고 고향을 떠나기에 앞서 〈견암(犬岩, 개바우)〉에서 참배를 한 후 성을 견씨로 바꾸고, 자신의 경솔함으로 명마를 잃은 것을 반성하며 〈말무덤〉을 찾는다. 그리고 마음을 다잡으며 반드시 왕이 되어 이 고개(삼밭골→홈다리)를 다시 넘겠다고 다짐하며 넘었다 한다. 일명 이 고개를 〈대범마(大범馬)〉라고 부르는 데, 여기서 〈대범〉이란 말은 〈큰 범〉이라는 의미로 왕을 뜻하므로 그만큼 견훤의 남다른 야망과 기개를 엿볼 수 있다.

〈쪽금산(보조산성)〉

천마산이 동남쪽으로 흘러내리며 배너미고개를 만들고, 그 고개를 지나면서 다시 솟구쳐 올랐다가 멈춘 그 산을 쪽금산 또는 천마산이라 부른다. 일명 줄바우산이라고도 부르는데 그 산 정상에는 성을 쌓았던 돌들이 많이 발견된다. 견훤산성이 본성이고, 쪽금산성은 보조성으로 이 두 성을 농암천이 휘감고 흐르면서 해자형의 천연 요새를 이루고 있다. 쪽금산은 바위가 쪼개져 임금이 나왔다는 산이자 견훤 설화에서 등장하는 말이 떨어진 산으로 천마등공형(말이 하늘로 오르는 형세)의 지세를 띠고 있어 이 산 주변으로는 큰 인물이 많이 난다고 한다.

　여기서 간과하지 말아야 할 것은 농암에 천마산이 있고, 천마산성이 있으며, 천마 설화가 전해 오고 있을 뿐 아니라 견훤이 명마를 얻은 말바우, 목을 친 말을 묻은 말무덤, 말의 죽통혈 기운이 흐르는 쪽금산, 견훤이 태어났다는 농바우가 있음에도 아직까지 견훤 탄생을 천마 설화로 보지 않고 야래자 설화로 비하하고 있다는 점이다. 이를 바르게 고쳐 써야만 견훤대왕의 역사와 유적과 정신이 일맥상통한 논리로 정리가 된다.

쪽금산 성곽돌　　　　　　　　　　　　　　쪽금산 원경(천마등공형)

〈칠봉산 화랑훈련장과 은자(銀尺)〉

　갈동리에 소재하고 있는 칠봉산(일명 황령산)은 봉우리가 7개인 산으로 그 두 번째 봉우리 아래는 〈조자룡〉 동굴이 있고, 이곳에서 조자룡이 태어났다고 한다. 그 아래쪽 율수폭포에서 금총마를 얻은 다음 사선암에서 무예를 닦은 조자룡은 중국으로 건너가 불후의 명장이 되었다는 전설이다. 칠봉산 아래 〈화랑훈련장〉이 있어 견훤이 왕경으로 가기 전 이곳에서 훈련을 통해 실력을 키웠을 것이다. 또한 바로 곁에 있는 〈은자산〉에서

왕의 기운을 충전하는데, 은자(銀尺)는 '절대권력을 가진 통치자의 상징'으로 견훤은 여기서 이미 왕이 되는 정기를 받게 된 것이다.

〈사선바위(四仙巖)와 은선대(隱仙臺)〉

선곡리 마을 서남쪽 산 위에 있는 넓은 바위가 직사각형 모양을 하고 있다. 옛날 신선이 와서 놀았다고 하는 바위로, 여기서 선(仙)은 신라 화랑의 딴 이름인 국선(國仙)을 의미한다. 이 바위를 칼로 쳐서 갈라졌다는 전설이 있으며, 국선들이 이곳에서 머물던 계곡이라 하여 선곡(仙谷)이라 부른다. 화랑 수련원이 이곳에 있었다고 전해지는 것을 보면 사선암 전설과 견훤이 무관치 않고, 이곳에서 화랑의 훈련을 받고 국선 수준의 실력을 양성하였을 것이다. 이 부근에 신선이 숨어 살았다는 〈은선대(隱仙臺)〉 역시 화랑도들이 즐겨 찾던 곳으로 생각된다.

〈쟁마장(爭馬場)과 성터〉

칠봉산의 시루봉과 부채산 아래쪽 평퍼짐한 산기슭에 성을 쌓은 돌무더기가 줄을 이어 있으며, 한 곳에는 사각의 바위가 있으니 이곳이 〈지휘대〉이다. 성안에서 군사를 훈련시키고 사열하던 장소로 보인다. 시루봉 옆으로는 편평한 봉우리 두 개가 있는데 이 두 봉우리에 농짝 같은 바위가 각각 놓여 있다. 이 바위는 사람이 말을 탈 때 말에 쉽게 오르기 위해 받침돌로 쓰는 것이다. 이 주변 여러 성들이 견훤과 무관치 않은 것으로 보아 그가 말을 타고 훈련하던 장소로 보인다. 이 지역은 은선대와 사선바위, 선계리, 선곡 등의 지명을 보면 이곳이 화랑 훈련장이었을 것이다.

〈쇳구디〉

더대 마을 뒷산에는 쇠가 생산되는 구덩이가 있었다고 하여 〈쇳구디〉라는 지명이 전하지만 위치를 비정할 수는 없다. 다만 쇳구디를 파서 무기를 만들었다는 것은 견훤의 군대가 천마산에 성을 쌓고 주둔하며 무기까지 만들었다는 입증이다. 지형과 지질 등을 고려할 때 당시 그곳에는 '큰 대장간' 규모의 무기 제조소가 있었을 것이다.

04. 견훤 둘레길

견훤 역사를 입증하는 유적이나 지명 등이 한 곳에 집중되어 있는 농암, 그곳에 가면 농바우와 용마를 얻었다고 전하는 말바우 외에는 안내판 하나 없다. 견훤산성이나 견훤 느티나무, 견훤 우물, 말무덤, 왕재 등 많은 유적은 아직 조용히 잠들어 있다. 후백제 역사를 복원하는 정비법이 국회를 통과한 이후 복원을 위한 기본 계획을 수립한 내용을 살펴보면 이쉬움이 남는다. 역사성이 외면된 채 안일하게 구전 설화를 인용, 가은 지역에 집중된 것이나 근품산성 하나를 갖고 있는 산양 지역을 포함시킨 것이 그렇다.

이렇게 된 것은 기본 자료발굴이 부실했고 새로운 계획 수립을 이용해 지역별로 적당히 안분했다는 생각이 든다. 왜냐하면 농암 지역에 있는 견훤 유적을 제대로 발굴조사도 하지 않은 채 서둘러 계획만 수립했다는 문제점이 보이기 때문이다. 견훤의 성장기 활동 무대는 괴산 삼송 지역의 마당바위와 화북 장암리의 견훤산성, 궁터 주변의 의상대와 원효대, 그리고 청화산 장군봉과 칠봉산 조자룡 동굴 등이 있음에도 이를 접근조차 하지 않는 걸 보면 지금의 계획은 바르게 수정되지 않으면 안 된다.

농암에는 견훤의 탄생 설화^(천마설화)에서 말이 떨어져 산이 되었다는 〈천마산〉과 함께 바위가 쪼개지며 견훤이 태어났다는 〈농바우〉, 견훤이 심었다는 〈견훤 느티나무〉, 견훤이 쌓았다는 〈견훤산성 본성과 쪽금산의 보조성〉, 청룡끝과 더대에 있는 〈견훤 우물〉 등을 하나로 묶어 내는 일은 매우 중요하다. 여기저기 산재되어 있는 유적에 하나의 이름표를 달아 의미 있는 역사 스토리로 묶어 내는 일이 필요한 것이다.

이에 가장 적합한 플랜으로는 둘레길 조성이다. 이곳에 길을 조성하는 것은 비용은 적게 들고 효과는 매우 크기 때문이다. 견훤산성이 있는 천마산에서 보조산성이 있는 천마산(쪽금산)의 맥을 중심에 두고 코스별 걷는 길로 정비하면 된다. 그동안 견훤 역사와 유적을 지렁이 후손이라 전하는 금하굴로만 집중한 결과 시대적 영웅을 비루한 장수로 기술하고 있으니 이보다 큰 실수가 어디 있겠는가. 견훤이 불세출의 영웅이 아니라면 왜 발굴과 복원이 필요한지 이해가 되지 않는다.

따라서 제대로 된 역사 복원을 위해서는 견훤이 태어나고 성장한 농암에다 견훤 역사를 함께 이해하며 걷는 둘레길 조성이 시급하다. 없는 길을 새로 내는 것이 아니라 있는 길을 조금 정비하고 안내판을 세우며, 그 시대적 상황과 견훤의 활동, 그리고 역사적 의미와 가치를 공유하면 되는 것이다. 궁전을 짓듯 엄청난 예산을 들이고 그것을 그저 감동도 없이 밖에서 겉만 바라봐야 하는 역사 플랜과 알맹이 없는 콘텐츠는 지양되어야 한다. 견훤 역사가 있어 다시 견훤을 만나게 되는 대왕의 길, 하늘이 점지하여 천마로 내려온 천마산, 그 둘레길을 돌며 잊혀진 역사를 새롭게 되새길 수 있는 그 길을 4코스로 그려 본다.

〈1코스〉: 항일의병 코스

☞ 8.3km, 2시간 4분

가실목 → 장터 개바우 → 윤하정 → 진향루 → 항일숲 대정공원 → 느티나무 → 말무덤 → 왕재 → 농바우 → 도암 의병장 생가 → 꽃벼리 – 사자바우 → 가실목

〈2코스〉: 출렁다리 코스

☞ 7km, 1시간 40분

가실목 → 사자바우 → 꽃벼리 → 배너미고개 → 견훤 우물(약천) → 동미산 → 마야잉카박물관 → 출렁다리 → 소양서원 → 물미 → 가실목

〈농우마(籠牛馬)〉

농암은 일명 〈농우마(籠牛馬)〉다. 장롱처럼 생긴 두 개의 농바우(갈동리, 삼송리), 소와 관련된 두 곳의 길지인 우복(광정 우복동, 종곡리 우복산), 명마와 관련된 두 개의 말바우(원적사, 연천리)가 있어 이를 한 글자씩 따서 부르면 〈농우마〉이다. 소는 열심히 일하고, 말은 빠르게 길을 가며, 사람들은 열심히 재화를 모으는 장롱이 있으므로 이 고을은 삼소(三所)의 복지이다. 어떤 마을 이름이나 어떤 말의 이름이 이보다 빼어날 수 있을까? 〈농우마〉 또는 〈농우마실〉이 있는 그 고을이 바로 농암이다.

05. 천마^(天馬)를 타고 온 견훤의 길

천마는 여러 신화와 전설에 등장하는 신비스런 용마를 말한다. 신비스런 외모와 놀라운 능력으로 상상력을 자극하며 주목받는 역할을 하고 있다. 신화에서 영웅 중 하나로 등장해 보통은 사람 얼굴과 용의 몸을 가진 존재로 묘사되며, 시공을 초월한 무한대의 능력을 지닌다. 이런 연유로 천마는 불사조, 장수룡과 같이 십장생 중 하나로 불린다.

이 때문에 사람들은 두려움과 경외심을 갖게 되고, 그로 인해 때론 무시무시한 존재로 간주되기도 한다. 그렇지만 천마는 천상계와 인간계 사이의 상호작용을 상징하며, 중계자의 역할을 하게 된다. 오랜 세월 동안 사람이 펼칠 수 있는 한계 없는 신세계의 문을 열어 주므로 이 영감을 바탕으로 우리는 희망을 품고 나아갈 수 있다.

경주 대릉원^(大陵苑) 입구에는 천마^(天馬)를 형상화한 조형물이 세워져 있다. 그것은 천마총 출토 〈장니^(障泥) 천마도〉에 등장하는 말의 모습이다. 출토 이후, 천마^(백마)의 그림으로 받아들여졌으며, 삼국유사에 나오는 신라의 박혁거세 신화와 연계해 신성한 말로서 천상세계로 연결해 준다고 믿고 있다. 입에서 서기를 뿜어내며 하늘로 날아가는 모습이자 수직 승천할 수 있는 엄청난 능력을 인정받은 말이다.

그렇다면 가선현^(농암, 가은)에서 태어난 견훤의 탄생 설화와 천마는 어떤 상관성이 있는지 살펴볼 필요가 있다. 지금 회자하고 있는 견훤설화는 대부분 아자개 마을에 있는 금하굴의 지령이 후손이라 쓰고 있다. 그 굴은 갈전리에 소재한 하나의 작은 바위굴임에는 틀림이 없으나 지역 사람들의 반대에도 불구하고 몇몇 마을 사람 이야기만 모아 견훤을 모신다는 숭위전까지 지은 당국의 처사는 실소를 자아내게 만든다.

당시 갈전마을 토박이인 김두희 박사의 견해는 "폐광된 지역을 살리기 위한 터무니없이 꾸며 낸 하나의 콘텐츠 개발 정도에 불과하다."는 주장이었다. 해방이 되던 해 겨울 마을 사람들이 의논해 설화 속의 굴을 찾으려고 했으나 정확한 장소를 알 수 없어 어림짐작으로 5m 정도 땅을 판 곳이 금하굴이라는 것이다. 마을에서 5개 반^(10여 호)이 1일씩 교대로 작업을 했는데 본인이 그때 18세로 직접 어른들과 함께 해동이 될 때까지 가짜 굴 파기에 참여했다는 점을 들어 금하굴이 견훤 유적이라는 점에 반대하였다. 좀 더 견훤 유적과 지명 등을 고려해 심층적으로 접근했다면 과연 이런 결과가 나왔을지 의문이 생긴다. 세계 역사를 총망라하여 한 나라를 건국한 왕을 "밟으면 그저 꿈틀하는 정도의 하잘것없는 지령이 존재"로 추락시킨 후 숭모하는 사례가 어디에 또 있다는 말인가.

견훤은 상주 가선현에서 태어났다는 기록이 정설로 통한다. 그렇다면 당시 농암과 가은 두 곳이 가선현에 속해 있었는데 과연 어디가 견훤 출생과 거주지였는지를 살펴보기로 한다. 일단 견훤 출생과 관련해 금하굴은 다른 지방에서 회자하는 〈야래자^(夜來者: 밤에 처녀를 찾아와 만나고 가는 남자) 설화〉가 있지만 그 외에는 별다른 문헌이나 유적이나 설화가 없다. 그리고 〈아차 마을〉의 지명 유래도 견훤이 농암의 말바우^(별마)에서 아자개 마을^(갈전리)로 활쏘기 대 말달리기 시합을 벌인 뒤 실수로 말의 목을 치며 "아차"라고 외쳤다 하여 지명이 되었다고 한다.

하지만 이 마을 지명은 "아자개"를 줄여서 "아자, 아차"라 했다는 설도 있고, 이곳 지형이 못 오리가 호수에 내려앉는 군아투호형^(群鴉投湖形)과 금비녀가 땅에 떨어진 금차낙지형^(金釵落地形)이라 하는데, 두 지형에 등장하는 물오리^(鵝)와 비녀^(釵)를 따서 〈아차^(鵝釵)〉라 했다고도 한다. 그러나 가은을 포함, 영천시 화북면 상송리, 함평군 대동면 덕산리, 경기도 구리시 아천동 등에도 이와 같은 아차설화가 전해 온다. 게다가 시합의 출발지인 말바우와 아차 마을 표적까지는 20여 리가 넘고 시바위산 등으로 막혀 있어 말을 달려 시합을 벌였다는 사실 유추도 무리가 따른다.

반면 농암 곳곳에는 견훤 유적들이 산재해 있고 서로 인과관계도 설득력이 있다. 말은 영웅들의 신화에 자주 등장하는 대상으로서 견훤이 후백제 건국 영웅임을 탄탄하게 뒷받침해 준다. 말과 관련된 유적으로 그의 탄생 설화와 관련된 〈천마산〉과 〈농바우〉가 있고, 명마를 얻었다는 〈말바우〉가 있으며, 말바우가 있는 마을 지명은 〈마암, 馬岩〉, 말을 조련했다는 연천리의 〈벌마, 벌말〉, 그리고 실수로 말을 죽이고 무덤을 지었다는 농바우^(갈동리) 삼밭골의 〈말무덤〉이 있다. 또 천마산^(쪽금산)을 말로 보고 산수골을 두 개의 〈말죽통〉으로 본 우리나라 풍수의 대가 최창조 교수의 〈죽통혈〉의 견해도 무시할 수 없다. 그런데다 벌마에서 표적으로 정했을 법한 갈동리 〈느티나무^(견훤 느티나무)〉 표적은 직선으로 연천리에서 조망이 가능한 들판이고, 실수로 죽인 말을 묻었다는 〈말무덤〉이 표적과 지척 간에 있으니 앞뒤가 척척 맞아떨어진다.

그리고 견훤 탄생 설화에서 보면, 〈구호〉라는 총각이 옥황상제의 딸과 몰래 사랑을 나누다 발각되어 지상에 유배되었는데, 호환에 아버지를 잃은 〈아비〉 처녀를 만나 원한을 풀어 준다. 이후 둘이는 자연스레 동거하다 아비가 임신을 했고 구호는 유배 기간이 끝나 그녀를 데리고 하늘로 올랐으나 옥황상제와 공주가 크게 노해 그들을 지상으로 내쳤다. 말은 땅에 떨어져 천마산이 되고 구호와 아비는 땅에 떨어져 두 개의 바위가 되었는데 수백 년이 흐른 뒤 농짝 같은 바위^(농바우)가 갈라지면서 칼을 든 장한이 나타났으니 그가 바로 견훤이라 전한다.

바위와 연계된 설화로 보면 견훤은 농짝 같은 바위가 쪼개져 탄생한 반면, 동부여의 〈금와왕〉은 해부루가 탄 말이 큰 바위 앞에서 눈물만 흘리며 가지 않아 바위를 치웠더니 금빛이 나는 사내아이가 있었는데 그를 금와왕이라 섬겼다. 이외에 중국의 하니족, 대만의 아메이족과 파이완족 등은 하늘에서 떨어진 큰 바위에서 왕이 출현하는 것으로 돌은 인류의 어머니인 모태를 상징하고 있다. 이런 탄생 설화를 보면 견훤은 야래자설화의 지렁이 후손이 아닌 천마설화의 신성성과 바위설화의 강인함이라는 두 가지 속성을 갖는 특별한 인물로 정의된다.

어디 이뿐인가. 견훤이 궁을 지었다는 〈궁터마을〉이 있고, 군사훈련을 하였다는 〈북짓골〉이 있는가 하면, 천마산에는 〈견훤산성〉이라 불리는 성이 존재하고 천마산(쪽금산)에도 〈보조성〉이 엄연히 존재한다. 천마산 아래엔 〈견훤 우물〉이 있고, 낙수바우들에는 견훤이 심었다는 〈느티나무〉가 있으며, 견훤이 실수로 말의 목을 치고 고향을 떠나 왕이 되어 돌아오겠다고 다짐하던 〈왕재〉가 있다. 그 뒤 농암골 사람들은 원추형의 돌무덤을 쌓은 후 견훤을 꼭지돌로 모신 〈골맥이〉가 궁기리, 연천리, 농암리에 8곳이 있고, 1955년 천마산과 개바우를 마주 보는 범바우 위쪽에는 면민 휴게소로 지은 〈진향루〉라는 정자가 있어 주민들이 견훤을 숭상하고 유적을 전망하는 장소로 활용되었다.

한편, 견훤이 농암을 떠나 서남해로 가기 전 출정 결의를 갖는데, 그가 찾은 곳이 〈개(犬)바우〉다. 천마산의 사자와 우복산의 범이 개바우의 개를 중간에 두고 서로 노리다가 바위가 되었다는 설화가 있는 그곳은 죄인이 들어가도 잡지 못하는 신성불가침의 소도와 같은 곳으로 예로부터 서기를 뿜어내는 성지로 알려져 있다. 견훤은 출정 결의 후 개바우 지명의 〈개(犬)〉를 따서 자신의 성으로 짓게 되는데, 그 성이 〈견(甄)〉씨다. 이 한자를 파자하면 "서(西)+토(土)+와(瓦)"로 "서쪽 땅으로 가서 궁전을 짓는다."는 의미를 담고 출정해 완산주에서 후백제를 건국한 왕이 된다. 항일 의병장 이강년과 의병장 신태식도 이곳에서 의병을 창의하고 밀정자를 효수하며 출정을 개시한 영험한 개바우의 개는 여전히 제자리를 지키고 있다.

견훤이 건국을 함에 있어 3공신으로 꼽히는 김총, 박영규, 지훤이 있었는데, 여기서 눈여겨 볼 사람은 김총(金摠)이다. 1618년(광해군 10) 이수광 순천부사가 편찬한 「승평지」에는 "김총이 상주 가선현에서 태어나 여수 등 서남해 방위의 공을 세워 비장(裨將)이 되고, 견훤을 섬겨 인가별감에 이르렀다."고 기록하고 있다. 그는 둔덕산 마고할미통시바위가 지켜 주는 도덕동천 부근에서 조항산 기운을 받고 매일 갓바우를 바라보며 수련하고 의상대와 원효대를 넘나들며 심신을 연마했을 것이다. 그 뒤 원종 애노의 난이 일어나 나라가 점점 어지러워지자 왜구들이 노략질을 일삼는 여수로 출정해 도적들을 평정하고 큰 공을 세웠으리라. 돌산도와 남해도가 있는 요충지를 지키기 위해 영취산(진례산)에 진지를 틀고 지방 호족이 된 다음 몇 년 후 견훤이 군사를 이끌고 여수로 오자 이에 합세, 견훤이 왕이 되는데 선봉장 역할을 했을 것이다.

 김총은 농암골 마고할미신(마고할미통시바우)의 축복과 조항산(鳥項山, 독수리)의 청조(靑鳥)가 내린 신령한 기운을 받아 후일 영취산(靈鷲山, 독수리)의 성황신이 되는데 조항산과 영취산은 지혜로운 독수리 기운으로 서로 맥이 통하였을 것이다. 게다가 927년 견훤에게 대패한 왕건의 도망지인 공산(팔공산)에는 "한 가지 소원은 꼭 들어준다."는 국내 최고의 기도처인 〈갓바위〉가 있는데, 농암에도 마고신이 사는 마고할미통시바우와 마주한 조항산에 독수리를 닮은 신성한 〈갓바위〉가 있어 견훤 궁궐이 있는 궁터를 품고 있으면서 견훤의 무사와 안녕을 빌어 주었을 것이다. 국선말(國仙馬)과 국신말(國神馬)로 불리는 갓바위는 견훤을 화랑의 우두머리와 나라를 다스리는 왕으로 크게 키웠을 것이다.

 견훤은 신비로운 천마를 타고 온 하늘이 내린 영웅이다. 그의 기운은 궁예와 왕건을 능가하며 그가 가는 길은 전도양양하게 열리고 전투에선 승승장구하였다. 가는 곳마다 자기편이 되어 수많은 성을 구축해 어딜 가도 견훤이 쌓았다는 성은 헤아릴 수 없이 많았다. 하지만 아들의 반란으로 그가 회복할 수 없는 치명적인 실수를 저지르고 서서히 몰락의 길을 걷게 된다.

 견훤은 918년 6월 왕건이 궁예를 몰아내고 고려를 건국하자 지리산 죽전(대나무 화살)을 선물로 주었고, 924년 7월 고려와 후백제가 처음으로 충돌한 조물성 전투가 끝난 뒤 절영도의 옥색말 한 필을 왕건에게 선물하였다. 그리고 왕건에게 "나의 바라는 소원은 활을 평양성 문루(平壤城 門樓)에 걸고 말에게 패강(浿江, 대동강) 물을 마시게 하는 것이다."라며 고구려 영역을 포함한 후삼국 통일 의지를 천명했다. 하지만 선물은 자신이 하늘로부터 받은 죽통혈의 왕이 누리는 축복과 천마의 신비한 기운인데, 이것을 고스란히 왕건에게 물려준 것이기에 서서히 기운이 쇠하기 시작한다. 내심 제대로 나라를 이끌고 반도 통일과 태평 성국을 이루려는 의지를 불태웠으나 뜻대로 관철되질 않았다. 끝내 큰아들의 반역을 감지하고 더 이상 피를 흘려서는 안 된다며 욕심을 버린 채 무혈의 평화를 꿈꾸며 최후의 결단을 내리는데, 이는 "스스로 나라를 건국하고 스스로 나라를 멸망시킨 세계 역사에 전무후무한 왕"으로 기록된다. 그리고 왕건에게 후삼국 통일의 위업을 달성하게 한 뒤 천마를 타고 태초의 본향으로 사라진다.

오늘도 천마산은 제자리를 묵묵히 지키고 있고 기운도 그대로이지만 사람들은 옛사람이 아니다. 송나라 풍수지리의 경전인 〈옥수진경〉에서도 〈죽통혈〉을 언급하고 있는데, "죽통 속의 수관은 모름지기 건(乾)이다."라고 했다. 여기서 건이란 "하늘"이자 "왕"을 뜻하는 것이니 천마산 죽통혈 기운이 왕을 내린다는 걸 풍수에서 예견하고 있는 점에서 보면 견훤은 하늘이 점지한 왕이다. 하지만 명장만이 갖는 죽전과 절영마를 왕건에게 양도한 탓에 이미 국운이 다했으니 어찌 하늘을 탓할 수 있겠는가. 장자라고 반드시 왕이 되어야 한다는 어리석고 부족한 자식은 과감히 내치고 스스로 세운 나라는 고려에게 양도하여 삼국 통일을 이루게 하였으니, 그를 위대한 영웅 반열에 올린다고 누가 이의를 제기하겠는가.

그는 떠났어도 역사와 유적은 있고, 그를 일러 농암 출생이라 쓴다고 누가 아니라고 반론을 펴겠는가. 천마와 지렁이 둘 중에 어느 것이 더 좋으냐를 묻지 말고, 하늘이 내린 신비의 천마를 타고 온 영웅과 밤마다 몰래 담을 넘어 사랑을 나누고 동굴 속의 지렁이로 사라진 야래자 중 누가 존숭의 대상이 될 것인가를 물어보라. 호랑이에게서 아비를 구해낸 〈구호〉와 은혜에 감사하여 구호의 지어미가 된 〈아비〉의 실명까지 전래 되는 견훤만이 가진 고유한 천마설화를 누가 심심파적 지어낸 설화라고 할 수 있겠는가. 후백제 역사문화권을 복원하기 위한 〈역사문화권 정비 등에 관한 특별법〉이 통과되었음에도 아직 견훤은 고향을 제대로 찾지 못한 채 미명의 길을 헤매고 있다.

06. 다시 써야 할 견훤 역사

▶ 견훤의 탄생 설화는 〈천마설화〉

견훤이 금하굴에서 지렁이 자손으로 태어났다는 〈지렁이설화^(야래자설화)〉가 많이 인용되고 있으나 이것은 상당한 모순을 갖는다. 견훤이 태어난 곳을 〈가선현〉으로 적고 있는데, 이것을 지금의 가은으로 국한하여 금하굴의 야래자^(지렁이)설화로 단정해 버린 탓이다. 하지만 농암 지역에는 견훤과 관련된 설화와 유적과 지명 등이 다수가 있다. 천마산^(쪽금산: 탄생), 견훤산성^(성곽), 말바우^(명마), 말무덤^(말의 죽음), 북짓골^(군사훈련), 견훤 느티나무^(견훤식수), 범바우^(견훤 젖을 먹인 호랑이), 농바우^(견훤 탄생), 궁터^(견훤궁), 견훤 우물, 왕재, 견훤골맥이^(숭배탑) 등이다. 그리고 견훤 탄생 설화^(천마설화)와 지명^(천마산, 견훤산성, 농바우, 말바우)이 서로 연계되는 점을 고려하면 〈천마설화〉가 더 적합하다 하겠다. 이렇게 많은 입증사료가 있음에도 고려가 쓴 승자의 역사기록^(설화)만 믿고 견훤을 하잘것없는 지렁이 자손으로 치부해서는 안 된다.

실존했던 한 사람의 설화가 견훤처럼 전국^(옥구, 정읍, 함평, 상주, 예산, 김해, 문경 등)에 걸쳐 13가지^(지렁이 8, 천마3, 기타 2)나 구전되는 경우는 드물고, 그가 세웠다는 성의 숫자도 무려 21개소^(견훤산성, 근품산성, 희양산성, 남고산성, 지룡산성, 자미산성 등)나 되는 것을 보면 그의 위대한 초인적 능력과 후삼국 통일을 위한 도전의지가 얼마나 강력했는지 알 수 있다. 대개 한 나라를 건국한 인물에 대해서는 우상화와 찬양 일색임에도 견훤에 대해서는 옥황상제의 딸과 사랑을 나눈 구호의 아들이라는 〈천마설화〉 대신 〈지렁이설화〉로 폄하했다는 것은 왕건과 비교되는 문제를 없애고자 사가들의 왜곡이 존재했음을 짐작할 수 있다.

▶ 견훤은 농부 출신이라며 평가절하

견훤은 궁벽한 농암골짜기에서 태어나 자란 사람으로서 그의 출생이나 성장을 미화한 것은 거의 없다. 그만큼 평범한 환경 속에서 스스로 불가능을 가능으로 만들어 왕이 되었다는 건 하늘이 내린 인물이고, 어려움을 잘 극복해 낸 난세의 영웅이었던 것이다. 그럼에도 그가 진골이나 성골, 세력가의 출신이 아니라고 하여 지렁이 자손이라 저평가하기보다 오히려 그의 능력을 더 높게 평가함이 타당하다.

▶ 아자개와 견훤의 이상한 부자지간

삼국사기나 삼국유사에서는 아자개와 견훤의 출생을 상주 가선현으로 적고 있다. 그리고 아자개가 888년 사불성의 성주가 될 무렵 견훤은 22세로 이미 고향을 떠나 자신의 꿈을 펼치고자 계림에서 무진주와 완산주로 가는 노정을 따로 가던 중이었다. 만약 견훤이 아자개 호족^(장수)의 아들이라면 굳이 위험을 무릅쓰고 낯선 땅으로 출정을 나서지 않았을 터이며, 견훤이 15세 때인 881년 자신의 성을 견씨로 고치지도 않았을 것이다. 그가 칠봉산 아래 은척 지방에 있는 화랑 훈련장에서 무술을 연마한 뒤 고향을 떠나면서 대망을 품고 계림으로 가 출중한 능력의 비장이 되었다가 다시 서남해방수군으로 여수지방 등에서 세력을 확보해 나갔다. 887년 진성여왕 즉위 이후 나라가 기울어져 가고, 889년 원종과 애노의 난이 발발하자 견훤은 891년 25세 나이로 서남해방수군의 비장으로 등극한다.

892년 무진주^(광주)를 습격, 그곳을 점령하고 스스로 왕으로 자칭하며 후백제 시대를 열어 나간다. 이후 북진하여 900년 완산주에 도읍을 정하여 후백제 왕이 되지만 918년 아자개는 후백제 견훤에게 힘을 보태지 않았고, 오히려 왕건에게 귀부하면서 적대적 관계였다는 건 이해가 되지 않는다. 아자개와 견훤의 행적을 보면 부자지간이기보다 철천지 원수지간으로 나타나는데, 이는 부자지간이 아니라는 게 설득력을 얻는다.

▶ 견훤은 평화주의자였다

견훤은 기개가 강건하고 지략이 뛰어나며 호연지기를 가진 백두대간의 중심에서 자란 인물이다. 골이 깊어야 범이 난다는 말처럼 그는 천부적인 장수의 기백을 가졌고, 신라말 기울어져 가는 나라를 보고 개탄하며 원종애노의 난을 지켜 보면서 구국의 결단으로 신라와 등을 돌린다. 나라를 바로 세우려면 기득권 세력의 저항으로 피를 흘리게 되므로 이를 피하고자 무진주와 완산주로 가서 새로운 나라를 건국하고 후삼국 통일을 꿈꾸었던 것이다. 그러나 아들의 반란으로 계획이 어긋나자 자기 손으로 아들을 제압하고 왕건의 팔을 들어주며 피를 흘리는 전쟁보다는 귀부를 선택한 평화주의자였다. 고려사에서 견훤을 호전적이고 사악하며 변덕스런 인물로 기록하고 있으나 사실과는 상당히 다르다는 것이 확인된다.

▶ 견훤은 선린외교를 지향했다

삼국 시대 역사는 전쟁으로 점철되었으며, 후삼국 시대에도 별반 나아지지 않았다. 전쟁의 수난을 줄이려면 나라가 부강해야 평화가 유지된다는 것은 예로부터 내려오는 진리였다. 반대로 나라가 힘이 없으면 침략을 당하던 시대, 경명왕은 신라 존립이 위태로워지자 고려와 결탁하여 후백제를 견제하기 시작한다. 경명왕 2년⁽⁹¹⁸⁾, 궁예가 왕건을 고려왕으로 추대하여 즉위하자, 견훤이 이 소식을 듣고 선린외교를 펼치기 위해 왕건에게 대나무 화살과 부채와 총마^(푸르고 흰빛이 나는 말)를 선물하고, 자신의 조카 진호를 고려에 볼모로 보내 화친 정책을 편다.

그런데 926년 갑자기 진호가 죽자 고려가 고의 살해한 것으로 판단, 총마를 돌려 달라고 왕건에게 요청하면서 선린 관계가 깨지고 만다. 화살과 말은 전투의 상징이고, 부채는 평화의 상징인 데다 선린의 보증으로 자신의 조카를 볼모로 보낸 것을 두고 이를 계략으로 매도함은 잘못이다. 당시 견훤이 후당, 오월, 거란, 왜국과도 적극적인 외교를 펼치며 큰 구상을 그렸다는 점은 높이 평가해야 할 것이다.

▶ 견훤은 반도의 통일을 꿈꾸었다

924년 견훤은 화친을 위해 고려 왕건에게 대나무 화살과 절영도 명마를 선물했다. 최고의 화살과 명마를 선물한다는 건 상대국에게 최고의 무기를 제공하는 것이나 다름없었다. 그런데 "절영도의 명마가 고려로 가면 백제가 멸망한다."는 예언을 깜빡 잊고 자신의 경솔했던 처사를 후에 깨닫고 명마를 다시 돌려 달라고 했다. 927년 명마를 돌려 받았으나 이미 통일의 기운은 고려로 넘어갔고, 그 후 10년이 채 되지않아 후백제는 멸망하고 견훤의 꿈을 왕건이 이루게 된다.

"나의 기도하는 바는 나의 활을 평양의 다락 위에 걸며, 나의 말에 패강^(대동강) 물을 먹이는 데 있다."는 견훤의 꿈은 이뤄지지 않았다. 그의 탄생이 천마설화에서 시작되고, 그가 말바우에서 명마를 얻었으나 명마를 잘 간수하지 못했다. 그대신 왕건이 전쟁 없이 무혈 통일을 이루었으니 이것은 견훤이 귀부하며 왕건을 지지한 결과였다.

▶ 견훤이 경애왕에게 자살을 강요했다

927년 견훤이 근품성을 치고, 고울부를 공격한 뒤, 계림에 이르렀다. 이때 신라 55대 경애왕은 나라가 기울어져 가고 있음에도 포석정에서 신하, 후궁들과 술을 마시고 있었다. 이를 본 견훤은 경애왕을 잡은 뒤 자결을 할 것을 강요했고, 결국 경애왕이 자살을 하게 된다. 왕의 족제인 김부를 내세워 왕위를 잇게 하였는데 그가 경순왕이었다. 견훤이 왕비를 강간하고 부하들이 후궁들을 겁탈했다는 기록이 있으나 이는 견훤을 폄훼하고자 한 것으로 보인다. 견훤은 후백제를 세운 이유가 자신의 모국인 신라가 무너지고 있어 이를 큰 나라로 바로 세우고자 함이었고, 신라왕이 이를 깨닫지 못하고 백성들은 죽건 말건 연회나 즐기고 있음에 크게 분노가 일었지만 자결을 강요하는 등 최대한 왕의 예우를 해 준 것을 확인할 수 있다.

▶ 견훤은 아들이 많아서 망했다

옛날 왕들은 부인이 여럿 있었고, 후궁들도 많았다. 견훤이 부인이 많았고 아들이 많아 망했다는 식으로 기술하고 있는 것은 잘못이다. 견훤 부인은 상원부인과 후궁을 합쳐 6여 명 정도로 아들 8명, 딸 2명 정도이다. 이에 비해 동시대의 라이벌이었던 왕건의 부인은 장화왕후 오씨, 신명순성왕후 유씨, 신정왕후 황보씨 등 무려 29명이니 아들딸 들은 얼마인지 기록도 미비하고 아예 계산도 안 된다. 백제의 의자왕은 아들이 40명이 었음에 비교하면 견훤이 아들이 많아서 망했다는 말은 수정되어야 한다. 다만 보다 나 은 후계자 계승을 위해 넷째인 금강을 편애하게 되자 형인 신검, 양검, 용검의 반란으로 멸망의 길을 걷게 된 것일 뿐 악의적인 기술은 지양되어야 한다. 권력이나 재산권에 있 어서 서열도 중요하지만 능력이 출중하면 후계구도가 얼마든지 달라질 수 있음을 어렵 지 않게 찾아볼 수 있다.

▶ 고향을 배반하지 않은 수구초심

견훤은 불의를 보고 인내하며, 한편으로는 반란을 꿈꾸면서도 모국을 떠나서 건국을 실행했다. 한때 후백제 세력이 강력하여 왕건을 지리멸렬하게 만들며 영토를 확장해 나 갔으나 고향을 향해 칼부리를 겨누지는 않았다. 견훤의 고향은 하늘재가 있는 반도의 전략적 요충지임에도 그는 929년 10월 가은현을 공격하기 위해 포위를 하기는 했으나 더 이상 싸우지 않고 철군하였는데, 그것은 고향에서 피를 흘리는 것을 피했기 때문일 것이다.

여우가 죽을 때 머리를 자기가 살던 굴로 향한다는 수구초심, 936년 10월 그는 임종 시 "완산이 그립다. 완산이 보이도록 묘를 써 달라."는 유언을 남긴다. 논산에 있는 견 훤 묘의 좌향은 완산의 칠봉이 보이도록 자리해 있다. 그러므로 완산은 견훤의 발끝 방 향이고, 머리가 향한 방향은 고향인 농암 쪽에 두었다는 말이다. 그는 죽어서도 고향을 잊지 않고 수구초심(首丘初心)으로 머리는 농암 천마산을 향했으니 그는 밤마다 천마를 타고 농바우와 천마산과 말바우를 달리고 있을 것이다.

▶ 농암의 〈견훤산성〉은 견훤이 쌓은 성이다

농암에 소재하고 있는 천마산 정상에는 테뫼식으로 쌓은 견훤산성이 있다. 그 정상 의 윤곽은 일자형이고 형상은 소쿠리형인 데다 산의 좌우 경사도가 매우 심하다. 그러기에 산상을 에둘러 축성하여 성의 방어가 용이하며, 이 산과 이어진 쪽금산을 농암천이 휘감아 돌고 있어 적의 공격이 어려운 해자형 산성을 이루고 있다. 그리고 천마산 산상에는 본성, 쪽금산 산상에는 보조성이자 치성으로 관측소 역할을 하는 특별한 구조를 띠고 있어 전시 활용가치가 매우 높다. 성이 있는 산을 이곳 사람들은 성재산 외에 성지산, 또는 백제산, 천마산, 견성산, 가대산 등으로 부른다.

그렇다면 백제산이라고 부르는 이유는 무엇일까? 이는 후백제를 세운 견훤과 직접적인 관련이 있다는 말이다. 견훤이 누이와 성쌓기 내기를 했다는 설화가 구전되어 오고 있으며, 천마산 주변으로 견훤설화와 관련 유적 등이 다수가 있어 견훤이 직접 쌓은 산성으로 불러도 무방할 것이다. 혹자는 이 산성이 견훤 이전에 쌓은 것이라는 주장을 펴기도 하지만 문헌과 설화나 유적과 지명 등을 고려할 때 견훤이 쌓은 성이라 봄이 더 타당하다고 본다.

▶ 천마산은 왕이 태어날 명당

견훤산성이 축성되어 있는 능선을 따라가면 동남쪽으로 이어지는 지맥 하나가 있다. 그 맥은 배너미고개에서 현저히 낮아지다가 다시 완만하게 솟구치며 섬안마을 못미쳐 불끈 발돋움하면서 멈추는데, 능선 좌우로는 경사도가 매우 급하다. 이 산의 형상은 정면에서 보면 말머리, 누에, 옆에서 보면 죽통(竹筒)으로도 보인다. 일명 〈쪽금산〉이라 하고 견훤 탄생 설화가 전해 오는 바로 그 산이다. 쪽금산은 '바위가 쪼개진 틈 사이로 임금이 나왔다'는 의미가 들어 있으며, 이 산 정상에는 성곽을 쌓았던 흔적들이 다수 발견된다.

풍수지리로 유명한 서울대 최창조 교수는 이 산을 말(馬)로 보고 섬안 건너편 좌우로 마주 보이는 산수골 능선 둘을 말의 죽통으로 보아 이곳을 빼어난 명당이라 했다. 그 우측의 주릉 아래 죽통에는 의병장 도암의 묘소가 자리하고 있다. 말 머리 앞에 두 개의 구유가 있는 데 하나는 여물통이요 다른 하나는 물을 담은 통으로 그 말의 기운을 받으면 귀인이 날 것이라 했다. 신비의 최고풍수 경전인 「옥수진경(玉髓眞經)」에서 죽통혈

(竹筒穴)은 "대나무 통의 관은 모름지기 건(乾)이다."라고 했다. 여기서 건은 〈하늘〉을 의미하고, 대나무 마디 마디가 왕궁과 같으며, 대통같이 좁고 미끄러워 묘를 쓰지 못한다고 했다. 이같은 풍수를 종합해 보면 천마설화를 타고난 견훤은 바위가 쪼개져 나온 임금이자, 천마를 타고 온 귀인이며, 죽통혈을 타고난 하늘 같은 왕상이다.

그런데 견훤은 실수로 명마의 목을 쳤고, 대나무를 쪼개 만든 화살과 절영도 명마까지 왕건의 즉위를 축하하며 선물로 주었으니, 그가 타고난 기운을 고스란히 왕건에게 넘겨준 채 고려의 상부로 생을 마감한 것이다. 견훤은 떠났지만 지금도 천마산 기운은 살아 있으니 이 말을 타고 달릴 귀인의 등장은 지금도 기대촉망이다. 그래서인지 천마산 주변에는 의병장(신태식, 서상업)이나 장군(신우식 소장, 권영호 소장, 신경식 준장, 신재식 대령), 복싱 세계챔피언(박찬희), 씨름 천하장사(김욱배), 탁구 국가대표 선수(신유빈), 영화배우(신하균), 가수(박기영) 등의 훌륭한 견훤 후예들이 많이 탄생하는 것을 확인하게 된다.

07. 농암면은 견훤면이다

요즘 지자체 단체장들은 지역 발전을 위해 다양한 사업을 벌이고 있다. 그 중 눈에 띄는 것이 지역의 유명인물이나 특별한 역사 유적과 자연유산 등을 활용한 지명 개정이다. 이 사업은 큰 비용을 들이지 않고도 홍보 효과를 극대화할 수 있어 이런 류의 사업은 확대될 것으로 보인다. 예를 들면, 군위군 삼국유사면, 상주시 사벌국면, 고령군 대가야읍, 영월군 김삿갓면, 보은군 속리산면으로 되었고, 세종로, 충무로, 율곡로, 퇴계로, 중봉로, 당교로, 계백로, 견훤로, 유관순로, 우륵로, 소월로, 박지성길 등이 있다. 이런 추세를 감안하면서 농암의 지명을 한 번쯤 검토해 보는 것은 의미 있는 일이 아닐 수 없다.

〈농암〉이라는 지명은 1914년 행정구역 개편 시 가서면이 사라지고 공식명칭으로 등장했다. 이때 농암의 새로운 지명으로 명명하는 것에는 별반 어려움이 없었는데, 그 이유는 어느 곳이나 사람들이 많이 살고 시장이 형성되어 있는 곳이 중심이 될 뿐 아니라, 이 고을의 중심이면서도 견훤의 〈천마 탄생 설화〉를 갖고 있는 장롱처럼 생긴 신비한 〈농바우〉가 있었기 때문이다. 농바우를 한자로 표기하여 〈농암^(籠巖, 籠岩)〉이라 명명함으로써 무리 없이 행정 개편된 새 지명으로 사용하게 되었다. 일부 기관에서는 〈용암^(龍巖)〉으로 오기하기도 했으나 그것은 내서리 쌍용^(雙龍)계곡이라는 명소의 용^(龍)을 농암의 농^(籠)자로 혼동한 것이다.

하지만 당시 농암^(농바우)이라는 마을은 리동 이름으로 수백 년 동안 계속 사용되어 왔고, 구한말 시장을 개바우 쪽으로 옮기면서 예전 농바우는 구농바우, 새로 생긴 농바우는 신농바우로 불렀다. 이런 과정에서 신구로 구분하는 것은 혼란의 여지가 있으므로 칡이 많은 마을이라는 뜻으로 구농바우를 〈갈동^(葛洞)리〉로 부르고, 신농바우는 〈농암^(籠岩)리〉로 부르며 오늘날까지 사용해 오고 있다. 이때 괴산군 청천면 삼송리와 가은읍 민지리^(섬안, 더대)가 농암면에 편입되어 50년간 같은 행정구역으로 함께하며 반세기의 시간이 견고하게 화석화되었다.

여기서 우리는 농암과 견훤에 대해서 다시 생각해 봐야 하는 물음 하나를 던질 수 있다. 농암이란 지명은 농바우에서 왔고, 농바우는 견훤의 탄생 설화를 갖고 있다. 전설에 의하면, "옥황상제의 딸과 몰래 사랑을 나누다가 발각된 총각 구호는 천마산으로 유배를 가게 되는데, 호환에 아버지를 잃은 처녀 아비의 원수를 갚아 주고 동거를 하였다. 유배가 끝나 아비 처녀가 임신한 상태로 함께 천상에 올라오자 옥황상제와 공주가 대노하며 이들을 쫓아내어 둘은 지상에 떨어져 각각 바위가 되었고, 후에 바위가 갈라지면서 견훤이 태어났다."라는 설화가 있다. 설화에는 옥황상제, 옥황상제 딸, 천마가 등장하고 그 후 바위에서 견훤이 탄생한다는 것으로, 견훤은 곧 하늘이 내린 인물로 정의할 수 있다.

농암면 갈동리 외에 삼송리에도 〈농바우〉가 있어 농암면에는 두 개의 농바위가 존재한다. 삼송리 농바우도 넓적한 농처럼 생긴 바위가 커다란 암반 위에 얹혀 있는데, 한 사람이 흔들거나 여러 사람이 흔들어도 똑같이 움직인다. 이 바위는 아이를 갖지 못하는 아낙이 바위를 만진 후 태기가 있어 그 후 7남매의 어미가 되었다는 전설이 전해지고 있어 아이 갖기를 원하는 사람들이 찾는 바위가 되었다. 갈동리 농바위는 영웅이 탄생하는 신령한 바위라면, 삼송리 농바위는 다산의 신통력을 가진 백성의 바위로 두 곳이 귀한 인물 탄생이라는 공통분모를 갖고 있다.

또, 농암에는 견훤과 관련된 전설 속의 말바우가 두 개 있다. 말바우 하나는 종곡리,

다른 하나는 건너편 연천리에 있다고 〈청조향람〉에서 적고 있으나 동일한 바위의 오류다. 원적사 뒤에 있는 바위를 말안장같이 생겼다 하여 〈말바우〉라고 부른다. 이 바위는 곧잘 달리는 말안장을 갖춘 말과 같아 보이는 바위로 큰 꿈을 이루려는 사람들이 찾고 있다. 일명 〈학바위〉로도 부르는데, 고고하고 청렴한 인물 탄생과 연관이 있다.

이외에도 견훤 관련 지명과 유적 등은 얼마든지 있다. 궁기리에는 견훤이 백제를 건국하기 전 궁을 지었다는 〈궁터〉와 견훤을 신으로 모시는 〈골맥이〉가 다수 있고, 천마산(천마산)에는 〈견훤산성(천마산성)〉, 천마산 아래는 〈견훤 우물〉 등이 있다. 특이점은 환여승람에서는 견훤산성을 〈백제성(百濟城)〉이라고 기록하고 있는데, 이는 견훤이 이 성을 축조했거나 이 성에서 군사력을 키워 후백제를 건국했다는 뜻을 담고 있어 견훤이 쌓았다는 여타의 성들보다 그와 직접적인 관련이 있는 〈견훤의 성〉이라는 사실을 뒷받침해 주고 있다.

또한, 농암은 농바우의 한자 표기로, 〈농암면〉을 다르게 바꾸어 쓰면 〈견훤면〉이 된다. 왜냐하면 〈농바우〉는 견훤의 탄생 설화의 유적이자 증거이고 영웅 탄생이라는 의미 있는 천마설화를 갖고 있으므로 견훤의 농암 탄생을 부정하기 어렵다. 그럼에도 견훤이 가은 갈전리에서 아자개의 아들로 태어났다는 기록을 대부분 인용하고 있으니 이것은 매우 잘못된 것이 아닐 수 없다. 1914년 행정 개편 이전까지 농암은 가은현에 포함되어 있었으니 견훤의 가은현 출생에는 이견이 없으나, 야래자(夜來子)설화를 끌고 와 밤마다 외간 남자(지렁이의 변신)가 규중처녀와 정을 통해서 낳은 사생아가 견훤이라며 평민 이하의 취급을 하면서도, 견훤의 아버지인 아자개 이름을 따서 왕릉시장을 〈아자개 장터〉로 바꾸어 부르는 것은 앞뒤가 맞지 않는다. 이는 설화 속에 밤마다 찾아온 남자가 아자개라면 모르지만 그렇지 않다면 사생아라는 견훤과 아자개의 아들이라는 말이 서로 상충된다.

〈야래자설화〉는 우리나라 다른 지방에도 전해 오는 흔한 설화이고, 견훤의 말과 화살의 빠르기 시합에서 실수로 말의 목을 친 〈아차〉라는 지명유래도 여러 곳에 존재한다. 그런데 한 나라를 건국한 대왕의 탄생 설화는 대개 영웅시함에도 불구하고 견훤은 왜 〈지렁이〉와 〈사생아〉로 폄훼하는지 유감이다. 아무리 사기가 승자의 기록이라 해도 그를 패자로만 기술하면 될 것을 밟으면 꿈틀하는 미물로 설정해 두고 숭위전에 모신다는 건 상식 이하의 처사가 아니겠는가.

생각해 보라. 농암의 말바우에서 가은 갈전까지는 여러 산이 막혀 있고 거리가 얼마인가? 그리고 아자개를 견훤의 아버지라고 하면서, 금하굴을 만들어 지렁이의 후손과 사생아로 전락시킨다는 건 얼마나 큰 모순인가. 반면 두 개의 농바우는 귀한 영웅과 백성 탄생의 전설이고, 두 곳의 말바우는 명마와 인물 탄생의 전설이며, 두 가지 천마설화 전설은 천마산^(쪽금산)과 천마산성^(견훤산성)이 뒷받침해 준다. 견훤을 신으로 모시는 여러 개의 골맥이가 있으며, 민지리 쪽금산은 매우 특이한 지명으로 '바위가 쪼개져 왕^(金)이 탄생'했다는 뜻이 들어 있음에도 왜 이를 인용하지 않는가? 이렇게 천마설화와 천마산과 천마산성, 그리고 천마를 얻은 말바우가 농암에 있는데도 천마를 지우고 천박한 야래자설화와 지역민이 반대한 금하굴을 판 다음 언제까지 이것을 견훤 역사라고 주장할 수 있을지 궁금해진다.

이 정도 입증이 되었으면 이제 농암면을 견훤면이라 부르고 궁기리도 〈견훤궁기〉라고 불러야 되지 않겠는가. 농암의 이름은 110년, 견훤의 이름은 1,100여 년, 이 두 가지 중 어떤 이름이 역사성이 있고 사람들의 인지도가 높으며 선호하는지 물어본다면 그 답은 쉽게 나올 것이다. 지나간 과거라 하여 적당한 수준에서 얼버무려 견훤의 독서굴이나 견훤 생가라고 연막을 치면서 그곳을 복원하고 후백제 역사를 재정비하겠다는 건 매우 위험한 발상이다. 설화와 지명과 유적들이 서로 인과관계가 성립된다는 점, 그리고 개바우의 전설과 지명 등 여러 사항을 명찰하여 제대로 쓰고 많은 이들이 공감할 수 있는 견훤의 고장이 되어야 할 것이다.

08. 원효대와 의상대에서 견훤을 만나다

조항산(鳥項山)은 새의 목처럼 생겼다고 하여 〈새목산〉으로 부르고, 암봉이 갓을 쓴 것처럼 보여 소원 들어주는 〈갓바우〉라고 하며, 정상 암봉을 청화산 쪽에서 옆얼굴로 보면 영웅 탄생을 예언하는 〈큰 바위 얼굴〉 같다고 한다. 조항산에서 둔덕산 사이의 고모령 우측 능선으로는 생명과 우주의 조화를 관통하는 창조주인 마고신(麻姑神)이 〈마고할미통시바우〉와 〈손녀마고통시바우〉의 모습으로 나란히 서 있다. 이렇게 웅혼하면서도 갖가지 모습으로 다가오는 조항산, 그 8부 능선 청화산 쪽 방향으로 원효대와 의상대라 부르는 곳이 있다. 과연 그곳에서 원효와 의상이 머물러 대(臺)를 쌓고 불도를 수행했는지는 의문을 갖게 된다.

이곳은 견훤의 왕궁이 있었다는 궁터와 접해 있고, 원효와 의상이 쌓았다는 원효대와 의상대, 그리고 백두대간으로 이어져 조항산과 청화산이 어깨를 끼고 있다. 청화산 아래 명당 자리에는 수도 선원인 〈원적사〉가 있으며, 거기서 쌍용천을 건너면 도장산이 품은 심원사가 있음에 주시할 필요가 있다. 원적사 법당 뒤 큰 바위는 〈학바위〉라 부르기도 하고 〈말바우〉라고도 한다. 학이 날개를 펴고 날아오르는 형국인 〈비학승천혈(飛鶴昇天穴)〉로, 잘 달리는 말의 안장 올려진 바위 같아 예로부터 큰 꿈을 이루려는 사람들이나 관직에 나아가려는 사람들이 이 바위를 많이 찾았다. 원효와 의상의 여러 가지 전설이 전해져 오고 지명 유래와 유적 유물도 있으므로 결코 가벼이 넘길 수 없는 일이다.

원효와 의상은 불교를 공부하기 위해 같이 당나라로 길을 가던 도반이다. 의상대사^(義湘, 625~702)는 화엄종을 최초로 일으킨 신라 고승으로 8세 위인 원효대사^(元曉, 617~686)를 만나 친교를 맺고 그와 고구려 보덕 화상에게 〈열반경〉을 배우기도 했다. 661년 원효와 바다를 건너 중국으로 가던 중 원효는 한 고분에서 깨우친 바가 있어 발길을 돌렸고, 의상은 화엄종 지엄의 문하에서 공부를 하고, 귀국 후 부석사 등 사찰을 세우며 교화 활동을 폈다. 의상이 당시 유학 중 갑자기 귀국하게 된 것은 당나라 고종이 신라를 친다는 계획을 미리 알고 이를 왕에게 알리기 위함이었다는 그 애국심은 남다른 것이었다. 원효대사가 저술에 힘쓰고 개인적인 교화 활동을 펼치며 수많은 절을 창건^(120여 곳)한 데 비해, 의상은 화엄종 교단의 조직에 의한 교화와 제자들의 교육^(3천여 명)을 중시했다.

"원효대사가 도장암^(道藏庵, 지금의 深源寺)을 창건하여 수행하고 있을 때, 의상대사와 윤필거사도 함께 수행 정진하고 있었는데, 어느 날 한 동자가 의상과 윤필을 찾아와 불법과 글 배우기를 청했다. 이에 몇 개월을 가르쳐 주니, 어느 날 동자가 자기는 청화산 기슭 용추^(龍湫)의 용궁 속에 사는 용왕의 세자라 하였다. 용왕이 감사의 표시로 초청을 원한다고 동자가 전하자, 망설이던 세 분 중 윤필이 동자의 등에 업혀 가서 극진히 대접받고 나오면서 용왕이 준 네 가지 선물인 병증^(餠甑) · 월겸^(月鎌) · 금부^(金斧) · 요령^(堯鈴)을 받아 왔다. 그 후 병증^(餠甑)은 용궁에서 필요한 것으로 여겨 돌려보냈고, 월겸^(月鎌)은 없어진 내력조차 알 수 없으며, 금부^(金斧)는 봉암사에서 보관하다가 1965년경 도난당했다고 한다. 요령^(堯鈴)은 원효^(元曉)가 원적사로 옮겨 보관해 오다가 지금은 직지사 성보박물관에 보관 중이다."고 「한국사찰전서」와 「문경지」에서 전하고 있다.

역사 속 두 인물인 원효와 의상은 출가와 재가를 통해 우정이 돈독했고 두 날개를 가진 한 마리 새처럼 당나라 유학을 같이 시도하는 등 전국을 주유하고 다녔다. 범어사에 가면 원효와 의상의 영정이 나란히 있고, 이 외에도 도장산 심원사와 삼성산 삼막사를 원효와 의상, 윤필거사 세 사람이 창건하기도 했다. 게다가 조항산기슭에는 의상대와 원효대가 가까이 있으며, 원적사에는 〈해동초조원효조사〉 이름을 붙인 원효대사 진영^(眞影, 직접 보고 그린 그림)을 이곳에만 소장하고 있음을 볼 때 원효가 머문 절이라는 것을 확인할 수 있다.

　여기서 원적사와 심원사 창건은 660년이고, 견훤 탄생은 867년, 봉암사 창건이 879 년인 것을 연대기 순으로 이어 보면 원효와 의상이 청화산 아래 원적사와 심원사를 짓 고, 청화산에서 5리쯤 떨어진 조항산까지 오가며 원효대와 의상대를 쌓으며 수행과 정 진을 계속했다는 것을 짐작하게 한다. 원효는 12세 때부터 화랑으로 활동을 하며 무예 가 뛰어났고 특히 검술 실력이 빼어났으며 축지법까지 능했다고 전한다. 반면 의상은 하늘이 내려주는 음식인 천공^(天貢)을 받아먹으며 놀면서 수도를 하는 것을 보고 원효가 이를 꾸짖었다는 기록을 보면, 원효는 자신의 이름대로 나라의 새벽을 깨우는 역할을 했다면, 의상은 의를 숭상하며 충효를 펼친 호국 스님이었음을 유추할 수 있다.

희양산 원경

그 뒤 2백여 년의 세월이 흘러 견훤은 농바우에서 태어나 말바우에서 명마를 얻었으며, 조항산 큰 바위 얼굴을 보며 꿈을 키우고 원효대와 의상대에서 무예 를 닦으며 천하대장군으로서 호연지기를 길러 의로운 나라를 건국하는 꿈을 꾸었 을 것이다. 고모령에서 대간을 타고 조금 내려가면 희양산이 나오는데, 견훤이 13 세 되던 해 지증대사가 봉암용곡에 큰 절을 지었으니 그 절이 봉암사다. 영웅은 청화산 과 조항산과 희양산 기운을 받았을 뿐 아니라 마고신의 천지인^(天地人) 정신에 힘입어 새로 운 역사 창조의 소명을 받았으리라.

　어쨌건 농암에 발자취를 남긴 원효와 의상과 윤필거사의 역사, 그리고 궁터에 위치한 원 효대와 의상대와 추심사의 역사는 이렇게 정리되어진다. 하지만 그 뒤 시간이 흐르면서 의 상대가 새로운 시비 거리를 낳는다. 그것은 조선 중기 선비인 「김이원의 묘갈」과 「문경지」, 「청조향람」 등에 기술된 의상대의 내용과 한자 표기가 서로 다르다는 점 때문이다.

「김이원의 묘갈」에서 "김이원(金理元)은 소양서원에 배향된 김낙춘의 아들로 호는 의암(義岩)이다. 선조 때 도찰방을 지내고 효도와 학문에 힘썼으며, 만년에 의상대(義尙臺)를 쌓고 그 아래 하강정(下江亭)에서 소요하며 즐겼다. 문경현감 이경절(李景節)이 묘갈을 지었다."라 기록하고 있다. 그렇다면 의상대를 의상대사가 쌓았는가? 아니면 김이원이 쌓았는가 하는 문제다. 김이원은 만년에 고향 농암을 찾아 효도와 학문에 힘쓰기 위해 의상대를 쌓고 그 아래 하강정을 지었다는 것을 당시 문경현감이었던 이경절이 썼으니 기록의 신빙성을 더 높여 준다.

청천면은 〈의상(義湘)골〉로 쓰지만, 화북면은 입석리 〈의상동(義尙洞)〉 마을과 〈의상대(義湘臺)〉는 한자가 다르다. 하지만 농암면의 경우 〈의상대(義尙臺)〉로 다르게 쓰고 있는데, 차이는 당나라를 의미하는 '湘'자와 신라 숭상을 의미하는 '尙'의 차이점으로 보인다. 앞의 한자는 의상이 유학한 화엄종 중심지인 당나라 호남성(湘, 호남성의 옛이름)이 반영되었다면, 뒤의 한자는 충효를 숭상하는 상주 가선현의 땅인 상주(尙州)가 반영된 것 같다.

여기서 원효 의상 윤필이 머물렀다는 기록을 인용해 보면, 당시 의상대사가 대를 쌓았으나 세월이 흐르면서 훼손되자 이를 김이원이 새로 대를 쌓았고, 의상 폭포 옆에 하강정(下江亭, 폭포가 보이는 정자)을 지어 효도와 학문에 힘썼다는 것으로 무리 없이 정리할 수 있다. 한자와 한글 표기가 조금 다르다고 하여 뜻이 다르다기보다는 역사는 하나지만 세월이 흐르면서 한자가 바뀐 것에 지나지 않는다. 김이원이 대를 보수하고 정자를 지어 후학을 가르치면서 이곳 사람들이 '공경할 상(尙)'을 채택하고, 의상대를 '어상대'로 표기하였으나, '의'를 '어'로 발음한 결과인 것이다.

의상대에서 충효를 가르치던 김이원의 호는 의암(義岩)으로, 의는 옳게 산다는 뜻을 담았고, 암은 조항산의 바위로 풀이된다. 그는 의인이 되고자 노력한 의상대사의 뜻을 새기며, 후학들에게 참된 의(義)를 가르치고자 노력했다. 그가 사랑한 건 조항산 큰 바위 얼굴(巖)이었고 의암이 이곳에 하강정을 지은 것은 궁터에서 성장 수련하여 건국 대왕이 된 견훤 정신을 계승하고자 함이 아니면 달리 무엇이겠는가.

　순천 금전산, 봉화 청량산, 해남 두륜산에도 원효대와 의상대가 조항산처럼 나란히 존재한다. 하지만 조항산은 단순한 전설이 아니라 기록이 전하고 있고 단을 쌓았던 자리가 있을 뿐 아니라 견훤이 무예를 닦으며 궁을 지어 살던 궁터와 연계되는 새로운 역사유적이라는 점에서 차이가 있다. 견훤은 마고신의 힘을 입고 걸출하게 자라나 원효의 화랑정신과 무예를 이어받으며, 말바우에서 명마를 얻고 천마산에다 견훤산성을 쌓아 타의 추종을 불허하는 불세출의 장수가 되어 후삼국의 새 역사를 써 내려갔던 것이다.

　그러므로 원효와 의상이 머물렀던 곳에는 원적사와 심원사가 있고, 원적사에는 원효대사의 진영이 유적과 유물로 남아 있으므로 원효대와 의상대의 역사를 어찌 부정하겠는가. 후에 견훤이 농바우에서 태어나 궁터에 살면서 조항산 마고신이 새 기운을 불어넣는 무한 축복을 받았으리라. 원효대와 의상대에서 무예를 연마하며 성장기를 보낸 후, 원적사 뒤편 말바우의 말 안장에 오르는 꿈을 키워 가며 끝내 후백제 건국의 대망을 이룬 것이리라. 견훤의 건국을 도운 김총의 후손인 김이원이 시조의 공훈을 인식하고 후세들에게 견훤정신을 기리고자 의상대를 쌓고 하강정을 지어 후학들을 가르친 것을 금석문이 잘 입증해 주고 있다.

　이같은 기록은 「교남지(嶠南誌)」와 「김이원의 묘갈」, 「조선환여승람(朝鮮寰輿勝覽)」, 「청조향람」, 「문경문학과 8경9곡」 등의 참고문헌과 상주시, 괴산군, 문경시 홈페이지에 등재된 지명유래와 전설 등에 따른 것이다. 아직껏 잠들어 있는 견훤이 이제 궁터에서 원효대와 의상대를 오르내리고 추심사에서 기도하며 청화산 너머 원적사 말바우의 기운을 받아 비학승천의 기세로 명마를 타고 달리는 견훤을 만나게 될 시간 앞에 서 있다. 우리는 도도한 역사의 물줄기를 가르며 후백제를 세워 삼국 통일을 이루려 했던 견훤대왕을 다시 만날 수 있다는 것은 얼마나 가슴 벅찬 일인가.

09. 후백제의 성황신이 된 농암의 장수

견훤을 도와 후백제를 건국하게 만든 장수 셋을 꼽으라면 진례의 김총, 승평의 박영규, 무진주의 지훤이다. 견훤은 바다와 거리가 먼 백두대간의 중심에 해당하는 상주 가선현^(농암, 가은)의 산골 출신인데 어떻게 여수 순천의 남해 바다와 인연을 맺게 되었을까?

때는 서기 889년^(진성여왕 3), 신라가 왕위 계승을 둘러싼 정쟁과 도처에 사회적 모순이 심화되자 상주에서 가장 먼저 농민봉기가 일어나는데 그것이 〈원종·애노의 난〉이다. 그 난을 바라보던 신라 군인 견훤은 암울한 나라의 현실을 타개할 소명의식을 안고 경주를 떠날 것을 다짐한다.

그리고 견훤은 자신의 출중한 무예와 충천하는 의지를 앞세워 신라가 파견한 '서남해 방수군'의 일원으로 참여하게 된다. 당시 해양의 핵심 거점에 해당하는 서남해 지역을 방수하는 것이 그의 임무였고, 견훤은 그 휘하에 속하여 진군하는 과정에서 큰 공을 세우고 비장의 지위에 오르며 연전연승을 이끌어 세력을 키워 나간다.

견훤의 〈대왕 루트〉는 경주^(서라벌)⇒진주^(강주康州)⇒여수^(진례)⇒순천^(승평)⇒광주^(무진주)⇒전주^(완산주)인데, 여수에서 김총, 순천에서 박영규, 광주에서 지훤을 자기 세력으로 확보하고 후백제 왕이 된다. 그런데 어찌 한 나라를 건국하고 왕이 되는 일이 쉬울 수 있겠는가? 상식적으로 이해가 되지 않을 만큼 단기간에 일취월장하며 일사천리로 왕도를 갈 수 있다는 건 불가능에 가깝다.

여기서 특별히 주목을 해야 할 점이 있다. 「승평지」 문헌에 의하면 "김총이 상주 가선현(加恩縣)에서 태어나 여수 등 서남해 지역 방위에 공을 세우고 비장(裨將)이 되어 무진주 등을 정벌, 후백제를 건국한 견훤을 섬겨 관직이 인가별감(引駕別監)에 이르렀다."고 기록하고 있다. 그러니까 김총은 견훤보다 다섯 살 정도 많지만 동시에 두 사람은 같은 지역 출생이면서 절묘하게 삶의 노정이 여수에서 연결된다.

김총은 원래 상주 가선현(고려 초에는 가은현) 사람으로, 어릴 적부터 무예가 출중했으며 특히 말타기 솜씨가 신기에 가까울 정도로 타의 추종을 불허했다. 그 이유 중 하나는 금빛 털을 가진 명마 덕분이었다. 온몸에 금빛 나는 털을 갖고 있어 사람들은 그 말을 〈금총마〉라 불렀고, 말을 부리는 사람을 〈김총, 금총(金摠)〉이라 불렀다. 그 말이 달리는 것은 여명의 일출을 보는 것 같았으며, 빠른 속도와 높은 지구력과 몸통에서 금색 광택이 나는 황금의 말, 곧 아할테케(Akhal-teke) 순종 같은 희귀한 혈통이었다. 더욱이 햇빛을 받으면 더 많이 반사해 황금색으로 반짝였으니 말을 탄 장수는 그야말로 의기양양이었다. 김총은 그 말이 칠봉산의 조자룡 동굴에서 얻어진 말로 처음부터 금빛 털이 시선을 압도했다고 했다. 사람들은 말을 보고 조자룡 동굴에 사는 세 마리의 말 중 한 마리라고 했다.

금총마는 하늘이 내린 말이었다. 관우의 적토마나 항우의 오추마를 능가하는 수준으로 평가되는 명마였다. 말이 워낙 영특하여 말고삐를 스스로 부리지 않고 금총마가 움직이는 대로 탔는데도 그 동작 하나하나가 그저 감탄을 자아낼 뿐이었다. 김총이 어느 날 말을 타고 있는데, 그날따라 금총마가 머리를 천마산(天馬山) 정상 쪽을 향해 치켜들더니 "히이잉 히이잉 히이잉!" 세 번을 울었다. 그 후 천마산과 쪽금산 밑을 돌아 서남해 쪽으로 달려나갔으니 그곳이 바로 여수 진례산(영취산)이었다. 거기서 김총은 금총마와 함께 큰 세력을 결집하며 진례지역을 좌우하는 큰 호족 세력으로 발전하였다. 시간이 흐르자 진례 사람들은 그를 수호신으로 섬겼고 그가 있는 한 진례는 도적으로부터 안전했다.

김총이 가선현에서 여수로 떠나고 난 뒤, 견훤이 어느새 소년에서 청년이 되어 천마산에다 견훤산성을 쌓아 그곳에 진을 치고 훈련을 하며 점점 대망을 키워 가고 있었다. 그러던 어느 날 말바우 동굴에서 용마가 나와 주변 농작물을 크게 해친다는 것이었다. 견훤이 묘책을 내어 허수아비를 굴 앞에 세워 놓고 그 뒤에 숨어 있다가 용마가 나타나자 쏜살같이 말을 낚아채 그 등에 올랐으니 용마는 견훤에게 굴복하지 않을 수 없었다. 그후 어느 날 명마인지 아닌지 여부를 가려 보고자 화살과 말 중에서 누가 빠른지 시합을 해 보기로 했다.

하지만 견훤이 눈 깜빡할 새 느티나무 표적에 이르렀는데도 이미 화살이 먼저 날아와 박혀 있었다. 화가 난 견훤은 다짜고짜 명마의 자격이 없다며 말의 목을 단칼에 내리친다. 말이 피를 흘리고 쓰러지자 그제야 화살이 날아오지 않는가. 그는 말을 농바우 앞산 밑 양지에다 묻어 주고 실수를 자책하며 더 큰 뜻을 품고 농암을 떠나기로 결정한다. 그러면서도 예전에 김총이 가졌다는 금총마를 그리며 자신도 그런 말의 주인이 되었으면 좋겠다는 꿈을 간직한다.

이렇게 후백제의 시작은 신비한 말로부터 시작된다. 김총의 칠봉산 금총마로 시작되어 견훤의 천마산과 말바우와 말무덤으로 이어져 결국 여수에서 견훤이 늘 꿈꾸던 하늘이 내린 말을 만나게 되었으니 이것이 천군만마의 기세가 아니겠는가. 인가별감이라는 중책을 맡은 김총은 견훤을 가장 가까운 거리에서 호위하며 군대를 이끌어 나갔다. 김총은 견훤에게 금마(金馬, 전북 익산 왕궁리 후백제 궁이 있던 곳)에 궁을 짓고 금산사(金山寺, 김제시 금산면 금산리)에 석성을 쌓지 말아야 왕으로서 하늘의 뜻을 펼치게 된다는 예언의 말까지 건넨다.

후에 견훤은 금마에는 궁을 짓고, 금산사에는 석성을 쌓은 탓에 큰아들 신검에 의해 그곳에 갇혀 비운의 종말을 맞는다. 이는 금마의 궁은 말의 훌륭한 집이 되지만, 금산사의 석성은 말의 감옥이 되어 금총마의 기운으로 승승장구한 서기가 여기서 막히고 만 것이다.

김총은 여수 지역 진례산 아래 치소를 차려 남해안에서 날뛰는 적들을 정벌하고 선정을 베풀었으며, 그 공으로 순천 지역을 다스리는 평양군이 되었다. 이곳에서는 김총 사당을 지어 지금도 진례산의 산신인 성황신^(順天城隍神 영정, 전남민속문화재 제27호)으로 모시고 있다. 후백제 세 명의 건국 공신 중 박영규와 지훤은 권력에 이끌려 견훤의 사위가 되었지만, 김총은 지역 백성들의 국태민안을 생각해 서남해를 지키며 개인의 영달보다는 하늘의 순리를 따랐다. 가선현에서 출정하여 순천의 성황신이 되었고 견훤이 후백제를 세우는데 기여한 금총마의 장수, 동서 화합을 주도한 인물인 신라 말의 김총을 우리는 새로운 시각으로 다시 기억해야 하지 않을까 싶다.

「승평지(昇平誌)」

지봉^(芝峰) 이수광^(李睟光)이 승평부 부사로 있으면서 「동국여지승람」의 미비한 부분을 보완하기 위해 1618년^(광해군 10) 편찬한 순천 읍지이다. 그는 남아 있는 기록이 많지 않기 때문에 자신이 직접 순천을 돌아다니며 다양한 이야기를 듣고 직접 관찰하며 보완했다고 한다. 그는 우리나라 대표적인 실학자이자 최초의 문화백과사전인 「지봉유설」의 저자이다.

10. 국토의 단전, 천마설화의 농암

양구는 한반도 국토의 정중앙이라 하고, 충주시는 중앙탑을 내세워 그곳이 중앙이라 주장하며, 문경시는 〈국토의 단전에서, 세계의 단전〉이라는 슬로건을 내걸고 홍보하고 있다. 그렇다면 우리 국토(South Korea)의 중앙은 과연 어디일까? 위도상 북위 36.5668도 지점과 경도상 동경 127.96332도가 교차하는 지점으로, 바로 문경시 농암면이 이에 해당된다.

그러니까 크게 보면 문경시가, 정확히 보면 농암이 단전이라는 말이다. 하지만 농암은 백두대간인 청화산과 조항산이 지나는 고을로 〈백두대간의 중심〉이라는 큰 표석을 농암리에 세워 두긴 했으나 〈국토의 단전〉이라고 부르지는 않는다. 모르는 건지 알면서도 방관하는 건지 가치 있는 자산 하나를 오래도록 묵혀 온 것이다. 국토의 중심이 된다는 건 단순히 지리적인 표시가 아니라 인위적으로 바꿀 수 없는 하늘이 점지한 축복이다. 땅끝마을 해남이나 정남진의 장흥, 강릉의 정동진 해맞이와 인천의 정서진 노을 축제 등은 이름 자체만으로도 많은 사람들을 설레게 만든다.

단전이란 배꼽 밑 세치(약 9cm) 정도 되는 부위로 배의 중간을 가리킨다. 머리에서 발끝까지 신체 중심이 되는 부분으로 볼 수 있으며, 기운이 몰려 있는 치명적 부위이다. 그래서 단전은 기운이 모이고 순환하는 곳으로 몸의 생명 발전소이자 동력의 저장소이기도 하다. 김유신이 신라가 삼국 통일의 전환점을 이룩한 문경시 당교로의 〈당교대첩〉의 지략은 매우 중요한 전쟁의 의미를 갖는다.

고구려 백제 신라가 각각 문경을 탐낸 이유는 그곳을 차지하여야만 통일을 할 수 있다는 주장이 있었고, 아무래도 중심을 점령하고 있어야 방어와 공격이 손 쉬운 때문이었다. 온달 장군이 국토의 중심을 차지하기 위해 온달산성에서 몸바쳐 싸운 이유나 김춘추에게 마목현^(문경)을 돌려 달라는 고구려의 선도해 협박이 이를 입증한다. 고구려를 멸한 소정방이 신라까지 칠 계획을 세우고 있다는 걸 미리 알아챈 김유신은 당나라 2만여 정예 군대를 당교로 끌어들여 몰살시킨 당교대첩으로 그 동력에 힘입어 삼국 통일을 이룰 수 있었다. 김유신이 통일성지로 당교를 선택한 것은 국토의 중심이자 단전이기 때문이라는 점은 역사로도 확인되고 있다.

농암은 국토의 단전으로서 하늘의 점지를 받았다고 생각할 수 있는 천마설화가 내려오고 있다. 그 이야기가 〈견훤의 탄생 설화〉이며, 유적으로는 천마산과 농바우가 존재한다. 옥황상제의 무남독녀인 공주와 사랑을 나눈 죄로 구호 총각은 지상^(천마산)으로 귀양을 가고, 그곳에서 아비라는 처녀의 원수를 갚아 주면서 같이 살게 된다. 귀양 기간이 끝나 하늘로 돌아가는 구호는 임산부인 아비를 저버리지 않고 천상으로 올라갔다가 다시 지상으로 추방되면서 타고 온 말은 천마산, 구호와 아비는 두 개의 바위가 되어 후에 아비의 바위가 쪼개지며 장한^(견훤)이 태어난다.

이 천마산의 〈천마설화〉와 금강산의 〈나무꾼과 선녀 설화〉는 서로 유사성을 갖는다. 전자는 남자인 구호가 귀양을 살러 하늘에서 지상으로 내려오고, 후자는 선녀가 목욕을 하러 하늘에서 지상으로 내려온다. 구호는 호랑이를 죽여서 아비의 원수를 갚아 아내를 얻지만, 나무꾼은 사슴을 구해 주어 선녀를 아내로 얻는다. 전자는 아내가 잉태를 하고 같이 지상으로 추방되지만, 후자는 선녀가 아이 둘을 낳고 나뭇꾼을 버린 채 하늘로 올라가 나무꾼만 남는다.

끝에 가서 전자는 둘 다 지상으로 떨어져 두 개의 바위가 되어 견훤이 태어나고, 후자는 나무꾼이 두레박을 타고 하늘로 올라가지만 자신의 실수로 지상에서 남아 죽은 후 수탉이 되어 새벽마다 운다. 두 설화가 서로 비교가 되면서 천상과 지상을 오가며 벌어지는 아름다운 사랑의 결실을 얻기도 하지만 그렇다고 결말은 해피엔딩이 아니다.

하늘과 땅을 오르내리는 수단으로 전자는 천마, 후자는 두레박과 용마가 등장한다. 전자가 훌륭한 후백제의 왕을 탄생시켰다면, 후자는 수탉이 되어 세상의 귀신을 쫓고 어둠을 깨우는 역할을 하고 있으니, 쉽게 재미로 읽는 설화가 아닌 교훈적인 의미가 들어 있음을 확인할 수 있다.

쌍용 STX리조트 행운의 바위

앞에서 언급한 국토의 정중앙은 농암 내서리에 소재한 STX 리조트 뒤 〈행운바위〉라고 한다. 그러나 농암에 전래되는 유서 깊은 설화가 있어 〈행운 바위〉는 그 지리적 자체로 인정하지만, 견훤의 탄생과 관련된 〈농바우〉와 〈천마산〉이 등장하는 〈천마설화〉가 우리들의 관심과 시선을 모은다. 정동진과 정서진 가운데 자리한 〈정중진(正中津) 농암〉! 나무꾼과 선녀의 사슴이 등장하는 은혜로운 사랑이나 구호와 아비의 바윗돌처럼 변하지

쌍용 STX리조트와 장군봉

않는 사랑은 많은 이들의 가슴과 단전에서 오래 살아 있는 힘이 되리라 믿는다.

11. 견훤이 완산주로 간 까닭은?

문경^(가선현)에 고향을 둔 견훤에게는 요즘도 몇 가지 의문이 따라다닌다. 탄생 설화와 성^(姓)씨, 그리고 그가 굳이 완산주로 가서 후백제 창업 군주가 된 이유가 무언지 궁금증을 불러일으킨다. 탄생 설화를 왜곡하여 한 사람의 영웅을 극단적으로 폄훼하거나 완산주로 가서 후백제 왕이 된 것을 일종의 반역으로 매도하는 것은 진실과 부합하지 않는다는 의문이 생기기 때문이다.

견훤이 탄생한 해는 서기 936년, 태어난 곳은 당시 상주^(尙州) 고령군^(古寧郡) 가선현^(嘉善縣, 지금의 가은읍과 농암면)이다. 여기서 논란이 되는 건 여러 설화 중 하필이면 왜 금하굴 지렁이의 후손을 인용하느냐의 문제이다. 그 기록의 출전은 삼국사기와 삼국유사로, 지은이인 김부식과 일연이 승자인 고려 조정 사람들이므로 패자의 기술에 대한 신뢰도가 저하된다. 그러므로 고려 왕건을 띄우기 위해 견훤을 지렁이 후손으로 기록했을 터이고, 또 왕건의 탄생 설화는 조상들에 대한 신비한 이야기로 신성성을 부여하고 있으나 그것이 견훤에 비해 빈약하기 때문에 상대를 폄하했을 가능성이 매우 높다. 결국 견훤은 하늘에서 내려 준 천마 한 필과 보물 상자 두 개가 농암에 떨어져 말은 천마산이 되고 보물 상자는 선녀바위와 농바위가 되어 그 바위가 갈라지며 장한^(壯漢)이 나왔다는 탄생 설화가 건국 대왕의 설화로서 더 설득력을 얻는다.

그는 아자개^(阿慈介)의 아들로 태어나 원래 성이 이^(李)씨였다고 전해진다. 이후 후백제를 창업한 견훤^(甄萱)을 시조^(始祖)로 하는 황간 견씨^(黃磵 甄氏) 등이 생겨나는데, 그렇다면 왜 이씨에서 견씨로 성을 바꾸었는지는 알 수 없다. 다만 예전부터 우리나라에는 "사성(賜姓)"이라는 제도가 있어 왕이 공신 등에게 특별히 성을 내려주기도 했다. 이런 맥락에서 보면 견훤은 큰 뜻을 품고 나라를 세우기 위해 품격 있는 가계를 만들고자 사성제도를 변용하여 스스로 성을 바꾸었을 것으로 짐작된다. 우리나라 성씨에 희성이기는 하지만 나주 아씨, 양주 아씨도 있음을 간과할 수 없다.

견훤이 신라 사람으로서 지지기반이 적은 완산주에다 왜 도읍을 정했는가? 당시 9주 5소경의 하나인 광활한 영토의 상주, "중원의 호족인 아자개의 장남이었지만 계모 등쌀에 후계구도에서 밀려났다거나, 신라에 대응하려면 후백제를 건국해야 가능했다든지, 무진주에 극성을 부리는 도적 떼들을 쫓고 세력을 장악해 자연스레 그 지역에서 후백제를 건국하게 된 것이라거나, 견훤이 농부의 아들로 태어나 서민들을 세력화하는데 입지조건이 가장 좋은 곳이 바로 후백제였다는 등의 설이 분분하다.

그러나 우리가 바르게 알아야 할 것은 한 사람의 실존 인물에 대해 견훤처럼 설화나 산성의 축성이 많은 경우도 드물다. 그만큼 뛰어난 지도력과 걸출한 군주의 자질을 소유한 인물이라는 반증이며, 왕건이나 궁예와 양길에 조금도 뒤지지 않는다. 어쩌면 그에게 운명의 뒤틀림이 없었더라면 10세기 한반도는 견훤이 통일을 이룬 역사가 도래했을 것이다.

이와 같은 견훤 역사에 대해 여러 확인된 설화 등의 기록을 면밀히 비교 검토하고, 시대적 사건의 인과성과 입체적 상상력을 동원해 정리해 보면 견훤은 금하굴 태생이라기보다 하늘에서 내려 준 천마와 같이 등장하는 바위 설화의 주인공이다. 그 이유로 농암에는 설화 내용처럼 천마산이 존재하고, 탄생과 관련된 농바우도 실존한다. 이외에도 명마를 얻은 말바우와 산성을 쌓은 천마산 아래 사자바우와 우복산의 범바우, 농암천변 개바우 등 바위에 연관된 설화들이 많이 전해질 뿐 아니라, 강보의 견훤을 밭둑에 두고 일을 할 때면 호랑이가 내려와 젖을 물렸다는 이야기도 무리 없이 범바우와 연관되기 때문이다.

견훤이 청년으로 성장해서는 농암의 여러 바위 중 개바우와 가장 깊은 연관을 갖는다. 누운 개처럼 보이는 까맣고 작은 바위 하나에 불과하지만, 전설에 따르면 천마산의 사자(왕건)와 우복산의 범(궁예)이 농암천변을 어슬렁거리는 개(견훤) 한 마리를 발견하고는 서로 잡아먹으려고 해도 신령한 기운이 있어 범하질 못하자 사자와 범과 개가 바위로 변해 버린다. 개바우는 소도(蘇塗)와 같은 곳으로 죄인이 그곳으로 도망치면 잡을 수 없는 성지였으니 옛날부터 신성시되는 곳이자, 국난이 다가올 때마다 개바우가 울면서 위기를 경보해 주는 신령한 역할을 했다고 전한다.

견훤은 15세가 되어 창업 군주의 꿈을 꾸며 장도를 나선다. 그는 자신의 성을 바꾸려고 몇 날을 고민하는데, 하루는 꿈에 나타난 백발노인이 "아무도 범할 수 없는 개바우의 서기를 받아 불멸의 군주가 되라며 견(犬)씨로 성을 바꾸라."고 한다. 이후 견훤이 "개견(犬)자를 빛날 견(甄)"으로 바꾸어 쓰게 되는데, 여기 대단한 메시지가 들어 있다. 견(甄)을 파자(破字)하면 서(西)+토(土)+와(瓦), 곧 "서쪽의 땅으로 가서 기와 궁전을 지어라."는 하늘의 명령을 담은 것이 아닌가. 이름은 "훤(萱)"으로 썼는데, 이 또한 백성들을 위해서라면 만유의 근원이 되는 군주의 역할을 하겠다는 뜻으로, "근원(根源)을 강하게 힘주어 부르면 견훤(甄萱)이 된다."는 점이다.

후에 무진주의 도적 떼를 멸하고 세력을 키워 완산주에다 도읍을 정했으니 이것은 뛰어난 장수 한 사람의 지략이 아닌 하늘의 명령이었다. 하늘은 왜 그를 완산주로 가게 했을까? 삼국 시대 역사는 신라와 고구려와 백제 싸움의 역사였다. 이를 해소할 방법은 신라의 비장을 보내 후백제를 세우게 하고 나아가 고구려의 영토까지 회복하여 한반도를 자연스레 하나의 나라로 통일하라는 명령이었으니, 그는 그저 하늘의 부름대로 충실히 따랐을 뿐이다.

그럼에도 자신의 영달과 안위보다는 맏아들 신검의 악행을 보고 후백제로는 통일이 불가해짐을 직감한 뒤 자기가 세운 나라를 조건 없이 왕건에게 바친다. 왕건의 부대 앞에 서서 신검을 자기 손으로 멸한 후 며칠 뒤 조용히 세상과 결별하는 그는 순수한 평화주의자였다. 지상 어디에도 전례가 없는 자신이 세운 나라를 스스로 허문 견훤! 그는 훤(萱, 원추리)의 "잊을망(忘) 근심우(憂) 풀초(草)"라는 견훤 이름의 꽃말을 읊조려 보면 그는 백성들의 근심 걱정을 잊게 한다는 망우초로 역할을 다하고 사라져 간 것이리라.

12. 지도를 통해 견훤과 궁기 역사를 밝히다

    후백제를 건국한 견훤 탄생지가 어디냐를 두고 논란이 이는 가운데, 문경시에서는 가은 아호동의 〈금하굴〉로 비정하고 그곳에 〈숭위전〉을 지어 매년 제사를 올리고 있다. 나라를 건국한 대왕을 영웅화하지는 못할망정 〈지렁이〉로 비하하면서도 제사를 올리며, 그를 인간이 아닌 지렁이 후손으로 기술하고 실제 아버지인 사벌국 장수 〈아자개〉라 기술하는 건 아자개가 곧 지렁이라는 것이다. 한술 더 떠서 왕릉 장터를 견훤 아버지 이름을 빌려 〈아자개 장터〉로 고쳐 부르며 먹을거리 즐길거리가 있는 풍물시장으로 홍보하고 있는 자가당착은 그저 수치스러울 뿐이다.

〈영남지도〉

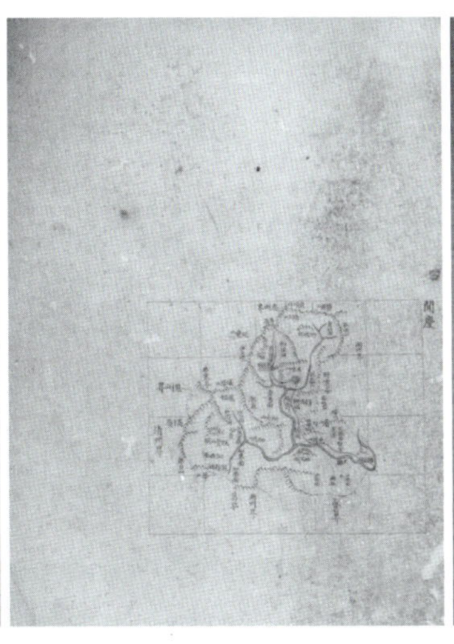

〈조선지도 원본〉

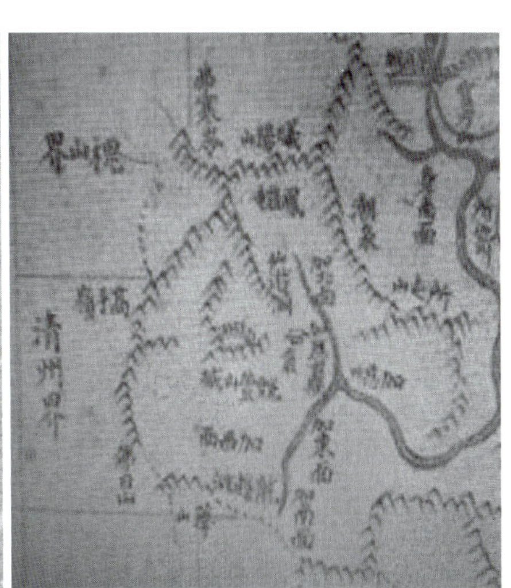

〈조선지도 문경 확대본〉

〈광여도〉

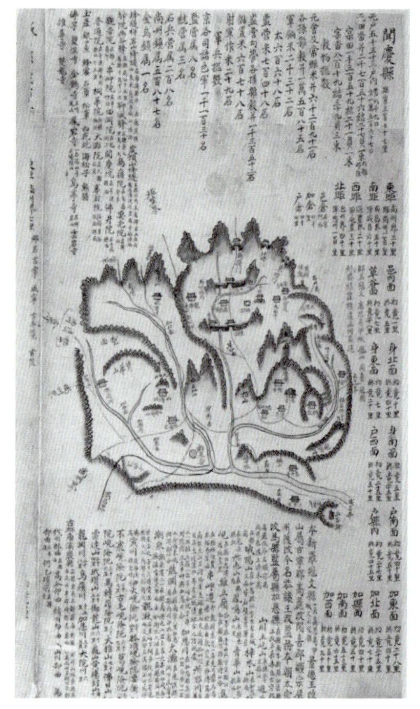

〈문경현 해동지도〉

아호동이나 광주 북촌마을 등에서 전해지는 견훤 이야기는 설화인 반면, 농암 궁기와 견훤산성은 이곳이 견훤의 후백제 건국의 터전이 되었다는 사실이 지도를 통해 새롭게 밝혀지고 있다. 설화로 내려오는 것과 공적인 지도에서 확인하는 것을 두고 어떤 것이 더 신빙성이 있느냐는 건 물어볼 필요가 없다. 1745~1872년 사이에 제작된 〈영남지도〉, 〈해동지도〉, 〈조선지도〉, 1786년 〈문경지도〉, 〈광여도〉, 1872년 〈군현지도〉에 의하면 견훤궁기와 궁기라고 표기한 5곳, 견훤산성과 견훤성이라 표기한 3곳이 나오는 것은 견훤이 궁기에 궁을 짓고, 천마산에 산성을 쌓았다는 공적 입증자료가 있기 때문이다.

여기서 특별히 주목해야 할 지명은 바로 〈견훤궁기(甄萱宮基)〉이다. 궁기는 1914년 1월 일제강점기 행정구역 개편시 고모리를 궁기리로 변경하면서 새로 등장한 법정동명으로 알고 있으나 그보다 훨씬 이전 궁기라는 지명이 고모리와 같이 존재했고, 지금까지 이곳 지명으로 사용되고 있음은 견훤과의 필연적 인과성이 성립된다.

이와 같은 논리로 접근하면 〈견훤산성(甄萱山城)〉은 농암만이 가진 후백제의 가치 있는 문화유적이 된다. 왜냐하면 견훤이 쌓았다는 성은 화북(견훤산성), 성산산성, 병풍산성, 동고산성 등 수십여 개가 있지만, 자료로 확인된 〈견훤〉이라는 이름이 들어간 산성은 농암 한 곳뿐이기 때문이다. 농암 견훤산성은 일명 〈백제성〉이라고도 부르며, 이 성은 견훤이 쌓았거나 아니면 그와 특별한 관계가 있는 것으로 보인다.

제작년도	지도명	견훤 관련 내용	출 처
1745~1760년	〈영남지도〉 문경현	가서면, 견훤궁기, 추심사, 고모현, 한천서원, 소양서원, 쌍용사, 용추	영남대
1750년대	〈해동지도〉 문경현	가서면:궁기, 마암, 가서항, 종곡, 대정, 추심사, 고모현, 쌍용사, 아자개(阿慈介), 작천도(鵲泉島)	규장각
18세기 중엽	〈광여도〉 문경현	가서면, 견훤궁기, 추심사, 한천사, 소양서원,	서울대학교 규장각
1767~1776년	〈조선지도〉 문경현	가서면, 견훤산성, 고모령(高手嶺?)	〃
1786년	1786년 〈문경지도〉	견훤산성, 고모현, 궁기, 마암, 농암(농바우), 갈동, 가서항, 대정, 아개(阿介), 작천, 通橋	〃
1872년	1872년 〈군현지도〉 문경현	궁기, 추심사(尋源寺?), 고모현, 견훤성, 島內, 연천, 마암(馬), 가항, 농암장시, 농암(농바우), 갈동, 대정, 아ㅅ개(阿叱介), 가은장시, 작천, 通橋	〃

위 표에서 확인할 수 있듯 지도에 기록된 지명과 위치 등이 견훤 역사 정리에 중요한 단서를 제공한다. 18. 19세기에 각각 제작된 〈영남지도〉와 〈광여도〉에 〈견훤궁기(甄萱宮基)〉, 〈해동지도〉, 1786년 〈문경지도〉, 1872년 〈군현지도〉에 궁기(宮基)라는 지명의 등장으로 그동안 견훤 탄생에 대한 분분한 해석과 여러 주장이 쉽게 정리될 수 있다. 그런데다가 탄생 설화인 천마설화와 농바우가 있을 뿐 아니라 견훤이 쌓았다는 견훤산성이 있고, 용마를 얻은 말바우가 있으며, 견훤이 심었다는 느티나무와 견훤 우물과 말무덤과 왕재 등이 그의 성장기 역사를 뒷받침해 준다.

궁기리와 접해 있는 〈고모현, 고모령〉은 〈영남지〉 등 4곳에 등장하는 한양으로 가는 주요한 길이고, 현존하지 않지만 〈추심사(推尋寺)〉가 3회나 등재되어 견훤과 또 다른 연관성을 갖는다. 조항산과 연엽산 계곡 중간 지점으로 보이는 곳의 추심사는 신라 중기

의상대와 원효대가 있던 아래쪽으로 보이며, 궁기 마을과 인접해 있다. 〈추심〉이란 '모든 것이 거기 모이고, 그곳으로부터 나온다는 마음'을 뜻하므로, 견훤이 수련 시 추구했던 정진의 자세였을 것이다. 지금도 축대가 남아 있는 〈절골〉이라는 자리가 이 절이 있었던 터라고 비정된다.

그리고 〈쌍용사〉는 〈영남지도〉, 〈광여도〉에 쌍용계곡 큰용추 부근으로 표기되고 있는데, 지금은 절이 있던 터마저 찾지 못하고 있다. 용추와 시루봉 아래쯤 위치하고 있던 그 절은 조선 중기 명재상이었던 약포 정탁 대감이 아호동에서 말을 타고 쌍용사를 찾을 만큼 특별하고 이름난 절이었으나 일제 강점기 무렵 소리 소문없이 자취를 감춘 것이 이해되지 않는다. 쌍용사 뒤편은 시루봉에서 흘러내린 〈장군봉〉이 있는데, 이 봉우리는 장수의 꿈을 키우던 견훤과 연계된다.

지도는 지표면의 일부나 전부를 실제보다 축소하여 평면상에 나타낸 것으로 길을 찾는데 소중한 안내서다. 당시 지도에 올라 있는 지명은 다수의 백성들끼리 통하는 무언의 소통이자 공감의 이름인 것이다. 그 이름이 인위적인 개편에 의해 사라지기도 하고 새로 복원되기도 한다. 이런 관점에서 보면 〈견훤궁기〉라는 지명에서 견훤이라는 이름을 빼고 〈궁기〉로 줄여서 부르게 된 것은 이유야 어떠하건 아쉬움으로 남는다. 입소문뿐인 화북의 견훤산성은 경북도기념물 53호로 지정된 이후 국가지정문화재로 지정 추진하고 있는데 반해 지도 세 곳에 실린 농암의 견훤산성은 아직 소리없이 잠들어 있을 뿐이다.

이제 〈견훤궁기〉라는 지명이 지도에서 공적으로 확인된 이상, 명실공히 견훤은 궁기에서 살았던 궁기 사람인 것이다. 그리고 가선현^(가은현)이 농암과 가은을 다 포함하는 지역이었으니 삼국사기나 삼국유사와도 상충되는 주장이 아니므로 향후 견훤의 탄생과 성장의 역사는 농암에서 시작해 농암에서 종지부를 찍는다 해도 누가 이를 부정할 수 있겠는가. 지도에서 확인된 〈견훤궁기〉 지명으로 그동안 묻혀 있던 견훤 역사를 바르게 바로 잡을 수 있을 것이다.

2부 고을의 유적 바로 보기

01. 소나무 소나무야 대정공원 소나무야 -〈대정공원〉

농암에는 '3관왕'이라 불러야 되는 소나무 숲이 있다. 그 나무들이 서 있는 곳은 대정 마을 앞, 이름하여 〈대정공원〉이다. 하지만 그 숲이 3개의 왕관을 쓸 자격이 있다는 걸 제대로 아는 사람은 거의 없다. 그래서인지 그 왕관을 벗기고 흔들고 마구 돌팔매질하는 사람들이 많다. 그것은 상식적으로 이해되지 않는데 엄연히 눈앞에서 벌어지고 있어 그저 어리둥절할 뿐이다. 그 왕관은 단순히 문경이나 농암에 국한되지 않고 대한민국을 넘어 세계를 제패하고 있는 빛나는 관인데도 말이다.

대정공원 원경

독일 민요에 〈소나무야〉라는 노래의 가사에는 "소나무야 소나무야 언제나 푸른 네빛… 변치 않는 네빛"이라는 내용을 보면 두 가지의 빛이 들어 있는데, 그것은 푸른빛과 변치 않는 빛이다. 그 빛을 얼마나 오래도록 지켜 왔는지는 소나무 나이테를 헤아려 보면 된다. 나이테가 많을수록 가치가 높고, 푸른 빛도 더 짙다는 것이 나무가 왕관을 쓰는 기준이 된다.

대정공원의 〈하한대〉

처음 이 소나무들은 대정숲으로 불렸다. 하지만 마을에서 이 나무들을 잘 보살펴야 한다는 일념에서 1933년 공원화를 선포하고 〈대정공원〉이라 명명한다. 그리고 1944년 일제강점기 총독부가 이 소나무를 전량 벌목하여 태평양전쟁에 사용할 군함을 제작해야 한다면서 청천벽력 같은 관령을 내린다. 꼼짝없이 그루터기만 남을 죽음의 시간이 다가오자 마을 청년단원들이 목숨을 걸고 결사적으로 투쟁하여 이를 지켜 낸다.

그런데 2023년 8월 문경시에서 소나무를 몇 그루를 자르고 공원 내에다 시멘트를 포설하여 파크골프장을 만드는 사건이 발생한다. 마을 이장에게 동의를 받았다는 명분으로 350년 된 3관왕의 숲을 폐허로 만들 작정이었다. 시장이나 시의원이나 면장

골프장 공사현장

대정공원 벌목회사(문경임축산업주식회사)

공사로 무단 벌목한 그루터기

공사로 소나무 가지 절단

모두 이 지역 소수 노인들의 운동을 위한 시설로 적법하게 시행했다며 말도 되지 않는 변명만 중언부언이다.

    대한민국 최초이자 세계 최초의 식목 송림 숲(1682년 식목한 송림)이고 최초 식목일(1929년부터 음력 2월 1일을 식목일로 지정 운영/우리나라 식목일: 1946년 4월 5일)을 시행하였기에 산림청의 〈산림문

화자산〉, 문화재청의 〈천연기념물〉, 보
훈부의 〈항일 보훈유적지〉로 관리되어야
함에도 이를 외면하고 있으니 이건 대정
공원 역사에 대한 말살이다. 사람은 백
년을 살지만 소나무는 천 년을 산다. 인
간의 욕심은 백 년도 못 가지만 소나무
의 가치는 천 년을 가는 것이므로 여기서
대정공원의 역사를 올바르게 조명하고
자 한다.

일제 때 송진 채취로 상처난 소나무

〈대정공원의 역사〉

대정공원은 지금으로부터 350여 년 전, 숙종 때 마을 사람들이 식수한 것으로 이는 우리나라 〈최초의 식목 송림 숲〉이다. 마을에서는 1909년부터 매년 2월 1일을 식목일로 지정^(최초의 식목일) 운영을 시작으로, 1934년 2월 1일부터 마을에서 숲을 수호하고자 〈대정수수호계〉를 조직 운영했으며, 특히 구한말 의병장 이강년, 의병장 신태식, 의병장 이기찬이 이곳에 각각 의진을 치고 친일 밀정자를 효수하여 출정을 나선 성지로, 이 숲은 뜻깊은 〈의병의 숲〉이다. 1944년 총독부의 군함 제조를 위한 벌목관령에 마을 사람들이 대항하여 92주의 송림을 지켜 낸 역사를 기려 〈항일·의병의 숲〉으로도 부른다.

대정공원 야영

대정공원 옛 모습

하지만 예로부터 지역민들의 얼과 정신이 깃든 숲으로 존립해 오는 과정에는 파란의 우여곡절과 힘겨운 투쟁의 역사가 있었다. 일제강점기에는 이곳이 결사의 장소로 활용될 우려가 있어 일제가 하천령 시행 시 이 숲을 반토막 내어 수백 년 된 송림이 서 있는 곳을 하천으로 지정해 민족정기를 끊어 놓았고, 그 결과 지금도 숲의 절반은 임^(林: 마을 소유), 절

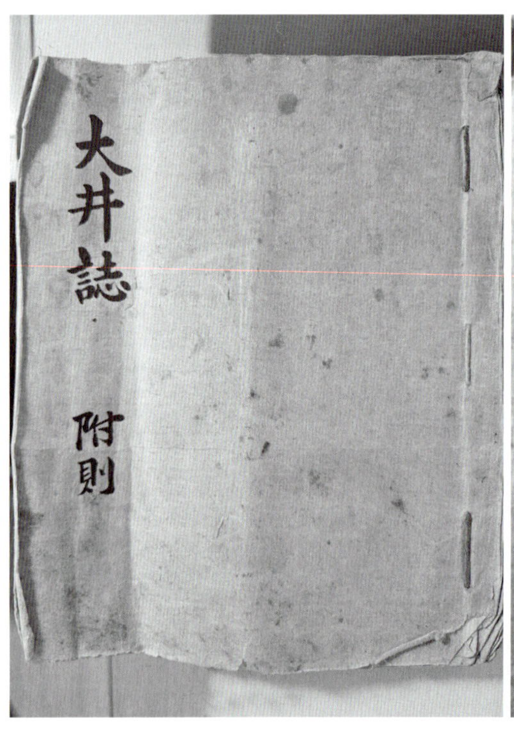

대정지 표지

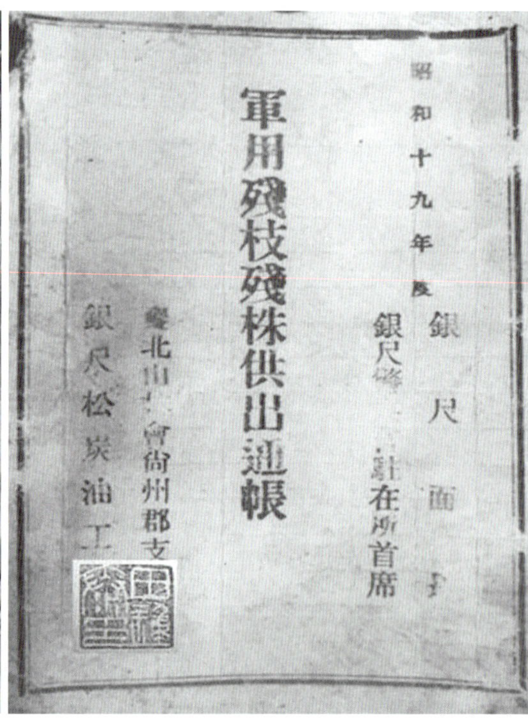

소나무 송진과 벌목공출관령

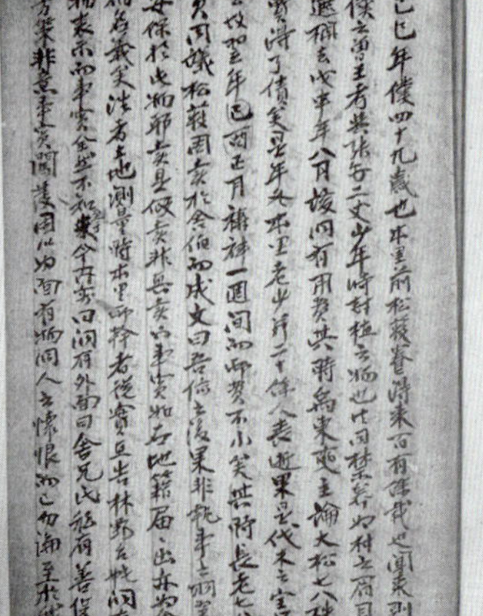

대정숲 역사를 기록한 김상건의 백치자연보(일기)

반은 하천(汭川, 경상북도 소유)으로 방치(송림 숲의 절반이 강물에 입목해 있는 모순 발생)되고 있다.

지금까지 이 숲은 두 번의 큰 위기를 맞았는데, 그때마다 김상건이 선봉에 서서 숲이 존립되도록 헌신 투쟁하였다. 1927년 〈하천령〉 시행으로 숲이 총독부에 의해 몰수되자 이를 지키기 위해 숲의 역사와 측량과 관리를 해 오면서 농암면장에게 개인이 아닌 공공을 위한 공유림이라고 주장을 펼쳐 이를 동유림으로 등재하기도 했으나 법령에는 동네가 법인의 성격이 없으므로 결국 면 소유로 넘어가게 된다. 마을에서는 1933년 이 숲을 〈대정공원〉으로 이름짓고, 〈6승경〉을 지정 운영하였다.

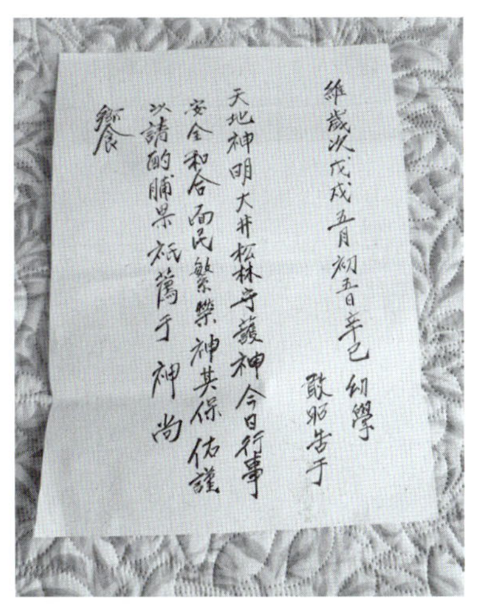

대정공원 수호신제사 축문-고칠식 선생

이후 1944년 총독부에서 태평양에 투입할 군함제조를 위해 대정공원 송림을 전량 벌목 공출하라는 지시가 내려오자 마을 〈청년단〉 회원을 동원, 모진 고문을 견디며 목숨을 걸고 반대 투쟁을 벌여 92주를 존립케 하여, 2021년 6월 문경시장은 이 항일 역사를 인정, 대정공원을 〈항일애국의 숲〉으로 안내하는 표지판을 설치하였다.

벌채금지안내문

1946년 농암면장은 숲의 입목권을 마을에 인정하여 숲 1정보를 마을에 불하하기로 결정한다. 이에 마을 호당 150원씩 거출하여 1만 원에 숲을 매입했고, 이후 6.25전쟁이 발발하여 대정공원의 등기가 누락되었으며, 후에는 지번 표기 오류로 소유권조차 사라지고 말았다. 마을에선 2차례 소송을 제기, 모두 승소했다. 주된 입증자료는 김상건의 「대정지」와 「백치자연보」였고, 법원에서 이를 받아들여 승소한 것이다.

대정공원 각종 행사

대정공원 단오 행사(중앙: 김삼식 한지장)

대정공원 송림 역사일지

년도	주요 사건	내용	주관 · 시행
1682	소나무 식목행사 〈민간주도 식목일〉	• 김, 우, 장, 이씨가 마을 수구막이를 위해 하천변에 소나무 수백 주를 식목 및 관리	대정 마을
1895	〈의병장 거병〉	• 도암 신태식 창의시 거병지(12. 하순)	도암 의병장
1896	〈의병장의 의진〉 설치	• 운강 이강년 창의 시 의진 설치(2. 25) • 지산 이기찬 출병 시 의진 설치(3. 28)	운강, 지산의병장
1925	〈송림 소유권〉 결정	• 변경 법에 따른 송림권리: 김상련 명의 • 송림 토지 측량: 면 소유 관리	농암면 · 대정 마을
1927	〈조선하천법〉 제정	• 총독부에서 〈하천법〉 제정 • 일제가 임의로 하천부지 획정(법보다 먼저 조성된 숲이 하천부지와 임야로 양분)	조선총독부
1929	〈하천부지 소유권〉 문제 다시 대두	• 김상건의 〈백치자연보〉: 하천부지 분쟁이 발생해 농암면과 협의 및 대책마련	농암면 · 대정 마을
1929	〈소나무 벌목〉으로 20명 사망자 발생	• 마을 비용을 마련코자 우동식 씨가 벌목 • 그해 겨울 마을 노소 20명이 사망 피해	대정 마을
1929	〈공동식목의 날〉 지정 및 운영	• 매년 2월 1일(음)을 식목의 날 지정 및 숲에 마을 사람들이 모여 공동 식목 행사	대정 마을
1933	〈대정공원 명명〉 및 〈명소 6경〉 지정	• 김상건이 동민협의, 〈대정공원〉으로 명명 • 6경 지정 및 관리: 구몽탄, 육송정, 하한대 삼괴정, 임청대, 부지도로 명소 지정	대정 마을
1944	벌목 반대 〈항일투쟁 성공〉으로 존림	• 태평양전쟁 군함제작 용도 벌목 관령 하달 • 〈청년단〉 반대 투쟁으로 92주 존림	조선총독부 대정 〈청년단〉
1949	마을에서 1정보의 〈하천부지 매입〉	• 호당 150원, 총 1만 원을 거출해 매입 완료 • 숲이 조성된 토지 대금을 면에 지불 • 숲의 절반은 하천부지로 방치	농암면 대정 마을
1961	〈하천법〉 제정	• 건국 후 〈하천법 제정〉 시행으로 재정비	정부
1982	〈육송정〉 소나무 〈보호수〉 지정	• 문경시 보호수로 지정(번호 11-26-12) • 다른 송림도 보호수 지정이 타당하나 누락	문경시
2021.1	농암역사 발굴 작업 시작 및 〈추진위〉 출범	• 대정공원 역사 복원 각종 자료 발굴 추진 • 대정공원 살리기 방안 마련 및 상부 건의	추진위
2021. 6	〈애국항일의 숲〉 안내판 설치	• 대정공원 역사성에 대한 자료 작성 보고 • 고윤환 시장 〈안내판〉 설치	문경시 · 추진위
2023. 1	후백제 역사문화복원 〈특별법〉 제정	• 농암 지역 포함, 후백제 역사 복원 추진 • 〈추진위〉에서 자료정리 및 책자 편찬 추진	국회 · 추진위
2023. 8	공원 접경지 〈폐배터리 공장유치〉 발표	• 주민공청회, 주민반대 등으로 유치 철회	문경시
2023. 8	〈파크골프장〉 조성	• 문경시에서 공원의 역사성을 무시하고 송림 훼손하는 골프장 조성 강행	문경시

1. 일제강점기 대정공원의 시련

대법원 79다726[1979. 8. 28] 판결문은 조선하천령과 포락지에 대한 사권의 소멸 여부 등에 대한 다툼이었는 바, "일제강점기 당시 시행되던 조선하천령[1927. 1. 22. 제령 제2호] 제1조, 제4조 의하면, 조선총독부에서 공공의 이해 관계상 특히 중요하다고 인정하여 그 명칭과 구간을 지정한 하천은 국유로 한다고 규정되어 있고, 제11조에 의하면 하천의 구역은 관리청의 인정하는 바에 의한다고 되어 있으므로 비록 하천의 부지가 되어 송림이 포함되었다고 하더라도, 그 사실 자체만으로써는 송림에 대한 사권이 당연히 소멸되는 것은 아니었다.

〈하천법〉에 의하면 〈하천구역〉은 하천의 유수가 계속하여 흐르고 있는 토지 및 지형과 당해 토지에 있어서 초목, 생목의 상황, 기타의 상황이 하천의 유수가 미치는 부분으로서, 매년 1회 이상 상당한 유속으로 흐른 흔적을 나타내고 있는 토지의 구역으로 하며, 그와 같은 하천은 국유로 한다고 규정되어 있다.

이런 연유로 대정공원은 송림이 350년 동안 존림해 왔고, 자연림이 아닌 마을 동민들이 지속적으로 식수 및 관리해 왔다. 또한 신태식, 이강년, 이기찬 의병장들이 의진을 친 숲이자 태평양전쟁 시 일제가 군함을 제조하기 위해 벌목을 지시했으나 반대투쟁을 벌인 항일의 숲이며, 지역민들이 소풍, 산책, 각종 주요 대회, 집회 등을 개최하던 곳이었다. 이곳 송림은 지역민들의 정신적인 지주 역할을 해 왔을 뿐 아니라 선열들의 애국 혼이 깃든 성지였다. 이런 역사성을 알고 있던 일제는 하천의 경계를 그을 때, 고을의 민족정신을 말살하고자 전체 송림을 숲으로 인정하지 않고 반토막 나게 절단하는 악행을 벌였다.

이 숲은 도로변에 연접한 데다 송림의 우람하고 신선한 기운까지 뿜어 주는 역할로 인해 많은 사람이 즐겨찾는 명소가 되었다. 풍치림이자 방풍림이며, 보안림이자 호안림의 역할까지 수행해 온 것이다. 동네 동신제를 지내는 신령한 여섯 그루의 소나무를 사육신과 생육신처럼 우러르며 〈육송(六松), 육송정(六松亭)〉이라 불렀고, 공원 내 명소 여섯

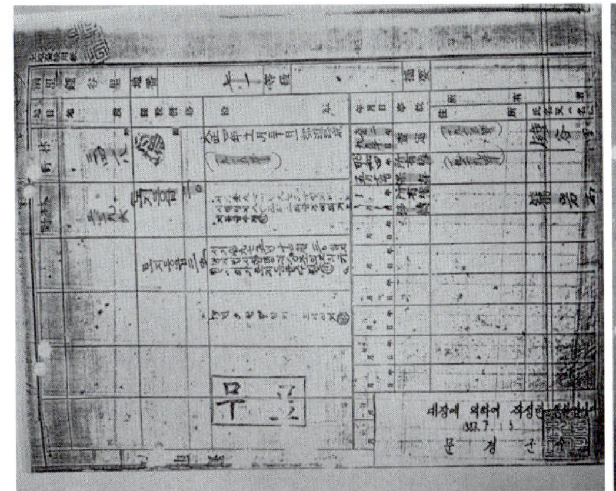
일제시대 대정숲 등급을 기록한 등본

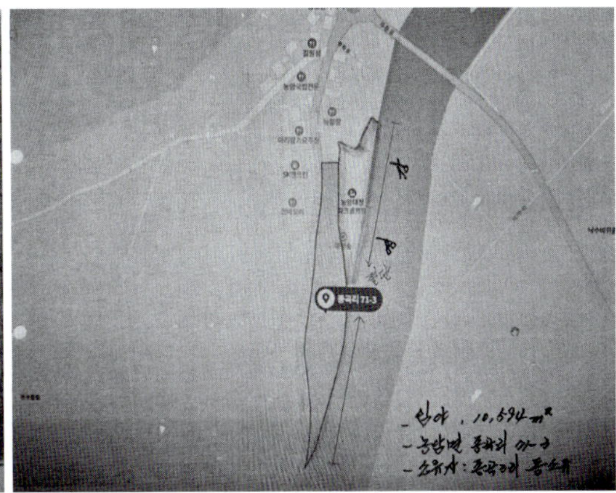
하천법령으로 숲을 반토막으로 절단한 지도

곳을 〈육승경(六勝景)〉이라 했다. 육송정(六松亭), 하한대(夏寒臺), 임청대(臨淸臺), 부지도(不知島), 삼괴정(三槐亭), 구몽탄(九夢灘)이라 명명하며 많은 사람들이 찾는 기절승경으로 자리매김하였다. 대정공원 소나무 가지에 해가 걸리면 〈일송(日松)〉, 보름달이 걸리면 〈월송(月松)〉, 대정 마을의 학이 앉으면 〈학송(鶴松)〉, 소나무 아래 장로가 앉으면 월하노인의 〈노송(老松)〉, 아무 소리도 들리지 않으면 소나무 숨소릴 듣게 되는 〈청송(聽松)〉, 이기찬 의병장 등이 의진을 틀면 〈의송(義松)〉, 6.25전쟁 시 군인들이 숙영을 하면 〈군송(軍松)〉이라 불렀고, 머지않아 견훤 역사가 복원되어 둘레길이 지나면 〈왕송(王松)〉이라 할 수 있는, 어디서 이런 숲을 쉽게 찾아볼 수 있겠는가. 그만큼 이곳 사람들은 대정공원을 특별히 섬기고 가꾸며 정신적 지주로 삼고 사랑해 왔다.

따라서 이 숲에 대해서는 일제가 몰수하여 마을 사람들이 심은 소나무 숲이 울창한 현 도유지가 하천으로 되어 있는 것은 형질변경이 필요하다. 숲이 나눠진 부분 중 송림이 들어서 있는 면적은 대정 마을로 불하하거나 아니면 하천으로 되어 있는 그곳을 임(林)으로 변경 관리함이 타당할 것이다. 문경시장이 2021년 〈애국항일의 숲〉으로 인정, 안내판까지 세웠는 바, 향후 문경시에서는 관계 부처와 협의를 거쳐 항일유적지(보훈부), 천연기념물(문화재청), 산림문화자산(산림청), 보호수 지정(도지사, 시장) 등의 추진 등의 조치가 시급하다.

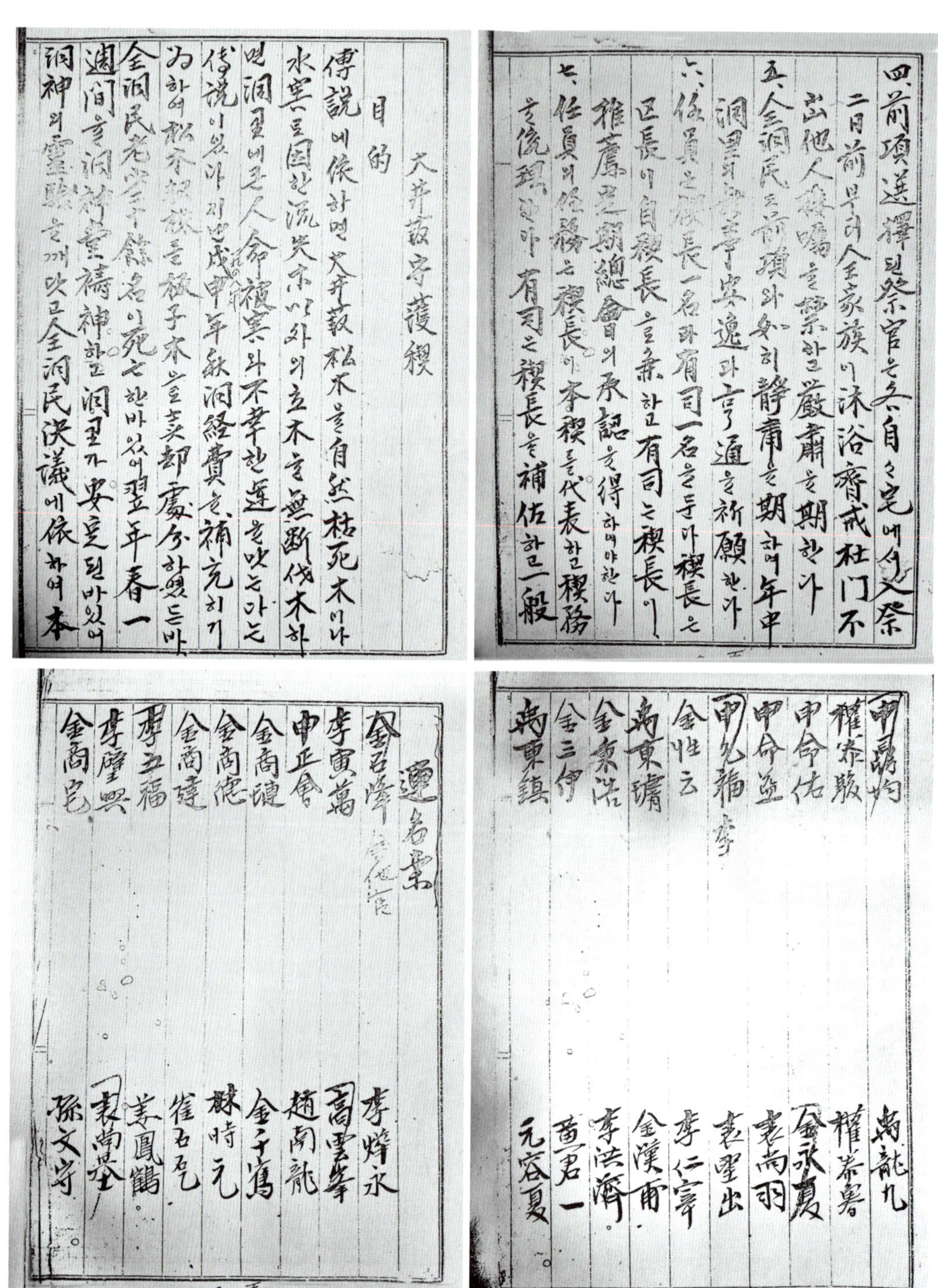

대정숲 수호계 회칙과 명단(발췌)

2. 대정공원 지키기 1차 소송

– 대구지방법원 상주지원 87가단233호, 소유권 청구

〈소장 내용〉

본 공원은 지금으로부터 약 218년 전인 1769년 영조대왕 때부터 동유림으로서 동민들이 식수하고 이를 보호 관리를 해 오다가 일제강점기 부령으로 몰수되어 농암면 소유로 편입되었으나, 해방 후 ^(지방자치제) 실시 당시인 1949년^(기축년)에 당시 면장이던 신철균이 의회의 승인으로 면소유의 부동산을 전부 매각하기에 이르러 원고 마을에서는 호당 금150원씩을 갹출하여 구화 10,000원에 1949년 매입, 마을 재산으로 하고 이를 현재에 이르기까지 39년간이나 관리해 오면서 원고 마을의 새마을회가 완전한 공원으로 조성하였음.

하오나 소유권 이전 등기를 받기 전 6.25동란으로 인해 매매문서는 파기되고 보존문서마저 망실되어 이전등기 절차를 이행하지 못하고 있다가 지방자치단체장인 문경군수에게 소유권 이전 절차를 이행해 줄 것을 청구하였던바, 동 군은 본건 임야가 원고 소유인 사실은 인정하면서 증빙서류의 부재로 행정상의 처리가 불가하다고 하면서 이를 거절하고 있으므로 부득이 본건 청구에 이르렀음.

〈문경군수 답변서〉

문경군수 김병욱의 답변서에 기술된 내용에 의하면, 원고들은 본건 부동산 문경군 농암면 종곡리 71번지 임야 11,226㎡은 1949. 4. 15. 매매를 원인으로 한 소유권이 원고의 소유라는 사실을 주장하고 있으나, 이는 부지의 사실이고, 본건 임야^(대정공원)는 군민의 관광지로서 군민의 공원으로 사용하는 곳으로 인근 종곡리 동민이 보호하는 것은 군민으로서 당연한 사실이며,

본건 부동산을 사정 시 1913. 9. 20. 종곡리에서 1929. 5. 15. 농암면으로 이전, 1987. 9. 15. 문경군수로 소유권 이전한 것은 〈읍면 및 읍면장에 관한 규정〉^{(총독부령 제103호, 1930.}

^{12. 29. 공포})에 의하면 1931. 4. 1. 읍면제 실시로 인하여 읍면이 법인격을 소유하고 리동이 법인 능력을 상실함과 동시 읍면의 단순한 하부 행정구역으로 전환하면서 리동의 재산은 읍면에 흡수^(귀속)하게 되었음.

지방자치에 관한 임시조치법^(법률제70호, 1961. 9. 1. 공포)에 의하면 읍면 일체의 재산과 공부는 그 소속 군에 귀속한다. 라고 되어 있으나 1929. 5. 15. 농암면으로 이전한 것은 1931. 4. 1. 읍면제 실시 이전에 이전^(매매 등)하였으므로, 농암면 이전은 귀속재산이 아닌 것이 분명하며 현재까지 선의의 관리를 해 오고 있음.

〈재산의 군 귀속 경위 및 판례〉

• 읍면 및 읍면장에 관한 규정^(총독부령 제103호, 1903. 12. 29. 공포)에 의거 1931. 4. 1. 읍면제 실시로 인하여 읍면이 법인격을 소유하고 리동이 법인 능력을 상실함과 동시 읍면의 단순한 하부행정구역으로 전환하면서 리동 재산은 읍면에 흡수 귀속.

• 대법원 판례: 지방자치법 시행으로 동 소유의 재산은 시 소유로 된 것이다^(대판 4294호, 62. 2. 31.).

• 동이 재산상의 주체로서 인격이 소멸되었다면 그 일체의 재산은 소속 군에 귀속되었다 할 것이다^(대판 66다176호, 66. 5. 10.).

• 행정구역인 동리에서 동민이 법인이 아닌 사단을 구성하고, 그 명칭을 행정구역인 동리와 동일하게 하고, 동민의 집합체로서 그 동리의 성황당, 제사용 위토를 소유하는 것은 지방자치법 시행 후에도 동민의 총유라고 볼 수 있다^(대판 64다 1768호, 1965. 2. 9.).

〈판결〉

• 1931. 4. 1. 읍면제 실시로 종곡리는 마을 숲의 소유를 주장하지만 리동은 법인 능력이 상실되어 재산은 읍면에 흡수된다고 하였으나, 대법원 판례(대판64다 1768호, 1965. 2. 9.)를 인용하여 대정마을이 승소.

3. 대정공원 지키기 2차 소송

- 대구지방법원 상주지원 99가단 471호. 소유권 말소등기

〈내용 및 판결〉

- 원고: 권오설^(종곡리 이장) 외 18명
- 피고: 문경시장 김학문
- 주문: 농암면 종곡리 71임야 11,226㎡에 관하여 소유권보존 등기의 말소등기 절차를 이행하라^(1999. 7. 21.).

- 이유: 기초사실에서 갑1호증의 1~3, … 등 각 기재와 영상 및 증인 손익, 고재환의 증언에 변론의 전 취지를 종합하여 인정할 수 있다.

가. 임야대장상 경북 문경군 농암면 종곡리 71 임야 3,418평은 일제 때인 1913. 9. 20. 종곡리의 명의로 사정되었다가, 1929. 5. 15. 종곡리 명의의 보존등기를 거쳐 농암면으로 소유권 이전 등기가 이루어졌는데, 이 사건의 임야는 조선 시대부터 종곡리의 주민들이 공동으로 소유, 관리하면서 목재, 땔감 등을 채취해 온 동리의 재산이었다.

나. 1949. 당시 농암면장이던 신철균은 이 사건 임야를 포함하여 공부상 농암면에 귀속되어 있던 토지들을 각 해당 리, 동 주민들에게 불하하였는데, 그 무렵 종곡리 주민들인 김병두, 우용구, 권영석, 신흥식, 손동식과 원고 강신봉이 이 사건의 임야를 농암면으로부터 공동 매수하였다.

다. 6.25사변으로 이 사건 임야에 대한 매매관계 서류 등 소유권의 증빙자료가 소실되자 위 김병두 외 5인은 1954. 9. 23. 회복등기의 방법으로 소유권 이전등기를 경료하였는데, 등기의 표제부 작성 당시 '문경군 농암면 종곡리 71 임야 1정 1단 3무보'라고 기재할 것을 '문경군 농암면 종곡리 산 71 임야 1정 1단 3무보'로 지번이 잘못 기재되었다.

라. 위와 같이 지번이 '산 71'로 표시된 이 사건 임야에 대한… 중복등기는 말소를 면할 수 없다. 따라서 말소등기 절차를 이행할 의무가 있으므로 원고들의 청구는 정당하다.

이 재판을 통해 소송에서 증거서류로 제시된 주요 서류는 김상건의 「대정지」와 「백치자연보」가 있었고, 이를 검토 법원에서 모두 사실로 인정하였다. 그러므로 농암면지에 언급된 대정공원과 성산조합, 농암번영회 등의 기록이 김상건이 작성한 백치자연보와 대정지의 사실과 불일치하는 것이 없으므로 공적 증거로 입증되었다.

4. 식목일 지정과 관리를 위한 계칙 제정 시행(1934)

〈대정공원 수호계〉

(목적) 전설에 의하면 대정수 송림을 자연고사나 수해로 인한 유실목 이외의 입목을 무단벌채하면 동리 내 큰 인명 피해와 불행한 운을 맞는다는 전설이 있다. 지난 무신(1908) 가을경 경비를 보충하기 위해 송림 수주를 판자목으로 상도 처분하였던 바, 전 동민노소 20여 명이 사망한 바 있어 동신의 영험을 깨닫고 전 동민 결의에 의하여 본 임야 경계 내 동신제를 매년 1회씩 정숙히 봉사함은 물론, 임목은 한 가지 한 잎이라도 벌목치 않기로 하고, 갑술년(1934)부터 매년 음 2월 1일을 식목일로 정해 실시하며, 수호 관리함을 목적으로 함

〈계칙〉

(제1조) 계 명칭은 〈대정수 수호계〉라 칭함

(제2조) 기 지내온 동신당 고사는 매년 정월 초 2일 자시로 정함

(제3조) 주제자와 보조제자 1명을 선택하되, 전년도 1년 중 가정적으로나 사회적으로
나 정결하고 행운자를 선택 제관으로 지정한다.

(제4조) 전조 선택된 제관은 각자 자택에서 입제 2일 전부터 전 가족이 목욕재계
두문불출 타인 접촉을 금하고 정숙을 기한다.

(제5조) 전 동민도 전조와 같이 정숙을 기하여 연중 동리의 무사안일과 형통을 기원
한다.

(제6조) 임원은 계장 1명과 유사 1명을 둔다. 계장은 동리구장이 자동계장으로 겸임
하기로 하고 유사는 계장이 추천 정기총회의 승인을 득하여야 한다.

(제7조) 임원의 임무

계장은 본 계를 대표하고 계무를 총괄한다. 유사는 계장을 보좌하고 일반 계
무를 관장한다. 단, 계장과 유사는 본 임야 및 동신당 일체 수호와 관리책임
을 진다.

(제8조) 임원임기

계장은 구장 재직 중에는 겸임한다. 유사는 임기를 1년으로 하고, 거주순위
윤번제로 한다.

(제9조) 본 계의 정기총회는 매년 정월 초 2일로 정한다.

(제10조) 임시총회는 유사시 수시 계원 반수 이상 동의에 의하여 개최한다.

(제11조) 본 계원의 자격은 전출입을 막론하고 현재 동리에 거주자는 자동 자격을
부여하고, 계원(세대주)이 사망할 시는 존비속이 자연 승계하기로 한다.

(제12조) 본 계칙은 갑술년(1934) 음 2월부터 시행한다.

〈회원 명부 연명부〉 38명

김석봉, 이인만, 신정회, 김상련, 김상덕, 김상건, 이오복, 이벽흥, 김상택, 이화영, 고운
봉, 조남용, 김천설, 임시원, 최석돌, 강봉학, 표상기, 손문수, 신정균, 권태혁, 신명우,
신명익, 신윤복, 김성운, 우동준, 김병호, 김삼이, 우동진, 우용구, 권태로, 김영하, 표
상익, 표견출, 이인재, 김한보. 이홍제. 황군일, 원용하

〈수호계 추진 취지의 대정지 내용(발췌)〉

…(일제가 지배하여 1927년 조선 하천법을 만들어) 세상이 바뀌어 법률이 있으니, 송림에 대해 사
유(개인으로)로 나누기 어려워, 동유림인 소나무는 부득이 본 마을의 장로 수명의 의견을
들어 사백(김상련) 명의로 위임하고 토지는 측량을 한 후 송림은 마을, 토지는 면 소유
로 논의했다. 이에 마음이 심란하였지만, 증조할아버지는 저물도록 공원에 나무를 심
었다.

위 내용은 〈대정지〉 8페이지의 기록 일부인데, 문제의 발단은 대정공원이 숙종 8년

(1682) 동네 마을 사람들이 하천변에 소나무를 심어 1927년 일제강점기까지 마을에서 숲으로 잘 지켜 왔으나, 당시 일제는 〈조선하천법〉을 제정, 송림은 마을에서 심었으나 토지는 나라 소유^(농암면)이므로 이로인해 1929년 면과 마을 사이에 소유권 분쟁이 발생하였다. 결국은 법에 의해 토지는 농암면, 송림은 김상련 명의로 했다.

이후 1949년 다시 이것이 문제가 대두되자 대정리 마을에서는 가구당 150원씩^(100여 호) 돈을 거두어 거금인 1만 원을 마련, 숲 전체인 1정보^(3천 평)에 해당하는 돈 1만 원을 면에 지불하면서, 이때 임야와 하천부지^(숲 전체 면적: 2,900평)까지 등기를 함이 마땅하나 1만 원의 돈만 면사무소에 지급하고 임야만 등기한 사건의 일부 기록이다.

5. 지산 이기찬 의병장의 대정숲 의진 기록

○ 丙申年⁽¹⁸⁹⁶⁾ 三月 二十八日

二十八日 移陣于聞慶大井 去倭站才五十里 招諭諸將曰 吾輩用兵出於不已 而志在撥反 撥反不得 則非徒無益 此去彼站不遠 諸軍其從我進取乎 皆曰 彼强我弱 鋒不可當 俄而濃雲密布 雨下如注 非進趨之時也

삼월 이십팔일 陣^(진)을 聞慶^(문경) 大井^(대정)으로 옮겼다. 倭^(왜)의 驛站^(역참)과의 거리가 겨우 五十里^(오십리)였다. 여러 장수들을 불러 깨우쳐 말하기를 우리들이 그만둘 수 없음에 의병으로 나왔고, 어지러운 세상을 바로잡아 정도로 돌아감에 뜻이 있으니, 난세를 바로잡아 태평한 세상으로 돌릴 수 없으면, 다만 이익이 없을 뿐만 아니라, 이곳과 저들 ^(倭軍) 驛站^(역참)과의 거리가 멀지 않으니, 제군들이 나를 좇아 나아가 왜적들을 취하겠는가? 諸將^(제장)들이 다 말하기를 '저들^(日本軍)은 强^(강)하고 우리^(義兵)는 弱^(약)하여 날카로운 기세를 당해낼 수 없습니다.'라고 하였다. 갑자기 짙은 구름이 빽빽하게 널리 퍼지고 비가 내리는데 마치 물을 퍼붓는 것과 같아 군사가 前進^(전진)할 때가 아니었다.

余乃仰天歎曰 自八月以後 忠憤所激 有出位之思 而提兵數朔 內自相攻 幺麼小賊 容在垣墻

其於十八强國 何且乘輿播越 逼於外夷 哀痛之詔 反爲飭諭 有志之士 陷於無名 功成之前 措躬無地 顧此不侫 欲赴鬪以死 則人不從我 欲歸家安業 則生不如死 寧桴海竄林 待諸君報捷之日 是所望也 此間有子房 願諸君往見之 乃投書于柳兄建一 全付士卒 則建一以其從祖梁山丈 仗義一門 兩擧有所如何云 固不可强

내가 이에 하늘을 우러러 탄식하여 말하기를 '팔월 이후부터 충성심과 분개함으로 소용돌이치는 바 자리에서 나올 생각이 있어서 군사를 거느리고 數朔^(수삭) 안에 몸소 다스린 일들이 보잘것없이 매우 적다. 작은 도적들의 모습은 그 十八强國의 담 안에 있으며, 어찌 또한 임금의 수레가 도성을 떠나 난을 피하여^(俄館播遷) 오랑캐에게 핍박을 당하는가?

애통한 詔書^(조서 詔勅)는 도리어 勅諭^(칙유, 임금이 몸소 타이르는 말)가 되었다. 뜻이 있는 선비는 명분이 없음에 빠지게 되었고 성공하기 전에는 몸 둘 곳이 없다. 이곳을 돌아보고 내^(재주가 없음, 자기의 겸칭)가 나아가 싸워서 죽자고 하면 사람들은 나를 따르지 아니하고, 집으로 돌아가 편안하게 생업에 종사하자고 하면 사는 것이 죽는 것만 못하다고 하니 차라리 뗏목을 타고 바다를 떠돌아다니듯 流浪^(유랑)을 하고 숲속에 숨어서 제군들이 원수를 갚고 승리하는 날을 기다리는 것, 이것이 바라는 바이다.'

6. 보호수 지정 관련 법령

〈보호수 지정 등〉

보호수란? 100년 이상 나무 중 크기 20미터 이상, 굵기 1미터 이상의 노목, 거목, 희귀목으로서 고사 및 전설이 담긴 수목이나 특별히 보호 또는 증식 가치가 있는 수종은 보호수로 지정한다. 대정공원은 소나무가 350년 이상된 숲이며, 전설과 역사가 담겨 있을 뿐 아니라, '우리나라 최초의 식목숲'이라는 생물학적 가치를 갖고 있어 숲 전체를 보호수로 천연기념물로 지정해야 한다.

특히 대정공원은 많은 사람들이 찾는 명소로 주변 혐오 위험시설 개발시 위락 경관적 악영향을 줄 수 있는데 보전가치가 있는 자연경관에 대한 부분은 '숲의 환경영향 평가' 시 세심한 검토가 필요하다.

산림보호법 제8조 내지 제11조 및 제13조, 제54조와 조례 제7조 내지 제11조에 따라 생육에 지장을 줄 수 있는 벌채, 굴취·채취, 절·성토 등 토지의 형질변경 행위와 그 밖에 보호수에 영향을 미칠 수 있는 행위가 제한되어 있다. 보호수로 지정되면 기상이나 천재지변의 피해로 지정목적이 상실되거나 수명을 다할 경우 공공목적을 위해 해제가 불가피한 경우 외에는 해제가 불가능하며, 따라서 해당 토지의 소유자 등은 재산권 행사에 많은 제약을 받고 있는 것이 사실이다.

국립산림과학원의 〈산불방지대책〉에 의하면, 산불 등의 화재전이로 인한 피해방지를 위해 필요한 산림과 이격해야 하는 거리를 정하고 있다. 주유소는 100미터, 학교, 공공 건물 등은 30미터, 일반 건물은 20미터로 정하고 있으므로 대정 송림의 경우 주유소 주택 공장 등과의 이격거리를 확보해야 할 것이다.

7. 대정공원 송림 보호를 위한 방안

▶ 대정공원 송림의 보호수 지정 관리

〈산림법〉에 의하면 노목, 거목, 희귀목으로서 명목, 보목, 당상목, 정자목, 호안목, 기형목, 풍치목 등 보존 또는 증식 가치가 있는 수목으로 정하고 있고, 〈문화재보호법〉에 의하면 천연기념물 이외의 나무로서 수령 100년 이상의 노거수이거나 고사와 전설이 담긴 진귀, 희귀목으로 지정하고 있는 바, 대정공원 소나무는 노목, 거목, 정자목, 호안목, 풍치목에 해당[1]된다. 수령은 약 350년으로, 의병장들이 의진을 설치[2]하고, 나무를

---

1) 대정공원은 산-마을-들-숲-강의 형태에서 강을 따라 길게 심어진 송림이고, 마을 수구막이 역할을 하며 수백 년간 마을 소유로 철저히 관리하여 노목, 거목, 정자목(육송정, 삼괴정)이 되었고, 강 옆에 있어 홍수방지와 방풍림, 풍치림 등 다양한 기능을 함
2) 1896. 3. 28. 의병장 지산 이기찬이 대정공원에서 의진을 치고 의병 규합 및 전열 재정비

베었다가 마을 사람 20명이 사망[3]했으며, 총독부 벌목령에 맞서서 반대 투쟁한 항일[4]과 6.25전쟁 시 아군 진지로 이용되는 등 역사적인 숲이자 우리나라 최초로 인공조림한 송림 숲으로 오늘에 이르고 있으므로, 송림의 보호수 지정이 필요함.

---

3) 1929. 동네 비용이 필요해 우동석 씨 등이 7그루를 베었다가 그해 마을 사람 20명 사망
4) 1944.1 총독부에서 태평양전쟁 군함제작용으로 소나무를 전량 벌목지시하였으나 마을 김상련 등 애국청년단원이 고문 등에 굴하지 않고 반대투쟁을 펼쳐 간벌로 지켜 냄
  ⇒ 보호수 지정 가능 회신 받았음

▶ 후백제 역사문화권 신규 지정에 따른 견훤길 조성

〈역사문화권정비에 관한 특별법〉에 의거 후백제 문화권에 새로 포함됨에 따라 견훤의 탄생 설화와 성장기를 보낸 이 지역(농암)에는 견훤의 왕궁터, 말바우(명마), 북짓골(훈련장), 견훤산성, 천마산(탄생 설화), 농바우(탄생 설화), 골맥이(숭배유적), 진향루(견훤유적 조망), 견훤 느티나무, 말무덤, 왕재 등이 있으며, 역사 복원을 위해 〈견훤길〉 조성 시 〈가항동 골맥이-개바우-진향루-대정공원-말무덤-견훤 느티나무-왕재-농바우〉로 이어지는 길이 연결로가 되어야 함에도 골프장 설치(생활체육진흥법)로 길이 차단되는 문제점이 발생되는 바, 위법 설치한 골프장은 조속히 철거되어야 함.

⇒ 특별법이 일반법에 우선함에도 이를 무시하고 임야에 생활체육시설 설치로 위법 자행

▶ 시에서 임차한 대정공원 골프장의 원상 복구

〈대정공원〉은 350년 전 소나무를 조림, 마을 소유로 관리해 왔으나 파크 골프장을 조성하면서 등기부상의 마을 토지분(문경시 농암면 종곡리 71-3, 5,433㎡) 중 일부를 문경시에 임대하면서 마을 주민들의 과반수 정도의 의견도 묻지 않고 이장 등 몇 명이 일방적으로 동의, 골프장 공사를 시작하여, 이에 일부 주민들이 반대하자 문경시에서는 마을 이장의 동의를 받았기 적법한 절차 수행이라 주장하지만, 특별히 보호할 가치 있는 소나무 숲을 허가 없이 표토제거 등 형질변경 및 송림을 훼손하는 문제 등을 해소하기 위해서는 원상 복구가 시급.

▶ 하천 및 임야로 양분된 350년산 소나무의 특별관리

골프장 공사를 하면서 적정 코스를 만들기 위해 지장이 되는 가지를 불법으로 자르거나 나무를 베어 낸 사실은 명백한 위법 행위로, 다수 주민들을 위한 편의시설로 활용하고자 한다면 소나무 숲속에 황토 흙길^(맨발걷기 코스)을 조성하면 숲에도 피해가 가지 않고 남녀노소가 걸을 수 있는 좋은 공원이 됨에도 이를 감안하지 않았음. 공원내 골프장 조성의 강행은 주민들을 무시하고 예산을 낭비한 처사로, 대정공원의 송림은 하천법 제정 시부터 숲의 훼손이 가속화되어 왔으므로 현재 송림이 서 있는 토지가 동유림이건 도유림이건 상관없이 모두 임야로 지정하여 관리함이 타당함.

▶ 답압 현상이 심화되고 있는 소나무 고사 방지책 마련

골프장 조성공사 시 소나무 숲 안의 표토를 전량 걷어내고 소석회 등을 뿌려 땅다지기, 여러 개의 코스를 만들기 위해 시멘트 구조물과 인조잔디 매트를 까는 등 장기적으로 골프장을 운영할 계획이므로, 이로 인해 350년산 소나무에 위해한 환경이 지속될 경우 고사의 위기를 맞을 뿐 아니라 골프공에 맞아 소나무가 훼손되거나 사람이 튀긴 공에 맞아 안전사고의 발생 위험 및 야간 개장 시 빛공해로 인한 소나무 생장 피해와 화재 발생 위험 등이 상존함. 〈산림과학원〉에서도 소나무는 뿌리 부분을 답압할 경우 소나무가 가장 취약하므로 이를 금기하고 있고, 대학교 교재인 〈수목관리학〉에서도 소나무 뿌리의 호흡을 저해하는 답압은 금지하라고 수록하고 있음에도 문경시에서는 이를 무시하고 있는 바, 이대로 방치할 경우 돌이킬수 없는 문화자산의 훼손 및 소멸이 되므로 이를 즉시 원상복구하여야 함.

▶ 국가기관의 지원을 통한 대정공원 특별관리

대정공원의 명칭은 1933년 7월 대정 마을 김상건(1881년생, 유학자)이 동민들과 공원 이름을 〈대정공원〉이라 처음 명명하고, 육송정, 임청대, 하한대, 부지도, 구몽탄, 삼괴정이라는 6승경을 정하여 송림 관리에 나섰으며, 2021년 6월 대정공원에 대한 입증자료를 문경시장(고윤환)에게 제출하여 이 숲이 단순한 천연림이 아닌 식목숲이자, 항일 애국의 숲이라는 내용의 입간판까지 설치하였으나 후일 문경시에서는 골프장을 조성한다며 우량임지와 역사성을 무시한 채 6경을 훼손하고 안내판을 뽑아내는 등의 불법을 자행하였다. 따라서 보훈부, 문화재청, 산림청, 경북도청 등과 협의하여 가치 있는 소중한 자산으로 특별관리가 요구됨.

02. 길의 고장 문경에서 새 길을 찾다-〈고모령〉

1. 들어가며

요즘은 길이 유행하는 시대다. 수식어만 다를 뿐 지자체마다 고만고만한 길을 내어 저마다 이름을 짓고 역사와 문화로 특화된 이미지를 연계시켜 관광상품으로 만들어 내고 있다. 한때 유명산마다 등산로를 내더니 근래에는 둘레길, 운하길, 뱃길을 넘어 케이블카까지 설치하며 하늘길을 낸다. 주변을 둘러보면 길로 명명된 상품이 어딜 가나 곳곳에 산재해 있다. 문경 지역만 해도 전국적으로 유명세를 타고 있는 새재 길이 있고, 속리산 둘레길, 하늘재 길과 선유동천 나들길, 우복동천길 등이 있다.

특히 반도의 단전이라 불리는 문경 지방은 삼국시대에 최초로 길을 연 오랜 역사를 갖고 있는데, 그 길이 신라 아달라왕^(서기 156) 때 개척된 문경 관음에서 수안보로 가는 〈하늘재^(계립령), 525m〉이다. 마성에는 길의 백미이자 한국의 차마고도로 일컫는 〈토끼비리^(명승 제31호)〉가 있고, 조선 팔도 고갯길의 대명사인 〈문경새재^(명승 제32호), 650m〉 길도 있어 실로 문경을 길의 도시라 할 수 있다. 이런 연유로 문경 조령 1관문 입구에는 〈옛길박물관〉이 개관되어 당시 길 위에서 펼쳐졌던 각종 자료들을 집대성해 놓았으니 옛길에 관한한 한국 문화 지리의 보고라 할 만하다.

한편 고대 로마는 길을 내는 데 적극적인 나라였고 이는 국가가 성장하는 데 결정적인 역할을 했다. 〈아피아 가도〉는 적들이 침입하기 쉬운 게 아니라 오히려 적들이 로마

문화를 존경할 것이라고 생각한 것이 매우 특별했는데, 그동안 로마의 문화가 왜 세계를 주도했는지 어느 정도 짐작이 된다. 대항해 시대 이전 중국 대륙과 중앙아시아, 유럽을 잇는 〈실크로드〉는 동서 문물 교류의 길이 되었고, 중국, 티베트, 인도, 네팔 등은 〈차마고도〉로 연결되어 고대 국제 교역로 역할을 수행했으며, 스페인을 역사와 문화와 성지로 관통하는 〈산티아고 순례길〉은 인류를 중심에 두고 역사의 흐름을 선도하게 하였다.

이같이 길은 동서고금을 막론하고 교류와 소통을 통해 세계를 하나로 묶어 가며 새로운 역사를 써 나간다. 그러므로 길이 없는 역사는 없고, 우리는 길을 가고 또 길을 지우며 오늘을 살아간다. 3번 국도가 지나고, 백두대간의 중심이며 기쁜 소식을 먼저 듣는다는 문경의 역사는 지금 우리나라 역사의 한가운데 서 있다. 길이 있어 문경이 있고, 문경새재가 있어 국민이 가장 찾고 싶은 곳 1위를 차지한 자랑스러운 고장에는 길 박물관까지 있으니, 이젠 유명한 길의 도시로 군림한 셈이다.

하지만 영남 지방에서 한양으로 통하는 가장 빠른 길이었던 하늘재와 문경새재 이외에 또 다른 유서 깊은 고모령이라는 길이 있었으나 이에 대해 누구도 관심을 두지 않았고, 그 길은 서서히 우리들의 기억 속에서 사라져 가고 있다. 이에 이 길을 다시 지리적으로 찾아내는 일은 그리 어렵지 않았으나 길을 중심으로 민담과 설화와 곳곳에 녹아 있는 문화와 역사를 복원하는 일은 간단치 않았다. 「문경현지」, 「문경지」와 농암면지인 「청조향람」, 「괴산군청 역사자료집」 등을 토대로 수십 차례 현지 실사와 거주하는 사람들의 이야기 수렴과 흩어져 있는 유적 유물 등의 자료를 토대로 그동안 점으로 산포되어 있던 문화유산을 선으로 연결하여 〈고모령길〉로 복원, 〈길의 도시 문경이 더 가치 있는 길의 고장〉이 되는 데 보탬이 되고자 하였다.

2. 고모령의 역사와 문화

가. 고모령의 인지도

고모령은 듣기만 해도 가슴 저려 오는 지명이다. 대중들의 마음을 크게 울린 〈비내리는 고모령〉이라는 노래에서 '어머님의 손을 놓고 돌아설 때엔 부엉새도 울었다오, 나도 울었소'의 시작 부분 한 소절만 불러도 눈물이 그냥 주르르 흘러내린다. 그것은 한이 서린 애절한 가사와 함께 고모령에 전해 오는 가슴 아픈 전설이 비애를 불러 눈물샘을 자극하기 때문이다.

일제가 남긴 피폐한 사회와 가난에 찌든 살림살이 때문에, 아니면 독립운동이나 정치적 이념 때문에 가족을 돌볼 수 없어 어머니와 이별할 수밖에 없었던 당시 세태의 정서를 쓴 노랫말이 많은 국민의 심금을 울린 것이다. 고모령 전설은 어머니와 자식, 고모와 질녀처럼 어른과 미청년이 같이 등장한다는 특징이 있다. 어머니와 흙을 쌓아 산을 이룬 형제와 남매 이야기, 독립운동에 연루되어 아들이 형무소에 수감되자 면회를 다니는 어머니와 형무소에서 어머니를 맞이하는 아들의 심정, 또는 고모가 어린 질녀의 죽음을 슬퍼하여 세상을 떠나고 마는 이야기 등 비극적인 요소가 주를 이룬다.

대구광역시 수성구 만촌동에 있는 작은 고개인 고모령(顧母嶺)은 어머니와 독립운동에 연루된 아들과의 면회를 마치고 돌아서는 심경을 시민들과 함께 해마다 기억하고 있다. 지자체에서 〈고모령가요제〉로 매년 무대에 올려 애국정신 고취와 절절한 가족 사랑의 시간을 갖는다.

나. 고모령의 지리와 역사

농암면 궁기리 조항산(鳥項山, 953.6m, 궁기리 산 20-1번지)과 마고할미통시바우 사이에는 고모령(姑母嶺, 673m)이라는 고개가 있고, 그 고개를 넘으면 괴산군 청천면 삼송리에 이르게 된다. 고개 총길이는 20여 리 정도로 고모령 주변으로 한때 장시가 서고 주막이 들어서는 등 성시를 이루기도 했지만 지금은 인적이 끊어진 지 너무 오래되어 이젠 고개 이름마저도 기억 속에 지워져 가고 있다.

예로부터 이 지역은 신라(고령가야) 땅으로 백제 고구려와 접하는 국경 지역이어서 전략적 요충지였다. 큰 잘못을 저지른 사람들이 고모령을 넘어가기만 하면 다른 나라이므로 죄인을 잡지도 못했다는 것이다. 이곳 사람들은 지금도 무슨 일을 하다 돌이킬 수 없는 상황이 생기면 "고모재 넘어갔다."는 말을 사용하고 있다. 예전에는 궁기와 고모현이 병행 사용되었으나 1914년 행정구역 개편 시 고모현이 사라지고 궁기(宮基, 궁터의 한자 표기)리로 개칭되었다.

궁기1리에 해당하는 〈궁터 마을〉은 청화산과 조항산 지맥이 동쪽으로 뻗어내린 골짝에 형성되어 상궁 중궁 하궁으로 말바우까지 길게 이어진다. 궁기2리에 해당하는 〈고모재 마을〉은 조항산과 둔덕산 지맥이 궁터 마을보다 좁은 계곡을 따라 마을과 길이 길게 형성되어 있다. 전방이 허하지 않고 아늑한 느낌을 주며, 마치 앞이 터지지 않은 옷을 여민 것같아 보인다. 두 곳이 서로 막힌 지세로 인해 궁터 마을은 〈갓바우재〉를 넘게 되

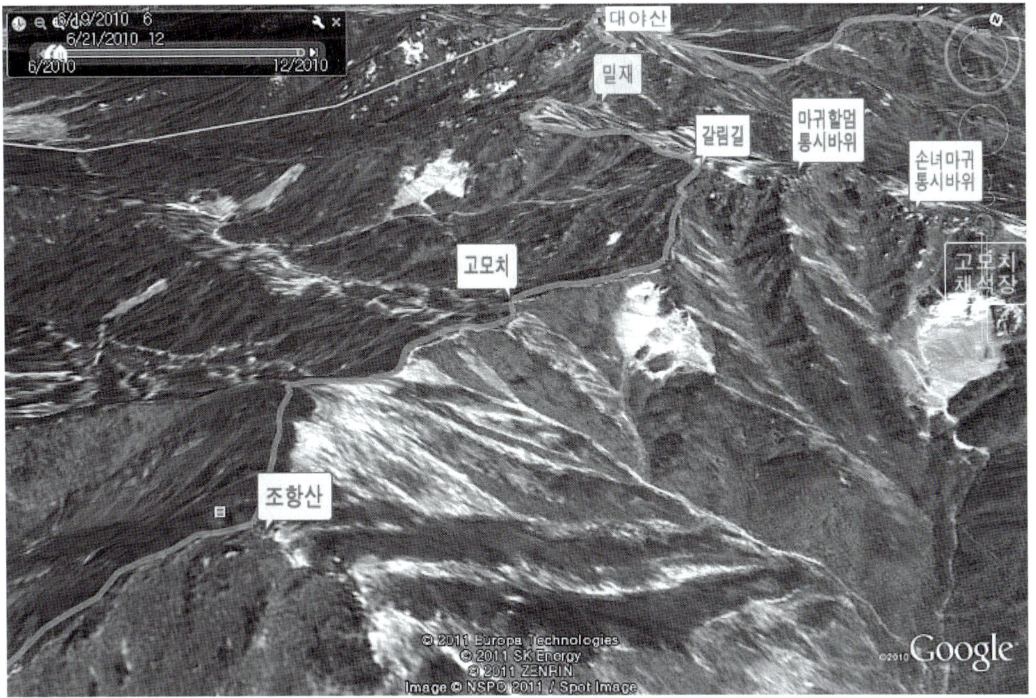

고모치(고모령), 고모현 지도

는 길이 생기고, 고모재 마을은 〈고모령〉을 넘는 길이 생긴 지형을 이루고 있다.

특히 고모재 마을은 조항산과 둔덕산의 깊은 골짜기 사이에 있어 작은 골이 많을 수밖에 없다. 갓바우가 있는 조항산이 만든 아홉 골은 복골-지경골-어두운골-아랫중무골-윗중무골-질그레미골-대나무골-양대밭골-물탕골이다. 반면 마고할미 바우가 있는 둔덕산이 만든 골은 열다섯으로 텃골-솔무골-뱀장이골-낙여미골-작은골-큰골-샘골-절토골-은박골-초당골-적박골-복호골-고모재골-짐팟골-바람맞이골이다. 골짜기 숫자만 봐도 고모재 마을 길이 궁터 마을보다 궁벽한 계곡 길임을 알 수 있다.

삼송리를 포함하는 이 고모령은 고려 공양왕⁽¹³⁸⁹⁾ 때부터 1963년까지 574년 동안 문경현^(가은현) 가서면에 속해 있었다. 조선 시대에는 문경현에서 가은현이 되었고, 1914년 행정개편시 가서와 가남을 합해 농암면으로 바뀌었다. 고개는 장벽과 단절의 개념으로 보통 국경이나 지역의 경계를 나타내지만 이 고개는 전설이나 문화, 언어 등에 영향 없이 오랫동안 결속된 고개로 자리매김되어 왔다. 견훤이 훈련을 했다고 전해지는 유적이 농암으로는 〈말바우와 북짓골〉이 있다면 삼송으로는 〈마당바위〉가 있고, 농암면 갈동리에 영웅^(견훤)이 탄생했다는 〈농바우〉가 있다면 삼송리에는 다산의 전설을 가진 〈농바우〉가 있으며, 농암장과 삼송리장이 고개라는 큰 벽을 넘어 5·10일 같은 날 열리면서 고갯마루의 동과 서쪽에 장시가 서는 것은 두 지역 역사의 동일성으로 볼 수 있다.

조항산 가을

조항산 큰바위 얼굴 원경

견훤부터 시작된 천 년을 넘는 유서 깊은 고모령! 이 고개가 하나의 작은 길로 보일지 모르지만 역사를 거슬러 올라가다 보면 그렇지 않다는 것을 확인하게 된다. 조항산 갓바우와 둔덕산 마고바우가 지켜 주는 이 길은 하늘이 내린 특별한 고개이자 선택받은 사람들이 기쁜 소식을 듣는 〈웃고넘는 고모령〉인 것이다. 견훤이 궁기마을에다 궁궐을 짓고 말바우와 북짓골에서 군사를 훈련하며, 농암리에 견훤산성을 쌓은 것은 이 길이 단순한 일반 통행로가 아니라 역사적인 왕도임을 입증해 주고 있는 것이다. 조선 중기 도찰방을 지낸 고을 선비 김이원이 만년에 조항산에 의상대를 쌓고 그 아래 하강정을 지어 인의와 덕성을 가르쳤다는 기록을 보면 이곳을 선택받은 길지라 불러도 무방하리라 생각한다.

근경보다 원경이 훨씬 좋은 조항산! 농암리 쪽에서 보면 좌측에는 갓바우가 비상하는 독수리로 보이고, 우측에는 마고할미통시바우와 손녀마고통시바우가 연봉을 이루며 만물상으로 다가온다. 이런 산이 빚어낸 계곡인 궁기 천변에는 선사시대의 돌칼과 돌화살촉, 반월형석도 등이 발견되고, 궁궐터와 말바우 등 견훤과 관련된 많은 전설들이 내려오는 걸 보면 오래전부터 이곳에 사람이 거주했다는 입증이다. 임진왜란 이후 상업 활동이 활발해지면서 상인들의 왕래가 많아져 고모령 노변에는 농암과 송면 두 곳의 장시가 1700년대 말부터 형성되었다. 그 후 점점 많은 사람이 고개를 넘나들며 이러저러한 사연들이 쌓여 갈수록 기억에 남는 건 눈물겨운 사건들이 주를 이루는 것, 그러기에 고모령은 가까이 보면 넘기 힘든 가풀막진 고개이고, 멀리서 보면 멋진 추억을 만들어주는 희망의 고개였으리라.

다. 고모령의 전설

전설에 의하면 부모 없는 질녀를 데리고 고모가 조항산 밑에서 단란하게 살았는데, 질녀가 우연히 병을 얻어 죽게 되자 고모는 이를 애닲게 여겨 식음을 전폐하고 험준한 고모령에 올라 질녀의 이름을 부르며 며칠을 지내다 급기야는 그 자리에서 죽었다고 한다. 후세 사람들이 고모의 애처로운 넋을 위로하기 위해 '고모재, 고모치, 고모현, 웅현, 고모령'이라고 불렀다 한다.

하지만 전해지는 지명 유래를 너무 정답처럼 단정할 필요는 없다. 고모재라고 하여 고모와 질녀만의 전설로 국한한다면, 고모(姑母)라는 한자 표기가 古毛, 古母로 나타나지 않았을 터이고, 곰의 한자인 〈웅(熊)〉의 훈을 따서 〈곰이 고모〉로 연철되는 과정을 거쳐 〈웅현(熊峴)〉이라고까지 부르지 않았을 것이다. 고모령 재빼기에서 둔덕산 능선 쪽으로 공룡의 등같이 보이는 암봉이 〈마고할미통시바우〉와 〈손녀마고통시바우〉다.

조항산 고모령 원경

이 바위는 전설 속 고모와 질녀에 대비되는 할미(존칭)와 손녀로, 천지 창조를 주관하는 다산의 여신 또는 인류의 어머니인 〈마고신(麻姑神)〉을 말한다. 마고는 주로 성을 쌓는 내기를 하거나 산을 옮기고 맨발로 바다를 건너는 거인이자 무소불위의 초인이며, '통시'는 변소의 사투리로 황금(富)과 해우(解憂)를 의미하는 기복의 대상이다. 마고의 '고'와 고모령의 '고'가 시어머니 '고(姑)'자인 점이 동일하고, 두 개의 바위가 고모재 마을의 수호신이자 진산 역할을 하기 때문에 한양 가는 길손들이 이 계곡으로 난 길을 택하는 것은 마고신의 보호와 축복을 받고자 함이었을 것이다.

라. 한양 가는 선비들의 조용한 고갯길

예전 영남 선비들이 과거시험을 보러 한양 갈 때 이용하던 길을 〈영남대로〉라 하여 상주에서 문경, 그리고 고개 하나를 넘어 충주(청주)를 지나 용인, 성남을 거쳐 서울로 입성했으며, 선비 대부분이 문경새재를 이용했다. 그 이유는 과거시험 보러 가는 유생들이 추풍령을 넘으면 추풍낙엽처럼 떨어지고, 죽령을 넘으면 죽죽 미끄러지지만, 새재를 넘으면 새처럼 날아 넘어서 합격한다는 것이다. 게다가 경사스런 소식을 듣는다는 〈문경^(聞慶)〉이라는 지명을 과거 급제라는 기쁜 소식으로 이어진다는 뜻으로 이해하여 이곳을 많이 이용했다는 속설도 있다.

그러나 기록에 의하면 조선 시대를 대표하는 관도로서 문경새재를 통하면 한양까지 열나흘 걸렸다. 하지만 죽령 길은 보름, 추풍령 길은 열엿새가 걸렸다고 하니 그중 가장 빠른 새재 길을 넘게 된 것으로 보인다.

문경새재 1관문 입구에는 〈옛길박물관〉이 자리하고 있고, 삼국사기에는 우리나라 최초의 길이라 불리는 문경 갈평에서 포암산 중허리로 넘어 수안보로 가는 〈하늘재〉가 있으니, 가히 문경은 유서 깊은 길의 도시라 할 만하다. 하지만 추풍령, 죽령, 하늘재, 새재 말고도 한양으로 가는 편하고 빠르며 조용한 길이 있었는데, 그 고개가 바로 농암면 궁기리에서 청천면 삼송리로 넘어가는 〈고모령^(姑母嶺)〉이었다.

마. 고모령 이용자가 많았던 이유

고모령은 조항산과 둔덕산 사이에 자리하고 있으며, 백두대간으로 이웃한 갓바우재, 밀재, 버리기미재, 불란치재보다 넘기가 수월하고 한양으로 가는 고갯길 동선이 짧다는 장점도 있다. 새재는 산세가 험준한 데다 호랑이의 출몰도 잦았을 뿐 아니라 진남교 관갑천^(토끼비리)의 절벽이 매우 위험했고, 또 널리 알려진 길로는 도적들의 해코지와 탐관오리들의 시비도 만만치 않았으니 아리랑을 한 곡조 부르지 않고도 편하게 넘을 수 있는 고개가 고모령이었던 것이다.

청천의 솔면삼거리는 상주와 괴산과 청천으로 가는 3갈래 길이고, 농암의 괴정 사거리는 궁기·연천길, 화북·황령길, 은척·함창길, 가은·문경길로 이어져 농암은 사통팔달의 교통이 가능해 조선 시대에도 큰 장이 서게 되었으므로 자연히 고모령의 이용자가 적지 않았다.

바. 고모령 이용자와 과거 급제

이곳 조항산과 부근 지역은 견훤 출생과 성장지로 주목을 받았다. 그러나 후백제 패망 후 견훤을 따르던 많은 사람이 다시 돌아오지 못하고 고려에게 탄압받아 이 지역이 침체되었을 것으로 본다. 다행히 왕조가 바뀌고 조선조에 고모령 길이 새로 열린 것은 다행이 아닐 수 없다.

〈괴산군청 홈페이지〉에 이 고갯길은 "조선 시대 영남 지역 유생들이 과거시험 보러 한양 올라가던 길이었다. 험산 준령의 산속 길이었던 문경 새재 길에 비해 통행이 잦았으며, 이 길을 통해 과거 길에 올랐던 유생들이 과거시험에 등과하는 비율이 높았다고 구전되고 있으나 문경새재의 명성에 눌려 그동안 잘 알려지지 않았다."고 적고 있다.

사. 고모령로의 장시와 주막

1759년 「문경현지」에는 고모령로가 궁기천 계곡을 따라 청주로 가는 새로운 지름길로 개척되었다. 1789년에는 고모령 노변에는 농바우장과 송면장이 형성되었다고 적고 있고, 이 두 곳의 장시(5일, 10일)와 함께 고모령 계곡에는 많은 주막이 형성되었다.

"고갯길에는 〈떡전거리〉도 있었는데 이는 그동안 잘 알려지지 않은 우리나라 최초의 무인 판매대이다. 조선 시대 때 떡시루에 떡을 해서 이곳 떡전거리에 올려놓으면 지나가던 행인(대부분 한양으로 과거 보러 오가던 영남 유생들)들이 쉬어 가며 요기를 한 뒤 엽전을 놓고 가던 바위라고 했다." 또한 고개 중간에 "〈무제치〉라는 곳은 심한 가뭄이 들면 이곳에 모여 돼지 등 제물을 차려 놓고 농악에 맞추어 춤을 추며 하늘에 제사를 올리는 행사가 삼국시대 때부터 지금까지 전해져 오고 있으며, 지금도 바닥 암반은 당시 제물들의 선혈로 붉게 물들어 있어 보는 이들로 하여금 그간 얼마나 많은 제물이 바쳐졌는지를 가늠할 수 있다."는 괴산군지의 기록이 있다.

그만큼 18세기 말부터 고모령로는 통행이 많았음을 의미한다, 고모령로 밑에는 1930년대까지만 해도 막걸리와 산채 비빔밥을 파는 주막이 많아 해질 무렵에는 상인과 통행인들로 문전성시를 이루었는데, 곶감장수, 소장수, 소금장수 등의 행렬이 끝이 보이지 않을 정도라고 했다.

1950년대까지 많은 주막들이 집단적으로 분포하기도 했지만, 이러한 주막들은 6.25 후 이 지역에 공비들이 자주 출현해 어쩔 수 없이 치안유지상 소개령(疏開令, 공습이나 화재 등에 대비하기 위해 한곳에 집중되어 있는 주민, 물자, 시설물 등을 분산시키는 명령)으로 철거되었다.

아. 해방과 6.25전쟁, 근대화 무렵 고모령로 사건들

1945년 해방 직후 박헌영의 남조선 노동당과 보도연맹 조직의 확산 등으로 자유민주주의 수호가 위기에 처한다. 이때 군민들에게 보다 투철한 반공사상과 올바른 국가관을 심어 주기 위해 자생적으로 조직된 농암면 대정 마을 청년 중심의 〈버들피리 악극단〉이 있었다. 그들은 군내 곳곳을 돌아다니며 공연을 이어 가다가 험준한 고개가 있어 공연하지 못한 삼송리 주민을 위해 고모령을 넘게 된다. 소품과 악기 등 무거운 짐을 지게에 바리바리 지고 힘겹게 고모령을 넘은 그들은 그날 밤 공연을 저지하고자 출몰한 몽둥이를 든 수십 명의 보도연맹 무리들과 일촉즉발의 충돌 위기를 맞게 된다. 목숨을 건 절박한 상황하에서도 남다른 애국·계몽정신을 발휘, 이를 잘 극복하고 계획된 공연을 성공리에 상연할 수 있었다.

1950년 6.25전쟁 당시 궁기리 마을 인구가 750여 명이나 되었지만 마을에 전사자가 단 1명도 없었다. 이곳 골이 깊어 사람들이 못살 곳이라 했지만, 마을이 화를 당한 적이 없어 주민들은 세상 어느 곳보다 이곳이 가장 살 만한 동네라고 생각했다. 주막이 있었고 장이 열렸지만 도둑이 없고 전쟁의 교통로로 이용되지도 않았다. 한편 이 고개를 중심으로 국경을 마주하고 있어 이곳은 아무나 쉽게 범하지 못하는 신성하고 특별한 완충지대 같은 곳이 되기도 했다.

1969년 12월, 청암중 18회 여용수 외 2명이 고모령을 넘어 청주 소재 고등학교 입학시험을 치르게 된다. 손을 호호 불고 발은 동동 구르며 중3 졸업반 학생 셋이서 청주까지 걸어가 시험을 잘 치르긴 했으나 돌아오면서 고모령을 넘는데 허리까지 빠지는 폭설로 인해 불의의 조난을 당한다. 시험을 보고 잘 돌아와야 할 자녀들이 돌아오지 않자 부모들이 고모령을 올라 목이 터져라 이름을 부르며 절규했건만 끝내 눈밭에선 메아리마저 답하지 않았다. 울고불며 고모령을 헤매다 겨우 눈에 묻혀 머리만 보이는 그들을 찾아 차가운 얼음덩일 안고 내려왔는데 마고신의 도움을 입었는지 여용수 학생만 하늘나라로 가고 두 학생은 기적적으로 회생하였다. 며칠 뒤 합격 통지서를 받았으나 그것을 받고 궁터 마을은 다시 눈물바다가 되었으니 공부로 소원을 푼 게 아니라 외려 한을 품게 된 사건이었다.

1972년 12월, 종곡리에 사는 중1 대찬이 사춘기를 맞아 이유 없는 반항과 자신의 생각과 현실의 괴리 앞에서 자포자기하며 학교를 가지 않는 등 심각한 방황에 빠져 자살할지 모르는 지경까지 이른다. 질풍노도 같은 세상 파고에 휩쓸려 작은 배 한 척이 침몰하고 있는 중인데, 이를 말없이 지켜보고 있던 오백^(고2)은 청화산과 조항산과 고모령을 넘으면 반드시 새로운 기운을 듬뿍 얻어 변신할 수 있으리라 굳게 믿었다.

이에 일홍^(고1), 상록^(중3)이 함께 동참, 넷이서 아침부터 연엽산을 넘어 시루봉, 그리고 청화산을 오른다. 겨울 산행에 변변치 않은 차림으로 겁도 없이 실행한 산행 중, 예상치 않게 늑대를 만나 위험에 빠져 한동안 자세를 낮추며 숨을 죽였고, 가파른 절벽은 돌고 큰 바위는 배를 대고 기어서 가까스로 위험한 길을 열어 나갔다. 온종일 걷다 보니 힘이 빠져 이제는 온 길을 되돌아갈 수도 없을 무렵, 그들은 오로지 청화산에서 조항산을 거쳐 입석·삼송리를 향해 녹지 않은 눈이 무릎까지 빠지는 고난의 강행군을 지속한다. 결국 바지가 장작처럼 뻣뻣하게 얼어붙은 어둠이 깃든 저녁, 일면식도 없는 삼송리 최애숙 학생^(당시 국교 5년) 집에서 젖은 옷을 말리며 하룻밤을 민박했다.

그리고 다음 날 고모령을 넘어올 때 대찬은 이미 자신의 문제를 치유받고 더 열심히 공부해 큰 바위 얼굴처럼 되겠다며 변화를 받았다. 고난과 위기의 시간이 갓바위 신이 내린 축복의 시간으로 바뀐 것이다. 대찬은 그 뒤 가열차고 대차게 자기 인생을 열어 나가며 남다른 삶을 살아가고 있다.

자. 한류 시대의 고모령

고모령 정상에는 성황당이 있었고, 옛날 재를 넘나들던 사람들이 먹던 석간수인 〈고모샘〉이 재 아래 20미터 지점에 있으며, 거긴 요즘 도룡뇽이 살고 있다. 수량이 항상 일정하며 영험하여 산에 오르는 도중 부정한 짓을 하면 천하명수의 효과를 보지 못한다고 전한다. 고모령 고개를 만들어 낸 신령한 조항산, 그 아래 골짝에는 추심사가 있었

을 것으로 추정되는 절골이 있는데 이 골짜기는 마고신의 힘이 하늘로 비상하는 신성한 곳으로 인식되어 있다. 그래서인지 예전부터 사냥꾼들이 절골에서는 짐승 한 마리도 잡아 본 적이 없다고 한다. 절골인 이 골짜기를 벗어나야만 짐승이 잡히는 것으로 알려져 있다.

고모령 정상 고모샘 석간수

고모령에서 고모재 마을로 내려가는 우측 편 계곡에는 잘 알려지지 않은 〈도덕동천(道德洞天)〉이라고 전서체로 새긴 큰 바위가 있고 그 바위에는 다섯 사람의 이름이 나란히 날짜(1927)와 같이 음각되어 있다. 동천은 하늘과 통한다는 통천(通天)과 같은 말로도 사용되며 천혜의 풍광을 가진 명소다. 자연을 사랑하는 마음이 과하여 자신들의 이름을 바위에 새겨 두고 싶은 마음은 이해되지만 자연은 그대로 두고 함께 즐길 때 진정한 가치를 오래 갖게 되는 법인데 그것이 흠이 된다. 그래도 당시 석각된 그 사람들의 이름을 통해 당시 이곳 사회와 역사를 이해하는데 조금이나마 도움이 된다는 건 다행이다.

도덕동천은 조항산과 둔덕산이 만들었고, 우복동천은 청화산과 도장산이 만들었으니 농암이라는 작은 고을에는 2개의 동천이 있다. 동천이 만든 궁기천과 쌍용천이 합수한 농암천이 천마산을 휘감아 돌고 있어 견훤은 강물이 성을 감돌아 적의 침입을 보

호해 주는 해자형의 길지임을 알아채고 〈천마산성〉을 쌓아 천혜의 요새지로 만들었다. 고로 농암은 〈1성 2동천〉의 고장이자 〈남북 대칭의 이수겹산〉을 품은 선택받은 땅이다.

몇 년 전부터 13개 지자체 단체장들이 〈중부권 동서 횡단철도〉 계획을 수립, 349km의 건설사업을 야심차게 추진하고 있다. 울진에서 당진까지 6시간 소요되는 길을 2시간으로 줄이고 새로운 관광자원과 신산업의 활성화를 통한 첨단 물류네트워크 구축을 기대하고 있다. 울진-봉화-영주-예천-문경-괴산-청주-천안-아산-예산-당진으로 이어지는 철길에서 〈문경-괴산〉 구간은 고모령을 통과, 농암에 기차역이 생기게 되어 그동안 잠들어 있던 고모령이 부활되는 그날을 목전에 두고 있다. 다시 말해서 예전에는 울고 넘는 고모령이었다 해도 이 철로가 개통되고 나면 기차를 타고 웃고 넘는 고모령이 될 것은 너무도 자명하다. 하여, 대구에 〈고모령가요제〉가 있다면 농암에는 〈고모령 견훤축제〉가 개최될 날이 오게 될 것이다.

차. 고모령 길과 견훤 역사 유적

고모령은 청천면 삼송리에서 고개 하나를 사이에 두고 농암면 궁기리로 이어지는 길이다. 고려 공양왕⁽¹³⁸⁹⁾ 때부터 1963년까지 삼송리가 가은현의 가서면^(농암면)에 속해 있었으므로 이 지역이 하나의 속현인 점에 주목할 필요가 있다. 보통 큰 고개는 영토와 지역의 경계가 되는 기준이 됨에도 불구하고 삼송리와 궁기리를 괴산과 문경으로 나누지 않고 한 지역 한 고개의 개념으로 묶어 오랫동안 통치해 왔으니 고모령 역사는 나라의 통치와 궤를 같이하면서 그 역사가 5백 년을 훌쩍 넘어서는 것이다. 특히, 고모령 아래 견훤⁽⁸⁶⁷⁾이 궁기^(궁터)에 궁을 짓고 살았다고 전하며, 고개 너머 삼송리 쪽 또한 견훤이 훈련하던 〈마당바위〉 전설이 내려오고 있는 것은 적어도 이 고개는 견훤이 등장하여 활동한 것을 시작점으로 본다면 어림잡아 천 년이 훨씬 넘은 유서 깊은 고개라 할 수 있다.

견훤을 중심인물로 두고 삼송에서 농암 쪽으로 고갯길을 따라 올라가면 여러 관련 유적과 전설이 줄지어 이어진다. 삼송에서 고모령을 넘기 전 만나게 되는 〈의상골〉은 의 상대사가 수도하던 깊은 골짝이고, 〈마당바위〉는 거대한 암석으로 형성된 산등성이로 주변에 낙타바위, 공기돌바위, 절개바위, 수직 암벽타기 등이 있는데 이는 백제 말 견훤 이 무술을 연마했다는 곳이라고 전해진다. 〈무제치〉라는 바위는 심한 가뭄이 들면 마 을 주민들이 이곳에 모여 제물을 차려 놓고 천신에게 제사를 올리는 행사가 삼국시대 부터 지금까지 전해져 오고 있다.

여기서 고개를 넘어서면 견훤이 궁궐을 짓고 살았다는 〈궁터〉가 다가온다. 그리고 조 항산과 청화산 능선 방향으로는 의상, 원효 스님이 수도를 했고 견훤이 수련을 했다는 〈의상대〉와 〈원효대〉가 있으며, 다시 아래로 내려오면서 견훤이 용마를 얻었다는 〈말바 우〉가 시냇가에 있다. 개울 건너 종곡리엔 견훤이 북을 치며 군사를 조련했다는 〈북실 ^(북짓골)〉이 가까이 위치하고 있다.

연천리 말바우에서 한 마장쯤 내려오면 〈견훤산성〉과 〈견훤 우물〉을 만난다. 여기서 조금 가면 〈견훤 느티나무〉, 〈견훤 말무덤〉, 바위가 쪼개져 견훤이 태어났다는 〈농바우〉, 하늘에서 옥황상제가 내린 말이 떨어져 바위가 된 후 나중에 바위가 쪼개지며 견훤이 태 어났다는 〈천마산^(쪽금산)〉과 왕이 넘어갔다는 〈왕재〉 등이 있다. 이런 견훤 탄생과 성장 에 관련된 유적과 지명 및 전설들이 곳곳에 남아 있어 고모령로는 일명 〈견훤로〉라고 불 러도 아무 손색이 없다.

김부식과 일연의 「삼국사기」와 「삼국유사」에서는 승자의 관점에서 쓴 심각한 역사 왜곡으로 인해 견훤의 지위가 크게 폄하되었다. 견훤에 대한 〈천마 설화〉[5]가 엄연히 전 해지고 있고, 아버지 아자개가 실존 인물이라면서도 하잘것없는 지렁이의 아들로 비하 되고 있음은 가슴 아픈 일이다. 그런데 지렁이가 견훤의 아버지라면 아자개는 그의 의

---

5) 〈구호〉라는 총각이 옥황상제의 딸(공주)과 몰래 사랑을 나누다 발각되어 지상에 유배되었는데, 호환에 아버지를 잃은 〈아 비〉라는 처녀를 만나 원한을 풀어 주었다. 이후 둘이는 자연스레 동거를 하다 아비가 임신을 했고, 구호는 유배 기간이 끝 나자 그녀를 데리고 하늘로 올랐으나 옥황상제와 공주가 크게 노해 그들을 지상으로 내쳤다. 이후 예전에 받았던 보물 상 자와 말(천마)은 각각 땅에 떨어져 두 개의 바위와 천마산이 되었고, 수백 년이 흐른 뒤 농짝 같은 바위(농바우)가 갈라지면 서 칼을 든 장한이 나타났는데 그가 바로 견훤이라 전하며, 농암에는 천마산과 농바우가 현존하고 있다.

붓아버지가 되는데도 문경시에서는 왕릉시장을 〈아자개 장터〉로 명명하여 견훤의 명성을 빌리고 있으니 논리상 맞지 않는다. 그렇다면 이제 그를 사생아로 취급한 〈야래자 설화〉[6]를 부정하고 천마 설화로 새로 고쳐쓰지 않으면 안 될 것이다. 지렁이 굴의 근거지라 하는 갈전리 금하굴의 탄생 설화는 구전되어 오는 10여 가지가 넘는 견훤 전설 중 하나일 뿐이다.

타. 한양으로 가는 길의 변화

길은 가는 것이다. 그래서 사람이 가지 않는 길은 얼마 지나지 않아 소멸되고 만다. 새재를 대신하여 일제강점기 당시 침탈 용이를 위해 대규모 토목공사로 조령산자락을 끊고 신작로를 만들었다. 산세가 험하고 경사가 급한 새재보다 비교적 완만하게 근대적인 이화령(3번 국도) 도로가 만들어지자 더 빠르고 편리한 통행로가 된다. 그처럼 소와 말이 길을 누비던 영남 제일의 관문인 문경새재도 차량이 다닐 수 있는 〈이화령〉 고갯길이 열리자 새재 길 이용자들이 현저히 줄어들게 된다.

그러다 이화령을 넘는 데도 많은 시간이 소요되고 교통사고 위험이 상존하자 이번에는 조령산을 뚫는다. 몇 년이 지나 새로운 터널이 개통되자 비싼 통행 요금을 징수해도 대부분 사람들은 이화령 도로는 이용하지 않고, 빠른 터널로 통행하였다. 2001년 중부내륙 고속도로가 개통되면서 이번엔 3번 국도 이용자들이 감소하게 되었고, 이로인해 이화령 정상에 있던 전망 좋고 손님이 넘쳐나던 휴게소는 처참하게 폐허가 되고 만다. 2012년 산경도상 백두대간으로 일컬어지는 소백산맥의 생태통로를 복원하는 사업으로 다행히 옛 고갯길이 복원되었다. 2024년 말부터 서울에서 문경까지 고속 열차가 달리는 또 하나의 새 길이 열리는 것을 보면 한양으로 가는 길이 사람보다 빠르게 변한다는 걸 확인할 수 있다.

한양과 문경은 제자리에 있어도 사람이 다니는 길은 쉼 없이 변한다. 하늘재에서 문경

---

6) 밤마다 정체불명의 사내가 처녀의 방에 찾아와 동침하고, 아침이 되면 사라지곤 하였는데, 그러다가 처녀가 임신을 하게 되었다. 처녀 아버지가 이 말을 듣고 남자가 오면 실을 꿴 바늘을 남자 옷에 꽂으라 시켰다. 다음 날 실을 따라가 보니 굴에 큰 지렁이 한 마리가 죽어 있었다. 그 뒤 처녀가 낳은 아들이 견훤이라 전한다.

새재, 이화령에서 이화령 터널길, 이젠 고속도로와 고속철도가 산을 관통하고 새로운 길로 바뀐다. 그렇지만 빠른 길이 가치가 있는 게 아니라 오히려 느리고 굽은 길을 더 선호하는 시대가 도래하고 있다. 왜 사람들이 문경새재, 깊고 먼 고개를 국민들이 가고 싶은 곳 1위로 선정하는지의 기준은 바로 느리고 굽은 길과 특별한 역사 때문이다.

지금은 길의 시대이고 문경은 길의 고장이다. 〈산티아고 순례길〉이나 〈제주 올레길〉은 워낙 유명하여 길 하나로도 먹고사는 최고의 관광 문화상품이 되고 있다. 반도의 단전이자 백두대간의 중심에 속하는 문경, 사람들이 "문경은 잘 몰라도 새재는 안다."는 길의 고장에는 길이 사람이나 물류 이동이 주가 아니라 역사를 반추하며 공유하고 공감하는 길이 되어야 한다. 오랫동안 잠들어 있는 고모령을 이제는 깨워야 할 때이고, 풀이 무성한 길을 열어 숨겨진 옛이야기들을 다시 들을 수 있어야 한다. 그래야 문경과 견훤 역사가 더 빛나는 길의 고장이 되고, 문경새재를 찾는 관광객들이 고모령 길과의 연계 관광을 통해 길의 품격과 가치와 이익을 얻을 수 있을 것이다.

3. 나가며

고개가 있는 곳에는 길이 있었고 길이 있는 곳에 역사가 있었다. 세상의 길은 빠른 길, 곧은 길, 정확한 길로 통하지만, 가치 있고 의미 있는 길은 굽고 느리고 전설을 가진 길이다. 천 년의 역사를 가진 고모령을 여기서 간단히 살펴보면서 세상에 영원한 길은 없으므로 지금은 역사에게 고모령 길을 한번 물어보아야 할 때다. 그러면 고모령이 먼저 답하고, 그다음 견훤이 답하며, 그 뒤엔 침묵하던 우리 역사가 답을 할 것이다. 세상에는 좋은 길은 있어도 유일한 길은 없듯, 이제 문경에는 하늘재가 최초의 길이었다면, 문경새재는 만인의 길이었고, 한편 고모령로는 견훤대왕의 길이자 숨어 있는 비밀의 길이라 할 수 있다. 잊어져 가고 소멸되어 가는 길의 역사, 그렇게 천 년 세월이 적층된 문화유산과 아직 작은 숨결이 남아 있는 길을 통한 우리 역사의 정체성을 살려 나가는 것이 매우 시급하다.

고속도로 보다 옛길은 산자락과 산자락을 넘고 이어서 만든 쉽지 않은 길이다. 그 길을 걷다 보면 전설이 깃들어 있는 고개를 지나게 되고 유적과 설화를 만난다. 선조들의 발자취가 묻어 있는 길에 여우가 많이 출현했다면 여우고개, 마고신이 출현했다면 마고할미통시바우, 말이 출현했다면 말바우, 견훤이 탄생하고 출현했다면 견훤 전설의 농바우가 우리 앞에 다가올 것이다. 농암의 농바우와 삼송의 농바우가 지금도 전설을 간직한 채 두 곳에 남아 있고, 농암의 장과 청천의 장이 고개를 허물고 아직도 어김없이 열리고 있으니 이는 〈고개 민속장〉이라는 특별한 가치와 관광상품으로의 가능성까지 보여 주고 있다. 이제 역사적 고증을 토대로 고모령로의 원형을 새로이 밝혀 지역의 문화를 함께 복원하는 천 년 역사를 따라 걷는 길로 닦아 내어 역사 문화의 탐방길로 이름할 수 있어야만 한다.

특히, 우리나라는 남북 분단의 아픈 역사를 갖고 있을 뿐 아니라, 최근에는 좌우의 이념 충돌이 통제 불가능한 수준으로 치달으며 정도를 넘고 있다. 이 시점에서 국민 통합은 매우 어려운 과제이기에 이를 해소하기 위한 대안으로 그 어떤 것보다 고모령로의 복원은 필수 불가결하다고 본다. 왜냐하면 견훤은 상주 사람으로 순천과 무진주를 거쳐 완산주에서 후백제를 건국하였고, 신라 장수가 무너진 백제를 다시 세운 영웅으로 그는 영남과 호남인들의 특별한 존숭 대상이라는 점이다. 2023년 후백제 역사 특별법이 통과되어 후백제 역사 복원 작업이 진행되고 있고 그 중심에 견훤이 태어나고 성장한 농암이 포함되어 있어 올바른 역사 복원을 통해 동서가 하나로 화합하는 방안이 모색될 수 있기 때문이다.

하지만 그의 탄생 설화나 용마를 얻고 빠르기 시합을 한 것이나 말무덤 등에 대해 현재 밝혀지고 있는 내용을 살피다 보면 상당 부분이 빠져 있거나 근거 없이 한쪽으로 많이 왜곡되어 있다. 아버지가 있음에도 사생아가 되고, 천마 탄생 설화가 엄연히 존재함에도 지렁이가 되고, 해자형으로 쌓은 견훤산성이 있음에도 아직 산성은 풀 속에 묻혀 있으니 이런 점에서 보면 농암은 천마는커녕 지렁이마저 꿈틀거리지 않는 문화 불모지가 되어 있는 셈이다.

그가 동쪽 사람으로서 서쪽 땅으로 가서 후백제라는 적대적 나라를 건국한 위대한 왕이 되었지만 영남에서는 그를 백안시하는 기류도 없지 않았다. 이제는 동서의 벽을 허물고 잠들어 있던 그간의 역사를 제대로 발굴 정비하는 새로운 전기를 마련해야만 한다. 사실에 입각한 역사 고증과 복원을 통해 농암의 견훤 역사 유적을 잘 발굴 복원한다면 문경의 길은 하늘재와 새재에서 고모령이 또 다른 역사적인 길로 추가되어, 머지않아 문경은 영남을 넘어 호남으로 통하는 동서 화합의 구심점 역할을 하는 새 길이 될 것이다. 나아가 한류를 즐기려고 찾아오는 세계인들이 농암의 산성과 동천, 농암의 한지와 의병과 충효와 고려 왕검 등 다양하고 특별한 문화와 역사를 넉넉히 누릴 그날이 오리라 믿는다.

참고문헌

- 「문경지」(1994, 문경시)
- 「청조향람」(1996, 농암면면지편찬위원회)
- 「괴산군지」(1990, 괴산군)
- 「문경의 문화재대관」(1997, 문경문화원)
- 「사료와 전설로 보는 견훤」(2003, 문경문화원)
- 「문경의 금석문」(2003, 문경문화원)
- 문경시, 상주시, 괴산군청 홈페이지

03. 1성 2동천의 복지-〈농암〉

성(城)이란 공격형과 수비형이 있다. 철옹성이나 해자형은 수비에 목적을 두는 성으로, 어느 한 고을에 성이 있다면 그 고을은 살 만한 곳이라 간주해도 된다. 왜냐하면 외세로부터 방어할 수 있다는 건 그만큼 사람이 살기 좋고 안전하다는 것이 전제되기 때문이다. 농암에는 견훤산성이 있고 그 성은 수비형인 해자형으로 쌍용천과 궁기천이 합류하여 농암천(영강)이 되어 섬안과 더대를 돌아 가은 쪽으로 흘러나간다. 성이 있는 땅을 물이 휘돌아 흐르므로 적들이 그 성을 침범하려면 강물을 반드시 건너야 하는 번거로움과 불편함이 천혜의 방어의 수단이 된다.

이런 성이 하나만 있어도 좋지만 복지라 부르는 동천 두 곳까지 있다면 그곳은 누구나 살고 싶어 하는 터전이 될 것이다. 우복동천은 청화산과 쌍용계곡의 용유동 근처에 있고, 도덕동천은 조항산과 둔덕산 계곡에 위치하고 있다. 그러니까 천마산성 하나에 우복동천과 도덕동천을 가진 농암은 병화가 없고 축복이

쌍용용추

우복동 표지석

우복동천 회란석

우복동천 용유동

도덕동천 자연 수영장

도덕동천 글씨

도덕동천 원경

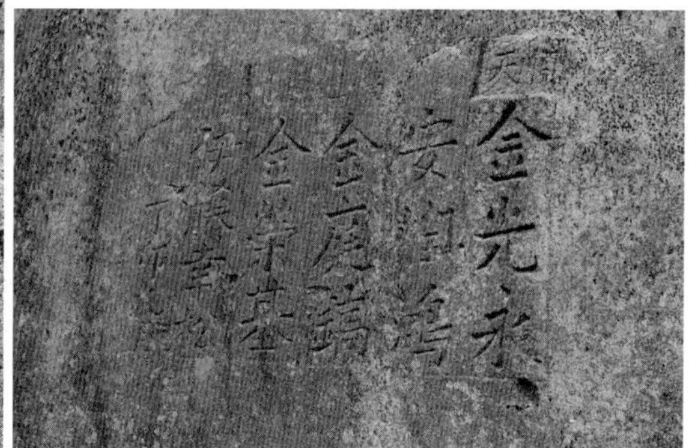

도덕동천 바위에 새겨진 이름(6명)

임하는 길지라고 불러도 된다.

그동안 농암 사람들은 자신들이 살고 있는 곳이 길지에 해당하는지 생각하지 않고 그냥 편안하게 잘 살아온 것 같다. 6.25동란 때도 전쟁의 피해를 거의 입지 않았고, 살면서 자연재해로 인한 큰 피해를 당한 것이 거의 없었다. 산이 많은 지역이라 논이 적고 밭이 많지만 그래도 뽕나무가 잘 자라 누에를 봄가을로 치고, 감나무와 밤나무, 호두나무도 잘 자라므로 다른 촌락 지역에 비해 상대적으로 그다지 열악하지는 않았다.

천마산성이 자리할 수 있었던 것은 천

천마산 성곽돌

천마산 원경(진향루)

천마산 원경(가실목)

청화산 삿갓구름

청화산 표석

손녀마고통시바우

마산의 생김과 위치가 천혜의 요새처럼 해자형의 성을 쌓을 수 있어서이며, 그런 연유로 다른 어떤 성보다 견훤이 사랑한 것으로 보여진다. 우복동천(牛腹洞天)이라는 지역은 소의 배 안 같은 곳이므로 십승지에 해당하는 살기 좋은 곳이라 하는데 청화산 아래쪽으로 비정한다. 청화산의 지맥인 연엽산은 연꽃 같이 생긴 산으로 그 산에서 흘러내린 또 하나의 작은 〈우복산〉이 있어, 그 산은 소가 누워 있는 형국으로 큰 소 품 안에 있는 작은 소의 배 안은 길지 중의 최고의 길지일 것이다.

도덕동천(道德洞天)은 고모령을 넘어 둔덕산 계곡에 위치한 지역을 말하는데, 이곳은 법이 없이도 살 수 있는 도덕군자들의 은거지라 해도 될 듯하다. 앞은 산이 옷섶처럼 가려져 있다. 큰 바윗돌에 6명의 이름이 새겨진 〈도덕동천〉 아래로는 둔덕산에서 흘러내리는 물이 마고할미 품 안의 기운을 느끼게 하며 옥구슬같이 쉼없이 흐른다. 그 주변에 자연적으로 생긴 작은 연못은 낮에도 선녀들이 내려와 목욕을 하고 갈 듯하다. 바윗돌에 새겨진 여섯 명의 이름을 지금은 누구도 아는 이 없는데, 왜 이름을 새겼을까 의문이 생긴다.

누가 고향이 어디냐고 물으면 농암이라 답하지 말고, 이제는 일성이나 이동천이라 답하는 게 나을 듯싶다. 산이 깊으면 호랑이가 살고, 산세의 기운이 좋으면 큰 인물이 나는 법, 견훤이 왜 궁기리에 궁을 짓고 살았는지 묻는 것보다 사는 곳이 왜 우복이고 덕인지를 묻는 게 더 낫지 않을까 싶다.

04. 항일 의병의 성지-〈농암장터^(개바우)〉

1789년 「문경현지」에 따르면 임진왜란을 정점으로 고모령을 이용하는 사람들이 점차 많아지면서 고개 양쪽으로 농바우장과 송면장이 섰다. 이는 지역 시장이 15세기 말부터 서서히 열리기 시작해 임진왜란을 겪으면서 좀 더 활발하게 형성되기 시작했고, 숙종조를 전후해서는 정치와 군사적인 요충지를 중심으로 열리던 것이 점점 산간 계곡까지 확대되는 추세를 보였다.

1823년 「임원경제지」에 따르면 당시 문경 지방의 장시에는 쌀, 보리, 콩, 밀, 기름, 삼, 검은 차조기, 면포, 삼베, 생선, 소금, 곶감, 호도, 담배, 소, 사기그릇, 옹기 등이 거래되었다고 적고 있다. 이 무렵 농바우장은 인근 함창, 은척, 괴산, 가은, 화북 등의 주민과 상인들이 모두 이용할 정도로 규모가 컸는데, 농바우 인근 지역에는 가내수공업도 발달했다. 사현리 사기막 마을의 사기, 내서리, 궁기리의 일상생활 도구 중심의 목기, 갈동리의 한지 제조, 화산리 귀밑 보뚝거리의 유기 제조 등 많은 가내수공업이 번성하였다.

당시 고모령을 넘나드는 길손과 상인들의 통행이 만만치 않았으므로, 이 고개 주변으로는 1930년대까지만 해도 막걸리와 산채 비빔밥을 파는 주막집들이 많아 해 질 무렵에는 문전성시를 이루게 되었다. 곶감장수, 소장수, 소금장수 등의 행렬이 끝이 보이지 않을 정도라고 했으니 어떤 풍경이며, 어느 정도 규모였는지 어렴풋이 가늠이 된다. 이에 따라 5, 10일에 열리는 농바우 5일장에도 영향을 주어 이 지역 시장 발전의 큰 힘이 되었다.

시장은 대부분 면사무소, 지서 등 관공서 있는 곳과 가까이 소재하고 있어 시장이 갖는 힘은 행정력, 정보력, 소통력, 경제력 같은 차별화된 가치와 다른 지역에 비해 더 발전의 기회를 가지므로 쉽게 옮길 수 없다. 누가 누리고 있는 특권을 쉽게 내려놓고 물러서겠는가. 예전 장터 사람들은 그 나름의 텃새를 갖고 있으면서 좀 깨어 있다는 인식이 있었다면, 상대적으로 서재 다락골이나 고모령 이터골 사람들에 대해서는 무언가 깔보는 시선을 가지고 있었으니 얼마나 말도 안 되는 우스꽝스런 일인가. 그것은 주로 정보력과 소통력 부족을 얕잡아 본 행태에서 기인되는 것으로, 그냥 턱없이 아무것도 모르는 촌놈이라고 매도했기 때문이다. 하지만 시장 부근에 사는 사람들을 장돌뱅이라고 놀리거나 깍쟁이 취급하기도 했으니 이렇게 본다면 서로 상계될 만한 내인성 오류를 갖는다.

농암은 시장이 생긴 이래 장터를 두 번 옮겼으니 결국 시장이 섰던 장소는 3곳인 셈이다. 농바우 장터(갈동리, 개바우, 괴정 부근)와 농암 구장터(농암1리), 그리고 농암 신장터(농암2리)로 옮겼다. 왜 이처럼 장을 여러 번 옮기게 되었는지 그 이유를 알아보는 것은 농암 지역 역사를 이해하는데 많은 도움이 될 것이다.

농암 구장터

여기서 먼저 짚고 넘어가야 할 것은 〈농암(籠巖)〉이라는 지명에 관하여다. 농암의 한자는 장롱을 뜻하는 '농(籠)'과 바위를 뜻하는 '암(巖, 밝은 속자)'이다. 1914년 일제 치하 행정구역 개편 시 바위가 쪼개지며

네 길이 합류하는 농암

견훤이 태어났다는 전설을 가진 〈농바우〉라는 뜻을 담아 농암면이라 부르게 된다. 견훤의 전설이 서린 바위의 이름을 따서 면의 이름으로 작명한 것은 견훤이 이곳에서 태어나 성장했다는 또 다른 입증으로, 농암이라는 지명은 곧 '견훤이 태어난 바위'라는 뜻을 내포하고 있다. 초기 공적인 기록문서나 지도에는 '용암(龍巖)'으로도 나타나는데, 그것은 이곳에 이름난 쌍용(雙龍)이라는 승경이 있어 농(籠)을 용(龍)이라 오인한 것으로 보인다.

한편 농암면의 전신인 〈가서면(加西面)〉은 지금의 괴산군 청천면 삼송리에 있는 송상리(삼송1리), 송중리(삼송2리), 송하리(삼송3, 4리)를 포함, 고려 공양왕 때부터 1963년 1월 1일까지 무려 574년 동안이나 한 지역으로 있었다. 송하리에는 장롱처럼 생긴 다산(多産)의 전설이 유래하는 또 다른 〈농바우(籠-)〉와 견훤이 무술을 연마했다는 〈마당바위〉가 있다. 그러므로, 농암이라는 지명은 갈동의 농바우와 삼송의 농바우가 있는 지역 둘을 길게 하나로 이어 견훤 탄생과 성장기 역사를 내포 및 상징하는 특별한 이름인 것이다.

행정구역 개편 이전의 역사를 기록한 고지도와 「청조향람」과 「문경지」에서도 농암이라는 지명은 갈동리 마을 지명으로 영조 시대에도 이미 존재하였다. 〈농암〉, 〈농암장터〉나 〈농암장날〉이라는 지명이 등장한다. 1850년경 흘러들어와 장터의 머슴이 되었다는 서문경의 기록에서도 〈농암천〉과 〈농암 지역〉이 나오므로 농암이라는 지명의 최초 사용은 270여 년이 넘는다.

김상건의 「대정지」와 「백치자연보」에도 1896년 운강의 밀정자 효수 광경을 바라보던 곳을 괴정마을 어귀인 〈대정공원 초입〉이라 적고 있고, 1883년 산송사건을 기록한 「윤하정」지에서도 가서면과 대정리가 나올 뿐 농암이라는 지명은 어디에도 보이지 않는 것은 면이 아닌 마을 이름이기 때문이다. 결국 1910년 종곡2리에 〈상주헌병대 헌병파견대(지서)〉 설치 후, 1914년부터 공식적으로 〈농암면〉이라는 행정지명 사용이 확인된다. 이때부터 〈장기리〉는 농암1리, 〈가항리〉는 농암2리로 바뀌었고, 관서명도 〈농암면사무소〉와 〈농암분견소(지서)〉로 명명하였다. 이어 1921년 〈농암국교〉, 1939년 〈농암우체국〉이 생기면서 〈농바우장〉으로 불리던 시장 이름이 자연스럽게 〈농암장〉으로 바꿰게 된 것이다.

　시장은 다중이 모여 상거래를 하는 공간이다. 하지만 각종 정보와 소식 등이 빠르게 전달되고 확대 재생산되어 사방으로 퍼져 나가는 역할을 하므로, 일제는 1914년 9월 조선총독부령 제136호로 〈시장규칙〉을 제정 반포하면서 모든 시장을 허가 공영제로 통제해 나가기 시작한다. 이때 헌병파견대가 종곡2리에 설치된 것도 농암의 시장 형성과 무관하지 않으며, 같은 곳에 면사무소와 지서의 설치는 다중의 효율적 통제를 위한 일제 전략 중 하나였던 것이다.

　그렇다면 농바우장이 과연 어디서 열렸을까? 「청조향람」 181p에 의하면 "농암장이 농바우에서 열렸다는 전설이 있다."고 하면서, "가실목과 청룡끝, 동바리 등이 고모령의 성장에 의한 직접적인 영향을 적게 받았을 것이라." 적고 있다. 이것을 보면 당시 농바우 시장은 고모령의 장시에서 많은 영향을 받았을 뿐 아니라, 한양으로 통하는 길이 고모령에서 연천과 종곡리를 거쳐 갈동 쪽으로 이어지고 농암면사무소와 지서가 종곡2리^(뒷바리)에 소재했으니 이 동선의 어느 주요 교차 지점에 장시가 열렸던 것이다. 이로인해 가항리 쪽은 고모령 장시의 영향을 적게 받을 수밖에 없었다는 것으로 이해된다.

　하지만 갈동리 〈농바우들〉 가운데 있는 농바우 바위 부근에서 5일장이 열렸다고 보긴 어렵다. 당시 논농사를 중히 여기던 때에 5일마다 장시가 열리는 한때를 위해 농지를 포기한다는 건 이해 불가하고 위치로 봐도 교통의 접점이 아니기 때문이다. 농암은 산촌이지만 시장 거래 규모가 문경군에서 세 번째로 큰 장시로, 삼송과 궁기, 화북과 황령, 사현과 함창·은척, 가은과 마성 등 4곳의 길이 교차하는 곳에 큰 장이 서게 된다는 건 당연한 일이다. 그리고 고모령을 넘나들며 한양을 오가는 많은 사람들의 통행을 생각하면 시장은 쌍용천과 궁기천이 합류하고 4지역의 길이 만나는 지금의 〈농암로터리〉가 있는 괴정 부근으로 길게 열렸을 것으로 보인다.

　농바우골은 정조 임금 때 이미 큰 장시가 섰다고 적고 있어, 그 이전인 임진왜란 무렵부터 선비들이 살기 좋은 곳을 찾아 이거해 오면서 농암에 마을이 형성되고 후에 장이 서게 된 것이다. 궁기천과 쌍용천이 합류해 농암천으로 흐르는 이곳은 〈통교〉라는 다리가 있어 시장은 괴정 쪽이 중심이 되어 열릴 수밖에 없다. 괴정과 장터를 잇는 〈농암교〉는 1939년, 괴정과 갈동을 잇는 〈농바우다리〉는 1963년에야 새로 완공된 점을 감안한다면 예전엔 흙다리만 있고 현대식 다리가 없으므로 물 하나를 건너는 불편이 시장의 확장성을 저해했다는 추측도 가능하다. 하지만 〈통교〉가 고지도에까지 표기된 것을 보면 우마차 통행이 가능한 정도였으니 시장은 입지 조건이 양호했을 것이다. 예전 괴정 도로변으로는 많은 상점이 있었는데, 가게와 주막, 담뱃집, 엿집, 기름집, 양말 가게, 금은방, 이발관, 미장원, 비료 창고 등이 연이어 있었다. 괴정 범바위 위쪽엔 면민 휴게소로 〈진향루〉가 세워져 있는 것을 감안해 보면 시장 위치가 어디쯤이었는지 정리가 된다.

범바우(진향루)

문경헌병분견대

시장은 이수(二水)의 합류 지점 3곳(괴정 앞. 개바우 앞. 갈동 낙수바우들 꽃비리 앞)으로는 갱변(강변의 문경 사투리)이 비교적 넓고 길게 형성되었고, 괴정 갱변 둑으로는 느티나무 거목이 서 있었다. 그 나무는 정자나무 역할을 하기도 했고 일제 밀정자들의 목을 매단 나무로 추정된다. 기록에 의하면 도암과 운강 두 의병장이 거의 같은 시기에 거사를 치른 곳이 장터 개바우이고, 농암 장날 많은 사람들이 보는 앞에서 처형을 했다는 것을 보면 장터의 위치가 더 확연해진다. 이는 달리 말해서 5일장이 길 쪽보다는 〈강변장, 갱변장〉으로 확대되어 섰다고 봄이 타당하다.

여기서 다시 생각해 봐야 할 것은 〈농바우시장〉이 열렸다는 전설이 있다는 점이다. 전설은 사실로 단정할 수 없지만 그렇다고 무조건 무시할 수 없다. 갈동리 농바우 마을의 〈낙수바우들〉 가운데는 천 년 된 느티나무가 보호수로 지정 관리되고 있는데, 이 나무는 〈견훤 느티나무〉로 불리고 있다. 나무 아래는 견훤이 심었다는 내용의 비석이 서 있고 사람들이 이곳에 모여 행사와 잔치도 벌이고 휴식도 취하는 곳으로 많이 이용되어 오고 있다.

그러므로 단순히 오래된 느티나무 한 그루에 그치지 않고 그 나무 아래는 수많은 세월이 두껍게 적층되어 있다. 사람과 사람이 만나 물물교환을 하면 시장이 서고, 대화를 나누면 아고라 광장이 되는 것이다. 전설을 상기하며 견훤 느티나무를 연계시켜 보면 결국 백여 평 되는 나무 아래서 오랫동안 장시가 열렸다는 것을 추측할 수 있다. 갈동리에는 견훤 유적인 느티나무와 농같이 생긴 농바우와 말을 묻은 말무덤과 왕이 넘었다는 왕재^(대벌마)가 있고, 건너편 천마산엔 천마산성 본성, 쪽금산에는 천마산성 보조성이 있

천마산 사자바우

다는 점을 감안해 보면 적어도 견훤 활동 시기부터 이곳에 〈견훤장터〉가 열렸음을 추론할 수 있다.

1914년 이전에는 〈농암면〉이란 명칭이 없고, 이 지역을 통칭하는 고을 지명이 〈농바우, 농바우골〉이었기에 〈농바우〉는 갈동리 특정 장소를 의미하는 게 아니라 이 지역 전체를 그렇게 불러 〈농바우시장〉이란 이름도 이곳을 아우르는 시장 명칭으로 이해하면 의문이 풀린다. 갈동리 농바우는 여러 길이 만나는 교차점도 아니고 논 가운데 장시가 열렸다는 것도 이해가 불가하며, 의병장들이 택한 효수와 의진 장소로도 숲과 나무가 있

는 괴정 쪽이 더 적합하다. 다만 농바우 느티나무 아래서 견훤 시대부터 장시가 섰을 것이라는 전설을 부정한다는 것은 다소 무리가 따르기 때문에 신라 말경 느티나무 밑 장시가 섰다고 인정한다면 별반 무리가 없을 법하다.

1939년 2월 15일 농암번영회(회장 김상진)가 출범되어 의연금 1,300원을 모금해 〈농암교〉를 건설하고, 1939년 3월 11일 〈농암우체국〉과 이후 〈보건소와 축산지소〉 등이 농암1리에 건축된다. 1939년 10월 종곡2리에 있던 헌병분견대를 〈문경경찰서 농암주재소〉로 개칭하고, 〈농암면사무소〉와 같이 농암1리로 동시에 이전하면서 그동안 궁기천 옆으로 길게 치우쳐 형성되던 시장이 농암1리 우체국과 농암지서 쪽으로 서서히 옮겨지기 시작했다. 이는 행정기관의 신축과 이동 배치가 시장의 확대와 이전을 촉진하게 된 것이다. 이후 시장은 개바우 쪽 우시장과 괴정부터 시작해 농암지서 쪽까지 반추형의 큰 시장이 형성되어 나갔다. 1950년 〈청암중학교〉가 개교 되고, 1960년 중반에는 시장 중심인 농암우체국 3거리에 〈농암극장〉이 2층으로 지어졌으며, 1974년에는 〈청암고등학교〉까지 개교됨으로서 시장이 전성기를 구가하게 된다. 이 장터는 농암1리와 종곡2리 뒷바리·괴정 사이를 흐르는 궁기천 개울을 중심으로 길게 자리를 잡아 나갔고, 주막, 대장간, 옷가게, 문구점, 책방, 잡화점, 어물전, 금은방, 자전거 수리점, 한약국, 시장 아래쪽으로는 우시장과 대정공원이 자리했던 그때가 오일장다운 큰 장이었다.

농암1리에서 시장이 자리를 잡아 나가던 1960년 어느 해, 극심한 가뭄이 들었다. 모든 사람들이 하늘만 쳐다보면서 한숨만 내쉴 뿐 별다른 방도가 없었다. 그때 시장을 이전하여 장을 열면 비가 내린다면서 옛날 시장으로 옮겨 장시를 열었다. 가뭄이 극심할 때 기우제의 일환으로 장의 위치를 이동하는데, 이를 〈갱변장, 사시, 시장 옮기기〉라고도 했다. 농사를 주요 생업으로 하는 주민들이 모이는 곳이 시장이므로 계속되는 가뭄이 남의 일이 될 수는 없었다. 결국 시장 상인들과 농민들이 한마음이 되어 시장 위치를 옛 시장인 개바우와 괴정 쪽 갱변으로 옮기고 용신을 자극하여 비를 내리도록 기원하였다. 많은 사람들이 모여 소란을 피우고 풍물패가 나서서 놀이판을 벌이며 청년들은 대정숲에서 씨름판을 벌이기도 했는데, 그 뒤 다행히 하늘에서 비를 흠뻑 내려 준

적이 있다.

　그러나 1980년 7월 23일 대홍수가 발생해 농암1리 천변의 주택과 시장이 완전 폐허가 되는 막대한 피해를 입었다. 대형 트럭이 몇 백미터를 떠내려 가고 강변의 집들은 흔적조차 찾아볼 수 없었으며, 집이 있던 자리에는 바윗돌과 모래가 평탄 작업을 해 놓고 말았다. 이에 복구보다는 시장의 이전이 적극 검토되었고, 당국에서는 주민들의 중지를 모아 농암2리 가항리 논을 메워 다시 시장을 이전하게 된다. 당시 농암시장에는 곡물을 사고팔 때 그것을 됫박으로 계량해 주는 〈되감고〉가 있었고, 우시장에는 누런 완장을 찬 텁수룩한 〈중계인〉들이 소의 엉덩이를 두드리며 돈다발을 들고 흥정하던 것과 시장 진입 주요 지점에서 사람들이 이고 지고 오는 곡물 등을 길목 중간에서 좋은 값에 사겠다며 사재기하는 호객꾼들도 있었지만 지금은 다 사라진 풍경이다.

　오일장은 전통과 문화를 느낄 수 있는 소중한 장소이다. 단순히 물건을 사고파는 곳이 아니라 소통의 장소가 된다. 사람들의 소통과 문화 교류, 흥정의 재미와 생필품의 구입 등 교통이 발달하지 못했던 시대에 5일마다 한 번 열리는 장날은 특별한 날이자 전통문화의 전시장이다. 특히 농암시장은 다른 시장과는 달리 의병장들이 효수하고 의진을 치며 좋은 기운을 받고 출병을 시작하던 의병의 성지라는 특별한 역사성을 갖고 있다. 국난의 위기에서 구국 투쟁의 결의를 다지며 밀정을 처단하고 불타는 민족혼을 결집하여 전국으로 진군해 나갔던 기세등등한 의병 탄생지가 바로 농암장터였다.

　전설에서 보듯 농암 구장터에 있는 개바우는 견훤과 상당히 밀접한 관계를 갖고 있다. 도발산 범바위에서 호랑이가 내려와 아기 견훤에게 젖을 먹이고 갔다는 것이 그렇고, 또 견훤이 원래 이(李) 씨였으나 견(甄) 씨로 바꾸고 혼란스러운 나라를 바로 세우고자 구국일념으로 출병을 나선 것이 그렇다. 그가 성을 바꾼 '견(犬)'은 신령한 개바우를 의미하는 것으로 보이며, 자신이 "서쪽(西) 땅(土)으로 가서 왕궁(瓦)을 짓겠다."는 큰 뜻을 담아 '견(甄)' 씨로 성을 정했다는 결론에 이르게 된다. "흙을 불에 구워 질그릇을 빚어내듯 혁신적인 나라를 새로이 건국"하겠다는 의지를 담은 견(甄)은 왕의 성씨로 조금도 부족함이 없다. 진성여왕 시절 왕족과 귀족들의 사치가 극심했고 백성들이 무거운 조세와 부역이 가중되자 상주 사벌주에서 〈원종과 애노의 난〉이 발생하게 된다. 이를 본 견훤은 결국 자신이 자란 농바우골과 장수로 키워 준 경주를 등지고 서남부 지방으로 가서 세력을 결집, 892년 무진주를 정복하고, 900년 완산주에다 후백제를 세운 것이다.

임진왜란이 시작된 1592년 4월 말경 중봉은 목숨 바칠 각오를 단단히 하고 어머니를 안전한 장소에 모신 후 거사를 벌이게 된다. 최후의 결전을 앞두고 어머니를 청주에서 가은 선유동으로 모신 다음 개바우를 지나 내서리 중산 진지에서 군사들을 결집한다. 이때 천문과 지리에 밝은 조헌이 개바우 앞을 지나며 그곳에서 영험한 기운을 받고자 머리 숙여 기도를 올렸을 터이다. 그리고 1592년 5월 3일 중봉은 청주로 이동해 왜군에 맞서 싸우며 승전보를 울렸으나 안타깝게도 2차 금산전투에서 장렬히 전사하고 만다. 1896년 3월 28일 금산의진 이기찬 의병장은 군사를 이끌고 대정리 숲에 의진을 치게 된다. 그는 흐트러진 군사들을 재결집하며 영험한 개바우 정기를 받은 뒤 전열을 가다듬고 다시 출병하여 나라를 지켜 나갔다.

이같이 깊은 역사를 가진 농암장터! 그 장터는 5일마다 서는 평범한 시장이 아니라 우리가 꼭 기억해야 할 〈애국의 장터〉다. 왜냐하면 독립을 외치던 장터는 매년 만세 운동 행사가 성대히 재현되는 데 비해 농암장터는 항일 의병 출병의 성지로서 그 위상이 절대적임에도 불구하고 게시판 하나 정도로 머물러 있기 때문에 이를 재조명해야 한다는 점이다. 만세 운동은 태극기를 들고 하는 소극적인 무저항 운동이동이라면, 의병 출병은 창을 들고 나가 목숨 걸고 전투를 벌이는 적극적인 운동이다. 천안 〈아우내장터〉는 유관순으로 통하고, 김포 〈오라니 장터〉, 대전 〈인동장터〉, 익산 〈솜리장터〉, 음성 〈한내장터〉 등에서는 매년 기념행사와 함께 우렁찬 만세 소리가 크게 들린다. 하지만 농암장터는 무너져 가는 신라 대신 의롭고 강한 후백제를 건국하고, 임진왜란 시 이 나라를 지키기 위해 왜군과 싸우기 위해 뜻을 결집한 장소인 데다 구한말로 거슬러 올라가면 왜군에 맞서 싸운 그 역사가 천 년을 넘어서고 있으니, 이제는 〈의병의 성지〉, 〈의병장터〉라 불러도 무방할 것이다.

새 장터(농암2리 행정복지센터 광장)

　그렇다면 〈의병의 성지〉인 농암장터는 왜 그동안 이렇게 묻혀 있었는가? 장터가 여러 번 자리를 옮겨도 변치 않는 정신이 있으니 그것이 바로 애국과 항일 정신이다. 역사를 잊은 민족에겐 미래가 없다는 말을 잊고 바쁘게 살다 보니 무관심과 방관으로 이어져 온 건 아닌지 돌아봐야 할 때다. 한 나라를 건국한 왕의 정기가 서린 곳, 임진왜란의 최고 의병장 조헌의 기운이 머문 곳, 그리고 구한말 신태식, 이강년, 이기찬 의병장의 기세가 사기충천하는 곳, 국난에 처하면 개바우가 울며 위험을 알려 주는 농암장터의 역사는 오늘도 끊임없이 이어지고 있다. 근자에 개바우에 대해서만 국내 항일운동사적지로 지정하고 있으나, 이강년 의병장보다 앞선 신태식 의병장의 농암장터 창의의 역사를 반드시 기려야 하므로 〈개바우사적지〉보다는 농암 장터를 〈애국 항일의 장터〉로 확대지정함이 타당하다. 후세들은 이를 반드시 기리고 기억해야 할 의무가 있으므로, 적어도 일 년에 하루를 정해 농암 의병의 장터에 모여 선열들의 얼을 되새기는 엄숙하고 뜻깊은 날을 보내야 할 것이다.

05. 신문고 격쟁 승소 기념유적-〈윤하정(允下亭)〉

　우리나라 곳곳을 다니다 보면 어렵지 않게 정자를 만난다. 정자를 짓는 목적은 대개 선비들이 풍류를 즐기고 술을 나누며 시를 짓는 장소로 활용된다. 하지만 특별한 목적으로 지어진 정자도 없지 않은데, 그중 하나가 〈윤하정(允下亭)〉이다. 이 정자는 농암면 뒷 발이 도발산 중턱에 자리잡고 있으며, 보통의 정자와는 달리 지붕이 검정 기와가 아닌 청기와로 되어 있다.

　청기와는 예로부터 임금을 뜻하는 것으로 궁궐이 아니고는 그 기와를 사용하지 못하게 했다. 그렇다면 이 정자는 왜 청기와를 사용하게 되었는지 그 사연이 궁금해진다. 이 정자를 지은 목적은 억울한 사연을 해결할 방법이 없어 농암 땅에서 한양으로 올라가 임금의 거둥 행차를 막고 격쟁 상소하는 신문고 제도를 이용해 임금의 특명으로 민원을 해결한 산송의 승소를 기려 후손들이 지었다.

윤하정

　조선 시대에는 산송사건은 가문의 명예와 관련된 것이어서 단순한 묘지 한 자리의 다툼이 아닌 가문 간의 사활을 건 싸움으로 확대되어 십수 년

뒷발이 · 도발산 · 연엽산 원경

을 투쟁하기도 했다. 다툼에서 이기는 집안은 그래도 체면을 세우지만 패하는 집안은 멸문지화가 되고 마는 지경에 이르고 만다. 윤하정은 목숨 건 다툼에서 승소를 이끈 선조의 뜻을 기려 지었으므로 특별한 목적을 가진 정자로 분류된다. 특히 이 정자는 조선시대 산송사건으로 인한 격쟁이 수천 건이 있었지만 그 다툼에서 이긴 것을 기념하여 지은 정자는 윤하정이 우리나라에서 유일하다는 점이 가치를 인정받는다.

〈신문고〉 제도는 민주주의 국민청원 제도의 효시이고 이 정자는 우리나라 민주주의의 값진 유적에 해당한다. 하지만 생각보다 우리나라 민주주의의 산물은 빈약하고 부실하여 내세울 만한 가치 있는 유적이 없다. 이제 윤하정에 대해 우리나라 국민신문고 격쟁 승소 기념으로 지은 최초의 정자라는 수식어를 붙여도 누가 의의를 제기할 수 없다. 강자의 불의 앞에 굴하지 않고 약자의 정의가 승리하게 도와준 제도가 국민신문고였고, 그 신문고를 통한 국민청원의 구제는 우리 민주주의 역사의 한 페이지였기 때문이다.

선산의 허락을 황성에서 내리시니	先山蒙允下皇城
터를 열고 정자지어 윤자로 이름하다	闢土構亭以允字
푸른 묏뿌리 하늘 연해 청화산 드높고	碧峀連天華岳屹
누런 벼 땅에 가득 큰 들이 평안해	黃禾滿地大郊平
형과 동생 나누어 맡아 함께 힘 모았고	弟兄分掌同齊力
소장이 합심하여 각기 정성 드리다	少長合心各獻誠
헌 함 밖에 장강 물흐름 다하지 않아	檻外長川流不盡
천추에 고가의 명성 울어 보내나니	千秋鳴送古家聲

윤하정의 이름에서 윤(允)은 임금을 의미한다. '윤허(允許)하다'라는 말은 '임금이 어떤 일에 대해 신하의 청을 허락하다'는 뜻을 가지고 있으며, 그 유의어로 '윤하(允下)'라는 말이 사용되는데, 결국 김성의(金性義)와 김병옥 양가의 산송사건은 고종 임금의 지시에 의해 해결되었다는 뜻을 담아 〈윤하정〉이라 이름하였다. 10여 년간 불굴의 의지와 눈물겨운 투쟁 끝에 정의가 불의, 지조 있는 청렴한 선비가 안하무인의 칠백 석 부자를 꺾은 전무후무한 산송의 승소 역사를 기념하기 위해 해방이 된 이듬해 1946년 8월 김성의의 후손인 김상련, 김상건 형제가 지었다.

당시 농암에서 한양까지 며칠이 걸려 상경하는 것도 어려운 일이고, 고종의 행차 날과 시간에 대한 정보를 파악하는 일, 임금 거둥을 가로막았을 때 호위병들의 방어로 큰 위해를 입을지도 모르는 격쟁 시도는 만만치 않은 일이었다. 격쟁 후 의금부에 끌려가 의무적인 곤장을 맞고 조사를 받는 절차도 힘들었지만 왕명이 내려가도 현감이 이를 깔아뭉개는 상황을 보고 다시 상경하여 서류를 재발급 받아온 김성의는 대단한 선비의 기개 없이는 도저히 감행할 수 없는 투쟁이었다. 선량한 백성으로서 마지막으로 사용할 수 있는 〈국민신문고〉 카드, 이 국민청원제도의 최초의 유적으로 남아 있는 〈윤하정〉의 가치는 결코 간단치 않은 것이다.

06. 농암 고을 유림들의 애국 활동-〈화남음사^(華南吟社)와 사가정회^(四佳亭會)〉

〈화남음사〉는 청화산의 남쪽에 있는 화산 연계 마을 〈석양대^(夕陽臺)〉에서 시를 읊고 덕을 나누는 유림 자생단체로 구성은 37명이었다. 시작 연대는 정확하지는 않지만 조선 말엽 향리의 유생들이 석양대에서 춘하추동 사가절에 모여 시흥을 달래 가며 문우로 모였던 것이 그 시작이다. 이들은 일제강점기와 전란에도 불구하고 서로 도우고 나누며 모임을 꾸준히 이어 나갔다.

사가정 정자

그러던 와중에 시국이 평온해지고 사회가 안정되며 뿌리찾기 운동이 전개되자 원근의 시인 묵객들이 이에 동참하였다. 병인년⁽¹⁹²⁶⁾에는 회원들이 수백 편의 시를 묶어 문집으로 내기도 했다. 그중에서도 남달리 적극적으로 활동했던 김박연, 신관식, 홍원섭은 화남음사의 회원이면서도 당시 전국적인 문사들의 항일운동인 〈파리시 장서운동〉에 참여하여 애국 활동을 펴기도 했다. 이런 점에서 보면 유림들이 나약하거나 안빈낙도를 추구한 모임이 아니라 일제강점기와 6.25전쟁 등의 암울한 시대의 분노를 서로 달래 가며 광복과 자유국가 구현을 위해 꾸준히 노력하였던 것이다.

한편 〈사가정회^(四佳亭會)〉는 일제의 엄혹한 통치가 고조되어 가는 걸 더 이상 간과할 수 없을 무렵인 1940년, 밤소에 사는 이천산과 한우물 사는 김백치가 규합하여 〈사가정회〉를 만들게 된다. 이 유림회는 농암 지역에 내놓으라 하는 유림 전체를 망라하여 79명으로 결집된 유림 결사단체로 출범한다.

이 모임에서는 다른 유림들과는 달리 〈남전향약〉 4개 강목을 지킬 것을 굳게 결의한다. 이들은 본인은 물론 일가친척과 향리 사람들을 교화 선도하기 위하여 덕업상권^(德業相勸), 과실상규^(過失相規), 예속상교^(禮俗相交), 환난상휼^(患難相恤)을 기치로 내걸고 시행하면서 봄 가을로 향음주례를 개최하였다. 덕행과 학업을 권하고 과실이 있다면 서로 충고하며, 올바른 예의 풍속으로 돕고 살면서, 근심과 어려움이 있을 때는 함께 구제하는 모임으로 발전시켜 나갔다.

사가정 현판

이후 감막에 사가정이라는 정자를 짓고 토지를 매입, 임대하면서 수익금을 마련하여 회의 기능은 식민지 시대를 극복해 나가는 데 큰 동력이 되었다. 일제 암흑기에 충효사상을 고취하고 우리 민족정신을 보전 발전시켜 나가는 데 일익을 담당하게 된다. "오로지 단결해야만 산다"는

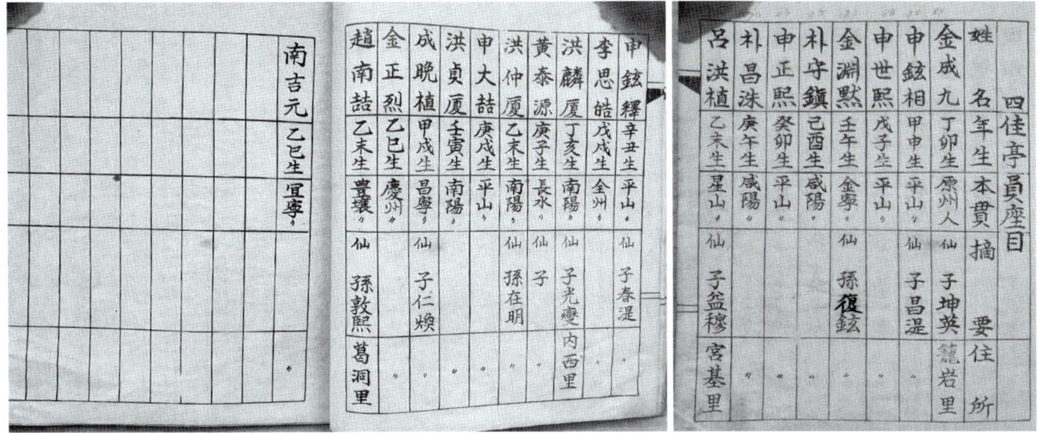

사가정회 명단

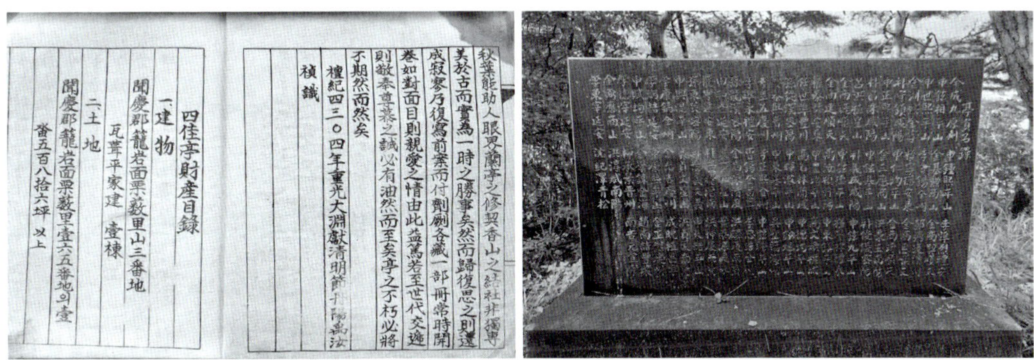

사가정회 토지와 건물 목록

사가정회 회원명부 비석

생각에 회원들이 적극 동참하면서 일제 탄압을 피해 결사를 할 수 있는 가장 자연스런 방법으로 〈유림 활동〉을 선택하였던 것이다. 이들은 남다른 충효사상을 가진 고을에서 명망 있는 유림으로서 계몽과 예절과 덕업을 선도해 나갔다.

　사가정회의 영향으로 농암은 예향이자 충효사상이 투철한 고을로 자리매김하였으며, 해방 후 보도연맹 등 불순 세력이 발을 붙이지 못하는 곳이 되었으며, 이들의 덕행이 사방에 널리 알려져 다른 유림으로부터 귀감이 되었다. 지금도 율수리에 가면 〈사가정〉이라는 정자가 말없이 제자리를 지키고 있다.

07. 중생을 구제하는 불국토-〈불일산(佛日山)〉

　지도에 이름을 검색하면 나오는 산들은 위치와 높이, 등산로와 소요시간까지 쉽게 알 수 있다. 하지만 옛 문헌에는 이름이 등장해도 지도에 나오지 않으면 알 길이 없으므로 답답할 수밖에 없다. 후자에 속하는 산이 바로 기우제를 지냈다는 〈불일산(佛日山)〉이다. 불일(佛日)이라는 말은 '모든 중생을 구제하는 부처의 광명을 해에 비유하여 이르는 말, 또는 석가모니가 태어난 날'을 뜻하므로 그 산은 그저 평범한 산으로 보기는 어렵다.

　문경 8경 중의 하나인 쌍용계곡에는 민우식(1885~1973)이 지은 〈사우정(四友亭)〉이라는 정자가 있다. 여기서 사우란 청풍, 명월, 고산, 유수가 벗이 된다는 천혜의 비경을 뜻한다. 사우정기에 삼산이수(三山二水)의 자리에 정자를 짓는다며 청화산과 도장산과 불일산이 삼산, 내서천과 쌍용천을 이수로 언급하고 있다. 청화산과 도장산은 누구나 아는 산이지만 불일산은 생소하기만 하여 이 지역 터줏대감들에게 물어봐도 고개를 젓는다.

　하지만 삼산으로 묶어서 부르는 걸 보면 필시 청화산과 도장산에 인접한 산으로 볼 수밖에 없다. 정자를 기준으로 동서남북을 아무리 살펴봐도 감이 잡히는 산이 없어 계속 관련 자료를 찾다가 그 과정에서 영조 때 홍양한이 지은 〈여지도서〉 산천조에서 대야산, 불일산, 용뢰산에서 기우제를 지냈다는 사실을 확인하게 된다. 그리고 대야산의 경우 기우제를 지내면 감응이 있다고 했고, 불일산의 경우 기우단이 있다고 기록하고 있다. 이 기록을 감안할 때 쌍용터널 위쪽에 기우단이 있어 지역의 수령이 관장하는 기우제나 민간에서 올린 기우제가 여기서 행해졌음을 짐작할 수 있다.

　더욱이 작은 용추와 큰 용추는 쌍용이 산다고 하는 신성한 지역으로 이 용추에 산짐승의 피를 뿌리면 용이 노하여 비를 내린다는 이야기를 어른들에게 익히 들어왔고 기우제도 지냈던 터라 의문의 실마리가 풀려 간다. 농암에서는 사현리 뭉우리고개와 궁기리 절골, 연천리 말바우에서 기우제를 지냈고, 내서리 광정 마을에서도 기우제를 지냈다는 이야기가 전해진다고 기록하고 있으니 내서리 기우제는 불일산과 무관하지 않음을 알 수 있다. 특히 청화산의 연봉인 시루봉은 천지가 개벽할 때 물이 가득 차올라 시루 밑 구멍만큼만 남아 있어 시루봉이고, 시루봉과 붙어 있는 연엽산은 연잎만큼만 남았다고 붙여진 이름이라 했다. 이 두 산들은 물의 전설이 동시에 내려오는 것을 보면 기우제와 관련성이 농후해진다.

시루봉 표지석

시루봉 정상 바위

　김정호의 「대동지지」 경상도 문경현 산수조에 '〈불일산〉은 가은현에 있다. 서남으로 이십 리에 있고 대야산으로부터 왔다. 기우단이 있다.'로 적고 있는데, 당시 농암은 가은현 가서면에 속해 있었으니 합당하고, 대야산과도 같은 맥을 이루고 있으니 수긍이 되는 기록이다. 또한 신경준의 「산경표」에는 '불일산은 대야산과 화산^(청화산)의 중간에 있고 문경의 남쪽 이십 리에 있다.'고 적고 있어, 여기서도 대야산과 청화산 사이에 시루봉이 있다는 위치^(거리)나 서남쪽과 남쪽에 있다는 방향은 「대동지지」와 「산경표」의 내용이 서로 일치한다. 결론적으로 대야산에서 시루봉의 거리가 이십 리쯤 되므로 불일산이 곧 시루봉이라는 결론에 이를 수 있다. 권섭의 「옥소고」에 대야산 기우제문이 전해지며 대야산^(大耶山)을 대치산^(大治山)으로 쓰고 있는 오류를 보면 당시 기록들은 정확하다고만 할 수 없으니 어느 정도 부실은 감안해야 할 것이다.

청화산 시루봉 원경(불일산, 원적사)

청화산 시루봉

청화산과 도장산이 있는 곳을 상주시에서는 이중환의 「택리지」 등을 참고해 37.8Km의 〈우복동천로〉를 조성 운영하고 있다. 회란석-도장산-갈령 구간은 〈도장산〉, 형제봉-천왕봉-문장대-밤티-늘재 구간은 〈속리산〉, 청화산-시루봉-장군봉-회란석 구간은 〈청화산〉 구간이다. 여기서 시루봉은 우복동의 한 부분이자 쌍용계곡을 품고 쌍용천을 흐르게 만드는 하나의 봉우리임을 확인하게 되고, 그 산과 산 사이를 흐르는 내가 합수하는 지점에 사우정이 자리하고 있다. 우복동천로는 하나의 길이지만 산과 물이 만든 최고의 길지라 할 수 있다. 삼산인 속리산과 도장산과 청화산이 한강과 낙동강과 금강을 만들어 산 좋고 물 좋은 도원경이니 용이 머무는 신성한 땅을 용유라 불러도 될 것이다.

기우제를 지내던 쌍용 용추와 천지개벽 시 물의 심판에서 살아남은 시루봉과 연엽산은 이제 불일산으로 불러도 될 법하다. 왜냐하면 시루봉은 제사를 지내는 떡시루의 형태이고, 그 아래 세 개의 연꽃 송이 형상의 연엽산^(연화산, 연화부수형)이 있으며, 연엽산 앞에는 심우도의 소가 우복산^(牛伏山)으로 엎드려 있는 지형 때문이다. 다시 말하면 불

사우정의 겨울

쌍용구곡 〈안도석〉

일산은 부처를 의미하고 그 부처 앞으로 떡시루가 있으며, 그 앞에는 연꽃이 피어 있고, 그 아래쪽엔 한 마리의 소를 타고 선한 목동이 구름을 몰고 있으니 어찌 이를 우연의 일치라고 하겠는가.

  민우식이 경영한 〈쌍용구곡〉의 6곡이 〈안도석(安道石)〉인데, 그곳은 기우단에 있는 부근으로 천혜의 비경에 도로를 낼 수 없다 하여 굴로 뚫어 쌍용터널이 자리하고 있다. 그는 이곳 풍경을 보고 "지금 높아 오르지 못한다 말하지 말라 休說而今高莫攀/문을 통해 나아가면 자취를 쫓을 수 있으리 由門進道可追跡"라 쓰고 있다. 하늘에 이르는 문이 있어 간구하면 소원을 이룰 수 있다는 말은 기우제를 잘 올리면 하늘이 응답한다는 뜻이다. 불일산은 아무리 가물어도 기우제만 정성껏 올리면 부처가 잠시 해를 가려 비를 오게 하는 곳, 늘 푸른 청화산이 품고 있는 그곳을 불일산 시루봉이라 해도 무방하다 하겠다.

08. 원효대사가 창건한 불사(佛寺)-〈원적사와 심원사〉

경북 북부 지역에서 가장 오래된 사찰은 산북의 사불산 대승사이며, 운달산 김용사, 불정의 재악산 운암사, 농암의 청화산 원적사, 문경의 주흘산 혜국사, 가은의 희양산 봉암사 이렇게 모두 일곱 사찰이다. 두 사찰은 청화산과 도장산이라는 명산이 품고 있는 절로 원효대사와 의상대사가 지었다고 전한다. 예로부터 명산에는 대찰이 있었으니 그 이치로 보면 원적사와 심원사를 작은 절이라고 볼 순 없다. 두 절 모두 창건 후 몇 차례 불이 나서 소실되었으니 지금의 절이 그 이전의 모습이 아니다.

평생 동안 이 땅에 사람이 살 만한 복지(福地)가 어디 있는 지를 찾아다닌 청화산인(青華山人) 이중환(李重煥, 1690~1752)은 「택리지(擇里志)」에서 말하기를 "청화산은 뒤에 내외의 선유동을 두고 앞에는 용유동에 임해 있고 앞 뒤편의 경치가 지극히 좋음은 속리산 보다 낫다. 산의 높고 큼은 비록 속리산만은 못하나 속리산 같이 험준한 곳은 없으며, 흙봉우리에 둘린 돌이 모두 수려하여 살기(殺氣)가 적고 모양이 단정하고 평평하여 수기(秀氣)가 흩어져 드러남을 가리지 않아 자못 복지(福地)라 하겠다."라고 극찬했다.

그곳에 살면 당대의 벼슬이 재상에 이르고 은퇴 후에도 큰 부자가 된다는 이야기가 전하는 우복동이 청화산에서 흘러오는 계곡, 즉 원적사 아래에 위치한다고 하는 전설이 있다. 그런데다 도를 품고 있다는 도장산 또한 이름부터 특별하며 산이 도를 품은 그곳에는 절이 있는 게 당연하다 하겠다. 농암은 청화산과 도장산이 마주 보며 그 사이를 쌍용이 살고 있으니 스님들은 수도에 적합한 이곳을 어찌 그냥 지나칠 수 있었겠는가.

〈원적사〉

원적사는 문경의 혜국사와 함께 가장 높은 곳에 위치한 사찰인데 이 절을 창건한 분은 원효대사라고 한다. 절에는 원효 스님의 진영^(해동초조원효조사진영)이 있어 원효 스님이 이곳에 머물렀을 것으로 추정된다. 지금의 원적사는 1903년^(광무 7) 석교대사^(石橋大師)가 주지 스님으로 계시면서 많은 승려를 모아 선을 하였으며, 1949년경 최지명 스님의 부주의로 화재가 발생하여 천 년 고찰이 소실되었다.

원적사(정면)

원적사(원경)

1987년 서암 스님이 거대한 암석으로 이중 축대를 쌓아 법당과 선원, 요사채를 신축하고 길을 정비한 것이다. 현재의 원적사 도량은 법당을 중심으로 하여 동서에 2동의 요사가 길게 뻗어 있으며, 모든 건물은 정비가 잘 되어 있는 편이다. 대웅전은 정면 5간, 측면 3간의 팔작지붕과 동쪽에 위치한 요사 정면 5간, 측면 2간의 맞배지붕 그리고 이와 대칭되는 서쪽에도 역시 정면 5간, 측면 2간의 맞배지붕의 요사가 위치해 있다.

원적사 금강령(직지사 소장)

〈심원사〉

심원사는 문경시 농암면 내서리 도장산 중턱에 있는 전통사찰 중 하나이다. 이 절은 신라 시대 원효 대사가 창건한 것으로 알려져 있는데, 창건 후 의상대사와 윤필거사가 수행을 하기도 했다 한다. 심원사를 창건한 시기는 7세기 후반 정도로, 신라가 통일을 한 직후 평화스러운 분위기에서 창건되었을 것이다.

심원사 전경

심원사 현판

1958년 화재로 모든 건물이 전소되었다가 1964년 대웅전 역할을 하는 인법당 건물과 산신각이 건립되었으며, 산신각 또한 근래에 새롭게 복원되어 문화재적 가치를 느낄 수 있는 건물은 사실상 없다. 그러나 심원사 입구 개울 건너에 〈여여헌(如如軒)〉이라는 토굴과 입구의 일주문이 멋을 더해 준다.

대웅전은 일종의 대방 사찰의 개념이다. 대방(大房) 사찰은 승방과 큰방이 부엌과 결합되어 주불전 맞은편에 자리한 건축물로서 사전적인 정의는 "모든 승려들이 한곳에 모여 공양하는 큰방"이라 되어 있다. 현재 남아 있는 건물로 심원사의 가치를 말하기보다 심원사까지 올라가는 길이 너무나 멋있고 신비롭다 할 수 있다. 도장산은 일반 등산객들이 몇시간 정도 등산하기에는 아주 적당한 코스라 할 수 있으며, 중간에 숨겨진 폭포를 만날 때마다 신선이 된 기분이 들기도 한다.

심원사 가는 길

09. 쌍용계곡의 유서 깊은 절-〈쌍용사〉

청룡과 황룡이 산다는 쌍용계곡, 그 계곡에는 〈큰 용추〉와 〈작은 용추〉가 있다. 큰 용추는 쌍용계곡에서 심원사 들어가는 다리 위쪽(쌍용터널 구간 계곡)으로 조금 거슬러 올라 가면 있고, 작은 용추는 사우정 정자 아래 위치하고 있다. 이 두 마리의 용을 쌍용이라 고 부르는데, 그렇다면 그 이름을 따서 지은 쌍용사는 어디 있을지 궁금해진다. 거기서 화북 방향으로 올라가면 〈병천정(甁泉亭)〉이 나오고, 정자 앞쪽 냇가에 펼쳐진 기묘한 바 위들의 절경을 일컬어 용이 노니는 자리(龍游)라며 이 마을을 〈용유동〉이라 한다. 예서 북 쪽 청화산 방향에 자리한 화산 마을과 광정 마을을 우리나라 십승지 중의 하나인 〈우 복동(牛腹洞)〉으로 부르고 있다.

그렇다면 용이 살던 자리는 병천정 앞 용유동에서 시작해 쌍용계곡의 큰 용추와 작은 용추를 지나는 사이로 보인다. 적어도 쌍용사는 용(龍)을 빼놓고는 말할 수 없고, 쌍용이

쌍용 큰용추

쌍용계곡 표지판

있는 이 구간을 벗어나면 용과의 인과관계를 논하기란 쉽지 않을 것이기 때문이다. 그런데 큰 용추 부근은 예로부터 기우제를 지냈다는 〈불일산^(시루봉)의 기우단〉이 있고, 용이 살 법한 큰 소^(沼)가 있어 물과 직접적인 연관성으로 인해 딴 곳으로 시선을 돌리기는 어려워진다.

과연 쌍용사는 어디에 있었을까? 예전 스님들은 터가 센 곳에 절을 지었고, 그곳에 좋지 않은 기운을 부처의 힘을 빌려 절이 누르게 하였다. 더구나 쌍용계곡은 〈쌍용구곡〉을 경영하는 천혜의 비경이 파노라마처럼 펼쳐지므로 그곳에다 절을 지어 수도 도량으로 사용했을 것이라는 논리는 다소 무리가 따른다. 그렇지만 도장산과 청화산 사이의 쌍용계곡을 천천히 따라가다 보면 갑자기 심원사^(深源寺)쯤에서 발길이 멈추어진다. 왜냐하면 의상대사와 윤필거사가 이 절에서 용궁의 세자를 가르쳤고, 윤필거사는 용왕에게 초대되어 용궁에 갔다 오면서 극진한 대접과 월겸 월부 요령 등의 선물까지 받아왔다는 설화가 전해 온다. 용이 물에 살면 용궁이 있고, 용궁에는 용왕이 있으며, 용왕의 아들인 세자가 심원사로 공부하러 다녔다 함은 쌍용용추와 연관되므로 아무래도 그 용궁은 쌍용계곡에서 가장 깊은 큰 용추로 비정할 수 있다.

심원사는 신라 태종 무열왕 7년⁽⁶⁶⁰⁾ 원효대사가 창건했고, 처음 지을 때 도장산의 이름을 딴 〈도장암^(道藏庵)〉이었다. 그 뒤 진성여왕 4년⁽⁸⁹⁰⁾ 대운^(大雲)조사가 심원사 북쪽에 〈불일대^(佛日臺)〉를 새로 지은 후 조선 중기까지 연혁은 전해지지 않는다. 여기서 나오는 불일대는 불일산^(시루봉) 아래 〈기우단〉이 있던 자리로 추정된다. 그것은 불일대가 심원사 북쪽에 위치하고 있다는 기록이 기우단과 일치하고, 그곳 기우단 역시 물과 직접적인 관련이 있어 설득력을 갖게 한다. 하지만 쌍용사라는 지명을 추적하기 위해서는 현재 심원사

쌍용사 동유록 안내판(가은 갈전리)

가 위치하는 주변 풍수지리를 자세히 살펴볼 필요가 있다.

　도장산은 이중환의 「택리지」에서 말한
우복동 길지를 빚어낸 명산이다. 그 산
의 품 안에 안온하게 터를 잡은 심원사
는 도장산에 깃든 수도 도량이다. 그러
나 아무리 우복동천에 속하는 사람의 길
지라 해도 부처의 설법을 베푸는 최고의
절터가 될 순 없다. 도장산(829m)에서 북
으로는 떡시루를 닮은 시루봉(876m), 동
북으로는 멀리 함박꽃을 닮은 작약산
(774m)이 있고, 그 우측으로는 일곱 개의
봉우리를 가진 칠봉산(598m)이 자리하고
있다. 여기서 문제는 시루봉과 작약산이
다. 시루봉은 떡을 쪄내야 하는 지형으
로 시루 아래쪽인 쌍용계곡에서 불을 계
속 지펴야 하고, 작약산(芍藥山)은 함박꽃

쌍용 병풍 암반바위

쌍용용추 선녀탕

이 붉은 꽃이자 화염의 형태를 띠고 있어 화기가 매우 강한 산으로 병풍처럼 서 있으니
이를 비보하지 않으면 도장암이 재앙을 입게 된다는 점이다.

　이런 풍수가 어떤 영향을 미쳤는지 아닌지 따질 필요가 없는 것은 풍수지리는 이미 우
리 삶의 도처에 깊이 자리 잡고 있기 때문이다. 그런 만큼 풍수로 인한 문제를 그대로
방치하지 않았을 것이니 도장암 스님들은 화산(火山)과 화염(火焰)에 대비해 절에다 물고기
를 달고 연못을 팠으며, 그것도 모자라 도장암의 이름을 물을 다스리는 쌍용의 기운에
의지하고자 〈쌍용사(雙龍寺)〉로 부를 수 있었을 것이다. 그리고 시루봉 밑의 아궁이에 해
당하는 곳은 부처의 힘을 빌리고자 불일대를 세우고, 그곳에 기우단까지 쌓는 방비를
하였으니 도장암 창건 후 긴 세월을 잘 견뎌 왔던 것이 아니겠는가. 그러나 그 뒤 선조

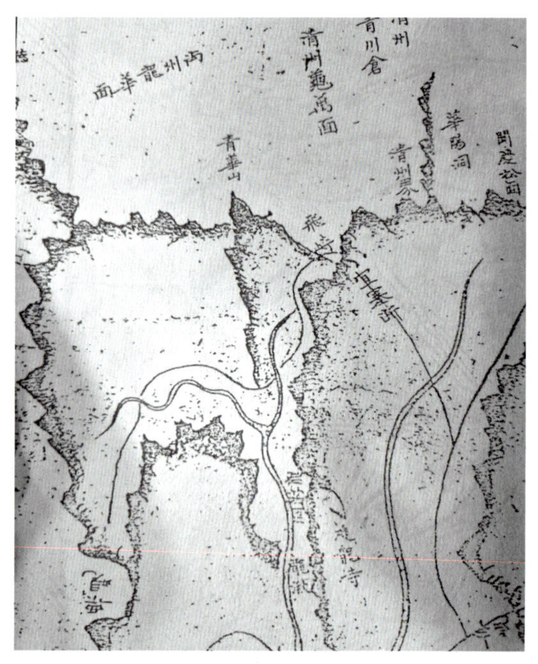

쌍용사(1750년 해동지도 조령전도, 중앙하단)

26년⁽¹⁵⁹²⁾ 임진왜란 때 모든 건물이 소실되었고, 곧 이를 중건하게 된다.

임진왜란 시 선조를 호종하며 좌의정을 지낸 약포^(藥圃) 정탁^(鄭琢, 1526~1605)의 약포문집 4권 「쌍용사동유록기」에는 "내가 듣기에 문희의 가은에 기이하고 빼어난 곳이 있는데 용유동과 쌍용사라 하였다. 계묘년 가을⁽¹⁶⁰⁵⁾에 우연히 객을 데리고 가은의 용유동과 쌍용사에 들렀다가 다시 동쪽으로 20여 리 떨어진 곳에 도착하여 기이한 곳을 찾았는데 아포^(阿浦)라는 곳이었다."라 적고 있다. 여기서 확인되는 것은 당시 쌍용사를 글의 제목으로 부칠 정도로 유명한 절이었다는 점과 쌍용계곡에서 아포^(가은 갈전리)까지 거리가 20여 리쯤 된다는 언급이 실측과 차이가 없다는 점이다. 그러므로 쌍용사는 쌍용계곡 부근에 있었다는 것이 입증되는 셈이다. 〈해동지도 조령전도〉에는 용유천, 용추, 쌍용사, 율현, 비치가 나오는 것도 참고가 되는 입증자료다.

임진왜란 뒤 이 절의 연일^(然一)이 유정^(惟政)을 도와 일본에 가서 포로들을 데려오는 등의 공훈을 세움에 따라 1605년^(선조 38) 나라로부터 부근 10리의 땅을 하사받는다. 그러면서 영조 5년⁽¹⁷²⁹⁾ 낙빈^(樂貧)이 옛 절터에 중창하면서 절 이름을 현재의 심원사로 고쳤는데, 그것은 쌍용사라는 이름만으로는 화산의 비보가 되지 않아 더 깊고 근원이 되는 물로 잘 다스려야 한다는 뜻에서 절 이름을 〈심원사^(深源寺)〉로 고쳤을 법하다. 1775년에는 남악^(南嶽)이 중건했으며, 1922년 주지 해응^(海應)이 산신각을 새로 지었다. 일제강점기 때는 이름 있는 절로 다시 명맥을 유지했으나 1958년 다시 건물이 모두 또 화재로 잿더미가 되고 만다.

1703년^(숙종 29) 송요좌가 농암면 내서리 687번지에 지은 〈병천정사〉의 〈병천정기〉에서도 쌍용사를 언급하고 있다. "정자로부터 시냇물을 따라 내려가면 2리에 청요담이 되고, 큰 돌이 있어 말처럼 못에 들었고, 위로 높이가 가히 수십 척이나 되는 정상이 평평하고 넓어 일주정을 두고 이름을 태극이라 하였으며, 또 3리에는 용추가 되고 욕협을 지나고, 또 5리에 쌍용사가 되며, 쌍용사로부터 용추에 이르면 돌빛이 푸르고 검으며, 양 벽이 하늘과 가지런하며, 숲의 그늘이 험하고 깎여 신령한 물체가 있는 것 같으니 자못 하늘이 영외를 한정한 까닭이다."로 적고 있다. 이에 의하면 병천정에서 32번 국도를 따라 3리쯤에 큰 용추, 5리쯤에 쌍용사, 그리고 쌍용사 아래 작은 용추와 사우정이 있다는 정도의 그림이 그려진다. 다시 말해서 심원사로 들어가는 용추교 지점에서 시루봉으로 올라가는 한 지점에 쌍용사가 있다는 것으로 이해된다.

또, 이 고을의 문사인 김상건의 「백치자연보」에는 "1963년 심원사 중건에 2천 원의 의연금을 최법사에게 주었다."고 기록되어 있다. 당시 화재로 절을 소실한 이후 지역민들의 많은 모금을 통해 중건이 원만하게 추진된 것이 확인된다. 먹고사는 문제가 어려웠던 1964년, 법당과 요사채를 세워 다시 절을 일으킨 것은 심원사에 대한 농암 사람들의 사랑이 각별했다는 것을 짐작할 수 있다. 지금은 예전의 위용은 찾아볼 수 없고 초라하게 대웅전과 요사채 등이 있지만 그렇다고 특별했던 역사는 자취 없이 사라지지 않을 것이다.

용은 날개가 없이도 승천한다. 결국 고승인 윤필거사와 의상대사가 지극한 불도의 수행으로 열반하여 두 마리의 용이 되어 승천했으니 고승에게 수도한 쌍용의 지킴이는 용소에 살고 있으나 도장암을 창건한 두 용이 없기에 불이 자주 난다는 걸 미처 알지 못했다는 점이다. 정탁대감은 남달리 천문에 능하였으니 임진왜란 때 쌍용사에 불이 나자 화기를 잘 비보해야 한다는 말을 당부하였으리라. 오늘도 용추에는 청룡 황룡이 머물러 이곳 수호신으로 심원사를 변함없이 지켜 주고 있으니 쌍용사 절은 이제 어디 있는지를 모르는 게 아니라 1729년 이전의 심원사를 의미하거나 아니면 시루봉 아래 큰용추 부근에 자리했다고 주장할 수 있겠다.

10. 견훤을 다시 생각하다-〈진향루〉

농암은 산촌 마을이지만 농암시장 규모는 문경군에서 3번째였다. 그 이유는 4곳의 길이 합류되는 지점에 소읍이 위치하고 있기 때문이다. 시장은 사람들이 5일마다 자연히 운집하고, 사람이 모이면 물물교환은 물론 안부를 묻고 정을 나누며 의기투합해지면서 나름의 통합된 문화를 공유 형성하게 된다. 시장은 지역민들의 결사 장소가 되고, 힘을 결집하는 측면에서는 매우 중요한 기능을 갖는다.

진향루와 인접한 대정공원은 토지 소유권이 대정 마을과 경상북도 도유지로 되어 있지만, 1933년 대정 마을에서는 사유지인 이 숲을 〈대정공원〉이라 명명하고 공적 기능을 갖는다고 선포하였다. 그 후 공원에서 씨름대회나 그네뛰기 행사도 하고 소풍지가 되거나 의병의 의진, 전시에 진지 역할을 하기도 했다. 그러므로 자연히 지역민들의 휴게 장소나 야영장이 되었으니 지금도 그 기능은 비슷하게 유지되고 있다.

진향루는 지역민들의 휴게소로 지어진 특별한 정자다. 1963년 이 정자를 건립할 당시 정자 터를 토지주인 김병두 씨가 면에 무상 제공하였고 김상건이 주도하여 지방 예산을 들여 면민 휴게소 용도로 지었다. 정자의 이름은 천마산에서 떠오르는 달을 맞이하는 누각이라는 뜻으로 〈계월루^(桂月樓)〉로 명명하였으나, 면에서는 푸르게 빛나는 정자라는 뜻으로 〈기록루^(奇綠樓)〉라 이름붙쳤다. 그러나 지역 예산을 들여 지었다는 이유로 일부 주민들의 비판을 받자 매각을 하기에 이른다. 이때는 먹고살기도 어려운데 휴게소를 짓는 데 많은 돈을 들인다는 건 어쩌면 지탄받을 만했다.

　정자를 매물로 내놓자 이것을 사려고 나선 곳이 지역 유림단체인 〈진향회〉였고, 그들은 500만 원을 들여 매입하였다. 정자는 제자리에 있고 소유권과 관리만 유림회로 넘어가게 되었다. 매입 후 정자 이름을 다시 〈진향루^{進向樓}〉로 바꾸어 지금에 이르고 있다. 초기에는 유림들이 보수 및 유지관리를 해 왔으나 시간이 지나면서 정자 관리가 소홀해지면서 건물이 쇄락하여 초라한 모습으로 남았다.

　하지만 이 정자를 단순히 하나의 건물 자체로만 봐서는 안 된다. 정자를 지은 목적이 〈면민 휴게소〉로 지었다는 점이 특별하고, 장날이면 사람들이 시장을 본 후 이 정자가 대화의 장소가 되어 면민들의 뜻을 모으는 아고라 역할을 하던 곳이라는 점에 의미를 둘 수 있다. 민선1기 면장인 김정열 면장의 공적 중 하나로 꼽을 만큼 이 정자는 풀뿌리 민주주의로 나아가기 위한 초기 유적 중의 하나로 볼 수 있다.

　특히 정자 바로 아래는 전설의 범바위가 자리하고 있다. 이 범바위의 범과 맞은편 천마산의 사자가 중간에 개바우의 개를 사이에 두고 서로 지켜보고 있는 형국이다. 이곳

진향루 옛 모습

은 사방이 터져 있어 우측으로는 대정공원과 앞산과 칠봉산이, 앞쪽으로는 농바우, 개바우, 견훤산성이, 좌측으로는 연천의 북실과 말바우 등이 보인다. 견훤의 유적이 한눈에 조망되는 자리로 견훤 정신을 되새길 수 있는 특별한 유적이다.

진향루 앞

진향루 뒤

　후백제 역사 재발굴과 함께 견훤의 얼을 되새기고 그의 용맹과 구국 충정의 시대정신을 본받는 가치 있는 유적으로 복원시켜야 할 때가 도래하였다. 의병장이 효수를 꾀하던 개바우가 지척에 있고, 해뜨는 곳에 견훤산성이 자리하고 있으며, 견훤이 태어난 천마산과 농바우, 견훤 느티나무, 말무덤과 말바우 등의 견훤 유적이 보이는 이곳에 서면 천 년 전 견훤의 말달리는 소리가 들려올 것이다.

11. 화산과 삼송의 천연기념물-〈육소나무와 왕송〉

〈화산 반송〉은 농암면 화산리 비티마을 입구 길 옆에 서 있으며, 천연기념물 제292호로 지정되었다. 나무 한 뿌리에서 여섯 줄기가 하늘로 웅대하게 치솟아 그 위용을 자랑하고 있다. 사람들은 이 소나무를 육소나무 또는 육송정이라 부르는데, 그 이유는 여섯 줄기의 큰 가지의 소나무라는 뜻이다. 한편 〈삼송 왕송〉은 청천면 삼송리에 위치하고 있었으며, 천연기념물 290호로 지정되었다가 2014년 12월 5일 해제되었다. 비록 소나무는 죽었지만 나무를 잘 건조시켜 보관 전시하고 있다. 소나무가 살아 있었을 때 왕^(王)자를 붙일 자격이 있다고 했다. 그 이유는 이 소나무를 멀리서 바라보면 우산처럼 아담하고 얌전하지만 안으로 들어가 보면 한 마리의 거대한 붉은 용이 승천하는 형상을 하고 있어 왕송, 용송이라고 불렀다.

삼송 왕소나무

소나무는 예로부터 상록수이면서도 오래 살기 때문에 십장생 중 하나이기도 했고, 기개 있는 선비의 표상으로 불리기도 했다. 그러므로 좋은 소나무가 많은 곳은 길지에 해당하고 그곳은 오염되지 않는 지역으로 분류한다. 오죽정송(汚竹淨松)이라 하여 대나무는 아무 곳에나 잘 살지만 소나무는 깨끗한 곳에서만 사는 특징을 갖고 있어 인공으로 조림 및 관리를 하기란 그다지 쉽지 않다.

화산리 육소나무 반송

이처럼 농암 고을은 소나무의 고을이었다. 삼송의 왕송이나 화산의 반송은 둘 다 천연기념물이었으니 귀하신 소나무가 뿜어내는 피톤치드는 다른 나무들보다 훨씬 더 생기와 좋은 기운을 뿜어 주었을 것이다. 그런데다 대정공원의 송림도 인공조림한 소나무 숲으로 가치 있는 산림문화자산이고, 삼송리 역시 왕송뿐 아니라 마을 곳곳마다 하송, 중송, 상송 노송들이 용틈임하며 수호신처럼 수구막이가 되어 마을을 든든하게 사시사철 지켜 주고 있다.

태풍에 쓰러진 삼송 왕소나무(2012년 8월)

하나의 고을에 소나무 두 그루가 천연기념물로 지정되어 있다면 그곳은 눈 딱감고 찾아가도 후회하지 않을 만큼 풍광이 뛰어나고 길지일 것이다. 소나무가 먼저 고을에 자리 잡았는지 아니면 사람이 먼저 자릴 잡았는지 알 수는 없지만, 소나무는 천 년을 살지만 사람은 백 년도 쉽지 않아 늘 노송 앞에서는 더 겸손해야 할 것이다. 그러므로 소나무와 함께 사는 사람은 행복하고 사람과 함께 사는 소나무는 불행할지 모르지만 천연기념물이라는 감투를 소나무에게 씌워 주고 특별 대접을 하는 사람들을 보면 그래도 기본을 알고 있다는 게 참으로 다행이다.

12. 고을 최초의 〈한천서원과 한천사^(寒泉祠)〉

1392년^(태조 1) 조선 개국 시 문경현에 처음 설립된 전문교육기관이 〈문경향교〉다. 그러다 임진왜란 때 소실되자, 1598년 재건하기에 이른다. 그 뒤를 이어 1697년 농암 가항리에 〈한천서원〉을 짓고 후에 명현의 제사를 위해 〈한천사〉를 지었다. 그리고 1712년 〈소양서원〉과 산북의 〈근암서원〉, 〈웅연서원〉이 지어지고, 반곡서당과 호계서당이 생겨 사학의 역할을 담당하게 되었다.

하지만 1868년 고종의 〈서원철폐령〉에 의해 어쩔 수 없이 가항리의 한천서원과 한천사가 훼철되고 만다. 그렇다면 15년이나 먼저 지어진 한천서원은 뜯고 왜 소양서원을 존치시켰을까? 그것은 농암과 가은 지역 서생들의 편의를 위해 중간 지점 서원을 선택 소양서원이 살아남았을 것이다. 농암은 보통학교가 들어선 것이 1912년 문경보통학교에 이어 문경군에서 두 번째인 1921년 설립된 것을 보면 가서면 지역은 학구열이 높고 교육문화의 중심이 농암 쪽에 치우쳐 있음을 알려 주는 반증이다.

1759년^(영조 35) 「문경현지」에 의하면 가은현은 가동방^(加東坊), 가현방, 가남방, 가서방, 가북방으로 세분화된다. 그러다가 1789년^(정조13) 「문경현지」에는 방이 면으로 바뀌어 가동면, 가현내면, 가남면, 가서면, 가북면이 되었다. 이 당시 인구수가 제일 많은 곳이 가현내면^(성저리, 성유리, 팡탄리, 전곡리, 민지리)으로 328가구에 1,026명, 가서면^(가서항리, 농암리, 내서리, 대정리, 종곡리, 건천리, 마암리, 송면리, 고모현리)은 267가구에 784명, 가남면^{(대현리, 지동리, 입암리, 말지}

농암 한천단

리) 238명이었다. 반면 가동면(왕릉, 도태, 작천, 저음리) 은 626명, 가북면(죽문, 완장, 원북리)은 620명으로 나타난다. 이렇게 보면 성유 전곡과 농암 가서 가남면 지역에 거주한 사람이 다른 면 지역보다 훨씬 많이 살았으므로, 교육시설이 이곳으로 편중되었다.

비록 1868년 한천서원은 사라졌으나 후에 한천사를 다시 짓고 안귀손 신숙빈 성만징을 배향하고 있다. 여기 배향된 안귀손은 연산군 때 사직으로 있다가 무오사화 때 선비들이 억울한 죽음을 당하는 걸 보고 낙향했고, 신숙빈은 안귀손의 사위로 소양에 복거하게 된 선비이며, 성만징은 우암의 문인으로 강호 팔박사(江湖八學士)의 한 사람이다.

한천(寒泉)서원에서 한천은 '차가운 샘'이라는 뜻으로 서원 가까운 곳에 차가운 샘물이 샘솟고 있어 한천서원이라 이름을 지었을 것이다. 물처럼 맑고 차가운 정신으로 글을 배우라는 뜻이 내포된 것으로 보인다. 서원에서 공부를 하다가 마시던 그 시원한 물이 지금도 쉬임 없이 나오고 있는데 그 샘물을 일명 〈서원천〉이라 불렀다. 세월은 무심히 수백 년을 지났어도 물맛은 여전히 변치 않았으니 서원의 역사가 그리워 이 샘물 한 잔을 마신다면 새로운 깨우침을 얻게 될 것이다.

13. 돌탑 꼭지돌로 모신 견훤신-〈궁기·가항 골맥이〉

　예로부터 골맥이 탑은 견훤을 숭상해 오던 돌로 쌓은 하나의 유적이다. 이 골맥이 꼭짓돌은 견훤의 또 다른 모습(견훤 대왕신, 천마설화인 농바우의 상징)으로 고을 수호신 역할을 하며, 재앙을 물리치고 풍요와 다산을 가져다 주는 이 고을 사람들의 정신적 지주이다.

　가항리와 궁기리 주민들은 매년 정월에 골맥이에 동제를 지낸다. 제주는 사흘간 근신하며 개울에서 목욕재개하고 정성껏 의식을 올린다.

　골맥이는 누석단(累石壇)의 일종으로 고을의 수구막이 역할을 한다. 마을은 대개 물을 따라 산을 등지고 있어 앞쪽의 허함을 메우기 위해 '고을을 막는다'는 의미로 〈고을막이, 골막이〉라고도 부른다. 돌을 원추형으로 쌓아올리고 그 정수리에 자연석 하나를 세우는데 마치 떡시루에 번을 두른 듯한 모습이다.

궁기 골맥이

가항동 골맥이와 제단

천마산 골맥이

이 골맥이는 마을의 평화를 지켜 주고 풍요를 지켜 주며 다산의 복을 내려 준다고 믿는 전통 신앙의 일종이다. 돌은 변치 않는 속성이 있으므로 절에서는 돌탑을 세우지만 민간에서는 그보다 쉽고 여러 사람이 합심하여 세울 수 있는 것이 누석으로, 골맥이의 높이와 크기는 협동 정신의 크기이기도 하다.

견훤(867~936)은 상주 가은현(농암 포함) 사람으로 후에 900년 완산주(현 전주)에 도읍을 정하여 후백제의 시조왕이 되었는데, 그를 믿고 기리고 의지하는 신앙의 유적이 골맥이로 남게 되었다. 특히, 중궁 골맥이 꼭지돌은 〈수문장〉이라고 글씨를 새기고 있는데, 이는 그를 신으로 숭상했다는 의미를 담고 있다.

14. 의병장을 낳은 애국의 산 - 〈둔덕산(屯德山)〉

둔덕산은 969.6m로 소백산에서 속리산까지 남서쪽으로 뻗어 내린 백두대간의 조항산(953m)과 대야산(931m) 사이 867봉에서 동쪽으로 방향을 틀어 내려간 지맥이다. 이 마루금은 가은읍 완장리와 죽문리, 농암면 궁기리와 연천리를 경계로 나눠진다. 그 능선으로는 마고할미통시바우와 손녀마고통시바우 등 기묘한 암릉 구간이 있고, 둔덕산은 조항산이나 대야산 보다 훨씬 높다.

둔덕산 원경

정상은 억새밭이 있는 육산이지만 고모령을 지난 일부 구간은 금강산 만물상에 견줄 만하다. 선유동계곡의 명성과 대야산에 가려져 있기는 하지만 이 산은 농암 쪽에서 볼 때 훨씬 수려하고 장엄하며 암

둔덕산 바위

릉 구간도 압도적으로 시선을 끈다. 조항산과 둔덕산 골짝에는 〈도덕동천〉이 있고, 예로부터 이 고개를 넘으면 새재보다 등과 비율이 높았다는 한양으로 가는 〈고모령〉이 있

다. 산의 정상은 가은읍을 주소로 갖고 있으나 대부분 산이 거느린 줄기는 연천 쪽으로 뻗어 있고, 그 맥은 가실목 고개를 넘어 다시 용틀임하며 천마산을 만들고 난 후 기운이 소진하여 민지리에서 가라앉는다. 이 산을 오르는 길은 많으나 가은 선유동에서 가마소, 말십소, 무당소를 거쳐 임도를 따라 오르다가 용추를 못미쳐 가리막골 안내 표지판을 따라 능선으로 올라가면 된다.

산 이름은 둔(屯)에다 덕(德)을 붙여 쓴다. 둔은 진이나 진지를 말하고, 군대를 일정한 곳에 모아 수비를 하는 곳(주둔)이며, 평상시 농사일을 하고 유사시 군인의 일을 하는 사람들을 일컫기도 한다. 그러면서 산은 덕을 품고 고을을 이롭게 한다는 덕의 기운을 가졌으니 그 정기는 예사롭지 않다. 둔덕이란 불룩 솟은 언덕이라는 뜻도 갖고 있는데, 어쩌면 이 지역 사람들이 환란과 위험으로부터 등을 기대고 비빌 수 있는 튼튼한 둔덕의 역할을 하고 있다고 볼 수 있다.

둔덕산 통시바우

1858년 12월 30일 가은 완장리에서 이강년 의병장이 태어났는데, 그가 태어나기 3일 전부터 둔덕산이 웅웅 소리를 내어 울었다고 한다. 둔덕산이 우는 것은 실로 처음 있는 일이라 마을 사람들이 이상하게 생각했는데, 운강이 태어나자 산이 울음을 멈추었으니 둔덕산 정기를 타고난 것이라 했다.

또한 둔덕산은 청산리대첩으로 유명한 김좌진 장군(1889. 12. 16.~1930. 1. 24.)이 둔덕산 지능선인 연천 쪽의 〈재짐의 집터〉(좌지미터, 좌진터, 김좌진터로도 불림)에서 모병을 하고, 〈마당미기〉에서 군량을 장만해 한양으로 올라갔다고 전한다. 이 집터는 산의 8부 능선 정도에 있고, 그 주변에서 발견된 샘터는 해발 800여 미터인데도 맑은 물이 솟아나 식수로 이용됐을 것으로 추정된다. 북쪽이 바위로 막혀 바람이 심하게 불지 않는 등 비교적 아늑한 곳이고, 집터 크기는 가로 10여 미터·세로 6미터 정도로 방 한 칸 규모의 구들장 흔적과 아궁이, 굴뚝, 사기그릇 파편과 옹기조각 등이 남아 있으며, 20여 미터 떨어진 곳에 화장실로 추정되는 터가 남아 있다.

장군은 1915년 대구에서 발족된 비밀 군사단체로 경북 지역에서 활동 중이던 〈대한광복단〉에 입단, 2년 뒤 부사령관 직을 맡는 등 군자금 모집과 무기 구입 등 광복운동을 펼칠 무렵 이곳에 은거했을 것으로 보인다. 장군이 군자금을 모으다 경찰에 붙잡혀 서대문형무소에서 2

둔덕산 마고할미통시바우

둔덕산 암릉구간

둔덕산 표지석

년 6개월의 수감생활을 마치고 난 뒤 경북 지역에서 활동할 때 문경에 은거한 것이다. 김좌진 장군이 살았다는 재짐의 집터에서 한양으로 올라갈 때는 모병한 군사들을 이끌고 가장 빠른 길인 고모령을 이용, 연천에서 고모치를 넘어 충주 길로 이동했을 것이다.

김좌진 장군 집터

둔덕산 고을 연천 마을에서 태어난 서상업(1872~1920) 독립 투사는 김좌진 장군과 비슷한 시기인 1920년 신태식 의병장과 함께 〈대한독립 후원의용단〉을 조직해 의용단의 재정과 군자금 조달 등의 업무를 수행하였다. 그리고 만주의 무장 독립운동단체인 〈서로군정서〉와 연락하여 독립운동자금을 지원했다는 등의 기록을 보면 김좌진 장군에게 직간접적으로 군량이나 자금을 지원했을 가능성이 있었을 것으로 보인다.

의병장 신태식 대장 생가

의병장 신태식 대장 생가 안내판

농암에서 둔덕산을 오르는 길은 이 산이 내린 여러 갈래의 지능선 계곡 하나를 골라 올라가면 그 산 정상에 이를 수 있다. 길은 선명하지 않지만 이곳에서 나라를 위해 앞장선 애국선열들의 기운이 남아 오늘에 이르고 있다. 연천리 마을 개울 건너에 있는 말바우에서 견훤이 용마를 얻어 벌마에서 훈련을 했다는 전설 또한 둔덕산과 무관하지 않다고 볼 때 둔덕산 정기는 견훤, 이강년과 김좌진, 서상업과 신태식 등의 애국 의병의 정기로 생기충천하다고 볼 수 있다.

 둔덕산이 거느린 줄기는 가은 죽문리보다 대부분 연천 쪽으로 힘차게 뻗어 있으며 농암 쪽의 계곡이 더 깊고 기운이 강해 보인다. 그 맥은 가실목 고개를 넘어 다시 한 번 용틀임하며 천마산과 천마산성을 만든다. 그리고 배너미고개에서 허리를 굽혔다가 다시 쪽금산에 보조 산성 하나를 더 만든 다음 기운이 소진하여 섬안 마을에서 몸을 앉힌다.

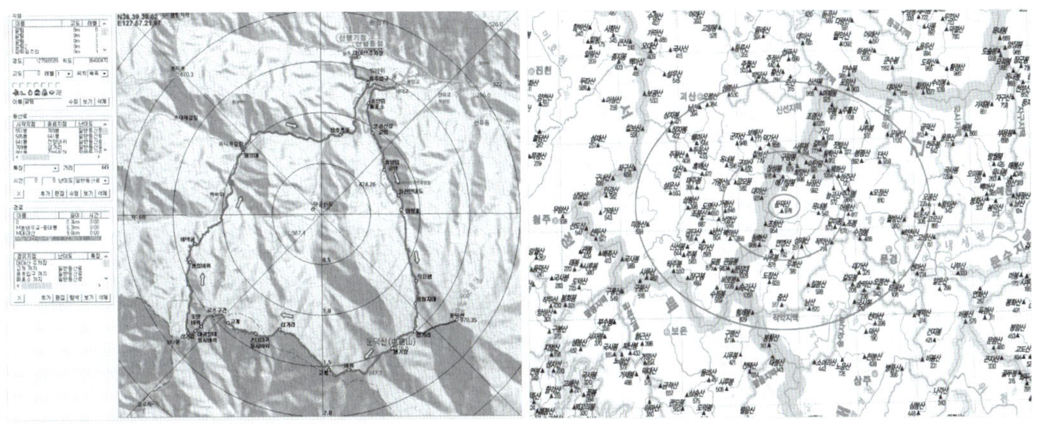

둔덕산 가는 길 등산지도   둔덕산 지도

 진이나 진지가 된다는 의미를 가진 둔덕산의 무쌍한 호연지기 기운이 천마산 끝에서 머물렀으니 그 정기는 도암 신태식 의병장을 탄생케 하였다. 이 둔덕산의 힘은 나라와 고을을 지켜 주는 주둔지로서 그간의 역사는 우연의 일치는 아닐 것이다. 당당한 위용과 헌걸찬 기세가 변함없이 지금도 기세등등한 둔덕산! 하여 장군산이라 고쳐 불러도 손색이 없을 듯하다.

15. 의상과 원효의 수도처-〈의상대^(義湘臺)와 원효대^(元曉臺)〉

의상^(義湘, 625~702)은 신라의 승려로 화엄종의 개조이다. 서기 661년 문무왕 때 해로로 당나라에 들어가 지엄의 문하에서 현수와 더불어 화엄종을 연구하고 670년 귀국했으며, 660년 원적사와 심원사, 676년 부석사를 짓고 화엄종을 강론했으며, 해동 화엄종을 창시한 인물이다.

원효^(元曉, 617~686)는 신라의 파계승이지만 의상대사와 같은 시기에 활동을 한 신라 십성 중의 한 사람이다. 3학에 능통했고, 원효를 두고 만인지적이라 했을 정도로 높은 평가를 받았으며, 한국 불교계와 한국 고대사·철학사·사상사에서 빼놓을 수 없는 천재로 평가받고 있다.

이 두 대사는 우리 고을과는 빼놓을 수 없는 특별한 인연을 갖고 있다. 원적사와 심원사를 두 고승이 창건했고, 원적사에는 다른 절과는 달리 원효대사의 진영^(眞影)이 소장되어 있는데, 그것을 보면 실제 원효가 이곳에서 머물렀다는 입증이 된다. 그리고 원적사 절을 넘어 궁기 방향 쪽으로 가면 원효가 수도했다는 〈원효대〉가 있고, 그 옆으로는 의상이 수도했다는 〈의상대〉가 나오며, 견훤 전설이 내려오는 추심사 터가 있다.

의상과 원효는 전국을 다니며 수많은 사찰을 창건했지만 우리 고을처럼 사찰이 있고, 수도지가 있으며, 사찰의 창건 설화와 그 유물까지 있는 곳은 드물다. 이런 내용을 감안하면 두 대사가 농암에 상당기간 동안 머물러 사찰을 짓고 수도를 한 뒤 부석사 창건을 위해 거처를 옮긴 것으로 파악된다.

두 대사의 이름이 붙은 지명은 전국에 다수가 있는데, 〈의상대^(정자)〉는 양양의 낙산사에 있으며, 낙산사를 지을 때 의상이 좌선하던 곳이라 한다. 소요산에도 의상대^(봉우리)가 있고, 기장군 일광읍에는 원효대, 관악산에는 원효굴이 있으며, 계룡산에는 〈의상대사 굴〉이 각각 있다. 그러나 순천 금전산과 북한산에는 원효대와 의상대, 청량산에도 원효굴과 의상굴이 있으니 두 스님은 서로 떨어질 수 없는 필연적 관계를 갖는다. 청화산과 도장산이 만든 우복동천 품안에 든 두 사찰과 조항산과 둔덕산이 만든 도덕동천에 깃든 원효대와 의상대가 두 대사의 마음을 사로잡았을 것으로 짐작된다.

청화산과 조항산은 산수가 아름다워 고승이 수도하기 좋아 원효와 의상이 자주 찾았다고 「청조향람」에 기록하고 있다. 여기서 좀 더 살펴보면 농암면 궁기리 상궁에서 상주시 화북면 입석리^(충북 괴산군 청천면 삼송리)로 넘어가는 고개가 있는데, 청화산과 조항산 사이의 고개로 갓바우재^(769m)라고 부르며, 예전엔 백제와 신라의 국경이었다. 이 고개에서 조항산 쪽으로 거슬러 올라가면 의상대사가 수도하였다는 〈의상대^(義湘臺)〉가 있다. 의상대가 있는 계곡으로는 〈의상폭포〉가 있고, 청천면 쪽으로 고개를 넘으면 〈의상저수지^(송면저수지)〉가 나오며, 청화산 북쪽 의상대 아래 있는 마을이 화북면 〈의상^(義尙) 마을〉이다.

조항산 사형제 바위

조항산 원경

여기서 〈의상동^(義尙洞) 마을〉은 의상^(義湘)대사의 '상'자와 한자가 서로 다름이 확인된다. 이 마을은 옥양동 동쪽, 선돌배기 남쪽에 위치하며, 내를 경계로 경북 상주시 화북면 입석리 의상동과 충북 괴산군 청천면 삼송리 의상동으로 갈라져 있다. 상주시 지명 유래에 의하면 의상동은 '청화산 북쪽 능선에 의상대사가 수도하였다는 의상대^(義湘臺) 아래 이룩한 마을'로 적고 있어 표기 시 한자의 혼용이 있었던 것으로 보인다.

도찰방을 지냈던 향리의 김이원^(金理元, 義岩, 1560~1632)은 그의 묘소가 농암면 사현리에 소재하고 있고 그의 비문에는 의상대에 대해 이렇게 쓰고 있다.

'그가 벼슬에서 물러난 이후로는 오직 孝友를 굳게 지키고 道義를 실천하여, 궁기라는 마을에 義尙臺^(의를 숭상하여 쌓은 대)를 쌓아 일반의 명망이 높았다. 義岩이라는 호가 이 때문이 아니었던가.'

이 내용으로 보면 갓바우재를 넘는 곳에 있는 의상대는 의상대사가 머물며 쌓은 대^(臺)이자 김이원이 만년에 낙향하여 도의를 실천하려는 의도로 대를 정비한 것으로 비정된다. 왜냐하면 상주시에서 표기하고 있는 의상^(義尙) 마을 한자와 김이원의 비석에 새겨진 의상대^(義尙臺)는 한자가 서로 같고, 김이원이 이곳에서 도의를 실천하려는 의도가 '의상^(義尙)'과 뜻이 같기 때문이다.

김이원은 의상대의 대를 보수하여 쌓고, 그 아래로는 하강정^(下江亭)을 지어 후학들을 가르쳤다는 기록을 보면, 여기서 하강^(下江)은 의상폭포를 의미한 것이다. 지금은 원적사와 심원사는 중창되어 옛 모습을 어느 정도 복원하고 있으나 원효대와 의상대, 추심사와 하강정은 자취조차 찾기 어렵다. 견훤이 이곳에서 호연지기를 길렀을 터이고, 의상동 마을이나 의상저수지, 김이원의 하강정 기록과 지도에 나타난 추심사와 견훤 설화 등을 감안하면 이를 사라진 역사의 한 페이지로 방치해서는 안 될 것이다.

16. 우복^(牛腹) 속의 우복^(牛伏) 길지-〈우복^(牛伏) 뚜벅길〉

우리는 길이 유행인 시대를 살고 있다. 전국 어디를 가나 지역에서 이름난 승경이나 특별한 역사를 살려 걷기 좋은 길이 조성되어 있다. 역사탐방 목적이거나 건강을 위한 길 또는 여행을 더 가치 있게 만드는 길을 조성해 상품화를 나서고 있는 것이다. 문경은 길의 고장이라 불리고 옛길박물관이 존재한다. 전국의 길 중에서도 가장 선호도 높은 길로 대부분 〈새재〉로 손꼽는다. 풍광이 좋고 역사성이 있으며 황톳길로 조성된 구간과 사이마다 다가오는 1, 2 ,3관문이나 영화 촬영 세트장이 있는가 하면 문경도자기와 사과축제와의 연계에다 문경온천까지 있어 여행자들의 다양한 욕구를 한번에 해결해 주는 장점이 있다.

그러나 새재를 즐기고 나면 그다음은 갈 곳이 없다고들 한다. 단산에서 패러글라이딩을 하거나 구랑리로 가서 자전거 철로 타기와 가은석탄박물관 관람도 있으나 생각보다 많은 이들의 관심 대상은 아닌 듯하다. 이런 점에서 보면 견훤 역사의 복원은 매우 새로운 의미를 갖는다. 지금까지 묻혀 있던 견훤 역사, 국회에서 역사 복원을 위한 법령이 개정되고 서서히 기대감 갖는 플랜이 발표되고 있다. 하지만 복원의 개념에서 빠뜨리지 말아야 할 점은 보다 세심히 공감가는 역사를 조사 발굴하여 많은 이들이 공감 공유할 수 있도록 추진해야만 한다.

최고의 길이라 손꼽는 새재, 거기다가 이번 조사를 통해 재조명된 〈고모령〉의 재발견

은 새롭게 주목을 받게 될 것이다. 조선 후기 고모령 길의 북쪽 삼송과 남쪽 고모리에
는 큰 장이 서고 이곳을 넘는 한양 가는 선비들의 등과 비율이 새재보다 높았으며, 한
양 가는 소요 시간도 하루 정도가 더 단축되어 많은 이들이 이 길을 이용하였다. 이러한
사실은 견훤 역사 복원과 무관치 않다. 고모령 아래 견훤이 궁을 지었다는 궁터가 있고
그 길을 내려오면서 견훤 유적인 말바우와 북짓골과 견훤산성과 농바우 등을 만나게
되므로 이 노정은 〈견훤로〉라는 이름의 새로운 역사 탐방로가 될 수 있음이다. 그런데
다 이 지역은 속리산길에 포함되어 있고 〈1성 2동천〉을 품고 있는 복지이므로 이를 여
기서 세심하게 살펴볼 필요가 있겠다.

사람이 가장 살기 좋은 곳이라 일컫는 엎드린 소의 배 안 같은 〈우복동천〉, 그리고 인
간이 근본적으로 추구하는 덕목 중 제일로 꼽는 도덕이 들어간 〈도덕동천〉의 농암에는
〈우복산〉이 있다. 그곳은 어미소^(청화산)의 품 안에 있는 새끼소^(우복산)가 자리한 형상이다.
그러므로 농암은 〈우복 안의 우복〉인 보기 드문 최고의 복지로 이를 중심으로 〈우복로〉
라는 둘레길을 생각해 보는 일은 매우 의미 있는 일이 될 것이다.

여기서 우복산 둘레길은 산 중의 명산이라는 청화산, 그 지맥인 연엽산과 연해 있는
우복산을 중심으로는 사잇길이 이미 나 있다. 〈삼화실 고개^{(종곡리 북실 골마 남쪽에서 화산리 삼}
^{화실로 넘어가는 고개)}〉가 있고, 이 고개는 〈속리산 둘레길 12구간〉과 중첩되므로, 이 길은 속
리산길과 상관없이 별개의 독립된 특별한 길이 되어야 한다.

▶ 우복산과 주변 지형의 조감

청화산에서 연엽산 지맥을 거쳐 우복산이 머문 끝점은 바로 뒷밭이 마을이다. 이 곳에
는 전설의 범바우가 있고, 이 바위는 맞은편 천마산의 사자바우와 마주보며 중간 지점
에 있는 개바우와 견제를 하고 있다는 설화가 전해 온다. 1892년 종곡리 김성재는 〈산
송몽 필사본〉에서 뒷밭이산을 종처럼 생긴 산이라 하여 '종곡산^(鍾谷山)'으로, 1946년 김
상건은 〈윤하정誌〉에서 '도발산^(道發山)'으로 이 산을 지칭하고 있지만, 지역민에게는 별
로 잘 알려져 있지 않다. 범바우가 있는 지점에서 앞쪽^(동쪽)으로는 천마산^(356m), 쪽금산

(337m), 앞산(335m)이 보이고, 뒤쪽(서쪽)으로는 연엽산(蓮葉山 791m)과 청화산(靑華山 984m), 속리산(俗離山 1,058m), 남쪽으로는 우복산(牛伏山 382m), 남서쪽으로는 시루봉(876m)과 도장산(道藏山, 828m) 등이 동저서고(東低西高)형을 이루고 있다. 앞은 전망이 좋아 아침이 일찍 찾아와 오전은 해가 길어지는 대신, 뒷산은 다소 높아 오후 시간이 짧아지므로 빛이 미치는 음양이 알맞게 조화를 이룬다.

범바우와 진향루가 있는 주룡은 지도를 검색하여 조회되는 산 중에서 화산리 〈우복산〉과 가장 가깝고, 남북으로 펼쳐진 능선이 화산리에서 종곡1리까지 길게 이어진다. 그런데 축소해 보면 우복산은 백두대간인 속리산과 청화산에 연하여 연엽산의 품에 안겨 있는 산으로, 우복동천이 있는 화북면 용유리와는 별개의 지형이 아니라는 것을 쉽게 알 수 있다. 청화산 아래 있는 '우복동천(牛腹洞天)'을 큰 소의 배라고 한다면, 화산리 '우복산(牛伏山)'은 작은 소로, 어미 소의 품(배) 안에 포근히 안겨 있는 송아지처럼 아주 편안한 형국이다.

이런 점에서 볼 때 우복동천과 우복산의 비교 검토는 매우 중요하다. 풍수지리적 관점에서 보면 여기 나오는 〈소(牛)〉는 길지에 해당하는 '우복'으로 불린다. 예로부터 소는 가축으로서 역할뿐만 아니라 인간에게 큰 복을 가져다 준다고 믿었으며, 불교에서는 소를 부처에 비유하고 있다. 석가모니의 성은 고타마(Gotama, 최상의 소)였고, 출가하기 전 이름은 싯달타(Siddhārtha, 모든 일이 뜻대로 이루어진다는 뜻)였으니, 이는 곧 부처가 소라는 의미다. 중국 송나라 때 확암(廓庵)선사가 그린 십우도(十牛圖)라는 그림을 보면 더 확연해지며, 인간의 마음을 소에 비유해서 야성을 길들여 나가는 과정을 그린 것으로 부처의 수행과 깊은 관련이 있다.

도발산과 우복산 주변은 소에 이어 연꽃과도 깊은 관련이 있다. 우복산 뒤에 있는 청화산과 연엽산을 말할 때 연꽃과 연잎을 배놓고는 말할 수 없기 때문이다. 청화산의 산봉우리에 세 송이의 연꽃이 있었다 하여 삼화실(三花室)과 화산(華山)이라는 지명이 생겼고, 원적사는 청화산의 연꽃 같은 여러 봉우리들 사이 한복판, 곧 연심(蓮心)에 자리한 절이라 수도하기에 적합한 곳이라 하였다. 연엽산(蓮葉山)은 이름 자체가 연꽃잎이라는 뜻을 갖고 있고, 그 아래로 흐르는 개울을 연계(蓮溪)라 불렀다. 그런데다 산의 생김을 살펴보면 두 곳의 산봉우리가 흡사 연꽃을 닮아 있어 길지를 품은 명산으로서의 품격이 느껴진다.

▶ 우복산 주변의 길지(吉地)

• 와우형(臥牛形)

소는 사람에게 복을 내려 주는 존재이며, '누워 있는 소의 형상'은 풍수에서 특별한 길지로 꼽힌다. 그러면 어디가 혈처인가 의견이 달라질 수 있지만 대부분 따뜻하고 편안한 뱃속이 혈이라고 한다. 하지만 누운 소라면 되새김질을 위해 입에 기가 모이고, 또 파리를 쫓기 위해 꼬리에 힘이 들어가기 때문에 혈처가 달라질 수도 있다. 어떤 이들은 젖이 있는 부위가 혈자리라며 송아지가 젖을 빠는 형국일 때 그렇게 볼 수 있다고 한다.

우복산은 화산리 귀밑에서 율수리 방향으로 머리를 두고 엎드려 있는 소의 형상이다. 소가 머리 위치를 귀밑(머리안)에 두고, 소의 등은 진등(종곡3리)을 이어 소의 뒷다리가 있는 뒷발이(종곡2리) 마을까지 길게 이어진다. 윤하정이 있는 뒷발이 마을의 배산에서 종곡1리 방향으로 이어지는 종곡산(鍾谷山, 370m)은 둥글게 종 모양처럼 생긴 산으로 우복산이라는 소의 뒤에 위치하면서 우복산(소)을 일깨우는 범종처럼 보인다. 쇠북이 새벽마다 종소리로 소를 깨워 주는 역할을 하고, 그 종소리에 힘을 더해 주는 3개의 바위가 있으니, 농암천 건너 개바우와 천마산 아래 있는 사자바우와 선녀바우가 그것이다. 개가 짖어 위험을 알려 주면, 그 뒤에 금수의 왕인 사자가 지키고 있고, 곁에는 사자를 부리는 선녀가 보살피고 있는 절묘한 형세를 갖추고 있다.

• 우복동(牛腹洞)

청화산 남쪽 기슭 용유리에는 용유동계곡이 자리하고 있다. 이곳 계곡 우측 바위에는 '우복동(牛腹洞)'이라 쓴 표석이 세워져 있는데, 일생 동안 사람이 살기 좋은 땅을 찾아 다닌 이중환(李重煥 1690~1752)이 '택리지'에서 이 일대를 복지로 언급하고 있듯이, 예로부터 우리 민족의 전설적 이상향인 우복동으로 주목받아온 곳이다. '용이 즐겁게 논다.'는 뜻의 용유리는 병천과 함께 이상향 터로 택리지에서 묘사하고 있다.

'우복동천'의 '우복'이란 소의 뱃속에 들었다 하여 동음이어인 〈복(福)〉으로도 생각하며, 그 복은 행복을 주는 명당자리 중 최고로 친다. 그러므로 소의 배는 아늑하며 평화로운 곳이고, '동천'이란 하늘에 잇닿는 땅, 즉 신선이 사는 곳, 별천지, 선경(仙景)의 뜻이다. 조선 중엽 풍수지리에 능한 남사고(南師古, 1509~1571)의 '남격암산수십승보길지지(南格庵山水十勝保吉之地)'의 감결에 의하면, 속리산 아래 증항 근처(報恩俗離下 甑項近地)에는 난리를 당했을 때 이곳에 몸을 숨기면 만에 하나라도 다치지 않을 것이라며, 십승지지의 하나로 화북 용유리 표석이 세워진 부근을 우복동천으로 간주하고 있다.

부모와 자식지간의 지극한 정을 표현한 '지독지애(犢之愛)'란 말이 있다. 어미 소가 송아지를 핥는다는 뜻으로 소가 지닌 지극한 모성을 상징하고 있는 사자성어이다. 소는 충절의 상징으로도 여겼는데 주인을 위해 호랑이와 싸우다 죽은 의로운 소를 기린 삼강행실도의 '의우도(義牛圖)'에서 찾을 수 있다. 이렇듯 신성성과 친근성을 두루 갖춘 소를 함부로 잡지 않았음은 물론이다.

상주시에서는 이미 '우복동천 환주도'라는 이름의 등산로를 만들어 운영 중이다. 우리나라 십승지 중의 하나인 우복동이라는 명소를 자랑스럽게 생각하고 관리한다는 점이다. 충북 보은과 화북면 일원에 걸쳐 있는 속리산과 문경시와 걸쳐 있는 청화산, 도장산을 연계하여 38km의 원점 회귀하는 코스를 만들어 많은 등산 애호가들이 이곳을 찾고 있다.

• 연화부수형(蓮花浮水形)

백두대간이 뻗어내려 청화산을 이루고 다시 뻗어 속리산을 형성하였으니 청화산은 속리산과 함께 이 지역의 2대 명산 중 하나다. 전설에 의하면 청화산이란 이름이 지어진 유래는 수십 리 밖 어디에서 봐도 항상 화려하고 푸르게 빛나고 있으며, 시루봉(청화산의 한 봉우리로 간주)도 변함없이 장엄한 자세로 그 위엄을 떨치고 있다 하여 이를 '청화산'이라 부르게 되었다고 한다. 청화산의 '華'자는 '연화(蓮華)'의 준말이며 '연꽃'의 뜻으로 많이 쓰이는 글자다. 그렇다면 '靑華山', 또는 '華山'이란 산 이름은 산의 모습을 연꽃으로 본다는 말이다. 한편 청화산의 연꽃 같은 여러 봉우리들 사이 한복판, 곧 그 연심(蓮心)에 자리한 절을 원적사(圓寂寺)라고 하며, 이 산사는 수행에 적합한 곳이라고 전해 온다.

• 청학포란형(靑鶴抱卵形)

청화산 품안에 감싸인 마을로는 광정(문경시 농암면 내서리)과 화산 마을(상주시 화북면 용유리)이 있다. 이 마을은 서쪽에 승무산, 북쪽에 청화산, 동쪽에 시루봉이 있어 전체적인 산세를 '청학포란형'이라 한다. 즉 푸른 학이 알을 품고 있어 청화산이 학의 머리와 몸통이라면 승무산은 오른쪽 날개, 시루봉은 왼쪽 날개가 된다. 청화산 정상 바로 아래에는 학의 앞가슴에 해당되는 지점에 원효대사가 창건한 원적사가 자리하고 있으며, 원적사 뒤뜰에는 학의 알에 비유되는 계란바위(일명 鶴바위)가 있어 신비함을 더하고 있다.

• 비치우산혈(飛雉于山穴)

청화산(984m)과 시루봉 사이에 광정으로 넘어가는 비치재가 있고, 그 동쪽에는 비치(일명 비티)마을이 있다. 골짜기 아래로는 상비치(上飛稚), 중비치(中飛稚), 중리 3개의 마을로 이어진다. 이곳 비치라는 지명이 말해 주듯 꿩이 산 쪽으로 나는 형상을 하였다 하여 '비치우산혈(飛雉于山穴)'이라 한다.

• 비학승천혈(飛鶴昇天穴)

청화산에는 승경이 있다고 했다. 이 산은 백두대간 서쪽 아래로 우복동과 용유동계곡과 쌍용계곡, 화양동 계곡과 옥양동 계곡을 끼고 있어 수십 리 밖 어디에서 바라보더라도 항상 화려하고 푸르게 빛나며, 시루봉이 장엄한 기세로 위엄을 떨치고 있다.

▶ 〈뚜벅길〉의 개요

우복산(도발산, 종곡산)을 중심으로 형성, 유래된 여러 지명을 유추해 보면 두 마리의 소와 3송이의 연꽃과 큰 연잎, 두 마리의 복두꺼비, 쑥새와 백로, 애국의 소나무와 개, 사자,

선녀, 그리고 큰 종 등이 등장한다. 그곳을 길로 이어 보면 반구형의 둘레길이 된다. 화산에서 한우물과 뒷발이와 북실, 그리고 북싯골과 삼화실과 연계로 이어지는 길, 이미 소로가 있으되 우복을 중심으로 스토리만 만들어지지 않았을 뿐, 그 길은 잰걸음이 아닌 소걸음으로 뚜벅뚜벅 걸어가면 경승이 주는 발복을 누리게 된다. 뚜벅뚜벅 느릿느릿 소걸음으로 걸으면 눈은 범처럼 형형히 빛나고 큰 눈망울에는 선심이 가득 담겨 있어 우복의 소는 짐승이 아닌 성자의 모습이다.

세종대왕 때 맹사성은 가마가 아닌 검은 소를 타고 피리를 불며 다닌 좌의정으로 유명하다. 그가 소를 타고 다닌다는 것이 검소하다는 뜻과 소를 타고 소걸음으로 세상을 빠짐없이 천천히 둘러본다는 뜻도 같이 들어 있는데, 청백리인 그가 죽자 소가 사흘을 먹지 않고 울다가 함께 죽었다고 한다. 목민으로서 검소 질박함과 묵묵히 소임을 다하는 모습을 사자성어로 바꾸어 말한다면 〈우보천리 牛步千里〉라는 말과 같으니, 이 길은 공직자라면 한 번쯤 걸어 봐야 할 길이다.

한번 상상해 보라. 우복산 소의 평화로운 되새김이나 북실에서 들려오는 자아를 일깨우는 종소리, 도발산 뒷발의 힘으로 버티고 펼치는 윤하정의 신문고 정신을, 그리고 섬실의 복 두꺼비, 쑤국대기 효심의 쑥새, 은장봉의 청렴의 백로, 대정숲의 항일 소나무와 애국의 개바우, 사자바우, 선녀바우 등과 마주하면서 이내 마음의 묵은 때가 씻기는 힐링의 시간이 되리라. 여기에다 1박의 여유가 된다면 10킬로쯤 되는 둘레길을 소걸음으로 뚜벅뚜벅 걷고 난 후 우복동천의 품 안에 자리한 쌍용 S리조트에서 하룻밤을 머무르고 가는 일정을 추천할 만하다. 아마도 꿈에는 필시 두 마리의 용이 나타나 신비한 축복을 내려 주는 잊지 못할 뜻 밤이 될 수 있으리라.

▶ 〈뚜벅길〉의 우복 9경을 걷다
뚜벅길은 삼화 4경인 화산청풍(華山淸風) 연계명월(蓮溪明月) 북실종성(北室鐘聲) 비치주양(飛雉走揚)에다 우이섬실(牛耳蟾室), 한천백로(寒泉白鷺), 대정장송(大井長松), 윤하도발(允下道發), 복기동천(服氣洞天)으로 '종곡 5경'을 새로 만들어 넣으면 〈우복 9경〉길을 새 기운으로 즐기며 걸어갈 수 있을 것이다.

- **우이섬실**: 길은 우복산 소의 목덜미 아래 잣나무고개가 있는 큰 섬실에서 출발한다.
- **한천백로**: 쑤국대기 쑥새 소리를 들으며 '백원각'에 들러 잠시 효심에 젖은 후, 한우물 백로 서식지 에서 청렴정신과 한우물 안을 들여다보며 물거울에 비친 자화상을 찾아본다.
- **대정장송**: 대정숲의 낙락장송이 뿜는 애국의 피톤치드를 폐부 깊숙이 들이 마신다.
- **윤하도발**: 윤하정에서 신문고 격쟁의 역사가 민주주의의 시작이자 백성을 보호하는 청원제도이었음을 상기하고, 권문세가의 횡포와 탐관오리의 부패에 대항하여 싸운 의로운 투쟁을 회상해 보며 나라의 주인은 백성임을 깨닫는다.
- **북실종성**: 북실에서 종곡산이 들려주는 종소리를 들으며 자성의 시간을 갖는다. 나라가 국난에 빠지면 운다는 개바우와 사자바우, 선녀바우의 음성이 들리는지 나라를 생각하며 국민의 한 사람으로서 소명의식을 자각한다. 북짓골 견훤이 훈련하던 장소에서 평민도 부단한 노력으로 나라 왕이 될 수 있음을 생각한다.
- **복기동천**: 삼화실은 뒤로는 세 송이 연꽃이 피어 있는 산의 골짝이고, 앞에는 신령한 소가 엎드려 있으니 여기서 앞뒤를 바라보며 우복의 '복기동천'임을 확인한다. 복기(服氣)의 정기를 흡입하기 위해 '해가 있으면 왼쪽 눈을 감고 오른손으로 햇빛을 받아 양기를, 없으면 오른쪽 눈을 감고 왼손으로 달빛을 받아 음기를 마신다.
- **연계명월**: 삼화실에서 흘러내려온 연꽃, 연잎물과 시루봉에서 내려오는 삼파수가 합수하는 연계천에서 세족식을 갖는다.
- **비치주양**: 청화산의 청학이 알을 품고 시루봉 아래 꿩들이 날아오르는 상생의 기운을 받으며 삼파수가 솟는 생수로 목을 축이면 온몸이 독수리처럼 날아오른다.
- **화산청풍**: 귀밑에 서면 멀리 청산과 화산이 불어 주는 청화산 바람이 있고, 가까이는 용유의 승천기세와 장군봉의 헌걸찬 기운이 쌍용천을 따라 흘러넘친다. 우복산의 소는 소코바위의 코로 큰 숨을 쉬고 있으니 나그네도 여기서 심호흡을 같이할 수밖에 없다. 앞으로 흐르는 명경지수는 기산영수와 같으니 우복산의 소 귀(귀밑)로는 더러운 소리를 듣지 않고 맑고 기쁜 소식만 듣는다. 가까이 〈오괴정〉이 있으니 선비들

의 글 읽는 소리가 삼희성 중에 하나임도 쉽게 안다. 뚜벅길이 끝나고 시간이 있으면 쌍용이 승천을 준비하는 용유계곡을 찾아 용의 눈초리라도 그려 본 후 리조트 행운의 바위에서 축복을 기원하며 편안하게 휴식 시간을 가져 볼 일이다.

▶ 〈뚜벅길〉을 다시 생각하며

역사는 한번의 정의로 끝나지 않는다. 그동안 묻혀 있던 사실이 새로 발굴되기도 하고, 기록된 역사가 오류로 밝혀져 다시 쓰기도 한다. 그러나 아무리 역사가 승자의 기술이라 하더라도 진실은 바뀌지 않고 가치 있는 것들은 긴 생명력을 갖고 있다. 큰 소 같은 우복동천이 작은 소 같은 우복산을 낳고, 그 산이 뒷발이를 낳은 다음, 소의 뒷발에 해당하는 천혜의 명당은 사람들에게 길지로 회자되었다.

아무리 좋은 길지가 있어도 사람이 없으면 복지가 아니요, 길이 있어도 사람이 가지 않으면 길은 사라지고 만다. 우복산을 중심에 두고 농암은 큰 병화가 없는 축복의 역사를 이어 왔다. 그 역사를 잊고 사라지는 것도 가슴 아픈 일이지만 그냥 속리산 길의 일부분에 속해 등산객의 발도장만 기다리는 그것은 이름만 있지 찾아 주는 사람이 없는 초라한 골짜기가 될 뿐이다. 역사의 뒤안길에 가려져 있던 모습들이 이야기와 유적과 지명 등을 통해 실체가 드러나고, 그동안 전해오던 이야기들이 올바르게 정리되는 것은 매우 바람직한 일이다. 이 길은 우복동천 속에 우복소를 타고 천천히 가는 사색과 치유의 길이 된다.

이제 이 길의 이름은 '우복 뚜벅길'이다. 소 두 마리, 어미소(牛腹)와 새끼(牛伏)의 기운이 느껴지는 곳, 여기서 어미소와 새끼소의 품 중 누가 더 축복된 곳일까? 아무래도 젖을 빠는 새끼 소가 풀을 뜯는 어미 소보다 낫다고 볼 수 있다. 길지인 우복산을 중심에 두고 반구형으로 둘레를 도는 〈우복 9경〉을 구경하는 일은 〈고속천리〉의 길을 걸어가야만 하는 이 시대를 사는 우리들에게는 아주 좋은 체험의 〈우보천리〉 길이 될 수 있을 것이다. 복지 중의 복지인 우복 뚜벅길은 찾는 이들의 갈구를 충분히 해소시켜 주고도 남음이 있겠다.

17. 삼산이수(三山二水)가 지은 〈농암의 정자〉

정자는 사람이 모이고 머무는 곳이라 대부분 경치가 좋은 곳에 짓는다. 예로부터 시문을 즐기고 연회를 베풀거나 휴식을 갖는 장소로, 나라에 권력 다툼이 벌어지면서 많은 선비들이 낙향해 정자를 지었다. 정자는 거주가 아닌 짧은 휴식을 목적으로 하므로 건축물은 대부분 벽이 없고 문이 없이 개방되어 있으며 햇빛을 가리거나 비를 피하는 정도로 짓는다.

어찌 보면 매우 간단한 건축물의 하나이지만 그렇다고 대충 짓지는 않는다. 대개 나무기둥을 세우고 서까래를 얹은 다음 기와를 올려 장식하며, 사각형, 육각형, 팔각형, 십자형 등 다양한 모양을 갖는다. "사방이 확 트이고 텅 비어 있으며 높다랗게 만든 것이 정자"인데, 여기서 풍류와 한가함을 누렸다. 이규보는 정자가 사대부들의 지적 활동 공간으로서, 손님 접대도 하고 학문을 겸한 풍류를 즐기는 곳이라 했다. 그곳에는 여섯 사람이 있으면 좋다고 하였는데, "여섯 사람이란 거문고를 타는 사람, 노래를 부르는 사람, 시에 능한 스님 한 사람, 바둑을 두는 두 사람, 그리고 주인까지"라 했다.

정자가 고을에서 권력과 부의 상징으로 나타나기도 했으며, 선비들의 마음가짐이 부와 귀의 세속적 가치를 따르지 않는다고 하면서도 품격과 자존심을 높이기 위해 정자를 짓기도 했다. 조선의 지식인들은 각박한 정세와 인심을 피하여 산수가 아름다운 자연 속으로 들어가길 좋아했고, 그곳에서 정신적 즐거움을 찾았으며, 자연을 통해 삶의 지혜를 배우는 삶의 방식을 추구했다. 그런 영향으로 농암 고을 사람들은 자연에 순응하며 예로부터 우리 민족이 간직한 삶의 멋과 여유를 누리게 된 것이다.

특히 농암의 정자들은 단순히 경치 좋은 곳에 지어 풍류를 즐기는 목적으로보다는 특별한 목적을 띤 정자들이 많은 게 특징이다. 〈오괴정〉은 홍최식의 제자 68명이 스승을 기려 지었고, 〈사가정〉은 고을 내 유림 79명이 모여 암울한 일제의 탄압에 맞서 고을의 정신을 지키는데 뜻을 두었다. 〈윤하정〉은 김성의가 억울한 사연이 있어 이를 현감이 해결해 주지 않자 왕의 행차를 맞춰 신문고 격쟁으로 신원 해결한 것을 기념해 지었고, 〈진향루〉는 견훤정신을 되새기며 면민들의 휴식처로 제공하기 위해 지은 것이다. 〈병천정〉과 〈상강정〉과 〈영류정〉은 후학들을 열심히 가르친 송명흠과 신숙빈과 김락춘 선비가 후학들을 가르친 덕행을 기려 지었으니 보통의 정자와는 건립 목적이 좀 다르다. 〈사우정〉은 고산(高山), 유수(流水), 명월(明月), 청풍(清風)이라는 네 벗을 삼아 승경의 쌍용구곡을 경영한 민우식의 선친이 지은 정자로 관리되어 오고 있다.

▶ 삼산이수가 빚은 비경의 사우정(四友亭)

내서리 쌍용구곡(雙龍九曲)을 찾는 사람들은 이 정자를 만나게 된다. 삼산이수가 지은 정자라고도 말하는데, 그만큼 빼어난 승경을 자랑한다. 도장산(道藏山), 불일산(佛日山), 청화산(青華山)이라는 삼산이 모여 있고, 내서천과 쌍용천이 만나는 지점에 위치하고 있다. 암수의 쌍용이 모여 큰 소를 이루므로 용유라고 하고 작은 용추라고도 한다. 여기 정자 하나를 짓고 네 벗과 풍류를 나누니 도장산 도인이 내려와 시 한 수 권하게 되는 명소가 된다. 이 정자는 쌍용구곡을 경영한 화운(華雲) 민우식(閔禹植, 1888~1973) 선생의 선친이 지었다.

한 폭의 용강에 사우정 자리를 하는데	一幅龍岡 四友亭
세 산 모이고 두 시내 돌아 흘러가네	三山會合 兩溪嶸
이 땅 산과 시내에 구곡이 숨었구나	此地溪山 藏九曲
하늘이 일러 준 승지임이 분명하네	天教形勝 最丁寧

_〈민우식, 쌍용구곡(雙龍九曲)〉

3곡이라 우연은 물결이 거울같이 잔잔하고	三曲于淵 一鏡磨
천연의 오래된 돌들이 저절로 움집을 이루네	天然古石 自成窩
물결 잔잔하고 바람 고요하니 봄볕 따뜻한데	浪息風帖 春日暖
못에는 고기떼 이리저리 한가로이 노니노라	魚群閃恩 任委他

_〈민우식, 제3곡 우연(于淵)〉

▶ 고을 선비들의 애국 결사의 사가정(四佳亭)

율수리 감막 북쪽 산밑에 자리하고 있다. 농암고을 유림 79명이 1943년 유림계인 〈사가정회〉를 만들어 가경을 찾아 글을 짓고 단합을 꾀하다가, 1947년 4월 정자를 세웠다. 남전향약을 권하며 향리의 발전을 도모했는데, 덕업상권(德業相勸), 과실상규(過失相規), 예속상교(禮俗相交), 환난상휼(患難相恤)이라는 4대 강목을 내걸고 이를 지키려 노력했으니 일제강점기 하에서 새로운 희망을 여는 애향 결사조직이었다.

▶ 강릉최씨의 정려각이 있는 상강정(上江亭)

가은읍 전곡리 759-3에 소재한 정자로 신숙빈과 안귀손을 기려서 지은 정자다. 농암에서 가은 가는 방향으로 소양서원 가기 전 도로변 산자락에 위치하고 있다. 가파른 철계단을 오르면 정자에서 강 건너로 바라다보이는 들판과 소나무, 그리고 시원하게 불어오는 바람이 왜 이곳에 정자를 지었는지 짐작케 한다. 소양이란 지명은 호남성의 소상강 승경을 생각나게 한다. 넓은 들녘과 강가의 소나무는 한 폭의 그림처럼 아름답기 때문이다. 이 정자는 1890년 중수, 1996년 도로 확장을 위해 위로 옮겨서 지었다. 상강정은 전면에 흐르는 강이 내려다보이는 도로변 단애 위에 자리하고 있으며, 정자 오른쪽 전면에는 최씨 정려각이 있다. 정자는 정면 3면 측면 1칸 반으로 된 팔작지붕 기와집이고, 평면은 마루방을 중심으로 좌우에 온돌방을 둔 중당 협실형으로 구성되어 있다.

봉새와 황새 함께 날았으니	鳳凰于飛
화합하며 즐겁게 노래를 했지요	和鳴樂只
이제 봉새는 날아가 돌아오지 않으니	鳳飛不下

황새는 혼자 슬피 울어만 댑니다	凰獨哭只
머릴 긁으며 하늘에 물어봐도	搔首問天
하늘은 묵묵부답이네요	天默默只
하늘은 길고 바다는 넓은데	天長海闊
이내 한은 끝이 없네요	恨無極只

위 시는 먼저 세상을 뜬 남편^(안귀손, 신숙빈의 장인)을 애도하는 강릉최씨^(江陵崔氏)가 지은 '悼亡夫詞'^(도망부사, 죽은 남편을 애도하는 글)로, '신증동국여지승람' 권29 '문경현'에 실려 있다. 강릉최씨는 조선조 세종 때 이조참판 등을 지낸 최치운^(崔致雲, 1390~1440)의 딸이며, 그는 신사임당 외할머니의 할아버지다. 위 시를 지은 강릉 최씨는 신사임당 외할머니의 고모가 된다.

최씨는 영특하여 부친의 가르침을 직접 받았고, 주자학을 도입한 안향의 후손인 안귀손^(安貴孫)에게 출가했다. 안귀손은 군기사^(軍器寺) 사직^(司直)을 지낸 문사였는데, 1498년 무오사화 때 사위 신숙빈^(申叔彬)과 함께 문경 가은으로 은둔하였으며, 이곳에 상강정^(上江亭)을 짓고, 후진을 양성하다 세상을 떠났다.

그녀는 죽은 남편을 봉새, 자신을 황새로 비유하면서, 함께 노닐 때의 즐거움과 짝을 잃은 뒤 애끓는 심경을 대비해 표현했다. 하늘과 바다가 넓어도 끝이 있다고들 하지만, 남편 잃은 최씨의 한은 끝이 없었는지, 이 시를 남편 영전에 바친 뒤 곡기를 끊고 남편의 뒤를 따랐다. 하강정에는 이를 기리는 〈전곡리 열부 최씨의 비〉가 세워져 있다.

▶ 영류정^(映流亭)

전곡리 소양 마을, 들어서면서 우측 큰 은행나무가 있는 자리 조금 안쪽으로 정자 하나가 서 있다. 그 정자가 퇴계의 애제자인 김낙춘^(忍百堂) 선생이 세운 영류정^(映流亭)이다. 영강을 바라본다고 영류정이 아니라, 선생은 호남성 소상강의 빼어난 경치를 닮은 소양의 산수에 반해 소상강 같은 강물이 바라보이는 자리라며 영류정을 세웠다. 영류정 뒤에는 후손들이 선생의 유덕을 추모하고자 1710년경 지은 존승재^(尊承齋)가 자리한다. 건물의 세부는 퇴락했지만 전체의 단정한 품격은 남아 있다. 인백당은 원래 안동 가곡동에서 태어나 퇴계 선생의 문인으로 1545년 급제하였으나 벼슬로 나아가지 않고 벼슬에 누차 천거되었지만 사양하고 글 읽기와 후학 양성에만 전념했다.

존승재는 그런 선생의 유덕을 추모하기 위해 건립했다. 영류정과 존승재의 왼쪽에는 둥근 연못이 하나 있다. 별다른 장식 없이 몇 그루 나무만이 서 있지만 묘하게 마음을 흔드는 아름다움이 있다. 노니는 물고기 한 마리도 없는 물속에 영류정이 흐릿하게 들어앉아 있고, 그 연못을 돌아서면 또 다른 건물 하나가 물속에 들어서 두 개의 건물이 나란히 들어서는 비경을 품는다. 연못의 왼쪽에 자리한 건물이 바로 유서 깊은 소양서원^(蕭陽書院)이다.

물은 청산을 안고 산은 물을 안아서	水抱靑山 山抱流
거울 속 풍경은 가라앉았다가 떴다가	鏡中光影 共沈浮
백 년 동안 아끼고 숨겨둔 것 이제야 내보이니	百年慳秘 人相得
아름다운 아가씨처럼 감흥이 깊도다	嘉爾妙齡 趣味幽

_〈주세붕의 寄題暎流亭〉

희고 맑으니 일천 바위도 희고	皎潔千岩白
허명하게 한 방이 서늘하구나	虛明一室凉
그대가 그리워도 볼 수가 없고	思君不可見
달을 대하니 한 됨을 어찌 헤아릴꼬?	對月恨何量

_〈退溪 이황〉

▶ **구수재**^(龜壽齋)

전곡리 소양동 마을 앞 가운데 위치하고 있으며, 1610년 한천처사 신숙빈 선생의 재실이다. 처음에는 후손들이 묘소 아래 모옥^(茅屋)으로 세웠는데 이후 1812년에 기와집으로 다시 세우고 칸 수도 늘렸다. 선생은 신숭겸의 후손이며, 신사임당의 종조부로 주부와 사헌부 감찰, 거창현감을 지냈다. 이후 무오사화가 일어나자 선생은 관직을 버리고 가은으로 와 이곳에 정착했다. 이후 중종이 등극하여 선생에게 수차례 벼슬을 권했지만 그때마다 고사하였다 전한다. '산도 있고 물도 있는 곳에/영화도 없고 욕됨도 없는 내 몸일세/밭 갈며 하루해를 보내고/약초 캐며 청춘을 보내노라.'라는 시가 전해 오는데, 자족하며 사는 선비의 전원생활이 잘 그려진다.

▶ 화천정(花川亭)

전곡리 물뫼(水山)에 소재한 정자로, 1936년 풍양 花川 조즙을 추모하여 후손인 조보연이 세웠다. 화천은 선조 때 문과에 급제하여 삼사(三司)를 역임하고 이조판서를 지냈다. 보연은 문예가 출중하고 지극한 효성으로 부모를 섬겼으며, 흉년이 들면 많은 사람들을 구휼하였다.

▶ 신문고 격쟁 승소의 유적 윤하정

농암면 종곡리 뒷밭이 마을 산 중턱에 1946년 지어진 이 정자는 대정리 순천김씨 김성의 가문과 왕릉리 안동김씨 김병옥 가문이 뒷밭이 묘지 터를 두고 산송사건이 벌어진다. 당시 김병옥은 칠백 석 부자에다 안동김씨 권문세가였으니 모든 것이 경거망동과 안하무인이었다. 이에 김성의는 아들을 시켜 한양으로 올라가 임금 거둥 행차를 막고 억울함을 호소하는 신문고 격쟁 상소에 힘입어 10여 년간의 투쟁 끝에 승소하기에 이른다.

단순한 묘지 자리 하나가 아닌 수차례 수차례 귀양과 감옥을 오가며 명예와 목숨을 건 처절한 싸움을 벌였다. 결국 강자의 불의를 약자의 정의가 꺾었으니 이 장한 뜻을 기려 후손들이 지은 정자다. 문제의 그 묘지는 호랑이가 조부를 물어다 놓은 자리에 묘를 썼는데, 그 자리가 맹호하산형의 명당으로 그동안 김성의 가문이 5대 독자로 내려오다가 이 묘지를 수호한 뒤 자손이 크게 번성하였다.

구수재

영류정과 존승재

　정자를 지은 김상건은 상량식을 마친 그날 밤 꿈에 할아버지가 나타나 효성에 감사하다는 말씀을 하시고 11개의 대추를 주고 갔다고 한다. 정자를 지은 4년 뒤 6.25가 발발했고 전쟁의 확전으로 목숨 유지하기조차 어려워 또 대가 끊어질까 전전긍긍했다. 포성이 멎고 을미년⁽¹⁹⁵⁵⁾이 되었는데, 그해 당내에서는 이월 열나흘부터 건강한 사내아이가 태어나 웃음꽃이 만발하였다. 그리고 뒤를 이어 하나 둘 사내아이가 태어나더니 섣달 열하루가 되자 열한 번째 태어나는 아이까지 모두 사내였으니 그야말로 가문의 경사 중의 경사였다. 딸 하나 섞이지 않고 아들로만 열하나가 태어난 것은 조상이 내린 축복으로 태어난 것이며, 이 중에서 인물이 날 것이라 기대했다는 후일담이 전해 온다.

　그때 태어난 열한 명의 이름은 김왕희 김창희 김성희 김만영 김병국 김병탁 김병춘 김병중 김병은 김병규 김병호이다. 당시 경기고, 경북고, 대전고, 경남고 등 명문고를 나와 건강하게 열심히 잘 살고 있으니 이보다 더 큰 축복이 어디 있겠는가. 지금도 열한 명은 윤하정 시제에는 꼭 참석하며 조상의 음덕에 깊이 고개를 숙인다고 한다.

3부 잘 알려지지 않은 이야기 바로 듣기

01. 제2의 국채보상운동을 벌인 〈성산조합〉

일제에게 빼앗긴 나라를 되찾고자 성산조합을 창설해 제2의 국채보상운동을 벌인 김상건(1881~1972, 경북 문경 출생)은 어린 시절 몸이 허약하여 잔병치레를 했지만 끊임없는 면학으로 시문과 한학에 능했다. 일찍이 주위에서 재능을 인정해 별도로 스승을 정해 사사를 받게 되었고, 속리산 구병곡으로 들어가 2년간 유학하는 등으로 지역에서 손꼽는 문사가 되었다. 그의 삶을 변화시킨 사건 중 하나는, 16세 되던 1896년 2월 25일 운강 이강년 의병대장이 농암 장터 개바우에서 밀정자 3명을 효수한 것을 목전에서 보고 경악하면서 나라와 애국이 무엇인지를 진지하게 고민하게 된다.

이후 시국이 더 혼란을 거듭하더니, 급기야 1905년 을사늑약을 체결한 후 일본이 대한제국의 식민지화에 박차를 가해 나갔다. 특히 대한제국에게 의도적으로 거액 대출을 해 주고 채권을 통해 나라를 빼앗는다는 사실을 안 후 그는 깊은 슬픔에 빠진다. 2년 뒤인 1907년 2월, 대구에서 서상돈 등이 국채 1,300만 원을 갚고자 〈국채보상운동〉을 벌이기 시작했고, 〈국채보상기성회〉가 상주에도 조직되면서 문경에는 〈수합소〉가 생겨 김상건은 이에 적극 동참하게 된다. 이 운동은 주로 식자층이 선도해 나갔고, 시작 3개월 여만에 모금 설정액에 도달하게 된다. 하지만 1907년 말 일진회와 일본제국 등의 방해로 모금이 더 진척되지 않자 다시 절망에 빠진다.

그는 국채보상운동이 좌절되자 나라를 위해 자신이 할 수 있는 일이 무엇인가에 천착하게 된다. 그러다 생각해 낸 것이 '국력 부강을 위한 힘은 부력(富力)에서 나온다.'는 점에 착안, '저축 증대를 통한 구국운동' 방안을 세운다. 1911년 9월 25일 문경에는 〈문경금융조합〉이 설립되었지만, 그곳은 농암에서는 가은과 마성을 지나야만 되는 상당히 먼 거리에 위치하고 있었다. 이에 농암 지역에도 금융조합이 필요함을 인식하고 본격적으로 지역 어르신인 정병묵, 친구 권태혁 등과 은밀히 계획을 세워 나간다. 결국 조합의 창설 운영으로 국부를 축적해 나가는 것만이 민족 독립과 번영을 꾀하는 구국의 길임을 인식한다. 조합의 사무는 절친이자 업무 능력을 갖추고 있는 권태혁과 서로 분담 시행키로 하는 등 사업 설계가 구체화된다.

　일제 초기 주요 행정 허가 권한은 문경군수가 거의 전권을 쥐고 있었으므로, 김상건은 당시 문경군수인 성도식에게 허가를 받아야만 했다. 하지만 조합 창설에 대해 군수가 허가해 준다는 보장이 없었으므로 이를 성공시키고자 선 준비 후 인가가 더 낫다고 판단했다. 하여 먼저 조합 업무를 수행할 사무실을 마련하고 자본금과 조직 운영 등의 기본 시스템도 구축하였다. 그런 연후에 왜 금융조합을 창설 운영해야 하는지 그 뜻을 담은 〈성산조합 취지소서〉를 심혈을 기울여 만들게 된다. 그는 취지소서를 완성한 다음, 군수를 찾아가 문경에는 금융조합이 1개소밖에 없어 가은 농암 지역 주민들은 생존이 위협받을 수밖에 없다며 그동안 조합 창설을 위해 사무실과 운영 시스템 등을 모두 갖추었다고 호소하자 군수가 이에 찬동하며 영업 허가를 내주었다. 당시 문제는 영업 허가 기간이었는데, 군수가 10년을 허가해 주겠다고 했으나 초기 조합 여건이 너무 열악하여 자리잡는데 상당 기간이 필요하므로 10년은 너무 짧다고 설득해 15년으로 승인을 받아냈고, 다만 만기가 되면 연장 여부를 재검토하여 처리하는 것으로 합의했다. 〈성산조합취지소서〉는 김상건이 국채보상운동의 취지서 내용을

농암금융조합 출자증권

참고해 직접 작성했는데, 문경군수는 그것을 그대로 인용한 문건으로 작성, 공인까지 날인 교부해 주어 성산조합 영업을 개시하게 된다.

김상건은 조합 운영에 서상돈 등이 진행했던 국채보상운동 방법을 상당 부분 본받았다. 그것은 첫째는 〈취지문〉을 무엇보다 잘 만들어야 한다는 것, 둘째는 사람들에게 적극적인 홍보를 하여 의연금을 최대한 많이 모아야 한다는 것, 셋째는 안정적으로 수익을 증대하기 위해서는 토지를 매입해 임대이자 수입을 늘리는 것 등이었다.

조합은 적극적인 운영을 통해 점점 자본금을 늘려 갔는데, 가능한 다수 주민에게 저리의 대출을 해 주고 그 이자를 받는 방법으로 조합과 조합원이 상생하는 관계를 구축해 나갔다. 특히 국채보상운동에서 배운 〈자본을 불리기 위해 수합된 의연금으로 토지를 매입하고, 토지 임대차를 통한 이자 수입을 다시 적립〉하여 수익을 늘이는 방식을 도입했다. 그리고 조합 업무를 선진화하기 위해 차남인 김일영(1905~1970)을 서울로 유학을 보내 〈실천부기전수학교〉에서 주산 1급과 상업부기를 배워 오도록 하여 새로운 경영 플랜을 추진하면서 더욱 박차를 가했다. 하지만 창립 초기에는 일제 간섭과 탄압이 미미했으나, 점점 조합원 수가 늘고 사세가 확장되자 조합 운영자금이 독립운동 자금 등으로 흘러갈 소지가 있다고 보고 감독을 실시하는 등 통제가 강화되었다.

김일영의 실천부기전수학교 졸업사진(1925)

게다가 군수는 다른 지역은 일제의 수탈기구로 관 주도의 금융조합을 신설할 수 있었지만 농암 가은 지역은 이미 성산조합이 자리잡고 있어 이로인해 난감한 처지에 놓였다. 어디까지나 군수가 영업을 하도록 이미 정식 허가를 해 주었으니 갑자기 허가 기간

내이므로 중도에 조합을 해산시킬 수도 없었다. 1928년, 조합 허가기간 만기가 도래하자 군수가 그 영업 기간을 연장해 줄 리 없었다. 김상건이 수차례 간곡히 요청했으나 새로 바뀐 군수는 이를 단호하게 거절했다. 하는 수 없이 눈물을 머금고 그동안 불린 재산의 대부분인 토지 3천여 두락을 매각하여 조합원들에게 나누어 주는 절차를 신속 진행할 수밖에 없었다.

  당시 지역민들은 기본 생계를 유지조차 어려운 곤궁한 식민지 시대여서 갑자기 매물로 나온 엄청난 규모의 토지를 매입할 수 없었다. 저가에 내놓았음에도 매수자가 나타나지 않더니 어느 날 일제의 자금 지원을 받는 친일파들이 토지를 매입하려 접근해 왔으나 이를 거부할 명분이나 다른 대책이 없었다. 결국 가슴 아파하면서도 어쩔 수 없이 그들과 저가에 계약을 체결했고, 토지 대금도 분할 상환방식으로 진행되었다. 그해 말 조합원 회의를 거쳐 1차 토지 매각으로 받은 대금을 조합원 102명에게 각각 55환씩 균

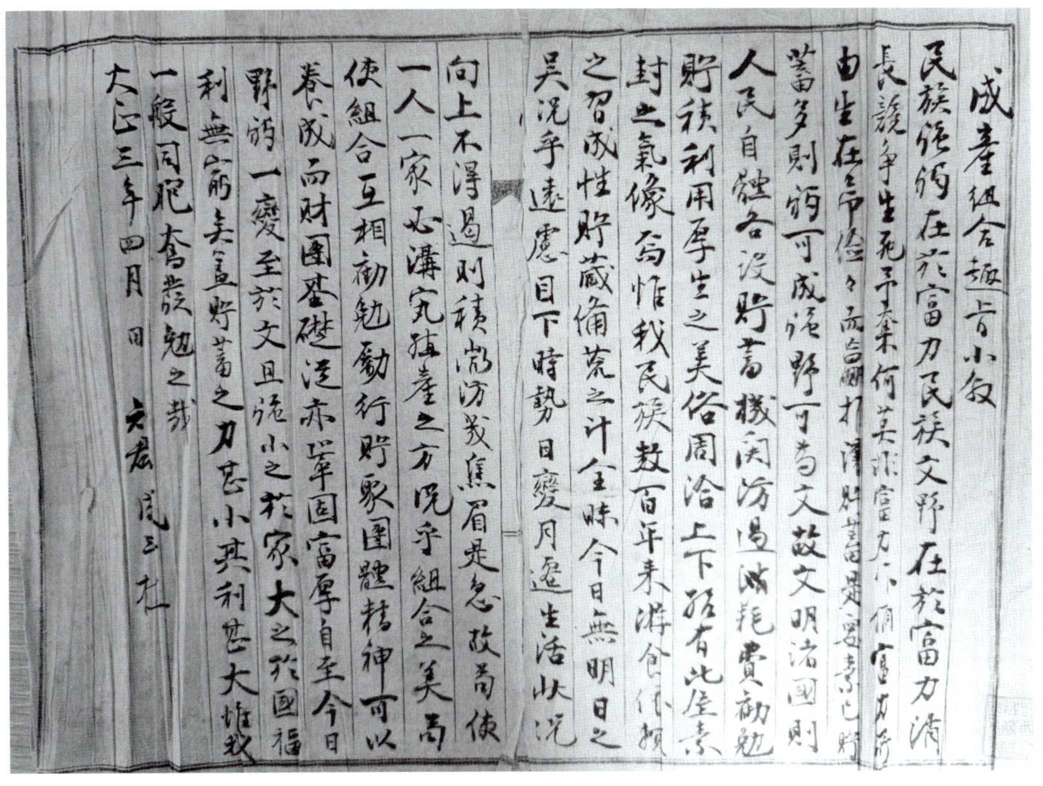

성산조합취지소서(문경군수): 허가증

등 배분했다. 그 후 매각 잔금으로 받아야 할 대금 8, 9백여 환은 매수자가 흉년을 핑계대고 차일피일 미루더니 나중엔 협박을 병행하며 끝내 토지 대금마저 수탈하였다.

결국 조합의 시작은 좋았으나 끝은 일제에 의해 억울하고 무참하게 침탈당하고 말았다. 그것은 약자의 설움이자 식민지 국민이 겪는 숙명적 비애였다. 하지만 당시 궁벽한 고을에 금융조합을 창설하여 절망하고 있는 주민들에게 어느 정도 힘이 되고 한 줄기 빛이 된 기능과 역할로 민생과 지역 발전에 상당한 기여하였다.

이 취지소서는 〈제2의 신국채보상운동〉으로, 단순히 조합과 조합원을 위한 영리 목적이 아닌 저축을 통한 국가 번영으로 이 나라의 독립을 이룩해 보다 부강하고 자랑스런 문화국가가 건설되어야 한다는 내용을 담고 있다. 구한말 계몽운동가였던 김상건의 남다른 애국정신과 특별한 자강불식(自强不息)의 기상을 이 취지소서 발굴을 통해 확인할 수 있다. 일제강점기 암흑의 시대에 새로운 희망과 구국을 위한 활동인 성산조합 창설의 의미를 여기서 새롭게 되새겨 볼 수 있다.

02. 나라를 지켜 낸 애국 의인들

"의병의 고장에서 의병이 나온다."는 말이 있다. 우리나라 독립유공자의 14% 정도가 경상북도에 거주하고 있고, 그중 운강 이강년 의병장과 도암 신태식 의병장, 민순호 의사 등 많은 의인을 문경에서 배출하였으니 애국 DNA가 흐르고 있는 고장이라 할 수 있다. 의병(義兵)이란 나라가 외적의 침입으로 위급할 때 국가의 명령을 기다리지 않고 민중이 스스로 의사에 따라 적과 대항해 싸우는 구국 민병으로 나라에 의지하지 않고 우리 땅은 우리가 지켜 낸다는 정신으로 백성들이 자발적으로 나서 싸운 것인 만큼 그 정신은 높이 기려야 마땅하다.

 문경 지역에서 의병과 관련 있는 성지를 꼽으라면 대정공원과 개바우를 들 수 있다. 대정공원은 의진을 치는데 최적의 장소였고, 개바우는 시장이 열리는 날에는 각 지역에서 몰려온 사람들이 많아 죄인의 공개 처형장소로 적합했다. 개바우 천변 부근으로는 예로부터 농암장이 5일마다 형성되어 많은 사람들이 모였는데, 그 이유는 사현과 은척, 가은과 가항, 삼송과 궁기, 화북과 화산에서 오는 네 방향의 길이 만나는 교통의 요충지인 데다 견훤산성이 있는 천마산이 해자형의 요새지로 되어 있어 마땅히 지름길이나 우회로도 없으니 이곳 농바우를 지나지 않으면 통과할 수 없으므로 자연히 장시가 열릴 수밖에 없었다.

 1895년 12월 도암 의병장은 일제 단발령과 명성황후 시해에 분개하여 의병을 창의하면서 일본 첩자인 강용이와 김골패를 농바우 장터와 접한 개바우(우시장)에서 총살한 후 참수한 머리를 나뭇가지에 걸어 두고 지나는 사람들이 보게 하였다. 1896년 2월 25일

운강 의병장 역시 창의를 위해 개바우에서 밀정자인 김석중 외 2명을 효수하자 유생과 농민이 찾아와 의병이 되겠다고 600여 명이 모여 대정공원에 의진을 친 다음 익일 출정을 개시하였다. 1896년 3월 28일 지산 의병장도 출병하여 군사들의 사기가 땅에 떨어져 진군이 어렵자 대정공원에 의진을 치고 일박하면서 군사들을 재결집한 다음 출정에 나설 수 있었다.

개바우 부근은 영적 기운을 뿜어내는 서기가 있어 함부로 이곳을 범하지 못하는 소도와 같은 지역으로 인식되어 왔으며, 나라가 국난에 처할 때마다 개바우에서 위기를 알리는 울음소리를 들려준다고 했다. 이 전설이 주변 지역까지 널리 소문이 나자 목숨을 걸고 대사를 결행하는 의병장들이 이곳을 찾아 첩자들을 효수하거나 의진을 치고 영험한 기운을 받는 등 단결과 수련의 시간을 가졌다.

이런 연유로 이곳은 의병 활동을 나서려면 반드시 거쳐야 하던 성지였으나 지금은 의병이 남긴 역사의 현장이 초라한 바위 하나와 삼백오십 년 동안 역사의 소리를 바람으로 전해 주는 대정 공원의 낙락장송이 송림 숲을 이루고 있을 뿐이다. 이러한 항일은 단순히 일본과 맞서 싸운다는 차원을 넘어 우리 민족정신을 지키고자 백성들이 자발적으로 결사 항전의 결의를 도모했다는 점을 높이 평가할 수 있다. 이강년 의병장이 아들에게 마지막 남긴 "너의 아비는 평생 혈충을 품어 나라를 위해 죽고자 하였다. 이제 뜻대로 되었으니 무슨 여한이 있느냐."는 유언이 그의 담대한 기개에 가슴이 처연해지지만 대정 송림의 기운을 받은 그는 "의병은 죽지 않고 다만 잠시 사라질 뿐이라."는 생각을 갖게 한다. 대정공원과 개바우를 단순한 자연물의 일속으로 치부하지 않고 의병장들의 역사와 의인, 그리고 대정공원을 지켜 내기 위해 목숨을 건 항일 투쟁 역사였던 것이다.

▶ 선유동에 어머니를 모시고 중산으로 간 중봉 조헌(重峰 趙憲)

우리나라 의병운동은 역사상 크게 3번으로 나누어지는데, 첫 번째 임진왜란, 두 번째 병자호란, 세 번째가 일제 침략기이다. 외침을 받아 나라가 위급할 때 백성들의 자발적인 조직으로 나라를 구하는 자위군은 특별한 충성심이 수반되지 않으면 싸움에서 이기기 어렵다.

우리 의병 역사에서 손꼽히는 인물 중 한 사람이 중봉 조헌(1544. 6. 28.~1592)이며, 그는 유학자이자 의병장이다. 조선 중기의 문인으로 관직에 있으면서도 불의를 보면 참지 못하고 상소해 그로 인해 파직을 당한 적이 한두 번이 아니었다. 그럴수록 그의 불타는 정의감과 정확한 판단력은 더욱 빛을 발했다.

1592년 1월 대마도에 주둔한 왜군의 움직임을 보고 형조 판서 이증(李增)에게 편지를 보내 군사가 서쪽으로 침입하지 않는다고 말할 수 없는데 용맹스런 장사로서 지킬 만한 자를 헤아려 보건대 서너 명도 없는 형편이다. 의주 목사 김여물은 활을 쏘고 말타는 재주가 뛰어났다고 세상에 일컬어지고 본래 성품이 충성스럽고 의로운 자이다. 그런데 직무를 수행하던 중 조금 잘못이 있다고 하여 장차 법에 의해 제거하려고 한다. 강적이 주위에서 호시탐탐 엿보고 있음에도 우리 장사(壯士)에게 형벌을 가한다면 어찌 명철한 군주가 되겠는가. 바라건대 그를 군영에서 오랑캐를 방어하게 맡긴다면 한 대의 화살로 적의 괴수를 쏘아 죽여 1만 군대를 휩쓸어 버릴 수 있을 것이라 간청했으나 끝내 받아들이지 않았다.

그 뒤 얼마 되지 않아 임진왜란이 발발하자 중봉은 보은에서 의병 활동 중 잠시 전열을 정비하기 위해 며칠간 다락골 중산 아래 의진을 치고 머문다. 그리고 이곳에서 자신을 따르는 의병들과 나라를 위해 목숨 바칠 것을 다짐하는 〈임진결의〉를 한 후 어머니부터 먼저 안전한 장소에 모시기로 한다. 이때 어머니를 모신 곳이 바로 가은 선유동(仙遊洞)이다. 어머니와 선유동에서 마지막 작별을 고하고 의진으로 돌아가기 위해 이동하는 노정은 가은에서 농암 가항리 고개 또는 배너미고개를 넘어 내서리 다락골로 가는 동선이다. 그런데 거사를 벌일 때는 부모 산소나 종묘사직에 제사를 지내는 것처럼 그가 아무도 범접하지 못하는 신성한 호국 성지인 개바우를 그냥 지나치지 않았음을 쉽게 짐작할 수 있다. 이미 파죽지세로 북진하는 적의 기세를 보고 벌써 관군은 겁을 먹고 도주하기에 급급하고 임금마저도 도성을 버리고 북으로 몽진하는 소식에도 기죽지 않는 비결이라면 영험한 기운을 내려 주는 개바우에서 옷깃을 여민 채 잠시 기를 받는 일을 어찌 하지 않았겠는가. 아마도 그때 개바위는 나라가 위기에 처하였으므로 중봉에게 국난을 알리는 울음소리와 함께 용기와 신통력을 넘치도록 부어 주었을 것이다.

조헌이 머물던 〈중산〉 원경

좋은 기운을 듬뿍 받은 그는 내 서리 쌍용천을 건너 다락같이 생긴 골을 지나 산첩첩 물청청한 골짝에 자리한 의진에서 새로이 진군 계획을 수립한다. 지금 왜적에게 짓밟히고 있는 강토와 백성들이 겪는 수난에 분개하고 안타까워하면서 심호흡을 크게 한 후 의미심장한 결의를 다진다. 그때 바로 눈앞에 자신을 안온하게 품어 주는 무게감이 느껴지는 산 하나를 오래 주시한다. 그 산이 도장산 준령에 우뚝 자리한 중산(重山)이다. 심히 세상이 어지럽고 마음이 흔들릴 때마다 그에게 큰 힘이 되어 주는 건 역시 자연이 아니던가.

고향인 김포에서도 파직되어 쉬고 있을 때 한강이 보이는 감암포에서 휘늘어진 버드나무를 보고 시조 한 수를 읊으며 힘을 얻지 않았던가. "지당에 비 뿌리고 양류에 내 끼인 제/사공은 어디 가고 빈 배만 매였는고/석양에 짝 잃은 갈매기만 오락가락하더라."의 시조에다 강이 아닌 중산을 넣으면 그의 마음의 심지가 다시 밝은 빛을 발할 것이었다. 그래 내겐 오직 한 번의 죽음만 있을 뿐이니, 저 산처럼 흔들리지 않는 철통같은 신념으로 이 땅을 지키며 하늘을 우러러 위풍당당하게 서는 장수가 되리라 다짐한다. 이런 중봉이 이끄는 기세등등한 의병들과 그의 결의에 감복한 고을 사람들이 중봉의 호를 따서 중산(重山)이라 이름 짓는다. 그러자 그는 명장답게 고을 사람들의 소망과 격려의 마음을 겸허히 받아들이며 자신이 중산처럼 우뚝 일어서서 강토를 지켜 내는 최고 의병장이 되리라 결심한다.

이후 1592년 5월 3일 청주에서 이우, 이봉, 김경백 등과 만나 밤을 새워 가면서 의병을 모집하는 격문을 작성하여 요로에 보낸다. 하지만 청주에서 다수의 의병 모집에 실패한 그는 옥천으로 가 전승업, 김절, 김약, 이우, 전충남 등과 모여 의병을 모으고 우선 인근 지역의 왜적부터 소탕한다. 이때 왜군은 청주에서 진을 치고 있어 관군이 여러 번 패하였는데, 승장(僧將) 영규와 함께 청주성을 수복하여 충청도 공략의 본거지를 탈환하는 등 큰 전과를 세웠다. 곧이어 의주로 북상하기 전 관군의 시기와 방해로 흩어지고 남은 700명의 의병을 이끌며 그의 군사는 역전 분투하여 왜군에게 큰 손해를 주었으나 끝내 많은 수를 대적하지 못한 채 중봉과 7백 의사들이 전멸하고 만다. 그러나 그는 장렬하게 순국했어도 그의 정신은 개바위의 전설처럼 변함없이 오늘날까지 맥맥히 살아 있다.

▶ 농바우 장터에서 일제 앞잡이를 처단한 운강 이강년(雲崗 李康秊)

운강 이강년(1858~1908)은 가은 도태리에서 출생하였다. 22세에 무과에 급제하여 부사과(副司科) 및 선전관(宣傳官)을 지냈다. 1884년 10월 갑신정변이 일어나 일제의 침략과 친일파 행동에 분개하여 벼슬을 버리고 낙향하였다. 그는 가은에서 성장했지만 의병 창의의 출발점은 농암의 개바우였다. 그 이유는 여러 가지가 있겠지만 신성시하는 개바우의 참배와 대정숲의 용이한 의진, 그리고 화북과 삼송과 은척과 가은 등 여러 지방에서 많은 사람들이 운집할 수 있는 최적의 장소인 점을 고려하였기 때문이다.

1894년 동학혁명이 일어나고 이어서 청일전쟁, 갑오경장이 잇달아 일어나 일제는 혁신이란 미명 아래 우리 정사를 간섭하게 된다. 1895년 10월 일인들이 궁궐을 침범해 명성황후를 시해하고, 12월 단발령을 내리는 등 내정간섭에 통분을 참을 수 없던 이강년은 의병을 일으켜 일인들을 소탕하고자 분연히 일어서게 된다.

1896월 2일 운강은 고향인 문경 땅에서 의기를 들어 일제 앞잡이였던 안동관찰사 김석중과 그의 부하 이호윤, 김인담 등 서울로 도망가던 3명을 충북 관평에서 생포하여 농바위장이 서는 장날을 택해 개바우에서 수많은 주민들이 보는 가운데 목을 베어 효수하였다. 개바우에서 운집한 군중을 향해 이들의 매국 행위를 낱낱이 폭로하고 전국 경향 각지에 창의격문을 보냈다. 격문의 요지는 일인이 국모를 시해한 데 대한 의분과 머리를 깎고 복색을 변하게 한 단발령에 대한 항거와 국토를 강점하고 침략한 데 대한 국권 회복의 의지 등이었다.

이후 운강은 일본군과의 수많은 전투에서 혁혁한 공을 세워 나라에서는 그에게 1907년 밀지를 보내 도체찰사에 봉하여 종사와 국토를 보존할 것을 당부하였다. 구한말에 자신의 안위를 뒤로 한 채 의병을 이끌고 13년이란 긴 세월동안 일본군과 싸워 항일전쟁사에서 불멸의 공적을 남겼다.

끝내 1908년 6월 4일 청풍 금수산전투에서 발목 부상을 당해 애석하게도 일본군에게 체포되자 '탄환이여 너무나 무정하도다/발목을 상하여 더 나아갈 수 없구나/차라리 심장이나 맞았더라면/욕보지 않고 저 세상에 갈 것을'이라는 탄식의 글을 남긴다. 그리고 옥중에서도 조금도 굽히지 않고 일본인과 일본의 앞잡이 노릇을 한 조선 관리들을 추상같이 꾸짖고 의연하게 세상을 떠났다.

▶ 문무를 겸했던 의병대장 도암 신태식(島菴 申泰植)

도암 신태식(1864~1932)은 민지리(섬안)에서 평산신씨 신명하의 장남으로 태어났다. 오랫동안 문경에 거주한 선비 가문의 후손으로 평소 곧은 성품으로 한학에 조예가 깊었고 빼어난 문장가였다. 1895년 12월 명성황후 시해로 을미의병이 전국에 걸쳐 일어났을 때 32세의 나이로 의병을 모아 밀정혐의가 있던 가은의 김골패와 상주의 강용이를 붙잡아 농바우 장터(개바우)에서 총살, 효수하여 목을 대정숲 초입에 걸어 두었다. 그때 총은 어디서 어떻게 구했는지 알 수 없으나 사전에 상당히 체계적으로 조직화된 의병 활동을 준비했던 것으로 판단된다.

1902년에 곧은 성품과 빼어난 문장으로 통훈대부 중추원 의관이 되었으나 1907년 제2차 한일협약이 체결되자 공직을 버리고 낙향, 향리인 농암에서 의로운 횃불을 높이 올려 다시 나라를 되찾는 싸움에 앞장섰다. 그리고 향리 농암에서 의병을 일으킬 때 국권 회복을 위해 총궐기하자는 〈창의가〉를 지었다.

의병을 일으킨 후 운강 이강년과 합진, 문경 갈평에서 적을 치고 단양에서 깃발을 정돈하여 울진에서 희천까지 남북을 누비며 무수한 적을 무찔렀으나, 1908년 포천 영평

면 이동리 전투에서 흉탄을 맞고 적에게 체포되고 만다. 1909년 경성재판소에서 교수형을 선고받았으나 영평 면민들이 애석히 여겨 진정하므로 무기형으로 감형되었다가 재차 호소하여 10년형으로 감형되었다.

1918년 1월 19일 출감한 후 1920년 3월 김천에서 〈대한독립 후원 의용단〉을 조직하여 경상북도 단장에 선임되었다. 같은 해 10월 만주 서로군정서와 연락하면서 농암의 서상업과 군자금을 모금하는 등 국내에서 독립군을 지원하는 활동을 하다가 1921년 겨울 일제에 기밀이 발각되어 다시 구속되었다.

1922년 12년 28월 대구 감옥에서 옥고를 겪은 뒤 그 후유증으로 69세에 별세하였다. 묘소는 섬안 마을이 내려다보이는 농암천 건너 갈동리 산에 있다. 1968년 정부에서 건국훈장 국민장을 추서하였고, 그의 뜻을 길이 전하고자 1968년 정부와 일반의 성금으로 점촌 모전동 시민운동장 앞에 도암 기념비를 세웠다.

▶ 연천리 독립투사 벽송 서상업(碧松 徐相業)

벽송 서상업(1872~1945)은 농암 연천 출생으로 1920년 신태식, 김찬규 등과 함께 대한독립 후원 의용단을 조직하였다. 신태식은 경북단장으로, 김찬규는 경남단장, 서상업은 재무국장에 추대되어 의용단의 재정과 군자금 조달에 진력하였다. 그는 당시 만주방면에서 독립투쟁을 전개하고 있는 무장독립군을 후원하기 위해서는 군자금을 보내는 것이 가장 긴요하고 시급한 것으로 판단하고 경남북 지방의 토호들로부터 군자금을 수집하기로 하였다.

벽송은 신태식, 김찬규 등과 협의하고 만주의 무장독립단체인 서로군정서와 연락하여 군정서의 명의로 발행된 군자금 모집 위임장과 사형선고장, 임시정부의 독립선전에 관한 경고문 및 독립신문을 받아 오고 또한 군정서의 김응섭으로부터 권총 1정과 탄환 14발을 받았다.

이로써 준비가 끝난 의용단에서는 1922년 1월부터 11월까지 경산, 청송, 안동, 영일,

영천, 영덕, 창녕 등지의 부호들에게 군자금 37만 원을 내놓을 것을 요구하는 군자금 요구서와 이에 불응시는 사형에 처한다는 사형선고장을 보내고 각지의 동지들로 하여금 자금을 징수토록 하였다.

그는 자진해서 사재를 털어 군자금으로 만주와 상해로 보낸 까닭에 많은 가산을 모두 독립운동자금으로 바쳐 가족들의 생계조차 어렵게 되었다. 그러나 일부 토호의 밀고로 결국 왜경에게 탐지되어 몇 명의 단원이 체포됨으로써 의용단원들이 모두 체포되는 비운을 당했다. 서상업은 대구형무소에서 1년의 옥고를 치르고 고향으로 돌아와 두문불출하면서 해방의 날을 기다리며 병고와 싸우다가 해방을 맞은 1945년 향년 73세로 별세하였다.

▶ 대정숲 수호신에게 기를 받은 지산 이기찬(止山 李起粲)

지산 이기찬 선생(止山 李起粲, 1853. 10. 12.~1908. 1. 13.)은 청송 출생으로 문경 출신 의병장인 운강 이강년 선생과는 숙질간이다. 1896.2.10 김천 금릉향교에서 허위, 조동석, 강무형 등과 거병하여 금릉을 점령, 김산의병을 일으키고 대장에 추대되었다.

이후 대구부 진공 계획을 세웠으나 관군이 먼저 출동하여 자신의 의진(義陣)의 하나였던 성주진(星州陣)을 공격하고 또한 적이 연합하여 대공세를 펴게 되자 그의 진공 계획은 뜻을 이루지 못하였다. 같은 해 4월 황제가 해병(解兵) 명령을 내리자 해진하지 않으면 안 되어 어쩔 수 없이 의병을 해산하고 금천으로 돌아왔다. 정부에서는 지산의 공훈을 기려 1993년 건국훈장 애국장을 추서하였다.

「지산유고」에 수록된 자료에 의하면 지산이 김천에서 거병한 후 대장으로 추대되어 대구부를 진격하고자 하는 과정에서 군사들의 사기가 떨어져 전의가 상실되어 가자 의병의 성지인 대정공원을 찾는다. 싸움에서 승리를 하려면 사기가 무기보다 더 중요하므로 이 숲의 수호신에게 승리의 기운을 받고자 하였다. 1896년 3월 28일 그는 운강과 도암이 의병 출병을 시작한 성지로 군사를 이끌고 와서 대정숲에 의진을 치고 군사들의 사기를 진작시키는데 성공한 것을 확인하게 된다.

○ **丙申年**(1896) **三月 二十八日**

二十八日 移陣于聞慶大井 去倭站才五十里 招諭諸將曰 吾輩用兵出於不已 而志在撥反 撥反不得 則非徒無益 此去彼站不遠 諸軍其從我進取乎 皆曰 彼强我弱 鋒不可當 俄而濃雲密布 雨下如注 非進趨之時也

1896년 삼월 이십팔일 陣(진)을 聞慶(문경) 大井(대정)으로 옮겼다. 倭(왜)의 驛站(역참)과의 거리가 겨우 五十里(오십리)였다. 여러 장수들을 불러 깨우쳐 말하기를 '우리들이 그만둘 수 없음에 의병으로 나왔고, 어지러운 세상을 바로잡아 정도로 돌아감에 뜻이 있으니, 난세를 바로잡아 태평한 세상으로 돌릴 수 없으면, 다만 이익이 없을 뿐만 아니라, 이곳과 저들(倭軍) 驛站(역참)과의 거리가 멀지 않으니, 제군들이 나를 좇아 나아가 왜적들을 취하겠는가?' 諸將(제장)들이 다 말하기를 '저들(日本軍)은 强(강)하고 우리(義兵)는 弱(약)하여 날카로운 기세를 당해낼 수 없습니다.'라고 하였다. 갑자기 짙은 구름이 빽빽하게 널리 퍼지고 비가 내리는데 마치 물을 퍼붓는 것과 같아 군사가 前進(전진)할 때가 아니었다.

余乃仰天歎曰 自八月以後 忠憤所激 有出位之思 而提兵數朔 內自相攻 幺麼小賊 容在垣墉 其於十八强國 何且乘輿播越 逼於外夷 哀痛之詔 反爲飭諭 有志之士 陷於無名功成之前 措躬無地 顧此不佞 欲赴鬪以死 則人不從我 欲歸家安業 則生不如死 寧桴海竄林 待諸君報捷之日 是所望也 此間有子房 願諸君往見之 乃投書于柳兄建一 全付士卒 則建一以其從祖梁山丈 仗義一門 兩擧有所如何云 固不可强

내가 이에 하늘을 우러러 탄식하여 말하기를 '팔월 이후부터 충성심과 분개함으로 소용돌이치는 바 자리에서 나올 생각이 있어서 군사를 거느리고 數朔(수삭) 안에 몸소 다스린 일들이 보잘것없이 매우 적다. 작은 도적들의 모습은 그 十八强國의 담 안에 있으며, 어찌 또한 임금의 수레가 도성을 떠나 난을 피하여(俄館播遷) 오랑캐에게 핍박을 당하는가? 애통한 詔書(조서, 詔勅)는 도리어 勅諭(칙유, 임금이 몸소 타이르는 말)가 되었다. 뜻이 있는 선비는 명분이 없음에 빠지게 되었고 성공하기 전에는 몸 둘 곳이 없다. 이곳을 돌아보고 내가 나아가 싸워서 죽자고 하면 사람들은 나를 따르지 아니하고, 집으로 돌아가 편안 하게 생업에 종사하자고 하면 사는 것이 죽는 것만 못하다고 하니 차라리 뗏목을 타고 바다를 떠돌아다니듯 流浪^(유랑)을 하고 숲속에 숨어서 제군들이 원수를 갚고 승리하는 날을 기다리는 것, 이것이 바라는 바이다.'

▶ 이강년 의병장 참모관으로 활약한 신경희(申景熙)

신경희 선생^(申景熙. 1849. 3. 5.~1907. 12. 23.)은 농암 종곡 출신이며 한말의 의병으로, 본관은 평산^(平山). 본명은 목희^(穆熙), 별명은 명희^(明熙)이고, 자는 덕현^(德賢)이다. 그는 1895년^(고종 32) 을미사변에 격분하여 이듬해인 1896년 정월 의병장 이강년^(李康埏)의 휘하에서 참모관으로 종군하였다. 그해 2월 25일 안동의진에게 쫓겨 도주 중인 안동관찰사 김석중^(金奭中)과 이호윤^(李浩允)·김인담^(金仁覃) 3명을 체포, 참수하는 데 일익을 담당하였다. 4일 뒤 문경 마고성^(麻姑城)에서 적을 맞아 일명 '할이전전투'를 전개하였으나, 병력의 열세로 패전하였다. 이때 그의 신분이 드러나 고향의 본가가 관군에 의하여 불태워졌고, 이로 인해 인근 십여 호까지 전소되었다.

그 뒤 1907년 단양에서 재차 이강년의 의병부대에 참가하여 단양의 복상곡^(復上谷)에서 일본군과 교전하다가 오른쪽 어깨에 총탄을 맞고 적에게 생포되었다. 압송되어 가던 중 도주하여 산중에서 은신 생활을 하며 가료 중 사망하고 말았다. 정부에서는 공훈을 기리어 1990년에 건국훈장 애국장^(1977년 건국포장)을 추서하였다.

▶ 애국 청년을 모집하여 훈련시킨 신철균(申喆均)

신철균^(1888~1962)의 본관은 평산^(平山), 신홍열의 장남으로 선곡리에서 태어났다. 만주에서 무관학교 설립에 참여하고 의병, 이주민 등 애국 청년을 모집, 훈련시켜 군대를 편성한 후 무력으로 국권을 회복하기 위해 노력했다. 1913년에 채기중, 유창순, 이종필 등과 함께 광복회를 조직하여 활약하면서 군자금을 모집했으며, 1917년 12월 13일에 농암면 지동리의 부호 조시영으로부터 군자금 70원을 모금하였다. 이 과정에서 일경에 체포되어 옥고를 치뤘다.

▶ 만주 봉천형무소에서 옥사한 신보균(申普均)

신보균^(申普均, 1896~1928) 선생의 자는 응천^(應天, 하늘의 뜻에 따름), 일명 명구^(明求, 조국의 광복을 구함)라 했으며, 본관은 평산이고, 율수리 태생이며, 생원인 의균의 아우이다. 일제강점기 조선일보 만주 특파원으로 나가 독립운동 중 일본 헌병에 체포되어, 고국의 땅을 밟지 못한 채 봉천형무소에서 옥사하였다.

▶ 일제침략에 통분해 피를 토하고 운명한 이은철(李垠哲)

이은철^(李垠哲, 1843~1911) 선생의 처음 이름은 재경^(在慶), 또는 용림^(用霖), 자는 경삼^(景三), 호는 운당^(雲堂)이고 , 본관은 예안으로 한우물 출생이다. 1884년 진사에 급제하고, 의금부 도사 용양위 부사과를 거쳐 1894년 함창현감을 지냈으며, 1903년에는 정3품인 통정대부에 올랐다. 일제의 침략으로 국권이 무너져 가자 이를 통탄하며 낙향한다. 한일합방이 된 이듬해 일제의 침략에 통분함이 극에 달하여 피를 토하며 운명하였다. 그의 아들인 이기선^(李基善, 호 山水軒, 자 羲文)은 1883년 성균관 진사시에 합격하였다.

03. 용감무쌍한 농암의 향토 방위군

6.25전쟁 발발 이후, 1950년 9월 28일 서울이 수복된 이후에도 농암면 주변의 소백산맥 깊은 계곡 곳곳에는 많은 공산군들이 남아 있었다. 패전 후 대부분의 공산군들이 소백산맥을 경유하여 북상하면서 도망쳤기 때문에 농암 지역은 수복 후에도 한동안 공비들의 출몰이 끊이지 않았다. 농암면 삼송리 부근의 군자산(948m)에 공산군 패잔병 약 7백 여명이 모여 있었는데, 이들은 깊은 산중에 숨어 있다가 밤이면 마을로 내려와 식량과 옷가지들을 약탈하고 주민들을 괴롭혀 늘 공포에 떨게 하였다.

군자산은 속리산 국립공원 내에 속해 있으며, 예전에는 〈군대산〉이라고 불렀다. 산자락에는 덕바위, 정자소, 서당말과 송시열 유적 등이 있으며 정상에 오르면 전망이 좋아 보배산, 칠보산, 희양산, 악휘봉 등이 가까이서 조망된다. 높은 산과 더불어 깊은 계곡과 무성한 숲과 옹기종기 마을이 머지않아 공산군들이 은둔하기 좋은 입지 조건을 갖추고 있었다. 이 산에 공산군들이 삼송 지역 주민들을 공포에 떨게 하였으므로 농암에서는 떨어져 있는 지역이라 하여 방관할 수 없었다.

이들을 소탕하기 위해 농암에서는 손익 씨 등이 앞장서서 방위군 160여 명을 모집하였다. 〈삼송 지역 방위군〉, 그 중대장을 예비역 소위인 손익 씨가 맡았고, 〈상주지역방위군〉과 〈상주경찰서〉와 같이 합동작전을 벌이게 된다. 상주군 방위군지역대장인 최상출이 대대장, 상주경찰서 경비과장인 김남영 경위가 부대를 지휘하며 소탕작전 계획을 수립, 토벌작전을 감행하였다.

　민간과 경찰로 구성된 방위군의 수차례에 걸친 소탕작전은 그야말로 대성공이었다. 인민군 중대장을 생포했으며, 군자산에 숨어 있던 대부분의 인민군 67명을 사살 또는 패주시켰다. 이에 따라 삼송리 일대가 질서를 회복하였고, 후에 방위군은 철수하였다. 전투에 참여한 방위군들이 적들과 교전에서 희생과 부상을 입었지만 그들의 희생이 오늘의 농암을 있게 하였다.

　어디 이 전투뿐인가. 1950년 2월 11일 6시경 농암면 궁기리 산 24-1번지, 〈통시바우 골〉이라 하는 선산골에서 산을 향해 거동 수상자^(빨치산) 한 명이 골짝을 거슬러 올라가는 것을 본 마을 청년들이 함께 나서서 이를 수색, 빨치산을 검거하여 지서에 넘겼다. 총 한 자루 없는 마을 청년들이 무기를 가진 빨치산들에게 몽둥이로 대항하여 싸운다는 건 결코 쉬운 일이 아니었다.

　빨치산 검거를 단서로 사흘 뒤인 2월 14일, 문경 전투경찰 1개 중대와 괴산경찰서 전투경찰 1개 중대가 합동으로 이 지역 일대를 수색하여 오후 3시경 아지트를 발견했다. 일부는 사격으로 도망쳤지만 남자 6명, 여자 3명을 붙잡아 농암지서로 연행하는 성과를 거두었다. 그 후 3월 28일 동민들이 이 지역을 재수색하여 사망자 시신 1구를 발견해 지서로 인계하였는데, 그가 빨치산 총 책임자로서 5병단 사령관이었다.

군자산 표지석

군자산 향토방위 전적비

애향지사 손익과 이영화 군수 기념비(갈동)

향토방위용사 전적비(군자산)

이처럼 정규군에게만 의지하지 않고 향토를 지키기 위해 목숨을 건 민간 방위군의 참전과 성과는 실로 적지 않았다. 군자산! 괴산군 향토방위군이 북괴 패잔병과 전투를 벌였던 1949년 12월, 당시 괴산군의 남부 4개 면(증평·도안·사리·청안)에도 〈청년방위대〉가 만들어진다. 그 뒤 6.25전쟁에서 북한 정예부대 10사단과 남부군 등은 낙동강 전투에서 타격을 입고, 괴산 낙영산·도명산·가령산과 쌍곡·군자산·칠보산·보배산을 거쳐 북으로 퇴각하기 시작했으며, 문경에서 침입한 적 패잔병도 장연과 연풍을 거쳐 북상하던 중이었다. 이때 방위군은 이들의 북상 퇴로를 막기 위해 목숨을 건 치열한 전투를 1년 10개월간을 벌이며. 무장공비와 북한군에 대항하며 목숨을 던져 큰 전공을 세운 것이다.

향토방위를 위해 자발적으로 참전하여 혁혁한 공을 세운 참전 유공자들의 정신을 오래도록 후손들에게 계승하기 위해 괴산군에서는 쌍곡계곡 입구에 〈향토방위용사 전적비〉를 세우고, 또한 청천면에도 그 정신을 기려 비를 세웠다. 괴산 사람들은 군자산을 성지처럼 여기는 산인데, 민혁당이 주축인 〈동부연합회원〉들이 매년 이곳에서 모여 충성과 적화통일을 맹세하였다니 어안이 벙벙해진다. 그만큼 이곳에 공산군들이 많이 암약해 있었고 공산 세력들이 6.25전쟁의 희생을 와신상담의 기회로 삼는 건 아닌지 일말의 두려움도 생긴다. 이 자랑스런 선열들의 희생과 헌신의 역사에도 불구하고 농암면에서는 참전을 기린 비 하나 세우지 않는다는 것은 그저 공적을 군자산의 군자처럼 말없이 방관하고 있는 건 아닌지 한번 돌아봐야 한다.

04. 우복^(牛伏) 길지를 찾아온 세 나그네

서문경은 1839년 그의 나이 스무 살 때 농암리로 찾아들었다. 당시 천주교 신도들에 대한 박해가 극심했고 세도정치의 폐단과 삼정의 문란으로 백성들이 어려움을 겪고 있을 때였다. 이러한 난세를 피해 농바우골에 찾아들어 조건 없이 먹여 주고 재워 주는 조건으로 동네 머슴살이를 자청하였다.

그리고 1850년대 어느 해 콜레라가 돌아 동네 수십 명이 숨지자 살기 좋던 마을이 죽음의 마을로 돌변했는데, 시신 수습을 가족들도 피했지만 그는 자기 목숨을 돌보지 않고 수습 안장하여 동네 사람들을 감동하게 만들었다.

그러던 어느 해에는 농암천변에서 놀던 아이들 3명이 하천의 범람으로 급류에 휩쓸려 가자 다른 사람들은 발만 구르는데 그가 목숨을 걸고 물로 뛰어들어 3명을 전원 구조해 냈다. 이런 그의 행동에 매료되어 동네에선 그에게 한 해 세경으로 벼 한 섬을 주었다.

그가 65세 되던 해 그동안 45년간의 머슴살이로 논 두마지기를 마련하게 되었다. 그가 눈을 감기 전 동네 사람들에게 "돌에도 나무에도 의지할 데가 없는 불쌍한 저를 평생토록 아무 탈없이 살게 해 준 농바우골을 저승에 가서도 잊을 수 없습니다. 죽거들랑 장례나 치러 주시고 제삿날에는 찬물이나 한 사발 떠 놓아 주시길 바랄 뿐이다."고 유언하고 10월 17일 눈을 감았다.

서문경 안내비

농암1리 서문경의 상석

마을 사람들은 서문경이 힘겹게 일하던 냇가 양지바른 들판인 낙수바우들 아래 꽃비리에 무덤을 짓고 제삿날이면 동네 사람들이 모여 제사를 받들었다. 동네 사람들은 그가 죽은 지 백돌을 맞아 그의 묘소 앞에 망주를 세우고 "농암골의 수호신 서문경의 1백주년을 기념, 농암1리 동민들이 건립함"이라고 비에 새겼다.

1백 10가구 주민들은 그가 남긴 두마지기 논의 도조를 대대로 모은 벼 80가마로 130만 원의 기금을 마련, 마을회관을 건립키로 뜻을 모았다. 드디어 1977년 3월 그가 남긴 논 가운데 농암1리 165의 1번지 196평을 대지로 조성, 건평 40평 규모의 마을회관을 지었다. 건물은 〈서문경회관〉이라 이름지어 마을 행사를 치르고 예식장으로도 대관하며 오늘에 이르고 있다.

〈한우물을 사랑한 정광동(鄭廣東)〉

1860년경 한우물에 걸식하는 고아 정광동이 있었다. 그는 전라도에서 왔다고 하며, 본관은 동래라고 하나 조실부모하여 신상 관계는 파악이 곤란하다.

그는 장성하여 품을 팔면서 온순하고 검소하며 성실하게 일을 잘해 한우물 동네에 정착하였다. 동네 길흉사를 자기 일처럼 돌보며 솔선수범하였으므로 사람들의 칭송이 자자했다. 외롭게 살면서도 묵묵히 일을 하고 알뜰살뜰히 돈을 모아 만년에는 논 600평과 밭 400평을 사서 농사를 지으며 어느 정도 여유를 찾았다.

그러다가 건강이 좋지 않게 되자 이적지 모은 재산을 동네에 모두 내놓았다. 그러면서 그동안 좋은 사람들과 더불어 좋은 동네에서 이렇게 환갑이 넘도록 장수하며 살았으니 너무 감사할 뿐이라며 사후에 "묘나 잘 써 달라."고 했다. 그는 향년 67세로 생을 마감했고, 동민들이 〈마을장〉으로 장례식을 잘 치러 주었다. 정광동의 묘는 길지로 손꼽는 한우물 우복산의 골안 양지터에 짓고 "야옹동래정공지묘(野翁東來鄭公之墓)"라는 묘비를 세웠다. 이에 마을에서는 김상건이 1934년 11월 〈대정유지조합〉 만들어 마을 공회당을 짓고, 매년 정광동의 기일인 음11월 10일을 동네 대동일로 정했다. 이날에는 동민들이 함께 모여 한 해 결산과 새해 예산 편성을 하며 마을의 잔치가 벌어지는 날로 보내는 것이 상례가 되었다. 그는 떠났어도 그의 넋은 소의 배에 해당하는 우복산 아래 행복하게 잠들어 있다. 그의 동네를 사랑하는 마음은 한우물 수호신처럼 남아 지금도 동민들은 그를 기억하며 제사를 올리고 있다.

〈해방을 예언한 석개일(石介日)〉

그는 일제 말기인 1944년경 농암, 가은, 화북 등지를 유랑 걸식하던 방랑객이다. 정신이 좀 이상한 사람 같기도 하고 학문을 제법 많이 한 것 같기도 한 그는 누가 물으면 늘 이렇게 답했다.

"차차 아지요(차차 알게 되겠지요, 영주·봉화 사투리 추정)."라고 간단히 대답했다.

그는 시간만 있으면 새끼를 꼬았는데 어느 날 새끼 공출이 있어 그가 꼰 수십 타래의 새끼로 동민들의 노고를 덜어 주어 마을 사람들이 무척 고마워했다. 그러던 어느 날 내서리 광정 마을(우복동)에 나타나 그가 한 마디 예언을 던지고 어디론가 자취를 감추고 만다.

"영원히 이곳을 떠나는데, 내가 떠나면 해방이 되니 행복하게 잘 살아라."

그의 말처럼 그가 떠나간 뒤 이내 해방이 되었고, 그는 어디로 갔는지 다시 찾을 수 없었다. 그가 차차 알게 된다고 읊조리고 다닌 것은 곧 〈해방〉이 온다는 예언이었는데, 그것은 적중하였으나 그의 정체는 믿거나 말거나 한 실화였다.

05. 조선의 최고 효자 도시복이 농암에 잠들다

▶ **효자 도시복(都始腹, 1817. 5. 15.~1891)이 중산(重山)에 잠든 이유**

그의 자는 사홍(士弘), 호는 야계(也溪)이며, 1817년 풍기군 상리면 야항리(현 예천군 효자면 용두리)에서 도상진(都尙震)과 강릉유씨(江陵劉氏)의 다섯 남매 중 맏아들로 태어나 호구지책으로 숯을 구워서 내다 팔아 집안을 돌보았다. 이러한 일은 맏아들로 당연히 해야 할 일이라 믿고 최선을 다했는데, 다행히도 아내 곡산연씨(谷山延氏, 묘소는 동로면)도 부창부수였다. 예천에서는 명심보감에 실린 효자 도시복을 기리고자 많은 예산을 들여 생가를 복원하고, 2016년 2월 1일 상리면을 효자면으로, 지방도 927호 일부를 〈도효자로〉로 지정했으며, 예천을 충효의 고장으로 발전시켜 나가는 작업을 지속해 가고 있다.

그런데 연전 그의 묘소가 농암면 내서리 중산에 있는 것이 확인되자 문경시와 예천시 관계자들은 많은 의문을 갖고 그 진의를 밝히고자 했고, 방송국에서도 관심을 갖고 현장 취재까지 벌인 적이 있다. 그 이유는 예천에 살던 都효자의 묘가 왜 멀리 떨어진 농암면 내서리에 자리하고 있는지? 내서리 주변 마을과 도씨 주변 혈족들을 찾아보았지만 도무지 이유를 알아낼 수 없었다. 가까스로 그의 고손자로 밝혀진 도우섭(농암면 지동리) 씨에게도 이를 확인하였으나 이유에 대해 아는 바 없다 하므로 궁금증만 남긴 채 서서히 묻혀 버리는 듯했다.

이런 와중에 농암국교 100주년 기념 편찬위원회에서 이를 추적하기 시작했다. 산소

효자 도시복 묘

효자 도시복 묘비

가 있는 곳에서 가장 가까운 곳에 都씨가 살았음을 밝혀내고 연락처를 수소문해 나갔다. 내서리에서 그다지 멀지 않는 율수리 마을에 50여 년 전쯤 都씨 2가구가 살았는데, 그들이 지금은 고향을 떠났지만 도착환(1952년생), 도환(1957년생) 형제, 그리고 도능환(1956년생)으로 그들의 연락처를 찾으려 했지만 닿지 않았다. 그런데 놀랍게도 성주도씨 진사공 천계파(進士公天啓派, 대동보 권5, 867페이지) 족보에 도시복의 아들인 도진화의 기록에서 그동안 품었던 의문점을 밝혀낼 수 있었다.

도효자의 외아들인 도진화(都鎭華, 1854. 10. 2.~1915. 10. 27)의 족보 기록에 "천성이 온후하고 종족과 돈목하였다. 갑오년 동학란에 예천 상리 야항(也項)으로부터 농암면 중산리에 이거하였다. 1915년 10월 27일 卒, 묘는 선고 兆下"였다. 이는 도효자가 세상을 뜬 해가 1891년이고, 동학란이 일어난 게 1894년이니 진화는 도효자가 타계하자 예천에 묘를 지었다가, 동학란으로 인해 다락골 중산으로 피신·이주한 이후 이장을 한 것으로 확인된다.

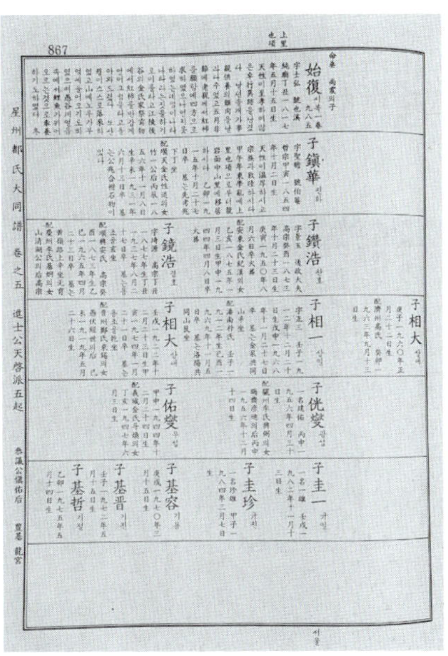

도시복 족보

이런 정황들을 살펴보노라면 그의 아들 진화가 왜 하필 농암하고도 심산유곡인 다락골 중산 골짜기로 들어왔는지 이유가 궁금해진다. 다락골 지형이 아가리 없는 홈골이자 높은 다락과 같이 생긴 요새로 병화가 없는 우복동 길지라는 점이 작용했을 법하다. 당시 예천은 동학혁명의 열기가 여타 지역보다 뜨거웠고 1894년 9월 27일 예천 〈서정자들〉에서는 동학농민군과 그들을 토벌하기 위한 민보군 사이에 대규모 전투^(2023. 10. 12 예천동학농민혁명기념사업회 기념비 건립)가 벌어졌던 사실을 추론하면, 진화가 진성 동학교도로 혁명의 선봉에 섰다가 전투가 끝나면서 아들 찬호^(鑽. 1873. 10. 23.~1950. 8. 6.)가 통정대부라는 고관 벼슬을 하고 있어 후를 염려하여 이곳으로 이주했을 것으로 추정된다.

하지만 그가 단순히 동학혁명에 대한 처벌만을 두려워했다면 우복동이라 널리 알려진 내서리 광정 마을 부근으로 이주했을 터이다. 그러나 효자는 부모에게 효도하고 충신은 나라에 충성한다는 말을 간과할 수 없다. 효자나 충신은 올곧은 일념으로 최선을 다해 헌신한다는 공통점을 갖고 있어 도효자의 아들인 도진화도 아버지로부터 효를 대물림받은 데다가 당시 나라가 기울어져 가는 것을 보고는 나라를 위한 구국일념으로 동학에 참여했던 것으로 보인다.

동학이 봉건사회를 부정하고 부패척결 및 반외세의 기치를 내세운 농민혁명으로 항일전쟁과 독립운동의 밑거름이 되었다면, 의병은 민병의 조직으로 임진왜란 발발 시부터

효자 도시복 생가

효자 도시복 조형물

국권 회복을 위한 대규모 구국 투쟁이었으니 양자가 항일이라는 같은 목표 구현을 위한 동일 행위인 것이다. 여기서 도진화는 동학의 선봉장으로 활동하면서 임진왜란 당시 나라를 위해 맹활약하다 순국한 의병들의 창의 방법이나 전략 등을 참고하면서 자연히 중봉 조헌을 흠모하게 되었을 것이다.

그가 농암으로 들어오면서 중봉 조헌이 전열을 가다듬기 위해 의진을 치고 머물던 중산 마을은 하나의 깊은 골짝이 아니라 생기충천하는 기를 받으며 살아갈 수 있는 애국의 성지라 생각하며 살았으리라. 그래서 하늘도 그들 부자의 갸륵한 정신과 헌신을 살펴 종국에는 도효자와 도진화의 묘를 중산 산록에 안장하도록 허락한 것이 아니겠는가.

중봉이 보은에서 농암으로 들어와 그가 이끄는 기세등등한 의병들의 의진과 그의 하늘을 찌를 듯한 사기와 결의에 감복한 고을 사람들이 앞산 이름을 중산(重山)이라 지었듯, 도효자와 그의 아들도 충효와 중봉의 정신을 기리며 살다가 죽어서는 중산에 의롭게 누워 있으니 이 또한 교훈적이라 할 수 있다. 부모에게 효도하는 자가 나라를 위해 충성을 다한다는 것을 도시복과 그의 아들 도진화를 통해 확인하게 된다.

한편 진화의 아들 찬호(鑽浩, 1873. 10. 23.~1950. 8. 6.)는 아버지가 농암으로 들어올 때 그의 나이가 이미 22세가 되었으므로, 농암으로 들어오지 않고 예천에서 한양으로 올라가 벼슬(통정대부, 정3품)을 했을 터이다. 도씨 족보와 안동김씨 사위 계보에 의하면 찬호의 부인이 안동김씨(기한의 女)로 당시 안동과 예천에 안동김씨 집성촌이 많았고 그가 괜찮은 벼슬을 하였기에 권문세가로 장가를 들었을 것으로 생각된다.

그 후 진화는 아들이 통정대부라는 높은 벼슬을 했음에도 자신이 동학에 적극적으로 가담했다. 그것은 충효는 서로 뗄 수 없는 불가분의 관계로 나라를 사랑하는 사람은 효도를 잘 하고, 효도를 잘 하는 사람은 나라 또한 사랑한다는 교훈을 남겨 준다. 도효자가 아들 도진화에게 보여 준 효가 결국 항일 동학란의 선봉으로 나서게 만든 것인

만큼 지금 이를 시대정신에 비추어 재조명해 본다면 도시복은 효자이자 애국자라고 해도 틀린 말이 아닌 것이다.

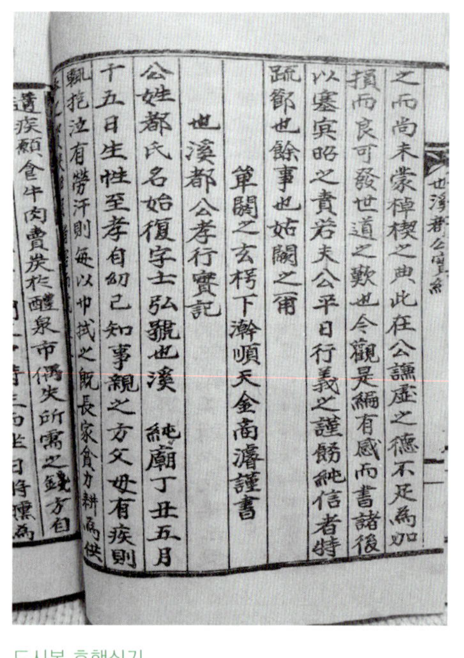
도시복 효행실기

서울 종로의 효자로와 효자동, 고양시 덕양구 효자동, 전북 전주시 완산구 효자동, 강원 춘천시 효자동이 있다면 예천에는 효자면이 있다. 그렇다면 농암에는 조선 최고로 손꼽히는 효자인 도시복의 묘가 중산에 있는 데 이를 어찌 가벼이 여길 수 있겠는가. 도효자와 도진화 그리고 도찬호 3대는 시대의 귀감이 되는 인물로 재조명된다. 한집안에 효자가 나면 3대가 축복을 받는다는 점이다. 다시 말하면 도시복은 효자였고, 그의 아들은 애국자가 되었으며, 그의 손자는 당상관 벼슬을 한 관리로 명문가를 이룰 수 있었으니, 아무리 핵가족 시대라 해도 효의 근본만 잘 지키면 남부럽지 않은 축복이 뒤따라 온다는 것을 배우게 된다.

우리나라 문화재의 범주로 보면 새로 짓거나 복원한 생가보다는 천연 유택인 묘소가 상당수 문화재로 지정 관리되고 있다. 그런 데다 효의 본산인 퇴계의 도산서원도 유네스코 세계문화유산으로 지정된 만큼 지자체에서는 농암에 소재한 도효자의 묘소에 대해 충효사상을 기릴 수 있는 유적임을 검토하여 시대에 걸맞는 콘텐츠로 개발해 나가야 할 것이다.

▶ 도시복의 효자 포상 경위

고종 20년^(1883. 9. 20.) 각 지방으로 파견되었던 암행어사들의 보고 중 경상좌도 암행어사 이도재^(李道宰.1848~1909)의 별단^(別單) 보고서 11건 중 열한 번째의 내용이다. "대구 진사 서찬규^(徐贊奎)의 효행과 형제간 우애가 깊으니 마땅히 발탁하여 등용하고, 영덕義士 신규년

^(申奎年)의 충성과 의리가 높으니 마땅히 정이^(旌彝)를 시행해야 하며, 풍기의 유학 도시복의 깊은 효성이 평소에 드러났으니 마땅히 아름답게 여겨 포상하소서 하니 윤허하였다."

▶ 하늘이 뽑은 도시복 효행

임금이 전국에 명을 내려 충신^(忠臣), 효자^(孝子), 열녀^(烈女)를 추천^(推薦)하라 하였다. 전국에서 고을 원들이 충신, 효자, 열녀들의 행적을 적어 올리니 궁궐^(宮闕)에 효행록들이 산더미처럼 쌓였다. 이를 본 임금이 조선에 충신 효자 열녀들이 이렇게 많은데 나라가 이 모양일 수 있느냐며 거짓이니 모두 태워 버리라고 명을 내렸다고 한다. 신하^(臣下)가 불을 붙이니 기록들이 타는데 어디서 바람이 불어와 3편^(篇)의 기록만 하늘로 솟구쳐 건져내고는 다른 모든 기록^(記錄)들은 태워 버리고 말았다. 즉 하늘이 그들의 효행^(孝行)을 인정해 준 것이다. 그중 하나가 도효자의 효행록으로서 그 행적이 〈명심보감〉 속편^(續篇)에 기록되어 있다.

06. 농암의 역사 속 민지리와 삼송리

지구상에서 진리가 아닌 한 변하지 않는 것은 없다. 역사도 문화도 사회도 예술도 심지어 죄와 벌도 바뀌는 시대를 살아가고 있다. 변하지 않는 진실의 눈금을 가진 잣대는 존재하지 않는다. 우리나라 역사를 상고시대부터 오늘에 이르기까지 5천 년 역사라고 한다. 그 사이에 벌어진 갖가지 일들을 살피다 보면 당시의 선이 지금의 악이 될 수 있고 그와 반대로 악이 선이 될 수도 있는 것이다.

그럴진대 가까운 농암국교 백 년을 말하면서 당시 생존했던 분들이 없고 기록도 별반 존재하지 않는 입장에서 어떤 사실을 정확히 검증하고자 하면 사라져 버린 시간이라는 큰 벽에 부딪치게 된다. 자료로 확인할 수 있는 것도 없고 구전을 추정하는 것도 한계가 있으므로 이런 경우에는 진실을 적당히 묻어 둬야 하는 처지가 되기도 한다. 한 나라의 역사는 무수한 영토 싸움에서 경계가 수없이 바뀌고 한 고을의 경계도 통치자의 의도에 따라 조변석개함을 쉽사리 찾아보게 된다.

농암이라는 법정 지명이 본격 등장한 것은 1914년, 일제강점기가 시작되면서 총독부에서는 효율적인 통제를 위해 경계를 조정하고 지명을 바꾸는 작업을 개시한다. 이때 가서면과 가남면에다 민지리와 삼송리를 포함하여 농암면이라는 행정구역으로 개편한다. 1963년 민지리는 가은에, 삼송리는 청천으로 넘겨주면서 49년 동안 같은 행정구역이었고, 한 지역의 학교를 다니는 등으로 인해 지역적 정체성과 동질성이 있으므로 서로 이질적이지도 않으며, 외려 분리해서는 이해할 수 없는 여러 가지 크고 작은 일들로 얽혀 있다. 고지도에 의하면 1786년 〈문경지도〉와 1872년 〈군현지도〉에 농암과 농암장시가 지도에 나오는 것을 보면 이미 오래전부터 이 지역들이 하나의 농암 생활권이었음이 확인된다.

그 이전에도 민지리와 전곡리, 삼송리 등은 가은현이라는 같은 행정구역으로 농암과 함께 수백 년을 내려왔으므로 당시 행정구역의 재획정이 큰 의미를 갖지는 않는다. 왜냐하면 무엇보다도 같은 장을 보고 같은 학교를 다니는 것만으로도 공감대와 유대감을 갖게 되기 때문이다. 특히 견훤의 탄생과 관련한 유적이 천마산을 중심으로 산재해 있고, 의병 창의 시에도 농암장터 개바우를 이용했으니 이를 이해하지 않고는 농암 백 년의 역사를 읽거나 사실을 조명함에 있어 어려움을 겪을 수 있다.

농암면장을 지낸 김정열 씨의 공적에는 〈삼송국교〉 개교 지원에 대한 기록과 〈송평시장〉 개장이 나오는 걸 보면 당시 면장이 고모령을 넘어 삼송에 학교를 짓고 송면과 관평 중간 지점에 시장을 열어 주었다는 것이 확인된다. 그리고 청천의 군자산에 숨어 있는 북괴군을 소탕하는 것도 농암의용군들이 나서서 토벌 작전을 주도했다는 것이나 버들피리 악극단이 주민 홍보를 위해 농암에서 고모령을 넘어 삼송까지 가서 연극을 상연했다는 점도 이해가 가능해진다.

민지리와 전곡리도 국교나 중학교를 대부분 농암으로 다녔고 소풍도 문양국교에서는 대정공원으로, 농암국교에서는 소양 개골산으로 오갔으니 서로 친밀하고 하나의 통합 동창회 모임으로 발전되어 오늘에 이른다. 이외에도 황령이나 은척이나 가은읍에서도 청암중을 다녔으므로 별반 이질감이 없다 하겠다. 그러기에 농암의 역사를 말할 때 지역의 경계를 앞세우다 보면 체계적인 기술이나 이해의 폭이 좁아질 수 있으므로 너무 공간이나 경계에 연연하지 말고 민지리와 삼송리를 포함하여 광의적 개념으로 봐야만 공감의 폭이 확대될 수 있을 것이다.

07. 조자룡과 견훤이 누비던 칠봉산

칠봉산은 일곱 개의 봉우리가 산을 이루고 있어 칠봉산^(황령산)으로 불렀다는 지명유래를 갖고 있다. 이와 같이 전국에는 여러 곳에 칠봉산이 있지만 그중에서 문경시와 상주시 사이에 있는 칠봉산이 해발 597.9m로 가장 높다. 칠봉산 정상에 있는 사선암에 대해서는 특별한 전설이 전한다. 〈해동지도〉^(함창현)에는 칠봉산과 황령사가 함께 표시되어 있고, 〈청구도〉와 〈1872년 지방지도〉에는 칠봉산은 나타나지 않고 황령산^(黃岺山)으로 표기되어 있는 것을 보면 칠봉산으로 부른 것은 근래의 일로 보인다.

사선암

사선암^(四仙岩)은 칠봉산 정상에 있는 넓은 바위이다. 사선암은 중앙이 갈라져 있는데, 전설에는 어떤 장군이 신선들이 노는 것을 시기해 칼로 내리쳐 갈라졌다고 하는데 그 장군을 조자룡이거나 견훤으로 추측한다. 이 산에는 〈삼국지연의〉에 등장하는 조자룡이 태어나 무술을 연마하였다는 〈조자룡굴〉이 있고, 칠봉산 아래로는 〈신라 화랑 수련장〉이 있다고 보기 때문이다. 이 전설을 믿는다면 조자룡은 이곳에서 태어나 무술을 연마하고 중국으로 건너가 대륙을 지배했다는 말이 되고, 견훤은 이곳 화랑수련장에서 무예를 닦고 왕경을 거쳐 무진주로 갔다는 말이 맞아진다.

 칠봉산은 속리산의 지맥으로 산정부^(山頂部)에 있는 사선암은 높이 약 40m, 넓이 사방 7m가량의 큰 바위이다. 이 바위에는 날씨만 좋으면 동서남북 사방에서 네 명의 신선이 찾아와 놀았고, 그러던 어느 날 아침 날씨가 유난히 좋은 탓에 네 명의 신선들이 사선암에 모여서 바둑을 두고 놀고 있었다. 마침 주위에서 땀을 흘리며 무술 연마를 하던 장군은 신선들이 한가하게 바둑을 두는 모습을 보니 화가 불끈 났다. 이에 본인도 모르게 괴성을 지르며 칼로 바위를 내리쳤다. 신선들은 갑자기 벌어진 일에 놀라서 사방으로 자리를 떴고, 그리고 바위를 쳐다보니 단단한 바위가 갈라져 있는 게 아닌가. 이후 신선들은 바위로 다시는 놀러 오지 않았고, 사람들은 네 신선이 놀던 곳이라 하여 '사선암^(四仙岩)'이라 불렀다.

 상주시 읍지인 「상산지^(商山志)」는 1617년^(광해군 9)에 이준^(李埈)이 편찬하였는데, "칠봉산 두 번째 봉 아래 장관을 이룬 오른편으로, 십수 미터^(m)의 단^(段) 위에 바위 색상도 거무스름한 곳에 조자룡굴이 있다. 길이 7.5m, 폭 6.5m, 높이 3.8m 정도의 크기이다. 조자룡^(趙子龍)이 이곳 굴^(窟)에서 태어났을 때 칠봉산 동남쪽 아래 용추계곡 율수폭포에서 요란한 말 울음소리가 들려 내려가 보니, 금빛 찬란한 용마^(龍馬)가 있었다. 이 용마가 하늘이 내린 천마^(天馬)라 생각하고, 등에 올라 채찍을 가하니 폭포에서 바로 1.5km 떨어진

조자룡굴 안내판

조자룡이 태어난 동굴 입구

칠봉산 조자룡굴(원경)

칠봉산 원경

성주봉(聖主峰, 604.7m) 정상에 오르게 된다. 동굴 맞은편 성주봉 북쪽 9부 능선에 마르지 않는 바위 속 샘물은 경사진 큰 바위가 지붕처럼 덮여 있고, 처마가 4m 정도 길게 빠져나온 곳으로 그 안에 디딜방아의 확(䂝)같이 생긴 곳에서 물이 솟는데, 조자룡이 이 물을 마시고 무예를 연마한 후 용마를 타고 날아 중국으로 가 명성(名聲)을 떨쳤다고 한다."는 이야기가 전한다.

이 산에 있는 사선암과 조자룡굴과 성주봉 샘물은 무예를 연마하는 장소로 나타난

조자룡 우물

조자룡 우물(바위 속 샘)

조자룡 우물 오르는 사다리

다. 그리고 조자룡은 특히 창을 잘 썼지만 무예가 뛰어난 그가 칼도 잘 다루어 신선이 쉬고 있는 바위를 칼로 내리쳐 바위가 갈라지는 정도라면 그의 능력은 상상을 불허한다. 그것은 배짱이 두둑한 용맹스러운 조자룡 정도는 되어야 신선을 두려워하지 않을 것이다. 이에 준하여 견훤을 생각해 본다면 그 또한 단순한 검객 그 이상의 능력을 지닌 하늘이 내린 천마를 타고 무소불위 종횡무진 누비는 장수라는 것을 짐작케 한다.

이곳 칠봉산 아래 은자산에 〈은척과 금척〉에 대한 전설이 전해 온다. "옛날에 사람을 살리는 자가 둘이 있었는데 하나는 금자이고 또 다른 하나는 은자였다. 이 자로 키를 재고 나면 죽지 않고 오래 살며 죽은 사람도 살아나 해마다 인구가 늘고 식량이 부족해져 왕이 회의를 열어 금자는 경주 건천읍 금척리 금자산^{고분군}에, 은자는 상주 은척면 은자산에 묻었다. 그런데 후에 그자를 아무리 찾으려 해도 찾지 못하고 있다."는 전설이 전해 온다.

바위 속 샘물 안내석

칠봉산 용추곡 동굴(조자룡 금총마 얻은 굴)

은자산은 은척면 남곡리에서 황령리로 가는 길가에 있다. 칠봉산 남곡용추 아래 자리잡고 있는데, 높이 4~5m, 넓이는 15m 정도로 전체 면적이 40~50평 되어, 엄격히 말해서 산이 아니며 지도에도 나오지는 않는다. 그러나 하나의 작은 둑 같지만 절대 무시할 수 없는 이유는 은척이라는 지명과 함께 경상도라는 지명을 낳은 특별한 전설 때문이다.

그 은자는 통치자의 상징으로 화랑 훈련을 받으며 은자산의 기운까지 받은 견훤은 이후 후백제를 건국하게 되고, 이곳에 숨겨져 있는 은자를 생각하며 백성이 평화를 누리고 평등하며 나라를 의롭게 다스릴 다짐을 했을 것이다. 견훤은 후삼국 통일의 꿈을 생각대로 이루지 못했지만 고려가 통일을 함에 있어 후백제의 왕으로서 최후까지 결전과 항전을 꾀하는 희생보다 무혈의 귀부를 선택한 것은 은자산 정기에 힘입은 그의 지혜롭고 의로운 판단이 아니었겠는가.

08. 보도연맹이 지은 백명암(白明庵)

농암면 소재지인 장터에서 사현 쪽으로 농바우 마을에서 우측 계곡을 따라 10리쯤 가면 칠봉산 아래 30여 호의 초가집들이 옹기종기 한 부락을 이루고 있다. 동네 이름은 갈동(葛洞), 이 동네의 제일 큰 기와집 입구에는 서투른 글씨로 "白明庵"이란 현판이 걸려 있고 제법 절 모양으로 불상도 모셔 놓고 염불과 목탁소리가 끊어지질 않는다. 그 바로 옆방에는 나무판에다가 백지를 붙여서 만든 18주의 위패가 나란히 안치되어 있다. 동네 사람들은 무슨 일만 생겨도 이 백명암에 모여서 논의하고 명절에도 모여 남녀노소 같이 즐기기도 한다. 마치 동네 공회당과도 같은 백명암이 언제부터 생겼으며 어떤 유래로 출현했는지 지금은 마을 사람들의 기억에서 거의 사라졌으나 아득한 꿈과 같으면서도 아직도 이곳 과부들의 마음의 상처를 어루만져 주는 애달픈 유래가 있다.

때는 6.25 사변 무렵 이야기로 이 동네의 청장년들이 거의 죽었다. 왜 죽었으며 누가 죽였는지? 아무도 잘 모른다. 죽은 이의 어머니, 아내, 누이동생들은 이들을 찾고, 남편을 부르고, 오빠를 부르면서 농암지서로 몰려갔다. 그러나 대한민국의 군경은 낙동강 이남으로 후퇴하였고 장터는 텅빈 채 오고 가는 사람의 기색은 살벌했다. 어쩔 줄을 몰라 울고불며 돌아오는 길목에서 그들은 이장인 장씨 부자를 만났다. 이제 되었다고 이장에게 대어들어 "내 남편은 어디 갔나? 내 아들은 어디 갔나?" 하며 찾아내라 막무가내로 졸랐다.

하지만 이장인들 알 도리가 없었다. 그러나 청년들을 장터로 데려간 것은 분명 이장이었으니 아낙들은 악을 쓰며 자식과 내 남편을 내놓으라고 달려들었다. 그 싸움이 한창일 무렵 인민군 두 놈이 동리에 왔다가 그 광경을 보고는 이장 부자를 무조건 총으로 쏘아 죽였다. 이쯤 일이 되고 보니 이장 부자를 죽인 것이 동네 아낙네들에게도 책임이 돌아가게 되었다. 왜냐하면 그때 이장 부자는 피난을 가는 길에 그들에게 붙들려 죽었던 것이다. 무식하고 법률을 알 까닭이 없는 그들은 그저 자기들의 아들, 남편, 오빠가 온데간데없이 사라졌음을 슬퍼하며 대성통곡하면서 그날 그날을 보냈고 워낙 산골짜기 부락이라 인민군이 어찌 되었으며 전쟁이 어찌 되었는지도 모르면서 그해를 넘겼다.

대한민국 군경이 문경에 다시 돌아와 북상하는 인민군을 매일같이 공격 소탕하여 질서가 제법 회복된 1951년 2월 어느 날 저녁, 형사들이 어디서 정보를 들었는지 이 갈동의 아낙들을 "장 이장 살해 방조"라는 어마어마한 죄명 아래 한 트럭 싣고 본서(本署)에 끌고 왔다. 시골 냄새가 흐르는 18세의 청상과부로부터 50이 넘는 노파까지 섞인 여인들만의 행렬이었으니 그중에도 아이를 안고 있는 여자, 하나는 안고 하나는 업고, 또 하나는 끌고 품에는 젖먹이를 안고 있는 여자 등 기이한 광경이었다. 그들은 동서남북을 살피며 트럭에서 내렸는데 소위 피의자는 17명인데 따라오고 업고 안고 온 아이까지 합쳐 무려 30여 명에 달했다. 그들은 성난 표정도 없이 생전 처음 보는 경찰서이니까 거기가 뭘 하는 곳인 줄도 모르며 그들의 위치가 어떤 것인지, 왜 트럭을 타고 가자는 것인지도 알 리 없이 그냥 낯선 사람이 억지로 가자는 대로 끌려왔을 뿐이었다.

이때 최석채 경찰서장은 이들 피의자의 연행 보고를 듣고 실로 난처해졌다. 애써 잡아온 부하들의 노력도 있고 법도 있지만 그 여자들의 처지를 생각하면 매우 딱하였다. 그게 살인방조가 될 리는 없으나 인민군에 대한 부역임에는 틀림없는 일이다. 더구나 이장 부자가 살해당한 간접 동기는 뚜렷하니 검찰에 송치한다면 그 당시의 법률로는 몇 년씩 감옥살이하기에는 안성마춤이다. 그러나 또 한편으로 생각하면 잃어버린 자식을 찾고 사랑하는 남편을 찾고자 이장에게 졸랐던 것이 크게 죄 될 것이 무엇이랴! 운수 사납게 인민군이 덤벼들었기에 탈이지 사람 치고 안 그럴 사람이 어디 있으랴!

서장은 이러지도 저러지도 못해 망설이는 동안 벌써 밤이 깊어 그들을 경찰서 숙직실과 인근 여관방에 하룻밤을 투숙케 하고는 서장은 블록 건물인 임시 청사의 건물에서 책상에 기대어 서글픈 민족의 운명을 생각하며 그 운명의 장난에 우롱당하는 과부 부대의 슬픔과 전정(前程)을 추측하니 어느새 눈물이 쏟아지며 대구에 남겨 두고 온 그의 어머니와 병든 처, 어린 자식들이 마음에 미치니 가슴이 아파 견딜 수가 없었다. 서장은 언제 잠이 들었는지 모르게 옷 입은 그 자세로 책상에 기대어 그냥 선잠이 들었다. 그런데 꿈에 백설의 산마루 위에서 그 눈보다도 더 흰 관세음보살이 출현하여 서장의 머리맡에 서더니 온화한 미소를 띄우면서 공중으로 높이높이 보살은 안개 사라지듯 승천해 버렸다. 깜짝 놀라 잠을 깬 서장은 무릎을 치면서 해몽했다.

최 서장은 어머니가 불신도라서 받은 감화로 어릴 때부터 신비감이 꿈으로 나타난 모양이다. 이튿날 서장은 무엇을 결심했는지 초인종을 눌러 윤용문 사찰주임을 불러 그 귀에다가 어떤 지시를 내렸다. 몇 시간 후 갈동 여인 부대는 서장실로 불려 들어와 이발사에 의해 하나 하나 염불을 외면서 삭발하곤 비구니가 되었다. 서장이 윤 사찰주임에게 지시한 내용은 이렇다. "법은 엄정하니 그냥 용서할 수 없고 여인들의 처지를 생각하면 우선 어린아이 처리부터 먼저 생각해야 하며 범죄의식이 전혀 없는 것이니 살려 주는 방법을 연구하자는 것이요, 자고로 삭발돈세(削髮敦世)하면 국법도 미치지 않는다." 하였다.

이 세상에 그러한 신화적인 말은 통하지 않지마는 전쟁이란 와중에서 불쌍한 동포를 하나라도 구해야 할 의무감에서 법의 책임은 서장이 질 터이니 정책상 특정 여인이 대표

갈골 마을 원경

갈골 역사의 증인 〈느티나무〉

갈골 표지석   갈골 동신당

해서 속죄하는 의미로 중이 되게 하여 죽은 동리 청년들과 함께 이장 부자의 영도 평생을 두고 공양할 수 있지 않느냐는 취지였다. 이 취지를 여인들에게 전하자 울음바다가 된 좌중에서 서로 나서서 "내가 중이 되겠다."고 다투어 말했다는 것이다. 한 사람만 골라서 삭발할 수 없게 되자 성미가 급한 윤 주임은 "그럼 머리를 깎고 싶은 사람들은 마음대로 하오." 하고 그대로 서장실로 안내해 왔고 급기야 아무리 말려도 서로가 "내 머리를, 내 머리를!" 하는 바람에 전원이 삭발비구니가 된 것이다. 그 여인들이 절을 만들겠다고 하여 서장은 하얀 관세음보살의 영감에 의해서, 또 순박한 백의민족의 백지로 돌아가라는 뜻에서 "白"과, 그럼으로써 이제 슬픈 기억을 씻고 맑고 밝은 민족의 광명을 찾자는 "明"을 따서 "白明庵"이라 이름 지어 주었다.

이들 비구니의 성심에 감동된 그 동리 제일가는 부자가 그도 자식을 잃었으므로 자기의 제실^(齊室)을 백명암으로 제공하고 자진해서 논 5두락을 암자 유지비용으로 했다. 마침 강원도에서 피난 온 한 승려가 그 지도를 맡았다. 법을 왜곡하면서까지 그 여인들을 용서한 그는 최석채 경찰서장으로서 월권인지는 모르나 인도상 그 길이 옳았다는 그의 신념은 지금도 많은 이들로부터 박수갈채를 받을 수 있을 것이리라.

09. 〈대정공원〉 소나무 벌목 반대투쟁기

　속리산에서 발원한 쌍용천은 내서와 화산을 굽어 돌아 흐르고, 낙수바위를 지나면서 대정리 들판이 강과 접하는 지점에는 송림 숲이 길게 동서로 펼쳐져 있다. 32번 지방도로 변을 따라 조성된 350여 년이 넘는 송림이 장관을 이루는 이 숲은 동네 앞이 터져 있어 복이 새어 나간다는 이유로 숙종 때 수구막이로 조성한 인공 숲이다. 그 당시 소나무 묘목을 구해 동민들이 단체로 식목을 했다는 기록은 세계 최초의 민간 식목일에 해당되는 의미 있는 일이다.

대정공원 단오 행사

　이 숲이 일제 때 〈하천법〉 제정에 따라 하천부지였다가 1949년 마을에서 돈을 주고 면으로부터 땅을 매입해 오늘에 이르고 있다. 그러니까 나무가 먼저 자리를 잡고 수백 년이 지난 뒤 다툼 끝에 소유권을 인정받았으니 이 숲이 존립하는 것은 단순한 식목과 육림의 결과의 덕택이 아니다. 숲이 사라질 뻔한 위기를 여러 차례 맞았어도 목숨을 걸고 지켜 낸 사람들이 있었으니 그들이 아니면 지금의 대정공원은 존재할 수 없는 일이다.

일제가 하천법을 시행하면서 절반은 물이 흐르는 하천으로, 절반은 임야로 나누어 이 고을의 정기가 서린 결사의 장소를 반토막으로 만들고 말았다. 그들의 견해로 보면 송림이 물 가운데 서 있다는 말이니 얼마나 어불성설인가. 그랬지만 마을에서는 이에 굴하지 않고 투쟁하여 절반의 소유를 공식적으로 인정받았고, 우리나라 천연기념물로 지정하고 있는 〈하동 송림 숲〉보다 50년 정도 빨리 식목한 우리나라 최초의 송림 숲이므로 〈대정공원〉의 가치는 천연기념물이라 불러도 흠결이 되지 않는다.

1908년^(무신년) 대정 마을에 비용이 필요하여 숲의 소나무 7~8주를 마을 우동석 씨가 주장하여 벌목 매각하였다. 그해 마을 노소 20명이 원인도 없이 사망하여 주민들이 불안에 떨었고, 1909년 정월 1주일간의 제사를 지내고서야 진정되었다. 이때부터 이 숲의 소나무는 신령한 것으로 한 가지 한 잎이라도 훼손하면 큰 해를 입게 되므로 철저히 보호해야 한다면서 매년 음력 2월 1일을 식목의 날^(민간 주도 세계 최초의 식목일)로 정해 나무를 식목 육림하였다. 이 내용은 1929년 김상건의 「백치자연보」와 1934년 「대정수호계」, 그리고 동민들의 구술로도 전해 오고 있다.

1933년 7월 마을에서는 〈대정숲〉에서 〈대정공원〉이라 바꾸어 이름을 짓고, 육송정^(六松亭), 임청대^(臨淸臺), 부지도^(不知島), 하한대^(夏寒臺), 구몽탄^(鷗夢灘), 삼괴정^(三槐亭)이라는 6곳의 승경을 선정, 동민들과 함께 기념식수까지 하면서 공원화를 전격 선포하였다. 그러므로 이곳은 사유지로서 숲이 아닌, 누구나 이곳에 와서 즐길 수 있도록 개방된 〈공원〉으로 이미 오랜 세월을 그렇게 이용하여 왔다.

공원화가 선포된 지 백여 년이 되어 가지만 기실 공원으로 이용된 것은 벌써 수백 년도 더 지난 것이다. 그동안 단오행사, 씨름대회, 연극 공연, 야유회, 소풍 등 이곳은 숲을 훼손하지 않는 한 누구에게나 이용을 제한해 오지 않았다. 그러나 2023년 폐배터리 공장을 유치한다고 문경시에서 발표를 하자 숲을 반드시 보존해야 한다는 주민들의 반대 목소리가 커져 나갔다. 그러자 시에서는 그것을 철회한다고 발표하고 난 뒤 불과 며칠도 되지 않아 송림 숲 안에다 파크골프장 조성을 밀어붙인 처사는 지탄받아 마땅할 것이다.

그 이유는 삼척동자에게 물어봐도 쉽게 답이 나온다. 폐배터리 공장을 숲과 연접하여 짓는 것을 주민들이 반대해 철회했음에도 그보다 훼손이 극심한 숲 안에다 터널형 골프장을 만들면서 소나무가 고사하는 위험을 초래하였으니 어떤 명분으로건 말이 되지 않는다. 게다가 공사를 하면서 세 그루의 소나

대정공원 초입 풍경

무를 벌목하거나 가지를 잘랐으며, 소나무의 경우 뿌리 위에 시멘트로 덮는 답압이 발생할 경우 치명적이라는 산림전문가들의 경고에도 불구하고 몇몇 노인들이 이용하는 파크골프장을 조성했다는 점은 심각한 주민 기만이자 위법한 자연훼손 행위인 것이다.

예전에는 나무를 땔감으로 사용하던 시대여서 인가와 접하여 있고 도로변에 있기 때문에 화재나 훼손의 위험성이 매우 컸다. 그런 데다 일제강점기에는 이 숲 전체가 사라질 뻔한 사건이 발생하였다.

태평양전쟁이 막바지에 이르던 1944년, 총독부가 군함 제작을 위해 관령을 내려 대정공원 소나무를 전량 벌채^(문경 임축회사), 공출을 지시했다. 이에 대정 마을 김상련, 김상건, 강상희, 김건영 등은 이 명령에 따를 수 없다며 고을 애국 계몽조직인 〈청년단〉을 긴급 소집, 이들을 앞장세워 육송정 앞에서 머리에 흰 수건을 두르고 징을 치며 반대 투쟁을 벌였다.

"이 숲 소나무를 베면 고을 사람들이 다 죽는다. 소나무를 베려면 차라리 내 목을 베라."는 등의 구호를 외치며 사생결단으로 반대 운동을 전개해 나갔다. 이렇게 벌목 시행

청년단 활동(배경: 대정숲)

대정공원 도로변 풍경

이 저지되자 순사들이 4명의 주동자들을 연행해 갔고 거기서 모진 고문에도 굴하지 않자 총독부가 특별히 대정공원 소나무 벌목에 대해서는 관령을 완화해 92주의 우량 소나무를 존치하고 일부만 간벌함으로써 사실상 일본 군함이 원활하게 제작되지 못하도록 저지했다.

특히 간벌 시 그동안 송진 공출로 인해 깊고 흉한 상처를 드러내고 있는 소나무를 골라 벌목한 뒤 숲 곳곳에 송진 채취 금지라는 말뚝을 박음으로써 향후 소나무 훼손 방지와 송진 채취를 금하는 일거양득의 효과를 거두게 된다. 상상하거나 거역할 수도 없는 총독부의 관령을 꺾은 대정공원 소나무 벌목 투쟁으로 일본 군함 제작 저지라는 항일운동의 역사로 인정받아 현재 〈우리나라 최초 항일 애국의 숲〉으로 지칭하고 있다. 선비의 기개와 절개를 표상하는 소나무를 식목하여 오늘의 숲을 이루고 이 지역의 선비 정신을 지켜 낸 파란만장한 세월 속의 〈대한민국 최초의 식목 공원〉이기도 하다. 6.25전쟁 시에는 이 숲이 주요 지형지물로써 국군 포사격 진지로도 적극 활용되어 국익에 도움을 주었으니 〈항일 애국의 숲〉이라 부를수록 더 자랑스럽기만 하다.

<대정공원 벌목저지 반대 투쟁>

1944년 1월 총독부로부터 군함 제조용 벌목관령이 떨어져 문경임축회사에서 벌목을 하려하자 마을에서는 대정공원 소나무를 목숨을 걸고서라도 반드시 지켜 내야 한다며 육송정 앞에서 투쟁을 벌이게 된다. 청년단장 김상련^(김상건의 형)이 앞장을 섰고 그 뒤를 청년단 김상건과 김근영^(김상련의 자), 그 외에 마을 중담에 사는 정의감 강하기로 이름난 강상희 씨가 나서서 사생결단 태세로 강력하게 벌목을 저지한다. 그 뒤를 수십명의 청년단원들이 집결 동참하자 이 동향을 파악한 관원들이 말을 타고 칼을 찬 채 나타나 현장을 방문하기에 이른다.

관원은 자신들의 출무에도 기죽지 않고 의기투합하는 것을 보며 상황이 간단치 않음을 확인하고 난 뒤 우두머리에 해당하는 김상련과 김상건, 김근영 등을 경찰서로 연행해 갔다. 이내 마을에는 "그 까이꺼 소나무 지키려다 김씨집 가문 다 망했다."는 이야기가 퍼졌고, "그 소나무가 없으면 어떠냐?"는 말이 나돌기도 했다. 이틀 뒤 김상건과 김근영은 한집안 식구인 점을 감안해 석방되고 대장인 김상련만 고문하면 된다는 생각으로 강상희까지도 석방하여, 결국 김상련 혼자 유치장에서 극심한 고문을 받는다.

당시 고문은 송판 위로 올라오게 박은 못이 솟은 틀 위를 걷게 하는 참혹한 형벌이었다. 그는 이에 조금도 굴하지 않고 한 발을 내딛자 못이 발등 위로 쑥 올라오고 피가 치솟았다. 그리고 다시 담담하게 한발을 내딛으려 하자 순사는 "조또마떼, 조센찡 빠가야로!"를 외치며 고개를 좌우로 저으며 고문을 급하게 중단시켰다.

김상련은 1882년 윤하정 산송사건으로 13세에 숙부를 대신해 3개월간의 억울한 옥살이를 해낸 강단이 있고 절개가 있는 선비였으니 숲을 위해 이정도 며칠간의 고문은 별로 두렵지 않다는 정도였다. 그 결과 최소한의 형식만 갖춘 간벌 형식의 벌목만 하고 대정공원 소나무들은 오늘날까지 살아남을 수 있었다고 전한다.

(김병운: 김상련의 손자, 당시 8세, 2023. 7. 22. 10:00 구술)

10. 농암을 사랑한 농암 〈김중위 장관〉

김중위 장관

김중위 장관은 1939년 경북 봉화군에서 태어났다. 서울 양정중, 양정고등학교 (40회), 고려대학교 정경대학과 동 대학원 정치외교학과를 졸업했다. 이후 고려대, 명지대 등에서 정치학을 강의하는 한편 1960년대 말 월간 종합교양지 『사상계』의 편집장, 비슷한 시기에 신민당 유진오 총재의 비서관을 역임하기도 했다.

수필가이자 시를 쓰고 사상계 편집장을 맡았으니 문학에도 특별한 능력을 인정받았던 그였다. 필자는 강동문학 양소정 시인의 출판기념회 자리에서 만나게 되었고, 연회장 테이블에서 마주 앉아 식사를 나누며 명함을 주고받았다. 거기서 후일 따로 연락할 것을 언약했으나 사정으로 더 뵙지는 못했다. 이후 『순수문학』지에 그가 기고했던 〈고향〉이라는 시를 뽑아서 월평을 한 것이 전부다.

그런데 그분과의 인연이 거기서 끝나지 않았다. 다시 김중위 선생님을 생각하게 된 것은 농암국교 백주년 기념 책자를 발간키 위해 자료를 수집하면서 눈이 번쩍 뜨이는 놀라운 사실을 발견하게 된다. 유년기 농암 친척 집에 놀러 왔다가 거기 체류하면서 농암국교를 다녔다는 사실을 〈농암사랑〉 카페에서 확인했기 때문이다. 그는 1939년생으로 농암국교를 입학했다면 언제쯤이 될지 따져 보았다. "농암에서 학교를 다니다가 해방이 되자 아버지를 따라 서울로 갔다."고 적고 있는데, 6세에 입학을 했다면 1945년 3월로 봐야 한다. 그리고 한 학기만 다니고 서울로 갔을 것이라고 보면 농암 26회 졸업생과 같은 기수로 보인다. 농암국교를 다녔던 그분을 떠올리면서 그의 시 〈고향 나그네〉를 같이 읽어보는 일은 고향에 대해 공감의 길을 열어 준다.

고향을 소리라 하였더니
그 소리에는
메아리가 없고

고향을 추억이라 여겼더니
그 추억에는
이끼가 끼었네

남겨 둔 고향 개울은
나를
잊은 지 오래인 양

나는
영락없는 고향 나그네

_김중위 〈고향 나그네〉 일부

　위의 〈고향 나그네〉는 김중위 시인이 떠나온 고향을 그리워하는 시다. 정치하는 분들은 문체가 대부분 강건체이고 내용은 이념적 선동 내용이 많은 데 비해 여기서는 고향을 그리는 나그네로서의 심경을 순수 담백하게 풀어내고 있다. 너무 직업의식이 강하면 미처 객관화를 이루지 못해 주관적 감상성이나 불가해한 관념에 빠지기 쉽지만 그는 직업관을 말끔히 씻고 정서의 결을 숫돌처럼 부드럽게 갈아내고 있다. 국회의원이면서도 시인인 양성우, 박철언 씨 등은 서정보다는 날카로운 정의와 비판적 정서를 가졌으나 그는 연마된 서정과 투명한 감성의 기울기를 갖고 있다는 점에서 대비가 된다.

"고향의 소리"에는 "메아리"가 있어야 하지만 시인은 메아리가 없다고 느끼고 있다. 어린 시절 자신이 즐겨 듣던 산울림은 현재 들리지 않는 것일 뿐 실제 고향의 산속에는 메아리가 숨어 있다는 반어적인 역설이 깔려 있다. 그리고 "고향"을 "추억"이라고 느꼈을 때 그것은 단순히 유쾌한 추억이 아니라 이끼만 끼어 있는 허무감으로 점철되어 있고, 두고 온 개울을 찾아가 보니 개울이 외려 시인을 나그네로 취급한다는 또 다른 패러독스가 흐르고 있다. 짧고 서정적인 시 몇 줄로도 유년 시절의 전부를 표현할 수 있는 것 시의 함축성이요, 남다른 표현을 통해 상상력의 확장과 생각의 진전을 끌어내는 것이 남다른 시적 창조성이 아니겠는가.

여기서 언급된 고향이란 봉화인지 농암인지를 정확히 알 수 없으나 성격 형성기인 6살 정도의 나이에 부모와 떨어져 농암^(화산 영그령)에서 한 학기 동안 학교를 다닌 것이 평범한 추억으로 남기보다 특별한 기억으로 각인된 것은 분명해 보인다. 그의 〈도깨비불 보며 자란 나의 어린 시절〉이라는 수필을 읽어 보면 낮에는 농암의 메아리와 어울려 놀고, 밤에는 도깨비불을 보면서 청화산의 순한 기운과 견훤산성의 헌걸찬 기운에 젖어 순진무구하면서도 호연지기의 기상을 키웠을 것이라는 상상에 이르게 되어 시 속의 고향은 농암에 더욱 가까워진다.

특히 "어린 시절 농암에서의 추억은 언제나 나를 끝없는 상념의 포로가 되도록 만든다."는 그의 수필이 이를 입증해 준다. 그래서인지 그는 자신의 아호를 〈농암〉으로 사용하고 있으니 이보다 더 정확한 답이 어디 있겠는가. 그는 아직도 고향인 농암을 꿈꾸는 분이며, '현재 진행형의 인간'으로서 삶을 살아가고 있다고 김송배 씨 등 다른 문인들이 입을 모은다. 그래서 진정한 나라의 일꾼이 되었고 천진스러움이 얼굴의 틀을 벗어나지 않는 인물로, 선이 분명하고 냉철함과 견고한 논리성을 갖춘 그의 사상과 열정이 두드

러지는 것이리라. 아래 작품을 읽어 보면 그의 순수한 삶의 빛깔이 우리 눈앞에 반원형
의 일곱 색깔 무지개를 펼쳐 보여 줄 것이다.

색깔까지도 선명한 새벽이슬을 헤치며 조용히 뒤뜰 감나무 밑에 떨어진 홍시를 주워
먹는 것을 하루 일과의 시작으로 삼았던 나의 유년 시절의 무대는 대부분의 어른들
이 그러하듯이 안개 자우룩이 천둥 번개 치며 쏟아지는 빗줄기를 타고 저 산마루 언덕
능선을 따라 용이 트림을 하면서 승천할 것이라는 환상과 두려움의 두메마을이다.

한 줄기 소나기 지나면 어느새 마을 앞 개울물은 불어 동네 아이들 모여 멱 감기를
즐기는데, 그도 싫증나면 신발도 신지 않은 맨발로 뒷산 뽕나무밭에 올라 오디를 따
먹고 뻘건 입술로 서로가 서로의 혀를 날름거리며 오후 한나절을 보내는 하루해는
그리 길지 않았다.

해가 아직도 중천에 떠 있는 듯 지루한 여름날의 매미 소리를 들으며 뒷골 풀섶을
헤쳐 갖은 풀벌레 잡으며 헤매다가 지나온 발바닥에 뭉클, 섬짓한 기분에 뒤돌아보
면 어느새 나는 길다란 구렁이 한 마리를 밟고 지나온 뒤였을 때도 허다했고, 한여름
의 장마가 그칠 생각도 하지 않고 지루하게 계속되는 어느 날 저녁 문득 돌담에 붙
어 스멀거리는 수백 개의 움직이는 물체가 하나같이 뱀이라는 사실을 확인하고는 할
아버지께 달려가 이를 알리느라 숨을 헐떡거린 기억 외에도 자고 일어나 이불을 젖히
다 보면 문틈으로 어느 겨를에 내 이불 속으로 들어왔는지 한 마리의 뱀이 시침 떼고
누워 있는 모습도 본 적이 있어 요즘 도시 아이들로서는 상상도 할 수 없는 정경들일
것으로 여겨진다.

긴긴 겨울밤에는 수도 없이 깨어 일어나 머리맡에 놓아둔 요강에 오줌을 누다 보면
넘쳐흐르기 직전, 할 수 없이 방문을 열고 뜰아래 놓아둔 오줌 분지에 요강을 비우다
말고 개울 건너편에서 느닷없이 도깨비불이 나를 향해 달려오는 것 같아 후다닥 도
로 방문을 열고 들어온 기억도 있는 두메산골의 초가집, 경북 문경하고도 농암에서의

어린 시절의 추억은 언제나 나를 끝없는 상념의 포로가 되도록 만든다.

　다섯 살 때인가는 막내삼촌 장가 가는 뒤를 따라 상객으로 한복에 두루마기 입고 점잖게 간 것까지는 좋았는데, 손에 쥐어 주는 곶감을 받지 않고 있다가 밥상에 차려 온 뒤에야 의젓하게 손으로 집어먹고는 주는 술도 거절하지 않은 채 받아 취한 채 어른과 함께 어울려 춤추다가 사립문 밖 호밀밭 고랑에 누워 잠자는 바람에 삼촌 결혼식^(꾜꾜재배식)이 엉망이 되었던 기억이며, 오라는 통지도 받지 않은 채 동네 애들 따라간 김에 농암국민학교에 버젓이 입학하고 집에 돌아와서는 나보라는 듯이 자랑하던 추억은 지금도 웬 영문인지를 알지 못한 채 내 기억에 남아 있다.

　그렇게 입학한 지 얼마 안 돼 해방이 되고 난 이후, 아버지를 따라 서울로 온 다음에는 다시는 농암의 그 영그렁^(화산리, 연계) 마을을 못 가고 말았으니 지금도 애틋하고 아련함만이 남아 있을 뿐이다.

_김중위 〈도깨비불 보며 자란 나의 어린 시절〉 전문

아스라한 유년의 기억들이 철들지 않은 소년처럼 코발트빛 하늘 같은 꿈을 꾸고 사는 그는 낡을 수 없는 영혼을 가졌다. 시대적 현실의 아픔과 소외된 이웃들을 소재로 한 수필들이 주를 이루지만 흔들림 없는 정체성으로 자의식을 표출해 내는 언어 감각은 읽는 이에게 경쾌하리만치 역동감을 준다.

어쩔 수 없는 가난에 몸을 떨던 지난날의 발자취도 부끄럽다고 생각하지 않는 그의 고백에서 경외감마저 느낀다. 맑은 서정에 바탕을 둔 부드럽게 다듬어진 문장의 전개로, 독자들에게 훌륭히 메시지를 전달하는 호소력 있는 문장의 짜임새 또한 참으로 깔끔하다.

쓰는 감각이 세련된 그의 수필엔 정신적 가난이란 찾아볼 수가 없다. 외려 수필의 구성이 때로는 도발적이기까지 하다. 가난했던 유년은 어른이 된 지금의 그에게 정신적 풍요를 준 셈이다. 그늘이 없는 그의 문장 문장마다엔 유쾌함이 번득인다. 유머와 재치, 풍자, 해학의 성격을 고루 갖춘 균형 있는 글쓰기를 멈추지 않는 선생의 열정에 힘찬 박수를 보낼 일이다.

이제 김중위의 향방(向方)은 어디로 흘러갈 것인가? 서민적 정신의 소탈함으로 미래를 예측할 수 없는 표정과 암호, 꿈꾸는 자의 수면 및 동력의 활시위는 어디를 향할 것인가. 솔직 담백한 일상성의 면모와 친근감 그리고 안도감을 주는 양질의 해박과 꿰뚫는 혜안을 가진 지식인이자 자유주의자 농암 김중위. 힘의 근원을 스스로 개척하는 자기실현의 왕성한 에너지를 끝없이 뽑아 올리는 '꿈꾸는 자'의 추진력에 열망 같은 염원을 불어넣는다.

〈농암 김중위 장관의 약력〉

그는 대한민국의 전 교육자, 언론인, 정치인이었다. 1980년 이재형 초대 민주정의당 대표최고위원을 따라 민주정의당에 합류하였고, 1985년 제12대 국회의원 선거에서 민주정의당 전국구 국회의원으로 당선, 1988년 제13대 국회의원 선거에서 민주정의당 후보로 서울특별시 강동구 을 선거구에 출마하여 당선, 같은 해 5월부터 12월까지 민주정의당 대변인을 역임하였다. 1992년 제14대 국회의원 선거에서 민주자유당 후보로 같은 선거구에 출마하여 당선, 1994년 12월부터 1995년 12월까지 환경부 장관을 역임하였다. 1996년 제15대 국회의원 선거에서 신한국당 후보로 같은 선거구에 출마하여 당선, 1997년 신한국당 정책위의장, 1998년부터 2000년까지 대한민국 국회 정무위원장을 역임하였다.

11. 통시바우 유래를 찾아서

통시바우는 뒷간처럼 생긴 바위를 말한다. 그런 통시바우가 지리산 통시봉에도 있지만 문경시 농암면에는 두 개의 통시바우^(농암면 궁기리 산 1-1번지)가 둔덕산 능선에 나란히 자리하고 있다. 이름마저 특이한데, '마고'의 신을 의미하는 '마고'라는 말과 '할미'와 '손녀'라는 호칭이 들어간 '마고할미통시바우'와 '손녀마고통시바우'가 바로 그것이다. 혹자는 마고를 마귀로 부르기도 하지만 그것은 잘못된 표기다.

마고할미통시바우 능선(만물상)

마고할미통시바우

통시바우를 안고 있는 둔덕산^(951m)은 문경시 가은읍과 농암면의 경계에 솟아 있으나 정상 부분은 가은읍 완장리에 속해 있다. 등산은 대야산과 같이 가은읍 완장리 용추계곡에서 시작할 수 있으나 백두대간 주능선과는 약간 비껴 있는 육산으로 상대적으로 찾는 사람들이 적은 편이다.

둔덕산은 주위에 백두대간의 청화산, 조항산, 대야산, 장성봉이 솟아 있으며, 등산객들에게는 옆으로 보이는 대야산(930.7m)과 마주 보이는 희양산(999m)의 명성에 좀 가려 있다. 그렇다고 너무 일찍 실망할 필요는 없다. 이 산의 정수는 마고할미통시바우와 손녀마고통시바우의 암릉 구간인데 엄청난 크기의 바위들이 정상 능선에 기묘한 형태로 자리하고 있어 이를 넘나들며 풍경을 감상하는 맛이 일품이다. 이 능선을 지나면 밋밋한 둔덕산이 나오면서 백두대간을 조망하기에 안성맞춤인 일망무제의 정상이 나타난다.

마고할미통시바우

이 산은 이름 그대로 둔덕(屯德, 언덕)처럼 땅 냄새가 물씬 풍기는 부드러운 곡선의 산형을 하고 있다. 이로 인해 부근은 시야가 넓게 트이고 후덕한 능선엔 억새가 피어 장관을 이루는 평원이 있어, 여기서 사방을 보는 조망은 등산객들의 가슴을 설레게 만든다.

북쪽 산록을 흘러내려온 물은 대야산에서 내려온 물과 합수하여 용추폭포를 형성케 한 다음 내쳐 흘러 벌바위 마을 아래에서 이른바 신선이 머문다는 선유동을 만든다. 백두대간 버리미기재 북쪽 선유동을 괴산 선유동이라고 하고, 이곳 둔덕산 북쪽 선유동을 문경 선유동이라 한다. 문경 선유동에는 학천정 정자가 있어 오늘도 말없이 선경을 바라보고 있는데, 옛날 선비들의 자연 완상의 지혜와 운치를 즐기던 넉넉한 정신을 짐작하기에 어렵지 않다.

전설에 의하면 의병대장 운강 이강년 선생은 1858년 둔덕산이 바로 보이는 가은읍 완장 아래서 태어났는데, 출생 3일 전부터 둔덕산이 웅웅 소리내어 울었다고 한다. 사람들은 산이 우는 것은 처음 있는 일이라 하며 신기해하였으나 선생이 태어나자 울음이 그쳤고, 후일 둔덕산 기운을 타고난 운강은 국운이 위태롭던 한 말에 일본 침략에 항거하여 13년 동안을 오로지 의병대장으로서 싸우다 순국하였으니, 이는 곧 통시바우와 관련된 마고여신(할미)이 나라를 위해 특별히 점지한 인물이 아닌가 싶다.

마고할미가 쌓은 성은 '마고산성'이라 부르는데, 그 성은 경남 양산에도 있고 문경 마원리에도 있다. 여기서 등장하는 '마고할미'와 '손녀마고'는 요사스런 잡귀를 지칭하는 '마고'가 아닌 가까운 문경 마원의 '마고'로 이해하면 된다. 우리나라 대모격인 만능 여신을 의미하는 '지모신(地母神)'이 '마고할미'로, 박제상이 저술한 「부도지」에는 '한민족의 세상을 창조한 신'으로 표현되어 있고, 단군과 별개로 민족 창세신화의 주인공인 단군과 환웅 이전 신화의 주축을 이루고 있다고 했다.

그러나 이런 마고와 관련된 통시바우의 유래가 현재까지 전해지지 않고 있다는 것은 좀 이해하기 어렵다. 고향을 농암에 둔 사람들은 어린 시절 국민학교를 다니며 매일 통시바우가 있는 산을 바라보며 참으로 신비한 바위라는 생각을 하면서도 그 산과 바위의 이름조차 알 수 없었다. 다만 통시바우라는 이름만 여러 번 들었을 뿐 더 이상 관심이나 생각의 진전도 없었다.

마고할미통시바우

먼저 '통시'란 재래식 뒷간의 경상도와 전라도·강원도 방언으로 여기서 바위는 뒷간처럼 생긴 것이다. 백두대간 직전에 있는 통시바우는 마고할미가 사용했던 커다란 뒷간이고, 그 옆에는 손녀마고의 작은 뒷간이다. 이렇게 커다랗고 폭이 넓은 바위 두 개에 양발을 딛고 볼일을 보았다고 생각하니 마고할미는 백척(百尺) 장신쯤 되는 대모의 할미라고 할 수 있다. 그리고 '통시'는 변소를 의미하는 것이고, '둔덕'은 언덕으로 사람의 엉덩이와 유사하다는 점에서 통시바우는 엉덩이처럼 생긴 둔덕산과 아주 밀접한 관련이 있다.

더욱이 만능여신인 마고할미의 엉덩이나 그 손녀마고의 엉덩이라면 신비감을 갖게 하는 눈부신 여성성을 과시하지 않는가. 통시바우는 '마고할미, 통시, 둔덕, 엉덩이, 똥'이라는 키워드로 정리되고, 여기서 '똥'은 더러운 기피 대상이 아니라 농사를 짓던 우리 민족에게는 생산을 위한 거름이자 황금이며 삶의 비옥한 근본으로 점철된다. 이런 점을 감안하면 통시바우 주변 지형과 지명들은 이와 무관하지 않을 것이므로 조금만 상상력을 동원하면 다음과 같은 이야기를 유추해 볼 수 있다.

문경읍 마원리에 소재한 마고산성(고모산성에서 4km 정도)은 우무실 뒷산인 봉명산(鳳鳴山)에 있는 산성으로, 아득한 옛날 지모신(地母神)인 마고할미가 치맛자락으로 돌을 날라 하룻밤에 쌓았다는 산성 이야기가 전해져 오고 있다.

어느 날 천신(天神)의 딸인 마고할미가 아버지의 특명으로 봉황이 깃들어 산다는 봉명산(鳳鳴山)에다 하룻밤 안에 성을 쌓아야만 했다. 돌을 치마로 날라 성을 열심히 쌓아나갔으나 생각보다 늦어지자 생리 현상인 오줌까지 참아 가며 쉬지 않고 계속했다. 시간은 빠르게 흐르고 아무래도 성을 제 시간에 완성하지 못할 것 같아 손녀마고를 불러 도와 달라고 청했다. 손녀마고의 도움으로 가까스로 제시간에 성을 완성하자 마고할미는 안도의 숨을 내쉰 후 참았던 소변을 보려고 주변을 둘러보았으나 마땅한 곳이 보이질 않았다. 그때 멀리 연꽃 세 송이가 서북쪽에 피어 있는 게 눈에 들어왔으니 그곳이 바로 청화산(연엽산) 봉우리였다. 연꽃과 연잎으로 가려진 꽃밭에서 혼자서 볼일을 보기가 꺼려져 손녀마고의 손을 잡고 연엽산에 임하여 막 볼일을 보려 했다.

그러나 천신이 이를 알아채고 백두대간의 단전에 해당하는 신령한 곳은 안 된다며 그곳을 비껴 볼일을 보라 명했다. 하는 수 없이 마고할미와 손녀마고는 청화산에서 조항산을 지나 대야산에서 살짝 비낀 둔덕산 사이쯤의 큰 바위를 통시로 택하게 된다. 조항산과 대야산과 둔덕산의 삼각점이 되는 지점, 그곳에 기묘한 바위를 여러 개 세운 것이 바로 지금의 통시바우다.

할미와 손녀가 양발을 벌리고 통시바우에 앉아 각각 볼일을 보자 앞쪽으로는 오줌이 떨어지고 뒤로는 똥이 떨어진다. 할미의 오줌발과 똥은 세고 굵으며, 손녀는 아직 약하고 가늘다. 두 마고가 볼일을 보고 난 뒷자리에는 오줌발이 관통한 가은읍 완장리 쪽으로는 용추폭포가 생기고 월영대와 무당소와 학천이 생겼으며 구멍이 숭숭 뚫린 벌바우도 생겼다. 할미 오줌은 벌집처럼 구멍숭숭한 벌바위를 만들고, 손녀 오줌은 아름다운 하트 모양의 소를 만들었다. 그리고 똥이 떨어진 농암 궁기리 쪽으로는 큰 꽃밭골과 작은 꽃밭골, 큰 돌삽쟁이골과 작은 돌삽쟁이골, 큰 석산골과 작은 석산골, 큰 뱀밭골과 작은 뱀밭골, 바람맞이골과 뱀장이골과 문바위골, 궁기^(구멍〈궁디〈궁기), 말바우 등을 만들었다. 이를 사람들은 바위가 큰 것은 할미똥이고 작은 것은 손녀 똥이라 불렀다.

마고할미와 손녀마고가 이용한 통시는 지금도 두 개의 바위로 남아서 백두대간을 중심으로 가은읍 쪽은 물이 빚은 신선이 노닐 절경이 되었다면, 농암 쪽은 옥토가 빚은 큰 바위와 깊은 골짝을 만들었다. 그래서일까 둔덕산은 여자가 보면 언덕으로 보이고, 남자가 보면 엉덩이로 보인다고 하니 한번쯤 눈여겨볼 일이다. 앞으로는 맑은 물이 쏟아지고 뒤로는 옥토가 떨어지는 통시바우! 그 신비한 전설을 품어 안은 마고의 통시바우가 가은에는 시인 묵객이 찾는 선유구곡과 봉암용곡을, 농암에는 왕후장상이 탄생하는 말바우와 개바우와 농바우를 통해 쉬임없이 영험한 힘을 뿜어 주고 있다.

12. 전우 선생의 강학비가 쌍용에 선 이유

전우^(田愚, 1841~1922) 선생은 호가 간재^(艮齊)이고 전주에서 출생하였다. 성리학이 공자에서 시작하여 간재에서 종지부를 찍었다고 할 정도로 그는 높이 평가를 받는다. 1882년^(고종 19) 중추원 찬의^(中樞院贊議) 등의 벼슬을 수차례 제수받았으나 모두 나아가지 않았다. 그의 명성이 널리 알려지자 1895년 박

간재 전우 초상

영효^(朴泳孝) 등이 수구^(守舊) 학자의 우두머리로 지목하여 개화를 실현시키려면 그를 죽여야 한다고 여러 번 청했으나 고종의 승낙을 얻지 못하였다.

조선 후기 「안자편」, 「연원정종」, 「간재집」 등을 저술한 학자이며, 이재-홍직필-임헌회-전우로 이어지는 낙론 계열의 학자로 분류된다. 1908년^(순종 2) 나라가 어지러워지자 왕등도, 군산도 등으로 들어가 나라는 망하더라도 도학을 일으켜 국권을 회복하겠다고 결심하였다. 1912년 섬에 정착해 계화도^(繼華島, 중화를 잇는다는 뜻)라 부르면서 세상을 떠날 때까지 저술과 제자 양성에 힘썼다.

그는 의리정신을 숭상하고자 조선조의 조광조^(趙光祖) · 이황^(李滉) · 이이^(李珥) · 김장생^{(金長}

生)·송시열^(宋時烈)을 동방의 오현^(五賢)이라고 칭하였다. 그리고 문집 가운데서 좋은 말을 뽑아 「근사록^(近思錄)」의 체재를 모방하여 「오현수언^(五賢粹言)」 편찬에 참여하였다. 그는 자신의 생각과 조금이라도 의견을 달리하는 점이 있으면 주저하지 않고 잘못을 지적하며 자기의 성리학설을 세웠다. 김창협^(金昌協)에게서 사상적인 영향을 받았지만, 「농암사칠의의^(農巖四七疑義)」를 지어 그 불합리함을 지적했고, 기정진^(奇正鎭)의 〈외필^(猥筆)〉을 반박하는 〈외필변^(猥筆辨)〉을 썼다. 또한 이항로^(李恒老)에게는 〈화서아언의의^(華西雅言疑義)〉로, 이진상^(李震相)에게는 〈이씨심설조변^(李氏心說條辨)〉으로 반박하였다.

"주자가 말하기를 성은 태극이라 하였고, 심^(心)은 음양이라고 하였다. 그러므로 하늘과 태극은 마땅히 높은 것이고, 심과 음양은 마땅히 낮은 것이다."라 했다. 또 "이를 미루어 보면 성은 스승이고, 심이 제자라는 것은 주희의 설에 바탕을 두기는 했으나 내가 새로 창시한 것이니 의리가 지극히 정미한 것이고 절실한 공부이며 이것이 스스로 만든 심제^(心弟)라는 두 글자다."라 하였다. 이와 같은 견해는 송시열의 학설을 이어받은 것으로 보인다.

정통 왕권^(王權)의 계승만이 국권 회복이라 생각했고, 파리장서에 가담하지 않은 것도 이적^(夷狄)을 끌어들이는 일이라고 했다. "이는 척화를 하기 위해 또 다른 외세의 간섭을 자초하는 일이니 열강의 세력을 빌려 이들에게 호소하는 일은 하지 않겠다."라고 거절하였다. 「추담별집^(秋潭別集)」에서는 "국권을 회복한다고 하면서 외세와 손잡게 되면 이는 나라를 회복하기 이전 내 몸이 먼저 이적이 되는 것이니 절대로 할 수 없는 일이다.", "500년 종사도 중요하지만 3,000년의 도통^(道統)을 잇는 것이 더 소중하니 무가치하게 목숨을 버리지 말고, 학문을 일으켜 도^(道)로써 나라를 찾아야 한다.", "을사년의 수치에도 통곡할 수밖에 없었고, 우리의 모든 선비는 마땅히 피를 토하고 눈물을 흘리며 이를 악물고 살 수밖에 없으나, 눈앞의 위태함만을 알고 나라의 참된 힘이 무엇인가를 깨닫지 못하면, 그것은 총칼 앞에 헛되이 목숨을 버리는 일일 뿐이니, 차라리 몸과 마음을 올바로 가다듬어 신명을 얻어 학문을 열심히 닦아 뜻을 편다면 1년, 2년, 10년, 20년 어느 때인가는 우리의 힘으로 이룰 수 있을 것이다."라고 했다.

간재 선생의 농암 인연은 그가 41세이던 1881년 무렵 가은 선유동 등 문경 일원을 답사하기도 했다. 1883년 이후 5년여간 쌍용계곡 인근의 심원사, 원적사 등지에서 강학 활동을 벌여 제자들을 배출하였다. 그는 심원사 강학에서 〈講規〉를 설치하여 사제간의 예의를 엄격히 하고, 부부간에도 반드시 공경히 응대할 것을 강조함으로써 문경학단에 예의 회복을 기대하였다. 이어 청화산 저동(著洞) 강학에서는 〈著洞書社儀〉를 제정, 입지를 크게 하고, 〈소학〉을 행동준칙으로 하며, 공부는 성(性)을 위주로 할 것을 주장함으로써 성사심체설(性師心弟說)의 단서를 보여 주었다.

간재의 문경 거주 시기에 국가적 대사건이 발생했는데 심원사 강학 1년 전인 1882년에 임오군란이 발생하고, 1884년에는 조정의 의복제도에 대한 개복령이 공포되어 간재는 이 명령에 따르지 않고 고제를 고수하도록 제자들에게 지시하였다. 그해 갑신정변이 발생하였는데 간재는 외세를 배격하고 예의를 고수함으로써 국가를 수호할 수 있다고 확신하였다.

이와 같은 간재의 심원사와 원적사 강학은 우리나라 도학에 적지 않은 업적을 남겼으므로 2016년 10월 12일 문경시 농암면 내서리 574-1에 선생의 농암 강학 활동을 기념하는 비가 건립되었다. 우리가 양반의 예를 다하는 성리학의 규범적 행동준칙을 농암 지역에 교육 전파했다는 점과 성리학을 통해 동서화합의 장을 열었다는 데 의의를 둘 수 있을 것이다.

13. 〈가(加)〉에서 농암의 뿌리를 찾다

신라 초 고령가야국에는 〈가해현〉이 있었다. 그 현은 지금의 가은과 농암을 포함하는 지역이었다. 신라 첨해왕이 침공 후 복속하여 사벌주 고동람군 〈가해현(加害縣)〉이라고 이름지었는데, 그 지명의 뜻을 새겨보면 놀라움을 금할 수 없다. "나쁜 일이 거듭되는 지역"으로, 달리 말하면 "모반이나 반역의 기운이 맴도는 곳"이라는 흉지의 뜻을 갖고 있기 때문이다. 이런 이름을 신라 경덕왕이 〈가선현(嘉善縣)〉, 즉 "아름답고 착한 사람들이 모여 사는 곳"이라는 아주 대단한 길지로 고쳐 버렸다. 왜 그랬을까? 반역의 땅을 그대로 두면 후일 모반으로 큰 문제가 생기게 될 수도 있어 미리 이름을 고쳐 좋은 기운이 싹트도록 개명했다는 것일까?

그도 그럴 것이 원래 봉암사의 진산인 희양산은 "산이 사방으로 병풍처럼 둘러쳐져 있어 마치 봉황의 날개가 구름을 치며 올라가는 듯하고, 계곡물은 백 겹으로 띠처럼 되어 있으니 용의 허리가 돌에 엎드려 있는 듯한 산세의 지형"을 하고 있다. 그래서인지 예로부터 "기가 가장 센 곳으로, 절이 들어서 승려들의 거처가 되지 않는다면 도적의 소굴이 된다."며 그냥 두면 흉지가 되고, 절을 지으면 명당이 된다 하여 지증대사가 여기에 봉암사를 지은 것이다.

그런데 지명은 여기서 그치지 않고 왕건이 고려를 건국하고 나서 다시 〈가선현(嘉善縣)〉에서 〈가은현(加恩縣)〉으로 바뀌게 된다. 즉, "은혜를 내려 주는 땅"이라는 뜻으로 이 지역은 왕건이 고려를 건국하는데 큰 힘이 되어 준 아자개와 견훤의 공을 기려 지명을 하사하였다. 왕건에게 아자개와 견훤이 자발적으로 두 손 들고 고려로 귀부했으니 충분히 그럴 법한 사유가 된다.

여기서 간과해서는 안 되는 글자가 있다. 그것은 바로 〈가(加)〉자인데, 가해현(加害縣)에서 가선현(嘉善縣)으로 바뀐 뒤 가은현(加恩縣)이 되면서 "加 →嘉 →加"의 순으로 나타난다. 신라는 가야가 낙동강을 중심으로 농경문화를 꽃피우면서 철까지 생산 수출하며 강소국으로 발전해 나가자 눈에 가시처럼 여기게 된다. 반도의 중심인 상주 문경 지역에 고령가야국이 자리를 굳게 잡으면 신라는 백제와 고구려 등으로 뻗어나갈 진출입로가 막히고 자국 영토 확장에 걸림돌이 되므로 침공을 꾀하게 된다. 고령가야국의 힘과 기세가 호락호락하지 않자 천연 요새지인 가해현을 반역의 땅으로 낙인찍고 침공 목표로 삼았을 것이다. 그 근거가 되는 게 가야를 표기하는 한자에서 새로운 사실이 읽혀진다. 가야를 한자로 〈伽倻(절가+땅이름야. 절이 있는 곳)〉라고 쓰는 데, 명산대찰이 있는 가은 봉암사와 가야 해인사 두 곳 모두 가야국에 해당되고 가(伽)자를 사용하여 가야금, 가야산도 같은 한자로 표기한다는 점이 그렇다.

가야(伽倻)의 한자 표기는 원자료로 가치가 없는 고려 후기에서 조선 전기 시대에 쓰기 시작했으니 큰 의미는 없지만, 삼국사기에는 가라(加耶), 삼국유사에는 가야(伽倻)로 썼다. 그러나 가해현에서 가은현으로 지명은 변해도 어근처럼 변하지 않는 글자가 〈가〉자로,

고령가야 왕릉(함창)

고령가야 태조 왕릉(함창)

가야국의 〈가〉와 가은현의 〈가〉가 왜 같은지 궁금증을 불러일으킨다. 고려 광종 15년⁽⁹⁶⁴⁾에 상주목 함녕군 가은현이 되었다가, 고려 공양왕 2년⁽¹³⁹⁰⁾ 문경현^(加東, 加北, 加縣, 加南, 加西)에 포함되었으며, 1914년 가은면^(가동, 가현, 가북)과 농암면^(가남, 가서)으로 나눠지면서도 〈가〉자는 끝까지 살아남는다.

농암의 지명은 고려 공양왕 때 가남면과 가서면이 문경현으로 병합되었다가 1914년 일제가 행정구역을 재편하면서 생겨난다. 당시 농암면 갈동리에 있는 〈농바우〉의 지명을 따서 농암이라 명명하였는데, 농바우는 견훤의 탄생 설화가 있는 유적일 뿐 아니라 성장 배경이 되는 중요한 곳인 데다 지리적인 조건^(궁기, 화산, 은척, 전곡 등의 길이 합류되는 요지)으로 인해 오일장이 형성되던 곳이었으니 그렇게 작명되었고, 이후 1963년 1월 삼송리는 괴산군 청천면으로, 민지리는 가은으로 재편되었다. 여기서 주목할 만한 것은 농암이 법정 면이 되기 전 가서면 가항리, 가실목 등으로 불렸다는 점에 주목할 필요가 있다. 항이나 목이란 중심이 된다는 의미로, 농암은 견훤산성이 중심이 되었기 그 지명이 사람들에게 자연스레 불려진 것이다.

그렇다면 여기서 가서면, 가남면, 가항리, 가실목, 가대 등 유독 〈가^(加)〉자를 고수한 이유는 무엇일까? 그것은 적어도 이곳 지세가 범상치 아니하여 큰 인물이 난다거나 국난을 막아 주는 성지가 되는 곳으로 축복을 더하는 땅^(加)임을 입증해 주는 것은 아닐까? 변화난측한 역사의 파고에도 고령가야국의 뿌리인 가^(加)자를 끝까지 승계한 가은현! 뿌리 깊은 기운을 연면히 이어온 성지엔 견훤이 탄생하고 견훤산성을 쌓았으며 나아가 기세를 키워 그가 후백제를 건국했다는 건 우연이 아닐 터이다 .

가^(加)자는 더하기의 의미를 가진 대부분의 사람들이 선호하는 글자다. 배움을 더하고 덕을 더하며 사람을 더하고 힘을 더하면 나라도 세울 수 있다는 덧셈의 미학을 갖는다. 이런 점에서 가야에 대한 몇 가지 기원을 살펴볼 필요가 있다. 〈가나^(駕那)설〉은 "끝이 뾰족한 관책^(冠幘)"이라는 뜻이고, 〈평야설〉은 남방잠어에서 "개간한 평야, 가라^(Kala)"라고도 부른다는 것. 〈간나라^(神國)설〉은 "신의 나라, 또는 큰 나라"라는 뜻을 갖고, 〈갓나라

설)은 "한반도 해변가 지방"의미로 불렸다는 것이다. 〈가람^(江)설〉은 "가야가 낙동강 지류인 강^(가람) 또는 갈래"라는 뜻을 갖고, 〈겨레^(一族)설〉은 알타이 제어의 '사라^(Xala)에서 가라^(Kala)〉 가야^(Kaya)〉 캬레^(Kya+re)〉 겨레^(Kyeore)로 음운 변천된 것"이며, 〈성읍^(구루, 溝婁)설〉은 "큰^(大, 長) 성읍"이라는 의미를 갖고 있다. 이 중에서 가장 지지를 얻고 있는 것이 바로 〈겨레^(一族)설〉이다. 낙동강을 중심으로 길게 남북으로 분포한 연맹이 곧 가야 겨레라는 의미를 내포하고 있으니, 가야 역사를 말할 때 고령가야국을 제외시키는 것은 전혀 말이 되지 않는다.

구산선문인 봉암사의 기운은 우리나라 호국도량으로서 국운을 좌우하고, 후에 후삼국 중 한때 가장 위세를 떨친 후백제 견훤대왕을 탄생시켰다. 둔덕산에 도도히 흐르는 태양의 기운으로 태어난 운강 의병장과 천마산의 기운으로 태어난 도암 의병장은 일제로부터 나라를 지켜 낸 큰 인물이 되었다. 그래서 산들이 옷을 여민 것 같은 병화가 없는 청화산 아래 우복동과 신선이 노니는 선유동의 길지 기운 등으로 삼한의 갑남을녀들이 찾고 싶은 으뜸 고을로 자리매김하는 복지임을 확인하게 된다. 고령가야국의 주인이자 견훤대왕이 탄생하고 성장한 고장으로서 자긍심을 갖고 애향 위에 애국을 더해 가는 자랑스런 加의 후손들이 되어야 할 것이다.

14. 〈버들피리 악극단〉의 희망공연

6.25전쟁이 끝나고 폐허가 된 이 땅에 희망이라곤 겨우 손바닥만한 하늘에 희미한 해 하나만 하루 한바퀴를 돌던 농암, 1955년 3월 어느 날 김병승(1932~1987)의 주도로 대정 마을 청년 열세 명이 모여 희망의 불을 지피기 시작했다. 전후 세상은 흉흉하고 좌익 보도연맹이 설치고 무장공비들도 곳곳에 암약하고 있는 데다 실의에 빠진 국민들은 자포자기의 나락으로 떨어져 가고 있을 무렵, 애국 청년들이 결사하여 나라를 구하기 위한 의병처럼 굳은 〈버들피리 결의〉를 한다. 농암 고을에 새 희망을 심는 악극단을 결성하는 그들의 표정은 자못 의미심장하다.

버들피리 악극단장 김병승

아무리 거센 세파에도 꺾이지 않는 버드나무처럼, 그 나뭇가지로 피리를 만들어 불면서 봄의 생명력을 함께 나누자는 뜻으로 〈버들피리 악극단〉으로 이름을 짓는다. 단장에는 김병승, 단원에 이병수, 임상수, 이상직, 권오선, 권오식, 장수환, 우경구, 우영철, 김병주, 김병운, 곽연회, 이석이 이렇게 13명의 청년이 뜻을 같이한다. 특별 출연으로는 농암지서 차석과 농암면 부면장을 포함, 총 15명이 공연장으로 보무도 당당하게 출동하였다.

무대에는 전후 시대적 상황에 맞는 2가지 제목의 연극을 상연하게 되었다. 〈황금의 설움〉은 뼈저린 가난의 설움을 떨치고 희망의 나라로 향한다는 내용으로 공연장은 온통 눈물과 희망의 범벅타령이었다. 막이 오르면 관객들은 연극에 빨려들어 갔고, 시종일관 숨 돌릴 틈도 없이 격하게 공감하는 동병상련의 거대한 해일이었다. 〈여인의 일생〉은 당시 파란만장했던 비극적인 여인의 삶을 담아낸 피눈물 나는 한 많은 스토리였으니 누구 봐도 손수건을 흠뻑 적시고 심지어는 꺽꺽 목놓아 울면서 슬픔의 바닥까지 토해 내는 극한의 카타르시스로 관객들을 몰입시켰다.

이런 극을 만들기 위한 악단들의 노력과 연습은 간단치 않았다. 배역을 정하고 대본을 외는 것도 어려웠으며, 분장과 소품과 연출도 쉽지 않았다. 특히 어른들께서는 "멀쩡하게 젊은 놈들이 일은 안 하고 상놈의 말광대 짓을 하고 다닌다."며 호통을 쳤다. 김병운 같은 경우 "노는 놈은 밥 먹을 자격도 없다."며 아예 집에서 쫓아내기도 했지만 그런 악조건이 닥쳐도 목숨을 걸고 견뎌 냈다.

극단 공연이 날로 인기를 끌자 문경군 내 다른 지역에서도 공연 요청이 쇄도했다. 이에 극단 단원들은 고생을 무릅쓰고 그 요청에 화답하며 밤낮을 가리지 않고 강행해 나갔다. 소품을 운반할 차량이나 달구지도 없어 지게에다 각자 엄청난 무게의 소품을 지고 고개를 넘고 강을 건너는 고행을 즐거이 받아들였다. 일부 마을 이장들은 무거운 소품을 마을 자체에서 만들어 공급하기도 했기에 그럴 때마다 악단들에게 큰 힘이 되어 주었다.

단원들은 저마다 자기 재능을 최대한 발휘했다. 김병승은 도시에서 중등학교를 다니면서 쌓은 실력을 최대한 발휘하여 연출과 지휘를 맡았고, 빼어난 목청과 넌출진 가락에 일가견이 있는 장수환은 극 중 창이 나오는 부분에서는 발군의 실력으로 갈채를 받았다. 연극에서 여자 배역이 없어 어쩔 수 없이 여장을 등장시켰는데 오히려 여자 이상으로 훌륭한 연기력을 보여 준 김병운, 결혼한 지 얼마 안 되어 새신랑 역할을 더 실감나게 할 수 있었던 진정한 새신랑 이병수 씨 등은 극을 더 극적으로 만들었다.

현재 단원들 중 유일하게 생존해 있는 김병운! 당시 여성 배역으로 출연하여 너무 이

악극단장 김병승(집무실 광경)

악극단장 청년 김병승(좌에서 세 번째)

쓰고 연기를 잘해 인기도 누렸지만 공연 중 예상치 못한 사고를 저지르기도 했다. 야간 공연 시 은성광업소를 통해 확보한 칸델라 불 6개 정도면 공연이 가능했고, 그것은 전깃불보다 밝다고 느꼈다. 그런데 여장을 한 그가 입은 치마는 동네 갓 시집온 새댁의 "뉴똥치마"^(당시 최고의 비단치마)를 빌려 입은 것으로 공연을 하다가 그만 실수로 치맛자락이 칸델라 불에 닿는 바람에 치마가 손상되고 말았다. 이 사고로 거액의 배상을 해야 했으니 이를 어찌 해결할 것인가 눈앞이 캄캄했다. 그 뒤 비싼 치마를 물어 주기 위해 공연 시마다 마을 이장들이 조금씩 찬조해 주는 돈을 꾸준히 모아 겨우 그 가격의 일부를 배상하는 것으로 마무리했다면서 그때 상황은 너무 힘들었다고 전한다.

그리고 공연을 위해 이동하는 중 가장 힘들고 기억에 남는 일은 누가 뭐래도 괴산군 청천면 삼송리 공연이었다. 당시 삼송리는 농암면이었으니 당연히 공연을 해야 하므로 고모리에서 소품을 지게에 지고 그 험한 재빼기를 넘으면서 청년들은 과연 무엇을 생각했을까? 그 답은 어른들의 비난처럼 "비싼 밥 먹고 할 짓이 없어서 그 일을 했을까?" 하지만 그건 아니었다. 천부당만부당 아니며, 그들은 단장을 중심으로 굳게 하나 되어 사기충천한 애국 청년으로서 남다른 애민정신을 발휘하며 아낌없이 뜨거운 청춘을 불태웠다.

여자의 일생 악극 포스터

버들피리 악극단

공연을 하기 위해선 지역민들의 크고 작은 도움이 필요했지만, 이와 반대로 오히려 훼방과 협박을 일삼아 신변의 위험을 감내해야만 했다. 골이 깊은 화북과 청천면 삼송리 등의 공연 시에는 마을 주민들이 강력히 반대하여 곤경에 빠지기도 했다. 그 이유는 보도연맹 등 좌익 세력들이 버들피리 악극단 공연 시 반공과 계몽 교육 등에 반대

황금의 고도 포스터

하여 직접 행동에 나섰기 때문이다.

이때 마을 이장과 우익 주민들을 적극 설득해 공연을 무사히 치르긴 했지만, 그 밤에 적색분자들이 숙소로 몽둥이를 들고 몰려와 마룻장을 몽둥이로 내리치며 불안과 공포를 조성하여 일촉즉발의 위기 직전까지 가는 등 자칫 대형사고로 이어질 뻔한 일이 있었다. 이후 좌익 세력의 위험을 피해 궁기와 갈골 등에 사는 몇 가구는 대정 마을로 이

사를 하는 일까지 벌어졌으니 연극의 힘은 결코 미약하지 않았던 것이다.

그렇다면 왜 뜬금없이 경찰이 악단과 같이 활동을 했고, 또 부면장도 동행을 했는가? 경찰은 반공 교육을 시키면서 공비 적발 시 반드시 신고해야 한다며 주민을 계도하는 자리였고, 부면장은 전쟁 뒤 실의에 빠진 주민들에게 희망의 메시지를 던져 주며 나라를 가난에서 하루빨리 구제하고 재건하자는 홍보에 열을 올린 것이다. 그러므로 악단들은 단순히 공연만을 위한 젊음의 잔치가 아닌 좌익 우익이 충돌하고 공산당이 설치는 혼란한 나라를 민주주의 나라로 바로 세워야 한다는 구국일념과 가난 타파를 위해 더욱 근면 성실하게 최선을 다할 것을 다짐했다. 예술을 앞세운 애국 집회 현장은 시대의 귀감이 되었고 용감한 청년들의 특별한 결사조직이 되었다.

극단이 결성된 후 5년여를 활동하며 문경 지역을 변화시킨 버들피리 악극단! 그들은 세상을 풍자한 노래 〈물방아 도는 내력〉처럼 버들피리를 힘차게 불며 당시 초라하고 남루한 정객들과 정파를 풍자하는 연극을 통해 나라를 제대로 이끌지 못한 위정자들의 무능을 탓하면서도 주민들로부터 아낌없는 갈채를 받던 〈황금의 설움〉과 〈여인의 일생〉은 민중(民衆)의 애환을 시원하게 해소하며 전쟁의 소용돌이 속에서 지친 국민들에게 큰 위로와 활력을 불어넣어 주었던 것이다.

"고향 앞에 버드나무/올봄도 푸르련만/호드기를 꺾어 불던/그때는 옛날"이기는 하지만, 매년 봄이 오면 "버들피리 꺾어 불면서/물방아 도는 내력 알아보련다"라고 노래하며 버들피리 단원들은 조국 사랑에 마음을 기울이고 있으리라. "진달래도 개나리도 생긋 웃는 봄/시냇가의 버들피리/빕 비리비리 비리비…" 그날의 생동하는 봄기운을 그들은 지금도 이 시대를 사는 우리에게 끊임없이 전해 주고 있지 않는가.

15. 효가 유전되는 향리의 사람들

유교의 도덕 규범 가운데 가장 중요한 덕목은 충과 효다. 충은 신하가 군주에 대해서, 효는 자식이 부모에 대해서 갖게 되는 도덕적 의무를 가리킨다. 우리나라는 삼국시대 이전부터 이 사상이 누천년 계승 발전되어 오면서 충신 열사와 효자가 세계 역사 가운데 가장 많은 예의지국으로 알려져 있다. 백성들은 우국충정의 마음으로 국난에 대처하는 것은 물론, 단일민족으로서 효행 사상의 전통을 연면히 이어 왔다.

요즘은 충효라는 말을 하나의 굳어진 단어로 인식하여 충효 사상이나 충효 정신이라는 발전된 의미로 사용하며 이 가치를 존중하고 있다. 그러기에 동방예의지국으로 지칭되며, 공자의 정신을 기리는 향교와 성균관 등의 특별한 문화유산이 계승되어 온다. 인과 덕에 의해 천명에 따르는 이상 세계를 인간의 힘으로 실현할 수 있다는 공자 사상은 중국보다 우리나라에서 발전된 학문으로 자리매김하였다. 그리고 공자뿐 아니라 성경의 십계명에서도 "부모를 공경하라"고 못 박고 있으니 충과 효는 동서고금을 막론하고 시대와 문화적 경계를 초월한 보편적 가치라 할 수 있다.

"사람의 자식 된 자로서 어찌 효도를 하지 않으리오? 그 깊은 은혜를 갚고자 하여도 하늘처럼 다함이 없도다. 본래 효도는 모든 행함의 근본일진대, 부모님을 섬기는 데에는 지극한 효로써 하고, 봉양하는 데에는 정성을 다할 것이니라. 부모님 섬기기를 이같이한다면 가히 사람의 자식 된 자라 할 것이나, 이같이 하지 못한다면 짐승과 다

를 바가 없느니라." 〈사자소학 효행편〉

爲人子者 曷不爲孝 欲報深恩 昊天罔極
元是孝者 百行之本 事親至孝 養親至誠
事親如此 可謂人子 不能如此 禽獸無異

효도란 부모를 정성껏 잘 섬기는 일을 뜻한다. 효도의 '효'에서 孝라는 한자의 형상은 '아들이 노인을 업고 있는 모양'으로, 자식은 부모를 업고 다닐 정도로 끝까지 잘 봉양해야 한다는 뜻을 담고 있다. 인간과 동물을 구분하는 행동 양식 중 가장 대표적인 것이 효이며, 인간이 아닌 동물 중 죽을 때까지 자식이 부모를 봉양하는 동물은 아직 보고된 바 없다. 그런 만큼 효는 인간에겐 유전이나 세습되는 것으로 인식되어 있고 귀감이 되는 장한 효행은 적극 발굴 포상하고 있다.

충효가 강조되던 조선 시대에는 유교를 잘 숭상하면 양반이 되고, 그것을 지키지 못하면 상민 취급을 받았는데, 당시 문경은 퇴계의 영향을 많이 받아 충효의 고장으로 불렸다. 기쁜 소식을 먼저 듣는다는 문희경서(聞喜慶瑞)의 고장인 문경에서 듣는 기쁜 소식이란 새재를 경계로 두고 대부분 충과 관련된 과거 급제나 효와 관련된 부모 등의 안부를 듣는 일이 대부분이었다. 그러므로 여기서 예로부터 전해 오는 도덕 규범 가운데 가장 중요한 효의 덕행을 살펴보기로 한다.

▶ 효자 신탁(申卓): 농암리

본관은 평산이고 한천처사 신숙빈의 손자이다. 어버이를 지극한 정성으로 받들고 돌아가시자 시묘살이 3년을 하는데 밤마다 범이 와서 보호해 주었다. 벼슬은 충순위이며, 효행이 나라에 알려져 정려를 내리고 이조판서에 증직되었다. 농암리에 정려가 있었으나 지금은 없다.

▶ 밀양박씨 백원각: 한우물

한우물 들판 새터 쪽 가장자리에 강미옥의 처 밀양박씨의 효행을 기리기 위해 유림에서 세운 백원각이 있다. 효부 밀양박씨는 창성의 딸이었는데, 가난한 선비집으로 시집와서 어려운 살림에도 어색함이 없이 10년간 종기로 고생하는 시아버지를 정성으로 받들었다. 시아버지가

한우물 백원각

침을 맞을 때 아픔을 견디지 못함을 보고 직접 자신이 침술을 배워 아픈지 여부를 먼저 자신에게 시험한 후 시아버지에게 아프지 않게 침을 놓았다. 또한 산비둘기 고기를 먹고 싶다고 할 때는 온 산천을 돌아다녔으나 잡지 못했는데 집으로 돌아와 보니 부엌에 비둘기 한 쌍이 떨어져 있었다. 그것을 잡아서 드렸더니 병이 나았다 한다. 이같은 효행은 하늘이 감동하여 내린 것이라 하여 유림들이 효부각을 세웠다.

▶ 엄동설한에 두꺼비로 아버지 구한 박일성(朴日晟, 1753~1837): 연천

본관은 밀양, 보경(保景)의 아들로 태어나 어릴 때부터 효성이 지극하여 어버이 섬기기를 효로서 다하였다. 그러던 중 부친이 악성 종기로 고생할 때 의원이 두꺼비 태운 재가 약이 된다고 하나 때는 엄동설한이라 두꺼비를 구하기란 생각조차 못할 일이었다. 그러나 공은 두꺼비를 찾아 온 산천을 헤매면서 지성으로 기도하자 마침내 뜰에서 두꺼비가 나와 이것을 잡아 약으로 쓰니 병이 곧 완치되었다. 그 후 다시 부친이 천식으로 위

독하자 변의 달고 쓴 것을 맛보아 병세를 짐작하고 손가락을 베어 피를 마시게 하니 담핵이 나와 소생, 완치되었다. 후에 부친이 돌아가시자 3년 동안 하루도 빠짐없이 시묘하며 극진히 모셨다. 큰물이 나서 물을 건너지 못할 때는 호랑이가 나타나서 여러 차례 물을 건너 주니 소문이 세상에 퍼져 1872년 나라에서 정려를 내리고 포상했다. 공은 통훈대부 사헌부 감찰과 통정대부 승정원 좌승지 겸 경연 참찬관에 증직되었다.

▶ 박증효(朴曾孝, 1786~1848): 연천

본관은 밀양, 효자 일성의 아들이다. 대를 이은 지극한 효자로서 아버지가 병중에서 생선탕을 찾으니 겨울철 냇가에 나가 지성으로 기도를 올리자 신령이 나타나 자라 한 마리를 주므로 아버지께 올렸다. 임종 시에는 대변의 맛을 보고 손가락의 피를 내어 마시게 하면서 극진한 간호를 하였다. 부친상 후에는 죽으로 연명하며 3년간 시묘를 했고, 후에 동몽 교관에 증직되었으며 연천리에 정려^(旌閭)를 내렸다.

▶ 이종흥(李鍾興): 선바우

본관은 평창이고 지동리 선바우에서 태어났다. 숙부에게 양자 가서 지극한 효성으로 양부를 봉양했으며, 생모가 병으로 3년간 자리에 눕자 의복을 벗지도 않고 밤낮으로 극진히 간호하였다. 부친이 만년에 앞을 못 보게 되자 7년간 식사 때마다 옆에 앉아 식사 시중을 들고 부친을 업고 바깥 출입을 시켰으며, 추운 겨울 밤에도 목욕재계하고 하늘에 기도하며 쾌유를 빌었다. 부친이 돌아가신 후 3년간 시묘를 살았다.

▶ 이장호(李長浩): 선바우

효자 이종흥의 차남으로 지동리 선바우에서 태어났다. 부친이 식사 중에 고기가 질겨서 씹다가 그것을 뱉으면 그것을 다시 자신의 입에 넣어 먹었다. 가을 추수 후에 강원도 지방으로 소금장사를 갔는데 어느 집에 갔을 때 김치맛이 좋아 부모님께 드리기 위해 약탕관에 넣어 오던 중 길이 미끄러워 넘어져 약탕관이 깨지자 옷소매에 다시 싸 가지고 와 부모님께 드리는 등으로 주변의 칭송을 받았다.

16. 백로는 길지에 산다

    한일합방이 되던 그날은 우리에게 얼마나 비극적이고 치욕스런 날이었던가. 소액의 소매치기를 당해도 서러운데 나라를 통째로 빼앗겼으니 무슨 할 말이 있을까. 나라가 힘이 강하고 잘 살면 이런 일이 일어나기나 하겠는가? 이는 우리가 자초한 결과로 '자업자득'이자, 콩 심은 데 콩 난다는 '종두득두(種豆得豆)'의 논리가 들어맞는다.

    조선 왕조 하반기부터 우리나라는 거의 시련의 연속이었다. 선조 때 당파 싸움으로 피비린내가 나더니 임진왜란과 정유재란이 일어나 10여 년간 강토가 무참히 짓밟혔고, 그 뒤 44년이 지나 다시 병자호란으로 임금이 청나라에게 삼전도 굴욕까지 당하게 된다. 그러다 구한말에 이르러서는 힘없는 사람들이 대동단결해 하나로 뭉쳐도 나라가 어려운데 자주 자강은 고사하고 친명, 친일, 친러파로 갈라져 서로 죽고살기로 싸우고 있으니 잔꾀가 많은 일본은 낭인을 시켜 명성황후를 시해하고 주권 탈취에 유리한 고지를 점하게 된다.

    갑오경장과 함께 동학혁명이 일어나고 뒤이어 백성들의 자존심까지 빡빡 밀어 버리는 단발령까지 내리는 위기가 닥치자 전국 곳곳에서 의병들이 창의한다. 하지만 고종은 일제의 조정에 의해 〈의병해산조칙〉을 발령해 결사항전하는 의병의 기세마저 꺾어 버리면서 동력을 상실한 나라는 오합지졸이자 중구난방이 된다. 이 틈을 타 식민지 사전 정지 작업을 착착 진행하던 일본은 이 땅에 조선총독부를 세우고 지배를 가속화한다. 그 후 임시정부를 세우고 독립군들의 항전이 이어져도 이미 대세는 기울고 일본의 통치 앞에 중과부적이었다. 삶은 개구리증후군처럼 서서히 심화되어 가는 점진적인 위험도 모른 채 식민지 늪으로 깊이 빠져들고 만다.

5천 년 유구한 역사가 맥없이 무너지고 허약한 식민지 국민으로 자포자기의 삶을 살아가고 있을 무렵, 우리에게 기쁨을 주는 소식 하나가 날아든다. 1910년 늦은 가을, 농암 하늘에 신비하게 나타난 길조가 있었으니 바로 겨울 철새인 네 마리의 황새였다. 예로부터 선조들은 황새나 백로가 날아오는 곳을 길지라고 했다. 황새를 먼저 발견한 사람들은 필시 무엇인가 좋은 일이 생길 것이라는 꿈에 부풀었고, 그새는 우아한 자태를 뽐내며 우복산 은장봉 소나무에다 둥지를 틀었다.

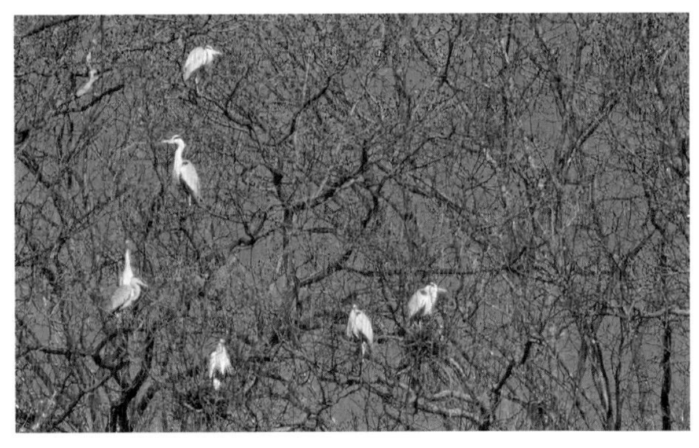

대정 마을 백로

그리고 먹이 사냥을 위해 대정공원 앞을 흐르는 쌍용천에서 물고기를 잡는가 하면, 작약산을 끼고 있는 골짝으로 날아가 멋들어진 비상과 여유작작한 유희를 즐기기도 했다. 둥지에서 한 마장 남짓한 작약산 깊은 계곡인 수예리의 〈황새별골〉, 갈전리의 〈황새비리골〉, 장암리의 〈작은황새비골〉과 〈큰황새비골〉로 자주 날아들어 주민들이 〈황새〉가 들어간 지명을 요즘도 이용하고 있다.

한우물 철새 왜가리

암울한 절망 시대에 푸른 희망의 빛을 보여 준 황새는 매년 가을마다 30여 년간을 빠짐없이 날아오

백로가 사는 마을(한우물 전경)

더니 어느 때인가 종적을 감추고 만다. 대신 1940년경부턴 봄이면 여름철새인 백로와 왜가리가 날아들어 우복산을 하얗게 물들였으니 이곳 사람들은 그 새들을 길조로 여기고 선비의 표상으로 생각하면서 엄격히 관리하여 오늘에 이르고 있다.

비록 천연기념물로 지정된 황새는 멸종되고 말았지만, 보호조인 백로와 왜가리는 농암을 떠나지 않고 아직도 80년 이상을 살아오고 있다. 특히 쌍용천에서 먹이를 잡은 뒤 대정공원 낙락장송에 앉아 임청대 부지도 하한대 삼괴정 등의 승경을 누리는 풍경은 마치 한 폭의 큰 병풍에 그린 진경산수화를 보는 듯하다. 뾰족한 부리와 긴 목, 긴 다리를 가진 하얀 새를 흔히 '백로'라고 부르고, 우리나라에 사다새목 백로과 조류는 18종 정도가 있다. 우리가 여름철 논이나 하천에서 쉽게 만날 수 있는 종은 왜가리, 중대백로, 중백로, 쇠백로, 황로 등으로 보면 된다.

농암의 백로는 〈중대백로〉라는 여름철새로서 긴 다리를 가지고 있으며, 날 때 목을 S자로 굽히는 것이 특징이다. 날아갈 때 목이 일자인 두루미와는 차이가 있고, 또한 네 번째 발가락이 길어서 나뭇가지를 잡을 수 있으며 나무 위에서 집단으로 둥지를 짓고 번식하고 있다. 다리와 부리를 제외한 나머지 부분은 거의 하얀 깃털로 덮여 있어 청렴결백의 의미를 내포하며, 우리나라 사람들을 일컫는 백의민족과 맥을 같이하는 친근한 새로 인식하고 있다.

2019년 번식지 조사에서 둥지수가 239개(중대백로 156, 왜가리 83)로 2011년 240개(왜가리 190, 중대백로 50)과 비교해 보면 백로와 왜가리의 숫자가 바뀐 것 외에는 별다른 변화를 보이지 않는다. 하지만 백로들의 요란한 울음소리와 하얀 배설물로 혐오스러움도 있으며 서식지가 야생생물 보호구역으로 지정되어 있어 일부 개발제한의 지장을 초래하므로 어떤 지역에서는 백로가 도시화로 인해 쫓겨나는 문제가 발생되기도 한다.

1998년 〈야생생물보호구역〉으로 지정된 농암의 백로 서식지는 대정공원과 쌍용천과 궁기천을 비롯해 천마산과 작약산 등에 아직까지는 별다른 문제를 야기하고 있지 않다. 설혹 공장을 짓는다거나 골프장을 짓는 등의 사람들의 개발 논리만 내세우면 아름다운 새들의 생존도 크게 위협받을 수밖에 없다.

일제강점기에 우리에게 큰 희망을 준 파랑새였던 백로, 그곳에 의병들이 깃들고 국군들이 깃들었던 곳이니 만큼 더 보존의 가치를 갖는다. 백로 서식지가 문경에선 이곳이 유일하고, 둥지수도 대형 규모에 속한다. 이런 점에서 보면 백로가 농암을 찾아온 것은 단순히 새의 길지라서가 아니라 사람의 길지인 우복동천이나 도덕동천이 있어서라고 짐작할 수 있다. 의로운 사람들이 깃드는 곳! 그리고 "백로가 깃들면 양반 고을이다."는 말을 되새기면서 이 땅은 사람만이 주인이 아니라 백로도 같은 주인임을 잊지 말아야 한다.

17. 고릉(古陵)에서 가야와 농암을 찾다

　선사시대의 역사 고증은 대부분 기록이 아닌 유적이나 유물에 의존한다. 그것은 당시 문자가 없어 문헌으로 전하는 기록물이 없고, 있다 하더라도 전문가의 견해에 따라 결과가 달라지기 때문이다. 우리 역사는 문자 기록이 유지되던 고려 시대로 넘어와서야 「삼국사기」, 「삼국유사」, 「제왕운기」, 「산해경」, 「동국통감」, 「고려사」 등에 근거하여 재정리되고 있다. 그러므로 역사는 왜곡되지 않아야 하며 잘못이 밝혀지면 수정함이 당연지사인 것이다.　근자에 고령군 지산동고분군 등 우리나라 남부 7개 가야고분군이 유네스코 세계문화유산에 등재된 가운데, 성주 성산가야와 상주·문경의 고령가야는 여기서 빠지고 말았다. 남부 가야 각국과의 문화적 연계성이나 공통점이 부족하므로 가야 문명으로 볼 수 없다는 게 그 이유다. 고분군 형식이나 출토되는 유물들이 가장 중요한 역사적 증거가 되는데, 고령가야국이 있던 함창을 중심으로 최근 이를 거증할 만한 고분들이 연이어 드러나고 있음에도 사학계에서는 종전 주장을 고수하고 있는 실정이다.

　그들은 고령가야라는 지역이 원래 신라의 영역이고, 진한의 사벌국 지역에 속했으며, 신라 말기 중앙정부에 반기를 든 이 지역 호족들이 가야를 참칭하여 그것이 가야국 중 하나인 양 와전되었다는 눌변을 펼치고 있다. 삼국사기와 삼국유사 가야조에 엄연히 고령가야국이 기록되어 있고 여러 가지 역사적 사실 등이 확인되고 있음에도 종래의 주장만 되풀이하는 것은 기득권을 가진 사학자들의 극단적 이기주의라고 할 수밖에 없다.

　첫째, 고령가야국이 신라 영역이고 사벌국에 속했다는 것은 명백한 오류이다. "사벌국은 신라 첨해왕에게 복속되었다가 신라를 배신하고 백제에 귀속하자 석우로가 군사를 이끌고 와서 토벌하였다.”고 기록하고 있다. 이에 반해 “고령가야국 3대 이현왕은 첨해왕이 군사를 이끌고 공격해 오자 다른 가야국들과 연합 대치하다가 힘에 부쳐 금관가야^(김해)로 도읍지를 옮겼다.”고 적고 있다. 이를 연대기 순으로 보면 양국이 별개로 존재했으며, 첨해왕이 먼저 사벌국을 복속시키고 후에 고령가야국을 다시 침공한 것이다. 그것은 고령가야국이 사벌국과 접경하고 있지만 사벌국보다 훨씬 강성하여 신라가 섣불리 사벌국 복속 시 곧바로 침공하지 못하고 서라벌에서 재출병하여 전략적으로 침공한 것으로 확인된다. 그러므로 고령가야국은 신라의 한 영역이 아니며, 사벌국과는 달리 신라에게 패한 후 금관가야로 망명했다는 기록을 보면 가야연맹의 강소국 중 하나였음이 분명해진다.

둘째, 고령가야국은 〈공검지〉를 중심으로 농경문화를 꽃피운 강소국이다. 삼국시대 초기는 농경사회이므로 〈공검지〉는 당시 김제 벽골제, 제천 의림지와 함께 최고의 권력자들이 소국을 이루고 살았던 천혜의 곡창지대이다. 그러므로 농경문화가 일찍 발달한 곳은 다른 지역보다 먼저 계급사회가 생길 수밖에 없었다. 공갈못 전설에서 〈인신희생제〉가 등장하여 못에 사람을 바치는 희생제의는 곧 지배자가 주관화되어 물 사용에 대한 통제권을 갖고 있었고, 또 이 지역이 뽕나무가 많아 누에고치를 생산한다는 것도 고령가야국이 힘없는 소국이 아닌 오히려 사벌국을 위협하거나 지배할 수 있었을 것이다. 그러므로 신라 백제가 함부로 공격하지 못했으며, 3국이 고령가야국이 중요한 요충지임을 알고 호시탐탐 기회를 노리고 있다가 결국 신라가 점령하게 된 것이다.

셋째, 고령가야는 지명을 통해 낙동강 수계로 이어지는 가야국임이 확인된다. 가야국은 낙동강을 중심으로 최상류에는 〈함녕^(咸寧)〉이 위치하고 최하류에는 〈함안^(咸安)〉이 자리한다. 여기서 함녕과 함안의 “함^(咸)은 다, 모두, 같다, 널리 미치다.”라는 뜻을 갖고 있어 가야국이 낙동강을 두고 시작과 끝점으로 맺어진 하나의 연맹이며, 알파와 오메가라는 자연적인 사슬로 연결된 일족이라는 점이다.

넷째, 한때 강성했던 고령가야국을 신라 후기 호족들이 고령가야로 참칭한 것으로 주장하는 것은 어불성설이다. 첨해왕이 고령가야를 복속^(서기 249년)시킨 뒤 위상을 격하시키고자 아예 〈사벌주〉로 포함시켰는데, 이는 말썽소지가 있는 가야의 근간을 없애기 위한 신라의 정지작업일 것이다. 이때 첨해왕은 고령가야를 〈고동람군^(古冬攬郡), 고릉^(古陵)〉이라 했다는 기록을 유심히 살펴볼 필요가 있다. 먼저 〈고동람〉이라는 지명을 보면 옛 고^(古, 오래된 나라) + 겨울동^(冬, 잠든 무덤) + 주관할람^(攬, 왕)의 뜻은 "고령가야의 왕이 잠든 무덤"이 있는 곳이라는 의미가 읽혀지고, 〈고릉^(古陵)〉은 "오래된 능이나 큰 무덤"이라는 뜻으로 고동람보다 더 명확한 의미를 내포하고 있다. 다시 말하면 첨해왕의 복속보다 이미 오래전 고령가야국^(서기 46년 건국)과 왕릉이 있었다는 분명한 증거가 된다. 따라서 757년 신라 경덕왕이나 고려 태조 23년 5가야의 명칭을 변경하면서 〈고령가야^(古寧伽倻)〉라는 이름이 부여되었다는 말은 한참 뒤의 일인 것이다. 적어도 첨해왕 때 고동람이나 고릉이 이미 존재했고, 후에 고령으로 지명이 변했다는 게 훨씬 설득력을 얻는다.

다섯째, 가야국과 왕으로 연관되는 지명이 다수가 있다는 점이다. 낙동의 가야성, 중동의 봉황성, 함창의 대가산^(大駕山), 상감지, 국사봉^(國祠峯), 용궁면 가야리 등 다수가 있어 단순히 사학자들의 주관에만 의존하지 말고 주변 지명을 통한 역사의 고증을 시도해 보는 노력도 필요하리라 믿는다.

요즘은 불변이라 하던 진리마저도 바뀌는 세상이다. 옛날에는 경주와 상주가 신라의 중심이었는데, 상주로 대변되는 고령가야국을 왜 초라한 호족집단으로 매도할까? 역사의 오류가 발견된다면 옛날 주장만 펴지 말고 바르게 고쳐 쓰는 게 이 시대의 숙업이 아니겠는가. 수천년 전의 역사를 쓰면서 편하게 임나일본설을 끌어오거나 터무니없는 억설로 역사를 왜곡시켜서는 안 된다는 것이다. 충분한 근거와 확신이 있다면 받아들이겠지만 자신과 견해가 다르다고 무조건 배척하거나 아니면 더 명확한 공적 자료를 내라는 식의 고압적 횡포를 강요해서는 안 될 것이다.

여기서 우리는 고령 이전 명칭이었던 〈고릉〉에서 그동안 묻혀 있던 고령가야국의 역사를 새롭게 생각해 볼 수 있다. 가은과 농암 지역은 당시 고릉의 영토였고, 신라 지배 이전에는 엄연히 사벌국과 공존하던 고령가야국의 일속이었다. 우리가 방치해 온 역사를 다시 오늘에 되살리지 않는다면 스스로 근본을 부정하는 것이나 다름없다. 함창의 고릉이 엄연히 존재하고 있음에도 그것이 왕릉이 아니라면 무엇인가? 종래의 사학자들이 한번 정의해 놓은 편견을 계속 고수해 가려는 어리석은 독선이 아니길 바란다.

18. 잿더미에서 희망을 세운 연천 상담 화재

1936년 1월말 점심 무렵이었다. 지순덕씨^(지서방네)집 잿간에서 불이 치솟기 시작했다. 아침에 재를 버린 후 남아 있던 불씨가 잿간의 볏짚에 옮겨붙어 일어난 화재였다. 잿간에서 발생한 불은 순식간에 앞집, 뒷집, 옆집으로 옮겨붙었다. 당시 마을 거의 대부분이 초가지붕이었고 집과 집 사이는 나무로 엮은 울타리였다. 대문 역시 소나무와 망게나무 등으로 엮었기에 불이 옮겨붙기에는 너무나 좋았다.

불이 나자 동민들은 물지개, 물항아리^(물버지기)를 동원해 냇물을 길러 나르려고 했지만 여의치 않았다. 1, 2월은 일 년 중 가장 추운 때여서 산골짜기를 타고 내려오는 살을 에는 듯한 북풍은 냇물을 두껍게 얼어붙게 하였다. 동민들은 너나없이 두꺼운 얼음을 깨고 겨우 구멍을 내어 물을 길러 운반해야만 했다.

이러한 방법으로 물을 운반해 불을 끄려 했지만 강한 바람을 타고 옮겨붙은 불길을 잡기에는 역부족이었다. 다른 방법으로 불길을 잡기 위해 지붕 위에 멍석을 덮기도 했지만 허사였다. 불길을 잡기는 고사하고 곡식, 이불, 옷가지를 꺼내고 소, 돼지 등 가축을 몰아낼 겨를조차 없었다.

41세대 중 절반이 넘는 22세대가 순식간에 편평한 잿더미로 변했고, 드문드문 흙 담장만 서 있었다. 며칠을 두고 곡식 타는 냄새와 연기만 피어올라 그것을 지켜보는 주민들의 가슴도 같이 탔다. 옷가지, 식량, 가재도구를 몽땅 잃은 이재민들은 이웃 마을로 겨우 방 한 칸씩 빌려 이주했다. 당시 구호미는 만주에서 온 좁쌀이 전부였고, 그것마저도 넉넉하지 않았다. 화재를 당하지 않았던 사람들도 일제의 식민지 수탈정책으로 목숨을 겨우 연명하는 어려운 시기였으니 화재를 당한 사람들의 생활이야 참혹하기가 이를 데 없었다.

하지만 화재를 당한 사람들은 절망하지 않았다. 온 동네가 화재를 당하였기에 다른 사람들의 도움은 기대할 수 없었다. 혹한의 겨울을 벗어나 봄이 되자 식구들만의 힘으로 둔덕산에서 나무를 베어 오고 흙벽돌을 찍어 집을 다시 지었다. 이 당시 가족들의 힘과 기술로 지은 집들이 지붕은 개량되었지만 아직도 상당수가 남아 있으니 이것은 사활을 건 투쟁의 유적이고 재난 극복의 유산이다.

연천리 상담 마을 화재사건은 암울한 시대에 선조들이 궁핍하게 살아온 생활의 한 단면이다. 그러나 일제강점기 지배 아래서 갖은 고초를 감내하면서도 굳세게 살아야만 했던 시대에 엎친 데 덮친 격으로 큰 화재마저 겪었으니 얼마나 설상가상의 시련이었던가. 향민들은 굴하지 않고 강건한 삶의 투지로 무너진 터전 위에 희망을 복원하였으니 그 저력은 지금의 관점으로 봐도 가볍게 관망할 수 없는 것이었다.

19. 농암을 일깨운 〈청년단〉의 활동

    3.1운동 이후 제한적이지만 집회·결사의 자유가 허용되면서 우리 사회에 나타난 특징 중의 하나가 청년회의 결성이다. 1920년 이후 청년단체의 급속한 결성은 개인의 수양·신교육보급·풍속개량·농촌개량을 논리로 하는 〈문화운동〉과 관련이 있다. 청년들의 수양기관 또는 문화운동의 중심적 단체임을 표방한 청년회 주요 사업으로 지·덕·체의 함양을 목표로 했고, 사회의 개조를 위해서 문화향상·봉건사상 타파·산업장려가 목표였다.

    청년회 결성이 전국적으로 확산되자, 곳곳에서 청년회·구락부 등의 명칭을 가진 청년단체가 자연발생적으로 조직되기 시작했다. 초창기 청년운동은 일제의 문화통치이념을 제대로 바라보지 못했기 때문에 실력양성이라는 표방 아래 문명개화에 주력하였다. 청년회의 주도층은 '지방유지'와 청년 지식인 등이었다. 일찍 신교육을 받았던 청년 지식인은 각 지역에서 야학과 문화운동 등을 전파시켜 농촌 청년들에게 청년으로서의 자각과 근대문화 수용에 큰 역할을 담당하였고, 그 활동은 사회 계몽운동이 되었다.

    이때 창립된 청년단체의 특징은 명칭을 대부분 '청년회^(靑年會)'라고 이름을 지었다. 문경군에서도 1920년대 각종 단체들이 조직되기 시작했는데, 문경청년회, 가은청년회, 우리청년회, 산일청년동맹^(山一靑年同盟), 흘령단^(屹嶺團), 산오소년회^(山五少年會) 등의 단체를 들 수 있다. 그중 〈우리청년회〉가 농암에서 창립되었다. 당시 대정 마을 김상련과 강상희, 권태혁, 김상건 등이 주축이 되어 36여 명으로 조직되었다. 우리 청년회는 농촌 계몽운동으로 새벽 일찍 회원들이 모여 꽹과리를 치고 다니며 개똥과 소똥 등을 모아 거름을 만들고 참외농사 벼농사 등을 공동 경작하여 수익사업을 벌여나가자 총독부에서 이를 간과할 리 없었다.

점차 탄압이 시작되자 그 대안으로 청년회를 자진 해산한다고 총독부에 보고한 후 〈청년단〉이라는 이름으로 바꾸어 음성적인 조직으로 계속 운영해 나갔다. 이 청년단은 발생된 수익금을 모아 토지를 공동 매입하여 탄탄하게 조직을 강화해 나갔으나 독립운동단체로 발전시켜 나가지는 못했다. 1935년에는 약간의 대출을 받아 농지를 추가 매입하면서 회원간 상부상조와 덕업상권의 두레 모임으로 활성화되어 나가면서 타 고을의 청년회보다 훨씬 우수한 성과를 거두게 되었다.

일제 탄압이 더욱 강화되는 엄혹한 시절이 도래하고 태평양전쟁이 발발하자 청년단에겐 새로운 숙제가 생기게 된다. 1944년, 총독부에서 300여 년 된 대정공원 소나무를 전량 벌목하여 공출하라는 〈벌목관령〉이 떨어졌기 때문이다. 그 목적은 일본 군함을 제작하기 위한 것이었고, 이 고을에서는 대정공원이 단순히 오래된 소나무로서 가치가 아니라 직접 선조들이 식목하였고, 또한 이곳은 고을 사람들의 만남의 장소이자 소풍지였으며 결사의 장소였다. 거슬러 올라가면 의병장들이 이 숲에 의진을 치고 의병을 창의 및 출병하거나 군사를 재결집하는 성지로 이용해 온 것이다. 수백 년을 지켜온 얼이 깃든 성지를 일제의 군함 제작용으로 전량 벌목한다는 건 상식적으로 이해가 되지 않는 일이었다.

총독부 관점에서 보면 의병의 성지처럼 관리해 오는 숲을 그대로 존립하는 것보다 이 참에 없애는 것이 낫고, 더욱이 수백 년 길러온 양질의 소나무가 큰 도로와 연접하고 있어 벌목에 매우 용이하므로 오히려 좋은 기회가 된 것이다. 〈벌목관령〉이 내려오고. 〈문경임축회사〉가 벌목을 추진하자 〈청년단〉이 이를 반대하며 결사항전하게 되면서 충돌을 피할 수 없게 된다. 반대 투쟁의 선두에 나선 김상련 등 네 사람이 경찰에 연행되어

갔고, 이들은 극심한 고문에도 굴하지 않고 투쟁하여 강 쪽으로 서 있는 일부 나무만 베어가고 다행히 길 옆으로 서 있는 94그루의 소나무는 지켜 낼 수 있었다.

해방이 되자 광복의 기쁨도 잠시, 좌익과 우익의 갈등이 첨예하게 맞서고 빨치산과 보도연맹의 암약과 적색분자들의 세력 확장은 위험 수준에 이르고 있었다. 청년단 회원의 자식들은 아버지들의 활동을 보고 자라면서 그들 역시 시대의 흐름을 읽고 대를 이어 계몽 활동에 나선다. 그들이 조직한 것이 〈버들피리 악극단〉이었고, 13명으로 구성한 악극단은 두 가지 극을 무대에 올려 문경 군내를 두루 다니며 반공 계몽 공연을 하고 다녔으니, 따로 가르치지 않아도 옛것을 배워 새롭게 행하는 온고지신의 자세로 사회 활동을 성공적으로 펼쳐 나간 것이다.

청년단의 적극적인 벌목 반대투쟁 덕분으로 오늘날까지 대정공원이 이렇게 보존되어 오고 있음은 매우 자랑스런 일이다. 청년단이 일제에 항거하지 않았다면 소나무를 모두 베어 일본 군함을 제작해 그들의 전투력을 증강했을 것이다. 그리고 이 고을의 얼이 숨쉬는 공원이 사라지고, 이는 곧 농암 정신의 소멸로 이어졌으리라. 이러한 역사적 사실을 묻어 둔 채 공장이나 골프장을 짓는 등 숲을 훼손하는 행위는 이 숲의 오랜 역사와 숭고한 애국 애향정신을 송두리째 짓밟는 일이다.

이후 청년단은 70년 이상 유지되어 두레계의 형식으로 유지되어 왔다. 이제는 청년단 회원으로 활동하던 분들은 모두 세상을 떠났지만 숲은 예나 변함없이 그대로 푸르게 존립하고 있다. 청년단에서 공동소유하던 토지의 임대료가 후손들의 명절 제수용품 구입비로 사용되어 왔으나, 연전 그마저도 정리되고 청년단은 역사 속으로 사라지고 말았다. 그러나 암울한 일제 암흑기에도 불구하고 혈기 왕성하고 의로운 뜻을 가진 청년단이 절망과 질곡의 식민지 상황에 굴하지 않고 남다른 희망을 쏘아올린 그들의 항일 활동은 우리가 잊지 말아야 할 소중한 역사 중 하나이다.

20. 1박 2일의 농암 스테이 캠프

〈견훤 궁터 별무리 마을〉

궁터 별무리 마을은 '견훤 궁터 별무리 산촌생태마을'을 줄여서 부르는 말이다. 때문지 않은 산촌의 아름다움이 살아 있는 이 마을은 백두대간의 중심이 지난다. 청화산과 연엽산, 조항산과 둔덕산으로 둘러싸여 있으며, 후백제를 건국한 견훤이 이곳에 궁궐을 짓고 군병을 훈련하였던 곳이다. 궁궐터와 더불어 조항산 쪽으로는 의상과 원효대사가 수도를 했다는 〈의상대〉와 〈원효대〉와 〈추심사〉가 있고, 농암 쪽으로 한 마장쯤 내려가면 견훤이 용마를 얻었다는 〈말바우〉가 나온다. 조항산 정상에 있는 암봉을 〈갓바위〉라 부르는데, 이 바위에 소원을 빌면 한번은 소원을 꼭 들어준다고도 한다.

가항동 동신제단 〈골맥이〉

가항동 견훤 골맥이 표지판

경북 문경시 농암면 궁터길 181번지에 소재한 〈궁터 별무리 마을〉, 그곳에서는 여러 가지 즐길 수 있는 프로그램이 있어 본인이 원하는 것을 선택하여 즐기면 된다. 이름 그대로 밤이 오면 별무리들이 은하의 강물이 되어 흘러가는 듯하다. 고모령이 있는 고모재 마을을 가면 풍광이 좋은 〈도덕동천〉과 〈자연수영장〉이 있고, 조항산에서 둔덕산 방향 능선으로 펼쳐진 〈마고할미통시바우〉와 〈손녀마고통시바우〉 등 절묘한 암봉이 펼쳐놓은 만물상을 등산할 수도 있다.

　궁터마을에서 〈갓바우재〉를 넘어 괴산 삼송리로 갈 수도 있고, 고모재 마을에서도 〈고모령〉을 넘어 역시 삼송리로 갈 수 있다. 고모령은 옛날 영남에서 한양으로 가던 선비들이 즐겨넘던 고개 주변으로는 큰 장시가 섰으며, 이 고개를 넘는 선비들이 새재로 넘는 선비보다 과거시험에 많이 합격했다고 전한다. 시골 반촌에서 즐기던 윷놀이 체험, 물이 흐르는 계곡에서 다슬기 잡기도 가능하고, 두부 만들기 체험, 후백제 문화 체험도 선택할 수 있다. 여름에는 계곡 물놀이, 겨울에는 얼음 썰매타기, 그리고 영농 체험으로는 고추따기, 콩 수확하기, 감따기 등과 슬로우 푸드 체험으로 산나물 채취와 돌쌓기 등도 할 수 있다.

〈고려왕검연구소〉

　농암면 우산로 1996-4에 소재한 고려왕검연구소, 폐교가 된 선암국교 건물을 인수하여 이상선 소장은 우리나라 전통 검을 만든다. 여기서 만드는 검은 일반적인 검이 아니라 천하에 보기 드문 〈사인검(四寅劍)〉이다. 호랑이 해, 호랑이 달, 호랑이 날, 호랑이 시, 즉 인(寅)자가 네 번 겹치는 때에 만들어지는 신성한 칼이다. 사악한 기운을 막고 왕실의 안녕과 군신의 의리를 다지는 용도로 제작되어 옛날엔 왕과 공신들만 소장할 수 있었다.

고려왕검연구소 이상선 소장

고려왕검연구소 전경

고려왕검연구소 문패

고려왕검연구소 표석

고려왕검 1

고려왕검 2

　고려왕검연구소 이상선 장인은 1998년 30자루의 사인검을 제작했고, 2010년 45자루의 검을 제작한 바 있다. 단조와 연마를 거친 검신을 인시에 타오르는 불에 넣어 달군 뒤 물에 식혀 날을 단단하게 만드는 담금질 작업을 거치면 사악한 기운을 막아 내는 기운이 들어가고, 28수의 별자리를 새기는 작업과 칼집 제작 등을 거쳐 완성된다.

　조선 왕실 명검인 사인검을 복원하는 작업은 간단치 않다. 8백도 되는 온도의 불에 쇠를 달궈 수천수만 번 두드리는 단조작업으로 칼의 형태를 만들어 낸다. 이 과정은 손이 떨리고 가슴까지 떨리는 혼신의 힘을 쏟는 작업이

고려왕검 3

다. 이 작업이 끝난 일주일 뒤에는 또 수백수천 번의 연마로 칼날을 갈아 내야 한다, 중국이나 일본에도 없는 우리나라만의 도검을 만드는 일은 극한직업이지만 사인검 하나가 탄생되고 나면 자식 하나를 낳은 그 이상의 기분을 느낀다고 한다.

조선 시대부터 만들어진 양날의 검은 책에서도 보기 어렵지만, 이 연구소에 오면 진열된 사인검의 관람이 가능하다. 그는 2007년 고용노동부 전통야철 도검 부문의 기능 전승자, 2018년 경상북도 금속공예 최고 장인으로 선정되는 등 활발한 작품 활동을 계속해 오고 있다. 사인검은 사람을 해치는 칼이 아니기에 그곳에 가면 사악한 기운이 사라지고 안녕의 축복과 함께 의리 있는 인간관계를 맺으며 살아가는 좋은 기운을 듬뿍 받을 수 있을 것이다.

〈문경전통한지 전수교육관〉

농암면 내서리에는 국가무형유산으로 지정된 한지장 김삼식 씨의 〈문경전통한지 전수교육관〉과 〈한지제작소〉가 자리하고 있다. 이곳에서는 한지장과 전통교육사의 무형유산 공개행사를 열기도 한다. 무형유산의 대중화와 보전과 전승 활성화를 목적으로 진행되는데, 백피 제조, 한지뜨기 시연, 닥나무 재배 등의 전통한지 제작 과정을 볼 수 있다.

"종이는 천 년을 가고 비단은 오백 년을 간다."는 말이 있다. 여기서 종이는 한지를 말하는데, 닥종이, 조선 종이로도 불린다. 닥나무 껍질 섬유를 이용해 만들며 가볍고 질겨서 보존성과 내구성이 탁월해 그 용도도 다양하다. 예전에는 창문의 창호지로 사용하였는데, 특히 창호지로 붙인 문은 햇빛을 은은하게 스며들게 하고 방안의 습도도 조절해 주는 역할을 했을 뿐 아니라 달빛이나 햇빛이 창호문에 그려 내는 추상화는 월출과 일출만이 그려 내는 걸작이었으며, 겨울 밤바람이 우는 문풍지 소리는 동장군의 구성지게 코고는 소리였다. 한지 여러 겹을 붙여서 옻칠을 입혀 갑옷을 만들기도 했다니 그 내구성은 예리한 칼과 맞서도 지지 않는다.

이런 한지를 만들어 온 김삼식 한지장은 1946년 농암에서 태어나 10살 때인 1955년 전통한지에 입문하여 70여 년간 외길을 걸어왔다. 그는 정직했고 전통 방법을 고수했으며 오로지 천 년의 숨결을 가진 살아 있는 한지 생산을 위해 힘을 쏟았다. 그 결과 2017년 2월 프랑스 루브르박물관 그래픽 아트 부서팀장이 방문하여 제작과정을 살펴본 후 박물관 보수 복원에 문경 한지가 사용되기 시작했다. 2023년에는 해인사 팔만대

장경 인출사업에도 문경 한지가 납품되고 있으니 이제는 농암에서 생산되는 한지가 가장 세계에서 인정받는 최고의 종이로 자리매김하였다.

문경한지, 우리 민족의 인류 문화유산이며 세계적으로 그 우수성을 인정받고 있지만 현세대에서는 문경한지 제조 과정을 접하기는 어렵다. 그러나 이곳을 찾아오면 자랑스런 한지를 만나고 초지일관 한지 인생을 살아온 김삼식 한지장도 만날 수 있으니 비행기를 타고 프랑스 박물관으로 날아가지 않아도 여기서 천 년을 사는 종이의 숨소리를 듣고 촉감도 느낄 수 있으니 이 또한 기쁘지 아니한가. 이곳 관람 후 반마장 정도 올라가면 청용과 황용이 만들어 놓은 천혜의 비경인 〈쌍용계곡〉이 있고, 거기서 조금 더 올라가면 용이 노닌다는 〈용유동〉과 우리나라 최고의 명당이라 일컫는 〈우복동천〉의 땅을 밟을 수 있다.

〈신태식 의병장 생가〉

섬안 마을은 의병장 신태식 선생이 태어난 곳으로, 그곳에 의병장 생가가 지어져 있다. 그는 1895년 단발령과 국모 시해사건 등에 분노하여 밀정자 2명을 총살시키며 1차 의병을 일으키고, 1907년 정미년에 다시 의병을 일으켜 출정하면서 항일 투쟁을 하다가 체포되어 교수형을 선고받고 감형, 10년 복역 후 출소한다. 1920년에는 3차로 〈조선 독립 후원의용단〉을 조직하여 동지를 모으고 군자금을 모금하는 등 오로지 나라를 되찾기 위해 몸바친 독립 투사였다.

의병장 신태식 대장 생가 입구

의병장 신태식 대장 생가

그의 의병 활동을 꺾기 위해 일제가 그의 집에 몇 차례 불을 질렀던 터에 있던 생가는 2003년 9월 현충시설로 지정되었고, 경상북도 기념물 153호로 관리되고 있다. 문경시에서는 2017년 생가를 복원한 후 충의사에서 해마다 제사를 올리고 있고, 그 생가는 종손인 고손자 신대식이 오가며 손님들을 맞아 주기도 한다.

독립운동가 후손들은 고난과 핍박과 가난을 인고하며 선조의 빛난 얼을 오늘에 이어받아 올곧은 선비정신과 투철한 애국정신으로 타의 귀감이 되는 삶을 살아오고 있다. 그랬으니 장군이 나고 국가대표 선수가 나오며 유명한 영화배우가 탄생되는 것을 우리는 확인하게 된다. 견훤 유적을 보러 견훤산성을 찾는다면 본성에만 머물지 말고 보조성이 있는 섬안 마을에 있는 그의 생가를 방문한다면 더욱 뜻깊은 시간이 되리라 믿는다.

한번 의병은 영원한 의병이고, 그 의병은 죽거나 사라지지 않으며 영세토록 우리 곁에 함께 있을 것이다. 견훤의 보조성이 있고 견훤의 아비인 구호가 타고 온 말이 산이 되었다는 〈천마산〉의 주인이 되어, 그는 천마를 타고 천마등공(天馬登空)의 기세로 이 나라를 넘보는 불의한 세력들로부터 철통같이 지켜 주고 계실 것이다.

〈마야 잉카 박물관〉

문경시 가은읍 전곡길 13-10을 찾아가면 고대 중남미 인디오 문명을 관람할 수 있는 박물관이 있다. 잉카관, 마야관, 천사관, 유추관으로 구성되어 있으며, 멕시코, 과테말라, 파나마, 온두라스, 페루, 볼리비아의 토기와 유물이 전시되어 있다. 잉카의 옛길과

잉카 마야 박물관 전경

잉카 마야 박물관 입구

티티카카호수의 갈대 배, 잉카의 전령 차스키, 그리고 고풍스러운 바로크풍의 가구로 장식된 카페와 마추픽추와 치첸이챠 사진전까지, 이것은 눈으로 본다기보다 신비를 가슴에 담는다는 표현이 더 맞을 것 같다.

마야 잉카 박물관

마야 잉카 박물관! 산세가 뚜렷하면서도 윤곽이 아름다운 문경, 3번 국도길을 따라가다 901번 지방도로로 내려가다 보면 조용한 시골 마을 한편에서 발길을 멈추게 된다. 웬일로 이런 시골에 마야 잉카 박물관이 있을까? 누구나 궁금증을 갖는다. 전 볼리비아 대사 부부가 중남미 문화를 널리 알리기 위해 사재를 털어 폐교된 문양국교에다 박물관을 개관한 것이다.

체험 프로그램(나는야 잉카제국의 외교관)

박물관을 개관한 김홍락 관장은 외교관 생활을 하면서 독특한 아름다움을 간직한 중남미의 토착문명을 자라나는 아이들에게 더 큰 꿈을 가질 수 있도록 보여 주면 좋겠다는 신념이 이룬 결실이다. 하나하나가 중남미에서 몇 십 년 동안 살아온 대사 부부의 인생이 고스란히 담겨 있는 특별하고 시선이 오래 머물게 되는 박물관이다.

박물관 밖에는 학교 운동장으로 활용되던 넓은 공간이므로 시원한 나무 그늘을 벗삼아 휴식을 취할 수 있는 공간이 준비되어 있다. 그리고 텐트를 치고 야영까지 할 수 있으니 더 여유 있게 특별한 마야 잉카의 시간을 오래 누릴 수 있다.

우리나라에서는 너무나 멀고 먼 지구의 반대편, 그러나 여행은 쉽게 가지 못하더라도 호기심을 한 번에 해소할 수 있는 공간을 찾는 건 매우 의미 있는 일이다. 토기류 1천 점, 조각류 수공예품 100여 점, 책, 그림, 사진 등 모두 2천여 점이나 된다. 잉카의 공중 도시 마추픽추를 만나 본다는 건 가슴 설레는 일이고 잉카문명의 발상지인 페루 쿠스 코 분지를 중심으로 번영했던 잉카인들의 정교한 석공술과 청동 장식품 또한 눈으로 직접 보게 되면 페루인의 엉덩이 몽골반점이 한국인의 몽골반점과 왜 같은지도 뒤늦게 나마 깨닫게 될 것이다.

〈소양서원〉

문경시 가은읍 소양서원길 8의 주소로 찾아가면 〈소양서원〉이 자리하고 있다. 이 서원 은 2006년 6월 15일 경북 문화유산자료로 지정되었다. 1712년 향리의 유림들이 김락춘 등 지역의 선현들을 추모하기 위해 창건하였다. 흥선대원군의 사원 철폐 지시로 사당은 철거되었고 강당과 동재만 남아 있던 것을 1990년 복원하였다. 인백당 김락춘, 나암 정 언신, 가은 심대부, 가은 이심, 고산 남영 5현이 봉안 되어 있다.

소양이라는 지명은 중국의 소상강(瀟湘江)에서 따온 말로, 아름답기로 유명한 강이라는 의미를 담고 있다. 소상강은 호남성에서 발원하여 상수로 흘러가는 강이고, 상수는 광

서성에서 동정호로 흘러가는 풍광이 이름난 강인데, 소양서원이 들어선 이곳이 그만큼 아름답다는 것이다.

서원의 강당 우측 뒤에는 동제를 세웠고, 마당 뒤쪽으로는 내삼문과 사당으로 이루어진 묘의 영역이 별도로 자리 잡고 있어 강학과 제향 공간이 분리되어 있는 형태이다. 강당의 천장은 양측 청방 간 상부의 종보와 종보 사이에 종보 폭으로 길게 설치하였고, 반자 꾸밈은 반자대를 도리 방향으로 길게 걸치고 그 사이에 반자판을 끼워 독특한 구성을 이루고 있어 건축적 가치가 높다.

소양서원 옆에는 〈영류정(1550)〉이 있는데, 이곳은 소양서원에 배향된 김락춘의 후손들이 세운 정자로 주세붕과 퇴계의 시가 전해진다. 그는 안동 풍천의 가곡동에서 태어나 퇴계 선생의 문인으로 재상 이준경이 벼슬에 천거하였으나 사양하고 글 읽기와 후학 양성에만 힘썼다. 영류정 뒤에는 재사인 존승재(1710)가 있으며 그는 영류정에서 학문 연마에 더욱 정진하며 후학을 가르쳐 사림들의 존경을 받았다.

전곡3리 소양 마을

소양서원 원경

소양서원 기와집 추녀

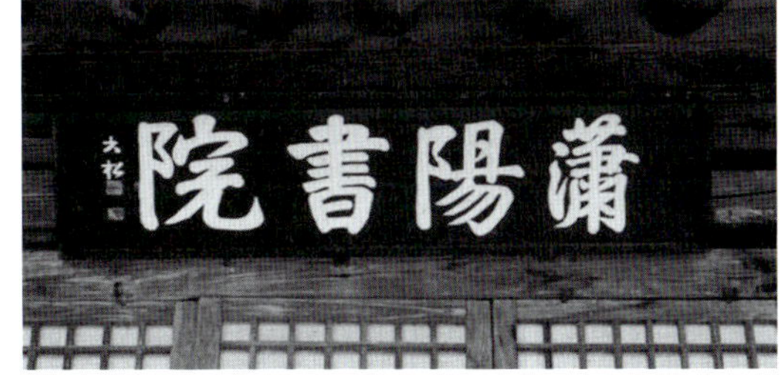

소양서원 현판

구수재

소양 마을은 〈서원마을길〉로 부르지만 역사를 거슬러 올라가면 서원이 생기기 이전에 먼저 영류정이 있었다. 그 영류정에서 김락춘이 후학들을 가르쳤으며, 그의 재실이 〈존승재〉인 것이다. 한편 신숙빈 처사는 〈상강정〉에서 후학들을 가르쳤으며, 그의 재실이 〈구수재〉(1610)로, 이곳 소양 마을이 서생들을 가르치는 곳으로 자리 잡혔으므로 여기에다 〈소양서원〉을 짓게 된 것이다. 다시 말해서 김락춘과 신숙빈이 소양에서 터전을 먼저 잡고 후학들을 가르친 것이 자연스레 소양서원의 건립 계기가 되었다.

서원으로 들어가는 마을 입구에 있는 아름드리 은행나무는 자연적인 것이 아니다. 면학을 추구하는 향교와 서원에는 대개 은행나무가 있는데, 그것은 공자가 은행나무 아래서 제자를 가르쳤다는 정신을 상징하는 나무이기 때문이다. 그러므로 소양서원을 보러 온다면 먼저 입구에서 맞아 주는 은행나무를 배경으로 한 장의 사진을 남겨 둘 일이다. 그리고 소양서원을 둘러본 후 옆에 있는 영류정을 둘러보고 반대편 산등성이에 자리하고 있는 상강정을 둘러볼 만하다. 이왕에 발길을 했다면 하나만 보고 가는 것보다 세 곳을 다 보고 간다면 소상강의 승경을 모두 즐기고 가는 시간이 되지 않을까 싶다.

21. 청암문화예술원 〈청암마을학교〉

문경시 농암면 청암1길 23번지에 자리하고 있는 청암문화예술원은 청암중고등학교가 있던 자리로 폐교 이후 〈해보라 학교〉를 운영해 오기도 했으나, 2022년 3월부터 창조적 문화예술 공간으로 새롭게 단장을 하였다. 이 예술원은 문화관과 예술관 2동으로 나누어져 있다. 6,400여 평 대지에 운동장 왼편에는 오랜 세월의 얼을 지닌 멋진 느티나무 2그루가 발걸음을 멈추게 하고, 오른쪽 큰 나무 아래 가항동신 제단과 견훤골맥이가 있다. 가항동신 제단은 정월대보름에 마을 어르신들이 안녕을 기원하는 제를 지낸다. 또한 견훤골맥이는 천마산을 바라보며 견훤 역사를 증언하는 유적으로 변함없이 제자리를 지키고 있다.

2025년 현재 청암문화예술원, 청암마을학교, 청암갤러리로 남녀노소 모두가 문화예술 활동을 할 수 있도록 18개 교실로 아름답고 특별하게 꾸며져 있다. 18개 교실에는 다도,

청암문화원 서예실

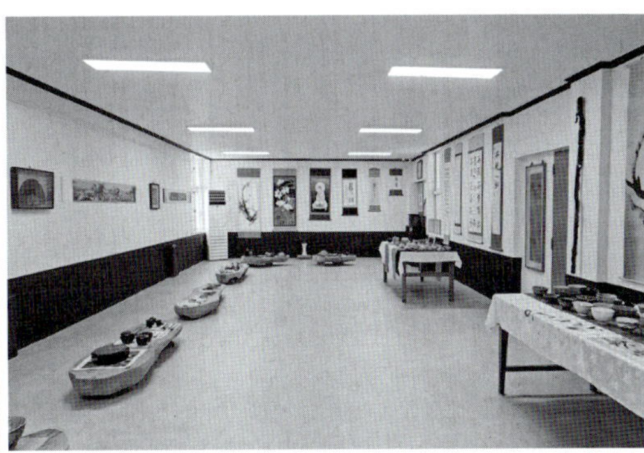

청암문화원 다도실

서예, 문인화, 캘리그래피, 사진, 동영상, 수채화, 통기타, 색소폰, 풍물, 가야금, 라인댄스, 명상, 심리상담, 탁구, 파크골프, 주역, 풍수지리, 꽃과 다육이, 민속놀이 등 다양한 프로그램을 설치, 소질을 개발하고 꿈을 이루는 100여 명의 회원들이 활동하고 있다.

특히 사진과 동영상반에서 〈농암인의 아리랑〉이라는 주제로 이곳 지역민들의 삶을 동영상으로 만들어 농업인으로서 삶을 돌아보는 추억을 담아 주어, 삶의 질을 향상하게 하여 큰 호응을 받았다. 그리고 청암갤러리에서 전국 유·무명 예술인들의 다양한 문화예술 작품을 전시하여 지역민들과 아이들에게 문화예술 작품을 감상할 기회를 주었으며, 〈일성이동천의 농암 사진전〉이 상설 전시되고 있다. 그리고 〈알콩달콩 농암에서 살아요〉라는 슬로건과 농암 특산물인 배추와 콩을 알콩달배추로 상표까지 만들어 천혜의 명소로서 농암을 알리는 계기를 마련하였다.

2024년 청암마을학교 학생들은 찻사발축제, 문경교육대축제, 경상북도 평생학습박람회, 광복절 기념행사 등에서 아리랑다법 공연과 묵락으로 자아를 성취하고 올곧은 인성을 형성해 나가고 있으며, 제2회 청암예술제 & 가요제에서는 어린이와 어르신들의 화합의 장을 만들었을 뿐아니라 전국에서 참여한 예술인들의 축제로 대성황을 이루었다.

2025년에는 〈제2회 청암예술제와 가요제〉, 그리고 시·서·화와 공예 등 전시회를 개최하여, 폐교를 활용한 문화예술 공간으로 만들어 우리나라뿐만 아니라 세계인들이 찾아와 문경특산물을 활용한 오미자설, 표삼차, 귀수차 등 다양한 차와 민속놀이 등을 체험하면서 자아를 찾고 예술과 문화를 즐기는 창조적 공간으로 역할을 다하게 될 것이다.

청암문화예술원 원장 문청함

청암문화예술원 원장 문청함은 아리랑다법 창시자, 〈2022 자랑스런 대한민국 브랜드 대상〉 수상, 대한민국 신지식인, 아리랑 홍보대사로 활동하고 있으며, 시집 「호사발과 시의 합장」, 편저 「東茶頌(동다송)」, 주해 「天符經(천부경)」, 저서 「나는 아리랑이다」가 있다.

4부
농암의 승경과 길지

01. 도장산과 쌍용계곡과 사우정(四友亭)

쌍용계곡 표지석

쌍용이 산다는 계곡은 용이 살도록 물이 흘러야 한다. 맑은 물이 흐르면서도 기묘한 바위가 있어야 하고, 바위가 깎여 물이 회란하고 폭포와 소가 있어야 한다. 속리산에서 발원한 속리천 물이 화북을 거쳐 용유동 밑에서 내서천과 합류하며 〈쌍용계곡〉을 이룬다. 청룡과 황룡이 산다는 그곳은 큰 용추와 작은 용추가 있어 쌍용이라 부르고, 쌍용구곡을 경영한 선비들이 있어 승경이 있음을 말하지 않아도 된다.

계곡 좌측으로는 도장산이 있고 우측으로는 청화산과 시루봉이 있다. 이곳 첫머리를 우복동천이라 부르지만 전체를 포함하여 쌍용계곡이라 불러도 무방하다. 산과 계곡은 사람을 안락하고 신비롭게 품어 주며 물이 흐르면서 속세를 씻어 주는 속리의 신비한 기운을 안고 흐른다. 그러므로 속리산과 청화산과 도장산의 모양새가 공자와 안자와 증자가 스승을 모시고 시립하는 것처럼 생겼다고 한다.

이렇게 명승이 있는 계곡을 옛사람들은 그냥 지나지 않았으니 내서천과 속리천이 합

사우정의 봄

사우정의 겨울

류하는 아래 지점에는 물이 잠시 호수처럼 머물다 가는 지점의 층암절벽 위에 정자 하나가 보인다. 네 벗이라는 이름으로 지어진 〈사우정(四友亭)〉, 고산과 유수, 청풍과 명월인데 이를 벗하면 시가 절로 나오지 않겠는가. 선녀들이 달 밝은 밤에 목욕하러 내려온다는 선녀탕, 물안개 피워 올리며 떨어지는 심원폭포와 명주실 한 타래가 들어간다는 큰 용추가 있는 그곳을 차마 어찌 그냥 지나겠는가.

02. 청화산과 우복동천과 병천정

옛 선비들은 산이 맘에 들면 그 이름을 따서 자신의 호로 짓는다. 「택리지」의 저자 이중환은 그의 호를 청화산인(靑華山人)이라 했다. 암릉 구간이 없고 암봉도 겉으로 드러나 보이지 않는 이 산을 속리산보다 순한 기운이 많아 후한 점수를 주고 있다. 이 산 아래 화산마을과 광정 마을과 병천 정사 쪽으로 우복동이 있다 하여 많은 시인 묵객과 은둔 군자들이 이곳으로 발걸음을 옮겼다. 원효대사와 의상대사, 송요좌와 송명흠, 양사언, 정탁 등등….

시루봉

청화산은 산 중의 명산이고, 우복동천은 길지 중의 길지이니 그곳에 정자 하나쯤은 꼭 있을 것이다. 용유동에 용이 노닐던 자리로는 바위가 물결치듯 깎여 있어 물빛은 영롱하고 바위는 천태만상의 만물상이다. 회란석 위쪽으로 정자 하나를 짓고 불의 앞에 절개를 굽히지 않았

시루봉 능선 우복동천 안내표지

용유동 병천바위

으며 우복동천에 묻혀 후학들은 가르친 이는 〈영롱정〉이라는 정자를 지었다. 후에 병천이라는 내의 이름을 따서 〈병천정〉으로 지었다가 송명흠 선비의 호를 따서 〈늑천정〉이라고 바꾸었다.

　글을 읽지 않고 바위 위를 소리 없이 흐르는 물만 바라보고 있어도 도를 깨우칠 것 같은 그곳에 앉아 송요좌는 용유구곡을 경영한다. 이 선비에게 무엇이 필요했을까? 그에게 필요한 건 그저 물처럼 흘러가는 순리와 근본을 원했을 터인데, 왜 왕이 사도세자를 죽이지 않으면 안 되었는지 그에게 묻지 않아도 속마음을 알 듯하다. 사람은 바위에다 이름을 새기지만 산은 그림자를 그렸다가 지우고 물은 아예 흔적조차 남기지 않는다. 누군가 이곳에 와서 이름을 새기고 흔적을 남기는 것은 지나친 욕심이리라. 산 이름은 대개 세 글자이지만 명산은 두 글자로도 족하여 사람들은 청화산을 〈화산〉이나 〈청산〉이라고 부르고, 마을 이름도 화산이라 했다. 누구라도 그곳에 가면 맘에 드는 이름 하나 따서 지어야 할 듯하다.

03. 연엽산과 우복산과 우복길

길을 가다가 연꽃이 피어 있으면 자연히 발길을 멈추게 된다. 연꽃은 진흙에서 꽃을 피워도 청결하고 고귀하기 때문이다. 하늘 길을 가다가 연꽃 세송이가 길 아래 피어 있다면 그냥 지나치지 못하는, 그 세 송이의 연꽃처럼 자리한 연엽산(蓮葉山)이 있다. 그 산 아래 마을은 세 송이의 연꽃이 피어 있는 마을이라는 이름의 삼화실(三花室)이다.

그 마을 앞산이 있는데 그 산을 우복산(牛伏山)으로, 소가 엎드려 있는 형상의 산이라는 것이다. 사람들이 소가 쉬고 있는 것을 보고, 앉아 있는 것인가? 누워 있는 것인가? 아니면 엎드려 있는 것인가? 그것은 보는 사람의 마음에 달려 있는 것이지 소는 같은 품새로 있을 뿐이다. 여기서 마음의 여유가 있는 사람은 소가 누워 있다고 할 것이고, 조급한 사람은 앉아 있다고 할 것이며, 우울한 사람은 엎드려 있다 할 것이지만, 이곳 사람들은 소가 편하게 누워 있다고 느낀다.

연엽산

연엽산 원경

소는 누워 있으니 편할 것이고 그 소의 배 안쪽에 안겨 사는 사람들은 얼마나 따뜻하고 평온할 것인가. 소의 귀 있는 곳에 사는 사람들은 화산리 〈귀밑사람〉들이고, 소의 뒷발 쪽에 사는 사람들은 종곡리 〈뒷발이사람〉들이다. 누가 어디에 살건 한 몸의 소같고 한 가족같이 정으로 사는 고을은 뒤로는 연

연엽산 표지석

엽이 감싸 주고 앞에는 소가 누워 있으니 이보다 더 부러운 부자가 어디 있는가. 그 소를 타고 어디로 가든 세상 어떤 부러울 것도 무서울 것도 없으리라.

청화산 아래 용유동이 있는 곳을 소의 배라는 우복(牛腹)이라 하고 연엽산 아래 삼화실이 있는 곳은 누워 있는 소의 배라는 우복(牛伏)이라, 두 마리의 든든한 소가 있어 복지가 이곳은 된다. 청화산 지맥인 연엽산 아래 삼화실은 우복동천의 큰 소와 우복산의 작은 소 두마리 품에 안긴 곳이니 이곳을 지나는 길은 속리산 길이라기보다 〈우복길〉이 더 적합할 것이다. 북실 마을에서 삼화실, 그리고 연계마을로 이어지는 길은 이미 있는 길이니 이제 사람들이 이 길을 순결 무구한 마음으로 걷는다면 저절로 연꽃이 피어 있는 길을 소를 타고 피리를 불며 가는 해우와 심우의 목동이 될 것이다.

속리산 둘레길 가는 길(성불동 표석)

속리산 둘레길 12구간(화산1리)

04. 삼파수^(三派水)의 전설

물 중에 최고의 물은 극락에서는 팔공덕수^(八功德水), 지상에서는 삼파수^(三波水)라고 한다. 극락의 물은 8가지 공덕을 쌓아야 맛볼 수 있으니 그건 천국에서도 별따기이다. 그러나 지상의 삼파수가 샘솟는 곳이 있어 찾아가기만 하면 그 물을 먹을 수 있으니 관심이 쏠릴 수밖에 없다.

성현의 〈용재총화〉에는 여말 선초의 문신인 이행은 달밤에 술통을 실은 소를 타고 산수를 노닐어 〈기우자^(騎牛子)〉라는 호를 얻었는데, 그는 물맛을 기막히게 분별하는 사람이었다. 그가 말하기를 우리나라 물 중에서 제1을 충주의 달천수^(達川水), 제2는 한강의 우중수^(牛重水), 제3을 속리산의 삼타수^(三陀水, 三派水)로 꼽았다 한다.

그런데 달천수는 속리산 삼파수의 한 가닥이니 우리나라 물맛의 최고는 속리산 삼파수라고 할 것이다. 속리산 상고암의 석간수가 달천^(달래강)의 발원지로, 세조가 이 물을 먹고자 복천암에 머물 때 식수는 물론 약을 달이면서 이 물을 사용했다고 전해진다. 돌확은 넘치는 맑고 차가운 팔공덕수라 부르는 그 물이 흘러 달천으로 가고, 한편으론 상고암이 있는 비로봉 꼭대기에 솟은 하얀 바윗돌을 돛대 삼아 산세가 파도처럼 일렁이며 상주 화북 쪽으로도 뻗쳤으니 그 물길은 이곳으로도 연하여진다.

우리나라 물의 근원은 이곳의 삼파수라고 칭한다. 물줄기가 끊이지 않고 변함없이 흘러 개울이 되고 또 강으로 흐른다. 동으로는 낙동강, 남으로는 금강, 서쪽으로는 한강을 끼고 돌아 마시고 씻고 살아가도록 해 주니 이 물이 근본이 되고 사람을 살게하는 생명수가 아닌가. 욕망은 죄를 부르지만 물은 낮은 데로 임하며 포용의 큰 바다를 이루어 생동하는 꿈과 변함없는 희망을 준다.

화산 삼파수

삼파수의 물이 화북 용유동을 거쳐 청룡 황룡이 노니는 쌍용계곡의 품안을 돌아 속세를 떠난 속리천으로 흐른다. 그 물이 흐르다 도를 숨긴 도장골의 물과 사우정 앞에서 합류하여 반달처럼 생긴 서당들 앞을 휘돌아 화산 우복산 소의 발 아래로

화산 삼파수 쉼터

여유 있는 물길을 낸다. 그런데 이 물이 서당들 앞을 감아도는 지점에서 시루봉 쪽을 바라보며 10여 분 걸어 올라가면 삼파수의 전설이 내려오는 중리마을이 나온다.

시루봉은 청화산의 준령이자 일명 불일산(佛日山)으로 불리는 성스런 산이다. 불일이란 뜻은 '부처의 자비가 모든 중생에게 빠짐없이 널리 미침'을 뜻하는 것으로, 만인에게 아낌없이 광명을 주는 해에 비유된다. 게다가 조선 시대 천신에게 기우제를 지내던 기우단이 시루봉에 있었다는 것을 감안하면 시루봉 수맥은 특별한 물로 인식된다. 이곳 중리마을의 물은 시루봉의 수맥과 속리산에서 내려오는 수맥이 기운을 합하여 용출하는 샘이다. 이곳 삼파수는 전설에 의하면, 조선조 중엽 어떤 풍수가 명산대천을 두루 돌아다니다가 시루봉 줄기의 영산봉에서 사방을 둘러보니 동쪽에 명당이 반드시 있을 것이라

화산 삼파수

중리 마을(삼파수 마을) 원경

생각하고 내려와 보니 바로 그곳에서 맑은 정화수가 용솟음치고 있었다. 그 지관은 명당터에서 물이 솟아나는 것을 보고 애석하게 여겨 우물물을 세 갈래로 갈라 놓았다 한다.

이곳 사람들은 그 샘 위에서 나는 물은 생수로, 중간에서 나는 물은 농사 짓는 데 쓰고, 아래쪽 물도 식수로 사용하여 왔다. 그러던 어느 날 상여가 이곳으로 지나가니 그렇게 맑던 우물물이 갑자기 누런 물로 변하여 마을 사람들이 불안에 떨게 되었다. 마을에서는 부정을 탄 것으로 알고 목욕재계하고 제수를 차려 우물에 제사를 지냈더니 다시 맑은 물이 솟아났다고 한다. 지금도 중리마을에는 〈삼파정〉이라는 쉼터가 있고, 그 샘은 여전히 신비한 기운을 세 갈래로 뿜으며 생명력 넘치는 신비한 물을 뿜어 주고 있다.

05. 갈동 〈농바우〉와 삼송 〈농바우〉

농암은 유난히 바위와 관련된 지명과 설화가 많다. 갓바우, 마고할미통시바우와 손녀
마고통시바우, 말바우, 농바우, 사자바우, 범바우, 개바우 등은 설화와 함께 지금도 굳
건하게 제자리를 지키고 있다. 그럼에도 유독 관심이 가는 바위가 있는데 그것은 바로
〈농바우〉다. 1914년 행정구역 개편 시 농바우를 두글자로 줄여 〈농암〉이라 하고 지금
까지 법정 지역명으로 사용해 오고 있다.

그런데 한 지역에 장롱같이 생긴 두 개의 〈농바우〉가 있다는 건 아주 특별한 일이다.
바위가 다른 전설을 갖고 있으면서도 같은 농바우라 부르며, 하나는 갈동에 다른 하나
는 삼송에 있다. 갈동의 농바우는 이 바위가 쪼개지며 견훤이 태어났다는 영웅 탄생의
바위이고, 삼송의 농바우는 이 바위를 흔들면 아이를 갖게 된다는 다산(多産)의 바위다.

살아 있던 삼송 왕소나무

죽어서 보존 중인 삼송 왕소나무

삼송리 농바우 마을 표지석

태풍에 쓰러진 삼송 왕소나무

인물이 필요하면 갈동의 농바우를 가면 되고, 손이 귀하면 삼송의 농바우를 가면 되므로 이 지역 주민들은 선택받은 사람들이 아닐까 싶다.

갈동의 농바우는 〈농바우 공원〉이라는 안내판을 세우고 설화까지 안내하고 있다. 혹자는 농바우를 고인돌이라 하고, 또 어떤 이는 이 바위가 어떻게 논 한가운데 와 있는지 의문이 생긴다며 옥황상제가 벌로 던져 버린 견훤의 탄생석이 더 맞지 않느냐고 말하기도 한다. 바위는 말을 하고 있지 않고 역사도 침묵하고 있으나 바위 설화는 이러쿵저러쿵 말이 많으니 좋은 말만 믿으며 살면 행복해진다.

농바위 마을 느티나무 괴목

농바우! 그 바위가 쪼개지면 영웅이 나오고 또 그 바위를 흔들면 아이가 태어나는 것이라면 신비한 축복의 바위임엔 틀림없다. 장롱바위에다 욕심을 담으면 감옥이 되고, 돈을 담으면 금고가 되며, 꿀을 담으면 꿀통이 되고, 별을 담으면 별자리가 되는데, 고향 노래를 담으면 추억의 확성기가 되고, 견훤의 탄생을 담으면 견훤 탄생지가 되리라.

06. 대정공원과 6승경

소나무는 천 년을 사는데 인간은 고작 백 년에 불과하다. 그럼에도 천 년의 나무에게 백 년의 인간이 많은 해를 입힌다. 나무를 키우면 얻는 효과는 한두 가지가 아니다. 풍치림, 호안림, 방풍림, 방수림, 방화림 등의 그 역할이 이를 말해 준다. 그럼에도 땔감으로 사용하거나 집을 짓고 기구를 만들며 나무에서 열매나 수액 채취 등을 과도하게 하는 경우 나무는 고사하여 사라지고 민둥산이 남게 된다.

식목일을 공휴일로 정해 나무를 심기도 하고 산림녹화를 위한 다양한 대책을 시행한 게 엊그제 같은데 지금은 보이는 산마다 사람이 들어가지 못할 정도로 수목이 울창하다. 자연은 사람이 관리하는 것보다 그대로 둘 때가 최고의 관리라 하지만 인공 조림하는 경우는 이와 다르다. 이 고을에는 천연기념물로 지정된 화산 육 소나무와 삼송 왕송

대정공원 풍경

1929년 대정숲 소풍 기념촬영

대정공원 정자

대정공원 하한대길

대정공원과 벤치

농암국교 21회(대정공원 기념촬영)

이 있다. 그리고 대정 마을 앞에는 대정 공원의 송림 숲이 있는데, 이 송림은 인공 조림한 숲이다. 도로와 접근되고 많은 사람이 오가는 장소라서 조금만 관리를 소홀히 하면 화재 등의 큰 문제가 발생할 수 있다.

이 숲은 적어도 지금으로부터 350년 전 대정 마을에 사는 순천 김씨, 울진장 씨 등 마을 사람들이 앞이 허하므로 수구막이로 소나무를 심었다. 그리고 마을에서 철저한 관리로 지금까지 숲이 존림되어 오고 있다. 1909년부터 마을 사람들이 식목일을 지정해 이 숲에 나무를 심고 관리를 해 왔으니 현재까지 기록으로 보면 최초의 식목 송림 숲이다. 전천상부사가 1745년 심은 하동 송림 숲(천연기념물 제445호)보다 무려 50년 이상 빨리 식목한 송림(1682년)인데 오히려 요즘 관리가 부실하다. 행정관청에서 이를 관리 보호해야 함에도 숲 안에 터널형의 파크골프장을 만들었으니 삼척동자도 웃을 일이다.

1908년 마을에 돈이 필요해 우동석 씨 등이 소나무 7~8주를 베어서 팔았다가 그해 겨울 마을 사람 20명이 사망하는 재앙이 벌어졌다. 이후 1934년 7월 이 숲

소나무의 가지 하나라도 해하면 큰 벌을 받는다며 동민들이 〈대정수호계〉를 만들어 준수할 것을 결의하였다. 김상건이 동민들과 함께 이 숲을 사유림이 아닌 〈대정공원〉이라 이름 지은 다음, 육송정(六松亭), 삼괴정(三槐亭), 부지도(不知島), 구몽탄(九夢灘), 임청대(臨淸臺), 하한대(夏寒臺)라는 승경 6곳을 선정(1933년)하며 특별 관리에 나선다.

하지만 1944년 1월 태평양전쟁이 막바지에 이르자 총독부에서는 군함을 긴급 제작해야 한다며 관령을 발동해 〈소나무 전량 벌목공출〉 지시가 내려온다. 이에 마을 〈청년단〉에서 사생결단하고 반대 투쟁을 펼쳐 일제의 뜻을 꺾고 일부만 간벌해 오늘의 숲으로 남아 있다. 그러니 이 송림을 보더라도 세상에는 그냥 공짜로 얻어지는 건 아무것도 없다.

백여 년 전 지정했던 6승경, 〈육송정〉은 숲 중간 지점에 6그루의 멋진 소나무가 있었

50년 전 청화국교 대정공원 소풍

69년 농암국교 동창회 사진(대정공원)

농암국교 18회 동기회 모임(대정공원)

대정공원 하한대

는데 나무에 금줄을 치고 내년 동제를 지냈지만 현재 5그루는 죽고 한 그루만 남아 있다. 〈삼괴정〉은 괴정 쪽 방향 숲 첫머리에 아름드리 느티나무 세 그루가 큰 그늘을 이루고 있어 쉼터로 매우 좋으므로 삼괴정이라 이름을 지었고, 〈부지도〉는 냇가에서 농바우 쪽 강변으로 큰 모래톱이 쌓여 수량에 따라 섬이 되었다가 강이 되기도 하였으므로 대개 강수욕을 즐기며 몸을 말리기도 하고 물새들이 많이 날아들기도 했다.

〈구몽탄〉은 농바우들로 물을 보내기 위해 대정공원 중간 지점에 보를 막아 놓았으므로 보의 수문이 있는 강의 중간에는 물이 회오리치며 깊은 소가 생긴 곳으로 이곳에 물고기들도 모여들고 왜가리와 갈매기들이 많이 날아와 먹이를 탐했다. 〈임청대〉는 화산 방향으로 숲이 시작하는 첫머리에는 수심이 깊고 물이 더 맑았으며 나무들의 키도 더 잘 자라서 그곳에서 낚시를 하던 곳으로 잠시 머물러도 시심이 깊어지던 곳이다. 그리고 〈하한대〉는 숲 중앙에 있으며 키 큰 나무들이 하늘을 사방으로 가려 주고 그늘이 생겨 바람이 더 시원하게 느껴졌으며, 그 옆으로는 모래가 많아 자연 씨름장이 생기기도 했다. 지금은 육송정과 하한대의 자취만 유지되고 있지만 그래도 수백 년 된 소나무가 뿜어 주는 피톤치드의 힘은 여전히 뿜뿜이다.

07. 조항산과 고모령과 도덕동천

조항산^(鳥項山)은 새의 목처럼 생겼다고 〈새목산〉이라고 부른다. 새는 비상의 동물이자 자유의 상징이므로 이 고을 사람들이 산골짝에 살면서도 갑갑한 줄 모르고 사는 것은 새같이 생긴 이 산이 있기 때문이다. 조항산은 널리 알려진 산은 아니지만 그렇다고 이름 모를 산으로 취급할 수 없는 백두대간의 중심에 해당하는 특별한 산이다. 정상에 있는 암봉은 어느 방향에서 바라보느냐에 따라 다르게 보이기는 하지만 농암리나 연천리 방향에서 보면 뚜렷하게 용맹스런 한 마리의 독수리 형상^(독수리의 머리)으로 보인다.

그 산의 정상에 자리한 바위를 〈갓바위〉, 〈국신말〉이라 부르며, 그 바위에서 청화산 방향으로는 의상대와 원효대가 있어 견훤이 호연지기를 키운 곳이다. 이곳의 신비한 정기를 받아 나라를 건국한 대왕이 되었으니 갓바위는 갓을 쓴 모양의 소원바위라기보다 꿈꾸는 자에게 꿈을 실현시켜 주는 큰바위 얼굴같은 존재라함이 더 옳을 것이다. 조항산에서 둔덕산 방향 능선에는 〈고모령〉이 있다. 이 고개는 문경현 지도에도 예로부터 명기되어 있는 알려진 고개이며, 조선 중 후기

마고할미통시바우 원경

에는 문경새재에 못지 않게 많은 사람들
이 영남에서 한양으로 올라가는 길이 되
었다.

서울 가는 선비들은 저마다 장원급제를
꿈꾸지만 어찌 그것이 쉬우랴. 고모령 고
개 넘기 전 삼송 쪽이나 고개를 넘어선 고
모재 마을 쪽엔 큰 장시가 섰다. 주인도
없는 후한 떡집이 있었는데 손님 혼자 찾
아먹고 돈도 맘대로 내는 그 집은 나그네
들이 선호하는 집이었다 한다. 고모령 정
상에는 고모샘이 있어 목마른 자들에게
시원한 생수를 주고, 고모재를 농암쪽으
로 막 넘어서 조금 내려오면 〈도덕동천〉
이라는 계곡이 나온다.

새재를 넘을 때는 관에서 나와 통제하
거나 시비를 걸기도 했지만 고모령 고개
는 상대적으로 나그네들이 부담 없이 편
하게 넘을 수 있던 평민들의 고개였다. 그
랬으니 이곳에 도덕동천(道德洞天)이 있는

갓바우재 넘는 길과 의상저수지

갓바위(사자) 얼굴

건 자연이 베푸는 편한 휴게소가 아닌가. 도덕이란 덕과 악덕을 분간하는 예의 바른 행
동이나 성품이므로 이 고개를 넘으면서 도덕동천에서 한번 쉬어만 가도 도덕을 가진 사
람으로 변화될 것이다. 도덕동천에서 고개를 들어 삼송 방향으로 바라보면 산 능선에
서 마고할미가 손녀마고와 함께 반겨 주고 있어 고개를 오르건 내려가건 누구에게나
즐거운 고갯길이다.

08. 농암 고을의 명당 세 자리

신숙빈(申叔彬, 1457~1520)은 문희공(文僖公) 개(槩)의 후손으로 거창현감을 지내다가 빙부인 안귀손과 함께 불혹에 가은 소양으로 복거하게 된다. 무오사화(1498년) 때 관직을 버리고 들어와 산과 물이 어우러진 곳에 자리를 잡는다. 세상 부귀영화와 욕심을 버리고자 맑은 날이면 논밭을 갈아 농사를 짓고 약초를 캐며 영수를 굽어보며 마음을 씻고 다스렸다.

有山有水度	산도 있고 물도 있는 곳에
無榮無辱身	영화도 없고 욕심도 없는 내 몸
耕田消白日	밭 갈며 하루 해를 보내고
採藥送靑春	약초 캐며 청춘을 보내노라

이렇게 시를 짓는 처사로 은거하며 후학을 가르치고 소상팔경의 은둔군자로 살던 그는 안귀손과 함께 숙종 23년(1697) 농암면 가항리 〈한천서원〉에 배향(1697)되기에 이른다. 그 서원 주변 산자락엔 평산 신씨 종중 선산이 소재하고 있었고, 이곳은 예로부터 명당 자리가 있었음을 전해 주는 이야기가 내려온다. 그 내용을 들어보면 단순히 풍수지리를 믿는 그 이상의 교훈적인 뜻이 깃들어 있음을 알게 된다.

신처사 후손이 농암 가항리(가실목)에서 묘소를 정할 때 지관이 명당으로 두 자리를 추천해 주었다. 그중 한 곳은 여기 묘소를 쓰면 자손들이 만석지기로 부자가 될 것이라 했고, 또 다른 한 곳은 이후 8대 손까지 혈식군자(血食君子)로 추앙하는 인물이 배출되지만, 집안에 손이 귀하게 되고 가난이 극에 달할 것이라 했다.

하여 후손들은 명예를 더 중시해 망설임 없이 후자를 선택하게 되었다. 하지만 그 후 독자로 내려오다가 손이 없어 양자를 들이게 되고, 급기야 집은 불이 나서 소가 타고 가세가 극심하게 기울었다. 이렇게 힘든 시간들이 이어져도 후손들은 가문의 명예를 지켜 나가기 위해 변함없이 인내하며 묘소를 보전 수호해 왔다. 그러다 자손이 8대에 이르러자 도저히 성묘가 힘들다고 후손들이 이장을 추진하였다. 이때 묘를 개장하였더니 놀랍게도 흰 연기가 피어올라 하늘로 솟았다.

그러나, 이미 파묘를 했으니 돌이킬 수 없었고, 후손들의 생각 부족으로 명당이 사라지는 너무 애석한 일이 되고 말았다. 이후 옛 영화를 회복하지 못했으니 이 사건은 위선 봉사에 관해 경종을 울리는 교훈을 남기게 되었다. 하나의 명당을 일시적으로 잘 수호하기보다는 누대에 걸친 수호가 발복지지의 길이 되므로, 효심이란 눈앞의 가까운 이득에만 이끌리지 않고 한결같이 지성으로 수호하면 자손들이 오래도록 복을 받게 된다는 것을 말해 준다.

군이 좋은 묘자리를 잡으려고 이름있는 지관을 부르고 좌청룡 우백호를 내세우지 않더라도 근본이 있는 가문의 후손이라면 선조의 덕업을 쉬이 망각하거나 묘를 보기 흉하게 방치하지 않는다. 견문각지(見聞覺知)라는 말처럼 부모로부터 은연중에 보고 듣고 배우기 때문에 별도로 가르치지 않아도 잘되는 집안은 선대를 본받아 스스로 실천하게 된다. 그러기에 어쩌면 개천에서 용이 나는 것을 기대하긴 어려울지도 모른다. 살아서나 죽어서도 한번 맺어진 가족 관계는 바꾸거나 버릴 수 없기에 효에 충실한 자손들이 큰 벌을 받거나 지탄받는 일은 매우 드문 것이다. 허나 자신의 영일에 눈이 어두운 사람은 명예나 가내의 전통과 선조의 유지를 받들기보다는 사리사욕에 더 경도되어 있음을 심심찮게 보게 된다.

다음 명당은 소양서원 우편에 있는 개골산이다. 이곳에 신숙빈 처사의 부부 묘소가 있는데, 이 산소 자리는 〈연소혈(燕巢穴)〉이라고 하며, 산 위쪽에 있으면서 생긴 모양이 마치 제비집 같아 보인다. 산 정상에서 떨어지거나 먼 곳은 연소혈로 보지 않고, 제비의 집이 처마 밑에 지어지듯 지붕과의 상관 관계상 높은 곳에 위치하고 있어야 되는 혈의 조건을 충족하고 있다. 그리고 제비집 앞은 제비 똥이 쌓이게 되므로 그 앞쪽으로 제비 똥이 쌓인 것처럼 돌출되는 안대(案臺)가 있어야 하는데, 이곳은 안대도 두루 갖추고 있다. 이런 연유로 연소혈 산소를 가려면 높은 곳으로 올라가야 하는 수고를 하여야 함은 당연한 것이므로 후손들이 산소를 자주 오르내리는 수련이 가문의 힘과 기틀이 된다는 말이다.

이같이 보기 드문 연소혈 자리에 모신 신처사의 명당 덕분인지 문경 지역의 평산 신씨 후손들은 명사들이 많고 대부분 그의 후손이라 해도 틀린 말이 아니다. 자손들이 크게 번성하였으니 각계 각층에 걸출한 인물들이 헬 수 없이 탄생하였다. 문경군을 일컬어 신석호(申石虎)의 고장이라 하는 이유가 평산 신씨와 돌(석탄)과 호랑이가 많다는 말로, 이 고을은 신처사의 후손들이 이끌어 가는 특별한 땅이라 말하기도 한다.

한편 종곡리 뒷바리 윤하정이 있는 곳에도 손꼽히는 명당이 있었으니 그곳은 〈맹호하산혈(猛虎下山穴)〉으로 불린다. 천마산 아래로는 〈사자바우〉가 있고, 괴정 진향루 바로 아래는 〈범바우〉가 있으며, 그 중간쯤에 〈개바우〉가 위치하고 있다. 사자와 호랑이가 개를 사이에 두고 먹잇감으로 노리고 있으나 서로 눈치만 보면서 잡아먹지 못하고 있다는 전설이 내려오고 있으니, 이 지형에서는 사자와 범보다는 개가 있는 곳이 누구도 범접하지 못하는 성지가 되고 있다.

범바우가 있는 곳은 우복산 소의 뒷발에 해당하는 도발산(道發山)으로 호랑이가 자주 출몰하던 지역이었다. 견훤의 부모가 아기 견훤을 밭둑에 누이고 일을 하고 있으면 범이 내려와 그에게 젖을 먹이고 돌아갔다는 말이 그저 우연이 아니다. 그리고 뒷바리 도발산에 있는 김택수(1769~1800)의 묘자리는 호랑이가 점지해 준 명당자리로 소문이 나 있다. 1800년 정월 이레, 겨울 눈이 펑펑 내리던 날 밤 큰일이 벌어지고 만다. 밤중에 소변을 보러 나갔던 김택수가 돌아오지 않자 부인이 불길한 예감이 들어 불을 켜고 나가 보니 사람은 없고 큰 짐승 발자국만 남아 있었다. 부인은 혼비백산하여 마을 사람들을 모아 횃불을 밝히고 발자국을 따라나섰다. 도발산 중허리 큰 소나무 밑에다 남편을 물어다 놓고 눈에 불을 뚝뚝 흘리고 있었다. 호랑이가 사라진 뒤 남편은 몸에 상처 하나 입지 않고 돌아올 수 있었으나 사흘 뒤 세상을 떠났고, 호랑이가 물어다 놓은 거기에 묘를 썼는데 이곳을 최고의 명당이라 부르면서 묘자리 다툼이 생기게 된다.

명당 자리라는 소문이 고을에 퍼지자 조상의 묘를 지키려는 가문과 그것을 빼앗으려는 가문과의 목숨을 건 다툼이 벌어진다. 묘를 먼저 쓴 대정리의 순천인 김성의와 나중에 쓴 왕릉리의 안동인 김병옥의 양가 다툼으로 문경 현감이 권력과 부에 매도되어 올바로 처리하지 못하자, 결국 김성의 아들인 김영재가 한양으로 올라가 고종의 거둥 행차를 가로 막고 격쟁 상소하게 된다. 그러나 이듬해 김병옥 아들 김우용이 거짓 문서를 꾸미며 김성의가 무고했다며 격쟁 상소하였다. 이는 명당 자리 하나를 차지하기 위해 임금 앞에서까지 거짓말을 서슴치 않는 무례 무엄한 짓을 벌인다. 10여 년간에 걸친 산송 사건으로 김성의 집안은 4명이 목숨을 잃었으나 굴하지 않았으며 여러 차례 옥살이를 하는 등 불의에 끝까지 맞서 싸웠고, 김병옥 집안은 권문세가에다 칠백 석 부자였지만 탐관오리를 매수하여 총력전을 펼쳤으나 끝내 멸문지화가 되면서 알거지가 된 채 종적을 감추고 말았다.

결국 약한 정의가 강한 불의를 꺾고 다툼은 막을 내렸으나 그 후유증은 만만치 않았다. 하지만 후손들은 선조의 장한 뜻을 기려 격쟁 승소를 기념하여 정자를 지었는데 그 정자가 바로 〈윤하정〉이다. 그리고 김택수의 산소를 수호한 음덕을 입어 그간 5대 독자로 내려오던 위태롭던 집안이 나날이 번성하여 수백 명의 자손들로 불어났다. 1946년 김성의의 손자인 김상련과 김상건이 윤하정을 지었으니, 〈대한민국 최초의 격쟁승소 기념으로 지은 정자〉로 국민청원 제도인 신문고 역사 유적으로 자리매김되고 있다. 이 산송의 격쟁 내용은 서울대 규장각도서관에 보관 중인 〈추조결옥록^(조선범죄사건 기록대장)〉에 기록되어 있다.

　6.25전쟁에 나가 많은 남자들이 희생된데다 특히 남아선호 사상이 심했던 전후 무렵은 대부분의 집들이 생계 유지가 어려울 정도로 힘든 고난의 시기였으나 그래도 낳기만 하면 〈지가 지복 타고난다〉고 하던 풍토였다. 더욱이 손이 귀하던 김성의 가문은 사내들이 많이 태어나길 고대하였으나 그건 사람은 소망하지만 하늘이 점지하는 일이었다. 1955년 을미년, 그해 이 집 당내에는 이월 달부터 사내아이가 태어나더니 설달까지 열한 명이 모두 고추를 달고 태어났으므로 경사 중 경사라고 입을 모았다. 어째서 여자 한명 섞이지 않고 남자만 태어났느냐며 고을의 관심사가 되기도 했다. 이를 유명 사주가에게 물으니 이 중에서 큰 인물이 난다고까지 했으므로 필시 이는 조상의 산소가 명당이라서 내린 축복이라 믿었다.

　위 세 가지 사례를 보면 명당은 어디에나 있을 수 있지만 그것을 후대가 잘 지키고 수호하여야 발복이 가능하다는 것을 시사한다. 흰 연기와 제비집과 호랑이가 등장하는 명당 이야기를 말하면, 요즘 세상에 무슨 그런 미신을 믿느냐고 힐난할 수 있겠지만 선조의 묘를 잘 가꾸고 지키는 것이 자손들의 위선과 효사상에 대한 참 교육이 되며, 그걸 다른 방법으로 훈육하여 실천하게 만든다는 것은 어려운 일이다. 특히, 농암면 가항리 명당자리는 신씨 가문 후손들의 실수로 이장하게 되었으나, 다행히 1921년 그 자리에 농암국교가 설립되었는 바, 그 후 명당 기운을 입어 이 학교가 만인들이 추앙하는 인물들을 다수 배출하게 되었다 한다. 수목장, 납골묘 등이 지배하는 시대라 해도 산 사람의 편의도 중요하지만 그보다 선조들에 대한 기본 예와 효 사상이 가정의 화목과 뿌리 의식을 가르치는 산교육이 된다는 점을 결코 가벼이 생각해서는 안 될 것이다.

09. 박희정 시인의 〈내 고향 문경 농암〉

경북 문경시 농암면 농암 2리 258번지, 예나 지금이나 '동바리'로 통한다. 농암이라는 명칭은, 농암면 갈동리에 위치한 '농바우', '농바위'라고 부르던 것에서 유래했다고 한다. 농바위는 '큰바위 얼굴' 같은 상징성을 가진다. '동바리'는 농암국교 옆에 있으며 농암 장터에 들어서면 바로 보이는 동네이다. 20여 호 정도로 마을이 형성되어 있고, '동바리 사과나무집'이 우리 집이었다. 사과나무, 벼농사, 콩, 참깨 등 농사를 지었다.

봄부터 여름까지 일요일이면 사과나무에 약치기를 했다. 당시는 과수원 중간에 약치는 장치를 해 놓고 아버지는 약통을 어깨에 메고 골골이 다니며 약을 치셨다. 그때 줄을 고르게 펴놓는 일은 내 몫이었다. 줄이 꼬이거나 접혀지면 약이 뿜어져 나오지 않기에 아버지 뒤를 졸졸 따라다니며 줄이 끌어 가는 상황을 잘 살펴야 했다. 그러나 어린 학생으로서는 그 일이 얼마나 하기 싫던지, 속으로 '일요일에 비가 왔으면 좋겠다.'는 생각을 많이도 했다. 또 밭에는 콩을 주로 심었는데, 여름에 밭매는 일은 엄청난 고역이었다. 엄마는 자식들에게 한 고랑씩 매라고 하셨고 우리는 경쟁하듯 콩밭을 맸다.

나는 7남매의 막내로 태어났다. 부모님,

가실목에서 본 천마산 원경

언니 오빠의 관심과 사랑을 듬뿍 받으며 자랐던 유년의 기억은 나에게는 과분한 복이었지만, 심부름도 심심찮게 한 기억이 난다. 우리 집에는 손님이 자주 찾아오셨다. 아버지께서 문경군청, 농암면사무소 등 공직과 관련된 일을 하셨기에 손님맞이는 엄마의 몫이었다. 때가 되면 엄마는 손님상 차리느라 신경을 쓰셨고, 나는 손님상을 물리고 나면 흰 쌀밥, 고기 반찬 등 특별한 반찬을 먹는 재미로 엄마의 고생은 안중에도 없었다. 언니 오빠 친구, 내 친구까지 자주 왔었는데 그때마다 엄마가 밥을 같이 먹이거나 간식거리를 주시곤 했다. 지금도 고향 친구들을 만나면 초등학교 때 우리 집에 와서 먹었던 밥과 간식이 그렇게 맛있었다고들 한다.

우리 집 바로 뒤는 소나무가 울창하여 친구들과 놀기에는 안성맞춤이었다. '소나무 타기, 숨바꼭질, 무궁화 꽃이 피었습니다, 풀꽃시계 만들기' 등 해가 꼴까닥 질 때까지 놀아도 신명이 끊이지 않았다. 그런 일상 속에서도 나는 뜬금없이 사색을 하기도 했고 들판 너머 다른 세상을 꿈꿔 보기도 했다.

우리 집 안방에는 가족 말고도 계절마다 차지하는 것들이 많았다. 봄가을에는 누에를 치느라 좁았고, 가을에는 고추를 말리느라 냄새가 났고, 겨울에는 벽에 메주를 걸어놓고, 아랫목에는 고구마 장석 등 사람보다 차지하는 범위가 넓었다. 누에가 스멀스멀 기어나와 내 몸에 달라붙고, 고추벌레가 벽을 타고 기어올랐던 기억, 또 메주 뜨는 냄새, 고구마 썩는 냄새, 군불로 연기 냄새까지… 안방은 그러한 북적거림 속에 문턱이 닳았다. 그중에서도 메주에 대한 기억이 곰실곰실 피어난다. 가마솥에 콩을 삶아 찧어 틀에 얹고 밟아, 새끼줄로 엮어 벽 쪽에 막대를 만들어 걸기까지 사람의 손이 몇 차례 가야 온전한 메주가 되었다.

"세상, 그 중간에서 꼬슬꼬슬 말라가는/제 속이 다 삭아야 비로소 진국이 되는/
어머니 짭조름한 손맛, 켜켜이 배여 나온/매달리고 엉겨붙고 속속들이 뒤섞이며/
가슴살 뜯어내듯 그렇게 뜬다는 게지/쫀득한 알갱이 풀어 시린 속을 다스리는~"
_〈메주처럼〉 전문

나는 중학교 3학년 때 대구로 전학을 갔다. 부모님의 교육관으로 우리 형제들은 어릴 때는 고향에서 자랐고 공부할 시기에는 대구로 전학했다. 전학 온 이유는 오빠들 밥해 주라는 엄마의 뜻이었던 것을 나중에 알았다. 대구로 이사 온 후 나는 엄마에 대한 그리움이 목말라 많이 울면서 지냈다. 공부를 한 건지, 살림을 한 건지 분간이 안 될 정도로 마음이 아팠던 시절이었다. 왕복 차비가 아까웠던 시절이라 방학이 아니면 고향에 간다는 것은 엄두도 못 냈다.

고등학교 2학년 때, 기다리던 방학이 되자 자취하던 반찬통을 챙겨들고 고향으로 갔다. 동대구역에서 점촌까지 비둘기호 기차를 타고 가서 농암까지는 다시 버스를 타야 했다. 그런데 당시 엄청난 홍수가 나서 농암 진입하는 다리가 끊어졌다는 것이다. 연락도 안 되던 시절이고, 돈도 없던 시절이라 죽기 살기로 다리가 끊어진 곳까지 갔다. 철철 넘쳤던 물살 흔적이 곳곳에 상처로 남아 있었다. 많은 사람들이 바지를 동동 걷고 물살을 봐가며 가까스로 강을 건너고 있었다. 어쩌랴, 나도 안간힘을 써가며 겁나는 물살을 바라보며 이를 악물고 강을 건널 수밖에. 엄마를 만나는 순간, 펑! 눈물이 났다. 다행히 우리 집은 지대가 높아 피해를 입지 않았지만 장터 사람들은 집을 잃고 농암국교 교실에서 임시로 지내고 있었다. 살림살이가 그냥 둥둥 떠내려갔고, 심지어 개, 돼지, 토끼 등 기르던 동물들마저 떠내려갔으며 장터마을, 섬안 마을 등 터를 잃은 동네도 더러 있었다.

지금, 고향의 명소는 '대정공원'과 '쌍용계곡'이 으뜸이라 할 수 있다. 대정공원에서는 14회째 맞는 단오축제가 열렸다. 풍물한마당을 시작으로 마을대항 그네뛰기, 투호던지기, 제기차기, 팔씨름 등 민속경기와 면민노래자랑, 특별공연, 경품추첨, 게이트볼대회로 축제 분위기가 절정을 이룬다. 쩌렁쩌렁 함성이 터지는 숲과 사람들의 울림으로 고향은 즐거운 한때를 맞이한다.

쌍용계곡은 농암에서 쌍용터널 지나서까지 약 4㎞가량 펼쳐지는 계곡이다. 청룡과 황룡이 살던 곳이라고 해서 이름 붙여졌으며 하류 쪽 계곡은 평온한 데 비해, 상류 쪽으

로 올라가면 울창한 협곡을 이루
며 물살이 급하다. 용소, 용추 등
한여름 계곡에는 젊음의 기운이 펄
펄 끓는다.

이렇듯 '나의 살던 고향'은 지금
도 현재진행형이다. 7월 낮 볕이 달
아오르던 날! 농암들의 담뱃잎을
바라보는 재미는 흐뭇하다. 연간
소득이 높아 효자 노릇을 톡톡히

말무덤 가는 길(대정공원 앞 쌍용천)

하고 있는 담배, 천연기념물 292호로 위풍당당한 모습을 자랑하는 화산리 반송, 7, 8
월이면 피서객으로 즐거운 환호를 지르는 쌍용계곡, 5, 10일에는 오일장이 서는 장터,
350여 년의 역사를 자랑하는 대정숲, 한우물 뒷산의 백로 서식지 등 내 고향 농암에는
몸과 마음을 풀어놓을 수 있는 쉼터가 많다.

지금도 우리 형제는 1년에 한두 번 고향에 모인다. 대가족이다. 중학교 교장으로 계시
던 큰오빠 덕분에 가족이 모일 때마다 가족 행사를 하곤 했다. 보에다가 천막을 쳐놓고
수영하던 일, 고디 잡으러 섬안 강가에 갔던 일, 밤 따던 일, 쌍용계곡에서 놀던 일, 추석
때 보름달 보며 밤늦도록 걷고 이야기하던 일, 쥐불놀이, 윷놀이 등 가족의 행복한 순
간은 만날 때마다 줄곧 이어지고 있다.

세월이 더할수록 내 안에서 똬리를 틀고 있는 고향, 숲, 계곡, 뒷동산, 마을 들길에서
문득문득 줍는 마음의 말들, 싸한 기운이었다가 은은한 여운이기를 바라며 시를 찾는
일, 그 배경에는 고향을 향한 엄마표 그리움이 부얼부얼 끓고 있는 것을!

10. 청빈한 삶을 원했던 선비들의 세거지

백두대간의 주능선을 이루는 청화산^(970m)과 조항산^(951.2m), 그 지능선^(支陵線)인 둔덕산^(969.6m), 도장산^(827.9m), 시루봉^(876.1m), 연엽산^(775m), 칠봉산^(600m) 등 높고 험준한 산들이 농암의 북쪽과 서쪽을 철옹성처럼 에워싸고 있다. 청화산과 도장산 사이 계곡으로는 속리산에서 발원하는 쌍용천이 흐르고, 청화산과 조항산 사이 계곡으로는 궁기천이 흐르며 개바우 앞에서 합류하여 농암천이 된다. 견훤산성과 보조성이 있는 천마산과 쪽금산을 안고 해자형의 요새 지형을 만들며 섬안을 돌아 가은으로 영강의 상류가 되어 흘러간다. 병풍을 두른 듯한 웅장한 산과 계곡의 기암괴석 사이를 굽이쳐 흐르는 맑은 시냇물이 산자수명한 경관을 이루고 있다.

이러한 농암 고을은 예로부터 큰길이었던 계립령로^(지릅재길)나 조령로^(새재길)에서 멀리 떨어져 있었기 때문에 인적이 거의 없었다. 그러나 삼국시대에는 고령가야국 가해현에 속해 있었고, 견훤산성이 축조되어 있다는 점, 도장산의 심원사와 청화산의 원적사가 660년 창건된 역사를 보면 삼국간 치열한 격전지로 대중들을 구도하기 위한 기도처 역할을 했을 것이다. 그 뒤 신라 말 견훤이 농암에서 태어나 성장했던 견훤 유적과 고지도와 전설 등을 살펴보면 궁기와 농바우에 사람이 살았음이 확인된다.

청화산인 이중환은 농암면 일원을 가리켜 「택리지」에 '은자^(隱者)가 살 만한 복된 땅'이라 하였다. 이상향이란 인간이 생각할 수 있는 최선 최적 최고의 상태를 갖춘 땅을 말한다. 그런 별천지의 땅이 이 세상에 존재할 수 있을까? 인간의 욕망은 끝이 없기에 그것을 충족시켜 줄 수 있는 이상향은 꿈으로만 존재할는지 모른다. 이상향의 유의어로는 낙원, 유토피아, 십승지, 불국토, 우복동, 무릉도원, 동천, 샹그릴라, 아틀란티스, 에덴, 엘도라도, 실낙원, 파라다이스, 그리고 섬에 해당하는 이어도, 율도국 등 이렇게나 많다.

농암이라는 곳은 매우 특별하고 선택받은 땅이라 할 수 있다. 그 이유는 하나의 면 단위에 두 개의 동천이 있기 때문이다. 병천에 있는 우복동천과 궁기에 있는 도덕동천이 바로 그것이다. 동천은 산과 내로 둘러싸인 경지가 빼어나게 아름답고 좋은 곳으로 하늘에 이어져 통하는 신선이 사는 곳을 말한다. 이런 복지에다 속리산보다 수려하다는 청화산이 십승지 중 하나로 손꼽는 우복동^(牛腹洞)을 품고 있고, 연꽃잎 같은 연엽산^(蓮葉山) 아래 누워 있는 소라는 이름의 우복산^(牛伏山)이 있으니 굳이 풍수지리를 말하지 않아도 이곳이 병화가 없는 복지임이 확인된다.

농암면 일원의 촌락형성 시기를 보면 많은 촌락들이 임진왜란 때에 형성되었다. 임진왜란 당시에 조령로^(새재길)는 왜군의 북침로였기 때문에 도로 주변의 마을들은 비참한 전쟁의 참화를 겪어야 했다. 그 주변은 전쟁의 참화를 겪어야 했지만 농암면 주변은 충청도와 괴산 등 외지 사람들이 피란 올 정도로 왜군의 침입이 거의 없었다.

세상살이에 힘겨웠던 사람들은 이때 고을을 찾아와 새로운 삶을 꾸리기도 했고, 새로운 힘을 충전하기도 했으며, 깊은 산중계곡에서 자연이 주는 가르침에 귀기울이면서 심신을 수양하기도 했다. 1498년 무오사화로 영남의 사림들이 대거 정권에서 물러나면서 이 무렵부터 사족^(士族)들이 입향하기 시작했다.

거창현감이었던 신숙빈은 관직을 버리고 농암천변의 가은 전곡리에 입향하여 그 후손들이 천변의 계곡을 중심으로 많은 집성촌을 형성하였다. 선조 때 영의정으로 충정^(忠正)의 시호를 받았던 이준경^(1499~1572)은 임진왜란을 예측하여 자손의 피란을 위해 농암면 삼송리^(지금은 충북땅)에 집을 지어 피난하여 살게 하였다. 영조 때 찬선^(贊善) 겸 경연관^(經筵官)으로 임금께 논어를 강의하였던 늑천 송명흠^(宋明欽, 1705~1768)은 사도세자의 죽임은 불가하다고 직언하다가 영조의 미움을 사서 관직에서 물러나 쌍용계곡의 병천(瓶川)에서 병천정을 짓고 후학을 가르치며 용유동(龍遊洞)의 자연을 벗하며 말년을 보냈다.

조선 후기가 되어 일제의 침략과 임오군란 및 동학혁명 등으로 나라 안팎이 어수선해지자 어느 정도 권세나 재력이 있는 사람들은 우복동을 찾아나서기 시작했다. 세상은 자신들의 힘으로는 중과부적이고 그렇다고 적이나 외세에 고스란히 앉아서 당할 수만 없는 일이 아닌가. 누구 입에선가 십승지라는 신조어가 나오고 그곳으로 가면 무사 태평하게 살 수 있다는 말이 퍼지자 사람들이 농암을 많이 찾았다. 여러 사람이 말하면서 약속과 믿음의 땅이 되는데, 그곳이 청화산과 우복동과 우복산이 있는 길지라고 불리며 오늘에 이르고 있다.

1) 안귀손(安貴孫)

문성공(文成公) 회헌(晦軒) 유(裕)의 후손으로 관은 사직(司職)을 하여 1405년(태종 5)에 찬성사를 역임한 완천군(完川君) 숙(淑)을 따라 본향으로 남행하여 은둔하셨는데 사직공은 소양동에 은거하고 후학을 교수하였다. 공은 1462년(세조 8)에 별세하니 농암 한천사(寒泉祠)에서 제향하고 있다.

2) 신숙빈(申叔彬)

호는 한천처사(寒泉處士) 라고 하며 본관은 평산으로 세종조에 좌의정을 역임한 문회공 개(槩)의 후손이다. 연산(燕山)조에 음직(蔭職)으로 거창현감을 하였으나, 1498년(연산 4)에 무오사화가 일어나 벼슬을 버리고 처가가 있는 소양동으로 은둔하고 후학을 계도하니 평산 신(申)씨의 본향 입향조이다. 향인이 추숭(追崇)하여 전곡리 소양사(瀟陽祠)에 배향하였으나 훗날 사정에 의하여 사직 안귀손과 더불어 농암 한천사(寒泉祠)로 이배하여 향사(享祠)하고 있다. 공은 1520년(중종 15)에 향년(享年) 63세로 별세하셨다.

3) 김락춘(金樂春)

순천인으로 자는 태화(泰和) 호는 인백당(忍百堂)이며 의정부 좌의정 승주(承霔)의 후손으로 1525년^(중종 20)에 용궁현감을 지낸 우^(雨)의 아들로서 어려서부터 문행^(文行)이 출중하고 부모에 대한 효성이 지극하여 주위의 칭송을 받았으며, 1545년^(인종 원년)에 사마시^(司馬試) 진사과에 급제하였으나 을사사화^(乙巳士禍)가 일어나자 조정에서는 지난날의 과거마저 취소시켜 파방^(罷榜)되었다. 공은 그 후로는 과거에 응하지 아니하고 벼슬길에 나아갈 뜻이 없어 퇴계 이황^(李滉) 선생의 문하에서 오직 학문연구에 전념하여 독지역행^(篤志力行)하였고 조예정심^(造詣精深) 하면서 공은 처가인 본향 소상강^(瀟湘江)의 산수절경에 심취하였다. 안동, 풍산, 가곡 으로부터 소양으로 우거^(寓居)를 옮겨 소양동 강위에 정자를 지어 영류정^(暎流亭)이라 제호^(題號)하여 학문을 연마하고 후진을 강도함에 심혈을 기울이면서 만년^(晩年)의 풍류를 즐겼다.

5부

동네방네 농암 이야기

01. 농암의 지명 유래

"농암"이라고 말하면 대개의 사람들은 강호문학의 창도자인 농암^(聾巖) 이현보 선생을 떠올린다. 그만큼 한 사람의 유명세가 많은 사람들의 사고를 선점하기도 하지만 그렇다고 문경군에 속한 면 중의 하나인 농암은 이와는 다르다. 그것은 후백제를 건국한 견훤이 태어났다는 농바우가 있는 고장이기도 하고, 십승지 중 하나인 청화산이 품어 안은 우복동천의 길지이며, 항일 의병의 정기가 서린 개바우와 일본 군함제작을 저지한 항일의 숲인 대정공원이 소재하고 있기 때문이다.

농암은 한자로 "籠巖"이라고 표기하는데, 이는 1914년 일제가 통치편의를 위해 행정구역을 개편하면서 문경현의 가서^(加西)면과 가남^(加南)면을 합해 농암면이라 칭한 것이다. 하지만 개편 이전 "농암면"은 없었지만 1786년 〈문경현지도〉와 1872년 〈군현지도〉, 1899년 〈문경군방사면리도〉에는 농암·농암장시 등이 나온다. 그리고 "농바우"는 있었고, 농바우에는 견훤 탄생 설화가 전해 오며, 낙수바위들에는 견훤이 심었다는 느티나무도 보호수로 오래전부터 존립하고 있다. 그러므로 "농암^(籠농롱, 巖바위암)"이라는 명칭이 "농바위"의 축약된 한자 표기라는 점을 알게 되면 그 연원이 짧지 않음을 알게 된다. 어떤 자료에선 농암이 아닌 "용암^(龍岩)"이라는 표기의 오류도 보이는데 그것은 큰 용과 작은 용이 용트림치는 형상을 연상케 하는 쌍용의 계곡 지명을 반영한 것으로 보인다.

그리고 50년이 지난 1963년 1월 1일 행정구역 개편 때, 삼송리는 괴산군 청천면에, 민지리는 가은면에 편입시킴으로써 농암리^(籠岩里), 종곡리^(鍾谷里), 연천리^(連川里), 궁기리^(宮基里), 내서리^(內西里), 화산리^(華山里), 율수리^(栗藪里), 갈동리^(葛洞里), 사현리^(沙峴里), 지동리^(池洞里), 선곡리^(仙谷里) 11개 동을 관할하며 오늘의 농암면이 되었다.

〈농암면(籠岩面)〉

여기서 갈동리 들판에 있는 농짝같은 바위 하나, 혹자는 고인돌로 비정하기도 하고 누군 수구막이라고도 하는데 그렇다면 왜 농바우라고 불렀을까? 그 이유는 바위 모양이 마치 농짝 같은 모습을 하여 농바우로 부르며 견훤대왕의 탄생석이라는 전설이 있다. 지금의 농암면 지명이 된

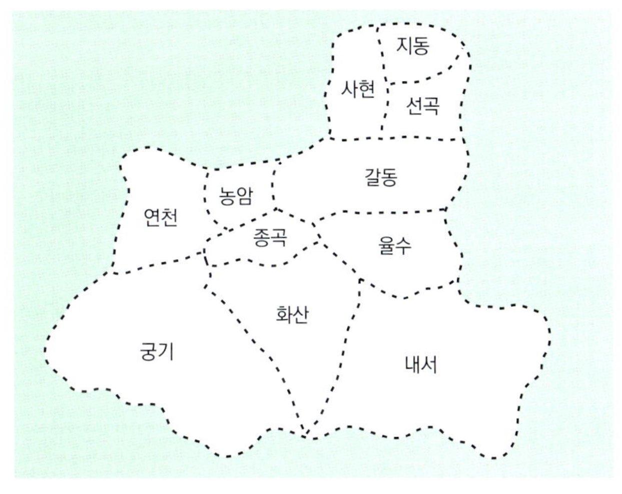

것이다. 농바우 앞쪽으로는 말의 잔등처럼 길게 뻗은 천마산^(쪽금산)이 보이고, 그 산을 휘감아 영강이 흐르면서 절묘하게 견훤산성의 해자 역할을 한다. 근자에 확인되었지만 천마산과 연하여진 쪽금산 정상에는 성곽을 쌓았던 돌이 발견되어 그곳이 견훤산성의 보조성 역할을 하며 천혜의 요새를 이룬다.

농바우 느티나무 쪽에서 북서쪽을 바라보면 견훤이 명마를 얻었다는 말바우와 훈련을 꾀했다는 북짓골은 휑하게 뚫린 벌판 지형으로 한 마장의 거리쯤에 있다. 좌로부터 우복산과 연엽산, 그 뒤로 청화산과 조항산과 둔덕산, 그리고 시바위산과 천마산이 병풍처럼 둘러져 농암골을 안온하게 감싸 주고 있다. 예로부터 선비들은 이 농암골을 지칭하여 청화산과 조항산의 첫 글자를 따 "청조향리^(靑鳥鄕里)"라 불렀으며, 여기에는 청화산 계곡의 우복동천과 조항산 계곡의 도덕동천의 경승이 포함된다. "청조^(靑鳥)"는 「산해경^(山海經)」에 나오는 상상의 새인 신조^(神鳥)로 곤륜산에서 서왕모를 보좌하는 거대한 세 마리^(대려 大鵹, 소려 小鵹, 청조 靑鳥)의 새 중 하나라는 뜻을 담고 있다. 우리말로는 파랑새지만

맹금류에 해당하는데, 머리는 붉고 눈은 검으며 서왕모 측근에서 시종 역할을 하며 먹이를 바치고 좋은 소식을 전달하는 역할을 하는 격이 높은 새다. 그런 만큼 문경이 기쁜 소식을 듣는 고장이라면, 청조의 고을인 농암은 문경에서도 먼저 최고의 기쁜 소식을 듣는 곳이 된다.

"새의 목"처럼 생긴 조항산에서 둔덕산 쪽으로 이어지는 능선에는 마고할미 통시바우와 손녀마고통시바우가 나란히 서 있다. 마고할미는 우리나라 신화의 시작인 위대한 여신으로 단군보다 훨씬 오래전부터 존재하면서 만물을 창조한다. 홀로 궁희와 소희를 낳고, 궁희 역시 배우자 없이 두 천인과 천녀를 낳았다. 그러므로 조항산을 살펴보면 그 산은 청조로서 마고할미를 보좌하는 신조이고, 마고할미는 홀로 손녀마고를 낳았다는 결론에 이를 수 있다. 마고할미바우! 이 바위는 보통의 바위가 아닌 서왕모의 신력을 가진 바위로, 이 바위를 두고 기도를 올리면 소원이 성취된다는 것쯤은 더 이상 언급할 필요가 없을 것이다. 조항산 정상에는 마고할미가 부리는 갓을 쓴 형상의 〈갓바우〉가 있으니 그곳에 가서 기도를 해도 팔공산 갓바위를 능가하는 신통한 축복을 받을 수 있다는 점도 빼놓을 수 없다.

행정구역 개편이 있던 1914년 당시에도 농암면에는 두 개의 "농바우"가 존재했다. 한 곳은 농암면 갈동리의 농바우이고, 다른 한 곳은 삼송리 농바우다. 두 곳 다 농처럼 생긴 바위지만 갈동리에는 견훤설화가 있고, 삼송리에는 아이를 갖게 해 준다는 다산의 잉태설화가 있다.

궁기천과 쌍용천이 합수하는 농바우 지역은 충적평야이자 주요 교통로로 당시 시장이 열리는 등 중심지 역할을 해 왔다. 조선 시대 말경 농암천 개바우 쪽으로 5일장이 열려 상업의 발달과 함께 점차 장터가 이동되어 농바우는 구 장터, 가항동 들판의 장터는 새 장터로 불리며 "농암리"라는 마을이 새로 생겨나게 되었다. 그러므로 농암 지명은 단순히 갈동리의 "농바우"만이 아닌 삼송리의 "농바우"와 장터까지 담아낸 의미 있는 지명이다.

02. 마을 소개와 지명 유래

궁기천과 쌍용천^(속리천)이 합수하는 지점에 충적지가 생긴 곳이다. 천마산^(견훤산성)과 접하고 있는 천연적 요새지이다. 1786년 〈문경지도〉에 농암이라는 지명이 나오고, 1914년 행정구역 개편 시 가항리와 장기리를 병합, 농암면 농암리가 되었다. 15세기 초에는 가은현 가구수가 105호였으며, 임진왜란 무렵부터 씨족 유입이 시작되었다. 이때부터 평산 신씨가 섬안, 가실목, 더대, 화산, 밤소 등지에 정착, 숙종 23년⁽¹⁶⁹⁷⁾ 가실목에 〈한천서원〉이 세워졌다. 안귀손, 신숙빈, 성만징이 서원을 세워 후학을 기르며 이 고을 최초의 교육기간으로서 역할을 하였음

• 견훤산성: 1750년대 〈해동지도〉와 1767년 〈조선지도〉 등에 표기되어 있으며, 견훤이 축성하여 임진왜란 때는 관군이 왜군과 전투를 하였다고 함. 농암천이 천마산과 쪽금산을 빙 둘러 흐르고 있어 해자형을 갖춘 곳이자, 천마산 봉우리가 일자형^{(광주리}

농암1리 마을회관

농암2리 마을회관

$^{형)}$으로 넓은 군영의 구축이 가능하여 수비형 산성으로는 천혜의 조건을 갖추고 있음

농암2리 마을 표석

- **천마산**$^{(성지산, 성재산, 고려산, 백제산, 견성산)}$: 마을 동쪽 해발 358m의 산봉우리가 일자형인 산
- **개바우**: 농암의 수구막이이고, 꽃비리 동남쪽 바위, 괴정 뒤산의 호랑이와 천마산 사자가 개바우의 개를 잡아먹으려고 하지만 서로 범하지 못하는 성지
- **사자바우**: 천마산 밑에 있는 사자모양의 큰 바위
- **선녀바우**: 사자바우 아래 선녀처럼 생긴 바위
- **쌍대배깃골**: 가실목 서북쪽 꼴짜기로 우뚝솟은 두 산꼭대기 사이골
- **욧골**: 가실목 북쪽에 있는 골짜기
- **찬샘골**: 가실목 서북쪽 차가운 물이 나는 샘이 있는 골
- **서낭당고개**: 가실목 동쪽과 물뫼 경계에 있는 고개
- **농암 장터**$^{(구 장터)}$: 장기리였던 곳으로, 1914년경 농암1리가 되고 장터가 생김
- **가실목**$^{(가항, 가실매기)}$: 전곡리에서 농암으로 오는 고개의 이름 또는 마을
- **동바리**$^{(가땀)}$: 가실목 서쪽 마을로 마을 앞에 궁기천 물살을 막으려고 큰 나무토막을 박아 놓아서 〈동발이〉라고도 부름
- **청룡끝**$^{(청룡등끝)}$: 고려 시대에 〈청룡사〉라는 절이 있었다하여 청룡끝이라고도 하며, 풍수지리로 보아 좌청룡$^{(우백호는 괴정범바위)}$에 해당해 "청룡등끝"이라 함
- **새 장터**: 1980년 7월 23일 대홍수로 인해 가항리 들판을 매립하여 농암 장터를 옮긴 시장
- **한천사**$^{(寒泉祀)}$: 신숙빈 성만징 안귀손을 배향하는 제단으로 한천서원의 자리
- **한천**$^{(寒泉)}$: 가항리에 있는 용천수로 일명 견훤의 군사들이 이용했다고도 함

〈종곡리〉

종곡리 새밭들에는 고인돌이 있고, 돌칼 화살촉이 출토된 것으로 보아 청동기시대부터 사람이 살았던 것으로 확인된다. 연엽산$^{(775m)}$에서 뻗어내린 우복산$^{(382m)}$이 동쪽을

종곡1리 마을회관

종곡2리 마을회관

종곡3리 마을

종곡3리 한우물 마을회관

바라보며 반달모양의 들판을 안고 대정공원과 쌍용천을 접하고 있다. 임산 배수의 조건을 갖추고 있는 대정 마을로 하담 뒷산에는 보호조인 중대백로와 왜가리가 둥지를 틀고 살고 있다. 종곡2리 뒷밭이에 1910년 지서, 1914년 면사무소가 있었으며, 고모령의 장시 영향을 받아 괴정 쪽으로 장시가 발달하였음

- **우복산:** 연엽산의 지맥으로 종곡리 남서쪽에 있으며, 소가 엎드린 형상을 하여 우복산이라하고, 그 배 부분은 〈대정리〉, 뒷발 부분은 〈뒷발이〉라 한다.
- **말바우**(馬岩)**:** 골마 서북쪽 냇가에 있는 큰 바위로 견훤이 용마를 얻었다는 바위
- **범바우**(虎岩)**:** 괴정마을 진향루 밑에 있는 호랑이처럼 생긴 바위
- **큰고개:** 한우물 뒷산인 중담에서 삼화실로 넘는 고개
- **불당골:** 골마 서쪽에 있는 골짜기
- **새번덕골**(새번더기)**:** 대정리 새터 서쪽에 있는 골짜기
- **삼화실 고개:** 북실 골마 남쪽에서 삼화실로 넘어가는 고개
- **삼괴정:** 대정공원 육송정 동쪽에 있는 세 그루의 큰 느티나무

- **육송정**: 대정공원 하한대 동쪽에 있는 여섯 그루의 소나무로 동네 제사를 지냄
- **대정공원**: 대정 마을 앞에 있는 숲으로 350여 년 전 순천 김씨, 울진장씨, 단양우씨, 예안이씨가 마을을 형성하면서 묘목을 식수한 것으로, 우리나라 〈최초의 식목 송림 숲〉이자 일제시 군함제조를 하고자 벌목관령을 내리자 마을 청년단이 투쟁하여 지켜 낸 〈항일 애국의 숲〉으로 존림하고 있음
- **골마**: 북실 마을 북서쪽에 있으며, 골이 깊다고 붙여진 이름
- **북실**: 마을 뒷산이 쇠북 모양이며, 예전에는 종각이 있었다고 함
- **한우물**(하느물, 寒泉, 大井): 마을 한가운데 수원이 좋은 샘이 있어 붙여진 이름
- **괴정**(槐亭): 대정공원 옆에서 뒷발이로 이어져 있으며, 느티나무가 정자같다고 붙여진 이름
- **뒷발이**(뒷바리, 升八, 道發): 소 모양으로 생긴 우복산의 뒷발에 해당되는 마을
- **윤하정**(允下亭): 1946년 감상련과 김상건이 뒷발이 뒷산 중턱에 청기와로 지은 정자로, 선조의 산소를 수호하기 위해 10년간의 다툼 끝에 승소한 것을 기념하여 지은 정자이며, 고종 행차를 막고 신문고격쟁 상소로 문제를 해결하였음

〈연천리〉

북으로 둔덕산을 두고 남으로 궁기천이 흐르는 그 사이에 말바우와 벌마의 들을 안고 있다. 견훤이 용마를 얻은 말바우가 있고 궁기에서 견훤산성과 농바우로 이어지는 활동 무대였으니 후삼국시대의 요충지나 격전지가 되었을 것으로, 고모령 장시의 발달로 연천리가 지나가는 길이 되어 직간접적인 영향을 받았음

연천1리 마을

연천1리 마을회관

연천2리 마을

연천2리 마을회관

- **띠검바우**: 말바우 서북쪽 물가에 띄엄띄엄 있는 바위

- **부채바우**: 딱박골에 있는 바우

- **금동골**: 말바우에서 죽문리로 가는 고개 북쪽에 있는 골짜기

- **도덕골**: 산비탈 북서쪽에 있는 골짜기

- **버무잣골**: 건너골 남쪽 골짜기로 범이 살았다고 함

- **복골**: 말바우 서쪽 호랑이가 엎드린 호복혈(虎伏穴) 형국 명당이라고 함

- **불당골**: 말바우 남쪽에 있는 골짜기로 불당이 있었음

- **심목골**: 말바우 북쪽에 있는 곳으로 어느 효자가 시묘살이를 했다고 함

- **범의굴**: 버무잣골 서쪽에 있는 굴

- **약갱이굴**: 버무잣골 동쪽에 있는 굴로 여우가 살았다고 함

- **연천지(蓮川池)**: 이곳 주변에서는 가장 오래된 못으로 상담마을 위에 있음

- **재짐의 집터**: 김좌진 장군 은거지로 둔덕산 아래 〈재짐의 집터〉로 김좌진 장군이 잠시 은거하는 동안 〈마당미기(연천에서 질등가는 길로 7마장가량)〉에서 탈곡하여 군량을 보급하였고, 모병을 하여 전열을 가다듬어 한양으로 갔다고 함

- **건천사터**: 연천에 있었던 절의 하나로 벌마 서쪽 냇가 절에서 쓰던 큰 돌확이 있었음

- **말바우**: 마을 남쪽에 있는 바위로, 이 바위에서 말이 나와 견훤이 타고 얼마나 빠른지 확인하려고 활을 쏘고 이곳 말바우까지 달려 왔다. 견훤이 도착하니 화살이 없으므로 말을 느리다고 그 자리에서 베었다. 잠시후 화살이 그의 앞에 떨어지자 견훤은 경솔했음을 후회하였다. 그때 말의 목에서 나온 피가 바위에 묻어 지금까지 붉다고 전함

조항산(951m)으로부터 마암리에 이르는 지역으로 서북으로는 가은읍 완장리, 동으로는 연천리, 남으로는 화산리와 접한다. 18세기 〈문경현지〉 등 여러 곳에 견훤궁기, 궁기라는 지명이 있는 것으로 보아 옛 지명이 견훤과 직접 관련 있음이 확인된다. 1914년 행정개편 시 고모리와 마암리 일부를 합하여 궁기리가 되었으며, 후백제 견훤이 이곳에 궁궐을 지었으므로 〈궁터〉라 한다. 견훤의 패망 이후 이 지역은 치명적인 침체기를 맞았으나 임진왜란 이후 고모령 길이 열리고 한양으로 오가는 사람들이 증가하며 장시가 펼쳐지는 등 활발히 성장함

- **물탕골**: 고모재 서쪽에 있는 골짜기로 약물탕이 있음
- **미륵골**: 상궁 북쪽에 있는 골짜기로 약물탕이 있음

궁기 별무리 마을

궁기1리 마을

궁기1리 마을회관

궁기2리 마을

궁기2리 마을회관

- **추심사**: 〈영남지도〉, 〈해동지도〉, 〈광여도〉 등에 나오는 연엽산과 조항산 사이에 있는 절로, 견훤 탄생 설화가 전해짐
- **절골**: 중궁 서남쪽에 있는 골짜기로 큰절이 있었다고 하며 옛기와가 출토됨
- **갓바우재**(750m): 상궁의 햇갓골 서쪽에 있는 바위로 갓처럼 생겼음. 이 고개를 넘으면 청천면 삼송리
- **고모령**(고모재, 고모현, 고모치 웅성, 웅현): 옛날 이고개가 국경이었으므로 큰 잘못을 저지른 사람이 이 고개만 넘으면 잡지를 못했는데, 지금도 무슨 일을 하다가 잘못되었을 경우 "고모재 넘어갔다."고 하며, 조선 중엽 영남에서 한양으로 가던 중요한 고개
- **의상폭포**: 의상대 아래 있는 4m 정도의 폭포
- **의상대**: 조항산 중턱에 있는 신라 때 의상대사가 머물렀다고 하는데, 조선 후기 김이원이 의상대를 쌓았고, 의상대 아래 〈하강정〉이라는 정자를 짓고 후학을 가르쳤다는 기록이 있음
- **원효대**: 상궁 남쪽에 있는 대로, 신라때 원효대사가 머물렀다고 함
- **이터골, 예터골**(古基), **궁터**(宮基): 견훤이 궁을 짓고 군사를 훈련시켰다고 하며, 이곳은 임진왜란 당시 괴산에서 경주이씨 일파가 피난하여 마을이 형성되었음
- **상궁, 중궁, 하궁**: 갓바우재를 넘어오면서 상궁 중궁 하궁 마을로 나뉨
- **고모리**(姑母里): 고모령 동북쪽에 위치한 마을로 〈문경현지〉에서는 궁기리 전체를 고모리로 기재하고 있음

〈내서리〉

동으로는 율수리, 은척면, 남으로는 상주시 외서면, 서로는 상주 화북면, 북으로는 화산리와 접한다. 1914년 도장산(827m)을 가운데 두고 광정리, 내상리(서당마), 누동리(다락골), 서령리(서재)를 병합해 내서리라 했다. 심원사와 원적사를 창건한 원효시대에 사람들이 마을을 이루었을 것으로 추정되며, 좋은 경치와 아늑한 터가 있어 우복길지라 하여 병화로부터 은신하는 피난처로 찾아들던 지역이다. 원효대사가 창건한 원적사, 심원사, 쌍용사, 불일산 기우단이 있고, 반월정과 사우정, 청화정이 있음

- **중산**: 중봉(重峯)이라고도 하며, 임진왜란 시 중봉 조헌이 의병 활동 중 잠시 전열 정

내서1리 마을

내서1리 마을회관

내서2리 마을

내서2리 마을회관

내서3리 마을

내서3리 마을회관

비를 위하여 보은에서 들어와 있던 곳으로 중봉의 호에서 이름을 땄으며, 이 산에는 효자 도시복의 묘소가 있음

- **명막골**: 복치골 남쪽에 있는 골짜기로 지형이 명매기 코처럼 어귀가 좁음
- **물방앗골**: 나뭇골 위에 있는 골짜기
- **복치골**: 쌍용 남쪽에 있는 골짜기로 꿩이 엎드린 모양의 골짜기
- **가둑골재**: 웃다락골에서 은척면으로 넘어가는 고개

- 갈골재: 웃다락골 남쪽에서 상주시 외서면으로 넘어가는 고개
- 밴대고개: 속릿들에서 화산리 중리로 넘어가는 지형이 반달 형국 고개
- 서재: 다락골에서 서쪽으로 5km 정도 떨어져 있으며 상주 화북과 경계를 이룸
- 서당들: 서당마 앞에 있는 들
- 심원용추: 심원사 동북쪽에 있는 깊은 소
- 쌍용용추: 쌍용 앞 내에 있는 소이며, 쌍용터널 쪽은 큰 용추, 사우정 쪽은 작은 용추
- 광정^(광대정): 숙종 29년 늑천 송명흠이 사도세자의 억울함을 직언하고 이 정자에 은거하여 후진을 양성한 명성이 높은 정자마을이라 하여 〈광정^(光亭), 광대정^(光大亭)〉이라 불렀음
- 다락골^(樓洞): 쌍용 남쪽에 있는 마을로 지대가 높아 다락처럼 보인다 함
- 웃다락골: 다락골 남쪽 높은 곳에 있는 마을

〈화산리〉

청화산 동쪽에 있는 마을로, 동으로는 쌍용천과 율수리가 있고, 북으로는 종곡리, 남으로는 내서리에 접한다. 시루봉과 연엽산 사이에 청화 마을이 들어서 있고, 저지대로 내려와 넓은 충적지에 삼화실, 비치, 중리, 연계 등의 마을이 있으며 우복산 아래는 괴밑 마을이 있다. 화산리는 청화산 밑에 있다고 하여 청화산을 줄여서 〈화산〉이라고 함

- 청화산: 청화 마을 서쪽 직선거리 4km 지점에 있으며, 어느 곳에서 봐도 늘 푸르게 보인다 하여 청화산이라 하였고, 시루봉과 연엽산은 청화산의 지맥임
- 시루봉: 청화 마을 북쪽에 있는 청화산 지맥의 봉우리로 시루 같은 형상임
- 연엽산: 삼화실 북쪽에 있는 산으로 연꽃잎처럼 봉우리가 생겼다고 함
- 쇠코바위: 우복산 밑에 있는 쇠코처럼 생긴 바위
- 귀밑^(괴밑, 괴하): 우복산 소의 귀에 해당하는 부분 밑에 있다 하여 귀밑이라 함
- 삼화실^(三花室): 연계동 북쪽에 있는 마을로 뒷산이 세송이 연꽃같다 함
- 연계동^(蓮溪洞, 내화리): 괴밑 서쪽 마을, 풍수설에 의하면 연화부수형이라 함
- 중리^(내중리): 귀밑 서남쪽 마을로 내서리와 내하리의 중간에 있어 중리라 함
- 비치^(비티): 중리 서쪽에 있는 마을, 꿩이 산으로 날아오르는 비치우산혈이라 함

화산1리 마을

화산1리 마을회관

화산2리 마을

화산2리 마을회관

- **청화서쪽 골짜기**: 갈밧골, 대춧나뭇골, 도독골, 뒷방골, 문동골, 밋골, 바른골
- **북실골**(북짓골): 삼화실 북쪽에 있는 골짜기, 견훤이 군사훈련을 하던 곳
- **시막골**: 연계동 서쪽에 있는 골짜기로 어느 효자가 시묘살이를 했다 함
- **연엽골**: 삼화실 서쪽에 있는 골짜기로 연엽산 밑이 됨
- **이팥골**: 밋골 북쪽에 있는 골짜기로 이팥 밭이 있었다 함
- **큰밭골**: 이팥골 북쪽에 앉는 골짜기로 큰 밭이 있었다 함
- **비치재**(비티재): 청화 서쪽 비치 마을에서 내서리 광정으로 넘어가는 고개
- **빈지모랭이**: 괴밑 동남쪽에 있는 모롱이로 빈터처럼 된 절벽 밑
- **꽃밭등**(花田등): 종곡리와 화산리 경계에 있는 등성이로 진달래가 많았음
- **진등**: 청화 서쪽에 있는 긴 등성이
- **잣나무고개**(栢峴): 괴밑 동쪽에서 종곡리로 넘어가는 고개로 잣나무가 많았음
- **화산반송**: 비치 마을 입구에 수령 300년이 넘는 반송(천연기념물 제292호 지정)
- **오괴정**: 귀밑 마을 남쪽 정자로 홍최식의 제자들이 스승을 사모해 지은 정자

〈율수리〉

율수리는 쌍용천이 북으로 흐르고, 내 건너로는 화산리와 종곡리, 북과 동쪽으로는 갈동리, 남으로는 상주 은척면에 접한다. 쌍용천이 서당들을 돌아내려 오면서 율수리에는 충적지가 형성되어 논농사가 잘됨

- **두리봉**: 윗밤소 서남쪽의 산봉우리
- **늘재골**(於峴谷): 늘재 밑에 있는 골짜기
- **도장골**: 아랫밤소 남쪽 골짜기
- **점골**: 윗밤소 남쪽에 있는 골짜기로 은을 캐던 광산이 있었다고 함
- **지꼬래밋골**: 점골 서북쪽 골짜기로 쥐가 밭으로 내려가는 형국의 명당이 있다 함
- **늘재**: 아랫밤소 서남쪽의 고개
- **큰고개**(황령티): 아랫밤소 남쪽 큰 고개로 상주 은척면 황령리로 넘는 고개
- **샛골**(소야곡): 윗밤소와 아랫밤소 사이의 골짜기
- **사가정**: 아랫밤소 북쪽 냇가에 있는 이 정자는 79명의 유림들이 사가정을 짓고 유림계를 열어 연중 2회 시회를 실시하며 덕업상권과 과실상규 등의 향약을 권장

율수1리 마을

율수1리 마을회관

율수2리 마을

율수2리 마을회관

〈갈동리〉

남으로는 은척면, 남서로는 율수리, 남동으로는 사현리와 접하며, 칠봉산 지맥으로 갈골이 들어서 있다. 서쪽으로 종곡리, 북쪽으로는 농암리와 민지리에 닿는다. 농암천이 쌓은 충적지가 있어 제법 넓은 충적평야가 있다. 갈동리는 칡이 많아 갈골, 갈동이라 불렀으며, 고모령을 잇는 길이 나고 장시가 서면서 갈동리도 개척됨

- **농바우**: 농바우 들판에 장롱처럼 생긴 돌로서 이 바위가 쪼개지며 견훤이 태어났다는 설화가 있음
- **낙수바우**: 구 농바우 서쪽 바위로 이 바위에서 낚시질을 했으며 물이 깊었음
- **대밭마**: 구 농바우 동남쪽에 있는 골짜기로 대범마로도 불림
- **삼밭골**: 구 농바우 서남쪽에 있는 골짜기로 견훤의 말무덤이 있었음
- **노루목고개**: 농바우 서남쪽에 있는 고개로 노루의 목처럼 생긴 고개
- **견훤 느티나무**(동고사나무): 수령이 천 년에 이르며, 198평의 대지 위에 높이 30m, 둘레 790cm의 느티나무로 견훤이 식수를 했다고 전해 옴
- **낙수바위들**: 농바우 느티나무가 있는 부근의 들판

갈동1리 마을

갈동1리 마을회관

갈동2리 마을

갈동2리 마을회관

- **비석거리**: 농바우 동남쪽에 있는 길로 비석이 서 있었지만 지금은 사라짐
- **홈다리**: 농바우 동남쪽에 있는 마을로 논에 물을 대기 위해 홈을 놓았음
- **새동네**: 1980년 7월 23일 대홍수로 민지 가옥의 유실로 이곳에 새터를 잡고 이주함

농바우

- **농바우(농암, 농산, 농상)**: 농바우 위쪽 길가에 있는 마을
- **말무덤**: 삼밭골 위에 있는 세 개의 큰 무덤
- **왕재**: 삼밭골에서 홈다리로 넘어가는 고개로 왕이 넘었다고 함

〈사현리〉

동으로는 은척면 두곡리, 북으로는 가은읍 민지리, 수예리, 남으로는 선곡리, 서로는 갈동리와 경계를 이루며, 소규모 작은 분지 안에 자연 촌락이 조성된 마을임. 사기막의 '사'와 대현리의 '현'을 따서 사현리라고 하였으며, 고령토가 많이 나서 사기점이 생김

- **생이바우**: 생이밭골에 있는 바위로 상여처럼 생김
- **용바우**(용치바우): 뭉어릿재 밑에 있는 바위로 깊은 소가 있었으며 용이 하늘로 올라간 자리라고 하며, 날이 가물면 이곳에서 기우제를 지냄
- **시똥밭골**: 물이 많은 골 서쪽에 있는 골짜기
- **칠성골**: 샛골 남쪽의 골짜기
- **점골**: 사기막 남쪽 골짜기로 사기점이 있음
- **뭉어릿재**(雲峴): 은척 두곡리로 넘어가는 고개
- **샛골고개**(大峴): 주막땀과 샛골 사이에 있는 고개
- **바구지**(바고지, 소고지): 주막땀 남쪽에 있는 마을로 지형이 바가지처럼 생겨 바고지,

사현리 마을회관

또는 이곳에 박씨가 처음 살아서 바고지(朴古地)라 한다고도 함

- **사기막**: 사현리에서 으뜸이 되는 마을로 사기점이 있음
- **산숫골**: 주막땀 북쪽 마을로 산수가 좋다고 함
- **상신원(相信院)**: 농암면 사현리 152번지, 아놀드 신부에 의해 1956년 설립(완치된 한센인 집단)되어 양계와 양돈을 대규모로 운영
- **샛골(大峴)**: 주막담과 산숫골 사이에 있는 마을로 동쪽에 매봉산이 솟아 있고, 복치혈(伏雉穴)이 있어 샛골이라 함
- **주막땀**: 사기막 서쪽 길가에 있는 마을로 주막이 있었음

〈지동리〉

동과 남으로 은척면, 서로는 선곡리, 북으로는 사현리로 토양이 비옥하고 못이 많아서 못골, 지동(池洞)이라 함

- **밀개등 마을**: 못골 남서쪽 있는 마을로 1962년 선곡리로 편입

지동1리 마을

지동1리 마을회관

지동2리 마을

지동2리 마을회관

- **선바우**^(立岩): 입암리 서쪽에 있
  는 바위
- **생깃골**: 선바우 동쪽 골짜기,
  향교가 있었다고 함
- **작은 못골**: 못골 북쪽에 있는
  골짜기로 작은 못이 있음
- **진크릿골**: 못골 동쪽에 있는 골
  짜기로 진컬^(진창)이 많음
- **소금장사밋등**: 신기미고개 남쪽에 있는 등성이로 소금장수의 묘가 있음
- **신기미고개**: 못골 서북쪽에 있는 고개로 가팔라서 쉬어 가던 고개

선바위

지동리 선바우 안내판

〈선곡리〉

칠봉산 산지를 배후로 두고 있는 마을로 남쪽으로는 은척과 경계, 토지는 비옥하여
논농사가 유리, 선계리와 남곡리를 합쳐 선곡리라 하였으며, 압실은 가은의 끝에 있는
마을이라는 뜻의 말지^(末地)를 머지라고 불렀음

- **물방구**: 물방골에 있는 바위로 5미터의 폭포수가 바위로 떨어짐
- **사선바우**^(세승바우): 바위에는 은선대라는 글씨가 새겨져 있으며 마을에서 이 바위를
  쳐다보면 근엄한 성자 모습으로 보임. 신선이 놀았다고 하는 바위로 신라화랑들의
  수련 장소로 보는데, 1978년 소류지 확보를 위해 일부가 못 속으로 잠김
- **큰골**: 압실 서쪽에 있는 골짜기
- **정골**: 머지 서쪽에 있는 골짜기
- **참나뭇재**: 큰재 서남쪽으로 넘어가는 고개
- **밀개등**: 머지 동쪽에 있는 등성이로. 지형이 밀개^(고무래)처럼 생김
- **머지**^(선계): 신선이 숨어서 살았다는 선계리
- **멀베이**: 머지 북쪽 100m 지점의 마을로 감이 많이 생산
- **압실**^(압곡): 선곡리에서 제일 큰 마을로 은척면과 경계, 칠봉산이 부채 모양으로 감싸
  고 있는 지형이며, 오리와 같이 생겼다고 압실이라 함

선곡리는 국선들이 신선으로 묘사된다는 점과 은선대 사선암 등을 보면 〈선(仙)〉은 〈국선〉을 의미하므로 화랑도의 수련 터로 사용된 것으로 봄

- **용소곡(용추골):** 칠봉산 상봉에서 4백 미터 내려오면 용추가 있고 이곳에 오리가 있어 압실이라 함
- **성터와 쟁마장:** 시루봉과 부채산 아래 성을 쌓은 돌무더기가 줄을 이어 있으며, 한 곳에는 사각의 바위가 있어 이 바위가 지휘 사열 장소로 활용되었다고 함

〈민지리〉

천마산을 에워싸고 흐르는 농암천변에 있는 마을로 농암문화권에 있었음. 1914년 농암으로 편입되었다가 1963년 가은으로 재편되었으며, 천마산을 끼고 있는 마을에는 견훤의 정기를 이어받아 큰 인물이 난다는 말이 전해짐

- **민지(泯地):** 마을 앞에 강이 흐르고 마을 뒤에 못이 있는데 물이 잦으며 없어졌다고 하여 민지리라 함

민지1리 섬안 마을

민지1리 섬안 마을회관

민지2리 마을

민지2리 더대 마을회관

- **더대**^(깨大): 1500년경 신화모라는 선비가 입향했고, 산속 큰 약수터가 있어 약천이라 하며 견훤의 군사들이 이용했다고도 하며, 하천물이 동네 앞을 지날 때 더디게 흐른다 하여 마을은 〈더대〉, 농암천은 〈더디내〉라고도 부름
- **쪽금산**^(가대산, 천마산): 천마산이 섬안 마을로 흘러내린 끝지점에 생긴 산으로 견훤이 태어난 바위가 떨어진 곳으로, 정상에는 성^(견훤보조성)을 쌓은 돌이 다수 있음
- **섬안**^(島內, 민지1리): 민지리 서남쪽 마을로 강물이 하회하는 섬처럼 되어 섬안 또는 도내라고 함
- **도암 신태식 의병장 생가**: 이 지역의 대표적인 의병장이며, 항일 투쟁으로 나라를 구하고자 헌신한 도암의 생가가 섬안 마을 중간에 자리하고 있음

〈삼송리〉

괴산과 가은현의 경계에 있던 지역으로, 고려 시대부터 가은현으로 내려오다가 1914년 농암면으로 행정구역이 개편되었다. 2도3군^(경북 충북, 괴산 상주 문경)에 위치하고 있으며, 1963년 1월 괴산군 청천면으로 이관되었다. 농암면으로 넘는 고모령이 있어 장시가 서고 농암과 활발한 교류가 있었으며, 삼송천을 따라 고송 세 그루가 자생되어 삼송리라 하였음

삼송1리

- **언덕말**: 송중리^(松中里) 중앙에 있으며 언덕이 있다 하여 붙여진 이름
- **재떨기**: 송중리^(松中里) 동남쪽에 있는 마을로 전에 기와를 굽던 공장이 있었음
- **두더지골**: 삼송1리 동서쪽 1㎞ 지점에 있으며 두더지 모양이라 하여 붙여짐

삼송2리 마을비

삼송2리 표지석

삼송3리 마을회관

삼송4리 마을입구

- **불당골**: 삼송1리 동서쪽 2㎞ 지점의 골짜기로 현 불교수련원이 있음.

- **삼송2리**: 예로부터 가은현 지역이었는데 1914년도에 행정구역 개편에 의해 송상^(松上) 송중^(松中) 송하^(松下)리를 병합해 삼송리라 명명하고, 농암면에 편입, 600년으로 추정되는 왕소나무가 있고 각 마을에 이와같은 왕송이 한 그루씩 있어 삼송^(三松)이라 불렀으며, 왕송의 나무껍질 모양이 꿈틀거리는 용과 같아 용송이라고 함

- **갓바위재**: 삼송리 동쪽에서 농암면 궁터로 넘어가는 고개

- **새목산**^(鳥項山): 늑골 동쪽에 있는 산으로 새 목을 닮아 붙여진 조항산의 딴 이름

- **신선바위**: 의상동 남쪽 넓은 바위로 신선이 놀았다고 함

- **의상**^(義湘. 송상리)**골**: 송상리^(松上里) 마을에 있는 골짜기로 의상대사^(義湘大師)가 수도했다 함

- **용천괴목**^(龍天槐木): 수령 6백여 년을 자랑하는 느티나무로 농바우마을 보호수

- **가마터**: 삼국시대부터 주변에 산재한 황토 흙으로 생활자기를 생산했던 가마터

- **마당바위**: 거대한 암석으로 형성된 산등성이로 주변에 낙타바위, 공기돌바위, 절개바위, 수직암벽타기 등이 있으며, 백제 말 견훤이 무술을 연마했다는 전설이 전 해져옴

- **농바위**: 대야산 등산로 중에 있으며 넓적한 농처럼 생긴 바위가 커다란 암반 위에 얹혀 있으며 장정 한 사람이 흔들거나 여러 사람이 흔들어도 똑같이 움직이고 아이를 갖지 못하던 아낙이 바위를 만진 후 7남매를 낳았다는 전설이 전함

- **떡전거리**: 알려지지 않은 우리나라 최초의 무인판매대로 조선 시대 때 떡시루에 떡을 해서 떡전거리에 올려놓으면 지나가던 행인들이 쉬며 요기하고 엽전을 놓고 가던 바위

- **무제치**: 심한 가뭄이 들면 마을주민 모두 이곳에 모여 돼지를 잡는 등 제물을 차려

놓고 풍물패들의 농악에 춤추는 제천 행사가 삼국시대 때부터 전해 옴

- **고모재길**: 조선 시대 영남지역 유생들이 과거시험 보러 한양 올라가던 길로 험산 준령 산속길이었던 새재 길에 비하여 통행이 잦았으며, 이 길을 통하여 과거 길에 올랐던 유생들이 과거시험에 등과하는 비율이 새재보다 높았다고 구전되고 있음
- **밀재곡**: 가은 넘어가는 고개를 따라 형성된 계곡으로 아직 공개되지 않은 비경이 많음
- **띠시골**: 선유동 위 골짝으로 골이 깊어 해가 있어 집에 와도 뛰어와야 볼 수 있다 함
- **선유정**(仙遊亭)**터**: 약 200년 전 경상도 관찰사 정씨가 창건하고 팔선각(八仙閣)이라고 불렀는데 지금은 폐허가 됨

〈속리들〉

서기 553년 의신(義信)조사가 서역에서 불경을 가져와 절을 지을 곳을 알아보던 중 속리산 산세의 험준함을 보고 세운 절이 법주사이다. 흰 나귀에 불경을 싣고 와 머물렀으므로 "부처님의 법이 머무는 곳"이라 하여 법주사(法住寺)라 이름을 지었다(조선불교통사)고 전해 온다. 한편 농암면 내서리의 〈속리(俗離)들〉은 의신조사가 처음 이곳에다 절을 지으려고 검토하였다 한다. 수려한 청화산(靑華山)과 도를 숨긴 도장산(道藏山)과 부처의 자비가 널리 미치는 불일산(佛日山)의 지세는 골이 깊고 용들이 노니는 곳이라 절의 입지 조건으로는 매우 좋았다. 하지만 산이 순할 뿐 아니라 절터로는 좁아 속리산 밑 보은에 법주사를 지은 것이라 한다. 법주사 창건 50여 년 뒤인 660년, 원효대사가 쌍용계곡 좌우에 원적사와 심원사를 짓고, 쌍용사를 지은 것은 그만큼 이 지역이 절터로서 적지이기 때문일 것이다.

〈밤소 출렁다리〉

귀밑 마을(화산) 끝지점에서 밤소(율수) 마을을 가려면 건너야 하는 쌍용천이 있었다. 평상시에는 돌다리로 건널 수 있는 정도였지만 비가 많이 오면 물을 쉽게 건널 수 없어 위험하고 불편했다. 비가 많이 내리는 날이면 뒷마와 중리와 귀밑 마을 학생들 일부만 수업을 하고 속리들, 쌍용, 밤소, 감막, 영그렁, 삼화실, 비티 마을 학생들은 단축수업을 하고 집으로 돌려보냈다. 이런 문제를 해소하기 위해 1964년 귀밑과 밤소 사이를 가로

지르는 작은 출렁다리를 설치하여 상당 기간 사용하였으나 후에 큰 홍수에 다리가 떠내려가는 바람에 시멘트 다리로 건설하게 되었다. 이 출렁다리는 당시 청화국교 학생들에게는 아련한 추억의 다리로 남아 있다.

〈주현(舟峴): 배너미고개〉

우리에게 다소 생소해 보이는 고개인 〈주현(舟峴)〉은 우리말로 풀어쓰면 〈배너미고개(180m)〉다. 견훤산성 본성이 있는 천마산(357m)에서 치성이 있는 쪽금산(333m) 중간 지점에 현저히 오목하게 들어간 곳으로 더대 마을 쪽에서 농암장을 보러 갈 때 넘어야 하는 고개였다. 고개 중간쯤에는 고목에 금줄을 쳐 놓고 돌무더기를 높게 쌓아 놓았는데, 이 고개를 넘을 때는 돌을 던지고 지나가야 안전하다는 의식이 있었다. 1750년 제작된 〈해동지도 조령전도〉에는 주현을 포함해 비치(飛峙, 화산리), 저현(楮峴, 저음리), 대현(大峴, 사현리), 율현(栗峴, 율수리), 갈현(葛峴, 수예리)이라는 주요 고개가 표기되어 있는 것을 보면 단순한 작은 고개가 아님을 알 수 있다. 신작로(901번 지방도)가 생기기 전에는 가실목 고개(200m)가 없었을 뿐 아니라 가파른 산능선(시바위산 446m-천마산 357m)을 넘는 고개로 인해 성저 방향에서 농암으로 가려면 배너미고개를 넘어야 개바우를 거쳐 궁기, 화산 등으로 쉽게 갈 수 있었다. 일설에는 천마산을 휘감아 흐르는 농암천이 범람해 이 고개로 배가 넘나들었다고 하나 지형으로 보아 가능성이 희박하며, 홍수 시 농암천이 불어난 것을 과장하여 표현한 것으로 생각된다. 이 고개는 견훤산성의 일부분이자 본성과 치성의 중간 지점으로 군사의 이동이나 잠복 등의 목적으로 사용할 수 있으므로 역사·지리적으로 볼 때 이 고개를 〈견훤 고개〉라고 불러도 무방할 것이다.

03. 추억의 농암 장터, 그리고 낭만의 편린

▶ 한여름 밤의 궁기천 갱변 가설극장–농암 42회 이규대

수십 년 전 농암 땅에 극장이 생기기도 전, 장터 옆을 흐르는 궁기천변 자갈밭에 긴 나무 말뚝을 얼기설기 박고 흰 광목 천막을 친 야외 이동극장이 들어왔다. 전기가 들어오기 전이므로 발전기를 돌려 최무룡, 문정숙, 김지미, 김진규, 박노식, 박암, 장동휘, 신영균 등 우리나라 영화배우의 원조들이 주연하는 영화를 보던 시절이 있었다.

낮에는 자동차에 확성기를 달고 유행가를 틀며 온 동네를 누비고 돌아다니면서 광고 방송을 했고, 저녁이 되어 어두워지면 가설극장 매표소 앞에 각종 경품, 대개는 큰 대야, 양푼 그릇, 양은솥 등을 수북이 쌓아 놓고 사람들을 유혹했다. 나는 집안 어른들과 동네 어른들이 어울려 입장할 때 엄마 등에 업혀 미성년자로 취급받아 무료로 입장을 했다. 어떤 아이들은 천막 밑으로 기어 들어가는 재빠른 악동들도 있었는데, 그러다 붙잡혀서 정문으로 끌려 나오던 아이들의 모습은 정말 코미디 프로에서나 나올 법한 장면이었다.

우리 집 마당은 비교적 넓어 두어 번쯤 그 마당이 '시네마천국'이 된 적도 있었다. 그때는 당연히 집 대청이 특별관람석이니 그야말로 제대로 VIP 대우를 받았던 셈이다. 중학교 때인 1966년, 장터 한복판에 번듯한 2층 대형건물의 〈농암극장〉이 들어서게 되었는데, 농암 촌 골짝에서 상상하지도 못할 지상 천국이 건설된 것 같았다. 극장에서 늘 광고 방송을 하던 〈윤봉학〉이라는 똘방하고 옹골찬 청년은 나보다 5~6세 정도 많았는데, 방송을 얼마나 구성지고 유창하게 하며 곳곳을 누볐으니 그 방송의 첫머리는 아직도 귓전을 맴돈다.

"문화와 예술을 사랑하시는 농암 면민 여러분, 오늘도 국가 건설사업에 얼마나 수고가 많으십니까. 오늘 농암극장에서는…."

얼마 전 쌍용계곡에 골뱅이국을 먹으러 간 〈학우사〉 집에서 그때 청년이던 〈윤봉학〉 형을 만날 수 있었다. 내 이름을 기억하며 네가 〈규대〉냐 물었는데 그건 실로 35년 만의 해후였다. 지난 여름 강남의 양재천에서 〈한여름 밤의 가족 시네마〉 행사가 있어 아내와 아이 둘을 데리고 깔판을 준비해 양재천으로 나갔다.

지난날 농암의 가설극장과 농암극장에 대한 추억 속 한 장면을 회상하며 새로운 버전으로 그 시절을 재현하는 느낌이 들었다. 다른 사람들도 잔디밭에서 이동 시네마극장 체험에 모두 즐거워하였으니, 추억을 돌아보는 일은 아름답고 즐거운 것이라는 생각이 들었다. 인생은 어차피 한 편의 영화 같은 것, 그 영화 속에 등장하는 주인공은 언제나 멋지고 용감하고 특별했기에 그 추억이 더 생경하고 아련해지는 것이라는 생각이 들었다.

▶ 활동사진에 얽힌 사연-(출처: 농암사랑카페)

강산이 네 번이나 변한 그 시절을 생각하면 웃음이 나온다. 이야기 속으로 들어가기 전 그 당시의 상황은 이러했다. 호롱불에다 라디오가 면 내에 한두 대 있을 정도였고, 이승만 할부지 대통령은 대한민국 통일을 침이 마르도록 부르짖던 그런 시대였다.

이 글을 쓰는 내가 국교 입학을 앞두고 꿈에 부풀어 있을 때였는데, 사실 6.25사변이 끝났다고 해도 전쟁의 공포는 남아 있어 그때는 밤이 되면 무섭다고 삽짝 밖을 나서지 못하게 했다. 이보다 10여 년이 지나서야 농암에 유선방송이라는 라디오 중계소가 생겨서 누가 듣거나 말거나 그 무렵 방앗간에서 발동기를 돌려 밤 11시까지 방송을 보내 주었다.

그 시절 면민들의 유일한 오락거리는 단오절이나 백중절에 대정공원에서 펼치는 씨름이었고, 어쩌다가 활동사진 영화가 들어오면 온 동네 주민들이 쌈짓돈을 풀어 장터로 모여들었다. 그때 돈이 없어 영화를 보러 가지 못하는 사람들은 가설극장 주변에서 웅성이며 같이 들떠서 밤을 보내다가 영화가 끝날 때가 되면 막았던 천막을 미리 걷어주어 동냥거리 자투리 영화를 얻어 보기도 했다.

어떤 국교 5, 6학년 되어 보이는 누나가 2, 3학년은 족히 되어 보이는 커다란 덩치의 사내를 어린애라고 업고 들어가려다 극장 매표원과 밀고 당기는 와중에 업은 놈의 힘이 모자라 궁둥방아를 찧고 업혔던 놈은 울면서 쫓겨가는 모습이 드물지 않았다. 장터 박 모 씨네 댁에서 영화를 한 그날, "문화와 예술을 사랑하시는 농암면민 여러분…." 하며 요란하게 털털거리는 스피커 소리가 멎고 영화가 시작되면서 이내 뉘우스가 끝나고, 영화를 위한 나직한 변사의 구성진 해설이 이어졌다. 표 받던 대문 앞이 조용해진 것을 보아 시간이 퍽 깊었는데, 어찌된 일인지 우리 셋은 아직도 영화가 보고 싶어 주변을 맴돌고 있었다.

때마침 친척 아저씨가 우리를 보고는 영화를 보게 해 주겠다며 터진 담벽을 손가락으로 가리키며 이곳으로 들어가라고 했다. 안에서 누가 야단치면 소변 보러 왔다고 하라며 친절하게 일러 주었는데, 몇 번 싫다고 우기다가 한순간 얼씨구나 하며 작은 몸집을 날려 갈라진 담 사이로 이내 쏙 들어갔다. 갑자기 가슴이 벌렁거리며 겁이 났고, 한편으로는 안도의 한숨이 나왔다. 그러고는 왜 그랬는지 영화는 보지 않고 꼬마들 셋이서 약속된 합창을 하듯 소변을 보기 시작했으니 그야말로 순진함의 극치였다. 하필이면 그곳에 헌 양철 동이가 있어서 셋이 내갈기는 오줌 소리가 "와다다다다." 요란하게 정적을 뒤흔들어 그 소리가 어찌나 크고 길게 느껴지던지. 세 꼬마들의 앙상블이 끝나기도 전에 집주인이 달려왔고, 우리는 쉬하러 왔다고 밖에서 시킨 말을 그대로 옮겨 애써 변명했지만, 주인은 영화를 보러 가자면서 친절하게도 손목을 잡고는 마당을 거쳐 대문 밖으로 내보냈다. 어린 마음에도 얼마나 겸연쩍고 서운한 마음이 들었는지 눈물이 핑 돌고 말았다.

세 꼬마는 무서워서 오도 가도 못하고 조금 전 서서 맴돌던 추녀 밑에서 멀뚱히 선 채로 고개만 뒤로 젖혔다 앞으로 숙였다 하면서 닭장에서 쫓겨난 닭처럼 무료한 시간을 보냈다. 그런데 무슨 영화는 끝날 줄을 모르고 흐릿한 불빛 사이로 강아지 한 마리만 발발발 지나갈 뿐 사람이라고는 보이지 않았으니 이건 종아리 맞는 것보다 더 견디기 아픈 잔인한 벌이었다. 그러다 무서움을 뿌리치고 논두렁길을 부둥켜안다시피 하여 우째우째 집까지는 왔는데, 도착하고 나니 온몸이 땀범벅이고 가랑이는 이슬에 젖어 마치 수렁에 빠졌다 나온 짐승 같은 몰골이라, 긴 한숨을 내쉬고는 서로 얼굴을 쳐다보며 끼득끼득 웃었다.

그래도 무서운 길을 우리끼리 잘 걸어왔다는 자부심에 안도와 함께 웃음이 터졌다. 그리고 각자 살그머니 제 집으로 도둑고양이처럼 숨어들어 갔는데 이건 또 무슨 날벼락인지, 다 알고 기다리고 있었다는 듯 사랑채에서 나는 큰 호령 소리가 꼬마의 정숙 보행을 멈추게 했으니, 무안함과 서러움이 한꺼번에 복받쳐서 다시 소리죽여 어깨만 들썩이며 울었다. 지금 생각해도 그날의 영화는 완전한 새드무비(sad movies)가 되고 만 것이었다.

▶ 육십년대 〈농암 장터〉 동네 한 바퀴–농암 42회 이규대

농암 장터의 중심인 〈영태네 집(선화, 춘자, 미자)〉 앞의 팽나무 고목 앞으로 〈우체국〉이 있고, 그 맞은편에 〈농암극장〉과 〈춘식이네 집〉이 있었으며, 장터의 삼거리였던 춘식이네 집 앞의 길 건너엔 〈승평이발관〉이 있었고요. 농암에서 처음으로 2층집이 지어져 인기를 모았던 〈농암극장〉의 자리는 극장이 지어지기 전에는 〈난전〉이 열리던 곳이었지요. 그 곳은 굵은 안경테에 주먹코를 붙인 우스꽝스러운 광대차림의 약장수가 질편한 입담과 너스레를 떨며 더러는 예쁘게 화장한 소녀가 〈아리랑 동동〉, 〈홍콩아가씨〉 따위의 노래를 부르거나 큰 북을 등에 메고 다리에 줄을 묶어 치면서 입으로는 하모니카를 불며 노래하던 곳이었지요. 차력을 선보이기도 했고, 뱀장사 흉내 등 한참 신나게 놀다가는 〈아이들은 가라〉고 눈치주며 밀어내기도 했으며, 〈채칼〉을 비롯해 잡다한 발명품을 판다며 큰 목소리로 손님을 불러모았지요.

〈종숙이네 집〉 위로는 〈농방집〉이 있었고, 종숙이네 건너편으로는 친구 〈문명이네 집〉과 〈국수집〉이 있었지요. 국수 빼는 모습은 어찌 그리도 신기했던지, 긴 국수발이 나오면 일정한 길이로 싸리나무 꼬챙이로 받아 널어 말리는데 나중에 국수 뭉텅이를 자르는 작두질까지 신기하게 바라본 기억들… 부근에는 농암 특산물인 잎담배 수매를 맡던 〈총대 보던 분〉도 살았고, 그 위로는 〈싸전〉이 열리던 곳이지요. 〈되감고〉가 능숙한 솜씨로 되질 하던 모습이 선하고, 맞은편에는 〈욱희네 집〉이 있었으며, 그곳에서도 뒷밭이로 건너가는 작은 〈징검다리〉가 또 하나 있었지요.

〈방앗간〉 주변에 〈이상배 씨 댁〉, 〈장자 미자 누님댁〉을 거쳐 〈지서〉까지, 그 맞은편은 큰 회화나무가 있는 〈최월복 씨 댁〉, 〈박영숙이네 집〉을 거쳐 〈한약방〉, 〈조약방〉이라는 간판을 달고 오랫동안 농암인들이 건강 지키미 노릇을 하던 〈조덕규^(조안순 아버지) 씨 댁〉이 있었어요. 방앗간 뒤로 올라오면서 〈송덕선 송관선 형제의 집〉, 〈사비나^(정영순)의 집〉. 다시 영태네 집 아래로 내려가면 구수한 〈장터 국밥집〉, 〈권오필네집〉까지 가기 전에 고무신과 장화를 깁던 〈신기료 아저씨〉, 뻥뻥 〈튀밥을 튀기던 분〉이 정육점 가기 전에 눈길을 사로잡았지요. 그 앞 냇가 쪽에 〈대장간〉이 있어서 농기구와 다양한 연장을 만드는 것이 구경거리가 되었고.

시장–천마산 방향

시장기름집–연천 방향

또한 온기가 가시지 않은 깨묵덩어리가 줄지어 쌓여 있는 〈영태네 기름집〉에서는 어쩌면 그렇게 고소한 냄새를 풍겼던지. 지금은 공터이지만 그때는 농암 5일장이 서던 시끌벅적 사람 냄새나던 곳, 이제는 Old Street로 변하고 큰 마당은 시멘트로 덮여 버리고 말았어요. 빼곡히 시장이 서던 그 자리에는 덩그러니 고목 한 그루가 남아 아직도 추억의 장터 자리를 지키고 있을 뿐, 느티나무를 배경으로 남은 사진 한장에서 우리들의 고향 생각은 이대로 끝나지는 않지요.

우체국에서 지서 쪽 전경

중앙약국−기름집 방향 전경

덧붙여 〈우체국〉 뒤로는 〈장규형님의 중앙식당〉 뒷마당, 그 뒤로 〈용우/대우네 정육점〉과 그 앞 마당을 지나 냇가를 건너가면 이 글을 쓰는 주인공이 살던 〈규대네 집〉, 냇가를 따라 〈귀연이네 집〉, 이어서 오필네 집과 다시 용우 대우네 집의 정육점 담 뒤에 있는 〈농암술도가〉 그 안채에는 할아버지가 사시던 곳, 거기서 진주와 suny가 태어났지요. 좁은 골목을 사이에 두고 바로 〈동규형네 집〉, 이어져 농암교 다리 건너기 전에 〈이자네가 살던 곳〉을 지나면 천변 둑을 따라 길게 지은 〈기찻집〉, 아래로는 우시장이 서던 〈007 영식이네 집〉, 그러고는 개바우가 나오지요. 아참, 개바우 가기 전 밭 한가운데는 〈도살장〉이 있고, 도살장 옆에는 〈상여집〉이 있어 참 무섭기도 했지요.

또 〈영재네 담배가게〉에서 대각선 길 건너로는 〈중앙이발관〉, 〈중앙약국〉, 〈만화방〉, 영재네 담배가게 앞에는 〈가은 가는 합승 미니버스〉가 대기하던 곳, 〈일성관〉, 〈애영사진관〉, 〈중앙식당 앞쪽〉에 용우/대우네 정육점 입구, 양조장 입구, 동규형네 대문, 그리

고 다시 중앙이발관부터 시작하면 약국과 만화방 아래로 〈종문네 신발가게와 시외버스정류장〉, 이어서 〈포목점〉, 〈건어물 가게〉, 〈학우사 문구점〉, 〈자전거포〉, 〈순남이네 석유집〉, 〈문화당 문방구〉, 〈함창옥〉, 그 함창옥 골목 안으로는 들어가면 〈농협 우대리님 댁('계윤'네)〉, 골목을 벗어나면 〈농암교회〉, 순남이네 집 뒤 〈상조네집〉을 지나면 아, 〈청암중학교〉….

추억은 오래되면 될수록 희미해지지만 그래도 고향의 장터는 더 생생하게 살아 있어 한장의 그림처럼 다가오네요. 옹기종기 다닥다닥 붙어 있던 가게와 가게들, 궁기와 연천에서, 화산과 화북과 황령에서, 사현과 은척, 가은과 성저에서 농암장을 보러 오던 이곳이 문경에서 세 번째 큰 장터였답니다. 그때 그 이웃과 친구들이 그리워질 때면 장터 풍경을 혼자 그려도 생각보다 따뜻하게 위로를 얻습니다.

▶ 영화와 실화 사이-농암 42회 이규대

1966년 농암국교에서 우리 학년은 인자하신 고칠식 선생님 인솔로 은성극장에 단체로 영화 관람을 가게 되었어요. 20여 리가 넘는 길을 걸어가는데, 꼬마 녀석들이 수다를 떨어 가면서 가는데도 얼마나 멀던지 두어 시간을 걸어서야 겨우 가은에 도착할 수 있었지요.

가은 극장 앞에 도착 하니 극장 앞에 커다란 포스터가 걸려 있었어요. 포스터에는 남자 아이가 그려져 있었고 매우 슬픈 모습이었어요. 제목을 보니 "저 하늘에도 슬픔이"이었지요. 영화를 보는데, 영화 속 배경이 우리가 살고 있는 농암보다는 더 좋은 도시였고, 학교^(대구 명덕국교)는 더 크고, 버스도 있고, 버스 속에서 껌도 팔 수 있으며^(영화 주인공), 전기 불도 있고… 그 영화에서 신영균 씨가 선생님으로 나오신 것이었어요.

영화를 보고 있는데, 주인공 "이윤복"이 때문에 눈물이 얼마나 흐르는지, 영화를 보러 왔는지 울려고 왔는지 구분이 안 되었어요. 손수건도 없는데, 인솔하신 선생님 말씀이, 이 영화가 대한민국 국민들의 심금을 울려서 누구나 다 울었다고 말씀해 주셨어요. 이 영화를 보고 눈물을 흘리지 않았다면 피눈물도 없는 사람이었을 겁니다. 영화를 관람하고 농암으로 걸어오는데, 하도 울어서 어떻게 왔는지 기억이 나지 않았어요. 영화 보러 갈 때는 기분 좋게 갔지만 올 때는 얼굴이 눈물 자국으로 얼룩지고, 가슴은 슬픈 감정으로 가득 차 올랐으니까요.

1980년 초 대구 효목동에 살 때 예비군 훈련을 받는데 예비군 중대장이 출석을 부르고 있었어요. 그때 갑자기 귀에 익은 이름이 들렸어요. "이윤복!" 하는데, 바로 옆에서 누가 대답을 하는 것이 아니겠어요. "혹시 저 하늘에도 슬픔이 영화의 주인공이 아니냐?"
고 물었더니 그렇다고 하더군요. 미남형의 얼굴에다 깔끔한 용모였고, 어디 근무하느냐
고 물었더니, 유한양행의 회장님 배려로 〈유한양행 대구지사〉에 근무한다고 했어요. 참
으로 잘된 일이라 생각하니 마음이 좀 편해졌는데, 제가 다른 곳으로 이사를 하고 난 뒤
에는 더 이상 만나지 못했지요.

그리고 몇 년간의 세월이 지난 후 신문에서 〈이윤복〉 씨의 부음을 보고 다시 마음이
아팠지요. 어릴 때 고생 휴유증인지는 몰라도 너무 이른 나이에 저 하늘로 가 버렸으
니 말이지요. 이제는 저 하늘에도 슬픔이 아닌 기쁨이 되길 소망할 뿐이지요. 대한민
국을 울린 영화 속의 주인공 이윤복, 영화와 실화 사이에서 그렇게 울어 본 건 첨인 것
같아요.

▶ 영화에 빠진 소년 이야기-농암 44회 김도영

농암국교 4학년 쯤으로 기억된다. 나는 그 나이에 영화를 굉장히 좋아했다. 아니, 미
쳤다는 표현이 적절할 것 같다. 하긴 그 당시에는 누구나 영화를 좋아했지만 영화를 본
다는 건 하늘의 별따기였다. 뒷바리 앞냇가 갱빈에 가설 극장이 심심찮게 들어왔다. 영
화는 보고 싶고 돈은 없고, 그러면 친구 몇 명과 함께 천막을 걷고 뒷구멍으로 몰래 기
어들어가 보는 영화는 해 보지 않은 사람은 그 묘미를 모르리라.

그때 본 영화가 〈옥이 엄마〉, 〈벙어리 삼룡이〉, 〈정동대감〉 등이었다. 첨에 영화를 보
고는 너무 신기했다. 사람이 살아 움직이고 어떻게 저렇게 나와서 화면 위를 움직이며
다니는지, 그리고 말까지 하고….

그러다 장터 한가운데 이층으로 높다랗게 지은 농암극장이 개관되었다. 문경군에서
점촌 삼일극장, 가은 은성극장, 주평 신기극장 다음으로 농암에 들어섰으니 그건 농암
면의 큰 자랑이었고 경사였다. 농암면민 모두가 축하를 하고 그때가 농암 장터의 전성
기였던 것으로 생각된다. 해질 무렵이면 농암극장 지붕 위 스피커에서 흘러나오는 〈황

포돗대〉, 〈섬마을 선생〉, 〈맨발의 청춘〉, 〈하숙생〉 같은 이런 노래가 흘러나오면 나는 어린 나이에도 흥분하기 시작했다. 그 당시 윤봉학 씨라는 분이 영화를 선전하러 다녔고, 날렵하고 키가 큰 이영식 씨가 극장 정문에 기도를 섰던 것과 영사기 기사는 박종률 씨였던 것으로 기억된다.

어쨌던 그때는 돈을 어디서 조달하였는지 영화가 바뀔 때마다 거의 다 본 기억이 난다. 어린 나이에 이 정도면 영화꾼 수준이라 불러도 될 것이다. 어느 때는 어른들 들어가는 틈새에 끼어들어 갔고 실패했을 때는 영화 끝나기 약 2~30분 전쯤에 문이 개방되면 몰래 들어가 뒷부분을 공짜로 보기도 했다.

그러니 공부는 뒷전이었다. 아니 안중에도 없었고 영화같은 화려하고 멋진 주인공들만 눈앞에 아롱거렸으니 조숙한 건지 어리석은 건지 하루에도 농암극장 쪽을 거울 쳐다보듯했다. 학교에서 단체로 문화영화를 본다는 날이면 띨듯이 기뻤고 그때 기억에 제일 오래 남는 제목이 바로 이윤복의 실화 〈저 하늘에도 슬픔이〉였다. 학교가 파하는 시간이면 농암지서 앞에서 곧장 가면 집인데, 일부러 농암극장 앞으로 돌아서 기름집 옆 골목으로 빠져나와 중간 돌다리를 이용해 집으로 왔다.

왜냐하면 새로운 영화 포스터를 보는 재미도 있거니와 갱빈 쓰레기 더미에는 극장에서 상영하고 버린 쓰레기들이 있었는데 거긴 끊어진 영화필름들이 더러 있었다. 어떨 땐 한 뼘되는 필름이 있는가 하면, 재수 좋은 날은 1m 정도 되는 긴 필름도 버려져 있었다. 나는 그 필름을 주워서 밤에 혼자 캄캄한 방에서 손전등 앞에 필름을 붙이고 벽에다 비추면 영화 화면이 나오리라는 호기심으로 혼자 곰곰이 많은 탐구를 시작했다. 그때 나의 꿈은 영화를 만들고 영사기 작동 기술을 배우는 것이었다. 그랬으니 농암극장 박 기사 분이 나에게는 우상이었다.

그러던 어느 날 영화는 뒷전이고 극장 영사실만 눈앞에 아른거렸다. 영사실 문 앞에서 계속 맴돌고 있는 것을 본 박 기사 분이 내 호기심을 간파하고 영사실을 둘러보게 허락한 것이다. 영사실에서 영사기 필름이 돌아가는 구경을 하면서 신기하기도 하고 필름 속에 들어 있는 무궁무진한 장면들은 떠올리기만 해도 가슴이 벅차올랐다. 이런 별천지 같은 분위기를 계속 오래 유지할 수 있는 방법은 없을까 생각해 보기도 했다.

'바로 저거다! 여러 통의 필름 중 한 통을 집으로 가져가 손전등에 비추면 영화가 잘 나와 맘껏 즐길 수 있을 것이다.'는 생각이 퍼뜩 들었다. 이것저것 따질 경황도 없이 오직 호기심 천국의 주인공이 되려는 생각 하나뿐이었다. 이렇게 거사를 행하기로 마음먹고 옆창고 필름 보관하는 곳에서 필름 한 통을 품 속에 넣고 유유히 빠져 나오는데 무사히 성공할 수 있었다. 몰래 훔쳤다는 생각은 아랑 곳 없이 속으로 쾌재를 부르고 흥분도 됐으며, 그저 신이 났다. 그날은 일단 집에다 잘 모셔 놓고 하룻밤을 흥분으로 지샜다.

그런데 이튿날 저녁, 극장에서는 난리가 나고 만 것이다. 영화가 상영 중이었는데 중간 필름 한 통이 없어졌으니 영화스토리가 엉망이 되어 버린 것이다. 극장이 발칵 뒤집혔고, 농암 장터가 뒤집히기 시작했다. 영화 상영은 중단되었고 급기야 방송을 하여 필름을 찾기 위한 범인 공개수배가 진행되었다.

"아~아! 농암면민 여러분! 지금 당 극장에서 필름 한막끼가 분실되었으니 보신 분이나 보관하고 계신 분은 지금 속히 농암극장 영사실로 가져다 주시면 감사하겠습니다. 지금 가져오시면 죄는 불문에 부치겠으며 신고 하시면 후사하겠습니다."

이렇게 수차례 방송을 하였고, 나는 실수로 초래된 문제 앞에서 불안과 초조에 몸둘 바를 모르다가 이내 자수하기로 마음 먹고 필름을 들고 극장을 찾았다. 극장은 그야말로 총체적인 비상사태였다. 사장님 앞에 무릎을 꿇고 용서하여 달라며 무조건 용서를 빌고 빌었다. 당시 극장주가 김홍식 사장님이었는데, 화가 무척 나 있었지만 속으로는 다행이라며 반기는 모습 같아보였다. 머리를 몇 번 쥐어박히고 극장 입구 책상 옆에서 한 시간 정도 벌을 세우시더니 용서해 주시고는 맘껏 편하게 영화 구경을 하라고 했다.

영화를 너무 좋아한 나머지 큰 실수를 저지른 데 대해 부끄럽고 민망하다는 생각이 지금에야 더 크게 드는 건 너무 늦게 철이 들었다는 것일까. 철이 없던 그때 그 시절 사건에도 불구하고 그래도 농암극장 앞을 지나서 집으로 가는 노정은 바뀌지 않았다. 덕분에 그 이후로 극장 앞을 서성이면 기도 아저씨가 나를 먼저 알아보고 공짜로 입장을 시켜 주었으니 농암에서 알아주는 영화광이었다. 하지만 그 후 산다는 건 영화가 아닌 실화임을 깨닫고 영화에 대한 환상과 호기심은 말끔히 접었다. 지금은 사라지고 사진조차도 한 장 없는 농암극장, 요즘도 농암을 가면 그 옛날 영화의 꿈을 꾸던 극장이 있던 앞을 꼭 거쳐서 지나가곤 한다.

6부
천 년의 역사 속 인물

01. 하늘이 내린 후백제의 건국대왕-견훤

견훤대왕은 농암이 낳은 불세출의 영웅이다. 그러나 왕건에게 귀부 후 곧 세상을 떠나자 그를 실패한 왕조의 하잘 것 없는 존재로 추락시키고 만다. 패망 후 지렁이의 아들로 비하되고, 그를 추종하며 뒤따랐던 이곳 사람들도 같이 몰락의 길을 걷게 된다. 그를 따랐던 농암 사람들은 승자의 탄압을 두려워하여 농암을 떠나려고 했으나 왕건이 이 지역의 이름을 가선현에서 가은현으로 바꾸었다. 그것은 아자개와 견훤의 도움을 크게 입은 은혜로운 고을이라는 뜻(恩)을 담았다. 이런 후의를 베풀자 농암은 다시 평정을 되찾는다.

그가 실패한 왕조일지는 몰라도 비난의 대상은 아니다. 신라 말 기울어져 가는 나라를 바로 세우고자 출정을 나섰고, 그뒤 신라가 더 어려워지자 후백제를 세운다. 평민으로 나아가 한 나라를 건국하는 리더십과 문무를 갖춘 대왕이 되었다. 아들의 반란으로 삼국 통일에는 실패를 하였지만 피를 흘리는 전쟁보다는 귀부를 선택했고, 불의를 저지른 아들에게는 칼을 겨누어 배반을 응징했던 것이다. 자신의 손으로 나라를 세웠다가 자신의 손으로 왕조를 무너뜨린 세계사에서 찾아볼 수 없는 역사를 쓴 위인이다. 그 이유는 바로 불의보다는 정의, 전투보다는 평화를 선택한 견훤의 역사는 자못 경이롭다.

한 나라의 건국은 하늘이 점지하는 것이다. 그러므로 그는 하늘을 나는 천마 설화와 연계되어 있고, 바위가 쪼개져 탄생한 설화의 주인공으로 옥황상제의 딸과 사랑을 나

눈 구호를 아버지로 둔 천자다. 일찌감
치 동과 서, 신라와 백제가 수없이 싸움
터에서 서로 피를 흘리는 것을 보고 새로
운 나라를 건국하여 평화로운 통일 국가
건설을 꿈꾸었고 그 꿈은 9부 능선에서
머물렀으나 그렇다고 불의와 욕심의 소
유자는 아니었다.

영웅은 말이 없고 간신은 무수한 감언
이설로 희롱한다. 말이 많은 승자의 주
장은 그만 접어 두고 이제 그를 건국의
대왕으로 새롭게 써야 한다. 견훤은 신
라를 바로 세우고자 했으나 돌이킬 수
없었기에 후백제를 세워 나라의 평안을
원했던 것이 아니던가. 끝날에 발끝이 완
산주를 향하도록 묻어달라고 했으니 이
는 곧 머리 쪽을 농암으로 향한 수구초
심의 뜻이었음을 우리는 알게 되지 않았
는가. 그가 쌓은 천마산의 견훤산성은
아직 풀 속에 묻혀 있으나 그의 진취적이

견훤 느티나무(농암 갈동)

견훤왕릉(논산 연무)

고 용맹스러운 기상은 만인들의 가슴속에 지금도 생생하게 살아 있다.

02. 후백제 건국에 헌신한 장수-김총(金摠)

한 나라를 건국하려면 절대 혼자서 할 수 없으며, 개국 시에는 다수의 공신이 필요하다는 건 어느 나라나 마찬가지다. 견훤이 후백제를 건국함에 있어 크게 도와준 세 사람이 있다. 김총과 지훤과 박영규를 꼽는다. 여기서 김총은 가은현 사람으로 순천 대호족이 되어 견훤의 인가별감(경호실장)으로 활동한 기록이 〈승평지〉와 〈강남악부〉에 전한다.

김총 초상

고향이 같은 사람은 서로 말하지 않아도 이해도와 공감대가 있다. 김총은 견훤이 순천으로 오자 그를 적극 지지하였고, 그가 완산주에서 후백제를 건국하는 그날까지 헌신하였다. 그것은 김총이 견훤을 만나 낯설고 지지 기반이 없는 곳에 와서 대망을 펼치고자 함을 알아채고 그의 뜻에 적극 동조했으리라 생각된다. 뜻이 아무리 좋다고 해도 마음이 같지 않으면 지지가 불가능하다. 김총이 볼 때 견훤의 인품과 도량과 무예와 지략이 남달랐고, 그것은 욕심보다 구국 일념의 충정이 돋보였기 때문일 것이다.

건국 후 김총은 자리를 탐하거나 식읍을 받는 등의 언급이 전혀 없다. 이런 점은 어떤 욕망이 있어 대가를 바

견훤 탄생의 농바우

칠봉산 용추폭포(금총마)

라는 지지가 아니었으며, 후에 순천 김씨 시조가 되었다. 김총은 죽어서 순천부의 성황신이 되어 〈성황사〉 사당에 모셔져 숭배 제향되고 있다. 그의 영정은 〈성황신 김장군〉이라는 화제가 적혀 있으며 전라남도 민속문화재로 지정되어 있는데, 이는 농암 지역 사람들의 심성처럼 권모술수나 사리사욕보다 정의감과 의리를 중시하는 존경받는 장수로서 품격을 유지하고 있다 하겠다.

이런 관점에서 보면 우리는 견훤을 생각할 때 김총을 같이 생각해야 한다. 개국 1등공신이기 때문이 아니라 특별히 고향을 사랑하는 마음으로 견훤을 사랑했고, 그 사랑을 키워 난국을 타개하고 나라다운 나라를 세우는데 공헌했다는 점이다. 가은현에서 완산주까지 펼쳐 나간 견훤 노정을 헌신적으로 보필한 김총, 그는 하늘에서 내려 준 인물을 대왕으로 만든 공로로 옥황상제가 순천부의 성황신이 되도록 명했음 직하다.

03. 소양의 한천처사-신숙빈

조선 중기의 문신인 신숙빈^(申叔彬, 1457~1520)은 음직으로 거창현감을 지냈다. 그러나 무오사화 이후 관직을 사퇴하고 소양에 복거하여 후진 양성에 힘썼다. 태종의 셋째딸인 정선공주의 외손이며 문장이 뛰어났고 품행과 도의가 올발라 당대 학자로서 이름이 높았다. 중종이 집권하고 나서 여러 차례 관직에 나올 것을 권했으나 사양하였고, 농암의 한천서원에 배향된 선비 중의 선비다.

농암 가항리에 있는 한천사^(寒泉祠)는 한천처사^(寒泉處士)가 배향된 사당이다. 한천사와 한천처사의 한자가 같고 그 옆에 한천의 용천수가 샘솟고 있으므로 선후가 어떻든 간에 샘물과 한천사와 한천처사가 같은 한자어로 같은 뜻을 지니고 있다. 물같이 맑은 선비의 심성을 갖고자 그렇게 호를 지었을지 모르지만, 1712년 〈한천서원^(寒泉書院)〉이 농암에 세워지게 되면서 한천이라는 이름은 4개가 됨을 확인할 수 있다. 한천처사 신숙빈은 그만큼 한천이라는 말을 되새기며 선비로서 품격을 유지하려 했을 것이다.

그러면서도 안귀손의 사위로서 소양으로 복거하여 살면서 후학들을 가르쳤으니 농암 가항리와 소양이 주 터전이 되었다. 후에 무오사화의 상처를 안고 소양에 정착한 신숙빈 처사의 정신을 기리는 상강정^(上江亭)이 지어졌으며, 이 지역 사람들의 존경을 받았다. 이를 보면 농암과 가은^(소양) 지역의 삼강오륜과 유림 학풍 선도를 해 나간 분은 신숙빈과 그의 손서인 김낙춘으로 주도되어 오늘도 이어진 것이다.

한천사 원경

한천사에 배향된 신숙빈 안귀손 성만징

　벼슬보다 벼슬하지 않는 처사가 사는 소양과 가항리, 서원에 배향된 인물들은 시끄럽고 불의한 나라의 벼슬을 버리고 우거로 들어와 정주했으며, 아무리 한양에서 관직을 권해도 권유에 흔들리지 않고 은둔군자로서 후학을 가르치며 안분자족을 추구했던 것이다. 처사로 산 안귀손, 신숙빈, 김낙춘이 사위와 손서(孫壻)지간이니 선비다운 선비는 일족이 같이 살면서 향리의 미풍과 덕업을 권면하고 단사표음(簞食瓢飮)을 즐기며 욕심 없이 살았던 역사로 우리 앞에 남았다.

04. 조선의 최고 청백리-이준경

조선 시대 명재상 다섯 명을 꼽으라 한다면 그 안에 들어간다는 동고^(東皐) 이준경^(李浚慶 1499~1572)은 농암과 무관하지 않다. 그는 문신이자 무신, 서예가이자 학자이다. 조선 초 크게 번성했던 명문가 광주^(廣州) 이씨의 후손으로 영의정을 지냈으며, 난세를 극복하고 세상을 안정시킨 사직지신이라 칭한다. 워낙 청렴 강직하여 청백리로 추앙받았으며 사후 청백리로 선정되었는데, 부인이 마련한 집에서 평생을 살면서 집에 서까래 하나 늘어나지 않았다고 전한다.

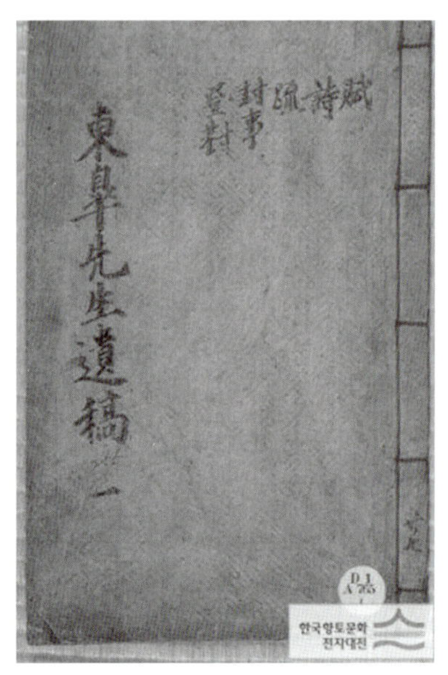

여섯 살에 귀양간 내용이 수록된 유고집

어린 나이에 윤경과 준경 형제는 청풍으로 유배되었다가 괴산에서 '귀양살이'를 하게 된다. 갑자사화가 일어났을 때 형 윤경^(李潤慶)은 7세, 준경은 6세로 한 살 터울이었다. 아버지는 사화로 참형을 당했고, 어머니 신씨^(申氏)는 한성부 공노비가 되었다가 다시 장녹수 집의 노비가 되는 비극을 맞는다.

준경이 7세 때 하루는 집주인의 실화^(失火)로 낡은 솜옷이 모두 불에 타 버렸다. 이웃 사람들이 찾아와 위로의 말을 했고, 유모도 준경의 손을 잡고 울었다.

"이제 낡은 솜옷마저 불에 타 없어졌으니 도련님,

추워서 어떻게 밤을 나겠습니까?"

준경은 아무 일도 없었던 것처럼 태연하게 말했다.

"이 옷은 이와 벼룩이 득시글거려 항상 괴로웠는데 불에 다 타 버렸으니 이제 밤잠을 편히 잘 수 있을 겁니다. 너무 걱정하지 마세요."

그 말하는 모습이 태연하여 듣는 이들이 기이하게 여기지 않는 사람이 없었으니 어린 시절부터 장래가 기대되는 언행을 보였다.

그가 8세 때인 1506년, 중종반정이 일어남과 동시에 유배에서 풀려나 한양으로 돌아왔고, 장녹수의 종 생활을 하던 어머니와도 재회하게 된다. 어머니 신씨는 '과부가 키운 자식'이라는 삿대질을 받지 않도록 아들 둘을 엄하게 가르쳤고 바깥 출입도 금지시켰다. 학문을 익힌 바가 있던 신씨는 두 형제에게 직접 〈효경(孝經)〉과 〈대학(大學)〉을 가르치며 동고가 재상에 오르도록 기본 훈육을 제대로 하였으니 맹모와 무엇이 다른가.

동고 재상은 선견지명이 있어 나라에 큰 변란이 일어날 것을 예측해 군사를 강화할 것을 권했으나 여의치 아니하자 자손들을 데리고 내려와 터를 잡은 곳이 바로 청천면 송면초등학교 자리다. 그가 죽기 직전 붕당의 출현과 당쟁으로 나라가 망할 것이라고 예언하자 이것이 화제가 되었는데, 이 예언으로 이이의 큰 비판을 받았다. 그 후 임진왜란이 일어나 실제 상황으로 다가오자 이이가 이를 크게 부끄러워했다. 유난히 나라를 크게 걱정했고, 자손들은 온전히 왜란을 피하게 하여 멸족을 면했지만 그는 왜란이 발발하기 전 세상을 떠나고 말았다. 자신의 영일보다는 돌이킬 수 없는 변란으로 망국과 멸문지화를 걱정하면서 위기에 적정 대응했다고 할 수 있다.

동고가 괴산에 온 것은 6세 때 유배로, 두 번째는 만년에 피난을 위해 괴산을 찾은 것인데, 그 이유는 이곳이 병화가 없는 길지 때문이 아니겠는가. 음서제도가 있던 영의정 시절, 아들(이덕열)이 홍문관 관리 후보로 올라오자 "내 아들이라서 누구보다 실력이 모자란다는 것을 잘 안다."며 명단에서 빼버린 일화도 그의 청렴성을 다시 생각하게 만든다. 관직에서 물러난 이듬해인 선조 5년(1572) 병상에 누운 후 최후의 유서를 올렸는데, 군왕

동고 이준경 초상

은 학문에 힘쓰고 위의를 잃어서는 안 되며, 군자와 소인을 잘 분간해야 하고 붕당을 경계하라는 말을 소신껏 직언하였다.

한편 동고가 영의정이었던 당시 소양의 김낙춘 선비의 인품을 알아보고 그를 여러 차례 천거하였다. 그러나 그는 끝까지 벼슬에 대한 사욕을 버리고 이를 사양한 참 군자로 칭송받게 되었다.

그는 떠나고 없지만 삼송에 가면 그의 집터가 학교 운동장으로 남아 있다. 집터 하나의 위치에 집착하는 것이 아니라 중요한 성격 형성기인 6~8세에 농암에 속해 있던 송면에서의 유배생활이 그를 훌륭한 재상을 키워 낸 것이기 때문이다. 유난히 소나무가 많은 삼송, 그곳의 소나무가 왜 〈왕송, 용송, 칠송〉이고, 왜 〈천연기념물〉이며, 왜 그렇게 푸르고 기개가 있는지 다시금 생각하게 만든다. 동고 재상이 살았고, 그 후손들이 살던 그곳이 학교터가 되어 지금은 주초석만 남아 있지만 그의 숨결은 아직도 숨쉬고 있다. 나라와 가족을 위해 청렴과 정의와 사랑의 표상으로 살다간 동고 재상의 발자취가 우리 고을 역사의 한 부분이었다는 건 분명 자랑스런 일이 아닐 수 없다.

05. 조헌 의병장을 따라 순국한 충의담-신경일^(申慶一)

선생의 본관은 평산이며 자^(字)는 서경^(瑞卿)이다. 문회공 개^(槩)의 후손으로 1531년^(중종 26) 가은읍 전곡리에서 출생하였으며, 의병장인 중봉^(重峯) 조헌^(趙憲)의 문인으로 문경현감을 역임하였다.

1592년 임진왜란 직후인 4월 하순에 중봉은 공을 포함한 문하생을 중심으로 옥천^(沃川)에서 창의할 때 1,700명에 합류한다. 공주 청연사^(靑蓮寺)에서 기병^(起兵)한 500여 승병^(僧兵)과 합세^(合勢)하여 왜적을 대파하고 청주를 수복^(收復)하였다. 청주 전투가 있은지 18일 만에 전라도로 진격하는 소조천윤경^(小早川隆景)의 왜적을 저지하기 위하여 금산으로 향하였으나, 창의병의 전공을 시기한 관군이 도리어 이 작전을 방해하여 대부분 의병은 해산하였다.

이때 700명의 의사만이 사생을 같이 하여 왜적과 싸우다가 순사^(殉死)하였는데, 이 700의사^(義士)의 분묘를 〈금산칠백의총^(錦山七百義塚)〉이라 하여 기념^(紀念)하고 있다. 공은 금산칠백의총의 유일한 문경 출신이다. 이때 왜병들은 완강한 저항에 크게 감복^(感服)하여 전사자의 묘표^(墓標)를 세워 그 충용^(忠勇)을 기리되 〈조선국 충의담^(朝鮮國忠義膽)〉이라 하였다. 공^(公)은 생전에 전공을 인정받아 좌승지^(左承旨)에 추증되었다.

신경일 선생은 조헌이 출정을 앞두고 어머니를 선유동에 모신 후 내서리 중산에 머물

칠백의총

러 의진을 치며 세력을 키울 때 조헌의 후학으로서 합류하였다. 중봉이 선유동에 어머니를 모신 후 농암 내서리 중산을 가는 노정에 신경일 선생의 집이 전곡리에 있었고, 또한 그가 문경 현감을 역임했으므로 물심양면으로 조헌의 의병 세력 규합에 큰 힘을 보태었을 것이다.

06. 조선의 선비 중에 선비-송명흠

　조선의 선비 중 선비라 불리는 송명흠^(宋明欽, 1705~1768), 그의 자는 회가^(晦可), 호는 늑천^(櫟泉)이다. 동춘당 송준길의 현손이며, 조대비로 일컬어지는 신정왕후의 외조부이다. 1705년^(숙종 31) 10월 21일 한양에서 송요좌의 아들로 태어났다. 어려서부터 집에서 공부를 했으나 재주가 워낙 뛰어나 20세를 전후하여 사림 학자들의 촉망을 받았다. 그러나 사화를 피해 아버지를 따라 옥천으로 낙향했고, 다음 해 아버지가 돌아가자 삼년상을 치르고 도곡과 송촌 등지로 이사해 살았다.

　송명흠의 아버지 송요좌는 숙종 29년⁽¹⁷⁰³⁾ 병천에다 정자를 지어 〈영롱정^(玲瓏亭)〉이라 하고, 〈병천정사〉라고도 불렀다. 그 뒤 아들인 송명흠이 사도세자 문제로 영조에게 바른말을 하다 유배되어 아버지가 지은 이 정자에 은거하며 많은 제자를 가르쳐 훌륭한 인재를 배출하였으며,

병천정 정자

병천정사 현판

우복동 표지석

생전에 이 정자에서 많은 학문을 논하고 시심을 돋웠다 한다.

늑천의 학문적 기초는 동춘당으로 대표되는 가학이었고, 젊은 시절 동생인 한정당 송문흠과 같이 도암 이재 문하에서 성리학을 공부한 기호학파의 적통을 이어받은 철저한 주자의 문도였다. 그는 사단칠정 논쟁과 더불어 조선 성리학의 2대 논쟁으로 꼽히는 당시의 호락논쟁에서 스승 도암의 영향으로 낙론학파의 중심이었다.

살아 있는 권력인 영조가 그의 아들 사도세자를 죽이기로 작정하고, 관례에 따라 대신들과 이름난 학자들을 모아 이 문제를 상의할 때, 다른 사람들은 모두 꿀 먹은 벙어리였으나 늑천은 영조의 면전에서 직언을 고했다.

"폭군으로 만대에 지탄받는 중국의 걸왕과 주왕도 자식을 죽이는 악행만은 저지르지는 않았습니다. 어찌 전하께서 그 선례를 남기려고 하십니까?"

영조는 이 말을 듣고 격노해서 늑천을 내쫓았다가 그의 충심을 알고 "송가라는 자는 내가 어찌할 수 없는 선비 중의 선비라."며 너털웃음을 지었다는 기록이 있다.

벼슬은 공릉 참봉, 세자시강원, 서연관, 집의, 동부승지, 예조 참의 등의 벼슬을 주었으나 모두 거절하였다. 다만 1755년 옥과 현감으로 취임해 대흉년 때 백성 구제에 큰 공적을 쌓았다. 그리고 만년에 왕세자를 교육하는 찬선으로서 경연관을 겸임하였다. 이때 임금에게 논어를 강의했으나 시사 문제를 논하다가 영조의 비위에 거슬려 결국 삭탈관직하고 서인으로 내쳐져 시골로 내려오게 된다. 그 뒤 후학들을 가르치다가 1768

년 64세를 일기로 세상을 떠났다. 사후 정조 때 이조판서로 추증되었고, 문원의 시호를 받았으며 불천지위와 사패지지의 영예를 얻었다.

늑천 송명흠 선비가 머물던 정자 앞 개울에는 〈회란석〉이 있다. 용유 9곡 중 제 6곡인 병천은 용이 머물던 바위라 하고, 병의 주둥이 같은 형상을 하고 있으며, 용유동 중에서도 특별히 병천정자 앞을 일컫는다. 물이 모여서 돌아 흐르는 회란(廻瀾), 이는 사람이 모이는 지혜의 총화로 생각과 마음과 행동을 잘 어울리게 하는 깨달음을 던져 주는 자연의 걸작품이다.

병천바위(회란석)

물이 가다가 돌아서 쌓이는 물결이 회란(廻瀾)이고 그 아래 모래가 축적되니 그곳에는 정금같은 도가 축적된다는 것이다. 선비는 이 정자에 유유히 앉아 회란석을 바라보며, 물결이 휘돌아 흐르며 쏟아지는 여울에서 그가 추구하고자 했던 선비의 문도를 지성으로 수련했던 것이다.

07. 의상대를 쌓고 하강정을 지은-김이원

하강정(下江亭)은 1939년 정원호(鄭源鎬)가 지은 〈교남지 嶠南誌〉[1]에 나오는 정자 이름으로, 농암면 궁기리 갓바우재 암봉에 있다는 〈의상대〉 아래 있던 정자라는 기록이 전해진다.

"김이원(金理元)은 소양서원에 배향된 김낙춘의 아들로 호는 의암(義巖)이다. 선조때 찰방(도찰방)을 지내고, 효도와 학문에 힘썼으며, 만년에 의상대(義尙臺)를 쌓고 그 아래 하강정(下江亭)에서 소요하며 즐겼다. 현감 이경절(李景節)[2]이 묘갈을 지었다."라고 교남지 문경군편 36권에서 김이원에 대해 이렇게 기록하고 있다.

〈청조향람〉에서는 "의상대는 의상대사가 세웠다."라고 기록하고 있으며, 김이원의 묘

---

1) 교남지(嶠南誌): "교남"이란 "경상도"의 다른 이름으로, 정원호가 경상도를 각 군별로 별권 편집 76권 15책으로, 1939년 대구 경문당에서 인쇄본으로 발행하였으며, 문경군은 36권에 수록됨
2) 이경절(李景節): 본관은 덕수(德水). 자는 길보(吉甫). 증참찬 이천(李薦)의 증손으로, 할아버지는 감찰 이원수(李原秀)이다. 아버지는 이우(李瑀)이며, 어머니는 덕산황씨(德山黃氏)로 진사 황기로(黃耆老)의 딸이자, 이이(李珥)의 조카이다.
  1606년(선조 39)에 진사가 되고, 1615년(광해군 7) 문과 회시에 통과되었으나 과거시험의 공정성에 회의를 품고 전시에 응하지 아니하였다. 서인 계열의 인물로 광해군의 폐모론에 반대하여, 향리인 선산군에 돌아가서 야인생활을 하였다. 그때 동지들과 의논해 길재(吉再)의 사우(祠宇)를 낙동강 상류지역으로 이전하였다.
  인조반정 이후에 황산도찰방으로 임명되어, 인심을 수습하고 황폐되었던 역로(驛路)를 완전히 복구하여 상을 받은 바 있고, 또 중림도찰방(重林道察訪)이 되어 역시 훌륭한 업적을 남겼다. 그 뒤 제용감직장(濟用監直長)·예빈시별좌·사헌부감찰을 거쳐 문경현감으로 나가서 치적을 남겼다.
  이듬해 병자호란이 일어나자 향인들을 규합하여 의병을 일으켜 의병장이 되었으며, 문경인들도 이경절을 도와서 그 지역을 잘 지켰다. 그러나 삼전도화약(三田渡和約)의 소식을 전해 듣고, 고향에 돌아가서 벼슬길에는 나오지 않고 학문에만 몰두하였다. 그림과 글씨 및 가야금에 능하였다. 1651년(효종 2)에 좌승지에 추증되었다.

비에는 "의암이 만년에 의상대를 쌓았다."는 기록을 근거로 김이원이 의상대를 보수하였을 것으로 비정된다. 교남지 자료에 의하면 〈의상대〉는 김이원이 쌓은 것으로, 하강정이라는 정자를 짓고 거기서 소요하며 만년을 보냈다는 기록까지 있어 의문을 품었던 의상대의 지명 유래를 어느 정도 정리할 수 있게 된다.

더욱이 김이원의 묘갈명은 당시 문경 현감이던 이경절(李景節)이 지었으니 상당히 신뢰할 수 있는 자료이다. 신후식의 〈문경문학과 8경9곡-문경문학사 시론을 겸하여〉라는 소논문에도 이 지역의 유행자(儒行者) 명단에 "고산(高山) 신언(申漹), 백석(白石) 강제(姜霽), 의암(義巖) 김이원(金理元), 강무선(姜茂先), 이장(李樟), 평거재(萍居齋) 신후석(申厚錫)…"이라고 기술하고 있는 바, 의암 김이원이 유림 활동을 하며 효도와 학문에 힘썼다는 점을 확인시켜 주고 있어, 도찰방 벼슬 이후 낙향해 남달리 유림 활동을 한 점이 입증되고 있다.

이제 궁기리 조항산 기슭에 있던 〈의상대(義尙臺)〉는 의상이 쌓고, 김이원이 다시 쌓은 것으로 보인다. 김이원은 그곳이 좋아 의상대의 〈의(義)〉를 따서 호를 〈의암(義岩)〉이라 이름짓고, 그 아래 하강정(下江亭, 지금은 존재하지 않음)을 지어 시문을 즐겼다는 맥락으로 이해된다. 그러므로 의상대는 단순히 하나의 석축으로 쌓아올린 대에 그치지 않고 의상이 수도를 했고, 견훤이 이곳에서 호연지기를 길렀으며, 후에 김이원이 의상대 아래 〈하강정〉을 짓고 도와 의를 구했으니 그 역사 또한 가볍지 않다는 말이다.

청화산과 조항산이 백두대간의 단전을 품었고, 그 사이에 우복동천과 도덕동천을 만들었으니 이곳에 인물이 나지 않으면 오히려 이상하지 않겠는가. 산은 사람을 깃들게 하고 사람은 산의 기운을 받아 성장하는 것, 조항산의 갓바우는 소원을 빌며 장원급제를 구하는 선비들이 구하는 기도를 외면하지 않았기에 고모령을 넘던 선비들의 등과 비율이 새재보다 많았다는 말은 떠도는 억측이 아님을 알게 한다. 조선 중엽의 선비 김이원이 궁기 골짝에 하강정을 짓고 후학들을 지도하지 않았다면 이 고을 인재들이 오늘에 이를 수 있었을까. 고향을 사랑할 줄 아는 김이원은 만년의 귀거래사에서 자신의 안일보다 도와 의를 후학들에게 가르치는데 많은 힘을 기울였던 것이다.

08. 교수형을 이겨 낸 의병장-신태식^(申泰植)

신태식 의병장의 본관은 평산이며, 호는 도암^(島巖)으로 문희공 개^(槩)의 후손이다. 그는 1864월 11월 22일 견훤산성의 보조성이 있는 천마산 끝지점인 민지리 섬안^(島內)에서 출생하였다. 그는 일찍이 한학을 공부하여 사서삼경을 배우고 문장을 갈고 닦아 한학에 조예가 깊은 문장가로 알려졌다. 신태식은 평소 곧은 성품으로 격동의 시기에 지행일치의 삶을 살았다. 견훤의 천마등공형의 기운을 받아서인지 대인군자로서 문무를 겸하였으며 곧은 성품과 풍부한 문장으로 1902년 내부주사 통훈대부^(通訓大夫) 중추원의관^(中樞院議官)이 되었다.

1895년^(고종 32)년 일제에 의해 민비가 시해되고 단발령이 내려지는 등 일제의 침략 야욕이 노골적으로 드러나자 의병을 일으켰다. 도암은 의병부대를 조직 후 먼저 밀정 활동을 하던 김골패와 강용이를 체포하여 농암 장터에서 총살, 효수하였다. 이같이 을미의병기에 투쟁을 시작한 그는 정미 의병기까지 활발한 항일 투쟁을 전개하였다.

1907년 8월 3일 세속^(世俗)의 헛된 영화를 버리고 나라를 구하기 위하여 다시 의로운 횟불을 향리 농암 장터에서 높이 들고 창의하니 그 동지가 200여 명에 이른다. 운강 이강년과 합진^(合陳)하여 갈평에서 왜적을 대파하고 단양^(丹陽)에서 깃발을 정돈하여 남으로 울진에서 회천강계에 이르기까지 무수한 적을 무찔러 선봉에 김세영, 좌선봉 강창근, 중군에 엄해윤, 영솔에 조수안이었다.

　　1908년 선생은 의병을 이끌고 영평(永平, 지금의 경기도 포천군)으로 진격하여 왜적과의 교전에서 다리에 적탄을 맞고 안타깝게 부상을 당하게 된다. 그때 적에게 잡혀 투옥되어 1909년 2월 16일 경성지방 재판소에서 교수형을 받았으나 영평 면민들의 입비송덕(立碑頌德)한 사실을 들어 진정하여 무기형으로 감형되었다가 재차 진정하여 10년형으로 감형되었다.

　　1918년 1월 19일 경성 감옥에서 10년의 옥고를 마치고 출감한다. 그러나 또다시 독립의용단(獨立義勇團)을 조직하여 해외 독립군을 지원하다가 1922년 다시 체포되어 대구 감옥에 수감되었다. 1923년 12월 22일 대구법원에서 1년 형을 언도받아 1924년 6월 5일에 출옥한 후에도 계속 항일 투쟁을 하다가 1932년 1월 15일 69세로 별세하셨으며, 선생의 창의가(倡義歌)가 전해 오고 있다.

　　나라를 위해서는 의병장으로 나서 한치의 물러섬이 없는 그의 굳은 기개와 불타는 애국심은 타의 추종을 불허했다. 긴 감옥 생활을 끝내고 출소 후 다시 독립운동을 하다가 감옥에 재수감되었으나 그에겐 나라보다 더 중요한 게 없었다. 그런 공적을 기려 문경 시민운동장 입구에 공적비가 건립되었고, 민지리 생가는 일제가 불태웠으나 이를 복원하여 오늘에 이르고 있다.

신태식 의병장 기념비(점촌)

09. 항일 애국 계몽 운동가-김상건

김상건(1881~1972)은 고종 18년, 문경시 농암면에서 출생, 6세부터 숙부에게 천자문을 배우기 시작, 16세에는 2년간 속리산 구병곡(장례원)에 장기간 투숙하는 등 22세까지 16년간을 면학과 강론을 지속하며 경학과 시문 등에서 두각을 보였다. "사색과 학이시습(學而時習)을 하지 않으면 천재라도 백치가 된다."는 말을 좌우명으로 삼아 아호를 "백치(百恥)"라 정하고, 남다른 성실과 탐구정신으로 면학에 정진해 학식과 덕행을 쌓았다. 하지만 자신의 꿈을 제대로 펼치지 못하고 청년기, 장년기에는 불우하게도 한일합방에 따른 국권상실과 갑작스런 8.15 해방, 그리고 비극의 6.25전쟁 등의 국난을 겪게 된다. 이런 극한 상황에 조금도 굴하지 않고 공익과 국권 수호를 위해 선공후사의 정신을 발휘하며 남다른 헌신과 협동정신으로 빈민구제와 애국 계몽 운동 등을 성공적으로 펼침으로서 나라와 지역 발전에 크게 기여하였다.

〈한천정사 서당 운영으로 문맹 퇴치 및 후진 양성〉

김상건은 일찍이 총을 드는 사람과 칼을 드는 사람도 필요하지만 그보다 중요한 것은 국민들을 깨어나게 해야 한다는 교육의 중요성을 깨닫고 자신이 가장 잘할 수 것은 교육이라는 점에 주안점을 두어 작지만 의미 있는 교육 계몽 운동을 구상했다. 한일합방 당시 교육기관으로는 보통학교 정도가 있었으나 의무교육이 아니었으며 교육비가 너무 비쌌기 때문에 진학률이 10% 정도에 불과한 실정이었고, 일본의 신교육을 반대하는 사람들도 있어 서당 기능의 확대가 필요했다.

그는 이런 시대적 상황을 선각하고 나라가 국권을 회복하려면 국민들의 문맹을 퇴치하는 것이 부국강병으로 가는 길이기에 본인이 갖고 있는 역량으로 지역 청년들을 가르치고자 1914년 7월 초 33명의 회원을 결성, 건축비를 모금한 뒤 서당 건립을 시작했다. 1914년 10월 340원을 들여 수간의 서당(寒泉精舍)를 짓고 술과 고기를 장만하여 노소가 모여 낙성식을 개최했으며, 향후 서당 운영을 위해 황조 2말씩을 거출해 별도 적립했다. 이후 학생들을 효율적으로 잘 가르치고 유지하는 비용으로 모은 기초자금을 15년 동

대정 마을 한천정사 서당

안 600여 원으로 늘리며 교육을 실시해 왔으나 참여 계원들 중 친일 성향을 띤 일부 회원들의 반대로 의견이 불일치되자 회원당 18원씩 나누어 주며 어쩔 수 없이 서당문을 닫고 자신의 사랑채를 서당으로 사용했다.

〈농촌진흥운동을 통한 소득 증대 기여〉

그는 경학뿐만 아니라 다재다능하면서도 일의 귀천을 가리지 않는 열정으로 임하여 1925년 3월 5일 지역 못자리 품평회에서 두서의 성적으로 입상했다. 1933년 봄에는 농촌진흥운동의 일환으로 설립한 〈농촌진흥조합 실행위원〉으로 선출되었고, 1934년에는 농촌진흥조합에서 조합저금과 부인회 성미대금을 합해 330원으로 답 3두락을 사서 공동 작업을 진행하는 등 적극적이고 탁월한 업무 능력을 발휘하여 피폐한 농촌의 소득 증대를 통해 빈민 구제와 지역경제 발전에 이바지하였다.

〈일제 탄압에 구로회(九老會)를 결성해 후일 도모〉

1930년대에 이르러 일제의 민족말살정책이 가속화되자 김상건은 운신의 폭이 좁아드는 것을 직감한다. 53세 되는 해인 1933년 4월 15일 종친 9명의 뜻을 규합해 〈구로회(九老會)〉를 조직했는데, 이는 당나라 백거이가 조정에 불만이 있거나 혼란한 세상에 익숙하지 않은 노인 8명과 함께 〈향산구로회(香山九老會)〉를 만든 것을 본떠 가은 선유동구곡의 관란담(제5곡) 바위에 〈9명의 이름〉과 〈구은대(九隱臺)〉, 세심대 바위에는 〈구로천(九老川이라 큰 글자로 새기고 결의를 다졌다. 구은대는 겉으로는 遯世藏蹤 不關塵累, 세상에 숨어서 종적을 감추고 진계의 번거로움을 관계치 않으며 자연을 사랑한다〉)이라 새겼다. 여기서 자연은 곧 조국으로, 구로가 모여 나라를 사랑하며 지켜 내야 한다는 특별한 함의를 담았다. 이런 구로의 〈관란담 결의〉는 맹자가 '물을 보는 데는 반드시 물결을 보아야 한다.'는 것처럼, 물결(세파)의 흐름을 보면서 근원(나라)을 깨닫고 도(독립)가 실현되도록 노력한다는 뜻이었다.

이를 실천하기 위해 같은 해 겨울, 구로가 기금을 모아 구은대 부근에 수간의 집을 지어 비밀리에 친교와 강학의 장소로 활용하고, 주변의 땅 1만 5천여 평을 사서 작물을 재배하는 등 장래의 수용계획을 세워 후일 도모를 위한 자금 마련을 진행해 나갔다. 구로 중 가장 연장인 김태영(1869~1951)은 35세(1903)에 중추원 의관으로 출사했으나 나라를 잃은 치욕을 당하자 은둔하며 민족혼을 기리기 위해 숭조사업을 펼쳐 나갔다. 월담사, 소양서원, 영류정, 금하정을 중수하고, 당대의 석학을 탄생시킨 김상보(김태영의 조부)의 뜻을 기리고 의병장 운강의 정신을 계승 지원하기 위해 〈옥봉서당〉을 중수하며, 운강의 영정을 존치하는 등 선지자로서 소명의식을 잃지 않았으니 김상건도 그를 따라 의병을 지원하며 구국의 길을 걸었다.

〈'농암번영회'를 조직, '의연금 모금'으로 교량 건설 등〉

일제 식민지 치하에서 지역 주민들에게 가장 시급한 것은 교량과 학교, 보건소, 우체국 등이었지만 국고 지원이 없으므로 기대난망이었다. 이 암울한 상황을 명찰하고 있던 그는 1939년 2월 15일 면민대회를 열어 〈농암번영회〉를 조직, 회장에 취임 후 현안 문제를 해결하고자 하였다.

1939년 3월 상순 〈농암교^(괴정-농암장터)〉 건설사업을 우선 추진하기 위해 공사비를 마련하고자 〈의연금 신입서〉를 작성, 모금을 시작했다. 모금 방법은 〈국채보상운동〉에서 사용한 독립의연금 모금 방식을 본받았다. 이에 많은 사람들이 동참, 한 달여 만에 1,300원이라는 거금이 모금되어 가장 시급한 〈농암교〉를 완공하니 만인들이 그를 칭송하였다. 이 의연금 모금 운동은 단순히 금전 모금에 그치지 않고 애국 운동 세력의 결집과 방향 제시에 큰 역할을 하였다.

이후 3년여 동안 〈우체국〉 건립, 〈농암학교〉 증설, 〈화산간이학교^(청화국교)〉와 〈제중공소^(보건소)〉, 〈축산지소〉 건립과 〈도로 건설〉 등의 사업을 성공적으로 완수하였다. 면민들이 그 공을 기려 77원 30전을 혜사하였다. 그는 송구한 마음으로 받으며 서류함과 제상과 교의를 구입했는데, 후손들이 가보처럼 보존 사용해 오고 있다.

〈항일 사상 고취와 의병정신 계승〉

조선이 일본 제국주의 침략을 받게 되자 전국에서 1894년부터 의병이 일어나 1907년 의병전쟁이 최고조에 이르게 되는 데, 이 무렵 김상건은 의병전쟁을 눈앞에서 목격하지만 국가가 침략에 대항할 능력을 상실하고 자신도 나약한 체력임을 개탄한다. 16세가 되던 해인 1896년 2월 25일 운강 이강년이 농암 장터 개바우에서 반역자 3명을 효수하는 것을 보고 심한 충격과 내면의 갈등을 겪지만 나라를 지키는 것이 얼마나 중요한지를 크게 깨닫는다. 집에서 가까운 개바우가 범죄자의 처형장이 아닌 신성한 의병의 출정 장소이자 성지라고 새롭게 인식한 뒤, 이후 자신이 할 수 있는 사명이 무엇인지 고뇌하다가 교육으로 국민을 깨우치고 농촌을 발전시켜 힘을 기르는 〈실력양성운동〉을 기치로 걸고 시대가 요구하는 계몽 운동에 앞장서기를 자처했다.

특히, 1948년 11월 의병장 운강 이강년 선생 문집을 발간 점운하고 의연금을 기탁하며 추모시^(又吟五百年終運 先生獨恥知損身 斧鉞下孤海東垂, 오백 년 운수가 다하니 선생 홀로 부끄러워하네. 몸을 도끼아래 버리니 우리나라가 보이네) 한 편을 써서 헌시하기도 했다. 1949년 2월 10일 운강문집을 출간하고, 1949년 3월 8일 운강 선생 면봉을 상주 화북에 안장했으며, 1949년 6월 운강

유계 부계장으로 피선되는 등 호국 선열들의 의병정신을 오늘에 되살리는 작업에 앞장
섰다. 1959년 9월 도암 신태식 선생의 〈창의문식(倡義文識)〉을 지었고, 1963년 1월 도암
선생 〈창의일지〉의 오류를 수정하는 등 자랑스런 문경의 의병장 두 분에 대해 후세들에
게 알리기 위해 다각적으로 고군분투하며 항일 정신 고취와 계승을 남다른 솔선과 헌
신을 꾀하였다.

10. 청암이 농암을 살려 내다-임근호

　일제의 압박에서 해방될 무렵 농암같은 궁벽한 골짝에 중학교가 들어선다는 건 도저히 기대할 수 없는 일이었다. 그도 그럴 것이 문경 지역에는 1948년 처음으로 문경중학교가 개교되었을 뿐, 그 이전에는 상주중학교^(1936년 개교)로 유학을 가야만 했다. 문맹율이 높으면 쓸만한 인재가 되지 못해 도시로 나간다고 해도 일자리가 없으니 그들은 적당히 국교만 졸업하고 시골에 묻혀 지게대학교나 다니며 꿈이 없는 시골에 묻혀 살아야 했다.

청암중 전경과 천마산

옛 청암중학교와 임근호 교장

청암중 총동창회 (2013. 8. 10.)

청암중 총동창회(2018)

그런데 1945년 해방이 되자 농암에는 일제가 쓰던 창고형 건물 하나가 농암리에 있었는데 거기서 근무하던 임근호는 그 건물을 인수받게 된다. 당시는 쓸모적은 건물 하나보다는 오히려 건물을 헐고 농사를 지으면 식량 문제에 더 도움이 되던 때였다. 하지만 그는 자신의 처지보다 남을 위하고, 눈앞의 현실보다는 미래를 내다보는 식견이 있어 여러 궁리를 하면서 방안을 모색했다.

한동안 고민을 거듭하다가 결국 학교를 설립하기로 결정하게 되는데, 당시 그 누구도 이런 결정에 그저 의아하기만 했다. 건물을 활용한 사업으로도 부를 누릴 수도 있었으나 그것을 포기하고 지역 청소년들에게 신교육의 기회를 제공하고자 공립도 아닌 사립중학교를 설립한다는 건 파격적이었다. 그는 주어진 현실을 파악하고 보다 나은 미래를 위해서는 인재 양성이 구국을 위한 급선무이자 바람직한 방향임을 자각했던 것이다.

그러나 집 하나 짓는데도 여러 조건 구비와 복잡다단한 서류, 그리고 여러 인허가가 필요한데 학교 하나를 세우는 일은 그야말로 죽은 자식을 살리는 일보다 어려운 일이었다. 창고를 교실로 개조하는 복잡한 절차를 끝내고, 갖은 노력 끝에 드디어 1949년 중학교 인가를 받아 개교하게 된다. 이듬해 6.25전쟁이 터졌으나 학교는 파괴되지 않았고, 학생들이 별로 이탈하지 않았다. 시작이 반이라 생각하고 탱크처럼 밀어부쳐 천신만고 끝에 1952년 제1회 졸업생을 배출하게 된다.

6.25전쟁 직전 개교하여 전쟁 중 최악의 조건에서 졸업생을 배출했다는 건 얼마나 대단한 향학열이었는지 짐작이 가고도 남는다. 이렇게 개교 후 점점 졸업생들이 늘고 신입생 숫자도 크게 증가했으며 지역의 학생들이 몰리는 학교가 되어 주변 지역으로 이름을 알리게 된다. 이후 5,889명의 졸업생을 배출하고 폐교되었지만, 청암^(靑菴) 임근호 선생의 교육 입국과 문화 창달이라는 숭고한 정신으로 설립된 청암학원^(청암중고등학교)은 농암 지역 인재들이 이 나라의 동량이 되는 데 크게 기여하였다.

임근호 선생의 인재 양성을 위한 학교 설립이라는 결단이 없었더라면 농암과 주변 지역 사람들의 중고교 취학율은 극히 낮았을 것이며, 청소년들의 꿈은 사현 뭉우리 고개와 가실목 성황당 고개를 넘어가지 못했을 것이다. 지금은 폐교되고 그 자리엔 청암문화예술원이 들어서 각종 프로그램이 운영되고 있지만 임근호 선생의 남다른 지성과 안목이 있어 오늘의 농암인들을 키워 낸 것이다.

교가에 "천마산 오랜 역사 지켜온 터에…"와 같이 천마산이 첫 구절에 들어가 있는 것은 견훤정신과 맞닿아 있다는 뜻이고, 그 입증은 지금도 청암학원 운동장 한 곳에 〈견훤골맥이〉가 든든히 자리를 잡고 있음을 볼수 있다. 경례구호와 교훈은 〈성실〉이었고, 특별히 성실을 강조하여 청암인들의 가슴에 〈최고보다는 최선을〉 심어 주어 사회에 나가 경쟁 속에서도 큰 힘이 되었던 것이다. 이를 달리 말하면 청암이 농암을 살려 낸 것이라 자신 있게 말할 수 있다.

11. 정의와 겸손을 살다간 독립운동가-조영진

조영진

한국독립유공자협회 회장을 역임한 조영진(曹永鎭, 1922~2020)은 농암국교 제15회 졸업생으로, 치안본부장을 지낸 채원식, 삼호공업(주) 대표였던 김인영과 학교 동기다. 그는 농암면 연천리에서 출생, 견훤이 용마를 얻었다는 〈말바우〉, 견훤이 궁궐을 지었다는 〈궁터〉, 그리고 견훤이 군사훈련을 시켰다는 〈북짓골〉과 가까운 거리에서 살았으니 견훤 같은 호연지기도 갖고 있었을 뿐 아니라 남다른 정의감으로 충일했다.

그는 농암국교 졸업 후 대구사범학교로 진학했다. 대구사범은 5년제로서 2종 훈도(교사)를 양성하는 것이 주된 목적이었던 만큼 민족문제에 대한 의식이 높을 수밖에 없었다. 당시 일본인 학생과 한국인 학생을 따로 선발 운영하면서 차별 대우가 있었지만 그보다 일본의 숨은 의도는 '오랑캐의 힘으로 오랑캐를 물리친다.'는 말처럼 한국인의 황민화를 한국인 손에 의해 시킬 목적으로 설립된 것이 바로 사범학교였으니 거기서 공부만 열심히 한다는 건 본의 아니게 애국과 거리가 멀어질 수 있었다.

대구사범은 대구사대부고의 전신이었는데, 당시 소학교 교원양성기관으로 1년 3학기제로 운영되었고, 법정수업 일수가 257일이었으니 오늘날 190일과 비교하면 수업량이 엄청 많았다. 수업 과목에는 자연히 황민화 교육이 포함될 수밖에 없었는데, 특히 일본인 교사들의 한국인 학생들에 대한 모욕적 차별이 점점 심해지자 한국인 학생들의 항일 의식이 더욱 깊어지는 계기가 되었다.

그는 1941년 대구사범 3학년 재학 중 민족의식 고취를 목적으로 결성한 〈학생비밀결사〉 문예부에 가입하여 활동을 시작하게 된다. 당시 문예부는 민족성이 담긴 역사서나 문예작품을 읽기 위해 비밀리에 운영한 윤독회를 기반으로 결성되었다. 그들은 일제의 감시를 피해 표면적으로는 문학활동으로 위장하고, 내부적으로 부원들은 절대 비밀을 엄수할 것, 매주 토요일 각자가 쓴 작품을 가지고 참석하여 감상과 비판을 실시하고 서로 의견을 교환할 것 등의 활동방침을 정하며, 학교 내 다른 비밀결사(연구회, 다혁당 등)와도 교류를 통해 민족의식을 키워나갔다. 그리고 부원들의 작품을 수집·정리하여 비밀출판물로서 『학생(學生)』이라는 잡지를 간행하기도 했다. 그러던

대구사범 항일학생 추모비

항일학생 문예부 문예지

중 1941년 7월 중순경 이들의 활동보고서가 일경에 발각되면서 3개월여 옥고를 치르는 동안 퇴학당하고 만다.

해방 후 대구사범 심상과를 졸업한 뒤 초등학교 교사로 일하다가 다시 대구사범대학 국문과에 입학해 1952년 3월 졸업한다. 1953년 9월부터 대륜고등학교 교사로 근무했으며, 1960년 9월 25일 경북교육 노동조합연합회 부위원장에 선출되었다. 1961년 4월 9일 대구여고 강당에서 개최된 전국교원 노동조합대표자대회(한국교원 노동자조합대표자대회)

에서 경북교원노조 위원장 신우영을 비롯한 여학룡, 김장수, 이목, 이종석 등과 함께 반공법 및 데모 규제법을 즉시 철회하라는 요지의 결의문을 채택하고 이대악법반대^{(二大惡}

투쟁을 결의했다. 조영진은 5.16군사쿠데타 이후 군인들에게 체포되었고, 1961년 10월 25일 특수범죄처벌에 관한 법률 위반혐의로 징역 10년형을 구형받았으나, 11월 16일 혁명재판소에서 무죄를 받고 석방된 시민운동가이기도 하다.

그는 선각자로서 시대의 진보적인 사표였다. 늘 워싱턴과 도쿄를 경계하면서도 스탈린과 모택동과 김일성 학정의 희생자들을 위한 추모관을 세우자고 하면서 친북으로도 기울지 않는 균형 감각을 잃지 않았다. 나아가 중국의 야욕을 꺾되 우리나라가 우물 안 개구리를 벗어나 강국이 되어 홍익으로 거듭남이 반드시 선행되어야 한다고 주장했다.

만년에 국사편찬위원으로 근무하면서 언제나 스스로 어린 학생이라 낮추고 다른 이들의 말을 경청할 줄 알던 참된 선비였다. 본인이 독립과 정의구현을 위해 옥살이를 하고도 "나는 한 게 없다. 정작 큰 일한 지사들은 아직 그 이름조차 모르고 있다."며 애국 선열들의 공적을 찾아 반드시 이를 기려야 한다며 눈시울을 붉히는 애국의 표상이었다. 선공후사의 정신으로 독립을 위해 반일 투쟁을 한 공로를 인정받아 2015년 대통령 표창을 받았으며, 2020년 8월 22일 99세를 일기로 작고하여 국립 서울현충원 충혼당에 의롭게 잠들어 계신다.

7부 백년의 역사 속 인물

01. 행시 사시를 합격하고
　　　자격증을 가장 많이 보유한 명사-채원식

채원식 씨 가족

채원식은 1926년 8월 24일 문경 가은에서 태어났다. 그는 1933년에 농암 보통학교에 입학, 1939년 졸업(제15회)하게 된다. 빈농의 아들로 태어나 먹고 살기기가 매우 어려운 시절이었으므로 14세의 어린 나이에 탄광 광부로 들어가는데 검은 석탄가루를 뒤집어쓰고 일하는 막장에서도 그의 눈은 남달리 빛나고 있었다. 석탄을 힘으로 파는 건 좋지만 채굴하면서도 측량 기사자격증과 화약류 취급면허가 있으면 보수가 많이 오른다는 것을 안 다음, 이듬해 2개의 자격증을 한꺼번에 취득하자 봉급이 서너 배가 오르는 걸 보고 자격증의 힘을 실감하게 된다. 다시 말하면 자격증이 성공적인 삶을 보장해 준다는 생각을 하면서 면학으로 눈을 돌리게 된다.

그는 탄광 일로 어느 정도 돈을 모아 공부를 다시 시작하게 되고, 그의 향학열은 타의 추종을 불허했다. 측량기사 자격증을 시작으로 사시·행시 양과 합격을 비롯, 갑종 화약류 취급면허·변리사·공인노무사 등 20여 개가 넘는 자격증을 따게 되어 당시 우리나라에서 자격증을 가장 많이 소지하고 있는 진기록 보유자로 등극한다. 사시를 합격하려 해도 머리가 수재에 속하는 사람이 목숨 걸고 수년을 매달려도 될까 말까 한데 그는 무엇이건 목표로 삼기만 하면 반드시 이루고 마는 성취의 달인이었다.

"에디슨은 전기도 발명했다면서, 그처럼 무에서 유를 창조하는 사람도 있는데 남이 써 놓은 글을 이해하지 못할 까닭이 없다. 물론 새 분야에 대해 공부를 시작하면 처음에는 이해 가지 않는 부분이 더 많지만, 그러나 이해가 될 때까지 읽고 또 읽으면 끝내 풀리게 돼 있다."는 것이 그의 면학 태도이다. 그러면서도 "요즘에는 해 보지도 않고 안 된다고 하는 젊은이들이 너무나 많다. 이런 젊은이들에게 클레멘스톤의 말을 공유하고 싶다."며, "사고가 변하면 행동이 변하고, 행동이 변하면 습관이 변하고, 습관이 변하면 인격이 변하고, 인격이 변하면 운명이 변한다."는 말을 좌우명으로 삼고 살았단다.

공부에 있어서는 경북대 법대를 졸업, 서울대·고려대·연세대·서강대·성균관대 등 13개 대학에서 공과·정책과학·국제학·경영학·정치학·신문학 대학원을 다녔다. 그렇게 되니 그의 서재에는 법률 관련 전문서적들 외에도 경영·정치·역사·문학 서적 등 여러 종류의 책이 산더미처럼 쌓이자 이를 경기대학도서관에 2만여 권의 도서를 기증하였고, 자신의 모교인 농암국교에도 동화책 수천 권을 사서 보내는 등의 선행으로 벽촌 후배들의 독서 증진에도 소홀하지 않았다.

그는 하루 16시간 일하고 공부하는 철인이었다. 매일 아침 새벽 3시에 일어나 냉수욕을 하고 6시까지 공부하며, 6시부터 30분간 체조 등으로 몸을 단련했다. 운동에도 남다른 도전정신과 체력이 뒷받침되어 유도 7단, 검도 2단의 실력을 갖추었으니 무엇이 두렵겠는가. 젊은 시절 문경 씨름판에서 그가 나오면 누구도 꺾을 사람이 없을 정도여서

채원식

천하장사로 용맹을 떨친 스포츠맨으로 제20대 대한씨름협회 회장을 지내기도 했다.

1968년 1월 21일 새벽 4시 무장공비들의 침투 목표가 청와대라는 판단을 처음으로 내리고, 경호실장, 중앙정보부장, 육참총장을 깨운 당사자가 바로 채원식이다. 당시 지금의 경찰청장이라 할 수 있는 치안국장을 맡고 있었는데, 법조인 출신으로 치안국장

을 맡은 것도 특이했지만 그를 제대로 아는 사람들은 김신조라는 수식어가 뒤따라다닐 정도로 〈김신조 사건^(1. 21 사태)〉를 슬기롭게 방어한 인물로 손꼽혔다. 나라가 무너질 일 촉즉발의 위기를 맞았으나 무장공비들이 청와대를 월담하지 못하도록 막은 그의 공로는 모두가 인정했다. 그러나 사태 이후 박정희 대통령 주재 하의 대책회의에 참석하는 등 1.21 사태에 시종일관 관여하며 일을 깨끗이 마무리를 한 후, 자진하여 1.21 사태에 대한 지휘 책임을 지고 그해 공직을 그만두기에 이른다.

　자격증을 인생보험으로 여기던 그는 1.21 사태 당시 자격증 때문에 진짜 목숨을 건진 일이 있었다. 당시 공비 중 첫 부상자를 차에 태워 치안국으로 직접 데리고 온 그가 심문을 위해 무장해제를 시키려는 순간 게릴라의 허리춤에 달린 7발의 수류탄을 봤다. 부하직원 누구도 선뜻 수류탄 해제에 나서지 않자 그는 화약류 취급 경험을 살려 오른손으로 6발의 수류탄을 제거하고 나머지 한 발을 왼손으로 제거하다 그만 안전핀을 놓쳐버렸다. 안전핀이 까진 수류탄을 건물 내에서 마땅히 투척할 데도 없어 부하들에게 "피하라!"며 다급히 2초의 여유를 주고 본인은 공비의 오른발 밑에 수류탄을 던져 놓고 건물 모퉁이로 몸을 피해 게릴라만 그 자리에서 폭사하는, 그의 자격증이 동료 직원의 목숨을 살린 순간이었으니 이는 자격증이 값으로 매길 수 없는 인생보험이 아니었겠는가.

　그의 자격증 취득 행진은 1984년에 노무관리사가 마지막이 된다. 심장 수술을 받은 후부터는 자격증 취득보다는 인생 후배들에게 성공적인 삶을 쟁취하는 자세를 가르치려고 노력했다. 우리나라 젊은이들 모두가 각 분야의 '사장'이 돼야 한다며,「사장학」,「역전의 경영전략」 등을 번역 저술했으며, 국제전략경영연구원·기업법률연구소 등을 세워「시간관리 요령」,「나의 1백만불 성공계획」,「성공에의 마음가짐」 등 이른바 여러 성공 플랜을 제시하며 뜻깊은 만년을 살았다.

　그러면서 21세기는 특허의 시대이므로, 특정 분야에 자격증을 가진 사람들이 포화상태에 이르다 보면 자격증 하나만 가지고는 치열한 경쟁을 뚫기는 어려울 것이다. 때문에 보다 창조적이고 진취적인 젊은이라면 새로운 특허 발명에 도전해 보는 것이 좋다면서, 1년에 한 건 정도는 실용화시킨다는 각오로 특허 따내기에 매달리다 보면 개인은 물론 국가가 발전하는 데 큰 힘이 될 것이라 말했다.

02. 더 넓은 곳을 향한 군수-이영화

가수 이영화는 〈저 높은 곳을 향하여〉라는 노래로 서울 국제가요제에서 이름을 날리며 우리들에게 널리 알려져 있다. 그러나 30세에 문경군수를 한 동명이인의 이영화^(농암 22회, 동국대 법대)는 〈더 넓은 곳을 향하여〉 살다간 열정의 관료로 우리에게 기억되고 있다. 그가 간 길이 정녕 외롭고 복잡했지만 그 길은 그가 가야만 하는 의무였고, 정녕 고난의 길이었지만 즐거이 받아들이며 묵묵히 숙명으로 살아간 것이다.

지역 텃밭을 가진 정당에서 추천만 잘 받으면 군수로 당선되는 요즘과는 달랐던 옛날, 그는 30세라는 젊은 나이에 군수로 부임하게 된다. 당시 군수는 임명권자로부터 실력을 인정받고 군민들에게도 명망이 높아야만 가능했기에 일개 군의 수장이 된다는 건 하늘의 별따기였다. 그는 〈부지런한 만큼 잘산다〉를 군정 목표로 정하고 새마을 사업의 기본 정신에 부합하는 근면을 강조했다. 특히 그가 문경군수로 재임^(1970. 3. 7.~1971. 8. 20.)하던 시절 문경군은 석탄 광산이 워낙 많아 점촌 거리에서 "사장님!" 하고 부르면 10명 중 7명이 뒤돌아본다고 할 정도로 부유한 도시였고, 문경 군기에 검은색 그림이 광산의 탄맥과 갱구를 의미할 정도로 선택받은 석탄의 도시였다. 이러한 지질시대가 내려 준 최고 선물인 석탄으로 인해 광업소 봉급날만 되면 거리의 강아지들도 지폐를 물고 다닌다고 할 정도로 재정이 튼실하고 국가에서도 문경군의 비중이 컸던 시절이었다.

그렇지만 젊은 군수 영감이 유교적 양반 문화가 뿌리 깊게 내린 문경 땅에서 선진행정을 펼치려면 겸손과 개혁이 상충되는 과제를 슬기롭게 조화시켜야 가능한 일이었다. 그런 데다 광산 성업으로 인해 외지인들이 많이 유입됨에 따른 주택, 교통 등 새로운 업무량의 증대와 안전사고 예방, 후생 복지문제에도 심혈을 기울여야 했다.

그는 군민들로부터 문경을 가장 사랑한 군수로 각인되어 있는데, 그가 추진한 과제 중 손꼽히는 것이 〈망월의 밤〉이었다. 이를 위해 각 부락 단위별로 모임을 만들어 농가 소득 증대와 문맹 퇴치에 열정을 쏟았다. 대보름날 모여 깡통에 불을 담아 돌리며 소원의 구호를 외치던 〈정월 대보름날 망월이야〉라는 구호처럼 마을 사람들이 보름마다 모여 단결 도모와 함께 소득증대 방안을 수의하고 한글을 가르치는 등의 정기모임이었으니 오늘날 반상회와 비슷한 것이었다. '견지망월(見指忘月)'이란 '가리키는 달은 보지 않고, 달을 가리키는 손가락만 본다.'는 본말이 전도되었다는 의미의 사자성어이지만, 그가 군수로서 희망을 선도하는 손가락을 치켜세웠다고 한다면 군민들은 두둥실 떠 있는 보름달을 보고 희망을 찾게 된 성공사례로 이 과제는 타 시군의 귀감이 되었다.

이렇게 소임을 성공적으로 완수하자 주민들이 군수의 공덕을 기려 기념비를 세워 주기에 이른다. 기념비는 고향인 농암에서 가장 명당이라 할 수 있는 농바우 견훤느티나무 아래 작지만 선명하게 '문경군수 이영화 기념비'라고 음각하여 세웠다. 비에 새겨진 군수의 공적은 〈혜시(惠施)〉라는 한 단어로 집약되는데, 혜시란 정신·육신·물질의 3가지를 아무런 조건 없이 은혜 베푸는 일을 말하므로 군이 공적을 길게 언급하지 않아도 군민들의 마음을 잘 담을 수 있었다.

공직에서 잠시 물러나 있는 동안에도 지역사회 발전을 위한 헌신적인 지원과 봉사 활동을 지속하며 더 높은 것보다 더 넓은 곳을 향해 나아가기 시작했다. 꿈이 있고 야망이 있는 사람은 무엇이건 할 수 있고, 야망은 성공으로 가는 길이며, 끈기는 성공에 도달하는 수단이라고 굳게 믿는다. 그가 가진 야망은 끊임없는 도전이었고, 점점 목표를 이루기 위한 강력한 힘으로 발산되어 가면서 이후 고향 문경에서 기회의 땅 서울로 터전을 옮기게 된다.

그는 시류에 힘없이 밀려나거나 제자리에 안일하게 머물지 않고 경남군수와 서울시 감사관 등을 거쳐, 서울 서대문구청장(1976. 9. 1.~1978. 5. 30.)직을 맡아 탁월한 업무 능력을 발휘한다. 그리고 성북구청장(1984. 1. 14.~1984. 10. 23.), 은평구청장(1985. 3. 14.~1988. 3. 14.)직 등을 수행함으로써 서울 중심과 외곽 구청장직까지 두루 수행하면서 4곳의 수장이 되어 지자체 행정을 선도해 나갔다. 그러고는 그동안 자신이 오랫동안 쌓아 온 행정의 경륜과 지도자로서 능력을 집대성하여 민의를 대변하는 공복이 되고자 제13대 국회의원 선거에 도전장을 내민다.

1988년, 국회의원을 뽑는 문경 점촌지역 선거구에서 여당인 민주정의당으로 출마하게 된다. 하지만 문경이 '신석호(申石虎)'의 고장으로 불리는 것처럼 신(申) 씨들이 많이 살고 청렴한 양반들이 많은 데다 광업소 노조 등이 활동하던 터라 유난히 야권 성향이 강했다. 그랬으니 신민당으로 출마한 채문식이 내리 4번 당선되었고, 무소속 의원도 더러 탄생하는 지역의 특수성이 있어 여당이라 해도 만만한 지역이 아니었다. 문경에서 군수직을 수행했고 서울에서 돋보이는 경력과 탁월한 행정 능력을 인정받았지만 아쉽게도 이영화(42.21%)는 통일민주당의 신영국(43.29%)에게 1% 차이로 고배를 마신다. 양자 대결은 여당과 야당의 싸움이기도 했으나, 그보다 농암국교 동문(이영화 22회, 신영국 31회)끼리 벌인 치열한 선거전에서 9년 아래 후배가 노련한 선배를 꺾는 파란을 일으켰다.

그 후 국회의원 꿈을 접고 서울에서 시의원(1991. 7.~1995. 6.)으로 시정 활동을 하면서 근대화의 물결과 함께 새마을 사업 등의 과업추진에서 시작해 선진화되어 가는 서울시정까지 그는 야망의 세월을 향해 도전을 아끼지 않았다. 별을 겨누어야 달에라도 착륙하게 된다는 대망을 가진 도전자였고, 목표가 없는 자는 희망이 없고 도전하지 않는 자는 성공을 이룰 수 없음을 가슴속에 품고 실천한 지도자였다.

그는 지방행정의 꽃인 군수, 구청청장을 5번이나 수행하고, 마무리는 서울시 의회의원으로 인생의 마지막 불꽃을 태운 6관왕이다. 물론 국회의원 선거에서 한 번 패배했으나 결코 좌절하거나 과욕을 부리지 않고 자신이 목표한 대로 묵묵히 꿈을 실현해 가는 인생 승리자였으니 누구라도 그를 향해 귀감이 되는 삶을 살다간 위인이라 하지 않겠는가. 군에서는 군수가 제일 높고, 구청에서는 구청장이 제일 높은 직위이지만, 그는 보다 높은 곳을 향하지 않고 보다 넓은 세계를 살다간 당대의 손꼽히는 노마드였다.

03. 열정의 면장 김정열

국회의원 5선이라면 국회의장감이고, 면장을 5회 하였다면 군수감이다. 더욱이 임명이 아닌 주민투표에 의해서 선출되어 오래하는 건 흔하지 않다. 우리나라가 일제 치하에서 해방되자 지방자치법에 의해 민선으로 면장을 뽑는 선거가 있었다. 그때 화봉(華峰) 김정열은 농암면장에 최초 당선된 이래 3번 더 당선되었고, 일제강점기에 1번 역임한 것을 합하면 무려 5번에 걸쳐 30년여 기간을 농암면장으로 재임하였다.

그는 단호하면서도 정의로웠고 늘 면민의 편에 서서 매사를 처리하는 모범 지도자였다. 특히 근검절약(勤儉節行)과 인구실천(忍究實踐), 적정시의(適應時宜)를 좌우명으로 삼고 여러 가지 공을 세웠다. 이에 면민들이 마음을 모아 1963년 농암면 대로변에 공덕비를 세워주었다. 공적은 괴정교 가설, 면회의실 건축, 농암교 가설추진, 기록루(奇綠樓) 건축, 율수대화재 복구, 보건진료소 배치 추진, 송평(松坪, 삼송+관평)시장 개시, 청화국교 건설 추진, 토지등급 수정 추진, 5개구 보(洑) 수리공사 추진, 삼송국교 건설 추진, 전화가설 추진 등이다. 근무 기간도 길지만 당시 상황으로 보면 그가 남다른 기획과 추진력으로 주어진 난제를 성공적으로 완수한 것으로 평가된다.

1939년 봄에는 극심한 가뭄이 들어 농암 들판은 모내기조차 할 수 없었으므로 지주나 소작인 모두 생계가 막막했다. 군이나 도에서 국고를 내어 도와줄 형편도 되지 못하고 구휼미도 없으니 특별한 묘책이 없었다. 이에 김정열 면장은 이채욱 문경군수에게 건의하여 〈소작인과 지주에게 고함〉이라는 문서를 내어 한발 위기에 적극 대응하는 기지를 발휘해 소작농과 지주가 마음을 모아 재난을 극복하였다. 그가 발송한 공문(소화14년 9월, 1939년)의 내용은 과단성 있는 특단의 대책이었다.

〈소작인에게 고함〉

금년은 전고에 없는 한해로 인하여 일반 농가에서 받는 고통은 예상 이상으로 심할 줄 생각하는 바, 차점에 대해서는 관청에서 각 방면으로 잘 조처하여 생활의 안정을 도모하고 있으니, 일반 농가에서는 안심하고 각각 자기 업무에 충실히 일하고, 관청에서 지도하는 대로 순종하시오. 그리고 금년의 소작료는 아래와 같이 감면하도록 작정되었으니, 소작인은 조금도 동요치 말고 각 지주의 공정한 보호하에 함부로 시비를 야기치 말고, 자기가 경작하는 토지를 사수하고 금후 생산력의 유지 증진에 노력하여, 농민 된 본령을 발휘하도록 힘쓰시오.

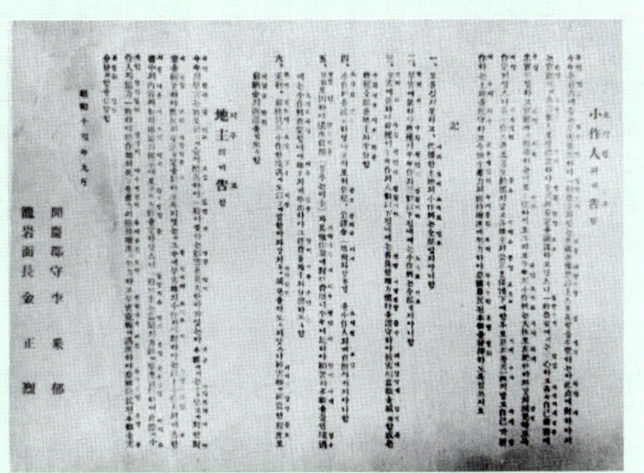
소작인과 지주에게 고함 공문

1. 모를 심지 못하고 대파한 토지의 소작료는 전부 받지 아니함
2. 가뭄에 의해 수확이 평년작의 3할이 될 때에는 소작료의 전부를 받지 아니함
3. 가뭄에 의해 수확이 평년작의 8할 이하 될 때에는 선량한 지방 관행을 준수하여 피해 상당액을 감면하거나 혹은 수확 전부를 지주와 반분함

강점기에서 탄압기로 이행되어 가던 1940년 어느 날, 그는 면장으로 근무할 때 특별한 사건 하나가 예기치 않게 벌어진다. 당시 문경경찰서장은 지역의 최고 권력자이자 친일파임은 누구나 인정하는 사실이다. 서장은 너무 언행과 처사가 극악무도하고 안하무인이어서 누구를 막론하고 그에게 말을 붙이거나 간섭하지 못했다. 어느 날 경찰서장이 농암면으로 순시를 나왔는데, 이 순시가 끝나고 위로차 점촌 명월관에서 간부들과 모여 연회가 열렸다.

김정열 면장 공적비

그런데 그 자리에서는 서장에게 아부하거나 맞장구 쳐야 할 분위기인데, 생각지도 못했던 말다툼이 발생한다. 서장의 완악한 성격이 그 자리에서도 발동되어 분위기가 이상한 방향으로 흐르고 말았다. 평소 민족적인 분노를 느끼게 하는 모욕적 망언을 참고 있던 김정열 면장은 갑자기 얼굴이 상기되더니 인내의 임계점을 넘는다. 험한 말이 오가고 그러다 흥분한 나머지 일어나서 서장의 멱살을 잡고 앞뒤로 흔들고 말았다. 그때 서장의 옷에 단추가 떨어지는 등 큰 소란이 발생했고, 서장은 예상 밖의 돌출 행동에 적잖이 당황했고 식사 자리는 난장판이 되었다. 뒷일을 어떻게 감당할지 걱정하기도 했지만 함께 참석한 사람들은 완악한 서장의 콧대를 꺾어 놓은 김정열의 용감한 행동에 찬사를 보냈다.

그만큼 그는 불의를 보고 참지 못하는 정의로운 근성을 갖고 있었으니 서장이 아무리 상위 권력자라 하더라도 도를 넘은 언행이 스스로 망신을 자초했던 것이었다. 그렇지만 서장이 당한 모욕을 언젠가는 보복할 것이라는 두려움이 없지는 않았으나 얼마 되지 않아 해방이 되어 자연스레 상황은 종료되고, 사람들은 그를 보기 드문 정의로운 관리라 칭했다.

그는 면장으로 오랫동안 근무하면서 타의 귀감이 되는 공적을 남겼으며, 퇴임 후 내서리 서당들 앞 벼리에 청화정이라는 정자를 짓고 후학들을 가르치며 의연하게 여생을 보냈다. 눈앞으로 내려다보이는 강은 쌍용천이라 하면서도 속리천이라 부르는데, 그는 울적할 때 문을 열면 쌍용이 잔잔히 노니는 풍경을 만나고, 마음이 흔들릴 때는 속세를 떠나는듯 흐르는 속리천(俗離川)으로 만나며 시를 읊었다. 그동안 목민관으로서 할 수 있는 일이 무엇인가를 고민했던 그는 퇴직 후 또 다른 봉사를 위해 글방을 열어 후학들을 가르치며 초야의 선비로 아름다운 변신을 했다.

04. 삼대가 대를 이은 최초의 약국, 김약국집 사람들

　삼대 한의원이라는 말은 들어봤어도 삼대 약국은 들어본 기억이 없다. 한의원은 전통적으로 내려오는 오래된 한방의술이라면 약국은 서양에서 처음 들어온 생경한 의학이기 때문이다. 그도 그럴 것이 갑오경장 이후 의약제도가 개혁되기 시작해 일제강점기 모리배들이 판치는 시장을 거쳐 1953년 약사법이 제정되기까지 많은 혼란과 변화가 반복되어 약업으로 3대를 잇는 일은 매우 어려운 환경이었기 때문이다.

순천당약방 김성희

갑오경장 후 약제사, 약제관, 제약사, 약종상 등의 직명과 자격 면허가 제도가 생겨나면서 드디어 우리나라에도 약국이 문을 열게 된다. 최초 약국은 당시 일본에서 약학교육을 받고 돌아온 유세환이라는 약제사가 1910년 종로3가에서 〈인수당약국〉이라는 이름으로 약사 약국을 연 것이다. 이런 가운데 약종상, 약방, 매약청매상 등이 생겨나며 양약을 취급하고, 이즈음 동화약품의 활명수, 제생당약방의 청심보명단, 화평당약방의 팔보단, 천일약방의 됴고약, 조선매약사의 영신환 등이 줄을 이으며 매약 전성시대를 맞는다.

이 무렵 김성희의 부친인 김동하(1902~1959)는 유년 시절 조부로부터 천자문, 동몽선습, 명심보감과 사서오경까지 섭렵하며 한학에 두각을 드러내고 시문에도 탁월한 능력을 보여 준다. 특히 동의보감에 남다른 관심이 많아 책에 나오는 여러 식물들을 밭에 재배하거나 산에서 구하여 직접 약효를 시험해 보는 등 사람의 생명과 직결되는 일에 심취한다. 그것이 고을에 점점 소문이 퍼지자 사람들이 아프면 으레 그를 찾았고 그 일이 반복되면서 화제를 쓸 정도로 거의 독학을 통해 한약방의 형태를 이루게 된다. 이렇게 사람들의 병을 낫게 하는 보람된 의술을 축적해 나가면서 이것이 영리 목적의 생업이 아닌 인술을 베푸는 특별한 봉사임에 자부심을 갖는다. 일제강점기인 1922년, 옥녀봉 아래 작천(鵲泉)이라는 길지에 살면서 큰 아들인 김성희(金聖熙, 호 石泉, 1922~2007)가 태어난다. 태어날 때 옥녀봉에서 서기가 뻗치고 길조인 까치가 울어 천군만마를 얻은 듯 생기가 탱천하는 힘을 느낀다. 이 마을은 암혈(巖穴)사이에서 솟아 넘쳐흐르는 샘물을 오랫동안 식수로 이용하면서 홍천이라 불렀고, 샘 위의 울창한 수림(樹林)에 까치가 집을 지으니(鵲巢於泉上樹) 매사가 즐거운 일 뿐이라 동네가 순안(巡按)하여 모두 기뻐하며 살아왔다.

1941년, 그는 아들이 출가하여 예천으로 가서 큰 약국에 근무하며 약 공부를 하게 된 것을 축복으로 생각한다. 그러나 호사다마라는 말을 남의 일처럼 여기던 어느 날 행복한 가정에 사악한 잡귀의 시샘으로 마른 하늘에서 날벼락이 떨어진다. 자신이 가장 사랑하는 딸이 소에게 밟혀 발이 뒤집어지는 심각한 부상을 입게 되자 그 치료를 위해 허둥지둥 동분서주하게 된다. 중이 제 머리 못 깎는다는 속담이 있듯, 한의가 자기 딸도 고치지 못하자 자존심이 크게 상해 밤낮없이 동의보감을 펼쳐 수십 가지 처방을 해 보고 용하다는 한의원을 다 찾아보지만 별 효험이 없었다. 그럴수록 포기하기 않고 오히려 더 노력하면서 한방처방 실력을 상상 이상으로 키워 가는데, 그래도 딸의 발을 볼 때마다 자신의 무능과 실력 부족에 가슴을 치며 괴로워했다.

그러던 중 마지막 기대를 건 것은 고채미재를 넘고 중구산 마을을 지나 20여 리나 떨어진 봉암사를 찾는 일이었다. 구산선문으로 희양산문의 종찰인 그 절은 1907년 극락전과 백련암만 남기고 화재로 모두 불타지만, 1915년 세욱(世煜) 주지 스님이 요사와 영각을 신축하게 된다. 이때 주지 스님은 지극한 불심으로 딸의 발을 고칠 수 있다고 했고, 김동하는 스님의 말을 굳게 믿고 불공으로 딸의 장애가 완치되는 기적을 구하고자 정성껏 기도를 드렸다. 이렇게 불심이 점점 깊어지자 어느새 딸의 치료만이 아닌 중생을 교화하고 치유의 인술을 베푸는 특별한 소명의식을 갖는다. 그가 몰입한 한학의 정진과 자비의 불심이 남녀의 차별 없는 사랑과 대가를 바라지 않는 후덕한 나눔 정신으로 가정을 이끌어 나가는 중심 철학이 된다.

특히 그가 한방 실력을 키우게 된 가장 전환점이 된 것은 1947년 성철 스님이 봉암사로 오면서다. 성철 스님은 칸트가 지은 '실천이성비판'을 일본 유학생으로부터 쌀 한가마니를 주고서 손에 넣었다거나 일본을 건너가 학자들을 만났고, 도서관을 전전하며 책을 실컷 읽다가 돌아오는 독서여행을 즐기기도 했다고 전해질 정도로 독서광이었다. 또한 의학서적도 열심히 읽었는데, 그 이유는 자신의 몸이 아팠기도 했지만 인체에 대한 호기심이 대단했기 때문이었다. 약에 대한 지식도 전문가 못지않았는데, 출가 전부터 「동의보감」, 「본초강목」 등을 독파하여 웬만한 병은 처방전을 내려 줄 정도였고, 몸이 약한 제자들의 약도 손수 지어 주었다. 그런 연유로 성철 스님이 봉암사로 수행결사를 오게 되면서 김동하와는 서로 뗄 수 없는 아주 특별한 인연이 된다.

"사람은 예외 없이 티끌로 돌아가지만, 정신은 불생불멸"이라는 것이었다. 불생불멸의 정신이 우리의 영원한 자산이므로 사람은 병들지 않도록 힘써야 하며 모두가 절대적 존엄성을 갖춘 부처라는 점을 강조하면서 약초를 처방하여 건강을 지키게 하는 노력이 남달랐다. 그러므로 그의 수행은 반드시 절집이 아닌 세상 속에서 행해져야 하며 부처님이 언급하는 불공은 결국 중생을 이롭게 하고 처방을 통해 중생을 살리는 설법을 전했다. 김동하는 이에 감동을 받은 나머지 한방 공부에 노력을 배가하게 된다. 이때 성철 스님과 서로 가까워진 친분이 되어 스님이 작천 속가에 여러 번을 찾으며 용한 한의사의 역할을 했던 것이다.

이 무렵 김 의원 댁의 대문 밖은 키 큰 은행나무, 울타리에는 산수유가 여러 그루 서고, 담 밑으로는 오미자와 구기자, 화단에는 만춘이면 목단 향과 작약 꽃이 흐드러지게 피었다. 밭에는 당귀 천마 황기 하수오 더덕 도라지 토사자 두충 가시오갈피 등 귀에 익은 약초들을 두루 재배했으니 집안에는 늘 한약 냄새가 물씬 풍겼고 대청마루 돗자리 위에는 환을 지은 약들이 튼실한 씨앗처럼 가지런히 널려 있었다. 약을 지을 때 약재료도 중요하지만 물이 절반이고 정성이 절반이라 여기며 작천의 무릉도원이라 일컫는 무두실의 찬 샘물을 길어다 공들여 약을 달였으니 약효가 탁월하여 사람들의 입에서 입으로 용한 김약국집이라 불리게 된다.

2대로 이어지는 석천 김성희는 아버지의 피를 받아 유년 시절부터 씩씩한 기상과 올곧은 인성을 가진 소년으로 성장한다. 어릴 때 조부로부터 한학을 배우고 입학 적령기가 되자 주변에서 가장 가까운 농암국교에 입학하게 된다. 작천 마을에서 소양서원을 지나 가실목 고개를 넘는 20여 리의 길을 6년 개근하며 우수한 성적으로 졸업^(제12회)한다. 당시 시골 장날마다 시장을 옮겨 다니면서 볼거리를 제공하고 스리슬쩍 약을 끼워서 만병통치약처럼 파는 사이비 약장사 무리들이 있었다. 사람들에게 겉으로는 웃음을 주고 흥미를 끌게 하면서 마지막엔 마음을 홀려 가짜 약을 팔고 떠나는 것이었다. 플라시보 효과나 자연치유가 아니면 그 약으로 낫기를 기대하긴 어려운데 약장사들은 그런 점에 개의치 않고 인면수심으로 잇속만 챙기고 떠나는 것을 보면서 그는 고개를 좌우로 저으며 부친의 사업을 이어 갈 것을 다짐한다. 하지만 아버지는 석천이 좀 더 큰 물로 나아가 세상을 위해 동량이 되기를 바라며 한약으로 가업을 잇도록 하진 않았다. 다만 사람의 몸과 한약 효과의 상관관계를 충분히 이해하고 응급처방 조치를 할 수준의 지식을 갖추도록 했다.

당시 큰물이란 일단 작천을 떠나 대구나 서울로 올라가 공부를 하는 일이었다. 하지만 양약에 대해 전문적인 공부를 하려면 경성제대 약학과를 나와야 되는 험산준령이 가로막고 있었다. 특히 일제 치하에서 경성제대는 실력과 돈만 있어서 되는 일이 아니었으니 석천은 일단 아버지를 도우며 기회를 엿보고 있었는데, 손이 귀한 집안이라 이버지는 서둘러 열일곱 살에 배필을 골라 장가를 들인다. 사람의 만남은 유유상종이라 했던가. 선비는 선비끼리 약사는 약사끼리 모이게 되는 것일까. 부인인 진성 이한필을 만나 백년가약을 맺는데, 그 집안은 예를 알고 덕을 갖춘 훌륭한 반가였다. 1940년 결혼 후 아내의 추천으로 경성제대 약학과를 나온 최고 약사인 오빠 이한회^(약대 3회, 양주동과 친교)가 운영하는 〈예천약국〉에서 함께 근무하게 된다.

어느 날 밤 석천의 꿈에 머리를 길게 늘어뜨린 것 같은 산 하나가 다가오고 큰 보름달이 떠오른다. 휘영청한 달이 그를 향해 날아와 갑자기 자신을 태우고 하늘 높이 두둥실 떠오르는 게 아닌가. 몸이 부양되는 순간 잠에서 깨어 보니 꿈이었다. 그는 꿈이 예사롭지 않음을 직감하면서 옥녀봉의 전설을 떠올리게 된다. 전설에 달 밝은 밤이면 하늘에서 7선녀가 내려와 목욕을 하고 놀다가 하늘로 올라갔다고 하여 옥녀봉이라 했고, 또한 산 모양이 멀리서 바라보면 옥녀가 머리를 풀어 아름답게 늘어뜨린 형상처럼 보인다고 했다. 석천은 하도 신기하여 이 꿈을 부인에게만 말하고 비밀로 간직하며, 필시 하늘이 자신에게 7선녀를 내린 꿈이라는 걸 직감한다. 1941년, 다른 사람들은 떡두꺼비 같은 아들을 낳길 원했지만 그는 옥녀봉 선녀 같은 첫딸을 얻으면서 서운함보다는 오히려 함박웃음을 띤다.

한편 석천은 예천약국에서 열심히 일하면서 주경야독하여 1943년 약종상 시험에 합격, 의약품 판매면허를 획득하게 된다. 추진력이 강한 그는 예천약국에서 석별을 고하고 점촌으로 와서 양약방을 연다. 이때 예천약국 처남이 약 두 상자를 선물한 것을 밑천으로 삼아 약품판매업에 심혈을 기울인다. 약방 이름은 약업 자체가 천직이라는 뜻으로 순천^(順天)이라는 자신의 본관을 따서 〈순천당약방〉으로 명명한다. 전화번호는 행운을 가져다 준다는 77번, 개업을 하며 내세운 신조는 "가장 좋은 약은 희망이고, 사랑이며 친구다."라며 좋은 약 공급을 다짐했다.

그는 국민이 건강해야 나라가 부강해진다는 건강 애국주의자였다. 그러기에 단순히 약을 파는 장사꾼이 아니라 늘 공부에 정진하며 국민과 나라를 위한 남다른 의무감과 봉사정신을 갖고 임했다. 화농성 종양종기에는 이명래고약, 죽어 가는 사람도 살린다는 우황청심원, 만인의 진통소염제인 안티푸라민, 촌스런 포장이지만 두통과 해열 진통제인 뇌선, 국민의 영양제인 에비오제와 원기소, 비비거나 뿜는 파리약 등을 팔면서 따뜻한 문진과 덕담, 자상한 복약 설명 등을 통한 신뢰로 고객들의 발길을 끊임없이 이어지게 만든다. 당시 문경 지역은 대형 광산이 많아 돈도 많이 돌았지만 상대적으로 폐결핵 환자들이 많아 치료약으로 아이나와 하이파스가 불티나게 팔렸으나 매출의 기쁨보다는 환자 증가로 마음 아파했다. 그러면서 때때로 약을 직접 복용해 효능 효과를 미리 파악하기도 하며 환자에게 가장 맞는 약을 공급하겠다는 자세를 굳게 견지해 나갔다.

예천약국 처남(이한회)과 함께

당시 의료 환경이 열악하고 가난하던 시절이라 약방은 몸이 불편한 사람들이 무시로 찾는 동네 사랑방 같은 곳이었다. 약은 병을 낫게 하고, 아픈 것을 아프지 않게 하며, 약한 몸을 더 강하게 만드는 것으로 누구에게라도 예외가 될 수 없었으니, 머리 아픈 사람, 소화불량인 사람, 농삿일하다가 생채기 난 사람, 원인도 모르게 어지러운 사람, 토사곽란으로 신음하는 사람 등이 생기면 가게 문을 닫았어도 문을 두드리면 열어 줘야만 했다. 그러므로 약을 판매하려면 자부심도 강해야 했지만 남다른 봉사정신이 뒤따르지 않으면 아픈 사람들의 구원자가 될 수 없었다. 약사는 상세한 복약지도와 자신만의 노하우로 환자의 건강이 좋아지는 것을 보면서 보람과 기쁨을 느끼고 사는 직업임을 새삼 절감한다.

석천은 유달리 부부간에 금슬이 좋았을 뿐만 아니라 남녀 차별을 갖지 않고 특별한 가족애를 견지하는 그것이 가훈이었다. 게다가 옥녀봉 태몽에서 등장한 7선녀를 하늘이 꿈으로 내린 고귀한 선물로 여겼다. 1941년 첫딸^(지영)이 태어난 이후, 둘째 지홍^(1944년, 여), 셋째 지순^(1946년, 여), 넷째 지수^(1947년, 남), 다섯째 지춘^(1949년, 여), 여섯째 지연^(1953년, 여), 일곱째 나현^(1955년, 여), 여덟째 선화^(1956년, 여), 아홉째 영숙^(1958년, 여), 열째 지열^(1959년, 남), 열한 째 지용^(1961년, 남)을 끝으로 20년간 11명의 자녀를 낳는다. 주변에선 석천의 부인이 본래 몸이 뚱뚱한 줄로 알고 있었는데, 그것은 자녀를 잉태한 몸으로 20년을 살았으니 오해를 살 만도 했다. 그에게 장남인 지수가 특별히 소중했지만 속으로 자랑스럽게 생각한 것은 하늘이 내린 8선녀 때문이었다. 옥녀봉 전설에는 7선녀가 등장하지만 자신이 만인을 위해 약으로 극진히 봉사하므로 하늘이 점지하여 1선녀를 더해 팔선녀를 내렸으니 고전소설 〈구운몽^(九雲夢)〉에 나오는 여덟 미인이라고 여기며 딸들을 사랑으로 키웠다.

자기 복은 자기가 갖고 태어난다는 말은 그냥 낳기만 하면 자라선 지게를 지건 품을 팔건 지밥벌이 한다는 무책임한 처사다. 석천은 당시 어려운 시대였지만 자녀들을 모두 고등학교 이상의 과정으로 공부시켜 훌륭한 인재로 길러 낸다. 남존여비 사상이 강하게 자리하던 때였지만 첫딸은 특별히 대구로 유학시켜 경북여고를 졸업한 뒤 자신의 약업에 종사하도록 하여 순천당약방이 경상도 북부 지역에서 약국의 명가가 되는데 크게 기여하게 된다. 그리고 다른 자식들은 약업의 대를 잇는 약사 1명과 고등학교 교사 3명, 그리고 대부분 약업 등에 종사시켜 순천당이 약국의 명문기업으로 자리매김하게 만든다.

석천은 수십 년 약업을 운영하면서도 남모르게 많은 사회활동에 앞장섰다. 문경여고 육성회장을 다년간 하면서 학교 대강당 건축에 이름도 드러내지 않고 지원하는가 하면, 불우이웃돕기와 다수의 장학금을 희사하는 등 선행을 펼쳤다. 또한 소양서원과 영류정, 존승제, 월담사, 금하정 등의 위선 사업에 헌신했고, 문경향교에서 전교^(교장)로 선출되어 남달리 유림 활동을 선도했다. 누구보다 열 하나의 다둥이 가장인데다 팔선녀가 있음에도 다시 딸 하나를 입양^(1969년, 김미자)하여 친딸같이 훌륭하게 길러 출가까지 시킨 걸 보면 이름자에 성^(聖)자가 그냥 부쳐지지 않았다는 생각을 갖게 한다. 딸들이 결혼할 때는 두 가지를 당부했는데, 첫째로는 행복하려면 남편을 다른 집 남편들과 절대 비교하는 말을 하지 마라. 그것이 가장 못난 일이다. 둘째로는 인동장씨 무덤에서 나온 요리책을 1권씩 주면서 약국집 아버지답게 가족 건강을 위해 최선을 다하라고 했다.

약방에서 약국으로 계승한 3대는 넷째이자 맏아들인 김지수, 그는 중앙대 약학대학을 우수한 성적으로 졸업, 약사고시를 통과한다. 1973년 〈순천당약방〉에서 〈순천당약국〉으로 이름을 바꾸고 약사를 신규 채용하여 사업을 확장한다. 〈순천당약국〉과 〈김약국〉을 열고 약품 도매상인 〈천흥약품〉은 석천이 운영하면서 경북 북부 지역에서 타의 추종을 불허하는 새로운 모습으로 변신한다. 당초 개업 무렵 제생당약방, 동원당약방, 민생당약방, 보험당약방과 함께 순천당약방이 영업을 했으나 조제약사가 근무하는 약국이 등장하자 다른 약국들은 소리 없이 자취를 감추고 만다. 약은 올바르게 사용되지 않으면 해악이 되고, 이치에 맞게 현명하게 사용되면 바로 신들의 손길이라고 말한 헤로필로스의 말을 신봉하면서 정성을 쏟았다. 그런 만큼 순천당약국의 인지도는 높아만 갔고 3대 가업으로 이어지는 전통 있는 약국으로 발전되면서 지역사회의 튼튼한 건강지킴이로서 오늘에 이르고 있다.

문경지킴이 순천당약국

할아버지와 아버지로 이어진 3대 약국, 그래서 김지수는 자신 있게 말한다. "삼대에 걸치는 의사가 아니면 그의 약을 먹지 마라."고 〈예기〉에서 말했듯이, "삼대에 걸친 약국이 아니면 약을 사지도 마라."는 신조로 선대의 뜻을 그대로 물려받아 약장사가 아닌 약사로서의 소명을 다해 나갔다. 석천은 늘 약을 파는 약사는 신뢰가 중요하고 매무새와 행동거지도 소홀히 해서는 안 된다며, 약국에서는 흰 가운을 입고 밖으로 나갈 때는 반드시 정장 더블에 반듯하게 넥타이를 매고 중절모를 쓴 신사차림을 고수했으니 자식도 그 뜻을 그대로 물려받는 건 지극히 정상이었다. 그러니까 그에게 진정한 특효약은 아버지 철학인 셈이었다.

이제 석천은 세상을 떠났어도 그의 정신은 살아서 말한다. 나라가 발전하려면 여자들이 많이 배워야 되고, 여자들이 가정과 사회를 잘 보살펴야 되며, 특히 독과 병을 이기는 것은 약 뿐이므로 김약국집 전통을 계속 잘 이어 가길 바란다는 것. 이런 뜻을 잘 이어받아 맏아들 김지수와 지수의 장녀 수정의 남편 이병희, 첫딸 지영의 남편인 이병선, 여섯째 딸 지연의 남편 김인형, 여덟째 선화의 아들 이성관, 이렇게 5명의 약사로 이루어진 대단한 약국 가족이 건강을 이끄는 천군만마다.

　대를 잇는 것도 힘들지만 대를 끊는 것이 더 힘들다. 그런 마음을 갖고 약사의 사명을 다해 온 그가 어찌 후일을 대비하지 않았을까. 장녀인 수정의 남편이 약사라는 건 달리 뜻한 바가 있다는 점이다. 이미 큰딸과 사위를 불러 가보로 3대를 내려오던 화제와 처방전, 그리고 천금처럼 아끼던 의학서적 등을 소리 없이 넘겨주었으니 언젠가 4대째로 이어지는 약국 명문의 금자탑으로 우뚝하지 않을까 싶다. 이런 올곧은 김지수의 능력 뒤에는 보이지 않는 부인 정기숙^(동래정 씨)의 아낌없는 내조와 후덕한 나눔의 정이 있었으니 열한 그루의 나뭇가지가 어울려 푸른 순천당의 숲으로 자리하게 되었으리라. 부자는 3대를 못 간다지만 약국은 3대를 지나 4대로 갈 수 있다는 건 그만큼 국민 건강의 봉사자로서 덕을 쌓아 온 의인 덕분이 아니겠는가.

김성희 가족(탄신 100주년 행사)

순천당 사람들(8명의 주역)

　2022년, 석천 탄신 백주년을 맞아 가족들이 명찰을 달고 한자리에 모였다. 이 자리가 있기 전 석천의 막내아들 김지용이 주도하여 〈금하회〉를 만들고 1박 2일로 10여 차례 모임을 이끈 토대가 저력이 되었다. 그 뒤 김지수의 아들 준석이 회장이 되어, 2,3세까지 모두 한자리에 모이니까 11명의 가족과 입양딸 1명의 가족까지 합하여 자그마치 100명이 훌쩍 넘어선다. 평소 석천이 강조한 가족 사랑 정신이 구현되는 그 자리에서 함께 모여 웃을 수 있었다. 약은 남용하면 안 되지만, 웃음은 남용할수록 좋고 웃음이 세상에서 가장 좋은 약이 된다며 일 년에 한번은 모여 맘껏 웃어 보자, 김약국의 백 년 기록도 이대로 계속 이어 가자고 다짐한다. 아무리 세상이 바뀌어도 3대에서 4대로 이어져 나가는 김약국집 전통과 역사는 앞으로도 건강하게 영세토록 유전될 것이다.

05. 전우의 시체를 넘고 넘은 용사(勇士)와 맹사(猛士)와 투사(鬪士)-홍희화, 김병하, 이창직

왕이 되는 것보다 더 높은 경지에 올랐다는 뜻으로 쓰는 '성(聖)'자가 있다. 음악엔 악성, 바둑엔 기성, 시엔 시성이라 불러도, 전쟁에서 높은 경지에 오른 것엔 성(聖)자가 어울리지 않고, 백전용사나 역전용사, 아니면 용사, 맹사, 투사가 적절하지 않을까? 전쟁은 인간의 성스런 목숨을 해치기에 성이라는 글자의 사용은 기름과 물처럼 어울리지 않기 때문이다.

전쟁은 인류 죄악의 총합이자 스스로 파멸하는 길을 걷는 행위라고 말하면서 왜 싸움을 일삼는가? 그것은 영토, 자원, 종교, 사상, 이권쟁탈 등의 갈등에서 비롯되며 인간의 욕망과 함께 선천적인 폭력성이 동반된다. 전시에는 평시라면 꿈도 꾸지 못할 행위가 곳곳에서 용인되기에 인간의 존엄성은 실종된 채 거짓정보, 위조지폐, 주거침입, 살인, 상해, 강간, 방화, 협박 등이 있어도 그걸 막을 구제 수단은 종전밖에 없다. 그럼에도 지구 곳곳에서 크고 작은 전쟁이 일어나고 있고 우리나라는 선전포고도 없이 남침한 북괴의 6.25 만행으로 인해 해방의 기쁨을 채 누리기도 전에 세계 최빈국이 되고 만다.

천신만고 끝에 UN의 도움으로 전쟁 발발 3년 뒤 휴전할 수 있었고, 세계적인 경제대국으로 민주 국가가 된 것은 다행 중 다행이다. 전쟁은 승리한 장수들의 왕관 계관식이지만, 병사들은 죽음을 향한 잔인한 여행임을 아는가. 총알은 심장을 관통하고 총성은 영혼을 관통하므로 전쟁을 일삼는 행위는 가장 큰 죄악으로 간주된다. 그러기에 평화를 위해서는 미리 전쟁에 대비하라고 말한다. 맥도날드가 있는 나라끼리는 전쟁을 하지 않는다는 '황금아치(맥드날드 로고) 이론'은 자본주의가 아닌 공산주의자들이 전쟁을 일삼는다는 말로, 국가란 항시 자강의 힘을 길러 국난에 사전 대비해야만 한다.

전쟁은 게임이 아니다. 게임에서 죽으면 다시 시작할 수 있지만 전쟁에서는 영원히 사망한다. 전투를 앞둔 병사의 눈빛을 한번이라도 본 적이 있는 사람은 전쟁하자는 말을 꺼내지 못한다. 은폐와 엄폐를 반복하며 주위를 살피고 어디에 설치되어 있을지도 모르는 부비트랩이나 지뢰를 조심하며 초긴장과 불안이 연속된다. 진짜 총소리를 직접 들어본 적이 있는 사람은 총소리나 폭음이 영화나 게임과는 비교도 안 된다는 걸 안다. 작은 탄환의 총소리조차 천둥소리 같고, 멀리서 들리는 총성도 콩 볶는 소리로 들리는데 어찌 전쟁을 영화 속에 지나가는 한 장면처럼 가볍게 생각할 수 있겠는가.

중공군의 개입으로 인해 "멸공전선에 국민은 총무장하자. 통일완수를 위해 손에 무기를 들어 공산도배를 섬멸하자. 너도나도 멸공전선에 참여하라."는 등의 신문기사들이 줄줄이 쏟아지기 시작하며 전쟁의 판이 더 확대된다. 1952년 6월 26일 경향신문에는 "멸공통일의 날, 거룩한 겨레의 피!"라는 제하에 6.25전쟁 2주기를 맞아 열린 멸공통일의 날 기사가 눈에 띄는데, 당시 '멸공'은 1950년대에 가장 많이 사용되는 단어였으며 홍희화, 김병하, 이창직 세 사람 모두 멸공전선에서 용감하게 싸운 애국자들이다.

결국 6.25전쟁의 주요전투 결과는 1950년 12승 36패, 1951년 24승 19패, 1952년 12승 8패, 1953년 11승 5패로, 총 127전 59승 68패로 우리가 열세였으나 마지막에 누가 더 잘 싸웠느냐가 더 중요했다. 1953년도 휴전협정을 앞두고 거둔 전쟁은 11승 5패의 성적으로 지금의 휴전선이 38선보다 훌쩍 위로 올라가는 성과를 거두었다. 총탄이 빗발치는 전장에 나가 목숨 걸고 싸운 용사와 맹사와 투사의 공적을 살펴보기로 한다.

용사라고 불리던 홍희화! 그는 6.25전쟁 시 새로 창설된 제12사단에서 목숨을 걸고 싸운 사나이다. "조국의 창끝, 산악의 방패"라는 구호를 가진 보병 제12사단, 일명 〈을지부대〉, 〈상승을지부대〉라 했다. 육군에서 가장 높은 곳에 병력이 주둔해 국토를 수호하는 사단으로, 책임지역 85% 이상이 산악지형이다. 1,000m 이상 고지 49개소, 작전지형은 평균 고도 750m, 경사도는 49도나 되니 얼마나 험준한 지형인가. 부대 마크는 흰색 방패, 그 안에 청색 별, 그 별 안에 적색 별이 한폭에 들어 있다. 마크의 흰색은 백의민족과 조국 수호를, 청색은 창공과 평화를, 적색 별은 빛과 강인한 보병을 상징한다. 표어는 〈을지부대는 오직 전진할 뿐이다〉, 경례 구호는 충성→당백^(일당백)→단결로 바꾸어 사용하며, 다른 사단과는 달리 병사들을 일컬어 〈용사〉라 부른다. 이처럼 구호나 수식어들이 많은 것은 그만큼 책임감 부여와 중요성을 나타내고 있다.

제12사단은 전쟁 중이던 1952년 11월 8일 창설된다. 당시 이승만 대통령이 수나라 113만 대군을 물리친 을지문덕 장군의 기상을 계승하라는 의미로 명명했고, 이는 육군 최초로 역사적 위인을 부대 명칭으로 사용한 것이 창설 후 양양에서 인제로 주둔지를 옮겨 고지방어 임무를 수행하게 되었고, 전쟁 막바지에 다다른 1953년 6월 미군 제45사단의 책임 방어지역이었던 812고지와 854고지를 인수받기에 이른다.

산봉우리 하나를 지키기 위해 수천 명이 희생됐던 〈812·854고지 전투〉, 숭고한 피의 대가로 얻은 38선 이북 지역 땅은 현재 강원도 면적의 1/4에 달하며, 우리 지도의 동쪽이 위로 올라가는 형태로 만들어지게 하였다. 서로 주고받은 포탄 수만 1만 6천여 발, 북한 45사단 1만 6천여 명의 병사들이 고지를 뺏고자 인산인해로 벌떼처럼 달려들었고, 이를 12사단 용사들이 지키기 위해 목숨 던져 싸웠다. 1953년 7월 17일 휴전까지 낮엔 포탄을, 밤에는 조명탄 등을 번갈아 가며 밤낮을 가리지 않고 살벌한 전투가 벌어졌으니 그야말로 피의 능선이었다.

　이때 나라의 부름을 받고 참전한 용사가 있었으니, 농암면 화산리 우복산 아래 귀밑 마을 사는 홍희화(1931. 3. 2.~1970)였다. 어린 딸 하나와 갓난 아들을 아내와 함께 두고 전쟁터로 떠나는 그는 눈물을 보이는 것이 아니라 오히려 담담하게 소같이 뚜벅뚜벅 앞만 보고 잣나무고개를 넘어가면서 두어 번 뒤를 돌아보았을 뿐 사내다운 담대한 기개를 보였다. 나라를 위해 전쟁터로 떠나는 건 마땅히 수행해야 하는 의무이자 거역할 수 없는 운명이라 생각하며, 신령한 우복산의 정기를 받아 반드시 살아서 돌아올 수 있으리라 믿었다. 시골에서 순박하게 농사만 짓던 그는 총이니 군인이니 하는 것은

이등중사 홍희화

다 어색했지만 1952년 3월 3일 훈련소에 입소해 소정의 훈련을 받고 분대장인 이등중사가 된다. 그리고 그가 배치를 받은 곳이 바로 제12사단이었다. "인제 가면 언제 오나 원통해서 못살겠네."라는 말은 그곳에 배치되면 살아 돌아오기 어렵다는 것이었고, 무사 귀환을 기다리는 가족들은 불운이 닥쳐 원통으로 간 것이 너무 원통하다며 무심한 하늘을 탓하는 처지였다.

　동부전선을 맡은 12사단 지역은 서부전선과는 다르게 험준한 산악지형이다. 하지만 그것이 장애라기보다는 오히려 북한군을 잘 막아 낼 수 있었는데, 산은 단순히 고지 하나가 아닌 그 이상의 가치를 갖고 있었다. 그러니까 고지 하나를 뺏고 잃느냐에 따라 전선이 앞뒤로만 이동하는 것이 아니라 수십km 변동할 수 있는 것이므로 그만큼 중요했다. 고지 쟁탈전이 인명만 희생시키고 성과가 적은 싸움이 아닌 눈에 보이지 않는 엄청난 중요성과 의미가 있다는 점이다. 고지 전투 중에서도 동부전선 쌍용능선의 812고지와 854고지가 으뜸으로 꼽힌다. 이곳에서는 북한 지역을 잘 내려다볼 수 있는 매우 유리한 지형으로 이 고지 하나를 두고 북한과 국군의 치열한 격전이 벌어졌다.

한국전쟁 3년 중 휴전회담을 시작한 후부터 실제 휴전협정이 맺어지기까지 2년은 전선의 급격한 변동 없이 해당 접촉선 주변에서 주로 고지 쟁탈전을 벌였다. 이 주변에는 여러 고지들이 있었는데, 서로 한 뼘의 땅이라도 더 차지하기 위해 고지 하나를 두고도 치열한 전투가 벌어져 하루에도 주인이 몇 번씩 바뀌기도 했다. 우리 군이 있는 평야지대에서는 적을 쉽게 공격할 수도 없고 그렇다고 높은 고지대에서 날아오는 적의 공격을 막는 것도 불가능했다. 그러므로 이곳은 대부분 산악지대이고 고도가 높은 고지들이 많아 전선을 안정적으로 유지하려면 낮은 지역에서 고지로 밀고 올라가야만 절대적으로 유리했다. 이런 점에서 보면 우리가 압도적으로 불리하고 북한이 아주 유리한 구조였다.

사단 방어지역은 쌍용고지^(무명고지)를 중간에 두고, 좌측에는 812고지, 우측에는 854고지를 두고 있으면서, 854고지는 1952년 9월 북한군에게 피탈당하기도 했으나, 국군 8사단이 3일간의 교전 끝에 진지를 회복한 후, 미 제45사단에 진지를 인계하였다. 그리고 미군은 다시 제12사단에게 인계하면서, 이때 북한군 제3군단은 소양강 상류 금강산-서화 접근로 상의 812고지와 854고지를 서부전선의 중공군보다 며칠 늦은 1953년 6월 1일부터 대대적으로 공격해 왔다. 이에 12사단이 방어 중이었고, 북한군은 당초 812고지 동측 1km에 있던 무명고지와 854고지를 공격했으나 첫날 전투에서는 아군이 방어에 성공한다.

12사단 지역은 원통리 북방 서화리-금강산 접근로상의 요충인 812고지를 중심으로 좌측에 3대대가, 우측에 2대대가 배치되고 1대대를 예비대로 서화리에 대대 본부를 두어 역습부대로 지정한 것이다. 도착 다음 날 낮부터 역습에 대비한 교육훈련에 들어갔고, 특히 812고지의 중요성을 감안해 그곳의 지리와 상세 지세를 익히는 사전 훈련도 병행했다. 고지는 정상 근처의 커다란 바위를 사이에 두고 적과 대치하고 있었기 때문에 가능한 노출을 피하려고 분대장 이상만 지형을 익히는 훈련에 참여하게 되어 홍희화도 함께한다. 전투 시 지형지물 이용이나 대피와 탈출로 등을 사전 정찰 및 점검을 통해 응전 능력을 높이고 전투 대비 태세를 탄탄하게 구축하는 계기로 만들고자 함이었다.

쌍용고지의 침묵의 시간이 길어지고 있었다. 북한군들이 852고지는 우리에게 빼앗겼으니 812고지만큼은 회복을 시도할 것이라는 점과 주간의 병력 동태를 감안할 때 야간 침략의 징후가 농후해졌다. 그는 분대장으로서 분대원들에게 "우리가 이곳을 지키는 것은 우리나라 지도를 바꾸는 것이다. 그러므로 몸을 바위에 묶고 싸우는 심정으로 절대 한 걸음도 뒤로 물러서지 말고 현 진지를 철통같이 고수해야 한다."고 독려했다. 방어자 입장에서는 고지를 요새화하고 공격자는 요새를 극복하기 위해 치열한 백병전을 벌여야 하는 위험을 안고 있었으므로 병력 손실은 피아 모두에게 클 수밖에 없으니 결연한 의지로 모든 걸 하늘의 뜻으로 맡겨야만 했다.

1953년 7월, 어스름한 달밤에 간헐적으로 짐승들의 발자국인지 바람인지 모를 소리가 조금씩 들릴 때마다 청각과 촉각이 곤두선다. 반달이 구름 속을 지나면서 빛과 어둠을 번갈아 펼쳐내자 총을 든 용사의 마음도 밝아졌다 어두워지기를 반복하게 되니, 자신도 모르게 마음이 흔들리며 고향에 두고 온 처자식이 생각나지 않을 수 없다. 852고지를 빼앗고 난 뒤 그동안 견고하게 지켜 왔으므로 812고지도 같은 맥락에서 잘 지켜낼 수 있을 것이라는 확신과 신념으로 가득 차올라 어둠이 가져다 주는 공포와 두려움도 한결 사라진 느낌이 든다.

구름이 달을 가린 시간이 얼마나 지났을까. 갑자기 머리 위에서 조명탄이 터지고 굉음과 함께 눈앞에서 총알이 빗발치듯 날아오더니 사방에서 큰 폭음과 함께 화염이 하늘로 치솟아 올랐다. 그는 자신도 모르게 반사적으로 총알이 날아오는 방향을 향해 방아쇠를 당기며 강력하게 대응하다가 순간 비명과 함께 정신을 잃고 만다. 몇 시간 뒤 포성과 총성이 멎은 뒤 그가 의식을 되찾았을 때 그는 무엇인가 자신을 심하게 짓누르는 듯한 무게감을 느낀다. 몸을 움직여도 요지부동이고 얼굴에선 뜨겁고 끈끈한 액체가 흐르는 것을 느끼며 사력을 다해 몸을 틀자 자신의 몸을 잔뜩 누르고 있던 시체 한 구가 굴러떨어지는 것이었다.

비로소 "아, 북한군의 갑작스런 기습에 우리가 당했구나." 하는 생각뿐 주변을 살펴

봐도 나둥그라진 시신뿐 적막만 흘렀다. 전우의 시체 밑에 깔려 구사일생으로 살아남은 홍희화, 그는 자신이 혼자 살아남았다는 미안함과 더불어 몸을 추스릴 수 없음에도 북한군의 재공격에 대한 두려움이 밀려오고 있음에 몸서리친다.

그는 힘을 내어 몸을 비스듬히 일으켜 보니 두 팔과 다리는 그대로 있었다. 그러나 오른발 뒤꿈치에 통증이 있어 살펴보니 군화 밑창이 총을 맞아 뒷굽이 날아간 채 구멍이 뚫렸다. 그 신발을 벗고 무엇인가 신어야 걸어갈 수 있기에 엉금엉금 기어서 누군가의 군화를 벗기려고 신발을 잡아당기자 경악하지 않을 수 없었다. 포탄에 맞아 잘려진 다리 하나가 나무 등걸처럼 딸려 오는 게 아닌가. 질겁하고 물러났다가 다시 다른 신발로 바꾸어 신고 조금씩 포복을 시작했다. 분명 이곳은 적들이 점령한 지역이므로 어디선가 인기척이 들리기라도 하면 적의 총탄에 온몸이 벌집이 될 수밖에 없는 것이다. 얼마나 움직여 이동했는지 모르는데 어디서 모기만한 소리가 들려 귀를 의심하며 살펴보니 저쪽에서 누군가 미세하게 움직이고 있었다. 잠시 후 거기에서도 홍 중사의 움직임을 포착한 듯 소리 죽여 가며 고지를 기어 내려가는 것이 아닌가. 그렇게 서로 얼마나 긴장된 탈출의 시간이 지났는지 새벽빛에 어둠이 벗겨지자 입은 군복이 드러나 보이는데 분명 같은 대대 전우였다. 그도 자기와 같은 처지가 되어 서로 인기척을 의식하며 조심스레 고지를 내려오다 요행히 만났으니 죽은 친구를 만난 것 같았다.

북한군의 기습으로 초토화된 2개 중대원 중 시체 밑에 깔려서 살아남은 두 사람은 이제 죽어도 같이 죽고 살아도 같이 살아야 할 운명이었다. 죽음의 고지 탈출을 위해 오체투지의 자세로 몇 개의 능선과 계곡을 이동했다. 파편에 맞은 상처의 통증과 극심한 허기를 견디며 풀뿌리와 나무껍질을 질겅질겅 씹으며 견딘 3일, 정신이 나간 사람처럼 둘이 살아서 부대로 들어섰을 때 그제야 살았음을 확인하게 된다. 부대에서는 이미 이 전투에서 모두 전사했다고 보고되어 이름이 사망자로 붉은 줄이 그어져 있었으니 그는 자기 볼을 다시 꼬집어 보게 된다.

852고지는 지켜 냈으나 812고지와 무명고지를 잃어버린 분노에 원통하기도 하고 원한이 서린 눈으로 북쪽을 바라보며 살아남은 자의 비애를 곱씹는다. 1954년 4월 20일 이등중사 홍희화^(군번 8803248)는 나라에서 수여하는 무공훈장^(무성화랑무공훈장, 100797)이라는 차갑고 작은 쇳덩어리 하나, 그걸 주머니에 성가시게 일 년이나 넣고 다니다가 1955년 4월 1일 전역하며 고향에 무사 귀환을 알린다. 결국 우복산의 정기는 그를 배신하지 않았고 기사회생의 기적을 낳았다. 그는 제대 후에도 화랑무공훈장을 부끄럽게 생각하며 그것을 책상 서랍 안에 넣어 두고 쓸모없는 소품처럼 가벼이 취급했다.

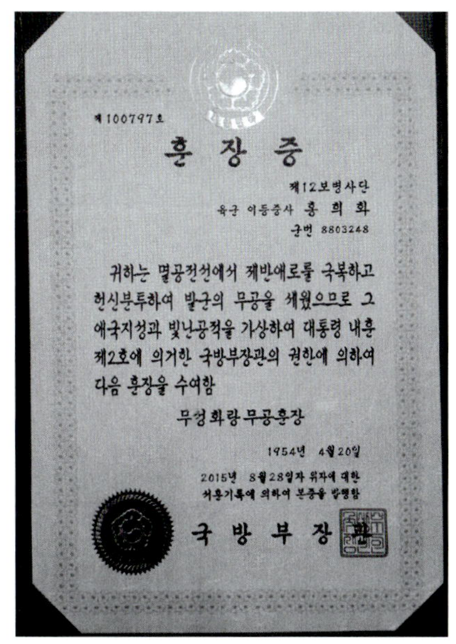

홍희화 화랑무공훈장증

우복산 아래 깃들어 소처럼 일하며 법 없이도 사는 선하고 가난한 애국자를 하늘이 안타깝게 여겼는지, 1970년 어느 날 광산 사고의 폭발음과 함께 저 하늘로 데리고 가셨다. 그는 결국 무공훈장은 받았어도 아무런 수혜를 받지 못했으나 그의 정신은 812고지에서 생생히 살아남아 있으리라. 소처럼 착하고 전진밖에 모르는 용사, 그는 살아서는 쌍용고지에서 용감하게 싸워 나라를 지켰고, 세상을 떠나서는 쌍용천이 흐르는 고향 마을에서 소의 목에 달린 맑은 워낭소리로 핑경핑경 강토를 일깨우며 우복산 화신으로 살아 있을 것이다.

〈맹사(猛士) 김병하(金柄廈)〉

그는 1927년 농암면 대정 마을 손이 귀한 집 장손^(외동아들)으로 태어났다. 윗대에서 5대 독자로 내려왔기에 부모들은 손이 번성하길 간절히 소망했다. 1947년 10월 결혼을 한 후 2년 반 정도가 지나 6.25전쟁이 발발했다. 다른 사람들은 모두 피난을 갔으나 남몰래 혼자 집을 지키며 나무를 길게 장총처럼 다듬어 총검술과 포복을 하고, 거울 앞에서 모자를 쓰고 경례를 하는 등 제식훈련을 반복했다. 그가 이런 행동을 하자 삼촌들은 조카가 이상해졌다며 핀잔을 주거나 심지어는 그 행동을 다시 하지 못하도록 사랑

김병하 국가유공자증

채 기둥에 묶어 놓는 벌을 주기도 했지만 누구도 그의 고집을 꺾지 못했다.

남달리 의협심이 강하고 정의감에 불타던 열혈 나이에 큰 난리가 터졌는데 이대로 피난 다니며 숨어 있을 수 없다는 것이었다. 반면에 독자인데다가 나이가 당시 징집 기준보다 초과해 군대를 가지 못하는 것에 심한 불만을 갖고 있었다. 사나이로 태어나 나라를 위해 반드시 전장에 나가 싸우리라는 다짐을 반복하며, 밤이면 신혼을 즐기기보다는 뒤란으로 나가 조부와 부모 눈을 피해 기합 소리를 낮추어 가며 총검술 연습을 계속했다. 이런 그의 훈련 사정도 모르고 조부님은 그저 대를 이을 떡두꺼비 같은 증손이나 낳아 주기를 바랐으니 기대는 실망으로 이어질 것이 뻔했다. 그렇게 기회를 엿보면서 시간은 흘러갔고 국군이 북한군에게 사정없이 밀려 낙동강 전선까지 내려갔다는 비보가 들려오니 더욱 애가 탔다.

1950년 9월 맥아더 장군이 주도하는 인천상륙작전의 개시로 전쟁은 새로운 국면에 접어들고 우리 군이 서서히 북한군을 밀어내고 국토를 회복해 나갔다. 인천상륙작전의 성공을 등에 업고 서울을 탈환한 국군과 유엔군이 북상하여 압록강 국경에서 북한의 임시수도 평안북도 강계시를 향한 마지막 공세를 시작했다. 그러나 이때 갑자기 중공군의 불법 개입으로 인한 대공세로 1951년 1월 4일 후퇴를 맞게 된다. 이후 양군이 38선 부근에서 밀고 밀리며 1953년 7월 27일 휴전협정이 체결되기까지 초반은 소강상태, 후반엔 치열한 접전을 벌이는 상황이 전개된다.

이 무렵 병역 관련 업무는 국방부 육군본부에서 담당했는데, 〈병역법〉에는 만 20세에 달하면 병역판정검사를 받고, 결과에 따라 징집했다. 하지만 인천상륙작전의 성공으로 전선이 크게 확대되어 이를 지킬 30만 명 이상의 병력 충원이 필요하여 제2국민병 등록 제를 추진하게 된다. 그는 이런 징병제도를 눈여겨보고 있다가, 1952년 7월 14일 아내가 첫아들을 순산하자 이젠 전선으로 나가 싸울 때가 되었음을 직시한다. 그러고는 아무도 모르게 군청을 찾아가 자원입대를 신청하고 얼마 뒤 신체검사까지 받고 적격 판정을 받는다.

당시 입소는 전쟁 중이어서 육군훈련소가 있는 제주도로 가기 위해서는 부산으로 내려가 배를 타야 했다. 1952년 동짓달, 숨을 쉬면 코가 쩍쩍 얼어붙는 고추같이 맵도록 추운 날 집을 떠난다. 집이 점점 멀어질수록 자꾸만 눈에 밟히는 근엄하신 조부님과 부모님, 그리고 아직 낯선 느낌의 아내와 갓난 아들을 두고 떠나는 마음이 어찌 편하겠는가. 나라를 위해서 떠나는 장도인 만큼 마음을 다잡고 부산으로 향한다.

중앙부두에서 1,400명을 실은 LST 배를 타고 제주도 훈련소로 가는데 바닷바람이 너무 강하게 불어 1주일이나 걸리며 심한 뱃멀미까지 한다. 신병의 산실인 대정읍 모슬포 제주 육군 제1훈련소에 도착, 그곳은 신병을 양성해 서울 재탈환 등 반격의 발판을 마련하기 위해 우리나라 최남단인 서귀포시에 설립한 훈련소다. 6.25전쟁 발발 당시 대구에 제1훈련소가 창설되었으나, 1951년 1월 4일 후퇴를 시작하자 육군훈련소를 모슬포로 옮겼고, 섬마을은 갑자기 10만 명을 수용하는 거대한 천막도시가 되었다. 그는 1953년 1월 17일부터 3주 정도 기본 훈련을 받는 동안 물자가 부족하고 환경이 좋지 않아 손발이 얼고 옷 속에 손을 넣으면 이가 한 주먹이나 떨어질 정도였다.

나중 군 입대 소식을 안 그의 집은 초상집을 방불케 했고, 친지와 이웃 사람들의 위로의 발길이 이어진다. 전시 전쟁터에 나가서 살아온다는 건 기적일 수밖에 없는 것, 정화수를 떠놓고 새벽기도를 매일 올리던 모친은 하늘이 무너지는 것 같았고, 아내는 섣달 긴긴밤을 갓난아기와 함께 울음범벅이 된다. 조부는 장손의 의로운 자원입대를 장하게 생각하면서도 한편으로 집안의 기둥이 큰 일이라도 생기면 안 된다는 걱정이 뒤따라 설날을 택해 거금을 마련하여 제주도 훈련소로 면회를 간다. 25세의 육군 이병 9290187

김병하, 짧은 만남 뒤 긴 기다림은 늘 노심초사의 연속이었다.

1953년 4월, 휴전회담이 급진전 양상을 보이자 양측은 군사상 유리한 고지를 점령하기 위해 최전선에 화력을 집중시켰다. 이 무렵 금성전투, 백암산전투, 화살머리전투, 금화전투 등 이름만 들어도 끔찍한 격전지에서는 전우의 시체를 넘고 넘는다는 피의 능선이라 불리며 절망적인 소식들이 이어진다. 그중에서도 화천군 북쪽 지역에서 벌어진 중부전선 금화지구 전투와 금성지구 전투는 더 치열했다. 그는 금화전투 야전공병으로 투입되어 적군의 기동을 저지하고 아군의 진격을 돕는 교량과 장애물 설치, 지뢰매설과 제거 등의 임무를 맡았다. 밤이면 중공군이 몰려오는데 조명탄이 터지면서 까만 밤이 환하게 밝아져 마치 대낮 같았고, 밤새도록 콩 튀기듯이 적군과 아군의 총탄이 서로를 향해 쏟아졌다. 그러다 적군의 포가 취사반에 떨어져 일주일간 밥을 굶고 건빵으로 견디던 날도 생겼다. 금화는 최대의 격전지인 강원도 철의 삼각지^(철원/금화/평강)로 가장 많은 희생자가 발생한 중부전선의 심장부였다.

그러던 어느 날 그는 적진 가까이 접근하는 통로를 만들기 위해 지뢰를 제거하다 탐지기 오작동으로 지뢰가 폭발하며 위치가 노출되자 적들의 공격을 받아 피투성이가 된다. 폭발음과 함께 팔다리가 다 날아간 것 같았고 아무리 애써도 몸을 움직일 수 없었다. 그러다 의식을 잃었는데 나중에 깨어 보니 온몸에 붕대를 칭칭 감은 채 시야가 희미한 병원이었다. 그 전투에서 큰 부상을 입었으나 운 좋게 작전을 하던 미군 헬기에 의해 구조되어 대구병원으로 후송되었다. 하지만 부상이 잘 회복되지 않았고, 전투 후유증까지 겹쳐 부산 특수정신병원에 입원하게 된다. 한 달 정도 치료를 받고 대구병원으로 돌아가 단기간 치료 후 퇴원을 한다. 이때 가족들은 곧 의가사 전역할 것을 기대했으나 본인 고집으로 다시 논산훈련소로 재입소, 신병훈련을 다시 받고 자대 배치를 받을 무렵에야 드디어 피 흘리는 전쟁은 끝이 난다. 1955년 9월 30일 무사히 일병으로 전역을 하게 되었지만 온몸이 가렵고 따끔거리는 증세는 비 오면 날이면 더욱 심해져 견디기 힘들 정도였다.

전쟁의 시간이 지나가고, 전선의 처절하고 참혹한 현장은 희미해져 가지만 나이가 들어갈수록 전쟁의 후유증은 몸 곳곳에서 나타났다. 그러던 어느 날 큰아들이 큰 병원에 가서 건강검진도 받고 가렵다는 다리도 사진 촬영을 해 보자고 했다. 촬영 결과 의사는 경악을 금치 못하며 웬 파편이 다리에 이렇게 많이 박혀 있느냐며 물었는데, 병명은 신경폐쇄증! 그것은 오롯이 전쟁이 남긴 상처였다. 하지만 너무 깊이 박힌 게 많아 신경을 잘못 건드리면 반신불수가 될 수 있으므로 제거수술은 어렵다고 했다. 그간 몸이 아프다 하면 꾀병이라고 하던 오해가 풀리고 너무 늦었지만 비로소 국가유공자로 지정이 된다.

전장에서는 일주일은커녕 하루만 지나도 심신이 피로해지고 피폐해진다. 자신의 목숨이 달려 있는 수많은 변수들이 산재한 상태에서는 극도로 고통스럽다. 전장에서 부상을 당하는 고통은 평소 부딪치고 넘어져서 다치는 것과는 비교가 안 된다. 가장 흔한 부상에 속하는 총상의 고통은 물론이며 폭발 등으로 사지가 절단되는 끔찍한 경우가 비일비재하여, 차라리 총에 맞아서 죽는 것이 양반일 정도로 잔인하다. 치명상을 입어 가망이 없으면 흑색명찰을 달고 아무 치료도 없이 그냥 버려지는 걸 상상해 보라. 그러므로 의롭게 전사하거나 명예롭게 살아남는다는 건 둘 다 무척이나 어려운 것이다.

힘들어도 힘들다 하지 않고 아파도 아픔을 혼자 온몸으로 안고 살다간 그는 6.25전쟁에 솔선하여 자원입대한 뚝심 있고 용맹스런 영웅이다. 그리고 전쟁이 끝난 후 훈련 재입소를 하면서도 끝까지 병역의 의무를 완수함은 타의 귀감이 되는 일이다. 부잣집 외동 아들이자 장손인 그가 조부와 부모 그리고 처자식까지 과감히 버리고 오로지 전선으로 달려 나간 그 이유는 무엇일까? 죽음의 사선을 넘어 천운으로 살아 돌아온 그는 죽음을 각오하고 나라를 위해 목숨을 건 것을 하늘이 귀히 보아 지켜 준 것이 아니고 무엇이겠는가. 우리는 그를 일러 용맹과 힘을 겸비한 맹사라 불러도 부족함이 없으리라.

〈투사(鬪士) 이창직〉

이창직은 1930년 8월 24일 농암면 대정 마을에서 태어나 1952년 10월 말 징집통지를 받고 신체검사를 받는다. 같은 마을 김병하보다는 세 살 아래로, 그는 인천상륙작전의 성공으로 전선이 크게 확대되어 많은 병력충원을 위한 제2국민병 등록제 추진으로 의무 징집대상이 된 것이다. 당시 혼례식을 갓 치른 새신랑이었는데 금실홍실의 꿈은 멀리 사라지고 검은 먹구름이 몰려온다. 아기도 갖지 못한 새색시가 청상과부가 되는 불운이 닥쳤으니 누구도 이를 막아 줄 수 없고 이웃에서는 그저 혀만 쯧쯧 찰 뿐이다.

M-1 전투요도

그는 1953년 1월 김병하와 같은 배를 타고 제주도로 건너가 훈련소에서 96일간의 훈련 등을 마치고 이등중사 계급장을 단다. 그리고 소대 선임하사로 멸공전선에 투입되어 목숨을 건 일전을 벌이게 된다. 그가 공을 세운 전투는 바로 M-1 고지전투(Battle of Hill M1, M1高地戰鬪)다.

1953년 6월 10일부터 6월 22일까지 양구의 어은산 인근 고지에서 국군 제20사단이 중공군과 전투를 벌인 대표적인 고지쟁탈전 가운데 하나다. 피의 전투라고 불리는 백마고지 전투는 10일 동안 고지 주인이 12번 바뀌었으나, M-1고지 전투는 13일 동안 16차례나 뺏고 빼앗기는 치열한 전투로 최후에는 국군이 고지를 탈환하는 승전보였다. 후일 이는 한국 전쟁사에서 가장 치열한 전투로 손꼽히며, 이보다 더 값진 승리가 없다고도 말한다.

야전에서 참호는 매우 중요하므로 전선이 움직인 후에 보병들은 하루 종일 삽을 한 손에 쥐고 구멍을 파야만 생존율이 높아진다. 목숨을 건 전투는 1할, 목숨을 지키는 토목 작업은 9할이 되는 셈이다. 그는 선임하사로서 항상 선두에 서서 솔선수범했으므로 분대원들이 잘 따를 수밖에 없었다. "부하 한 사람이 죽는다면 자기나 자기 가족 한 사람이 죽는다."는 걸 좌우명으로 삼고, "살아도 같이 죽어도 같이 죽자."는 남다른 전우애를 발휘한다. 무모한 돌격은 피하면서도 위험이 닥치면 부하를 대신해 자신이 방패

가 되어 희생하겠다는 의지를 자주 보여
주었다. 돌격 분대장으로는 매우 우수한
군인이었고 준 지휘관으로서도 탁월한
능력을 갖춘 용맹스런 투사였다.

화랑무공훈장 이창직

　휴전협정이 진행되고 있는 가운데 국
군과 북한군은 지금의 휴전선 부근에서
서로 대치한 상태로 전술적 요충지인 고
지를 둘러싸고 치열하게 공방전을 벌인
다. 국군 제20사단은 938고지를 중심으
로 주저항선을 편성해 삼각산(1,220m)·
어은산(1,277m)·백석산(1,142m)으로 이어지
는 능선에서 중공군과 대치한다. 6월 10
일 21시 중공군이 1개 대대 병력을 동원
해 M1고지를 공격해 오자 국군은 고지
정상의 주진지를 포기하고 퇴각한다. 다

화랑무공훈장증

음 날 새벽에 고지를 탈환하기 위해 공격에 나섰으나 탈환에 실패하고 만다. 하지만 6
월 12일 새벽, 1개 대대 병력을 동원해 다시 공격에 나서 한용택(韓龍澤) 일병 등의 활약으
로 고지를 탈환하는 데 성공하지만 대규모 포격을 가하며 반격에 나선 중공군의 공세
에 밀려 다시 고지를 빼앗기고 만다.

　6월 13일과 14일에도 M1고지에서는 여섯 차례나 번갈아 가며 고지를 차지할 정도
로 치열한 전투가 벌어졌다. 그러다 중공군의 손으로 넘어갔고, 중공군은 14일 밤부터
938고지와 1,090고지에도 공격을 가해 왔다. 이젠 이 고지들을 빼앗기면 양구 일대가
북한군의 손에 넘어가고 휴전선이 남쪽으로 상당 부분 물러날 수밖에 없었으므로 중
동부전선을 관할하던 미국 제10군단장은 국군 제7사단을 투입해 이 지역의 병력을 증
강시킨다. 이후 치열한 공방전이 계속되다가 6월 18일 1,090고지를 탈환하는 데 성공

농암로터리(천혜의 고장) 표지석

한 국군 제20사단 제62연대는 다음 날 작전 지역을 제7사단 제5연대로 넘기고 양구 방산리로 이동하게 된다. 6월 19일부터는 938고지와 1,090고지에서는 제7사단이, M1고지에서는 제20사단 제61연대가 중공군과 전투를 벌였다.

이 전투에서 중공군은 22차례 공격을 해서 16차례 고지를 점령, 국군은 18차례 공격을 펼쳐서 16차례 고지를 탈환했다. 이러한 치열한 공방전 속에서도 국군 제20사단은 마침내 M1고지를 탈환하는 데 성공해 미국 제10군단이 지키던 동쪽 지역으로 전투가 확산되는 것을 막을 수 있었다. 결국 중공군은 6월 대공세를 펼치고도 전선을 변화시키는 데 성공하지 못했고, 국군은 휴전협정이 이루어질 때까지 38선 이북 지역인 양구 일대를 지켜 낼 수 있었다.

이창직이 소속된 국군 제20사단은 1953년 2월 9일에 창설된 사단으로 병력 대부분은 신병이었다. 그럼에도 불구하고 분대장의 솔선수범과 병사들의 사활을 건 악전고투를 힘입어 중공군 제33사단의 2개 연대 이상의 병력을 상실케 하였으며, 사단 좌측 국군 제5사단이 새로운 방어선을 점령하는 데 결정적으로 기여했다. 그는 멸공전선 전투에서 선임하사로 참전했고, 이 전투에서 적 사살 등의 공적이 뚜렷하게 인정되었다. 이등중사 이창직(李昌植, 9212549)! 그는 1955년 전역 시 곧바로 국가로부터 무성화랑무공훈장을 받고, 그해 큰아들까지 얻는다. 이 훈장은 전투에서 결사보국의 각오로 용감하게 헌신 분투한 결과 탁월한 능력을 발휘, 다대한 전과를 올린 이들에게 주는 공훈이니 그에게 결코 과하다고 할 수 없다.

그가 전쟁이 끝난 후 집으로 돌아왔을 때 부인이 처음에는 죽었던 사람이 다시 살아온 게 아닌가 하는 의심이 들어 언뜻 무섭기까지 했다 한다. 16차례나 고지를 뺏고 뺏기는 전투에서는 살아서 집으로 돌아온 것만도 기적이라 할 수 있는데 큰 공까지 세웠으니 얼마나 자랑스러운가. 전장에 나가 나라를 위해 싸운 것은 지극히 당연한 책무라고 말했다. 그는 살아남은 자의 미안한 마음을 품고 고향에 돌아와 묵묵히 선한 투사로 농사를 지으며 살다가 고이 하늘나라로 떠났다. 그는 떠났지만 그가 남긴 공적은 불멸이며, 이창직은 이 고을에서 두 번째 화랑무공훈장을 받은 수훈자로 기록되었다.

06. 빛을 만들고 종소리로 깨우는 선생님 - 고칠식

고칠식 교장

큰아들 고영환 교장

　역사와 전통이란 어디에서도 무시할 수 없다. 학교가 50년 역사를 지녔다 해도 짧지 않은데, 백 년이라 하면 누구도 부정할 수 없는 명문 학교다. 농암국교가 이미 백수를 넘겼으니 영광의 왕관 하나쯤 씌어 줘도 되지 않겠는가. 학교만이 아니라 사람도 백 세시대의 도래로 요즘은 장수로 존경과 예우를 받는다. 백살이 되면 세계노인의 날에 대통령이 청려장을 수여한다고 하니 건강하게 오래 사는 것은 분명 축복된 일이다. 백 살 어르신 한 분이 세상을 떠나는 건 작은 도서관 하나가 사라지는 것이고, 시골 학교 하나가 폐교되는 건 고을 하나가 사라지는 것에 비교되기도 한다.

　여기 백 년이 넘는 역사를 가진 농암국교에서 그동안 어느 선생님이 가장 오래 재임했는지를 살펴보게 된다. 그런데 최장 기간 재임하신 선생님을 언제 누가 파악했는지 농암 고을에서는 이미 알려져 있어 따로 힘들이지 않고 확인할 수 있었다. 경상도 북부 지역

벽촌 중 한 곳으로 손꼽히는 농암, 거기서 수십 년을 근무하면서 남다른 사랑으로 학생들을 가르치며 참 스승의 길을 걸어오신 분이 바로 고칠식(高七植) 선생님(1929. 11.~2019. 4.)이다.

선생께서는 20여 년 동안 농암국교에 근무(1956~1959, 1963~1973, 1977~1979, 1981~1983, 1993~1995)했으니 강산이 두 번 변하도록 긴 세월을 헌신했으며, 이는 교직 재임 기간 중 절반이나 된다. 경북 청송군 안덕면 근곡동에서 출생, 대구사범을 졸업한 후 1949년부터 교사 생활을 시작했다. 교육은 세상을 아름답게 바꾸는 가장 강력한 무기라는 걸 선각하고 당시 교사의 처우가 열악했음에도 하늘이 내린 천직으로 여기며 교육계에 투신했다. 특히 광복 후 가장 시급한 것이 문맹을 퇴치해야 하는 일임을 명찰하면서 돈을 벌려면 장사를 하고, 보람을 얻으려면 교육자가 되어야 한다는 소명의식을 투철하게 견지했다.

2011년 스승의 날을 맞아 교육부에서는 3대가 교원으로 일하며 교육에 이바지한 가족을 뽑아 〈교육명가상〉 수상자로 선정하고, 한 집안(직계 존·비속 및 배우자 등) 6명 이상의 교원을 배출한 가족에 대해서도 〈교육가족상〉을 수여했다. 여기서 고칠식 선생 가족이 대구, 경북에서는 최초로 교육명가상을 수상하는 영광을 차지한 것이다. "스승의 그림자는 밟지 않는다."며 스승을 존경하기도 했지만, 반면 "스승의 똥은 개도 먹지 않는다."는 속담이 있을 정도로 교사의 길이 만만치 않아 쉬이 교직을 선택하지 못했으니 그만큼 사명감과 소명의식이 남달라야만 했다. 이런 당시 사회적 분위기를 감안해 보면 교육명가상의 가치가 일반적인 포상과는 상당한 가치가 있음을 확인하게 된다.

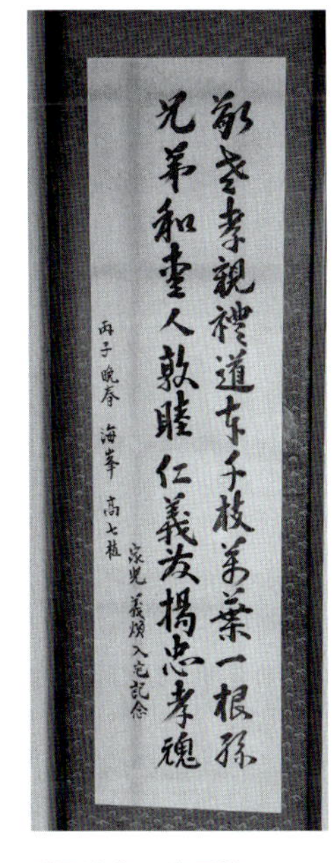

아들에게 보낸 금언

3대가 초등학교 교원인 명문가의 고칠식 선생님! 그는 1995년 농암국교 교장을 끝으로 46년간의 교직에서 퇴임했고, 큰아들인 고영환은 2011년 당시 경산서부초 교장

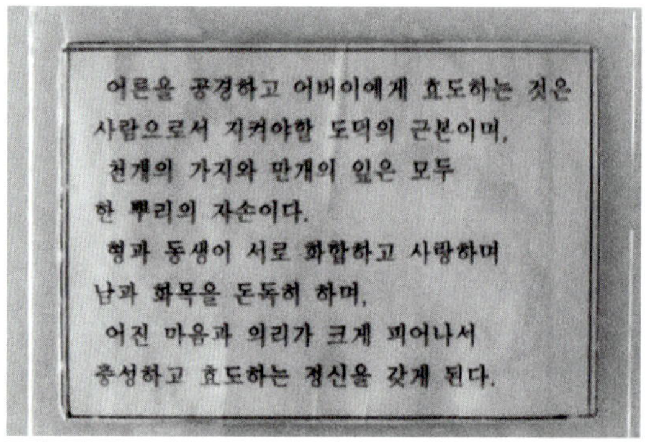

가족에게 당부하는 말씀

이었으며, 손자 내외^(부부 교사)는 경기도에서 초등 교사로 근무한 교육자 집안이다. 어디 이 뿐이겠는가. 이 무렵 사위는 대구에서 중등 교사였고, 맏손부는 대구에서, 셋째 자부는 경기도에서 각각 초교 교사였으며, 막내딸도 영어 교사였으니 모두 8명으로 〈교육가족상〉을 받을 수 있는 요건까지 충족되는 건 우연의 일치가 아닌 보기 드문 교육 가문으로서 부자상전^(父子相傳)의 대물림 같은 가풍이 유전되었기 때문이다.

이외에도 후손 2명이 선생님의 영향으로 교직과는 상관없이 교육학을 전공했다는 점도 매우 특별하다. 그야말로 이리저리 봐도 교육자들로 똘똘 뭉쳐진 가족이라서 식구들이 모여 있을 때 "선생님!" 하고 부르면 누가 먼저 대답할지 궁금해진다. 이렇게 교사들로 이뤄진 선생님 집안의 교원 경력을 합하면 무려 200년이 훌쩍 넘어 이 또한 진기록이 아닐 수 없다. 현재의 가풍과 추세로 보면 아무래도 3대를 넘어 앞으로 4대 교육 명가가 될 수 있지 않을까 기대감이 생긴다.

선생님은 "갈불음 도천수^(渴不飮盜泉水)"라는 공자의 도덕률을 준행하며 퇴임 후 사회교육자로 이어지는 삶으로 일관했다. "목이 말라도 도둑의 우물은 마시지 않는다."는 공자의 교훈을 지키려고 추호라도 교육자로 살아온 이적지의 삶에 흠결이 없도록 극기복례^(克己復禮)의 삶을 지향하고 실천하여 고을의 존경을 받았다. 그의 삶은 가풍이 되어 고귀한 문향이 풍겨 나는 교육의 명가로 우뚝 서게 되었으니 "난초 향은 하룻밤 잠을 깨우지만 좋은 스승은 평생 잠을 깨운다."는 격언을 떠올리게 만든다.

농암에서 60여 년을 사시면서 농암국교 학생들을 대상으로 상당 기간 장학금 지급을 계속했고, 지역 문맹 노인들에게 한글, 한문 교실을 여는 등 사회봉사 활동 프로그램도 만들어 가르침을 지속했다. 이외에도 농촌 총각이나 다문화 가정의 결혼식 무료 주례를 서주는 활동과 남달리 전통 예절을 중요하게 여겨 담수회, 박약회, 유림회 등에서 적극적인 활동을 펼쳐 지역사회의 윤리와 도덕을 교화하고 거양해 나갔다.

애향심이 남다르신 선생님께선 매년 오월이면 농암의 정기가 서린 대정공원에서 열리는 단오제 행사에 직접 축문을 쓰고 독축을 하며 헌관으로서 제례를 주관하는 역할을 했다. 이것은 단순히 단오 행사가 아닌 고을의 정체성을 확립하고 지역민들의 단결을 도모하는 축제의 장으로 만들었다. 당시 양반들은 〈단오〉라고 불렀고 평민들은 〈수릿날〉이라 했는데, 음력 오월이면 한창 농사일이 바쁜 시절이지만 음식을 푸짐하게 장만하여 나눠 먹으며, 유림들은 한시를 짓고 평민들은 그네타기와 씨름 등을 겨루며 함께 즐기는 뜻깊은 하루가 되었다. 선생님은 돌아가시기 직전 해인 2018년까지 이 행사에 주도적으로 참여하시면서 천지신명과 대정 송림 수호신에게 농암 면민들의 안전과 화합과 번영을 기원하신 애국자였다.

“교육은 어둠에서 빛으로의 이동”이라면서 교육의 중요성을 강조하면서도 “급변하는 이 시대의 교육자는 양날의 칼을 갖고 있어 과거와 같은 방식으로 지속할 것이 아니라 끊임없이 새로운 방식을 추구해 나가야 한다.”며 온고이지신(溫故而知新)의 교육을 강조했다. 이 세상을 열어가는 열쇠인 교육! 그리고 어려운 일을 쉽게 만들 수 있는 게 교육자의 사명인 만큼 지금도 양초와 같이 자기 몸을 태워 빛을 만들고, 종과 같이 소리 내며 이 시대를 사는 우리들에게 깨어 있는 정신을 요구하고 계실 것이다.

제자와 함께(쌍용계곡)

07. 제자가 그리우면 성공한 스승이다-박종건

사랑에는 4가지 종류가 있다. 정열적인 에로스 사랑, 정신적인 플라토닉 사랑, 무조건적인 아가페 사랑, 순수한 우정의 필리아 사랑으로 구분한다. 그렇다면 스승이 제자들을 가리지 않고 하해같은 사랑을 한다면 어디로 분류해야 할까? 농암국교 제16회 졸업생(1940년)인 연천 출신의 박종건 선생님은 무조건적인 제자 사랑으로 후학들에게 널리 알려져 있어 아가페 사랑이라 해도 손색이 없다. 많은 제자들이 통 큰 아버지의 마음으로 살피시는 스승이라 부르고 있기 때문이다.

문경시 농암면에 소재하던 궁기, 청화, 선암 3개교는 이미 문을 닫고, 현재 농암국교만 존치하고 있지만 이들 학교 출신들의 모임인 통합 동창회는 여전히 건재하다. 이 동창회가 자리매김하도록 발기와 더불어 동력을 일으킨 분이 바로 박 선생님이며, 다른 누구보다 다년간 동문 모임에 심혈을 기울여 왔다. 1990년 8월 배포한 〈농암국민학교 총동창회 조직준비위원회 명단〉은 선생님이 많은 시간을 들여 꼼꼼히 자필 작성을 했다는 것이 시선을 모은다. 보통 정년 퇴임식 때 자신의 문집이나 기념품을 주는 게 다반사인데 편지지에 줄을 그어 인쇄된 글씨보다 반듯하게 정서한 여러 장의 동창 명부를 퇴임식 기념품으로 제공했다는 것은 그만큼 학교를 위한 애정과 사랑이 남달랐음을 확인시켜 준다.

졸업 기수별로 이름은 한문으로 쓰고, 이름 옆 괄호에는 졸업시 거주하던 마을 명칭과 졸업생 수를 남녀 구분하여 일일이 표기하는 방법으로 1회 졸업생(1924년)부터 45회 졸업생(1969년)까지 기별 동창 중 유력인사로 빼곡히 수록했다. 이 명부는 창립 추진위의 결의에 따라 각 기별로 몇 명씩 선정된 사람들이 제출한 명단을 기준으로 직접 작성했으므로 수록이 안 된 사람들이 다수 있으니 명단에 없다고 소외감을 갖지 마라는 추신까지 달아 동문들의 오해가 없도록 보살폈다.

명부를 작성하고 난 뒤 동창회 초대회장으로는 11회 졸업생인 이경직 씨를 추대하고, 2대 회장부터 3년을 박 선생님이 맡으셨다. 그리고 2년 뒤인 1992년 8월 8일, 88서울올림픽 후 다음 개최지인 스페인 바로셀로나 메인스타디움 시상대에서 애국가가 크게 울려 퍼지던 그날, 농암국교에서도 많은 동창생들이 처음으로 조회 대열로 서서 애국가와 농암국교 교가를 우렁차게 합창한다. 황영조 선수가 몬주익의 영웅으로 탄생되어 기쁨의 만세를 불렀다면 농암국교 동창 모임에선 서로 반가운 포옹과 정겨운 화이파이브가 곳곳에서 터져 나왔으니 그날 두 곳에서 부른 애국가 제창은 우연의 일치로만 볼 수없는 눈물 그렁그렁한 감격이었다.

동창회 발기인 명부를 손수 만들면서 그 초기 작업으로 또박또박 쓴 정자체의 글씨를 보면 선생님의 올곧으신 성격과 한 사람이라도 빼놓지 않으려고 정성 들인 노고를 엿볼 수 있다. 지금은 핸드폰으로 단톡방 개설 등 SNS를 통해 소통하는 게 어렵지 않지만 당시는 전화가 귀하던 시절이었으니 전화가 있으면 통화를 하고, 아니면 직접 찾아가 만나거나 그것마저 불가하면 지인을 통해 릴레이식으로 수소문하여 알아내는 명단 작성은 여간 수고롭지 않았다. 아니 학교에 졸업생 명부가 있지 않느냐고 반문할 수 있겠지만 1921년도 개교한 학교가 일제강점기의 자료 작성 부실과 6.25전쟁 시 소실 등의 아픈 역사로 인해 상당 기간의 자료가 멸실되고 없으니 이런 수고를 치를 수밖에 없었다. 요즘 흔히 유행하는 번개모임이라는 말은 외계인 언어 같은 것이었고, 결혼을 위해 맞선을 보고 상견례를 하며 혼례일을 잡는 것보다 오히려 더 어려웠던 그 일을 선생님은 혼자 꾸준히 추진하여 결실을 맺게 한 것이다. 특히 이 명단이 가치가 있는 것은 학교에서 졸업생 명단을 받고자 하였으나 개인정보법 위반으로 불가하다고 하므로 선

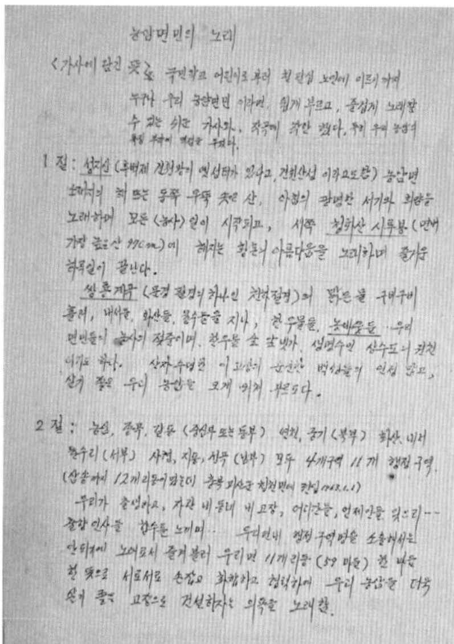

농암면민의 노래 가사

농암면인의 노래 악보

생님이 작성한 이 명부가 아니었으면 기수별 명부를 파악하지도 못했을 것이기 때문이다.

스승은 제자가 만들지만 제자가 그리우면 영원한 스승이라 한다. 늘 제자들을 생각하는 마음이 스승의 가슴속에 충만해 있음은 그것이 영원한 스승으로 지칭되는 그리움이자 참다운 사랑이 아니겠는가. 이처럼 누군가에게 그리움의 대상이고 영원성을 갖는다는 것은 행복한 일이며, 그것은 자신과 상대가 돈독한 관계라는 것을 의미한다. 그 정표가 되는 것은 빛바랜 앨범이나 소풍 때 찍은 사진이 있는가 하면 드물게는 사제지간에 주고받은 추억의 편지도 있어 그것을 보노라면 마음이 밝아지고 생각은 이내 천연색으로 바뀐다. 이런 스승의 아가페 사랑은 시공을 뛰어넘어 큰 가르침으로 각인되어 제자들의 인생을 바꾸는 좌우명이 되기도 한다.

선생님은 자기가 가르친 학생이 아님에도 한권의 책을 받고 꼼꼼히 읽어 보신 후 답장까지 보내주었다. 시는 좀 어렵고 재미가 없음에도 불구하고 밑줄을 그어가며 다 숙독하신 후 특히 공감이 가고 고향과 연관성이 있는 작품을 골라내어 감상 후기를 남긴다는 건 결코 쉬운 일이 아니다. 자식에게도 세 장의 편지를 쓰는 것이 어려울진대, 선생님의 깨알 같은 편지를 보면 사랑의 깊이가 어느 정도인지 짐작하고도 남음이 있다. 편지 내용에서 확인되듯 특정 학생의 졸업기수와 이름과 살던 마을과 졸업 후의 개인 신상문제까지 한 집안 내력을 훤히 꿰뚫고 있는 것은 매우 특별하다. 아무리 시골이라는 지역사회의 특수성이 있다하더라도 당시 한 학급 학생수가 70명 내외라는 점에서 학생 개개인에 대한 남다른 관심과 열정적인 관리를 해 왔다는 것이 선생님만의 돈독한 제자 사랑이 아닐까 싶다.

"군이 보낸 99류의 시집, 「아흔아홉 번의 맞선, 그리고 자리 보기」. 제목도 특이한 시집 잘 받고, 매일 틈 있을 때마다 아주 즐겁게 잘 읽고 있다네. 11월 10일 받고 벌써 일주일이 지나 이제사 답장을 쓰게 되는구나! 군의 큰절 고맙게 받는다. 글씨도 잘 쓰고, 한글 흘림체로 쓴 사인도 좋구나! 우리 70여 년의 역사를 가진 모교! 이 골짜기 시골 학교에서 '등교길'(p.63) 책보자기 가새질러 매고… 군과 같은 시인이 날 줄이야. 아니 농바우가 있는 시골이기에 시골정서 풍기는 고추와 마늘 냄새 풍기는 '나는 조선인'(p.24~p25p '나는 고추와 마늘이 그리울 뿐이다'의 구절에서, 내가 해방 전 일본에서 조센진이라 멸시받던 생각이 간절하구나), '광솔에 닭똥 넣어 쥐불 돌리며… 귀밝이술 한잔에 정월 대보름이 오면…' '어머니의 비애(p57~58)' 등을 읽는 동안 너무도 콧등이 시큰했단다. -중략-

너무나도 원통하게 고인이 된 군의 형 병채(37회) 생각! 첫장의 군의 사진 얼굴을 바라보니 누님 병온(29회) 생각이 간절하구나. 어제도 점촌 갔다 오다 뭉우리재 넘을 때 무덤이… 그렇게도 똑똑하고 영리하던 37회 제자였는데… 병온이는 6학년 제자였는데… 다시 못 볼 먼 나라로 가고 말았구나. 자네 집안 사촌 오촌 등 내가 직접 담임한 제자들이 너무도 많았지. 목희, 병옥(28회), 병온, 병익(29회), 병종(30회), 병금, 정숙, 금자(35회), 욱희, 윤희(36회), 병채(37회), 선희(38회), 경애(39회), 병춘(40회), 병도, 인희(41회)… -중략-

요새는 면지 편찬위원으로 면기를 제작하고 면가를 직접 작사 작곡했다네. 동봉하니 교가와 더불어 동기생들이나 고향 친구들 만나면 면가를 즐겁게 불러 주게나. 문경군 노인학교 교장직을 맡아 봉사 중이며, 군인체전 등 면민이 모이는 기회, 노인모임 기회에 면가를 즐겁게 부른다네. -중략- '92년 한글날 행사관계로 우연히 한글학자인 공병우 박사를 알게 되어 평생을 교육계에 몸담아 오면서도 못 다한 한글 전용화와 과학화에 삼락회(퇴원교원모임)나 기타 모임에서도 강연, 토의도 하고 여생을 미력이나마 성군 중의 성군인 세종대왕의 민주정신 애민정신 자주정신 창의정신을 본 삼아 민초들을 위해 노력하겠네. 자네도 함께 과학화에 힘써 주게나. -중략-

선생님은 단순히 책을 읽은 느낌을 적는 수준의 답신에 그치지 않았다. 본인이 직접 작사 작곡한 〈농암면가〉와 공감이 가는 자세한 해설, 한글문화원 원장을 역임하고 한글전용 타자기를 만든 〈공병우〉 박사 관련 두툼한 자료까지 편지에 동봉하여 보내 주었다. 그러면서 공병우 박사가 안과의사이자 국어학자이고, 저술가, 수필가, 사진가였을 뿐 아니라 한글전용과 한글기계 및 전산화에 공헌한 과학자라며 한글전용화 운동에 적극 동참할 것을 권했고, 총동창회 재건 준비위원 명단을 작성한 것까지 보내 주면서 동창회 활성화에도 관심을 가져 줄 것을 당부했다.

인도의 라즈니쉬는 제자와 스승과의 관계를 '연인'과 같다고 했다. 사람이 태어나 서로 정을 나누다 헤어지기도 하지만 헤어지지 못하는 연인이 바로 스승이 아닐까 한다. 사제지간의 정은 사회를 묶어 주는 거대한 사슬이고 편지는 그 사슬의 가장 중요한 고리 중의 하나인 것이다. 선생님의 지극한 제자 사랑은 연인 관계로 발전되어 스승을 통해 고향을 잊지 않고 경험하며 사랑을 되새기게 될 뿐 아니라 스승과 함께 가는 길은 결코 실망이 없음을 입증해 보였다. 편지 한 통 속에 든 내용이 큰 힘이 되어 제자가 새로운 목표를 갖고 남다른 도전과 성공의 길에 이른다는 건 대단한 스승의 힘이다. 결국 그 편지의 수신인인 그는 공무원이자, 시인, 문학평론가, 소설가, 전문강사, 과학인 등의 분야에서 맹활약을 하고 있으니 이는 선생님의 편지 덕분에 힘입은 것이 아니겠는가.

다산은 붓을 들어 사랑하는 제자 황상에게 이렇게 썼다. '규장전운 한 권, 중국 붓 한 자루, 중국 먹 한 개, 부채 한 자루, 담뱃대 한 개, 여비 돈 두 냥'이었다. 이는 먼 길을 돌아갈 제자가 배를 곯을까 여비까지 챙겨 주는 아낌없는 마음이 감동을 주어 제자가 훌륭한 인물이 되는 계기를 만들어 주었다 한다. 스승은 항상 스승보다 더 훌륭한 제자가 되어 스승을 빛내 달라라고 당부한다. 다산이 황상에게 그랬듯, 선생님이 제자에게 그러하여, 편지가 한 사람의 삶을 바꾸는 큰 역할을 하게 된 것이다.

'04년 5월 1일, 동창회 행사장에서 하얀 머리에 등이 굽으신 여든이 넘으신 박 선생님을 모시고 교단에 섰는데, 아직도 목소리만은 호랑이 선생님 시절같이 변함이 없었다. 그러면서도 엄하고 자상한 일장 훈시의 말씀 뒤 고향초를 목청 높여 뽑아 주셨고, 그 뒷자리에서 제자들과 함께 합창과 흥에 겨워 춤까지 추시던 모습은 아직도 생생하게 제자들의 뇌리에 남아 있어 스승은 세상을 떠나도 제자들의 마음속엔 영원히 사라지지 않음을 알게 된다. 제자들의 마음속에 가장 존경받고 오래 남아 있는 선생님으로 칭송해도 흠결이 없는 아가페 사랑의 스승! 그분이 바로 박종건 선생님이시다.

08. 대정 들판을 바둑판으로 만든 명인-이병수

경지정리를 하는 이유는 경지를 일정 크기로 적합하게 나누어 땅을 더 효율적으로 사용하기 위함이었다. 하지만 농암 지역은 들판이 적고 산지가 많은 골짝인 데다, 1970년 4월 새마을 가꾸기 사업이 시작되기 전 대규모 경지정리 사업은 국가 예산이 지원되지 않으면 시행이 어려운 사업이었다. 아무리 트랙터나 작업기계 등 생산수단에 관한 기술이 발전한다고 해도 경지 상태가 이에 적합하게 정리되지 않으면 기술 진보의 적용은 불가하고, 반면 기계화가 성숙 되지 않은 여건에서 경지정리만 선행한다는 것도 문제이긴 했다.

그래서 경지정리를 시행한다는 것은 일면 반길 만한 일이지만, 그렇다고 농가들이 모두 환영하는 건 아니었다. 기계화의 여건도 안 되는 데다 농토가 현재 위치에 원래 모양대로 나눠지는 게 아니라 수로와 농로와 논둑으로 땅이 들어가면서 면적이 줄어들고 위치 변경도 다소 감수해야 했기 때문이다. 이때 경지정리는 문경군수인 김무연(1921~2019)의 핵심 사업이었다. 1964년 경상북도 자체계획인 〈도약 경북계획〉 및 〈1965년 대통령 연두교서〉상 경지정리사업 대상지로 선정된 4곳 중 하나로 농암 대정들판이 우선 시범 지역이 된 것이다.

그래도 이런 사업 수행을 경상북도에서 주도, 시행을 했으니 그나마 어려웠어도 가능한 일이었다. 당시 이 사업은 많은 자금이 필요한 데다 이익이 장기간에 걸쳐서 서서히 얻어지므로 자금력이 부족한 농민으로서는 엄두도 내지 못할 일이었다. 가능한 기존 농지를 살리는 방식이 아닌 다수의 농민이 소유하고 있는 분산된 영세경지를 집합하여 거기에 농로·수로·배수로 등을 만든 후 적당한 구획과 형상으로 고쳐서 분배하는 방법이었으니 시간과 비용이 더 들 수밖에 없었다. 작업 시기는 벼베기가 끝난 후 시작해 봄보리 파종하기 전까지 단기간에 완성해야 하는 동절기 사업이었다. 그렇지 않으면 봄보리농사도 지을 수 없어 이로 인해 농민들의 생계와 가계에 큰 타격을 주기 때문이다.

팔만평, 4백여 마지기나 되는 경지정리 공사는 그해 겨울을 이용해 작업하면서 농촌의 유휴 노동력을 이용한다는 건 매우 바람직했지만, 추운 겨울에 특별한 장비 없이 인력에 의존하여 수행하는 것은 상당히 큰 고난이었다. 주어진 한시적인 기간 내 차질 없이 반드시 마무리 해야만 하는 토목공사이기에 경지정리 시행을 위한 조직의 결성·계획·측량·시행·시공 후 소유권 확정 절차로 마무리하게 되는 데, 과연 추진위원장을 누가 맡을 것인가가 이 사업의 성패를 좌우하는 중요한 관건이었다.

100호가 넘는 대정 마을이었지만 노련하고 경륜이 있는 노장들은 서로 눈치를 보면서 중책 맡기를 꺼렸고, 청·장년들은 리더십이나 통합 조정 능력이 부족하므로 적임자를 찾기가 생각보다 쉽지 않았다. 마을 사람들이 몇 번의 전체 회의를 개최하여 남다른 열성과 지혜가 돋보이는 젊은 이장을 뽑아 중책을 부여하게 된다. 그가 바로 대정리 중담 마을에 사는 눈빛이 유난히 빛나는 미남자 이병수였다. 사람들이 추천하자 그는 조금도 사양하지 않고 맡은 소임을 성공적으로 마무리하겠다며 자신감을 갖고 추대를 흔쾌히 받아들이는 용기백배한 새신랑이었다.

그는 어릴 적 남달리 총명하여 동네 한천서당에서 천자문 공부를 시작으로 동몽선습과 명심보감과 소학 등을 빠르게 통독하여 김상건 훈장 선생님은 그를 잘 가르치면 큰 인물이 될 것이라 했다. 농암국교를 졸업하고 중학교에 입학했으나 불운하게도 6.25전쟁이 터져 형님은 군대 가고 그는 어린 나이에 농사를 지어야하는 입장이 되고 말았으니 그의 인생에 뜻하지 않은 벽이 생긴 것이다. 비운의 설움을 견디고 전쟁이 끝나자마자 반공사상으로 투철하게 무장한 마을 청년들과 〈버들피리 악극단〉을 조직하여 문경 지역 곳곳을 다니면서 연극을 상연하는 애국 계몽 운동을 펼치기도 하였다. 그런 경력을 가진 그가 겁없이 경지정리 사업이라는 듣도 보도 못한 사업의 중책을 맡은 것은 그만큼 타의 귀감이 되고 능력이 수반된 인물임을 알 수 있다.

경지정리에서 먼저 수행해야 하는 일은 측량이고, 그다음은 필지 경계 지점에 말뚝을 박는 일과 설계된 도면대로 차질 없이 작업해 나가는 일이다. 경계 측량은 민감한 사항이어서 먼저 토지주의 입회와 동의를 얻는 일이 필요했다. 토지와 관련된 분쟁 발생을 최소화하기 위해서는 반드시 선행해야 할 일이 측량이었지만, 당시는 매매 후 등기 이전도 안 된 토지도 더러 있고, 구두로만 상속하고 부모님이 돌아가신 뒤 상속이 안 되어 권리에 대한 분쟁이 발생하는 등 크고 작은 문제들이 불거지며 시끄러워지기 시작했다. 평온하던 집안과 마을이 경지정리 실시로 인해 갑자기 다툼이 발생하자 그 원망은 고스란히 이장에게 돌아오는 것을 두고 그는 조금도 불평하거나 기피하지 않았다. 이를 설득하고 수습 정리하면서 본격적인 작업을 할 수 있게 된 것은 그의 탁월한 리더십과 평소 마을 사람들로부터 남다른 신뢰를 쌓아 온 힘이 작용하였기 때문이다.

넓은 들판을 한 치 오차 없이 측량한다는 건 어려운 일이고 공사를 총괄 지휘해야 하는 이장이자 추진위원장으로서는 누구보다도 측량기사들과의 긴밀한 소통이 중요했다. 그는 측량기사 다섯 명을 자신의 사랑방을 비워 기거하도록 하고 부인은 만삭의 몸을 이끌고 밥을 짓고 장을 보아 반찬을 준비하며, 군불을 넣는 일 등 그들에게 숙식 제공하는 일을 맡았다. 집에서 먹는 대로 차린다면 시퍼런 배추김치와 골곰짠지, 시래기 무침이 보통이지만 그것으로는 상차림이 너무 조촐하여 점촌까지 먼 길을 나가 두부와 생선토막이라도 사고 돼지고기도 한 칼씩 상에 올리며 일이 잘되어 나가도록 정성껏 측량기사들을 섬겼다.

경지정리를 하기 전 들판 사진을 먼저 찍어 두고 새로 작업할 도면과 옛날 지적도를 비교해 가면서 꼼꼼하고 치밀하게 공사를 진행해 나갔다. 그러나 사람들이 삽과 괭이 등으로 땅을 파고 지면을 평탄하게 고르는 작업은 중노동이었으므로 일하는 사람들이 지치지 않고 일할 수 있도록 격려와 함께 새참마다 막걸리를 지원하고 들판 곳곳마다 불을 피워 언 몸을 녹여가며 일하게 했다. 흙을 파는 일도 문제였지만 파낸 흙을 다른 곳으로 옮기는 작업이 더 힘들었다. 이때 등장한 것이 기차도 아니고 책에서도 못 보던 무동력의 〈가시랑차〉였다. 그 차는 먼저 레일을 깔고 그 위에 무한궤도가 달린 직사각형의 나무 수레를 올려 토사를 운반하였다. 그나마 가시랑차도 두 대밖에 없어 토사량이 적은 곳은 바소쿠리를 얹은 지게 등짐으로 흙을 옮기는 작업은 땀이 수반되어 한겨울의 추위도 무색했다.

이때 토지주는 의무적으로 나와 부역하고, 그 외 사람들은 품삯으로 밀가루를 지급했는데, 당시 많은 인원이 참여하여 너른 들판에서 일하는 일꾼들이 마치 시골 운동회를 방불케 했다. 일이 끝난 밤에는 아이들이 어른들 몰래 들판에 나가 신기한 듯 가시랑차를 타고 기차놀이를 하면서 특별한 체험을 자랑삼아 하기도 했고, 그러다 차가 레일 밖으로 떨어져 그것을 들어 올리느라 혼쭐이 나기도 했다. 어떤 날은 눈이 펑펑 내려 아직 정리되지 않은 들판이 하얀 눈으로 덮여 이미 경지정리를 끝낸 것처럼 신기루같은 풍경을 성급하게 보여 주기도 했다.

하지만 많은 사람들이 매달려 힘을 모았으나 업무량이 초기 예측량보다 더 많아지고 엄동설한이 들어 있어 작업이 좀 늦어졌다. 땅이 꽁꽁 얼기 전까지 마무리가 되지 못하자 이듬해 봄, 해동이 되자마자 공사를 재개하였다. 이렇게 큰 공사를 진행하면서 이병수의 젊음을 앞세운 헌신적이고 남다른 솔선수범이 더 빛을 발했으니 마을 사람들의 칭송이 자자할 수밖에 없었다. 어르신들은 그를 격려하면서 힘을 모아 주었고, 젊은 사람들은 적극적으로 협조하여 봄 농사에 아무 지장이 없도록 성공적으로 대업을 완수할 수 있었다.

꽃소식이 들려올 즈음 경지정리가 끝나자 수로가 반듯하고 논이 바둑판처럼 나눠졌다. 대부분 200평 한 마지기로 구획되자 사람들이 입을 모아 앞으로는 갈수기에 밤새워 가며 논물대기 전쟁은 하지 않을 것이라며 좋아했다. 한편 어떤 사람은 잘못 측량되어 논이 크기가 적어졌다고도 하고, 어떤 사람은 논에 큰 돌무더기가 생겨 여기 어떻게 농사를 짓느냐며 낫을 들고 와 협박과 항의를 하기도 했으나 그것을 설득하고 이해시키는 일도 이병수의 자세한 상황 설명과 확인 등을 통해 무난히 해소할 수 있었다. 경지정리가 끝나자마자 제비가 강남에서 날아오고 봄보리를 심던 어느 날 동네에 잔치가 열렸다. 모두들 젊은 이장이 세운 업적을 진심으로 축하하면서 돼지 한 마리를 잡고 막걸리를 한 순배씩 정겹게 나누며 따뜻하고 덕담이 오가는 마을 축제가 펼쳐졌다.

해마다 비가 많이 오면 방천이 곧잘 터지는 문제가 발생했다. 그것은 들쥐들이 구멍을 뚫기 때문이었는데, 쥐구멍으로 물이 차츰 흘러 들어가기 시작하면 얼마 가지 않아 둑이 터지고 말았다. 그렇게 되면 온 마을 주민들이 동원되어 가마니에 흙을 담아 둑을 쌓고 나무 말뚝을 박는가 하면 큰 돌로 둑 위를 보강하는 방법을 택하였는데 경지정리 후 이런 일이 사라지고, 수로의 흐름이 빨라지며 농로가 논마다 거의 연결되어 날이 갈수록 경지정리의 가치를 실제로 느끼게 되자 한동안 들판을 바라보며 그의 칭찬을 아끼지 않았다. 그의 헌신과 열정이 바둑판 같은 논을 만들었고, 날이 갈수록 주변 지역의 부러운 자랑거리가 되었다.

이후 경북도지사가 직접 이 들판을 방문해 곳곳을 살피고 노고를 크게 치하하

궤도용 가시랑차

지게로 흙 나르는 모습

경지정리후 첫 모내기(1966)

조국 근대화교육 수료(1966)

며 격려의 마음을 전하고 갔다. 받은 상금은 마을 공금으로 넣고, 상품으로 나온 광목은 가구별로 균등하게 나누어 주었다. 어느 날 도에서 경지정리에 노고가 많았던 그의 공적을 기려 서울로 산업 시찰을 보내 주는 것에 대해 미안함과 감사함을 동시에 느끼게 된다. 그는 버스 안에서 차창 밖으로 보이는 들판 풍경을 지긋이 실눈으로 바라보면서 대부분 경지정리가 되지 않아 볼품이 없는 것에 대비되는 대정 마을 들판, 마치 바둑판 위에 자신이 처음으로 흰 바둑돌을 놓는다는 착각에 빠진다. 실로 가슴이 뿌듯해 오면서 지금이 자신의 인생에서 최고의 순간이라고 직감하게 된다.

그해 풍년가가 들려오는 가을 들판에서 춤이라도 덩실덩실 춤출 수 있을 것 같았고 자신도 모르게 어깨가 올라감을 느낀다. 그는 이 사업이 성공적으로 마무리 되자 경북도에서 모범사례로 뽑혀 〈단위지역 근대화 지도자〉로 임명된다. 그리고 전국 방방곡곡을 누비고 다니며 성공 사례 전파의 자랑스런 전도사가 된다. "농민들이 괭이와 호미로 농사를 짓는 모습이 서글펐다며, 우리 마을이 좀 더 잘 살 수 없겠는가를 늘 고민했다."는 그의 아픔은 이렇게 치유되어 가고 있었다. 그가 바둑의 고수는 아니지만 들판을 바둑판으로 만든 최고의 명인으로 많은 이들에게 그렇게 불렸으니 그건 아무나 부칠 수 있는 별호가 아니었다.

8부

오늘을 빛낸 얼굴들

01. 군복 제조공에서 암행어사가 된 애국자-김익영

김익영

백두대간의 중심인 청화산은 시루봉이라는 암봉이 떡시루 형상으로 융기되어 그 아래 마을로 넉넉한 덕과 인심을 내려 주고, 그 지맥을 동쪽으로 따라가면 연잎처럼 생긴 연엽산(蓮葉山)에 연해 나지막한 산 하나가 다가온다. 소가 누워 있는 형상을 하고 있다는 바로 우복산(牛伏山)이다. 소의 귀에 해당하는 곳을 사람들은 '귀밑, 괴밑, 귀미테' 등으로 부르거나 청화산을 줄여 '화산(華山)'이라고도 부른다. 큰 소의 왼쪽 귀 밑에는 종소리가 들려야 길지가 되는데 절묘하게도 종처럼 생긴 종곡(鍾谷)리가 접하여 있으니 이곳은 병화가 없고 종소리 들려오는 평화로운 기운이 머무는 명당이 아닐 수 없다.

수탈과 폭압이 횡행하던 일제강점기인 1931년, 김익영(金益永, 농암 22회)은 우복산 아래 귀밑 마을 김상팔 씨의 3남 2녀 중 넷째로 태어난다. 부친은 매우 엄하고 무뚝뚝하였으나 사업을 경영하며 능력 있고 친화력이 뛰어났다. 모친은 현명하면서도 명랑한 성격으로 내조를 잘해 남들보다 다복한 가정에서 유년 시절을 보낼 수 있었다. 음악에 재능이 있어 곧잘 학예회에 뽑혀 노래를 잘 불렀고, 학업 성적도 출중하여 친구들의 부러움과 가족들의 사랑을 독차지했다.

하지만 농암학교까지는 여우가 나온다는 잣나무 고개를 넘고 대정공원을 지나서 장터를 관통해야만 학교에 닿는 10여 리나 되는 먼 거리였다. 눈비를 무릅쓰고 6년간 우등생으로 개근하며 대한민국 만세를 외치던 해방이 되던해 말 졸업을 하게 된다. 당시 쌍용천에서 떡메 바위치기와 족대로 민물고기를 잡던 유년의 좋은 기억도 생생하지만 그보다 가슴 아픈 추억들이 맘 속 한켠에 자리한다. 냉랭하고 찬바람을 쌩쌩 일으키는 대위 출신의 일본인 교장 선생은 밤길에서 만난 짐승보다 기피의 대상이었다. 반면 한국인 담임 선생님은 관대하고 따뜻한 응대로 식민지 시대의 서럽고 힘겨운 학업과 노동 착취의 분노를 해소시켜 주었다.

당시 어린 학생들에게 강요한 노동 착취란 매일 방과 후 우복산에 올라가 소나무 송진을 채취하고 솔방울까지 따서 학교에다 공출해야 하는 일이었다. 솔잎이 더 푸르고 큰 나무를 골라 몸통에 톱으로 가로다지 상처를 내야만 하는 송진 채취는 자신의 몸에 상처를 내는 듯한 아픔이었고, 솔방울로 가득 채운 자루의 부피와 무게를 굳은살 없는 어린 어깨로 먼 학교까지 매고 간다는 건 엄청난 노역이었다. 힘이 드는 가운데 더 속이 상하는 이유는 일본 전투기를 띄우기 위해 송진 기름을 이렇게 짜내야 하는지 그 물음에 대해 담임 선생님의 암울한 답변 외에는 그 누구도 대답해 주지 못한다는 점이었다. 이런 힘겨운 노동이 어쩌면 친일 매국 행위로 생각되었기에 하루빨리 나라가 일제의 속박에서 해방되길 소망할 뿐이었다.

그러면서도 학교를 오가는 길에서 만나는 풍경은 그의 꿈을 더 견고하게 만들어 주었다. 5대 독자 가문의 대를 잇도록 범이 출몰한 범바위와 국난시마다 울음으로 위기를 알려 준다는 개바위, 맞은 산 범과 대치하며 서기를 품고 있는 사자바위, 그리고 견훤이 하

KRA컵 우승기념 사진

늘에서 말을 타고 내려왔다는 탄생 설화의 천마산은 그에게 나라를 위해 의로운 일을 해야 한다는 사명감을 갖게 했다. 특히 우복산 소의 뒷발에 해당하는 곳^(종곡2리)에 1946년 〈윤하정〉이라는 정자를 지었는데, 조부께서 왕릉사는 칠백 석 부자 김병옥 가문과의 산송사건에서 비록 재물과 권력에선 약했지만 신문고 격쟁을 통해 불굴의 정의와 투철한 선비정신으로 승리했다는 것을 기념하기 위해 짓게 되었다는 이야기를 듣고 더욱 열심히 공부해 탐관오리들의 부정을 막는 일을 하리라 다짐하게 된다.

농암국교 졸업 후 2년여 동안 집에서 놀고 있던 어느 날, 아버지께서 두 형님^(김수영, 김인영: 농암 15회)을 불러 앉히고서 "동생은 남달리 똑똑하고 학업 성적이 탁월하므로 힘닿는 만큼 계속 공부를 시켜야 한다."고 하자 이를 흔쾌히 응낙하게 된다. 그는 송진 채취가 없는 대구의 중학교에서 공부에 매진할 수 있었으나 불운하게도 2학년 여름 6.25전쟁이 터져 휴학을 하기에 이른다. 이때 다른 사람들은 전쟁이 터졌다고 부산으로 피난을 나섰지만 그는 대구에서 나라를 위해 미력이나마 힘을 보태야 한다고 생각하며 집을 떠나지 않았다.

그때 그의 발길이 머문 곳은 바로 삼호방적이었다. 1950년, 양말공장을 하던 정재호 사장은 6.25 직전 대구에서 3천 6백 평 규모의 면방직공장을 설립했는데, 전쟁으로 인해 남한 소재 대부분의 방직공장들이 올 스톱하고 있을 때 삼호방적은 계속 가동되며 오히려 호황을 맞는다. 바로 군복을 제조하는 군수공장으로 지정되었기 때문인데, 그는 여기서 일하는 것이야말로 자신이 나라에 할 수 있는 최선의 일이며, 작은 돈이라도 모아 학비에 보탠다는 생각도 겸하고 있었으니 이 얼마나 기특한가. 사장은 "자신들이 죽으면 군복을 입혀 달라는 병사들의 수의를 만드는 것이다. 군복은 전쟁에선 병사들의 마지막 옷이 될 수도 있으니 조금도 소홀함이 없도록 정성을 다 쏟으라."고 했고, 그 말을 듣고는 군수품 제조공장에서 일하는 자부심까지 느끼면서 전쟁이 끝날 때까지 3년을 땀흘려 일했다.

그리고 전쟁이 끝난 이듬해 대구 명문인 계성고등학교를 들어가게 된다. 공부벌레가 되어 면학에 열중한 3년 뒤 전교 1등으로 졸업하게 되었을 때 그동안 목표로 삼았던 서울대 법과에 대해 학교에서는 충분히 실력이 된다고 했고, 본인도 자신이 넘치고 있었다. 서울대 원서를 내기 이틀 전 대구대학교^(현 영남대) 법학과에서 특대생^(4년 전액 특별장학생)으로 오라며 담임을 통해 의사를 타진해 왔다. 이때 그는 형님들의 도움을 받으며 공부하는 주제에 서울로 올라가면 부담을 드리게 됨을 아는지라 한번 의견도 구하지 않고 덜컥 입학을 결정해 버린다. 그 이유 중 또 다른 하나는 어디서건 공부만 열심히 하면 사법고시를 패스할 수 있다는 자신감이 충만했기 때문이다.

교양 과정이 끝나고 주요 전공과목을 공부할 무렵인 대학교 3학년 때부터 3년 동안 착착 사법고시를 준비해 나갔다. 하지만 그간 몸을 너무 돌보지 않고 공부에만 몰입하여서인지 갑자기 건강에 적신호가 왔고, 그러다 악화되어 어쩔 수 없이 고시를 중단할 수밖에 없었다. 잠시 실의에 빠져 있으면서도 오직 나라를 위해 특별하고 의로운 일을 수행해야 한다는 결의는 저버리지 않았다. 그때마다 눈앞으로 다가오는 고향의 신문고 격쟁과 천마산에서 태어나 멋진 말을 타고 달리는 견훤의 불굴의 투지와 의로운 출정을 생각하면서 스스로 재기의 칼을 간다.

그러던 어느 날 불현 듯 머릿속에 들어와 박히는 속담 하나가 그의 미래에 굵은 획 하나를 긋는다. "말은 제주도로 보내고 사람은 서울로 보낸다."는 것은 흔한 말이었으나 그 속에는 자신에게 걸맞는 교훈적 메시지가 들어 있었다. "그렇다. 나는 서울로 가야만 하고, 푸른 군복이 상징하는 충성을 신조로 나라를 위해 종횡무진 전국을 다니며 정의를 구현하는 공복이 되리라." 다짐하며 사법고시에서 심계원 고시로 방향을 바꾸어 도전하게 된다. 심계원은 감사원의 전신으로 삼국시대부터 사정부, 어사대, 사헌부 등의 이름으로 국정의 중추기능을 수행해 왔으며, 전통적인 상징으로는 말 다섯 마리가 있는 마패가 그것이었다. 마패는 흔히 "암행어사 출두요!"라는 외침으로 통하며, 민간의 억울함을 풀어 주고 탐관오리들을 응징하는 포청천 같은 업무를 수행하면서 지방에 나갈 때 역마를 끌어 쓸 수 있는 큰 힘을 가진 증빙이었다. 그에게 심계원은 꿩 대신 닭이 아닌 오히려 하늘이 내린 명령으로 자신이 꿈꾸던 목표를 이루는 전화위복이 될 수 있었다.

녹조근정훈장

감사원 표지석

그는 마음을 바꾸어 먹은 뒤 사법고시 준비로 쌓아 온 실력에 힘입어 심계원 고시에 무난히 합격, 1959년 대망의 입사를 하게 된다. 하지만 국가공무원으로서 남다른 사명감을 갖고 업무를 수행하면서도 마음속 어딘가에는 늘 허기처럼 느껴져 오는 게 있었다. 정의로운 암행어사의 책임과 역할을 온전하게 수행해 나가기 위해서는 공부가 더 필요하다는 생각과 우리나라 최고의 학부인 서울대학교에서 공부를 하지 못한 점이 시나브로 마음을 찔러댔다. 이즈음 서울대 행정대학원에 합격하면 나라에서 등록금 지원은 물론 석사학위를 취득하면 특진의 혜택까지 준다고 했으므로 이를 목표로 도전하게 된다. 입사 후 6년차 새내기가 1965년에 당당히 시험에 합격, 1968년 가족들이 원하던 서울대 석사학위를 취득하게 된다.

"흙은 정직하다."는 말과 "캐 보지 않아도 자줏꽃 핀 건 자주감자, 하얀 꽃 핀 건 하얀 감자."라는 말은 농부에게만 국한되지 않았다. 그가 흘린 땀의 결실은 감사원에서 가장 영광스런 "삼청대상(1년간 감사원 감사 결과 최우수상)" 수상으로 돌아왔고, 승진이 어려운 감사원의 꽃인 감사관(부이사관)으로 봉직할 수 있었으니 그의 공직 생활은 많은 이들의 귀감과 선망이 되었다. 일제강점기에 태어나 해방의 기쁨을 누리기도 전에 6.25전쟁, 그리고 전후의 폐허 위에서 국가기관의 감독관청에서 선도적인 역할을 수행한다는 건 남다른 준법정신과 청렴 정의가 근본이 되지 않으면 불가능한 일이다. 이런 업무 능력과 헌신적인 봉사를 인정받아 퇴직 후 곧바로 신용보증기금 이사 및 감사로 근무하였고, 그 뒤 서울마주협회 자문위원장과 감사, 한국경영기술컨설턴트협회 부회장을 역임하는 등 사회 지도 그룹의 리더로서 끊임없이 국익 발전 등에 크게 기여하였다.

그는 지금 말할 수 있다. "진인사대천명을 좌우명으로 삼고 법과 원칙에 입각한 삶을 영위해 왔으며, 특히 눕지 않고 최선을 다해 달리는 말의 정신을 흠모하여 유달리 경주마를 사랑했고, 인생도 그처럼 쉬지 않고 달리며 의기찬 삶을 살아왔다고." 유년 시절 등교 길에서 만난 천마산의 상서로운 기운과 조부가 신문고 격쟁에서 불의를 꺾은 정의와 청렴정신, 6.25전쟁 중 삼호방적에서 3년간 군복 제조공으로의 애국 활동, 그리고 암행어사 마패에 새겨진 다섯 마리의 말과 함께 최고

암행어사 마패

감사전문가로 평생을 봉사한 시간들이 주마등처럼 오늘도 달리고 있다.

자신의 인생은 한 마리의 말이지만 결코 앉아서 잠들지 않는다는 그의 결의는 나라를 누란의 위기에서 살리고 더욱 발전하는데 기여했다. 그랬으니 그를 일컬어 군복 제조공에서 암행어사가 된 애국자라 불러도 아무 손색이 없을 것이다.

02. 신사 중에 최고 젠틀맨-신영국

세상에는 기업인, 정치인도 있고, 교육자와 멋진 신사도 있다. 이들 중 제일 존경받는 인물을 표현하는 말은 생각보다 간단하다. 기업인 중 기업인, 정치인 중 정치인이라는 방식의 표현은 쉬우면서도 적절하다. 다방면에 걸쳐 잘하는 사람은 거의 드물지만 그렇다고 없는 것은 아니다. 1943년 농암에서 태어난 신영국, 그는 이 시대의 신사이며, 한국의 신사 중 신사라 부를 수 있는 분이다.

농암국교(31회)와 청암중을 마치고 상경하여 서울 소재 고교와 대학을 졸업한다. 그리고 경영학과 출신답게 주식회사 남북이라는 회사를 설립하여 성공한 기업가의 반열로 들어선다. 남북! 회사 이름만 들어도 그의 남북통일에 대한 열망과 의지와 남다른 애국심이 돋보인다. 그러면서 기업 경영을 통해 도출된 여러 가지 난제를 발견하고 어떻게보다 나은 기업환경을 만드느냐를 고심하다가 결국 국회의원에 출마하기로 결심한다.

드넓은 야망이 있었지만 높은 현실의 벽에 부딪쳐 그는 첫 선거에서 고배를 마시고 만다. 1985년 신민주당 후보로 출마했는데, 민정당 채문식과 신한민주당 반형식 후보에게 밀려 떨어진 뒤 잠시 갈등을 한다. 하지만 쓴 약이 몸에는 더 좋다는 말을 익히 알고 있는 그로서는 재도전에 다시 힘을 모은다. 그리고 드디어 1988년 13대 국회의원 선거에 통일민주당으로 출마하여 여의도에 입성하게 된다.

그 뒤 1990년 3당 합당으로 민주자유당이 출범할 때 합류했고, 1992년 제14대 국회의원 선거에서 민주자유당 후보로 같은 선거구에 출마했으나 친여 무소속 이승무 후보에 밀려 두 번째 낙선을 한다. 이 무렵 정계를 떠날까 생각하면서도 1995

문경대학교

년 학교법인 남북학원을 설립하여 문경전문대학^(현 문경대학교)를 개교하는 백년대계의 교육을 실현해 나간다. 농암에서 임근호 선생이 교육 오지에 청암중학교를 설립해 인재 양성에 혁신적인 기여를 했듯이, 자신도 문경의 열악한 고등교육 부재를 해소하기 위해 과감한 결단으로 오정산 품 안에 면학의 둥지를 틀었다.

하지만 하늘은 그를 조용하게 살도록 허락하지 않았다. 1997년 한나라당 황병태 국회의원이 한보그룹 비리로 국회의원직을 상실하는 뜻밖의 일이 발생했다. 이에 그가 못 이룬 꿈을 다시 불지폈는데, 1998년 재보궐선거에서 자유민주연합 신국환 후보를 꺾고 두 번째 당선이 되었다. 그리고 2000년 제16대 국회의원 선거에서도 한나라당 후보로 같은 선거구에 출마하여 역시 자유민주연합 신국환 후보를 꺾고 당선된다. 2002년 국회 건설교통위원회^(현 국토교통위원회) 위원장에 선출되었을 때, 2003년 수도권제1순환고속도로 사패산터널 공사가 민원으로 지연되자 이에 반발하여 사심없이 과감하게 사의를 표명하기도 했다.

제16대 국회의원 재직 시절인 2001년 추석 즈음, 당시 국회 산업자원위원회 위원을 할 때 한국은 경차 비율이 7%에 불과한 반면 프랑스와 이탈리아는 전 차종의 40%가량인 것을 깨닫는다. 곧바로 기존에 있던 2000cc급 중형차를 팔고 마티즈를 구매하여 타고 다니며 만나는 사람마다 경차 예찬을 늘어놓기도 했다. 이런 경차 사랑 때문에 지역

구인 문경·예천에서 열렸던 공식 행사장에 경차를 타고 갔다가 문전박대를 당하기도 했고, 서울에서는 마티즈마저 없어 청와대 부부 동반 만찬이 있을 때면 항상 택시를 이용했다.

신영국 국회의원

그가 국회의원에 도전해 거둔 성적표는 역전의 용사 같다. 〈패-승-패-승-승-패〉로 3승 3패이지만 그의 패배는 곧 승리가 되었고 꺾여도 다시 일어나는 불굴의 정신, 그것은 쉽게 보기 어려운 사례였다. 그가 하고자 도전하면 이루었고 눈치나 형식이나 체면에 연연하지 않고 소신을 지킨 정치인이었으니 천마산 후예로서 견훤의 영웅적 기질을 타고난 것이라 보여진다.

경제를 선도하는 성공한 기업가, 백년대계를 여는 혜안의 교육가, 책임질 줄 아는 정직하고 뚝심 있는 정치가로의 신영국, 그는 큰 차를 타며 계급과 권위를 내세우는 사람이 아니라 작은 차를 타며 겸손과 소신을 겸비한 신사, 그러기에 벤츠를 타는 것보다 마티즈를 타고 다니는 신사다운 신사, 그래서 젠틀맨 New England! 신영국이 아니겠는가. 거짓과 가짜를 일삼으며 부끄러움을 모르는 요즘의 국회의원들은 반드시 신영국의 신사도를 살펴보고 이를 본보기로 삼아야 할 필요가 있다.

03. 별은 고향의 하늘에서 더 빛난다-신우식

  1965년 4월 1일, 대한민국 비둘기부대가 월남^(현 베트남) 땅에 첫 건설의 삽을 꽂는다. 비둘기부대는 전투부대가 아닌 공병부대로 디안 군청소재지에서 비둘기부대 병영까지 2.5㎞에 이르는 자갈길을 확장, 포장하는 공사를 벌이게 된다. 평화를 상징하는 비둘기가 총 없이 삽과 불도저로 우방 월남을 돕는 역사적인 따이한의 날이다. 기온이 35~36도에 이르는 폭염이 장병들을 괴롭혔지만 비둘기들의 얼굴에는 웃음이 가득했다. 월남까지 자원해서 온 큰 뜻이 씨를 뿌리는 순간이었기 때문이다.

  하지만 그 기쁨은 잠시, 베트콩은 4월 2일 밤 11시를 기해 비둘기부대를 기습해 왔다. 그들은 우리나라 장관 일행 등 수뇌들이 부대 안에 머무르고 있다는 정보를 갖고 테러를 자행했지만 다행히 수뇌부는 기공식이 끝난 직후 곧바로 월남을 떠나 태국에 가 있어 무사할 수 있었다.

  적의 기습은 비둘기부대 참모진들이 야간회의를 하는 동안 박격포 포격으로 시작되었다. 적의 첫 박격포탄은 수송대와 통신대가 사용하던 임시 텐트 옆에 여러 발이 떨어졌다. 조문환 장군은 이미 30분 전 부대 전방에 잠복 중인 전초병으로부터 베트콩 분대 병력이 나타났다는 보고를 받았지만 사격 명령을 내리지 않고 있던 터였다. 비전투부대인 비둘기부대는 절대 선제공격을 감행하지 않는다는, 한·월 양국 간에 맺어진 실무협정을 존중했기 때문이다.

베트공의 포격을 받은 직후 조장군은 이광노 경비대 대장^(종합13기·중장 예편)을 전화로 불렀으나 이미 통신이 두절된 상태였다. 그래서 전속부관인 정동호 대위^(육사 13기· 현역 소장)를 본부에서 약 5백m 떨어진 경비대대로 보내 상황을 살피고 오도록 지시했다. 정대위는 총알이 빗발치는 험로를 뚫고 경비대대에 도착, 전황을 파악하고 무사히 돌아왔다.

적은 비둘기부대에서 서북방으로 1km 정도 떨어진 지점에서 포격을 개시했으며, 약 1개 중대 규모의 병력이 아군 전초병들과 현재 교전 중이라는 보고였다. 조장군은 즉각 아군의 81mm 박격포 사격을 명령한 뒤 월남군 3군단에 포 지원사격을 요청했다. 약 30분간 디안의 밤하늘은 포탄의 뇌성과 번개로 요동치며 소란하게 흔들렸다.

부대 안에는 50여 발이 넘는 박격포탄이 떨어져 큰 웅덩이를 만들었으나 아군은 적절히 대응하여 장병 11명이 부상했을 뿐 다행히 전사자는 없었다. 그러나 베트콩은 총탄을 맞고 숨진 시체들을 그대로 남겨둔 채 도망쳤다. 이렇게 베트콩의 첫 기습을 용감하게 물리친 것은 비둘기부대 전초에서 미리 잠복근무를 철통같이 수행했던 중대장과 병사들의 수훈이었다.

이날 밤 3중대장 권상집 대위^(갑종간부 출신)는 박재운 하사^(분대장)가 이끄는 1개 분대 병력을 부대 전방 1km지점에 매복시켰고, 1중대장 신우식 대위^(육사 14기·예비역 소장)는 김정남 하사 등 분대원 9명을 부대전방 5백m 지점에 매복시켜 3중대 뒤를 지키게 했으니, 베트콩은 철통같은 아군 매복조에 걸려들어 결국 그들이 의도했던 부대침투가 좌절되고 만 것이다. 그 역사 현장에서 선봉장 역할을 했던 1중대장 신우식 대위는 견훤산성이 있는 천마산의 서기를 받은 인물 중 한 사람으로, 육사 14기^(1958~1985)이며, 육군 교육사령부 부사령관, 제5보병사단, 특수전사령부 참모장 등을 역임하고 소장으로 예편했다.

그는 천마산 아래 약천이 샘솟는 민지 더대 출신으로 고향 사랑이 남달랐다는 이야기가 전해 온다. 때는 1980년 7월 하순, 갑자기 아침부터 앞이 분간되지 않는 폭우가 내리기 시작해 정오가 지나도록 빗줄기는 조금도 약해지지 않았다. 서서히 강물이 불어나

들판을 삼키더니 기세를 조금도 늦추지 않고 세력을 확장하면서 집들이 떠내려가고 다리마저 사정없이 끊어 버렸다. 901번 지방도가 지나는 농암 장터와 괴정은 물바다로 변했고 함창으로 나가는 다리가 끊어지면서 마을 곳곳이 고립무원의 신세가 되어 버렸다. 한 나절 만에 벌어진 상상을 초월하는 물난리에 할 말을 잃은 주민들은 그저 넋을 잃고 망연자실하여 먼산바라기를 할 뿐이었다.

 백 년 동안에도 없었던 기록적인 폭우였지만 그나마 밤이 아니어서 인명 피해는 적었다. 점점 물이 불어나고 있는데도 농암리 노인 한분은 피신하지 않고 평생을 살아온 자기 집에서 절대로 못나간다며 하늘이 나를 데리고 가든지 아님 비를 멈추어 주든지 하라며 기둥을 안고서 들이치는 흙탕물을 온몸으로 버텼다. 나중엔 지붕 위까지 올라가서도 고집을 꺾지 않는 노인을 향해 가족들은 무사하기만 기도하며 뜨거운 눈물을 훔칠 뿐이었다.

 오후 새참 무렵이 되자 비가 서서히 멎고 천지는 상전벽해가 아니라 천지개벽이었다. 그 뒤 25톤 트럭이 떠내려간 빈 자리에는 자갈밭이 모습을 드러내고 있었고 그나마 몇 채 남은 집들도 침수되어 건질만한 가재도구는 눈에 띄지 않았다. 엄청난 홍수로 인해 육지가 섬이 되었고 집은 떠내려가 입은 옷이 전부인 사람들은 임시로 마련된 천막 등의 생활에서 빵과 라면 정도로 끼니를 이을 수밖에 없었다.

 이때 가장 큰 피해를 입은 곳은 궁기천과 농암천을 끼고 있는 농암1리와 민지1, 2리였다. 천마산을 가운데 두고 강이 하회하는 마을은 마치 물폭탄을 맞고 폐허가 된 듯했으니 어른들은 6.25전쟁에도 이런 난리는 없었다고 혀를 차며, 하늘이 무심하다고 입을 모았다. 그래도 천마산과 쪽금산 사이에 있는 배너미고개, 배가 넘는다는 전설의 그 고개 중간쯤에 있는 성황 동신의 힘 덕분인지 농암천 강물이 그곳을 넘지 못했으니 얼마나 다행인가. 가마솥 같은 삼복의 무더위지만 하늘엔 잠자리 떼가 얄밉게 나는데, 이상하게도 저만치 장수잠자리 한 마리가 눈에 보이지 않는가. "이 물난리에 뭘 먹고 자랐길래 잠자리가 저리도 크다는 말인가?" 그 잠자리가 점점 가까이 날아오더니 급기야 타타

타 적막을 깨뜨리며 잠자리 비행기로 다가오는 것이었다.

이 물난리 중에 또 무슨 전쟁이라도 났나. 어차피 청명에 죽으나 한식에 죽으나 매한 가지, 마을 사람들은 손을 놓고 피곤과 절망이 역력한 표정들이었으나 그 헬리콥터는 잠시 후 시원한 바람과 소음을 일으키며 천막 옆에 내렸고 이윽고 문이 열렸다. 대낮에 별 두 개가 떴다가 이렇게 더대 땅에 내렸으니 이건 꿈같은 일이었다. 고향을 민지에 둔 바로 신우식 장군이었다. 수해를 입은 고향 마을 사람들을 위로하며 이불보자기로 싼 구호품 몇 덩이를 내려놓고 다시 낮별이 되어 하늘로 날아오르자 마을 사람들은 오래 손을 흔들어 답례했다.

견훤대왕이 쌓아올린 천마산 견훤산성 위로 높이 떠오른 헬기는 더대 마을 하늘을 한 바퀴 돌며 하늘에서 인사 표한 후 푸른 창공으로 아득히 사라져 갔다. 별이 고향의 하 늘에서 더 빛나는 이유는 진심어린 고향 사랑 때문이다. 아직도 마을 사람들의 마음속 에 지워지지 않는 소중한 사랑으로 각인되어 있는 신 장군의 고향 사랑은 오래도록 잊 혀지지 않을 것이다.

04. 하늘 네 평 되는 숭악한 골티의 법사-천명일

귀에 아주 익숙한 문경말투의 노인 한 분이 TV에 나와 구수하게 한문 강의를 한다. 말씨나 내용이 재미있고 친근감을 느끼게 되어 그 모습을 자주 접하게 되었는데, 어느 날 자신이 태어난 곳이 서재 다락골이라 했다.

그가 태어난 곳은 "땅 세 평에 하늘 네 평 정도 되는 아주 숭악한 골티"라는 서재 다락골, 서재는 서쪽에 있는 재라는 뜻이고, 다락골은 부엌 위에 이층처럼 만들어 물건을 넣어 두는 곳처럼 생긴 깊은 골짝을 말한다. 속리산 천왕봉을 주산으로 삼고 주흘산을 안산으로 거느린 땅이 바로 중산을 품은 다락골이다. 중산(重山)을 '중

천명일 법사

봉(重峰)'이라고도 부르는데, 그것은 임진왜란 시 큰 공을 세운 의병장 조헌이 잠시 전열을 정비하기 위해 보은에서 다락골로 들어와 의진을 치고 있던 것을 기려 그의 호인 중봉을 따서 부르게 되었다. 쌍용에서 남쪽으로 올라가면서 아랫다락골, 윗다락골, 서재 다락골로 나눠지며 지형상으로는 산첩첩 옷깃을 여민 듯한 우복형 길지로 수도하는 도량 같은 분위기가 골골마다 물씬 풍긴다.

심산유곡, 이런 곳에서 태어나 어쩌 어쩌다 보니 부산까지 내려가 불경을 연구하고 한문강좌를 하며 상당한 인지도를 쌓았다. 이분이 '산성할아버지'라고 불리는 '설원 천명일 법사'이다. 법사(法師)란 석가모니의 가르침을 설파하고 중생을 불문으로 이끄는 스승으로서의 승려, 또는 좁은 의미에서는 경전에 능통한 수행자, 넓은 의미에서는 부처와 제자들을 모두 말하는데 그만큼 불교 연구에 깊이를 갖고 있는 대가라고 할 수 있다.

설원 법사는 불경 연구를 많이 했을 뿐 아니라, 천자문을 한문으로 다양한 이야기를 덧붙여 설명하는 특별함이 있다. 과학적인 방법의 접근으로는 다소 흠잡을 부분이 있을지 모르나 대부분 수긍이 되는 재미있는 있는 방식으로 이치를 설명하므로 많은 이들에게 큰 인기가 있었다. 천자문의 한문 이야기는 전국의 방송매체를 통해 크게 화제가 되기도 했고, 대법사로서 불타의 진정한 가르침인 독경, 독송, 서사, 해설, 참선 등 불교 수행의 진면목을 강설을 통해 보여 주기도 했다.

"난 독설가라 사람들이 다 싫어한다. 하지만 남화사 성화 스님은 날 좋아하고 사랑한다. 성화 스님은 조계종 중진 불교계 기둥으로 이 나라의 '거울'이 되시는 스님이다." 라고 말하며 남화사와의 인연을 말한다. 구미시 남통동에 자리잡은 남화사 주지 '성화 스님'이 자신을 좋아하여 그곳에 머물게 되었다고 거리낌 없이 말한다. 그리고 절터가 아주 좋은 곳이라 그곳에 머물면서 〈법화경 요의 삼년결사도량〉 법회를 3년간이나 열었다.

"천추만대 후손이 불경을 제대로 알아야 하며 종교인들이 거룩한 성인의 말을 자기의 목소리인양 흉내를 내는 것이 정말 싫어 법회를 통해 명쾌히 밝히겠다." "남화사에서 법회를 여는 것은 첫째는 성화 스님이 좋아서, 둘째는 이 장소가 바로 보리수이며, 셋째는 전국에서 중심지가 바로 구미이기 때문"이라며, 이 법회에서는 긍정도 부정도 아닌 법회를 연다고 했다. 그러면서 스님은 부처의 뜻으로 청정한 '비구'이며, 특히 원효대사를 '박정희 대통령'으로 보고, 부처의 정수리가 바로 박정희 대통령의 생가인 상모동이라고 지적하면서 불교가 제일 먼저 들어온 곳이 바로 구미 선산이라고 했다.

천법사의 강의를 들은 사람들은 종교적 신념을 떠나 조건 없이 마음이 편안하다고 한다. 사람들의 깊은 내면에 숨어 있는 하고 싶고 알고 싶은 이야기들이 그의 입을 통해 마구 쏟아져 나오기 때문이다. 천자문 하나에도 깊은 뜻이 담겨져 있어 옛 조상들이 천자문을 왜 만들었는지 그 천자문에 어떤 숨은 뜻이 들었는지 강의를 듣다 보면 세상의 모든 이치가 깨달아진다고들 했다.

성화 주지 스님은 "심오한 불교진리를 내면까지 다 아는 산성할아버지를 알게 되면서 진정한 불교세계를 깨우치기 위해 3년 열사로 설법을 기획하게 됐다."며 "불교대학 등에서 경전 공부를 한 사람도 법사의 강의를 통해 불교에 대한 참 진리를 배울 수 있는 좋은 기회"였다고 밝혔다. 진리를 제대로 배울 마음가짐 가지고 수행을 겸해 공부하면 눈이 바로 보일 것이고, "영혼의 꽃을 피워 주고 가야 된다."며 이는 각자 가진 직업에 최선을 다해 그 분야에 무엇인가 업적을 남겨 주고 가야 한다고 덧붙였다.

또 천법사는 평생교육에 대해 강조했다. 그는 교육과 문화에 대한 비판을 했지만 비판을 위한 비판이 아닌 '대안 있는 비판'을 한 것으로 알려져 있다. 그중에서 귀납추리 논리학으로'마음' 밝혀내는 부처님 말씀이라는 〈수능엄경〉(상·중·하)의 해설이 많은 사람들의 주목을 받았다.

가장 난해하다는 〈수능엄경〉을 불교 입문 초기에 독파했고, 이를 상중하 3권으로 해설을 종료했는데, 그의 설명은 전문성과 일반적 감정의 양단을 오간다. 제일차 명칭에서 대불정(大佛頂)을 취하고, 제3의 명칭에서 여래밀인수증요의(如來密因修證了義), 제5명칭에서 제보살만행수능엄(諸菩薩萬行首楞嚴)을 취한 기본 구조에서부터, 경의 서두에 써진 부처님께서 아난에게 말씀한 내용, 즉 "나의 가르침에 의하여 말하고 나의 가르침과 같이 도를 수행하면 곧 보리를 성취하며 다시 마의 장난이 없느니라."는 경구까지 경의 핵심 골격을 파고든다.

경전과 한문을 주로 일반인에게 가르치는 재야학자의 독해력의 근간을 묻는 질문에는 '수행의 힘'이라고 답한다. 40여 년간 출가 수행자처럼 조석예불에 다라니 독경을 지속하는 수행력이 난해한 경전 번역의 밑바탕이란 해명이다. 그가 특히 〈수능엄경〉 완간에 쏟은 힘은 수행의 원천인 육도(六度)와 삼현십지(三賢十地)의 수행 방법에서 부터 공가중(空假中)의 삼제(三諦)를 통괄해 가르침을 주는 포괄성 때문이다.

"다양한 과학과 철리를 밝히고 수행의 단계와 지위를 상세히 밝혀 수행자들이 치열하게 수행의 경지에 단계적으로 오르는 법을 안내하기에 현대 과학으로의 연결도 가능하다."면서 〈수능엄경〉에 대해 "과학 속에 없는 답을 수록한 진정한 과학의 백과사전"이라며 "난해한 문제들을 과학적으로 밝히고 있는 경전이라 매료됐었다."고 밝힌다. "마음의 비밀을 밝힌 석가세존은 마음이 어떻게 생기게 되었으며, 그 마음으로부터 세계와 중생계가 어떻게 생겨났는지 명쾌하게 밝혔고, 이를 〈수능엄경〉에 담았다."고 한다.

그는 '산성할아버지'란 별칭의 한학자로 부산 설원에서 불법을 연구, 부산 설원불교대학과 부산국군통합병원 등에서 강의하고 부산 불교경전연구원장을 역임했다. 고대 전통침구학자로도 활동했으며, 저서로는 「산성 할아버지의 우리 민속이야기」, 「도덕경 노자의 길」, 「보통 사람」, 「에밀레」, 「원각경 게송편 편찬」, 「광본 천수경 역해」, 「나무」, 「지견」, 「보통 사람」, 「공무허」, 「32상80종호」, 「신침입문」, 「세계와 중생계가 생기는 이유」, 「절로 가는 길」 등이 있다.

숭악한 골티에서 태어난 천명일 법사! 이처럼 그가 훌륭한 법사로 자리매김한 것은 문경의 농암, 하고도 다락골의 깊고 도장산의 높은 기운과 함께 심원사의 심오함이 오늘의 그를 키워 냈다 해도 틀림이 없을 것이다. 많은 세월은 흘렀어도 지금도 다락골에 가면 세계의 도를 은둔군자처럼 가득 품고 있는 기운이 아직도 여전하게 풍겨 나오고 있음을 누구나 쉬이 느낄 수 있다.

05. 농바우 팔아 노원구 머슴이 된 사나이-남장희

농바우는 농암 지역의 정신적 지주이자 견훤 역사를 증언하는 대표적인 상징이다. 장롱 같이 생긴 바위로 그 장롱 안에 무엇이 들어 있을까 하는 의문을 갖게 하고, 딴은 그 바위가 고인돌이 아니냐고 주장하는 이가 있기도 하다. 개바우 꽃비리를 지나 농암 천변의 밭 가운데 자리한 바위 하나만을 고인돌이라 주장하는 데는 상당한 무리가 따른다. 왜냐하면 〈농바우〉는 견훤 전설이 내려오는 견훤 유적 중 하나로 이 바위 외에 농바우 동네 들판엔 〈견훤느티나무〉가 있고, 갈골쪽으로 가는 삼밭골에는 〈견훤말무덤〉과 그 무덤에서 홈다리 쪽으로 넘어가는 곳엔 왕이 넘었다는 〈왕재〉, 그리고 농바우 건너편엔 견훤의 천마 설화에 등장하는 〈천마산(天馬山, 쪽금산)〉과 〈선녀바우〉가 있기 때문이다.

이 바위와 지명 등 6곳은 모두 견훤 전설과 연계된 곳이다. 이야기의 인과관계를 살펴보면 견훤이 이곳에서 태어났고 성장기에 말을 조련하며 견훤산성을 쌓았다. 그 뒤 나라가 향락과 부패로 인해 망국의 길로 들어서자 정의를 불태우며 고향을 떠나 완산주로 가서 후백제를 건국하는 왕이 된다. 이 시작점에 있는 유적이 바로 농바우이고 서로 전설들이 앞뒤로 이어지고 있는데도, 이를 무작정 고인돌로 비정하는 건 앞뒤가 맞지 않는다.

농암면 갈동리 331-1번지에 소재한 〈농바우〉, 그 바위 위에 아기 견훤을 누여 놓고 부모가 밭일하고 있으면 범이 산에서 내려와 젖을 먹이고 갔다는 전설 속의 장소가 이곳

일 것 같기도 하다. 견훤의 〈천마 설화〉에서 〈아비〉의 아버지가 천마산 지경에서 호랑이에게 물려 세상을 떠났으나 〈구호〉가 호랑이를 대신 처치하고 그녀의 원수를 갚아준 후 부부의 연을 맺으면서 견훤 탄생 설화가 시작된다. 그 설화에 등장하는 호랑이 후손들이 하늘이 내린 인물인 견훤에게 젖을 먹이고 갔다는 논리는 수긍이 된다. 어머니가 밭일하는 동안 그 전설의 바위 위에 포대기 쌓인 채 누워 있던 아기가 있었으니 그가 견훤의 정기를 받은 남장희다.

농바우가 자리한 땅은 논과 붙어 있는 직각삼각형 형태의 밭으로 그 밭 중심부에 장롱같은 검고 큰 바위 하나가 자리하고 있다. 그 바위는 남장희가 강보에 쌓인 애기 때부터 요람처럼 이용하던 장소였다. 평상처럼 생긴 너럭바위 위에 그를 포대기에 싸둔 채 콩밭을 매는 어머니가 일에 열중하고 있으면 놀다가 울다가 지쳐 잠든 그에게 견훤의 혼이 내려와 그를 보듬어 주고, 그는 그 기운을 받아 청운의 꿈을 꾸지 않았을까. 너무 낭만적인 서사일지 모르지만 그의 삶을 조망해 보면 농바우는 무생물의 바위에 그치지 않고 지금도 살아 숨쉬는 바위임이 확인된다.

그는 갈동2리 농바우 마을에서 태어나 농바우 바위와 함께 꿈 많은 유년 시절을 보냈다. 그도 그럴 것이 농바우가 있는 밭이 그의 집 소유였기에 누구보다 농바우라는 보물 상자와 함께 성장기를 보내게 된 것이다. 하지만 농암국교를 우수한 성적으로 졸업한 후 중학교를 입학하게 되면서 어쩔 수 없이 농바우와 결별하게 된다. 당시는 6.25 전후라 하루 한 끼도 배부르게 먹을 수 없었던 고난의 시절에 부잣집 아들이 아닌 그가 어떻게 중학교를 갈 수 있다는 말인가.

어머니는 아무리 형편이 어려워도 사내가 사람 구실하려면 까막눈은 면해야 한다는 강한 학구열을 갖고 있었다. 고뇌 끝에 내린 결론은 전 재산에 해당하는 농바우가 있는 그 밭을 팔기로 한 것이다. 어린 나이에 그걸 보고 가슴이 가장 아팠던 그는 하늘이 무너져도 "제가 돈을 벌어서 반드시 농바우가 있는 콩밭을 다시 사 드리겠다."고 어머니 앞에서 눈물을 글썽이며 몇 번이고 다짐하게 된다.

중학교를 졸업하던 날, 차갑게 새벽 별빛이 내리는 농바우를 등 뒤에다 버려두고 고향 집을 떠나 가은역까지 걸어 첫 기차를 타고 서울로 갔다. 서울에서 눈뜨고 있어도 코를 베어 간다는 남대문시장, 거기서 문구점 하는 형님 밑에서 종업원으로 일을 시작했다. 눈치가 빠르고 바지런한 근성을 갖고 있음에도 서울 생활은 만만치 않았다. 어서 빨리 돈을 모아 농바우 콩밭을 어머니에게 돌려 드려야 한다는 생각을 하루도 잊은 적이 없었으나 생각보다 돈을 벌기란 쉽지 않았다. 급여도 없이 입에 풀칠하고 잠자고 옷 입혀 주는 정도만 되어도 만족해야 했던 시절이었으니 때론 제풀에 지치고 마음이 한없이 약해지기도 했다.

얼마나 지났을까. 어느 날 군 입대 영장이 날아 왔다. 나라에서 부르면 달려가야 하는 일이니 이제 콩밭은 점점 물 건너가고 죄책감까지 생기기 시작했다. 26사단에 입대하여 군 복무 중 월남전이 발발했다. 그리고 한국군도 참전하게 되었다는 소식이 돌더니 지원자를 뽑는다고 했다. 그는 다시 농바우의 콩팥을 생각했고, 그걸 사기 위해서는 월남전 참전을 하면 충분히 해결이 되겠다는 생각으로 아무도 모르게 자원을 했다. 참전을 위해서 받아야 하는 4개월간의 특수 훈련을 무사히 마친 후 어머니께도 비밀로 한 채 출발하는 배를 타기 위해 인천항으로 가게 되었다. 전투 중 혹시나 모를 사고에 대비해 만약 무슨 일이 생기면 그 보상금으로 반드시 콩밭을 사 달라는 유언까지 써서 비밀 주머니에 넣고 비장한 각오로 장도를 나서게 된다.

그런데 농바우신이 말렸을까 아니면 천마산의 천신이 말렸을까? 멀쩡하던 그가 갑자기 이유도 모를 병이 나서 도저히 배를 탈 수 없는 극한 상황에 이르고 만다. 이런 연유로 청운의 꿈을 꾸던 월남전도 날아가고 콩밭도 일순에 다 날아가 버렸으니 백마부대로 복귀한 뒤 허탈한 마음으로 제대를 하게 된다. 한동안 숙명적으로 포기하게 된 월남전 지원 실패로 허무감이 엄습했으나 그보다는 어머니께 콩팥을 사드리지 못한 게 더 가슴이 아팠다. 제대 후 다시 남대문의 문구점으로 돌아가 새로운 맘으로 일을 재개하였다.

그러던 어느 날 이쁜 아가씨 손님이 손목시계를 빠뜨리고 가는 사건이 발생했다. 당시만 해도 손목시계는 누구나 찰 수 있는 게 아니고 살기 넉넉한 사람이거나 아니면 적어도 결혼을 해야 예물로 받은 시계를 패용하던 시절이었다. 그 시계를 별도로 보관하면서 예의 아가씨가 나타나길 간절히 기다렸는데, 며칠 뒤 시계를 찾으러 아가씨가 나타나 고맙다며 사례를 하려 했다. 그때 다른 어떤 사례보다도 마음을 받는 게 좋다고 했으니 이후 시계가 인연이 되어 그 아가씨와 결혼하게 된다.

1971년 노원구 월계동은 달동네였고, 거기서 신혼을 시작하게 되었다. 번듯한 집들이 없는 건 아니었지만 대부분 작은 집들이 다닥다닥 붙은 달동네로 이웃끼리 서로 가깝게 지내는 문화가 있었다. 앞집 대문 여닫는 소리만 들어도 누가 오가는지, 뒷집 빨랫줄만 봐도 식구가 몇이라는 정도는 허물없이 알고 지내는 수준이었다. 그런 환경에다가 그는 천성적으로 워낙 부지런하여 동네 궂은 일을 도맡아 했고 경로당 노인들과 고아원 아이들을 자원하여 돌보며 이웃에 대한 봉사를 생활화했다. 그렇게 20여 년을 살아가다보니 주민들로부터 “동네 사정을 너무 잘 알고 있으니 면장을 해야 한다.”는 우스갯소리를 자주 듣게 되었다.

1995년 6월, 본의 아니게 노원구 주민들의 권유와 응원에 힘입어 〈서울특별시 기초의

남장희 보도자료   남장희 선거 홍보물

원 선거)에 출마하게 된다. 중졸, 소위 가방끈이 짧아 특별히 쓸 학력란이 허전하여 고민하던 차에 청암중학교 설립자이신 임근호 선생님의 말씀이 떠올랐다. "나는 학교를 다닌 적은 없으나 한학 12년으로 농암면에 중학교를 설립했다. 중요한 건 학력보다 배우고자 하려는 의지이다."

이 말씀을 생각하면서 학력란에 〈독학〉이라는 두 글자를 적어 넣었다. 그 당시 경쟁자인 민정당 후보는 나의 이력을 보고 이미 선거도 하기 전 당선이 확정된 듯한 분위기에서 선거운동을 여유 있게 시작하는 것이었다. 이럼에도 사나이가 한번 칼을 뽑았으니 최선을 다해 싸우자는 마음을 갖고 어디까지나 심판은 주민들이 하는 것이라는 점만 머릿속에 새기고 임했다.

그는 특별한 선거전략이 없었으나, 〈작지만 큰 머슴〉이라는 슬로건을 걸고 그저 평소에 하던 대로 동네 주민들에게 진심을 다해 봉사하고 가가호호 방문하면서 주민들을 살뜰히 보살폈다. 그 결과 완전히 예상을 뒤엎고 현역을 물리치며 당선되었는데, 그때 당선 소감은 강하고 짧은 한마디였다. "전차에 부딪친 것 같습니다. 그 차에 여러분들을 태우고 열심히 달리겠습니다."

막상 당선이 되고 보니 갖고 있던 특유의 사교성과 봉사정신만으로는 부족할 것 같아 변함없이 제자리를 지키고 있는 은근과 끈기의 농바우 정신을 오늘에 되살리기로 했다. 견훤은 농암에서 자라 한 나라를 건국하는 왕이 되었는데, 나도 농암에서 태어나 서울특별시 구 의회에서 주민들을 위해 최고로 헌신하는 일꾼이 되겠다는 다짐이었다. 의회의 복지위원으로 활동을 시작하면서 좀더 체계적으로 장애인과 영세민을 위한 생활 복지에 힘을 쏟았다.

남장희 복지위원장

연탄배달은 물론 도배 기술을 배워 무료로 도배를 해 주었고, 독거노인의 고독사 방지를 위해 매일 야쿠르트를 문 앞에 갖다 놓고 확인하는 일을 행하였다. 야쿠르트가 없으면 안심하고 그대로 있으면 문을 두드려 노인을 업고 병원으로 뛴 적이 한두 번이 아니었고, 평소 활달한 성격에 노래하기를 좋아해 경로당을 돌며 어르신들을 노래로 즐겁게 해 드렸으니 서로 피부로 닿는 밀착 관계가 형성되었다.

그렇게 임기 4년을 마치고 1998년 두 번째 기초의원 선거에 출마하여 여유 있게 재선에 성공할 수 있었다. 기초의원이 되어 두 번이나 복지위원장을 맡았고 의회 의장 선출까지 되었으나 동점이 되어 나이순에서 밀리게 되었다. 그렇게 주어진 책무를 다하고 3선에 도전하려 했으나 가족의 극심한 반대로 3선을 포기하게 된다. 작은 성공이지만 삼세판은 해야 직성이 풀릴 것 같은 강한 신념은 가슴속에 오래 자리하고 있었다.

농암의 농바우

그 후 남다른 애향심으로 농암을 찾아 지역민들의 인화단결과 지역 발전에 애쓰는 리더로 나섰다. 그를 만나려면 고향의 행사장에 가면 만난다고 할 정도로 아무리 바빠도 고향 사랑과 그 참여는 남달랐다. 농암을 갈 때마다 〈농바우공원〉에 묵묵히 자리하고 있는 〈농바우〉를 보면서 바위 위에서 놀던 유년과 어머니의 사랑을 잊지 못해 눈시울이 뜨거워짐을 느낀다. 그 밭을 사서 어머니께 돌려 드리지 못한 죄책감은 있으나 선견지명을 가진 어머니 덕분으로 〈농바우〉를 팔아 노원구 의회 의원직을 산 머슴이 되었으니 하늘에 계신 어머니께서 그를 보고 얼마나 자랑스럽다 하실까. 농바우가 있는 밭은 이미 공원화되어 개인 소유가 아니지만 하늘이 어머니께선 가끔식 밭을 매러 농바우로 내려오지 않을까 싶어 고향을 더 자주 가게 되는 게 아닐까.

06. 청화산 정기를 받은 국학자-박찬수

우리나라의 고유한 제도나 언어 역사 예술 신앙 제도 풍속 학문 따위에 관해 연구하는 학문이 바로 국학이다. 사전적 용어가 그러하듯 분야가 광범위하고 많은 것을 통찰해야 하는 연구 분야라서 선망의 대상이 되기보다는 올곧은 애국자로서 명예와 자긍심으로 사는 직업이라 할 수 있다. 그러기에 국학자들은 대개 독립운동이나 시, 시조 등의 남다른 창작 활동을 하면서 동시에 국학 활동을 전개해 왔다. 육당 최남선, 지훈 조동탁, 위당 정인보와 가람 이병기 같은 분들이 이에 해당이 되는데, 이러한 국학자들에겐 애국자라는 호칭을 같이 붙여도 흠결이 없다.

농암 출신 국학자인 화은(華隱) 박찬수 씨는 1939년 청화산 연봉인 시루봉의 정기를 받고, 우복산(牛伏山)의 머리가 손에 닿을 듯한 중리 삼파수 마을에서 출생하였다. 그의 증조부는 참봉벼슬을 한 박우양, 조부는 진사 급제를 한 박승하로 원래 예천에서 한의원을 경영하며 의업으로 부를 축적한 선망의 집안이었다. 그러다 나라가 어수선해지고 도처에서 난이 일어나자 1916년 증조부가 병화가 없다는 우복동을 찾아 농암으로 이주해 온 반가의 후예이다.

십승지가 도처에 산재해 있지만 그 중에서도 농암의 우복동은 스스로 청화산인이라 자처한 「택리지」의 저자 이중환이 선했으니, 이곳으로 사람들이 찾아들지 않았을 수 없었다. 각지에서 많은 사람들이 몰려들면서 논이 적고 산지가 많은 지역이라 경사가 급한 산비탈도 개간하여 곡식을 심었다. 타지에 비해 지가가 터무니없이 비싸 1950년 말경에는 이곳 논 1두락 가격이면 조치원이나 김포평야 3두락은 살 수 있을 정도였다.

그런데도 일단 길지를 찾아 이곳에 들어온 사람들은 무위자연적인 DNA를 이어받아서인지 6.25라는 격동기를 겪으면서도 여기를 떠나면 큰일이라도 나는 줄 알아 외지로 나가 새로운 세계로 뛰어드는 도전정신은 현저히 부족한 경향이 있었다. 우복동천이 있는 화산 지역 사람들은 소극적이고 선비 기질을 가진 반면, 조항산이 있는 도덕동천 지역에서 천마산으로 이어지는 지역 사람들은 거칠고 진취적인 성향을 띠고 있어 인간이 자연의 영향을 받지 않는다고 할 수 없다.

그는 박의서의 4남⁽⁴녀⁾ 중 넷째 아들로 많은 부를 누리던 증조부가 이웃에 사는 박생원의 감언이설에 속아 자금을 잘 못 대준 것이 화근이 되어 어려운 처지에 놓이게 된다. 부자가 갑자기 가난해지면 가솔들이 곤경에 처하지만 백형인 박찬호⁽¹⁹²⁰~¹⁹⁶⁸⁾ 씨가 가족을 돌보고 가문을 일으키는데 심혈을 쏟은 그 은덕에 힘입어 그는 집안에서 유일하게 고등교육을 받게 된다. 논이 귀하고 밭이 많은 입지 조건에서 가장 수익성이 높은 작물이 담배농사였고, 텃밭과 산전에 심어 주업으로 삼으면서 문경연초경작조합 이사까지 되었으니 그 덕을 많이 입게 되었고, 서울에서 공부할 때는 여러 당숙들의 도움도 받았다.

그는 당시 농암에서 중학교를 마치고, 상주로 유학 가서 농잠고등학교 축산과를 졸업한 후 1년간 양계를 시작했으나 재미를 보지 못했다. 그리고 고려대학교 사학과를 다니면서 4년간 거의 장학생으로 학비를 면제받고 졸업을 하게 된다. 그 후 집안을 일으켜 보겠다고 고향 친구말만 믿고 농협 자금을 빌려 손가방 제조업을 시작했다가 보기 좋게 실패한 뒤 고스란히 부채를 지게 된다. "하늘로 머리를 둔 사람이라면 누구나 돈을 희구하니 돈 버는 일은 너무 어렵다."는 교훈을 얻었고, "역시 송충이는 솔잎을 먹어야 하는 법"이라며 자신은 우복동 선비 체질이라는 걸 깨닫고 직장에 다니면서 석·박사학위를 받는다.

주경야독하며 한국고전번역원 부설 국역연수원을 졸업, 그곳에서 본격적으로 자신이 좋아하는 고전 국역사업에 종사하게 된다. 사라져 가는 민족문화를 발굴, 보존, 전승하기 위한 그의 열정과 노력은 남달랐으며, 특히 한문고전을 현대어로 번역하여 이를 여러 사람들이 쉽게 접할 수 있도록 하는 국역 업무에 헌신했다. 그가 근무하면서 수백 종의 선현 문집 등 한문 고전을 정리하고 보급함으로써 한국학 연구와 고전의 대중화에 기여하게 된다.

십수 년 전 드라마로 방영되어 우리나라는 물론 세계 각국 시청자들의 심금을 울렸던 〈대장금〉도 〈국역 중종실록〉에서 모티브를 따온 것인데, 그때 국역실장과 사무국장을 맡으며 주어진 소명을 다한 뒤 정년을 마치게 된다. 학술원 추천도서인 「고려 시대 교육제도사 연구」를 비롯, 「한국에서 쓴 일본 역사 이야기」, 「십팔사략선」 등의 저서를 출간했고, 국역 도서인 「조선왕조실록」, 「동사강목」, 「산림경제」 등의 공동 번역에 참여했다. 퇴직 후 대학에서 후학들에게 한국 역사와 동양 고전 관련 교육을 가르치며, 각종 문집의 번역 사업에도 참여하고 있으니 본인의 입지와 소명을 평생토록 실천해 온 애국자라 할 수 있다.

국학은 단순히 번역과 나열만 해서는 의미가 없다. 올바른 사회와 제대로 된 국가를 국민들이 갈망하듯, 올바른 말을 하고 이를 실천에 옮긴 선인들의 사례를 찾아 국민에게 올바른 메시지를 던지고 그 길을 역사 속에서 찾아내는 게 그의 역할이자 사명이었다. 시류와 간격을 좁혀 혼탁한 세파에 부딪히면서도 자신을 지키고 정도를 걸으며, 연구가 깊고 박학다식하여 많은 업적을 남긴 지식인이다. 그는 지금도 시류에 초연한 채 오로지 학문과 수신에만 전념하는 선비의 고고한 풍모를 갖고 청화산의 정기를 받은 국학자로서 귀감이 되는 삶을 살아가고 있다.

07. 오직 한길, 오직 한지의 명장-김삼식

　문경의 정체성을 옛길과 산성, 도자기를 꼽지만 여기 하나 더 포함해야 할 것이 바로 무형문화재다. 무형문화재는 말 그대로 형태가 없는 것이지만 지역에 기반을 두고 살아온 사람들의 기술이 유전되는 전통으로 특수한 환경에서 만들어지므로 이는 오랜 세월이 낳은 보이지 않는 보물이다. 눈에 보이는 것보다 보이지 않는 것이 더 가치 있다는 말이 이를 말하는 것이다.

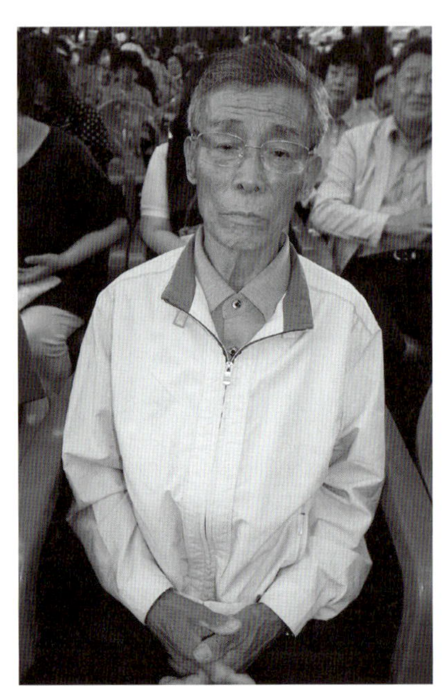

　농암 내서리에는 한지 명장 김삼식이 터줏대감으로 앉아 자기 자리를 지키며 살고 있다. 그는 어려운 환경에도 불구하고 쇠퇴되어 가는 한지 산업의 한 모퉁이를 굳게 지키며 소신껏 자신의 길을 걸어왔다. 직접 닥나무를 심고 재배하여 가을에 수확 후 모든 공정을 전통방식으로 생산해 내고 있다. 그 결과 생산되는 우리 전통한지를 찾는 수요가 늘고 있으며, 심지어 프랑스의 루브르박물관, 영국의 대영박물관, 이탈리아 의류업계 등 다양한 곳에서 한지를 찾기 위해 꾸준히 방문하고 있다.

　어느 분야나 정체성이 나타나지 않는 곳은 없다.

모진 세파와 고난 속에서도 오래도록 쌓고 변화하고 또 높여 가면서 긴 노정을 거쳐 변하지 않는 특별한 가치를 축적할 때 자연스럽게 새로운 동력이 일어나고 그 힘의 중심에 장인의 자리매김과 명품이 만들어지게 되는 것이다. 그 정체성이 오랫동안 이어지고 사람들에게 공감을 받으면서 농암의 것이 문경의 것, 문경의 것이 세계적인 것이 되었다.

"나는 옛날 그대로 만드는 것밖에 모릅니다." 물질을 계속하는 그 한 마디에서 김삼식의 인품과 성격, 삶의 철학 등을 단번에 파악할 수 있다. 많은 말을 주고받지 않아도 그 사람됨을 금방 알 수 있을 것 같은 사람이 바로 그다. 우둔할 정도로 숙맥 같은 정신이 지금의 그를 장인의 반열에 올려놓았음을 확인하게 된다.

전통한지를 만드는 데는 손이 많이 간다. 가까운 밭에 닥나무를 직접 심어 1년을 자라면 채취한다. 20kg을 한 단으로 묶는데 이 한 단으로 창호지 크기 스무 장을 생산한다. 그해 생산한 닥은 그 해 소비한다는 원칙을 고수하는데, 해를 넘기면 상품성이 떨어지는 까닭이다. "원칙을 어기면 천 년을 사기치는 게 된다."고 생각하는 그의 말 속에는 남다른 소명과 특별한 정신이 묻어난다.

닥나무를 12시간 동안 삶아 껍질을 벗기고, 벗겨 낸 껍질을 물에 담가 불려서 겉껍질을 벗긴 후, 속껍질만 긁어내 잿물에 넣어 3시간 동안 삶은 다음 얻어 낸 백피를 두드려 섬유를 분리하고 물에 푼다. 이어 풀을 섞어 물질해 뜬 종이를 말리는 복잡다단한 과정이다. 완성에는 보통 넉 달의 시간이 소요되며 이런 시간뿐 아니라 몰입할 수 있는 환경도 잘 조성되어야 한다.

"종이 뜰 때는 물질하는 횟수가 일정해야 합니다. 그래서 숫자를 세죠. 안 그러면 두께가 달라져요. 사람이 찾아오면 방해가 돼서 아예 문도 잠그고 작업합니다." 전통한지라도 모든 부분에서 전래 기법을 유지할 수는 없는 노릇이어서 예전처럼 방안에 불을 때어 종이를 건조하는 대신 수증기로 달궈진 철판 위에 얹어 말리고, 백피를 두드릴 때 방망이 대신 기계로 두드리는 등 일부 과정이 달라지고 있다. 물질도 전후좌우로 함으로써 '우물 정(井)'자 형태의 조직을 만드는데, 한 방향으로만 하면 방향성이 생겨 잘 찢어진다. '외발뜨기'식 물질 방식 덕에 섬유가 직교하면서 서로 얽혀 질겨진다. 한 장에 12회 이상 하므로 연간 전체 물질 수는 수십만 회에 달하기 마련이다. 그 덕에 내구성과 보존성이 훨씬 강해진 질기고 오래가는 격자 직교 한지는 통일신라시대 무구정광대다라니경에도 쓰여 세계에서 가장 오래된 기록물로 남았다.

김삼식 한지장

문경한지장 전수교육관

한지는 1년 중 석 달 정도밖에 만들 수 없다. 더워지면 원료가 상해서 만들 수 없어 서리 내릴 때부터 3월 초까지만 만들고, 추울수록 질은 더 좋아진다. 기껏해야 하루 200장 정도밖에 만들지 못하여, 연간 생산되는 한지가 2만 장에 불과하다. 그러니까 그만큼 대량 생산되는 개량한지보다 비싸지만, 그의 장인정신을 아는 고객들은 꾸준히 찾아오고 있다.

우리 선조들은 "사람이 마저 하지 못한 말들은 종이가 한다."라고 여겼다. 실록과 고서들의 기록이 오늘에까지 전해지는 배경이며, 그 종이의 최고봉은 단연 '고려지'였다. 글의 모양을 내고 천 년의 시간을 견디는 기록지로서의 특장 때문이었다. 옛 방식을 충실하게 재현하고 있는 김 선생의 공방에는 영국, 프랑스 등 세계적인 박물관 관계자들의 발걸음이 계속 이어지고 있다.

세계 3대 박물관의 하나인 프랑스 루브르박물관도 로스차일드(Rothchild) 컬렉션 가운데 판화 〈성 캐서린의 결혼식〉을 비롯한 다수의 작품을 선생의 한지를 사용해 복원했다. 루브르박물관 측은 기록 유물 보수용 등의 종이로 오랫동안 일본의 화지(和紙)와 중국의 선지(宣紙)를 사용해 왔으나 내구성과 보존성에 단점이 발견돼 애로를 겪다가 2016월 2월 농암의 한지를 접하고선 놀라움을 금치 못한 끝에 대체하기로 결정했다.

〈문경고려지 삼식지소〉라는 이름을 쓰지만, 처음에는 〈삼식공작소(三植工作所)〉라는 현판을 사용했다. 신라 경순왕 39세손인 선생에게 조부는 '오래 살라'는 뜻에서 삼식(三植)이란 이름을 지었지만, 그는 "전통, 성실, 정직 세 가지를 심어야 한다."는 뜻으로 이해했다. 이 세 가지 원칙을 꿋꿋이 지키며 장인의 길을 걸어왔다. 선친이 9세에 돌아가시고 품팔이로 생계를 잇던 홀어머니를 돕고자 학교를 그만두고 시집간 누이 집에 일손을 다니다 한지와 운명적인 조우를 했다. 매형의 형님 되시던 유영운 선생에게서 한지를 배우기 시작한 것이다.

문경고려지 표석

'한지 수요가 많지 않았을 텐데 그동안 힘들지 않았느냐?'는 질문에 그는 "한지가 장례에 많이 쓰여 굶지는 않았다."라고 말한다. 불경기로 종이가 팔리지 않을 때는 닥나무를 팔아 생계를 이었고, 가축을 키우고, 농지를 임대해 농사도 지으면서 손에서 한지를 놓지 않았다. 77세이던 2019년까지만 해도 오토바이를 타고 전국을 누비며 한지를 팔아야 했던 그는 지금은 일일이 돌아다니지 않아도 전국에서 손님들이 찾아오는 유명한 장인이 되었다.

나이가 들어 허리가 굽어져도 정작 본인은 "일하는 사람이 허리가 굽는 건 자연스런 결과"라며 "농땡이들이 허리가 반듯한 법"이라고 웃었다. 여전히 우스갯소리를 잘했고, 화법도 감추는 법 없이 직설적이었으며, 자기 종이에 대한 자부심은 여전했다. 원칙을 목숨처럼 여기며 타협을 모르고 살아온 장인만이 보일 수 있는 기개였다.

2021년 7월 28일 국가무형문화재 한지장에 지정됐다. 한지장으로서는 네 번째 지정이어서 실력에 비해 시기적으로 늦은 감이 있지만 당연한 결과였다. 한지장이 되면 종이 제작에 불편함이 없도록 정부가 지원을 한다. 지금 장인의 곁에는 든든한 후계자 아들이 함께한다. 46세의 막내아들 춘호는 아버지의 경험치를 수치화하는 작업을 하고 있다.

아버지 방에는 고려지 제조 과정을 쓴 아들의 논문집이 자랑스럽게 서가를 차지하고 있다. 아버지의 70년 시간이 거기 담겨 있다. 아들은 아버지의 경험이 여전히 데이터보다 힘이 세다는 사실을 깨닫기도 한다. 수치화한 대로 진행해도 풀리지 않아 전전긍긍하고 있으면 아버지가 쓱 한번 보고는 맥을 짚어 문제를 해결해 준다. 아버지의 세월이 위대해 보이는 순간이다. 닥과 짚을 반반씩 섞어 만드는 함경도식 고정지 전통 제조기술 복원에도 참여하고 있다. 전통은 한번 단절되면 돌이키기 어렵고 아예 없었던 것이 되어버리기 때문에 우리 것 지키기를 자신의 소명으로 여기고 있으니, 이제 김삼식 한지는 세계가 주목하는 또 하나의 한류인 것이다.

08. 달리니까 행복하고 행복하여 달리는 철인-김명조

흔히 우리네 삶을 마라톤이라고 한다. 마라톤은 묵묵히 앞만 보고 장시간을 달려야 하는 스포츠로 10km도 있고, 하프도 있으며, 42.195km 풀코스도 있어 저마다 상황에 맞는 속도와 체력 안배 등을 고려하면서 남다른 도전정신을 갖지 않으면 목표에 이르기 어렵다. 그런 만큼 속도보다는 지속력과 남다른 전략이 있어야 영광의 메달을 목에 걸 수 있다. 삶도 이와 같아 긴 세월을 꾸준히 노력하고 발전을 도모해 가며 생의 끝날까지 열심히 달려가야 하는 숙명을 맞는다. 마라톤이나 삶은 무조건 결승점에 도달하기 위함이 아닌 달리면서 자기 극복과 목표 성취를 동시에 추구하게 된다. 몸이 달려가면서 마음이 달리고 잠들어 있던 영혼까지도 일깨우며 같이 달린다 하여 〈마라톤을 달리는 철학〉이라고 부른다.

마라톤은 빨리 달리는 것이 핵심이지만 그렇다고 너무 빨리 가려고 욕심을 부리면 오래 달릴 수 없다. 뛰는 힘은 자신에게서 나오지만 혼자 뛰는 것이 아니라 함께 달리는 선수가 있고, 주변의 응원과 격려도 큰 힘이 된다. 달리는 과정에서 만나게 되는 급수대는 그냥 지나치는 것보다는 한 모금의 물을 마시며 자기를 돌보는 시간으로 받아들이면 그만큼 먼 길을 잘 달릴 수 있음을 간과해서는 안 된다. 달리는 것이 이기적인 것으로 보이지만 마라톤은 고독한 참선이요 파노라마가 펼쳐지는 다양한 노정의 경주이다. 그러기에 농암에서 태어난 김명조는 달리면서 성장했고 성장을 통해 다시 달리는 마라토너로서 타의 모범이 되는 삶을 달려가고 있으니 우리는 그의 삶을 특별한 시선으로 바라보지 않을 수 없다.

　동족상잔의 비극을 초래한 6.25전쟁이 터지자마자 그의 아버지는 나라 부름을 받고 전쟁터로 나갔다. 어머니는 새색시나 다름없는 스물여섯 나이에 뱃속의 김명조 씨와 두 아들을 데리고 마을 사람들과 먼 피난 길에 오른다. 밀리고 한없이 밀려 내려가는 아군보다 빠르게 걸어 나갔으나 채 부산까지 가지 못하고 낙동강에 이르러 두 아들을 잃고 만다. 표식도 없는 낙동강 모래사장에다 눈물로 두 아들을 묻고 몸을 되돌려 울며불며 농암으로 돌아온다. 전쟁은 더욱 치열해지는데 남편은 아무 소식도 없으니 오매불망 정화수를 떠 놓고 올리는 기도가 전부였다.

　그해 추운 겨울 김명조 씨가 태어났고, 여기서부터 그의 인생 마라톤의 대장정이 시작된다. 주인이 24번이나 바뀌었다는 백마고지, 그 전장에서 살아남는다는 건 기적이라 했는데 아버지는 다리에 총상을 입은 후 야전병원으로 요행히 후송된다. 한동안 소식이 없자 마을에서는 전사한 것이 아닌가 숙덕거리는 사람들도 있었으나 기다림의 시간은 길었어도 전사 통지서는 날아오지 않았다. 그 후 대구통합병원으로 옮겨 다친 다리가 낫지도 않은 상태로 의가사 제대를 하게 된다. 1984년, 59세의 나이로 세상을 뜰 때까지 다리에 박힌 탄환은 빼지 못한 채 비운의 아픔을 안고 저세상으로 가신 것이다. 백마고지 전투 유공으로 1954년 무성화랑무공훈장이 서훈되었지만 연고지 누락으로 전달되지 못했다가 49년 뒤에야 받고 국립묘지에 안장되었다. 평생 아픈 다리를 이끌고 농사만 짓다가 돌아가신 아버지는 김명조에게는 우리들이 말하는 보통의 아버지가 아니었다.

　당시 집이 너무 빈한하여 양반이고 체면이고 따지지 않고 남의 머슴살이로 시작해 살림을 일구신 아버지를 지켜보며 자란 그는 남달리 의지가 강하고 집념과 도전 의식이 투철했다. 어린 시절 궁기천 건너 견훤이 명마를 얻었다는 말바우를 마주보며 유년의 꿈을 키웠다. 명마는 화살보다 빨라야 한다는 견훤의 전설이 그에게는 일찍이 뇌리에 와 박혔다. 달리는 말과 쏜 화살 중 누가 빠르냐는 건 상식적으로는 쉽게 답이 나오지만 전설 속에 등장하는 견훤의 명마는 화살보다 빠른 기적을 보여 주었다. 그랬으니 그는 견훤처럼 신출귀몰한 명마를 잡을 수 있는 속도와 지략을 가져야 한다는 다짐이 늘 그의 가슴을 뛰게 하였다. 특히 어린 시절 달리기를 잘했고, 바위를 오르는 것이나 산을 타는 것 등 무엇을 해도 선두였다. 남들이 걷는 것이라면 그는 뛰어다니는 것으로 보였고, 다른 이들은 힘이 들어도 그는 즐기는 것처럼 보였다.

1966년 중학교를 졸업한 후 고등학교 진학을 포기하고, 다리가 불편한 아버지를 도우며 농사일에 전념했다. 그러면서도 진학의 꿈을 완전히 버리지 않고 어머니에게 닭을 사달라고 했다. 닭장을 직접 지어 닭을 키우며 알을 낳으면 농암장에 내다 팔아 그 돈을 차곡차곡 항아리에 모아두었다. 선천적으로 심장이 튼튼하고 호흡이 좋아 시나브로 집에서 출발해 궁기, 궁기에서 말바우와 연천과 종곡리를 거쳐 화산까지 열심히 뛰었다. 당시 달리는 길이 비포장 신작로인 데다 숨은 돌부리와 여러 개의 재빼기가 있어 그야말로 산악구보 수준이었으나 그에게는 별다른 문제가 되지 않았다.

그러던 어느 날 상주 화북국민학교 운동회에 마라톤 우승을 하면 포상으로 송아지 한 마리를 준다고 했다. 왕복 8km 거리의 백두대간 코스였다. 그는 무명이었으나 전국 마라톤 선수임을 숨기고 출전한 고수에게 간발의 차이로 1등을 놓쳤으니 달리는 데는 누구에게도 지지 않는 선천성이 있었다. 마라톤을 체계적으로 운동한 적이 없는 그가 2등의 결과를 얻은 것은 대단한 것이었다. 그의 마을 연천리는 예로부터 힘센 장사들이 많아 군내 씨름대회가 있으면 거의 황소를 독차지했으니, 그는 씨름 장사 대신 견훤 명마의 기운을 받아 달리기 장사로 태어난 것 같았다.

그 후 인근 초중고등학교 운동회에 마라톤 일반 부문으로 참가하기만 하면 우승을 독차지했다. 양은 냄비부터 집안 살림살이가 상품으로 넘쳐날 정도로 포상을 받아 동네 사람들에게 많이 나눠 주었다. 어느 날 방학이 되어 고등학교를 간 친구들이 고향 집에 오는 걸 보고 이때부터 시골에서 농사를 짓고 있는 자신의 모습이 한없이 초라해짐을 느낀다. 그러나 고등학교라는 넘을 수 없는 벽을 넘으려고 하니 아버지와 다툼이 생길 수밖에 없었다. 견훤이 농암을 떠나 무진주를 거쳐 완산주로 가서 자신의 꿈을 펼친 것을 생각하며 비장한 결심을 했고, 그동안 달걀을 팔아 모아 둔 3천 원을 들고 야반도주를 감행하기에 이른다.

그날 밤 대정공원 소나무 밑에서 꼬박 밤을 지새며, 의병장들이 이 숲에서 좋은 기운을 받고 출정했듯 그도 결의를 굳게 다진다. 담날 아침 첫차를 타려고 장터 정류소에 가 보니 아버지가 그를 찾으러 나와 있었는데 그대로 잡혀가면 모든 게 수포로 돌아가는 것이었다. 자신이 가진 달리기 역량을 최대한 발휘해 20여 리 거리에 있는 가은으로 달려가 12시간 걸리는 서울행 버스를 타고 을지로6가 시외버스터미널에 도착하게 된다.

오갈 데 없이 무작정 상경했으니 모든 게 낯설고 두려웠다. 직업소개소를 찾아가 다행히 무교동에 있는 〈먹고파 빵집〉에 취직했다. 하지만 잠잘 곳이 없어 밤 12시 영업이 끝나면 홀에 테이블을 붙여 놓고 그 위에서 이불도 없이 웅크리고 잠을 자고 새벽 4시면 일어나 일을 시작했다. 고된 하루하루가 지나고 밤이 되면 앞날에 대한 걱정과 집 나온 아들을 걱정할 어머니의 얼굴이 떠올랐다. 3개월이 지나 맞이한 추석날, 그는 고향은 가지 못하고 의정부 작은아버지 댁을 찾아간다. 이때 소재가 노출되어 아버지가 그를 데리러 왔으니 못이긴 척 농암으로 내려가게 된다.

다시 원위치 되어 농사 일을 하던 어느 날, 그의 인생에서 전환점이 되는 호기가 찾아온다. 은척 외삼촌이 잠업을 크게 하는데 일손이 부족하다며 도와달라는 요청으로 가게 되어 집을 다시 떠나게 되었다. 1968년 9월 문경군민체육대회가 열렸고, 외삼촌이 출전을 권유하여 농암면 대표 선수로 참가하게 된다. 행정기관에서 개최하는 공식적인 대회에 800m와 1,500m 두 종목에 처녀 출전해 다른 선수들을 여유 있게 따돌리고 우승 메달 2개를 목에 걸었다.

이를 계기로 육상에 천부적인 재능이 있음을 확인하고 훌륭한 운동선수가 되어야겠다는 마음을 먹는다. 이후 나이보다 3년이나 늦었지만 외삼촌의 도움으로 상주고등학교 체육특기생으로 입학하게 되었으니, 그동안 품어왔던 고등학교 재학의 꿈을 자연히 이루게 된 것이 매우 자랑스러웠다. 입학식도 하기 전에 선수팀에 먼저 합류하여 합숙 훈련에 돌입했다. 남몰래 나름대로 연습 겸 고향 집에 다녀올 일이 있으면 언제나 상주 에서 농암까지 60리가 넘는 길을 뛰어서 오가곤 했다.

그가 전국적으로 이름을 알리게 된 것은 〈삼일절 단축 마라톤〉이었는데, 이 대회에 참가하여 뜻밖에 3등을 하여 학교 안팎에서 난리가 났다. 어디서 나이 많은 들보잡이 나타나 날고 기는 선수들도 못하는 3등을 하다니 그게 가능하냐며 시기 심보다는 놀라움을 금치 못했다. 그 뒤 〈경북도민체전〉 1,500m와 5,000m에 상주군 대표로 출전하여 여기서도 우승을 차지하고 나니 이제 동료들은 타의 추종을 불허하는 실력이라는 점을 인정, 아낌없는 칭찬을 보내 주었다. 급기야 그를 말없이 지켜보던 대구 성광고등학교에서 스카웃 제의가 들어왔다. 하지만 상주고등학교의 완강한 거절에 막혔으나 전재식 청암중학교 선배님이 성광

김명조 동메달(아시아친선육상경기)

고 체육 교사로 있으면서 끝까지 적극적인 주선과 설득으로 어렵사리 전학이 결정된다.

그 선생님으로부터 본격적이고 체계적인 훈련을 잘 소화하면서도 공부에 한이 맺혀 수업에도 열성을 가지고 한번도 빼먹는 일이 없었다. 노력은 사람을 배반하지 않는다는 걸 일찍부터 깨달았고 달리는 일이 즐겁고 즐거우면 달린다는 것을 습관화하였다. 얼마 지나지 않아 〈전국체전〉 1,500m에 출전해 4분 2초 8이라는 성적으로 우승을 차지하고, 같은 해 경상북도 대표로 〈한국일보 주최 월곡~김천 구간 마라톤 대회〉에서 1등을 차지해 지도자들을 깜짝 놀라게 했다. 전재식 선생님의 지도 아래 승승장구하던 그는 한 단계 꿈을 높여 국가 대표가 되겠다는 목표로 바꾸었고, 그것을 꿈꿀 수 있는 목

표가 생겼다는 것 자체만으로도 행복했다.

2학년 말 〈한일고교 교환경기〉 한국대표 선수 선발전에 출전해 1,500m를 4분 4초 5로 우승하여 드디어 그가 꿈꾸던 한국대표 선수가 된다. 늘 자만하지 않고 최선을 다하는 그는 운동만큼은 거짓이 없고 노력한 만큼의 결과가 나온다는 것을 재확인하는 순간이었다. 1970년 태릉선수촌에 입촌해 강도 높은 훈련을 받고 1,500m에 출전, 일본 선수에게 간발의 차로 1등을 내줬지만, 그해 전국체전에 출전, 마라톤에서 우승을 하는 기념을 토하며, 우리나라 육상의 중장거리에서부터 마라톤까지 평정하는 전천후 건각으로 새롭게 이름을 올리게 된다.

1972년 〈뮌헨 올림픽 국가 대표〉로 선발되어 다시 태릉선수촌에 재입촌했으니, 제대로 운동을 시작한 이래 3년 만에 올림픽 국가 대표가 되는 쾌거를 이루었다. 강도 높은 훈련 중에도 매일 일기를 쓰며 마음을 다스리고 올림픽의 꿈을 점점 키워 나갔다. 그런데 5차 마지막 훈련이 끝나갈 무렵 갑자기 입대 영장이 나온 것이다. 6.25 때 태어나 입적하는 과정에서 실제 나이보다 한 살 많게 호적이 되었는데, 이것이 잘 풀려 나가던 길을 막아설 줄은 전혀 짐작하지 못했다. 일단 운동선수로 연기신청을 냈으나 불운하게도 행정적으로 누락 되어 있음을 모르고 훈련만 계속하고 있었으니 졸지에 병역기피자로 몰리고 만다.

법원 판결에서 정상참작은 되었으나 영장이 발부되어 군대를 더 이상 연기할 수 없는 처지가 되어 허탈한 마음으로 입대하게 된다. 눈앞으로 다가온 세계로의 도전, 뮌헨 올림픽 참가를 목전에 두고 예기치 못한 문제로 인해 올림픽 참가조차 못하게 된 것에 대해 눈물을 감출 수 없었다. 다행히 입대 후 육군 소속 선수로 운동을 계속할 수 있었고, 73년 대한육상경기 연맹 주최 〈제1회 아시아 친선육상경기〉를 앞두고 1,500m 중거리 한국 대표로 선발되어, 태릉선수촌에 입촌하게 된다. 10개국이 참가한 그 경기에서 처음으로 가슴에다 자랑스런 태극기를 달고 국제경기에 출전하게 되었으니 견훤의 명마처럼 빠르게 달리는 일만 남아 있었다.

그동안 불운으로 올림픽에 출전하지 못한 뜨거운 응어리를 이 경기에서 깨끗이 날려 버리고야 말겠다는 각오가 외려 어깨를 누른다. 한국대표로 가슴에 291번을 단 김명조 선수, 그리고 290번을 단 또 한 사람의 한국 선수, 이렇게 둘은 경기 전 1936년 베를린 올림픽에서 손기정 선수가 1위, 남승룡 3위를 했듯이 그 역사를 재현하자고 결의했다. 초반에는 탐색전, 중반에는 서서히 피치를 올리다가 마지막 바퀴에서 각축전을 벌였다. 아깝게도 결승선에서 1, 2등은 외국 선수의 몫이 되고, 그는 3분 58초 8의 기록으로 동메달, 그동안 깨지 못한 4분대의 벽을 그 경기에서 깬 자신의 최고 기록에 만족해야 했다.

비록 색깔은 동메달이었지만 그에게 가치는 금메달 그 이상이었다. 태극기가 게양되고 단상에 올라 감격의 눈물을 흘리는 영광의 순간을 맞았다. 시상식이 끝나자 농암 장터에서 사진관을 하던 김천규 친구가 응원석에서 운동장으로 내려오자 둘이는 한참 동안 부둥켜안고 뜨거운 눈물을 흘렸다. 1974년 제대 후 경산중 육상코치를 하고 있을 때 경북대학교에서 스카웃 제의가 왔으나 부모님이 집안의 맏이로서 동생들의 뒷바라지를 하라고 만류해 굴러온 복을 차고 대학의 꿈을 접으며, 동시에 국가 대표와 육상지도자의 꿈도 접게 된다.

멈추면 보이는 게 아니라 달려야 보이는 것이 그의 일관된 삶이라서 적당히 현실에 안주하기보다는 또 다른 길을 달리기 시작한다. 삼성노블카운티 스포츠센터에 입사하여 안정적인 생활을 하면서도 늘 중도에서 멈춘 학업에 대한 열망을 버리지 않았다. 나이 50을 넘어 인천시립전문대학에 체육학과를 입학, 일과 학업을 병행하면서도 1시간 30분 걸리는 학교를 즐거이 다니면서 실기 체육전문 교사자격증을 획득한다. 그리고 초당대학에서 학사학위를, 꿈에도 그리던 한국체육대학교에서 스포츠산업경영 논문으로 석사학위를 받고, 순천향대학교에서 〈스포츠센터의 서비스 품질과 노인층 고객의 행동과 운동의 관계〉에 대한 연구로 체육학 박사학위를 취득한 후 한국 스포츠 산업 육성 전문가로서 체육계의 발전과 육상 후배 양성에 힘써 나갔다.

농암향우회 행사

체육행사 포상식

　세계주니어 선수권대회 대한민국 대표 고교선수 단장으로 세계대회에 참가했고, 중고 등학교 육상경기 연맹 부회장으로 중국과 자매 결연을 맺어 육상 강국인 중국을 오가며 선수들의 기량을 높였다. 지금은 경기도 육상위원회 고문으로 있으면서 그간 체육 발전에 크게 기여한 공로로 〈2023년 대한민국 체육공헌 대상〉을 받았지만, 그는 지금도 쉬지 않고 달리고 있다.

　그에게 달리는 것은 스포츠이기보다 생활의 일부이다. 심장이 터질 것 같은 상황에서도 달렸고 앞이 보이지 않는 절망 앞에서도 달렸으며, 출발 전의 꿈이 중요한 것이 아니라 결승점에 이르기까지 긴 과정과 끊임없는 노력을 중시했다. 〈농암국교-청암중-상주고-성광고-인천시립대-초당대-한국체대-순천향대〉가 면학의 달리기였다면, 〈농암면-문경군-상주군-대구시-경상북도-대한민국-육군-올림픽〉의 대표는 행복 달리기였다. 그는 프레스토 검프처럼, 아니 견훤의 명마처럼 묵묵히 하나의 목표를 향해 최선을 다해 달리다 보니 농암 촌놈에서 세계의 건각이 되었다. 삶은 출발점과 결승선이 있는 달리기와 같은 것, 그는 인간 철인(哲人)으로 오늘도 행복한 달리기를 계속하고 있다.

09. 청용 황용의 심판을 막은 의인(義人)-홍석규

1980년 7월 23일 이른 아침부터 농암 고을에는 비가 내리는 게 아니라 하늘에 구멍이 뚫려 폭포수가 쏟아져 내리는 것 같았다. 불일산의 기우단이 있는 쌍용계곡은 큰 용추와 작은 용추가 있어 쌍용이라 하고, 가뭄이 들면 기우제를 지내는 신성한 곳으로 믿어왔다. 예로부터 용을 노하게 하면 비를 뿌린다고 했는데, 그쪽 하늘에 먹구름이 점점 몰리더니 주변이 컴컴해지며 천둥과 함께 억수같은 비를 뿌리기 시작했다. 무슨 심술인지 우산을 쓰거나 비옷을 입어도 감당이 되지 않는 상상 그 이상의 호우 폭탄을 투하했다. 마치 인간 세상을 물로 심판하려는 듯 여섯 시간 정도를 거침없이 퍼부어 대면서 강물이 강둑의 경계를 지우고 점차 논밭을 휩쓸며 마을 쪽을 향해 사정없이 전진해 온다.

속리산에서 발원한 물이 화북을 거쳐 쌍용으로 내려오다가 도장산과 다락골에서 내려오는 물과 합수해 내서리 서당들을 돌아 화산 모리안 앞으로 내려오는 그 기세는 그야말로 광란의 폭도였다. 쌍용천은 몇 곳의 용소를 빼고는 평시에는 물이 무릎 정도 깊이로 흘러 얼마든지 징검다리로 건널 수 있는 개울 수준이지만 그날은 억수로 내리는 비가 마치 거대한 바다를 펼쳐낼 듯 사람들을 비탄과 절망의 도가니로 몰아갔다.

그 강물이 율수와 귀밑 마을 앞을 흐르는 지점에 하나의 보가 놓여있다. 보는 잣나무 고개 너머 대정 마을 너른 들판의 용수를 공급하는데, 이 지역을 "모리안(물의 안쪽 마을 의미)"이라 불렀고, 보를 튼튼하게 막아 두었으니 비가 오면 수위가 자연스레 올라갔다.

소가 엎드려 있는 형상을 한 우복산의 소귀 밑에 집들이 자리하고 있다 하여 〈귀밑 마을〉, 조용하고 순박한 사람들이 모여 사는 산골 마을은 농지가 부족해 너도나도 일찍이 객지로 떠나갔다. 그러나 유달리 마을 일을 혼자 도맡아 묵묵히 헌신하고 있던 서른 살의 청년이 있었는데, 그가 바로 홍석규^(1950. 11.~)이다.

이곳 마을에선 촌수로는 사돈의 팔촌이라 해도 정을 나누는 건 이웃사촌으로 서로 토닥토닥 어깨와 손을 부딪치며 따뜻한 정을 나누고 살아왔다. 생계를 위해서는 소처럼 일해야 했고, 시끄러운 세상 풍류에는 소귀에 경읽기처럼 귀를 닫고 자신의 길만 뚜벅뚜벅 걸어가는, 그들은 누가 소를 말이라 하건 말을 소라고 하건 개의치 않는 호우호마^(呼牛呼馬)의 삶이었다. 그의 조부는 봉화에서 으뜸가는 부자였는데, 구한말 어지럽고 풍진 세상이 싫어 이곳 우복동 길지인 귀밑 마을로 찾아든 것이니, 후손들 역시 풍월주인 같은 심성을 가진 건 유전 때문이 아니겠는가. 남들보다 많이 베풀고 두루두루 같이 나누면서 남의 딱한 사정을 듣고서는 보증도 잘 서 주는 일이 늘다 보니 6.25전쟁이 일어날 무렵엔 소도 잃고 빈 마구만 남은 집에서 그가 태어난 것이다. 어릴 때부터 법 없이도 사는 선한 부모 밑에서 빈궁한 생활을 즐거이 받아들이면서도, 그는 소는 잃었지만 외양간은 제대로 고쳐야 한다는 남다른 생각을 갖고 성장했다.

그의 아버지는 늘 "이웃이 잘 살아야 너도 잘 살 수 있고, 형이 잘해야 동생이 따라서 잘 한다."며, 이웃 사랑을 제1, 형제자매간의 화목을 제2의 좌우명으로 가르쳤으니 보통 사람들의 견해를 뛰어넘어 가족보다 이웃 사랑의 실천을 우선시하는 삶을 강조했다. 시골에서 중학교를 졸업한 후 젊은이들이 밀물처럼 빠져나간 썰렁한 마을을 지키며 열심히 고향에서 살던 그해 여름, 쌍용천에 사는 청용과 황용이 얼마나 노했는지 예상치 못한 물벼락을 맞게 된다.

그날 열 시쯤 강 건너 모를 심어 놓은 감막 논에 물을 보러 빈지머리 밑의 다리를 건너는데, 이미 흙탕물이 물멀미나도록 다리 밑을 넘실거렸다. 급히 다리를 건너 지적 간에 있는 논의 물꼬를 다 열어 놓고 막 돌아서 나오는데 산더미 같은 붉덩물이 다리를 삼켜

오고 있어 위험을 감내하면서 간발의 차이로 물을 건넌다. 그리고 봇도랑을 따라 귀밑 마을로 돌아오고 있을 때 급속히 불어나고 있는 물가에서 족대로 〈가치기〉하며 고기를 잡는 겁없는 아이들 몇이서 보였다. 그가 우연히 율수 쪽을 바라보니 거대한 물기둥이 멍석을 말 듯 고기잡는 아이들을 향해 돌진해 오고 있는 게 아닌가.

일촉즉발의 위기 상황이 벌어지고 있는데도 아무것도 모르는 철없는 아이들은 물고기를 잡느라고 물이 불어나는 것조차 모르고 있었다. 순간적으로 그쪽으로 달려가며 "위험해!" 외마디를 비명처럼 지르면서 우복산 방향으로 손사래를 쳤다. 그제야 위험을 알아챈 아이들이 뒤로 몇 발자국 물러서자마자 강물은 봇도랑과 길마저 순식간에 삼키고 말았다. 십 초도 안 되는 사이에 벌어진 일로, 그야말로 천우신조이자 구사일생이었다. 위기를 면한 김성택, 김병일, 오상오 등 4명보다 자신이 더 놀란 가슴을 누르며 불안한 마음을 안고 집으로 돌아온다.

줄기차게 내리는 비로 인해 쌍용천변 봇둑길은 이미 침수되었고, 조금 지대가 높은 오괴정 정자와 느티나무, 비료창고와 담배 건조실은 아직 제자리를 지키고 있었다. 하지만 물이 불어나는 속도는 엄청나게 빨랐고 집에서 놀란 마음을 좌정하려고 잠시 찬물을 한그릇 마시려는데 갑자기 정자 쪽에서 사람을 구조해 달라는 외마디 외침이 들려왔다. 난리 중에 물난리만큼 무서운 것이 없다더니 그 재난이 귀밑 마을을 통째로 삼킬 요량이었다. 그는 구조의 외침이 아버지의 음성으로 들렸다. 이웃 사랑은 '이웃 사람을 지키는 일'이라는 생각이 뇌리를 스치면서 반사적으로 그곳을 향해 미친 듯이 달려갔다. 두런두런 마을 사람들이 물가에 서성거리면서 불안하고 걱정 어린 눈으로 지켜만 볼뿐 누구 하나 선뜻 구조를 나서는 사람은 없었다.

봇둑 길 옆에 사는 정승해 씨 내외분이 큰 물에 갇혀 집 안에서 구조의 손길을 보내고 있었다. 그가 위험을 무릅쓰고 구조를 위해 물속으로 들어가는 순간 집은 힘없이 무너져버리고 두 어른은 어디에도 보이질 않았다. 아무도 구조하려는 사람은 없고 물은 점점 가슴 높이까지 차올랐다. 다리와 허리에는 흙탕물이 쓸고 오는 폐비닐이 몸을 감아

당기고 있어 아무 장비도 없이 걸음을 옮기거나 힘을 내어 구조할 여건이 아니었으니 한마디로 위험천만한 상황이었다. 그때 뒤를 돌아보니 두 내외분 중 한 분은 감나무를 잡고 한 분은 전주를 잡고 있는 것을 발견하게 된다. 맨몸으로 사력을 다해 물속으로 다시 들어가는 순간 두 분은 또다시 물에 휩쓸려 뽕나무를 잡고 구조를 기다리는 위급한 상황으로 바뀌었어도 이대로 포기할 수 없다고 생각하며 어머니 쪽으로 가까스로 접근했다. 몸이 닿자마자 어머니가 너무 강하게 그를 끌어안아 힘을 쓸 수 없어 있는 힘을 다해 밀쳐내면서 소리를 쳤다. "이러시면 다 같이 죽는다."고 외치자 조금 놓아 주는 틈을 이용해 허리를 끌어안고 한 사람을 어렵사리 구조하였다.

물이 얕은 곳까지 나와 어머니를 인계하고, 다시 정승해 씨를 같은 방법으로 구출하게 된다. 그러고는 힘이 소진되어 기진맥진하고 있는데 저쪽에서 문백은 씨 내외분이 물에 갇혀 비명을 지르고 있었다. 순간 갈등이 생겼으나 아버지의 이웃을 사랑하라는 말씀을 다시 떠올리며 용기를 낸다. 자신이 어떻게 되더라도 내외분을 구하고 보자는 생각에 물속으로 다시 용감하게 들어섰고 가까이 다가가서 힘들게 어머님 손을 잡고 나오는데, 아버님이 "나이 많은 나부터 데려가라."고 소리를 친다. "한 번에 갈 수 없으니 잠깐 기다리라." 하고, 침착하게 그 아버님도 구조할 수 있었다.

거의 초주검이 되어 힘없이 집으로 막 돌아서려는데 "우리 동생도 구해 달라."는 애절한 소리는 이웃인 오상오의 누님이었다. 오상오는 지붕 위에서 옷을 뒤집어쓰고 구조를 요청하고 있었는데, 집이 떠내려가면 물귀신이 될 수밖에 없는 위급한 처지였다. 하지만 그가 철인도 슈퍼맨도 아니고 힘이 다 빠졌는데 전문 119 대원이라도 구조하기 어려운 일을 어떻게 수행할 수 있겠는가? 힘이 다 빠져 이웃이고 뭐고 더 이상 한 걸음도 나아가지 못할 지경인 사람에게 또다시 무엇을 기대한다는 말인가. 그런 생각을 하면서도 이미 그의 몸은 오상오를 향해 물속으로 들어가고 있었다.

물살이 워낙 강해져서 뭍으로 나오지도 못하고 지붕 위에 옷을 덮어쓰고 있는 모습을 보고 그냥 돌아설 수 없는 홍석규의 마음은 자신의 희생으로 다른 이를 구하는 살신성인, 그 자체였다. 마지막 남은 힘을 다 쏟아 흙탕물 속으로 들어가 보았지만 그러나 오상오는 보이질 않았으니 허탕이었다. 다시 무너져 가는 집 안을 조심스레 들어가서 살펴보니 지붕이 내려앉아 방안의 벽을 잡으려고 버둥대며 물속으로 들어갔다 나왔다 자맥질을 반복하면서 익사 직전의 순간이었다. 이에 물속으로 들어가 발을 잡아당겨 밖으로 나오려는 순간 오상오가 그의 가슴을 잡고 막무가내로 올라타는 바람에 같이 힘없이 물속으로 빨려 들어갔다. 누가 봐도 이제는 둘 다 죽었구나 하는 위험한 순간이 펼쳐졌다. 아, 그런데 이게 웬일인가. 죽음 직전의 찰나에서 갑자기 수위가 현저히 낮아지며 물 밖으로 두 사람의 몸이 드러나는 상상도 할 수 없는 기상천외의 기적이 일어났으니 그것은 경악 그 자체였다. 수위가 갑자기 낮아지는 바람에 결국 그도 살고 오상오도 무사히 구출하게 되었다.

그가 후에 생각할 수 있었지만 그때 갑자기 물이 빠진 기적이 일어난 것은 모리안 아래쪽 다리가 잡목 등 엄청난 부유물이 보처럼 가로막아 수위가 많이 높아진 것을 홍수에 뽑힌 거대한 노송이 떠내려가면서 다리를 끊어 준 것이다. 그건 우연의 일치이기보다 하늘이 그를 도와준 것임에는 틀림이 없었다. 그렇게 5명을 구하고 4명을 대피시킨, 그러니까 9명의 목숨을 구한 뒤 그는 사흘 동안 꼼짝달싹도 하지 못한 채 극심한 몸살을 앓으며 흙탕물 속에서 사투를 벌이는 긴 악몽에 시달려야 했다. 누워서 천정을 멍하니 바라보면서 몸으로 강하게 느껴오는 삶의 애착과 견인의 몸부림을 되새기면 새길수록 뜨거운 눈물이 주르르 흘러내렸다.

기우제를 지내던 쌍용폭포

쌍용천과 연엽산 원경

결국 그는 수해복구가 끝난 뒤 농사짓던 땅떼기를 팔고 정든 고향을 떠나야만 했다. 쌍용이 언제 다시 그에게 또 다른 소명을 내릴지 모르지만 그는 고난을 피하기보다 이제 아버지가 주신 제2의 말씀을 실천해야 했다. 네 명의 동생들과 화목하게 지내기 위해서는 돈을 벌어 공부를 시켜야 한다는 소명이 기다리고 있었기 때문이다. 주어진 삶에 자족하지 않고 꿈꾸는 목표를 실현하기 위해 고향을 떠나면서 그것은 일시적으로는 아픔으로 다가왔으나 한편으로는 또 다른 희망이었다.

그의 아버지는 6.25 참전용사로 1954년 4월 20일 이 고을 최초로 화랑무공훈장을 받은 이등중사 홍희화 씨다. 용사의 아들 삼 형제는 병장, 하사, 장교로 각각 만기 전역을 하고, 손자들도 모두 육군 만기 전역을 했으니, 2022년 9월 20일 병무청장이 3대가 나라를 위해 온전히 병역의무(1대 홍희화, 2대 홍석규, 홍영규, 홍창규, 3대 홍태석, 홍진하, 홍진호, 홍이안)를 필한 자랑스런 〈병역명문가〉 집안으로 선정하였다. 산 제물로 바쳐질 뻔했던 아홉 명의 목숨을 구한 의인 홍석규! 그의 몸은 비록 농암을 떠나 경북 고령에 살지만 마음은 늘 우복산 아래 귀밑 마을에 머물고 있다. 몇 년 전부터 고향 사랑의 뜻을 모아 〈한마음 축제〉라는 귀밑 마을 향우회를 만들어 그 모임을 이끌고 있으니 그의 마음은 늘 고향의 이웃과 함께 하고 있다.

홍석규의 가족사진

아버지 무공훈장 수여식

〈성호사설〉에는 "용이 싸우면 비가 내리고, 용이 놀라면 벼락치고, 용이 화가

나면 홍수가 난다.”라고 적고 있다. 1980년 대홍
수는 쌍용의 청용과 황용이 크게 노해 귀밑 마을
에 피해를 주었다면, 오히려 그에게는 이웃 사랑
을 실천한 공로로 하늘이 의인의 훈장을 내려 주
었으니 이보다 값진 수훈이 어디 있을까. 용은 머
리가 낙타 같고, 눈은 토끼처럼 빨갛고, 목덜미는
뱀과 같으며, 귀는 소와 같이 생겼다. 하여 용의
귀가 소의 귀와 같아, 용의 귀가 있는 쌍용과 소의
귀를 닮은 우복산 귀밑 마을은 서로 무관치 않고
한몸의 인연으로 닿아 있을 것이다. 숭배의 대상
인 쌍용이 품은 화를 귀밑 마을 홍석규 의인이 나

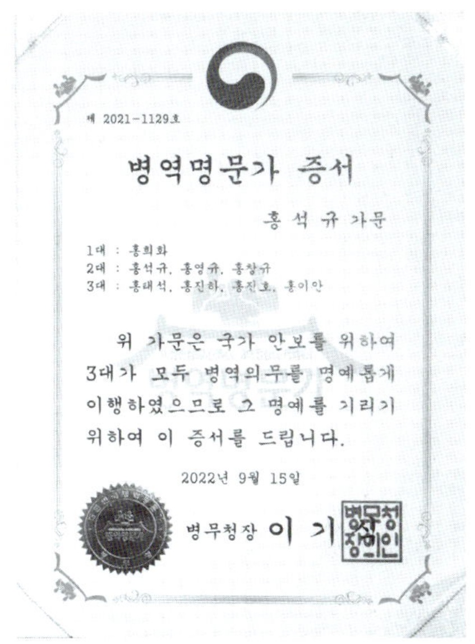

병역명문가 증서

타나 온몸을 바쳐 풀어 주었으니 이는 쌍용과 함께 귀밑 마을에 잊혀지지 않는 전설로
남는다.

　지금도 모리안에서 한 마장 정도 가면 만나게 되는 쌍용이 노닌다는 승경의 쌍용계
곡, 그때 그곳에 사는 용을 무엇이 그리도 화나게 만들었을까? 임진왜란 때 다락골 중
산 아래 진지를 치고 세력을 결집해 끝까지 항일했던 의병장 조헌의 이루지 못한 한이
었을까? 아님 1970년 우복산 귀밑 마을을 꿈음으로 뒤흔든 광산 사고의 원인을 풀지
못한 아버지의 아픔이었을까? 소의 귀로 바르게 듣고 세상을 선하게 사는 귀밑 마을에
서 가족 사랑보다 이웃 사랑을 실천한 그 역사는 우리들의 심금을 오래도록 깊이 울리
리라.

10. 천마산의 빛나는 별자리-권영호

농암의 역사는 천마산에서 출발한다. 그 천마산(城在山) 지명 유래는 하늘의 말이 떨어져 산이 된 데서 나온 것으로, 역사를 한참 거슬러 올라가 삼국시대 말기 견훤이 등장하면서부터 비롯된다. 견훤 탄생 설화는 야래자 설화인 가은 금하굴 전설을 대부분 인용하지만 이보다 더 설득력이 있고 문헌 입증이 되는 것은 농암의 천마 설화이다. 왜냐하면 김부식은 승자의 입장에서 왕건을 의식하고 쓴 사기인 데다가, 일국의 건국 대왕을 지렁이로 폄하한다는 건 어느 왕의 탄생 설화에서도 찾아볼 수 없기 때문이다.

견훤의 아버지로 등장하는 구호라는 총각이 옥황상제의 딸과 몰래한 사랑이 발각되자 지상으로 유배되고, 지상에 내려온 구호는 호환을 당해 울고 있는 아비라는 처녀를 만난다. 그녀 아버지를 해친 호랑이를 처치한 구호는 아비와 사랑에 빠지고, 이후 유배 기간이 끝나고 두 사람은 하늘로 올라가지만 옥황상제가 크게 노하여 타고 간 천마와 두 사람은 지상으로 떨어진다. 천마는 천마산이 되고, 두 개의 바위는 각각 농바우과 선녀바우가 되어 후일 바우가 갈라지며 탄생한 장한이 바로 견훤이라 한다. 천마산(성재산)과 농바우와 선녀바우, 견훤이 명마를 얻은 〈말바우〉, 군사를 조련한 〈북짓골〉, 궁을 지었다는 〈궁터〉, 말과 화살의 시합으로 희생된 말을 묻은 〈말무덤〉과 견훤이 군사들과 마셨다는 〈견훤우물〉, 견훤이 심었다는 〈견훤느티나무〉, 견훤을 신으로 숭앙한 〈견훤골맥이〉 등이 남아 있기에 어찌 천마 설화를 부정할 수 있겠는가.

그 후 농암천이 휘감아 흐르는 해자형의 천마산을 중심에 두고 생긴 마을에는 신비한 기운이 감돌며 함부로 범하지 못하는 요새지로 자리매김된다. 그리고 견훤이 장수에서 나라를 건국한 대왕이 된 이래, 점차 이 지역에서 빼어난 인물들이 많이 탄생되는 것은 천마산의 기운과 견훤으로부터 유전되는 장군의 정기를 받았기 때문이라는 말들이 회자되어 오고 있다.

그도 그럴 것이 천마산 주위에서 태어난 사람들이 빛나는 별을 달고 빛나고 있으니 우리는 하늘의 별자리 중 최고라는 오리온자리를 언급하지 않을 수 없다. 사냥꾼이라는 이름을 가진 오리온 별자리는 위대한 별자리라는 별칭을 갖고 있듯, 이곳은 그저 단순한 별들의 운집이 아니라 설화를 담고 또한 농암 사랑까지 담은 인물들의 역사는 경이로움과 호기심을 불러일으키고도 남음이 있다. 그런데다 오리온 별자리와 지도의 스카이뷰로 본 천마산을 보면 둘이 어쩜 이렇게 닮을 수 있을까 의문이 생긴다. 그것은 아마도 별자리 중의 별자리가 오리온자리이고 천마산 주변 마을 인물들이 인물 중의 인물 때문이어서가 아니겠는가.

그 별들 중 가장 밝은 별과 찾기 쉬운 별이자 살아 있는 별을 꼽는다면 단연 권영호 소장이다. 그는 견훤처럼 금수저가 아니었으나 남다른 불굴의 투지와 열정으로 스스로 별을 단 장군이다. 견훤 전설이 서린 농바우 마을에서 태어나, 유년 시절 견훤느티나무 아래서 기개를 키웠으며, 말무덤 위에 올라 견훤처럼 기상을 키우며 리더십이 강한 소년으로 성장했다.

고향 방문 행사

고향에 소재한 농암국교(40회)와 청암중을 우수한 성적으로 졸업하고, 상주농잠고를 거쳐 육군3사관학교 제9기 졸업 후 1973년 포병장교로 임관했다. 그리고 문민정부의 군개혁에 의해 공군에 편입, 2003년 12월 준장 진급의 꿈을 이룰수 있었다. 별을 단다는 건 하늘의 별따기라는 말이 무색할 정도로 바늘 구멍인데다 육사출신으로 승승장구하여도 불가능한 일을 그가 이룬 것이다. 견훤이 왕이 된 것이나 그가 3사 출신으로 별을 단 것이 비견되는 건 단순히 행운이 아닌 그의 타의 추종을 불허하는 자질과 인품의 결과라 할 수 있다.

이후 공군 제3방공포병여단장, 2005년 12월 제2방공포병여단장, 그리고 2006년 12월 소장 진급과 함께 방공포병사령관을 맡은 후 영예스런 전역을 하게 되었으니 많은 이들이 그를 일러 별 중의 별이라는 찬사를 아끼지 않았다. 군생활 중에도 1983년 영남대학원 행정학 석사, 2000년 12월 국방대학 안보정책과정 졸업, 2004년 8월 서울대학교 행정대학원을 졸업하며 면학에도 최선을 다했다.

〈장군이 보내는 리더십 편지〉 출간

그러면서도 고향 사랑도 남달랐으니 농암에서는 그를 존경하며 천마산이 낳은 인물 중 인물이라 했다. 때때로 농바우 견훤이 심은 나무라는 농바우 견훤 느티나무 그늘 아래 자리를 마련하고 고향 마을 어르신과 친지, 동문 등을 초청해 농암면민 잔치를 벌이며 서로 술잔도 권하고 덕담도 넉넉하게 나누었다.

그는 모인 분들에게 "오늘의 영광은 저의 노력보다는 항상 저를 아끼고, 성원해 주신 고향 어르신들과 친지, 동문들의 염려하신 덕분이라고 생각한다. 바쁜 군 생활에 몸을 담아 있다 보니까 고향을 자주 찾을 수도 없었고, 또 명절 선산 성묘 때도 시간에 쫓겨 고향 어르신들께 제대로 인사드릴 시간도 내지 못해 항상 송구스러웠다. 그동안 과분하게 받은 은혜를 잊지 못해 조촐하나마 여러 어르신들을 모시고 이렇게 뵙게 되니 작고하신 부모님 생각도 난다며 눈시울을 붉히기도 하면서, 이 자리에 참석해 주신 여러분들께 너무 반갑고 죄송스럽다."며 몸에 밴듯한 겸손을 표하며 모든 공을 자신을 품어 주고 키워 준 고향 덕분으로 돌렸다.

　그는 이제 명예롭게 전역 장성이 되었지만 그를 키워 준 천마산은 장엄하고 튼튼하게 제자리를 지키고 있다. 이제 그 산 이름을 별들이 무리지어 있는 산이라는 뜻을 담아 성재산(星在山)이라 불러야 할 것 같다. 이 산 주변에 자리한 별이 몇 개인지 헤아려 보면 깜짝 놀랄 만한 사실을 발견하게 된다. 견훤은 대원수였으니 별 5개, 섬안 신태식 의병장은 별 3개, 더대 신우식 장군은 별 2개, 농바우 권영호 장군은 별 2개, 홈다리 신경식 장군은 별 1개이니 이렇게 잡아도 13개의 별이 자리 잡았으니 이곳이 저 하늘에 빛나는 오리온 별자리보다 더 눈부신 별들의 고향이 아니겠는가.

　어디 그뿐인가. 군인은 아니지만 만인의 스타라는 관점에서 보면 〈WBC플라이급 세계챔피언〉이자 천재복서인 박찬희, 민속씨름 〈금강급 천하장사〉인 김욱배, 〈국가 대표 탁구선수〉 신유빈, 〈공동경비구역〉의 영화배우 신하균, 〈마지막 사랑〉의 인기 싱어송라이터 박기영도 스타 대열에서 뺄 수 없으니 이들을 합하면 적어도 19개의 별이 아닌가. 그런 데다 별이 잘 보이는 장소로는 산이 많고 인구밀도가 낮은 곳을 꼽는데 바로 농암이 최적의 별바라기 길지인 것이다. 그래서 농암은 별들이 많아 견훤의 왕궁이 있었다는 궁기리에는 〈별무리 마을〉까지 있지 않는가.

11. 백두수훈의 백두대간 사나이-김욱진

백두대간을 따라가면 백두산에 이를 수 있고, 백두정찰기가 뜨면 백두산까지 탐지할 수 있는 시대에 살고 있다. 백두대간은 우리나라 땅의 근골을 이루고 있는 백두산에서 지리산까지 이어진 산맥으로 백두는 웅혼하고 장엄하다. 우리나라 백두정찰기는 탐지 범위가 백두산까지 달한다고 하여 붙인 이름으로 주로 신호정보 수집을 통해 북한군 동향을 세밀히 들여다볼 수 있다.

이미 백두체계 능력보강사업을 꾸준히 발전시켜 북한뿐만 아니라 주변국 군용기의 방공식별구역 침범, 항공모함 추적감시에도 사용되며 뛰어난 성능을 자랑한다. 상대방의 레이더 능력과 특성을 파악하는 엘린트(ELINT), 즉 전자정보 수집과 적의 통신 내용을 파악하는 코민트(COMINT)를 이용해 북한에서 핵무기나 미사일 작동 버튼을 누르면 곧바로 신호가 포착돼 백두정찰기가 미사일 발사대에서 어떤 명령을 내리는지 실시간으로 파악할 수 있다. 여기에 더해 발사된 북한 탄도미사일의 비행 궤적을 추적하는 화염탐지 장비도 달려 있어 우리 영공을 책임지는 게 백두사업으로, 〈백두체계실장〉이라는 중책을 맡았던 그 백두 사나이가 바로 김욱진이다.

국가공무원으로 재직하면서 현직에서 국가유공자가 된다는 건 하늘의 별따기다. 그는 낮에도 별이 수두룩한 국방부에서 근무하며 남달리 혁혁한 공을 세웠으니 그게 어찌 대수롭게 여길 일인가. 대부분 국가유공자는 전쟁터에 나가서 싸우다가 순국하는 경우가 대부분인데, 전쟁터에 나가지 않고 순국선열, 애국지사, 전몰군경, 무공수훈자가 아님에도 국가유공자^(보국훈장 삼일장)가 되었다면 그가 세운 공이 어느 정도 공적인지 가늠되지 않겠는가. 백두대간의 후예인 김욱진, 오늘이 있기까지 그가 살아온 길은 험난하고 눈물겹다. 가시에 찔리지 않고서는 장미를 볼 수 없고, 고통을 이기지 않고는 성공을 할 수 없다는 말이 잘 어울릴 것이다.

그는 1951년 조자룡이 났다는 칠봉산^(황령산)이 품고 있는 농암 지동리에서 태어났다. 김성균의 5남 3녀 중 3남으로 집 가까이 있는 선암국교를 졸업한 후 8km나 떨어져 있는 먼 거리의 청암중학교를 다니게 된다. 1967년 중학교를 졸업하고, 그에게는 감당하기 어려운 엄청난 시련의 폭풍우가 불어닥친다. 어둠 속에서 희망을 찾는 일, 그가 고등학교 진학을 꿈꾸지 않았다면 적당히 사는 시골 촌부가 되었을 것이다. 그러므로 그를 이해하려면 고교 진학의 이야기를 들어보아야 그가 세상의 샅바를 움켜쥐고 흔드는 백두장사보다 막강한 힘을 확인하게 될 것이다.

1967년! 그 시절은 북한이 우리보다 더 잘 사는 시절이었으니 그때 중학교라도 졸업하게 된 건 부모님께 무조건 감사하다고 생각해야 했다. 더구나 8남매의 대가족인 데다 큰 형이 경희대 법대 3학년을 다니고 있으니 나머지 자식들은 맏이가 잘되면 집안 전체가 잘 된다는 말만 믿고 최종 학교는 국교로 끝내라는 게 주변인들의 상식이었다. 그런데 쌍둥이었던 김욱진은 그래도 중학교를 어렵사리 졸업했으니 고등학교는 아예 꿈도 못 꿀 처지였다. 큰형도 학비 마련이 어려워지자 휴학계를 내고 집으로 내려와 아버지에게 우리 집 쌍둥이 형제를 무조건 고등학교는 보내야 된다는 주장을 펼쳤으니 큰형에게 감사한 마음이었지만, 아버지의 입장은 큰 아들의 복학뿐이었다.

부산 사는 고모부가 전파사를 하는데 부탁해 큰형을 그곳에 취직시켜 한숨 돌리는 듯했으나 아버지의 고등학교 입학 반대는 요지부동이었다. 그러자 김욱진은 고학이라도 할 요량으로 중학교 졸업식 다음 날 비장의 새벽 도주를 결행한다. 첫닭이 아직 울지 않은 새벽 4시, 가방을 싸들고 부산 큰형에게 가기 위해 어둠에 싸인 8km의 길을 걸어, 농암에서 작은 합승버스를 타고 가은, 그리고 기차를 타고 김천에서 부산으로 가는 그야말로 삼수갑산을 가는 노정이었다. 새벽길에 가방을 싸들고 허겁지겁 어디론가 가고 있는 그를 발견한 농업을 가르치는 이정윤 선생은 묻지 않고도 사정을 다 알아채고 "어려운 상황에서도 절대 포기하지 말고 최선을 다해야 한다."며 열심히 노력해 꼭 진학하라고 당부했다.

부산 도착해 학교 진학을 상의하면서 큰형은 산업사회로 전환되는 시기이니 인문계보다는 공고나 상고, 농고가 좋을 거라고 했다. 이때 1차는 너무 문턱이 높았고, 그래도 2차인 대양공고에 지원, 합격증을 받아들었으니 그 기쁨은 청운을 탄 느낌이었다. 그런데 갑자기 큰형이 영장이 나와 군대를 가야 한다면서 전화기 만드는 공장에 취직시켜 줄 테니 기술을 배우라고 권하는 게 아닌가. 이에 김욱진은 형이 군 입대로 인해 어쩔 수 없는 조치인 것 같은 생각이 들었지만 눈앞이 캄캄해지고 하늘이 무너지는듯한 절망과 원망으로 절규하며 밤새 형과 싸우다가 결국 새벽에 집을 뛰어나오고 만다.

그가 집을 나온다고 어디 갈 곳이 있겠는가. 잠깐 서성이다가 골목길에 있는 작은 술집으로 들어가 새벽부터 빈속에 소나기 술을 마셨으니 인사불성이 될 수밖에 없었고 겨우 정신을 차려 고모부 가게로 찾아가 고모부와 큰형과 셋이서 언쟁을 벌이게 된다. 입학금만 대주면 자신이 알아서 한다고 했으나 이에 동의하지 않자 그는 갑자기 철의자를 형에게 던졌고, 그 의자에 유리 진열장이 산산조각나면서 가게가 아수라장이 되고 말았다.

내쳐 부산역으로 달려가 농암에 도착, 빈손의 어머니를 부여잡고 밤새 울고 불면서 입학금만 마련해 달라고 매달렸다. 당시 작은삼촌이 마을 이장을 보고 있어 동네 비료값 거둬 놓은 것을 가까스로 빌려 부리나케 부산에 도착하니 저녁 7시, 그다음 날 의기양양 입학금을 납부하러 학교에 갔으나 이미 어제 날짜로 마감 정리되었다는 청천벽력 같은 말뿐, 하늘이 너무 무심하고 돈이 무언지 가슴이 터질 듯 분노로 들끓어 더 이상 답을 구할 수 없었다. 절망의 나락으로부터 상승할 방도가 없어 고민하다가 영도다리로 가서 목숨을 끊으려고 그 다리 난간에 매달리게 된다. 이제 잡은 손만 놓으면 모든 게 깨끗이 정리되므로 세상과 결별하자는 마음을 정하고, 눈을 감고 하나 둘 셋을 헤아린다. 순간 가장 먼저 머리에 떠오르는 어머니, 그리고 선생님과 친구의 얼굴이 앞을 가로막는다.

"아니다. 내일 죽더라도 오늘은 살아야 한다. 나의 선택이 내 인생의 유일한 답인데 죽기에 합당한 목숨은 어디에도 없지 않는가. 생사의 순간에는 강력한 염원을 구하라."고 한 말을 떠올리며 난관을 억지로 거머잡고 다시 올라와 내년을 기약한다. 그리고 전화기 공장에 취직해 그곳에서 먹고 자고 죽어라 일하고 공부하며 이듬해 다시 대양공고에 합격하게 된다.

그 뒤 부산에 계신 고모님 집으로 들어가 사촌 여동생을 가르치며 학교를 다니면서 등록금까지 납부해 주었으나 너무 부담스러워 따로 나와서 자취를 하게 된다. 하지만 이때부터 잠은 좀 잘 수 있었으나 등록금을 낼 수 없으니 거의 매일 굶다시피 하다가 그나마 시골 어머니가 부쳐 준 쌀을 되팔아 등록금 내고 나면 다시 먹을 것이 없는 악순환의 반복이었고 살아 있는 것이 용하다는 생각이 들기도 했다. 매월 치루는 월말고사에서 등록금을 내지 못해 시험을 못치고 복도로 쫓겨나기도 했지만, 그러나 시험만 치면 그는 상위 1~2등은 도맡아 놓곤 했다.

하지만 산사람은 절대 그냥 죽으라는 법은 없었다. 이 모습을 보고 안타까워하는 친구가 있었는데 바로 그의 뒤에 앉은 이름이 반대인 〈이진욱〉이라는 친구는 아버지가 외항선 선장이라 가정 형편이 꽤나 좋았다. 그 친구가 아버지에게 내 이야기를 하면서 공부를 잘하니 우리 집에서 뒷바라지해 주고 나 공부 좀 가르쳐 주면 자기도 잘할 수 있을 것 같다고 얘기하니 부모님이 이를 허락하였다. 2학년 2학기부터는 친구 집으로 들어가 동급생을 가르치며 학교를 다니면서 빛나는 고등학교 졸업장을 받아 쥔 이것이 김욱진의 성공 스토리다.

살아야 할 이유가 있는 사람은 어떻게든 견딜 수 있었고, 죽지 않는 것이 그를 더 강하게 만들었다. 만일 김욱진이 고등학교 졸업을 하지 않았다면 국가를 지켜 낸 오늘의 백두 사나이는 존재할 수가 없을 것이다. 그에게 눈물과 고난의 행군이 없었다면 애국자의 반열에 오르지 못했을 것이며 그가 과감하게 농암집과 부산 큰형 집에서, 그리고 전화기 회사 숙소와 고모부 집에서 뛰쳐나온 4번의 가출은, 그에게 백두장사의 힘을 부여해 주었다. 지금도 자기를 도와준 고교 친구 이진욱과는 연락하고 지내면서 "찾아든 행운을 잡으면 함께 걷는 친구와도 영원한 우정에 빠진다."는 축복에 감사를 잊지 않는다.

코로나펜데믹 불우이웃돕기운동(필리핀)

퇴직 후 그동안 자연 친화적인 전원생활을 꿈꾸어 오던 것을 이루고자 고민하다가 여러 사정을 고려하여 필리핀으로 이주를 하게 된다. 현직에서 쌓인 스트레스를 풀고 건강을 증진하기 위해선 자신에게는 골프가 가장 이상적인 운동이었다. 기본 실력은 갖추고 있었으나 골프 천국이라는 필리핀에서의 운동 여건은 한국보다 저렴하고 모든 것이 손쉬웠다. 2009년 필리핀 리베라 골프장 내에 땅을 사서 집을 지어 새로운 생활을 시작해 나갔다. 목표를 정하면 반드시 이루고야 마는 그의 성격은 해외 생활에서도 두각을 드러내기 시작했다. 3차례의 홀인원과 다수의 이글이 그것을 입증해 주었고, 71타를 기록한 골프매니아가 되어 버렸다. 그리고 연전, 사랑하는 고국으로 다시 보금자릴 옮겨 삶이 더 건강하고 농숙해 간다.

필리핀 생활 중 전 세계에 불어 닥친 코로나 팬데믹으로 어려운 교민들과 캐디들을 보고 이를 돕기 위해 나섰다. 친분이 두터운 한국교회 목사 한분, 교육계 출신 한 분과 같이 리베라 골프 회원 400여 명을 대상으로 모금을 시작해 한 달여 만에 한화 1,400여만 원을 모아 백미 20kg짜리 400포를 구입, 지급하여 필리핀 언론 및 필리핀 서울 뉴스

코리아로부터 많은 찬사를 받기도 했으니 국내에서 잘하는 사람은 해외에 나가서도 잘하는 게 지극히 정상임을 확인하게 된다.

직장에서 성공했다고 하여 가족이 다 행복한 건 아니다. 그런데 그는 직장과 가정 둘다 성공을 이룬 자랑스런 승리자다. 그의 딸 김수미(1980)는 부모의 올곧은 훈육이 밑거름되어 뛰어난 인재로 성장하였다. 서울대 영어과를 졸업, 2005년 E 케이블방송국 아나운서로 입사, 우리 방송 역사상 최초로 영어 뉴스를 진행하는 앵커로 5년간이나 활동했다.

앵커 김수미(김욱진 따님)

김수미 하버드 석박사 졸업식

그러나 그녀도 현실에 만족하지 않고 미국으로 건너가 입학도 어렵지만 졸업하기 가장 어렵다는 하버드대학에서 교육심리학 석박사를 취득한다. 이후 본국으로 돌아와 삼성그룹 인재개발 팀장으로 15년간 근무하며 우수한 인재들을 발굴 훌륭하게 성장시키는 데 기여했다. 현재는 대한민국 명강사로 리더십 및 경제학 등을 강의하며 프리랜서로 활동하는 그녀에게도 필시 백두대간의 DNA가 유전되고 있음이 확인된다. 부전자전이란 말이 왜 회자되는지 아버지 김욱진을 일컬어 개천에서 용이 났다고 한다면, 외동딸 김수미는 칠봉산 용추폭포에서 하늘로 비상하는 용이 탄생했다 할 수 있겠다.

12. 팔할이 견훤정신인 경영의 달인-여경목

코스닥 상장사 '에스앤디'는 식품 관련 기술력을 인정받아 설립 초 재무적투자자(FI)를 유치해 계단식 성장을 이룬 케이스다. 창업자인 여경목 대표이사 중심으로 지배구조가 구축됐지만 최대 주주의 지분율이 20% 초반으로 낮은 편에 속하는 이유다. 코넥스 상장부터 코스닥 이전 상장을 거치며 주요 FI들이 회수에 성공했을 뿐 아니라 일부 FI들은 여전히 지분을 보유하며 장기투자 관계를 이어 가고 있다. FI뿐 아니라 가족 등 우호 세력 중심의 주주 구성을 통해 안정적인 오너십을 구축했다는 평가를 받는다.

특히 아들이자 임원인 여상완 부사장이 10여 년이 넘는 시간 동안 회사에서 경력을 쌓으며 조력자 역할을 하고 있는 점이 눈길을 끈다. 일찌감치 여경목 대표의 슬하에서 뚝심 있게 경영 수업을 받고 있는 상황이다.

여경목 대표이사

1998년 에스앤디를 설립한 여 대표는 문경시 농암 궁기출신으로 한국과학기술원(KAIST)를 거쳐 중앙대 식품공학과 박사과정을 수료했다. 우송대학교 겸임교수로 기업과 학교에서 쌓은 다양한 경험을 바탕으로 식품 기능 전문기업인 에스앤디를 창업했다. 어린 시절 논밭보다 산이 많은 고향 마을에서는 사람들은 순박하고 의로웠으나 형편은 화전민 수준보다는 좀 나은 정도였다. 이런 환경은 그를 더 끈기 있고 의지가 강하며 남들보다 성실한 사람으로 만들었다. 일에 있어서는 한마디로 초지일관의 자세와 강인한 신념으로 임했으니 어디에 나가서도 늘 주목받는 인재가 되었다.

에스앤디는 설립부터 지금까지 사명이 변경된 적이 없다. 엔스앤디(S&D)의 S는 Science, D는 Development의 약자다. 과학적인 연구에 기반을 둔 인류의 건강한 삶 유지에 기여하는 제품을 개발하는 글로벌 식품소재 업체로 성장하겠다는 포부가 담겨 있다. '늘 한 결같은 마음'으로 삶의 가치를 높이겠다는 여경목 대표의 경영 이념도 깔려 있다. 대부분의 '기술 혁신'을 외치는 기업들은 반도체나 디스플레이 등 IT 기업 중심이다. 에스앤디는 식품 기업임에도 불구하고 '기술력이 최고의 경쟁력'이라는 기술 제일주의를 토대로 R&D에 집중하며 성장해 왔다. IMF로 어려운 시기에도 창업을 결심할 수 있었던 것도 기술에 대한 자신감이 있었기 때문이고, 직원들의 30% 이상이 연구원으로 꾸려져 막강한 인재시스템을 갖고 있다.

회사의 이름을 본격적으로 알린 것은 삼양식품의 '불닭볶음면' 시리즈에 분말과 액상 스프의 핵심 원료를 공급하면서이지만 바이오 신소재 개발 등의 분야에서도 두각을 나타낸 기업이다. 보유 중인 기술을 인정받아 2000년 벤처기업으로 승인을 받았고 2001년에는 우량 기술기업으로 선정됐다. 이 같은 성과를 바탕으로 2002년부터 한국산업은행, 한국벤처투자, KTB네트워크 등의 FI로부터 투자 유치에 성공하며 성장의 발판을 마련했다.

아무리 세상이 변하고 경제가 변해도 그의 기업정신은 변치 않는다. 그 정신을 이어받은 아들 여상완 부사장도 서서히 존재감을 키우고 있다. 가업 승계를 본격적으로 준비하고 있는 상황은 아니지만 경영수업은 여전히 진행 중이다. 남달리 고향 사랑을 실천하는 그는 매년 고향에 넉넉한 선물꾸러미를 전달하고 있다. 고향인 견훤의 궁터가 있는 마을에 가면 그를 키워 준 갓바위와 원효대와 의상대가 자리하고 있어 유년의 그를 다시 생각하게 한다. 오늘의 그를 상장회사의 대표로 키워 주었으니 그에게 있어 8할은 견훤정신이다. 평범한 농부의 아들로 태어나 한 나라를 건국한 견훤, 이에 비하여 여경목은 궁기에서 농부의 아들로 태어나 상상치 못할 상장회사를 만들고 세계로 나아가고 있는 그는 후삼국 역사를 주름잡던 견훤과 무엇이 다르겠는가.

13. 일기를 오래 쓴 대한민국 최고기록자-김병중

김병중

대한민국 최고기록 공무원

시인의 고향-연엽산과 우복산(은장봉)과 한우물과 들판

사람이 살아가는 것을 일기라고 한다. 태어나면 일기가 시작되고 생이 마감되면 일기를 마치는 것이다. 지금도 일기를 쓰고 있다면 살아 있다는 입증이다. 그 일기를 써 온 지 60년이 지났다면 인생 육십을 살았다는 것인데 그렇다면 얼마나 살아온 날들을 잘 기억할 수 있을까? 백 년이라면 36,500날이지만 그중 뇌리에 저장된 기억은 5%도 어려워 그것을 일기로 써서 남기게 되면 잃어버린 기억을 복원할 수 있다. 돌이킬 수 없는 외길을 가는 게 인생인데 그것을 돌이킬 수 있다면 일기의 초인이 아닐까?

그는 1965년 4월 18일부터 지금까지 하루도 빠짐없이 일기를 써 오고 있다. 그것은 의무가 아닌 습관이고 생활이며 신앙이다. 2009년 행정안전부에서 전 공무원을 대상으로 〈대한민국 최고기록 공무원〉을 선발했다. 그때 일기 부문에서 최고기록 보유자로 인증을 받았지만 그것이 자랑스럽다고 말하지 않는다. 그 이유는 간단하다. 매일 밥을 먹는데 그 밥을 몇 십 년 먹었다고 하여 그것이 특별하지 않은 것과 다름없다는 말이다. 그는 어떤 의무감이나 목적의식을 갖고 일기를 쓰는 게 아니라 매일 거울 앞에 서서 일상적으로 면도를 하는 일과 흡사한 일이라 생각한다.

학교에서 내주는 숙제가 아닌 스스로 일기를 쓰려고 하는 국교 4학년, 일기를 쓰면 멋진 주인공이 될 것 같아서 시작했다고 한다. 하긴 일기에서 조연은 없고 언제나 주인공이며, 그 주인공이 죽으면 일기는 끝나는 것, 그것이 해피엔딩이거나 새드엔딩, 권선징악이건 상관이 없고 하루하루를 진실하게 살 수 있다는 점이 일기의 매력이라 말한다. 괴롭거나 힘들 때 여과없이 자신에게 거침없이 말할 수 있기에 이는 고해성사와 같은 회개의 시간 앞에서 외려 더 강해지고 가벼워지고 담담해지며 홀로서기가 가능해진다는 것이다.

그는 고독을 즐기고 글쓰기도 좋아하며 솔직 담백한 태도로 매일 자신을 돌아본다. 젊은 날엔 저녁이나 밤에 일기를 썼다면 요즘은 새벽에 일어나 일기를 쓴다. 새벽 일기는 더 맑은 정신으로 투철하게 하루를 반성으로 시작하므로 더 밝고 상쾌한 기분으로 하루를 시작할 수 있다는 점이다. 일기는 생각날 때마다 몇 줄 끄적이면 내공이 떨어지고 나태해져서 일기가 가져다 주는 축복을 제대로 누릴 수 없다고 한다. 매일 하루도

시집 출간 보도-국민일보　　　시집 출간 보도-경향신문　　　시집 출간 보도-중앙일보　　시집 출간 보도-조선일보

빠짐없이 쓰는, 유언처럼 정직하고 순결하게 쓰는 일기이지만 요즘은 상당히 거칠어진 느낌이란다.

폭포처럼 쏟아지는 사건들의 범람 때문인데, 그 내용들을 읽다 보면 가짜이고 사기이며 거짓이 많기에 일기와 정면 배치된다는 것이다. 왜 거짓을 남발하고도 위선으로 가득 차 마치 영웅이라도 된 듯 큰 소리치는 것을 보면 인간이기를 포기했다고 비판을 하지 않을 수 없단다. 일기의 궁극적인 목적이 진실 추구이기에 그럴 것이란다. 콩을 심어 놓고 팥이 싹트기를 기다린다면 결과는 너무도 뻔하지만 그럼에도 세상 사람들이 그런 사이비 힐난에 속아 넘어가는 것이 안타깝다고 말하면서 세상을 변화시키는 가장 확실한 방법은 일기쓰기라고 힘주어 주장한다.

그의 삶의 에너지 원천과 중심은 일기다. 일기를 써도 몇 줄이 아닌 A4 용지 한 장 분량을 줄을 바꾸지 않고 빽빽하게 채워서 써내려 간다. 그에게는 일기를 쓰는 시간만큼 행복한 시간이 없다. 이렇게 일관된 일기 생활이 오늘의 그를 일벌레로 만들고 글쓰는 작가로 만들었다. 벌써 문단에 등단한 지도 40년이 넘었다. 시에서 소설과 문학평론, 문화평론까지 두루 소신껏 글을 써낸다. 시집은 14권, 소설집 1권, 산문집 5권, 논문집 1권 등 다방면에 걸친 전천후 작가라고 불리는데, 그 힘이 곧 일기에서 온다는 것을 그는 굳게 믿는다.

국가공무원으로 일하면서 35회에 걸쳐 표창을 받았는데, 훈장 2, 대통령 표창 1, 총리 표창 2, 장관 표창을 29번이나 받았으니 그가 상을 받기 위해 노력한 것이 아니라 일기를 쓰면서 열심히 살다 보니 상이 그를 뒤따라온 것이

훈장

대통령 표창

경기도문학상(평론 부문)-경기도지사

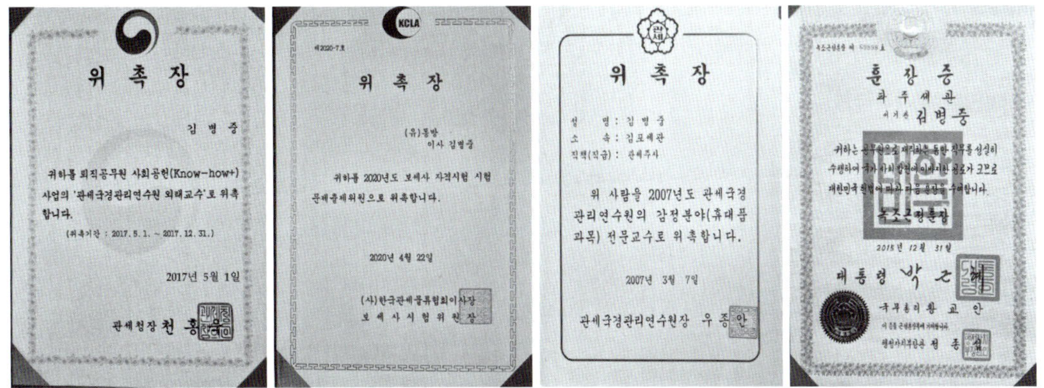

관세국경관리연수원 외래교수   보세사시험 출제위원   전문교수 위촉장   훈장증

다. 공무원 명예의 전당에 헌액된 일도, 과학기술인으로 등록되고, 국경관리 연수원에서 10년간 외래교수가 된 것과 파주세관장으로 취임한 된 것과 보세사 시험 출제위원, 그리고 영랑문학상이나 경기도문학상을 탄 것도 다 일기가 만들어 준 결과물이다.

파주세관장 명함

일기는 비밀이지만 그것이 거짓으로 흘러갈 때 쓰기를 멈춰야 한단다. 그것은 일기가 아니라 소설을 쓰고 있는 것이기에 그렇다. 사람들이 남의 일기를 훔쳐보는 순간 눈동자가 빛난다는 건 비밀을 알아냈기보다 그의 진실을 알았기 때문이다. 그럴수록 일기는 써서 꼭꼭 숨겨 놓을 때 삶은 단단하고 보석처럼 빛나게 될 것이다. 오늘도 그는 일기를 쓴다. 그에

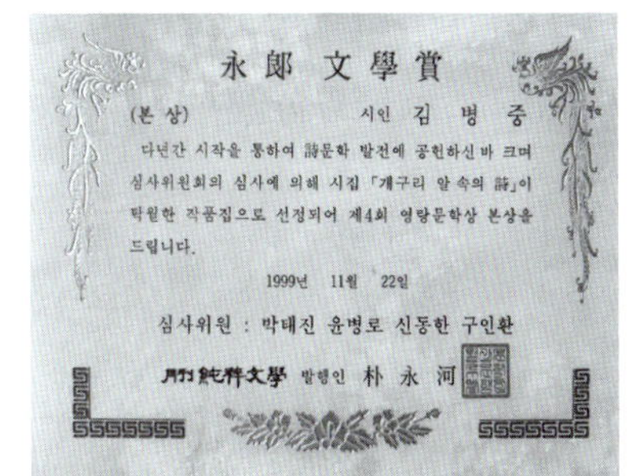

영랑문학상 수상(1999)

게 한번 물어보라. 당신은 무엇으로 사느냐 물으면 그는 거침없이 일기의 힘으로 산다고 답할 것이다. 그는 소망한다. 힘이 다하는 그날까지 15년간 지속해 온 글쓰기 강의를 계속할 것이고, 자신이 더 진실하게 살기 위해 세상을 떠나기 일주일 전까지 일기를 쓰고 떠나기를 기도한다고.

14. 우복산 소를 타고 국회로 간 목동-박용수

우복산은 소가 누워 있는 지세라 하여 우복(牛伏, 牛腹) 또는 와우(臥牛)라고 부른다. 흔히 그 주변을 명당, 길지, 이상향, 승지(勝地), 동천(洞天), 복지(福地)라고도 한다. 특히, 소의 형상으로 봤을 때 배 부분에 해당하는 곳을 우복(牛腹)이라 하여 '소의 뱃속처럼 편안한 동네'라고 간주하는데, 이 경우 배를 뜻하는 복(腹)자를 쓰지만, 엎드려 있거나 누워 있다며 복(伏)이나 와(臥)를 쓰기도 한다. 약간 견해 차이는 있지만 소는 사람에게 부와 복과 힘을 가져다 주는 상징으로 대부분 가까이 있을수록 좋은 영향을 받게 된다고 믿는다.

조선 중·후기 작자미상의 도참서인 「정감록」의 감결에는 우리나라 승지 열 곳의 지리적 위치를 말하고 있다. 그중 3번째로 "報恩 俗離山 四甑項延地 當亂藏身 萬無一傷."이라 하여 십승지 중 하나가 보은 속리산의 4증항(4개의 시루봉) 근처에 있다며, 이곳은 난리에 몸을 숨기면 만에 하나도 다치지 않을 것이라 했다. 속리산은 이름 그대로 속세를 떠난 곳이고, 그 대간에 연하여 우복산이 있다면 그 아래 골짜기는 모두 승지라 할 수 있다. 누군가 길지의 좋은 기운을 듬뿍 받고 태어난다면 축복된 일로 자연히 훌륭한 인물 탄생을 기대하게 될 것이다.

「택리지」의 저자 이중환은 청화산을 너무 좋아한 나머지 자신의 호를 〈청화산인〉이라 지었는데, 그 청화산 지맥으로 시루봉이 있고, 시루봉은 연엽산을 지나 우복산에서 끝점을 찍는다. 청화산이나 시루봉이 우복동천의 길지를 만들었다는 건 이미 알려진 이야기이고, 연엽산은 불교의 상징인 연꽃처럼 생겼으며, 우복산은 소가 누워 있는 모습을 하고 있으니 이곳 또한 쉽게 지나칠 수 없는 곳이다. 연엽산과 우복산 사이 골짝은 예로부터 난리가 일어나면 주변에서 이곳으로 피난했는데, 하늘에서조차 잘 보이지 않아 병화를 입지 않는 승지라 했다.

이곳 마을을 〈삼화실(三花室)〉이라 부르는 이유는 뒷산인 연엽산이 세 송이의 연꽃처럼 보이기 때문이다. 골짝을 따라 길게 형성된 마을 아래쪽은 〈하삼화실〉이라 부르는데, 그 앞쪽 우복산은 소의 머리에 해당하고, 뒤로는 연엽산이 병풍처럼 든든하게 두르고 있다. 마치 옷깃을 여민 듯 품속에 안겨 있는 농암면 화산리 399번지, 전쟁이 끝난 후 1958년 우복산 기운을 받고 그곳에서 귀골선풍(貴骨仙風)의 박용수(朴庸秀)가 태어난다. 머리 위로는 부처의 자비가 피운 연꽃이 있고, 눈 앞으로는 목동이 심우도(尋牛圖)의 소를 타고 득도를 나서는 형국이니, 그의 사주는 높은 벼슬을 얻는 특별한 인물이 되리라는 기대감을 갖게 했다. 넓고 반듯한 이마는 기본이요 입매는 단정하고 눈빛이 총명하며 유독 밝은 얼굴이 주변 사람들의 시선을 모았다.

그의 아버지 박승택(朴勝澤, 1922~2003)은 평생을 거의 문경 지역 교직에 근무하면서 모교인 농암국교 제18대 교장을 역임하며 후학들의 칭송을 받았다. 그의 외조부 김정열(金正烈)은 농암면장을 직선제 포함 5번, 11년이 넘는 기간 동안 많은 공적을 남겨 면민들이 그의 지대한 공적을 기려 공덕비를 세워 준 그 후손이다. 선조는 상주시 사벌국면 덕담리에 기반을 두고 있는데, 조부 때 어지러운 시대의 변란을 피해 예향 농암으로 이주하면서 나름의 우복동을 찾은 곳이 삼화실 분통골이었다.

그는 아버지의 잦은 전근으로 다니던 학교를 자주 옮기는 불편과 적응의 어려움에도 불구하고 그런 점을 무난히 극복했다. 모범생은 어딜 가나 모범생이고, 뿌리 깊은 나무는 바람에 흔들리지 않으며, 효자는 어떤 상황에도 아버지의 기대를 저버리지 않았다. 당시 호서남국교 교감으로 근무했던 아버지가 안동으로 전근하게 되자 안동시 학산국교에 입학했고, 몇 년 후 다시 문경으로 전근한 아버지를 따라 산북 김룡국교에서 졸업했으니 종횡무진이었다. 이후 문경중학교와 서울 경동고, 그리고 성균관대에서 학사 학위를 받은 후 미국 뉴욕주립대에서 행정학$^{(MPA)}$ 석사학위를 받은 인재다.

깡촌에서 태어났다고 촌놈이 아니라 안분자족하고 도전 없이 사는 것이 오히려 촌놈이라 생각했으니 그는 남다른 도전의식으로 남들이 선호하는 상공부에서 공무원 생활을 시작한다. 그러면서도 자신의 적성과 미래의 목표에 맞는 일이 무엇인가를 고민하다가 상공부 근무를 접고 새로운 도약과 비상을 꿈꾸며 도전에 나섰으니 그것이 〈입법고시〉였다. 일반적으로 행정고시나 사법고시나 외무고시가 아닌 입법고등고시는 일반인들에게는 다소 생소한 편으로 그만큼 전문적인 분야이다.

국회사무처에서 실시하는 입법부 5급 공무원 시험은 각종 고시 가운데 가장 경쟁률이 높은 시험으로 알려져 있다. 1992년 제11회 입법고시는 10명 모집에 3,518명이 응시하였으니 351대 1의 엄청난 경쟁률이었다. 시험은 1차, 2차, 3차를 거치면서 최종 합격까지 피를 말리는 치열한 경쟁을 뚫어 낸 그는 우복산의 정기를 타고난 사나이라고 할 만하다. 소처럼 뚜벅뚜벅 한 걸음씩 전진하며 나아가는 노력하는 기상과 소의 머리 부분에 해당하는 우복산 심우의 기운으로 특별한 지혜까지 힘입었음 직하다. 선발 인원이 행정고시 300여 명, 사법시험 1000여 명에 비해 10명을 뽑는 시험은, 시험과목이 비슷한 행시, 사시 응시자들도 시험 삼아 도전하는 그런 직종이었으니 더욱 치열한 경쟁이 되어 적당한 노력과 지식만으로는 합격이 절대 불가능한 것이다.

그는 임용 이후 국회 상임위원회에서 주로 법률안 및 예산안 검토 업무를 담당하였다. 법제사법위원회, 행정자치위원회, 통일외교통상위원회, 국방위원회에서 입법조사관으로, 정보위원회, 농림수산식품위원회에서 입법심의관을 거쳐 특별위원회를 포함해 오랜 기간을 교육문화체육관광위원회에서 전문위원으로 근무하게 된다. 그리고 자신이 태어나고 청운의 꿈을 길러 준 고향을 남달리 사랑했는데 지역의 주요 과제가 추진될 때마다 특별한 관심과 열정으로 면밀히 검토하여 적극적인 입법지원 활동에 힘을 쏟으면서, 부족하나마 그것이 고향에 대한 보은이라 생각했다.

2007년에는 경상북도청에 파견 근무하면서 경북 동해안 지역 개발을 위한 〈동·서·남해안권발전 특별법〉 제정과 당시 도청 이전을 지원하는 〈도청이전을 위한 도시건설 및 지원에 관한 특별법〉 제정을 지원했다. 수도권 비대화를 방지하고 지역 균형 발전을 도모하는 〈수도권정비계획법〉 개정에 참여했으며, 특히 이한성 의원이 대표 발의한 〈2015 경북문경세계군인체육대회 지원법〉은 문경 지역과 직결되는 법률로서 국제대회 지원특별위원회와 다각적으로 접촉하는 등 경상북도와 문경시에 관련된 법률이 제·개정되는 성과를 거두었다.

또한 경북 북부 지역의 〈유교문화권 관광개발사업〉에 대한 국회 예산지원을 촉구하여 문경도 "유교문화권 관광개발사업"을 추진할 수 있도록 지역의 소중한 문화유산인 문경새재와 진남교반 주위의 유적지가 본격 개발·정비되게 했다. 이 시기에 상주의 〈경천대 관광지 개발과 공검지 복원·정비 및 상주향교 정비사업〉 등이 추진되었고, 안동에서는 〈성곡동 문화관광단지 개발사업〉을 착공하여 〈2010 대구국제육상경기대회〉와 〈2011 대구세계육상선수권대회〉를 대비하게 했다.

이후 국회에 복귀하면서 2015년 〈경북문경세계군인체육대회〉 개최를 앞두고 국회 교육문화체육관광위원회의 예산심의 과정에서 대회 주관부처인 국방부 예산과는 별도로 문화체육관광부의 국민체육진흥기금에서도 자금을 지원할 수 있도록 여야 의원들을 설득하여 추가로 200억 원을 확보, 지원함으로써 세계군인체육대회 개최에 필요한 자금 충당하여 대회의 성공적인 개최를 지원하였다.

이외에도 아리랑의 고장으로 자리매김한 문경시에서 그동안 의욕적으로 추진해 왔던 〈문경 아리랑 일만수 도록사업〉에서는 문화체육관광부 기금에서 제일 먼저 예산 지원을 하도록 하여 문경 아리랑 사업이 실질적으로 추진될 수 있게 했다. 이를 통해 문경시에서는 해외를 포함한 전국 각지의 아리랑 가사를 취합해 이를 서예 작품으로 남겨 아리랑의 시각화 기반을 마련할 수 있었다.

2007년 경상북도 파견근무 당시 방송에서 "유교문화권 관광개발사업" 추진 필요성을 설명

국회 교육문화체육관광위원회 소위원회에서 문화체육관광부 소관 의안에 대하여 전문위원 의견을 제시

교육부 장관과 문화체육관광부 장관 및 문화재청장을 대상으로 부처 예산안에 대한 전문위원 검토보고

그가 고향 지역에 기여한 공적은 여러 곳곳에서 두드러진다. 그렇다고 팔이 안으로 굽는다 하여 불가능한 것을 가능하게 만든 것이 아니라, 고향의 입장에서 서서 부족한 논리와 추진의 필요성 및 관련 법령의 적용 타당성 등을 적극 지원 검토한 것에 힘 입어 어려운 숙업들을 성공리에 완수될 수 있었던 것이다.

이제 그는 도연명의 귀거래사처럼 녹을 먹던 국회를 떠나 고향으로 머리를 두고 있다. 그 이유는 요즘 국회의 소란과 역할 미흡 등을 보면서 자신이 할 수 있는 일이 무엇인지를 진지하게 고민한다. 우복산 솔잎을 먹던 송충이가 고향의 소나무를 어찌 잊을 수 있겠는가. 그가 우복산 정기를 타고 태어나 선을 닦게 된 목동의 본성이라는 소를 찾기 위해서 길을 떠난 지 어언 40여 년, 그는 산속을 헤매다가 소 발자국을 발견하고 난 뒤 꾸준히 공부를 했고, 후에 국회에서 목민관의 삶을 살며 다시 소를 찾아 나선다. 그리고 소를 붙잡아 고삐를 잡고 길들인 뒤, 이제는 그 소를 타고 구멍 없는 피리를 불며 고향 문경으로 초연히 돌아온다. 그러나 고향에 오자 소는 온데간데없고 자신만 남아 있어 이제 자신이 해야 할 소명이 무엇인지 근원적인 생각에 빠진다.

그렇다. 그는 22대 국회의원 선거 예비 후보로 상주 문경 지역에 출마하면서 국회에서 그동안 몸바친 헌신의 세월을 반추해 본다. 누구보다 의회 내 여러 가지 행정을 섭렵하고 의원들의 입법 활동을 적극 지원하면서 얻은 전문적 경험과 노하우가 있으므로 이를 발휘해 지역 발전과 더불어 헌정질서 확립을 선도하고자 출사표를 던졌다. 하지만 사람들은 혈연과 학연과 지연, 그리고 경로당과 사랑방과 조직화된 인적시스템에 갇혀 그가 그린 꿈을 제대로 펼쳐낼 수 없었다. 지금은 국민들이 국회를 걱정하는 시대가 도래되어 묵묵히 자신을 돌아보며 실력과 논리보다는 머릿숫자와 목소리만 높이는 것이 너무 가슴 아파 고개를 숙이게 된단다.

2019년 세계군인체육대회(문경)

심우도

잘못을 알면 고치도록 해야 하고 계획은 행동으로 실천해야 한다. 그는 지금 다시 산중을 헤매지만 마침내 도를 깨닫게 되고, 최후에는 문경 상주를 빛내는 위치에서 고향을 최고 이상향에 이르게 할 수 있을 것이라 생각한다. 산은 산으로, 물은 물로 조그마한 번뇌도 묻지 않고 있는 진실된 모습을 볼 수 있는 참된 지혜를 갖고 맡은 일에 최선을 다한다면 오늘과 같은 걱정스런 국회는 되지 않을 것이기에 그의 꿈은 아직도 진행 중이다. 350대 1의 경쟁에서 우뚝 살아남은 힘은 그를 일어서 걷게 하고, 그는 새로운 한 마리의 소를 몰고 다시 여의도로 향해 나아가며 진정으로 국민들에게 사랑받는 그날이 오게 될 것을 꿈꾼다.

15. 의병장 대를 이은 궁전지사(弓箭之士)–신재식

우리는 무사라는 말은 종종 들어 봤어도 궁전지사라는 말은 왠지 생소하다. 궁전지사란 '무예를 익히고 군사에 종사하는 사람'을 뜻하는데, 이는 배우고 익혀 활용하는 단계를 넘어 창조적인 단계로 나아가는 것으로, 이런 사람이 흔치 않다는 말이다. 의병의 집안에 의병이 나고 선비의 집안에 선비가 날 수 있을까? 혈통이나 족보를 중시하는 우리의 정서에서는 부전자전이란 말은 매우 중요한 의미를 내포한다. 그러므로 궁전지사가 된다는 것은 자신의 목표 설정과 꾸준한 노력만으로는 이루기 쉽지 않음을 알 수 있다.

신재식 궁전지사의 고향집(섬안)

쪽금산 아래 농암천이 휘돌아가는 그 마을은 지형이 마치 육지 속의 섬같다고 하여 〈섬안〉, 한자로는 〈도내(島內)〉라고 부른다. 그 곳을 가려면 물을 건너야 하므로 아무나 쉽게 오갈 수 없는 해자형의 요새가 된 안온한 자연부락이다. 그 마을 중심에는 도암 신태식 의병장의 생가가 있고, 마을 뒤편 산 아래로는 사시사철 대나무가 책 읽는 소리를 내며 푸르고 곧게 자라고 있다. 이 마을은 평산신씨 집성촌으로 신숭겸 장군의 후손이자 도암의 후손들이 모여 산다.

아버지가 할아버지를 닮아야 하고, 아들이 꼭 아버지를 닮으라는 법은 없지만 이곳에서 태어난 신재식(申載植, 1959~)의 몸에서는 자신도 모르게 나라를 위해 싸운 의로운 고조부의 피가 흐르고 있다. 그렇지만 독립운동을 하면 3대가 못산다는 말을 들으며 가난 속에서 자랐고, 일제강점기에 왜놈들이 집을 몇 번이고 불태워 집도 크게 지을 수 없었으며, 조부의 의병 활동기를 적은 〈신의 관창의가〉에서 파란만장한 삶의 역정을 보았기에 문사로의 길을 가려고도 생각했다. 하지만 일이라는 게 생각하는 대로 된다면 성취의 보람이 그만큼 감소되지 않겠는가.

신재식

그는 섬안 마을 신현배의 7남매 중 둘째로 태어났고, 의병장 도암 선생의 직계 고손이다. 농암국교를 47회, 청암중, 상주고등학교를 두서의 성적으로 졸업하게 된다. 대입을 앞두고 그는 자신이 어떤 길을 가야 할지 중대한 갈림길 앞에 선다. 당시 실력으로는 서울 명문대에 충분히 진학할 성적이었으나 대학에 합격한다고 해도 당장 등록금을 마련할 방도가 없었다. 자신의 진로에 대해 형님이 그를 불러 사정 설명과 함께 선택을 요구하였는데, 그것은 돈이 들지 않는 육군사관학교를 응시하라는 것이었다. 아무리 생각해도 벼랑 앞에 서 있는 자신이 스스로 새로운 길을 낸다는 것은 거의 불가능했고, 한편 고조부의 구국 충정을 잇는 군 지휘관으로서 길도 특별한 의미가 있다고 생각하여 결국 형님의 뜻을 따른다.

1977년 육군사관학교 37기로 입학, 2013년 6월 육군 대령으로 전역할 때까지 약 37년여를 군 생활에 매진하였다. 특히 근무 기간 중 야전부대 작전 및 전력기획 업무를 주로 수행하게 된다. 육군본부 근무시에는 우리나라 최초 300km급 미사일 도입과 GOP 과학화경계사업단장을 역임했고, 국방부 특별검열단으로 활동하는 등 중요한 보직을 맡아 타의 귀감이 되는 성과를 거두었다. 그리고 2012년 제복을 벗으면서 국가보위에

대통령 기관 표창

혹한기 훈련

전시회장 앞에서 대표와 기획실장 신재식

기여한 공로로 정부로부터 보국훈장 삼일장을 수여받았다.

운명은 노력에 의해 바뀔 수 있다지만 그는 하늘이 내린 순리에 따라 조부의 대를 이어 나라를 위해 육군 대령으로서 몸바쳐 주어진 소명을 다했다. 전역 후 한국석유공사 비상계획실장과 보안관리처장직을 수행하면서 관련 업무 유공으로 대통령 기관표창을 수상하는 남다른 열정과 탁월한 성과를 보여 주었다. 그러고는 〈무사〉에서 끝나지 않고 새롭게 〈궁전지사〉의 길을 걷게 된다.

지금은 안티드론 시대, 3년이 넘도록 벌어지고 있는 러시아-우크라이나 전쟁에서 매월 1,000여 대의 드론이 소실되는 등 현대전에서 방어 무기의 핵심으로 자리잡고 있는 기술을 개발하는 일을 하고 있다. 지금은 백병전 시대가 아닌 드론 공격의 시대, 그러므로 그것을 무력화하는 기술은 전자전으로 변화된 현대전에서 게임 체인저 중의 하나가 되고 있다. 안티드론은 다른 방어 무기에 비해 저비용에 고효율성이란 장점으로 북한의 오물 풍선 살포 등 국가 안보의 위협에 직면한 우리나라에서도 첨단기술로 그 중요성이 매우 커지고 있다.

국가 방위, 산업시설, 주요 기간망 및 박물관 등 치안이나 테러 영역에서도 적용되고, 발전소, 댐, 교량 등 기간시설을 향한 공격 위협을 방어할 목적으로도 국내외 산업 분야에서 적용이 확대되고 있다. 2022년 워싱턴DC 컨벤션센터에서 개회된 〈2022 AUSA 전시회〉에서 그는 관련 기관 및 기업들과 협의를 적극적으로 진행하였다. 매년 미 육군협회가 주관하는 세계 최대 규모의 지상군 분야 방산 전시회에서, 회사를 홍보하며 총성없는 전쟁으로 국익 창출에 나선 것이다.

전시업체 관계자와 협의 중

현지에서 활동하는 우리나라 방산진흥회와 주미 군수무관단장 및 KOTRA 워싱턴무역관 관계자 등과도 유창한 영어 실력으로 협의를 진행하면서 향후 수출 기반을 조성하고 회사가 글로벌 기업으로 도약하는 계기를 마련하게 된다.

그는 지금 말할 수 있다. 대학 진학을 앞두고 선택의 기로에 있을 때 형님의 뜻을 따른 걸 후회하지 않는다. "내가 너를 육사 가게 한 것이 미안하다."는 형님의 말에, 그는 "형님 덕분에 궁전지사가 되어 일하고 있어 너무 감사합니다."라고 응답한다. 그 길이 자신의 길이고, 형님이 원하던 길이며, 고조부의 의병정신을 잇는 빛길이 되었으니, 이보다 더 나은 길이 어디 있느냐는 마음으로 산다. 그의 하늘에는 오늘도 별 하나 별 둘 별 셋이 여기저기서 총총 빛나고 있다.

16. 아니 아니 부르진 못하리라-정인화

정인화는 농암 종곡리 불당골에서 태어나 어린 시절 그곳에서 성장한다. 사는 곳이 〈불당골〉이라 하면 어떤 곳인지 대충 짐작이 간다. 부처를 모셔 놓은 작은 절이 있는 골짝이거나, 아니면 사당이나 남사당패들이 덧뵈기를 연희하던 장소라는 뜻을 갖고 있는데, 그가 사는 곳은 전자에 속한다. 아버지가 대목수이니 작은 절 하나 뚝딱 짓는 건 그리 어렵지 않았고, 불당을 지으면 부처와 스님이 있는 건 기본이 아니겠는가.

정인화 국악인

정인화 경기민요57호 전수자

북실 마을에 속해 있는 불당골은 3가구가 살았는데 집 뒤편에 아버지가 지은 작은 절이 있어 고을 사람들의 기도처로 이용되자 불당골로 불리기 시작했단다. 주야장천 기도와 목탁 소리와 북소리에 반야심경과 천수경 등의 소리가 멎지 않았으니 유년의 그는 절에서 들려오는 소리장단에 자연스레 많은 영향을 받게 된

다. 첨에는 노래에 천부적인 재능을 갖고 있다는 걸 몰랐지만 자라면서 소죽을 끓이거
나 밥을 지으면서도 혼자 어깨 짓에 추임새까지 하며 아침 저녁으로 부뚜막과 솥뚜껑
을 두드리면서 귀동냥으로 들은 노래를 정확하고 구성지게 불러대는 것이 남달랐다.

 9남매 중 셋째 딸로 태어난 그는, 당시 작은 농사만으로는 먹고 살기가 녹록치 않던
때인지라 아버지는 목수 재능을 발휘해 지게, 방망이, 주걱, 쟁기 등을 만들고, 짚으로
는 멍석과 삼태기 등을 만들어 시장에 내다팔아 생계를 유지했으므로 생활이 궁핍할
수밖에 없었다. 보리고개에는 입에 달라붙은 밥알도 무겁게 느껴진다고 하던 때, 아버
지는 묘안으로 생각해 낸 것이 빚이라도 내어 절을 짓고 그 절을 찾아오는 사람들이 늘
어나면 생계에 도움이 될 것이라 생각한다.

 그렇게 작은 절을 짓고 부처를 앉혔으며 스님까지 모셔 오자 주변에서 사람들이 찾아
오기 시작했다. 아픈 몸이 낫고 수태를 원하던 사람이 아들을 낳으며 원하던 소원을 이
루게 되자 이 골을 찾는 사람들이 점점 늘어났다. 그러던 어느 날 학교에서 돌아왔을
때 절은 온데 간데 없이 사라지고 부처상도 스님도 보이지 않았으며 절이 있던 그 자리
는 편평하게 정리되어 있었다. 힘없이 쪽마루에 앉아 있는 아버지를 보고 필시 무슨 큰
일이 있었다는 걸 직감했으며 얼굴은 무척 어두워 보였다. 후에 안 일이지만 나라에서
작은 절은 무조건 철거하라는 지시에 따라 큰 피해를 입게 되었던 것이라 했다.

 집안 일이 이렇게 설상가상으로 꼬이자 학교를 원만하게 다닐 형편이 되지 못했다. 국
교 6년 중 4년 정도만 겨우 학교에 다니면서 나머지는 학교를 가지 않고 밭에 나가 풀
을 매거나 산에 가서 소풀을 뜯고 어린 나이에 지게 지고 나무를 하며 밥까지 맡아서 짓
는 사정이었으니 학교 성적은 당연히 바닥권이었다. 이토록 어렵게 공부하고 힘겨운 일
을 하면서도 늘 노래를 흥얼거리면서 그래도 불당골이 싫지 않았으니 그가 부르는 노
래는 누구도 따라 부를 수 없는 불당골의 〈농암가〉가 아니었을까.

 중학교 진학은 엄두도 내지 못했고, 취업이 가능한 나이가 되자 그동안 하지 못한 공

부를 반드시 하고야 말겠다는 각오를 다지며 정든 불당골을 떠나게 된다. 객지 생활은 만만치 않았으나 불당골에서 일하던 것과 비교하면 별거 아니라는 생각이 들었다. 하지만 불당골에서 두드리던 솥뚜껑과 부뚜막과 절에서 들려오던 장단 같은 게 없었으니 그것이 그리워지자 남들이 듣거나 말거나 입을 다물고 콧노래로 향수를 달랬으며 그에게 불당골 가락은 참으로 소중한 것이었다.

공장 생활 1년차인 18세, 그때 대전 성보극장에서 큰 노래자랑대회가 열렸는데 그 무대에서 〈고향무정〉을 기성가수처럼 열창할 수 있었다. 그것은 순전히 불당골에서 무수히 부른 〈농암가〉의 힘이었고, 그 덕분으로 노래에 천부적인 소질이 있다는 평과 함께 최우수상을 수상함으로써 자신감을 갖게 된다. 이후 공장 생활을 계속하면서 중학교를 가고 싶었으나 결혼과 가사와 육아 등 먹고살기에 바빠 세월만 유수처럼 빠르게 흘러간다.

그러던 어느 날 다시 맘속 깊은 곳에서 불타오르는 면학의 꿈과 심장을 두드리는 가락 장단을 억누르지 못해 악착스레 공부를 하여 중고등학교를 검정고시를 통과하게 되고, 본격적으로 민요를 배우기 시작한다. 노래를 부르는 게 쉬워지고 자신감이 생기면서 공부하는 것도 노래처럼 어렵지 않게 느껴져 좀 늦은 나이임에도 주어진 과정을 잘 소화할 수 있었다.

민요를 배우면서부터 예전 부뚜막을 치며 노래하던 〈고향무정〉, 〈고향이 좋아〉, 〈알고 계세요〉 등은 멀리하고 〈창부타령〉이 그에게로 더 가까이 왔으니 어쩜 그는 민요를 부르기 위해 태어났는지도 모른다. 고등학교 검정고시 이후 대학교까지 진학을 하게 되는데, 그는 처음 대전에서 이정자 선생 문하생으로 10년간 공부를 하게 된다. 그런 다음 서울 이선영 명창 아래서 4년, 그리고 묵계월 선생 아래서 3년을 더 배운 다음, 안비취 선생의 혼과 열정을 이어받아 중요무형문화재 제57호 보유자인 〈이춘희〉 스승 밑에서 4년을 더 배우고 난 뒤 대망의 〈경기민요 57호 전수자〉가 된다.

치열하고 뜨겁게 강산이 두 번이나 바
뀌면서 당대 명창들에게 두루 사사하였
다. 21년간의 긴 공부를 했지만 스스로
재능보다 노력이 중요하다고 말한다. 남
들이 그를 보고 타고난 명창이라 부르니
까 고맙긴 하지만 거기에 전적으로 동의
하지 않는다. 아직도 기교보다는 기본기
에 충실하며 꾸준히 공부하는 것만이 민
요에서 얻는 유일한 기쁨이라 말한다.

이제 그는 다시 말한다. 영글고 단단한
목청으로 하루 종일 긴소리를 불러도 막
힘이 없는 넉넉한 성음을 갖고 태어났어
도 끊임없는 훈련과 반복 연습, 그리고
생활화가 아니면 음역이 유지되거나 넓
어지지도 않는다고.

불당골의 북소리에서 시작된 그의 목
청은 시원하면서도 힘차며 맑고 아름다
운 것은 태어날 때부터 받은 목소리라
해도 계속 갈고 닦으며 제자들을 가르치

면서 무대에 서는 게 가장 큰 기쁨이라 말한다. 그가 사는 마지막 날까지 가장 좋아하
는 〈창부타령〉 가사처럼, 이제 그는 아니 아니 부르지는 못하는 공인받은 대한민국의
민요 가수로 살아갈 것이다.

17. 실리콘벨리에서 꿈을 이룬 노마드-김병해

삶을 더러는 전투라고 한다. 아침 출근해 저녁에 집으로 돌아올 때까지 두 눈을 부릅뜨고 두 팔과 다리로 싸워 이겨서 돌아와야 한다고 말한다. 하지만 전투에서는 무승부가 없고 승자와 패자만 있어 승자가 된다는 건 기쁜 일이지만 매우 어려우며, 패자가 된다는 건 더더욱 생각조차 하기 싫은 것이다. 전투를 즐기는 사람은 드물지만 자신이 가진 목표를 향해 싸워 가는 삶의 전투가 도전적이라면 외려 멋진 일이 아닌가. 농암고을에서 태어나 미국 실리콘벨리에서 꿈을 이루고 돌아온 그의 인생 승리를 우린 뜨겁게 환영해 줘야 할 일이다.

그의 이름은 병해! 어릴 때부터 주변 사람들이 '해병'이라 불러도 본인 귀에는 그것이 거슬리지 않았단다. 아버지가 지어 준 이름인데다, 항렬자인 '병(柄)'자에 돼지해(己亥生)에 태어난 것과 돼지꿈으로 당첨된 복권 같은 천복(天福)을 누리라는 의미로 '해(亥)'자를 부쳐 주었기 때문이다. 학교 다닐 땐 친구들이 '해병대'라 놀리기도 했고 딴은 남자 이름 같다 해도 그에 반하여 "난 씩씩한 해병대 정신을 갖고 산다."며 마음속으로 결연한 의지를 다졌단다.

해병대 정신 중 "하면 된다."는 복무신조를 가장 좋아했는데, 그건 한번 세운 목표는 영원히 안고 간다는 것이었다. 하지만 6.25전쟁이 끝난 지 얼마 되지 않은 폐허의 땅에서 태어난 그가 먹고살기도 급급한 시절에 무슨 재주로 대망의 꿈을 쉽게 이루겠는가.

그도 그럴 것이 보릿고개가 있고 근대화의 기치를 내건 새마을 사업도 시작하기 전인 고난의 행군 시절 3남 2녀 중 막내딸로 태어났으니, 세계를 향해 꿈을 이루기는커녕 국내에서 자신의 입지를 구축하는 것조차 기대난망이었다.

오래전 면사무소 일을 그만 두신 아버지가 국교 5학년 때 홀연히 세상을 떠나자 어머니는 농암 장터에 가게 터 하나를 마련해 장날이면 옷을 싣고 가서 팔고, 평일에는 농암 전역으로 보부상을 하여 〈한우물 옷장사〉로 불렸다. 틈새를 이용해서는 논밭 농사를 짓는 일까지 감당해야 했으니 억척스레 장정 두 사람의 몫도 더 하셨단다. 그런 어머니를 돕기 위해 장날이면 학교수업이 끝나고 어머니 장사가 끝나기를 기다리며 사촌 오빠 집인 〈중앙약국〉에 들어가 지내는 시간이 많았다. 오빠 집에는 전집으로 된 한번도 만져 보지 못한 비싼 책들이 많았는데 그중 시선이 꽂힌 책은 한국 최초 세계 여행가인 김찬삼 교수가 쓴 「김찬삼의 세계 여행」이었다. 컬러 양장본으로 삼중당에서 나온 10권 짜리 눈부신 책이었으며, 그 안에는 세계지도에 나오는 수많은 나라들의 역사와 문화와 삶의 모습들이 박물관처럼 빼곡하게 들어차 있어 마치 혼자 세계 여행을 다니는 듯한 착각에 빠져들기도 했단다. 이때 책을 읽고 받은 문화적 충격에 온몸을 떨며 자라서 반드시 가장 넓고 높은 세상에서 멋지게 살아갈 것이라는 다짐하게 되었단다.

이 영향으로 겉으로는 조용하고 착하며 학교와 집만 오가는 모범생 정도로 보였으나 속은 산 하나 없이 지평선만 보이는 광활한 텍사스 벌판을 품으며 살아가고 있었다. 주어진 환경에 안주하지 않고 안 되면 되도록 노력하면 되는 것이고, 해병은 말이 없듯 그저 행동으로 실천하면 모든 것을 이룰 수 있다는 것이 그의 신조였다. 그러니 어릴 적 "넌 어디로 시집갈래?"라고 물으면 거침없이 "저 미국으로 갈래요."라고 대답해 어른들을 화들짝 놀라게 만들기도 했다.

국교 졸업 후 청암중 1학년 때 체육복 사건을 생각하면 지금도 가슴이 먹먹해지고 눈물이 핑 돈단다. 모든 학생들이 단체로 파란색 체육복을 맞춰 입었는데, 본인은 어머니가 팔다 남은 자주색 체육복을 입은 것이 문제가 되었다. 체육 선생이 첫 시간에 "김병해, 꼴보기 좋다.”며 나무랐지만 눈물을 머금으면서도 끝까지 굴하지 않고 중학교 3년 내내 미운 오리새끼처럼 빛바랜 자주색 체육복을 입고 졸업하면서 어머니에게 작은 효도라도 하게 되었다. 상속된 부유함은 없고 유산은 가난함이지만 그래도 그것이 결코 불행이라고 생각하지 않았다.

후백제를 건국한 견훤정신이 서린 천마산을 눈앞에 두고 3년간 청운의 꿈을 키우며 청암중학교를 졸업하게 된다. 하지만 다수의 친구들은 도시로 진학을 했지만 가정 형편상 청암고등학교를 입학하게 되면서 심각한 우울과 좌절감을 느꼈단다. 그러다가 농암의 청중, 청고를 다니면서도 충북의 명문인 청주의 청중, 청고를 다닌다는 생각으로 마음을 달래며 열심히 공부에 임했다. 이러저러 시간이 흐르고 김찬삼의 세계 이야기마저 희미해져 갈 무렵 고등학교를 졸업하게 되자, 임창재 교장 선생님께서 도장초등학교 보조교사 자리를 가지 않겠느냐는 제의를 했단다. 세계를 향해 점점 더 멀어져 가는 꿈을 애써 누르며 농암 골짝에서도 서남쪽 산 중에 깊은 산을 지나, 사다리가 있어야 오를 정도로 어둠기가 묻어나는 다락같은 다락골, 거기 도장초등학교는 산 첩첩 골 꼭꼭 여민 하늘 아래 첫 동네였으니 참으로 숨막히는 암담한 시절이었다.

1년 뒤 동성초등학교로 발령을 받고 그곳에서 2년을 근무하던 중 잠시 고향에 내려와 대학원 시험 준비를 하던 남편을 만나게 된다. 그리고 서울대학교 대학원에 합격 후 몇 개월을 다니다가 학사장교로 입대를 하고, 1984년 제대와 동시에 삼성반도체에 입사, 그와 결혼을 하게 된다. 학구열이 남달리 높던 남편은 회사의 배려로 대학원과 회사를 다니다가 몇 개월 뒤 체력적으로 도저히 버티질 못하고 학업을 포기하고 만다. 그러던 어느 날 「세계는 넓고 할 일은 많다」는 김우중 회장의 책을 읽고 나서 공부를 다시 해야겠다고 마음을 고쳐먹는다. 목표는 카이스트, 공부에 집중하려고 세 살 된 큰아이를 2달간 시골로 내려 보냈는데, 돌아왔을 땐 심리적 불안 때문인지 말을 더듬는 문제가 발생하여 마음이 얼마나 아팠는지 혼자 방으로 들어가 한없이 울기도 했단다. 남편이 드디어 카이스트에 합격하고 회사 도움으로 대전까지 내려가 공부를 시작, 남다른 도전정신으로 3년 만에 빛나는 졸업장을 받게 된다.

이즈음에 그는 다시 세계를 꿈꾸기 시작한다. 그러던 어느 날 남편에게 박사과정의 공부 기회가 주어져 열심히 국내 대학만 찾고 있었는데, 이때 그의 뇌리를 김찬삼의 세계지도가 스쳐 가는 게 아닌가. "그렇다. 이것이 내가 큰 세상으로 나아갈 수 있는 마지막 기회일지도 모른다. 제발 일 년만 외국에서 살 기회를 만들어 달라. 내 평생 꿈이자 소원이다."고 남편을 설득하다 나중엔 통사정까지 하게 된다. 이에 하늘이 도왔는지 그 과정에서 회사에서는 미국에 갈 기회를 만들어 주었고, 드디어 꿈을 이룰 수 있는 절호의 기회가 왔는데, 이때가 그의 인생에서 가장 황홀하고 행복한 시간이었다.

그는 이제 한국인도 미국인도 아니고 세계시민이 되는 것이었다. 그의 조국은 세계고 그의 종교는 최선을 다해 사는 것이며, 그의 행복은 세계 사람들과 같이 어울리고 녹아서 재생되는 하나의 용광로, 거기 같이 녹아서 하나가 되는 일이었다. 1996년, 그의 가족은 드디어 미국에 영광의 첫발을 내딛는다. 비행기에서 내려다본 샌프란시스코는 정말 아름다웠고 천국과 같은 느낌이었으며, 지금의 애플 본사가 있는 쿠퍼티노에서 세계로 가는 삶이 시작되었다. 모든 게 신기하고 자신이 세계를 향한 꿈을 버리지 않은 것이 자랑스러웠으며 아이들이 미국에서 교육을 받는다는 점도 하나의 기쁨이 되었다.

그가 만난 미국은 젊은이가 지배하는 나라였다. 전 세계에서 이상주의를 추구하는 유일한 나라였으며, 미국인들의 최대 장점은 사람들이 빈둥빈둥 놀기보다 자기가 믿는 일이라면 열심히 하려 한다는 것이 그와 코드가 딱 맞았다. 상식이 통하는 나라이자 모든 이들에게 기회가 주어지는 나라라서 누구나 사업가가 될 수 있고, 누구나 대통령도 될 수 있다는 게 한국과는 많이 달랐다. 이토록 관대하고 우호적이며 부유한 나라인 세계 최고의 미국은 선망의 대상이었고, 자신이 어릴 적 미국으로 시집간다는 대답은 그저 허황된 꿈이 아니었음에 그 생활은 매일 즐거운 나날이었다.

ESL CLASS^(외국인들을 위해 정부에서 운영)와 Community College^(전문대 과정)에 호기심 가는 여러 강좌를 등록해 수강하면서 세계 각국 사람들과 친교를 갖고 말로만 듣던 다양한 나라 사람들과 공부하며 그들의 세계를 알아가는 과정이 너무 보람 있고 유익했단다.

2년간 그렇게 공부를 한 후 국내로 들어오자 남편이 공부를 권유하여 용인에 소재한 강남대학교 영문학과에 입학하게 된다. 나이 들어 공부를 한다는 게 힘들기는 했지만 열심히 공부를 한 덕에 1학기부터 장학금을 받았으니 하면 된다는 일념은 어디에서나 통했다. 다시 남편이 미국으로 발령으로 받아 다시 미국에 정착하게 되었으며, 이런 과정에서 어머니의 DNA가 그를 이렇게 기대 이상으로 성장하게 만들어 간다는 것을 직감할 수 있었다. 큰아들은 미국 명문인 UCLA를 졸업했고, 작은아들은 MICA^(SVA, LCA, OTIS, CCA, MICA 5개 대학 4년 전액장학생으로 동시합격하며 MICA 미대선택: 미주 중앙, 한국일보 등 신문보도)에 입학해 당시 한인사회를 놀라게 했으니 이 얼마나 큰 기쁨이겠는가.

2005년 남편은 미국반도체 회사 부사장직을 끝으로 한국에 반도체 회사를 설립, 미국과 한국을 오가며 사업을 시작했다. 하지만 그는 미국에 살면서 〈FACO〉라는 Semiconductor Consulting CEO로 일하며 자신이 꿈꾸던 세계관을 착착 구축해 나갔다. 그러면서 2016년에는 한국외대 주관 〈샌프란시스코 GLOBAL CEO〉 과정 수료했으며, 실리콘벨리와 샌프란시스코 한인회에서도 활동하며 한국인으로서 애국심과 자긍심을 갖고 조국을 위해 미력이나마 힘을 보태는 등 최선의 노력을 기울였다. 그렇게 20년 동안 실리콘벨리에서 세계시민으로 살다가 가족의 정이 그리워 2017년 큰아들이 있는 LA로 이사하게 되었단다.

영킴 하원의원과 함께(좌에서 두 번째 김병해, 세 번째 영킴)

오렌지 카운티에 살면서 영킴(Young Kim) 연방 하원의원과도 교류하며 한인들을 위한 활동과 각종 세미나 등에 참석하게 되었고, 마이크 혼다(Mike honda) 전 의원과는 아주 각별한 친구가 되어 작은 아들 졸업식까지 참석해 주어 그것이 언론에 보도되기도 했단다. 2019년에는 미주 총연합회 초청으로 〈청도세계한인지도자대회〉에 참석, 세계 곳곳에 흩어진 한국인 사업가들과 교류

의 장을 만들어 CEO로서 상생과 화합을 통한 대한민국 발전 방안을 모색 추진하기도
했다.

청도세계한인지도자대회

이렇게 세계 무대에서 바쁘게 일
하며 살다 보니 세월이 너무 빠르
게 흘러 어느덧 예순을 훌쩍 넘겼
다. 두고 온 농암과 살고 있는 미
국 두 곳 다 마음이 떠날 순 없어
도, 어차피 사람이란 수구초심(首丘
初心)으로 자기 본향을 잊을 순 없는
것, 이제 남은 삶은 나를 낳아 주고 키워 준 고향에서 보내고자 다시 돌아오게 되었다.
그리고 문경새재 1관문 왼쪽 모시골에다 〈새재리아(문경시 새재1길 49)〉라는 이름의 리조트
를 크게 짓고 그는 반도체 CEO에서 리조트 회사 대표로 새로운 일을 시작하게 되었단
다. 새도 넘기 힘들다는 새재가 지금은 시원하게 터널이 뚫렸으니 그는 이제 세계를 다
시 새재로 옮기는 작업 중이다. 한우물 안에서 맴돌던 개구리가 미국의 거대한 땅에서

새재리아리조트 원경

새재리아리조트

꿈을 이루고 살다가 새재 모시골로 회귀한 것이다. 이곳 모시골은 임진왜란 때 류성룡의 형인 류운룡이 가족과 가솔 100여 명을 데리고 잠시 살던 곳으로 어머니의 품 안같은 느낌을 준다며, 이곳을 찾는 모든 손님들이 세상에서 가장 안락하고 심신이 치유받는 휴식처가 되길 바라는 마음이라 전한다.

그가 이제 말한다. "나는 언제나 good(좋다)! 일어나선 Good morning! 잠들 때는 Good night!이라 외친다. 농암 다락골에서 미국 실리콘벨리와 오렌지 카운티를 거쳐 이제 새재리아! 지금도 세상은 넓고 가고픈 길은 있지만 다시 돌아올 길이 멀어 이쯤에서 마음을 접고 보다 덕 있고 순수한 문경인으로 살고싶다."고 내심을 피력한다. 그의 생각과 꿈은 김찬삼에서 시작되어 아직도 해병정신의 병해로 사는 게 기초이자 가치이며 존재라고 말하며, 최선의 노력만이 세계를 지배한다는 걸 강조한다. 그의 이적지의 진정한 특성은 꿈과 끈기다. 그의 머리카락 한 올이 황소 백 마리보다 더 많은 것을 끌어당길 수 있음을 보여 주었음에 우리는 그에게 힘차고 큰 박수를 보내지 않을 수 없다.

18. 앞산에서 흰 뱀을 찾은 소설가-남상순

나의 조상들은 대대로 상주군 이안면에 자리를 잡고 살았으나 일제강점기 때 문경군 농암면 율수리로 터전을 옮겼다고 들었다. 조부는 율수리(깊은 갈골이라고 불림)에서 이장일을 맡아 보았는데 6.25전쟁이 터지는 바람에 이런저런 신산을 겪었다. 밤에는 인민군들이 내려와 동네 사람들을 닦달해 먹을 것을 취하고 낮에는 국군이 들이닥쳐 간밤의 일을 추궁하였기 때문이다. 양쪽에서 시달림을 받던 조부는 어린 두 아들을 데리고 야반도주를 감행하여 농암면 갈동리(공교롭게도 이곳 역시 갈골이라고 불린

남상순 작가

다)로 거처를 옮겼으며 그곳에서 농사짓고 누에를 치면서 평생을 살았다. 나는 1963년 초여름, 갈골에서 태어났으며 농암국교와 청암중학교를 다녔다.

어려서의 기억은 대체로 희미해져 버렸지만 새마을 운동에 관련된 몇몇 에피소드는 깊이 각인되어 있다. 당시 새마을 운동의 주체는 전 국민이었다. 아이들은 주로 퇴비 모으기, 꽃길 다듬기, 꽃밭 가꾸기에 동원되었는데 이와 같은 경험은 소설가가 된 이후 은연 중에 여러 작품 속으로 흘러들어갔고 장편소설 「흰 뱀을 찾아서」와 「동백나무에 대해 우리가 말할 수 있는 것들」에서는 없어서는 안 될 중요한 비중을 차지한다.

새마을 노래는 소설가가 된 동기와도 연관되어 깊다. 어느 날 우리 동네 바구지 비탈

갈골 마을(작가의 고향)

진 논에 심어 놓은 벼가 가뭄에 바싹바싹 타들어 갔다. 할아버지는 양수기를 대여해 물을 끌어올리자고 했지만 손익계산을 한 아버지는 그러면 남는 게 없다며 반대했다. 다음 날 비싼 양수기를 빌려 논에 물을 댔지만 할아버지에게 온전한 승리를 안기지는 못했다. 화가 난 아버지가 농사를 안 짓겠다며 도시로 떠나 버린 것이다.

아버지의 부재에도 불구하고 아침에 눈을 뜨는 느낌은 나쁘지 않았다. 1970년대 당시 대부분의 가장들이 경제화 대열에 합류해 티브이를 장만하고 냉장고를 사는데 열을 올리고 있을 때 손해가 나는데도 양수기를 빌려 벼를 살리자고 했던 할아버지는 난데없게도 한시 습작에 열을 올리고 있었다. 이른 아침에 눈을 뜨면 할아버지가 사랑에서 글 읽는 소리가 잔잔히 들려오곤 했다는 것이 1970년대의 풍경이라는 것을 누군가는 믿지 못할 수도 있다. 할아버지는 당신의 습작품인 7언 절구 한시를 또렷하고 유창한 발음으로 끈기 있게 읽어 나가면서 소위 그루브를 잘 타다가 가끔씩 입을 다문 채 음음, 하고 늘어지면서 가늠하기 힘든 웅얼거림으로 뒤바뀌는 순간이 있었는데 그럴 때마다 나는 정신이 명징해지면서 기분이 좋아졌다. 지금 생각하면 할아버지가 잡념에 시달리던 순간이 아니었을까 싶다. 정처 없이 떠돌던 마음에 사로잡히고 휘둘릴 때가 할아버지라고 해서 왜 없었겠는가. 나는 끊어진 시구를 나라도 대신 이어나갔으면 좋겠다고 생각했고, 글을 읽고 다음을 상상하는 순간이 하염없이 계속되기를 바랐다.

하지만 그 행복은 오래 가지 못했다. 어느 날 아침부터 동네 스피커로 새마을 노래가 방송되었기 때문이다. 산자락을 찢고 나뭇가지를 부러뜨릴 것 같은 기세였다. 조용한 아침은 사라지고 말았지만 당시에는 뭐가 뭔지 몰랐다. 두 개의 이질적인 세계가 있었으며 하나는 죽고 하나는 살아남았다는 사실을 제대로 인지하지 못했다. 아침 명상을 방해하던 새마을 노래를 두고 얼마든지 불만할 수도 있었지만 철모르던 산골 소녀는 새마을 노래를 받아들이고 할아버지와 할아버지의 한시 그루브는 상실하고 말았다.

이후 대학생이 되어 서울에 올라와 살면서 조금씩 반전이 일어났다. 어려서 할아버지의 한시 그루브 대신 새마을 노래를 받아들인 것이 나의 선택이 아니라 시대의 강요였음을 알게 된 것이다. 요즘 누군가 그런 식으로 음악을 틀어 이웃의 아침시간을 방해한다면 경찰이 출동하고도 남을 일임을 생각해 보면 된다.

20대는 매우 뜨겁게 보냈고 어떻게 살 것인지에 대한 고민은 있었지만 나 개인에 대한 계발보다는 시대적 고민의 해결이 우선적 과제였다. 20대 후반에 이르러서야 차츰 나와 나의 미래를 걱정하기 시작했으나 막연하고 막막하였다. 그럼에도 불구하고 어느 날부터인가 나도 모르게 타자기 앞에 앉아 글자를 치고 있는 나를 발견할 수 있었다. 당시 내가 썼던 글은 처음에는 시대 고발 물이었으나 차츰 이야기의 성격을 띠기 시작했다. 가장 마음을 쏟았던 것은 분명한 가치를 지니고 있음에도 의미 없는 것으로 취급당하는 것들, 쓸모없다며 배제되어 사라져가는 것들에 대한 연민이었다. 남는 게 없었는데도 죽어 가는 벼를 살리겠다는 할아버지의 계산착오도 거기에 포함되어 있었다. 온 세상이 근대화에 여념이 없는 가운데서도 한시를 읽으며 아침을 열었던 할아버지의 시대착오적인 삶이 어느 새 내 인생 안에 들어와 있음을 알아차릴 수 있었다. 21세기에 소설을 쓴다는 것은 경제부흥기인 1970년대에 한시를 읽고 습작하는 행위와 조금도 다른게 아니었다. 하지만 나는 문학에서 나의 운명을 느꼈고 외롭고 힘든 그 길을 기꺼이 선택하기를 주저하지 않았다.

그렇게 서른이 되던 해부터 소설 쓰기를 시작했는데 그해 가을에 문화일보에 단편소설을 응모하여 덜컥 당선이 되었다. 이는 소설가의 출발에서는 독이 되는 일이었다. 보통 5년 이상의 습작기를 거쳐 작가가 되어야 작품도 쌓이고 실력이 향상되는데 수중에 단 한 편의 습작품도 없이 작가가 되었고 이듬해에는 농암을 배경으로 한 장편소설 「흰 뱀을 찾아서」로 오늘의 작가상을 수상하면서 유명세까지 치렀다. 이를테면 주머니에 돈 한 푼 지니지 않은 채 해외여행에 나선 격이었다.

2000년 이후로는 일반소설보다는 청소년소설에 더 힘을 쏟았다. 「나는 아버지의 친척」이나 「감정보관함」, 우리 고향 사투리를 모티프로 한 「사투리 귀신」은 많은 사랑을 받았다. 그쪽 일이 밀려들어 청소년 장편소설을 13권이나 발간하고 보니 어느 덧 2023년이 되었고 나는 나이가 들고 말았다. 요즘 들어 다시 단편소설을 쓰기 시작했는데 초심으로 돌아간 느낌이라 즐겁고 유쾌하기 이를 데 없다. 소설쓰기는 여전히 재미있고 내가 조금 더 살아가야 할 이유를 제시한다.

30여 년간 글을 쓰면서 많은 어려움을 겪었고 문단에도 어김없이 존재하는 패권주의에 이런저런 상처도 받았지만 평생 내가 하고 싶은 일을 하며 살았다는 자부심 같은 것은 있다. 세상에 나를 맞추기보다 참고 참았던 내 안의 목소리를 끄집어 내 언어로 표현하는 일은 언제나 설렘을 동반하며 행복하고 보람된 감정을 안긴다. 지금도 내가 가장 기다리고 좋아하는 일은 아침에 일찍 일어나 커피 한잔을 마시며 책상 위를 정리하고 마음을 가다듬는 일이다. 소설가라는 직업이 패를 지어 몰려다니는 것과는 반대 방향으로 가야만 가능한 일이라는 것도 나의 체질과 어느 정도 맞는 일이라고 생각한다.

앞으로도 작고 가난하고 힘없는 존재, 소외되고 배제된 것들에 대한 관심으로 글을 써나가려고 한다. 소설쓰기가 워낙 고강도의 노동이다 보니 힘이 현격히 떨어진 지금은 그만큼 자기 관리에 더 신경을 쓰게 된다. 소설가의 명운을 연장한다는 생각으로 날마다 운동하고 명상하며 책을 읽는다. 아쉬운 것이라면 책 읽는 문화가 점점 사라져 가고 있다는 점이다. 하루라도 책을 읽지 않으면 입에 가시가 돋는다는 말은 책을 멀리 하면 게으름에 휩싸인다는 이야기가 아니라 일말의 반성이나 성찰도 없이 남을 공격하고 해치는 말을 서슴없이 일삼는다는 뜻이다. 사회가 점점 각박해져 가는 요즘, 내가 볍씨 같은 책 한 권을 기다리는 이유는 그 한 권의 책으로 우리 모두 하나가 될 기회를 가질 수 있기 때문이다.

19. 마냥 붉은 추억의 시인–박희정

　고향은, 늘 그대로의 모습으로 우리를 안아 준다. 사람이 들고나거나 고요히 침묵하거나 바람은 바람대로 나무는 나무대로 제자리에서 굳건히 품어 준다.

　내 고향은 경북 문경시 농암면 농암2리이다. 갈동, 궁기, 내서, 사현, 연천, 율수, 종곡 등이 고향인 친구들과 중학교 때 함께했으며 통합 농암초 행사에서 가끔은 얼굴 보며 인연을 이어왔다. 학교 다닐 때는 못 느꼈겠지만 어른이 되고, 나이가 들면서 수구초심의 심정에서인지 고향에 대한 애정은 더 깊어지고 넓어지는 것 같다. 농암국교, 청암중학교 운동장에서 해마다 이어지던 동창회 행사 후 기별로 모여 우리만의 공간에서 우정을 쌓아 온 지도 참 오래되었다.

박희정 시인

　그러던 우리가, 2023년에 축제의 1박 2일을 구상했다. 행사를 하기까지 준비기간이 정말로 신명났고 그날을 손꼽아 기다리는 글이 단체 톡에 연신 올랐다. 농암국교 52회이자 청암중 28회가 올해 환갑을 맞이했다. 물론 다른 국교는 졸업기수는 다르지만 중학교는 같은 해에 만났으니 초등, 중등까지 합하면 9년의 인연이다. 그 당시로는 사회적 친구가 형성되는 시점이 국교 때라 국교, 중학교 시절이 얼마나 소중하고 값진 시간이었을까, 학교란 공간에서 처음 만난 친구들과 지금까지 소통하고 있는 건 참 대단하고 자랑할 일이다. 회장단(회장 김수환)에서 친구들을 모으기 위해 연락처를 찾아 전화를 건 날들이 얼마였으며, 그러한 내용을 단체 톡에 실시간으로 올리며 격려한 집행부의 정성은 이루 말로 다할 수 없을 만큼 빛이 났다. 더구나 고향을 떠나 전국적으로 삶의 터전을 마련한 친구들, 각자 역량대로 하는 일도 다양한 친구들, 의식이나 취향이 다른 친구들을 한자리에 모은 정성은 두고두고 꽃이 되고 열매를 맺을 것이다.

더위가 조금 수그러진 2023년 8월 26일, 청암중 총동창회 날 우리는 대대적으로 모였다. 운동장에서 체육대회 겸 모임을 갖고 STX리조트에서 '청중 28회 친구들이여!/ 나이가 뭐 그리 중요 "환갑"/인생은 60부터여 /앞으로 더 많은 시간 더 빛나는 삶을 위해 우리모두 꽃길만 걸어갑시다.'란 초대의 길을 따라 연회장에 한 발 다가갔다. 서로서로 만나는 순간…, 우와 반갑다 친구야!

환갑잔치에 모인 친구들이 120명이 훌쩍 넘었다. 역사적인 순간이고, 기록적인 결과 앞에 친구들과 어깨동무하며 자축의 시간을 가졌다. 동네별로 조를 짜서 원형탁자 앞에 모인 친구들은 연신 싱글벙글했다. 이름표가 없었다면 알아보지 못한 친구들도 많았음을 고백하지 않을 수 없었다. 그 옛날 추억이 두런두런 이야기를 통해 술술 풀려나왔다. 국교 때는 4반까지 있었고, 한 반에 60여 명이나 되었다. 남녀 따로 놀다가 동네끼리 놀다가 싸우기도 하다가, 뭉치기도 하며 6년을 보내고 다시 중학교에서는 더 많은 친구들이 뭉쳤다.

테이블 별로 인사도 나누고 장기자랑도 하고 선물도 나누고 건배도 하며 다시, 청춘이 되는 순간들이었다. 돌아보면, 추억으로 쌓아 두고 싶은 일들, 까맣게 잊고 싶은 기억, 무지갯빛 아련한 사연 등 고향을 생각하면 줄줄이 떠오르는 일들이 일어서고 눕기를 반복했다. 그중에는 리드를 하는 친구, 묵묵히 화합에 동참하는 친구, 너스레를 떠는 친구, 다독여 주는 친구 등 곁에 있어도 좋을 친구들이 빼곡했다. 농암/궁기/선암/청화/문양 등 농암면 근처 소재에 있는 1963년생은 모두 친구가 되었고 2023년은 우정의 변곡점을 맞았다.

시작은 창대했고 진행은 훈훈했고 마무리는 열정적이었다. 그동안 행사 때마다 모아둔 사진을 영상으로 보는 시간은, 뭉클했다. 파노라마처럼 지나가는 그 짧은 시간에 우리는 그저 넋 놓고 감상할 수밖에 없었고 여운은 오래도록 남았다. 오로지 우리만의 축제로 노래하고 술 마시고 이야기 나누며 한여름 밤을 즐긴 친구

나래시조 편집위원(박 시인 활동)

들, 식지 않은 열정과 우정이 한없이 고마웠다. 밤이 깊도록, 다시 아침을 함께하면서, 산책을 하면서도 놓지 못한 끈은 우리의 건강과 우정과 추억이었으리라.

다시 이렇게 환갑이란 명제로 만날 수 있었던 건, 건강한 덕분이고 마음을 내준 덕분이고, 고향이 있었던 덕분이었다. 한여름 밤을 다 채울 듯이 스스로의 보법으로 STX리조트에 찾아온 친구들, 환갑이라며 모임을 주선했던 회장단, 그리움과 추억의 발길 따라 놓인 우정, 그 많은 감정들이 사랑탑을 이룬 결과였다고 믿는다.

그리하여, 사랑하는 친구여!

어제부터 오늘, 오늘부터 내일까지, 늘 건강하자. 그리고 자신을 향한 눈빛을 꼭꼭 쟁여두자. 다시 5년, 10년 후 오늘 같은 마음으로 다시 뭉쳐 여전한 청춘을 향해, 붉게 익어 가는 자신을 위해, 켜켜이 쌓는 우정을 바라 인생의 축배를 들자. 빛나는 청춘을 위해…

20. 〈청암결의〉로 꿈을 이룬 3형제의 길-김규완

이른 아침 승용차 한 대가 포항 영일고등학교 주차장으로 들어선다. 가장 먼저 주차장에 들어선 차량의 주인공은 바로 이 학교 교장 김규완 선생이다. 본관에 들어서면서 일일이 창문을 연다. 교장실에 들어서면 웃옷부터 벗고 밀대, 걸레를 직접 빨아 교장실 청소를 한다. 남들이 보면 참 생소한 일일 것이다. 다른 교직원들이 출근하기 전 순식간에 이루어지는 일이다. 책상 옆에 위치한 커피포트가 수증기를 뿜으며 가열되고 있다. 커피잔도 가지런히 놓여 있다. 손님이 오면 행정실의 손을 빌리지 않고 교장 선생이 직접 커피를 타서 준다.

교장실 문은 추운 겨울 1, 2월 방학을 제외하곤 매일 열어 둔다. 학생이건, 교사이건 모두 교장실을 쉽게 들어오고 나갈 수 있도록 하기 위해서다. 시끄러운 학생들의 재잘대는 소리를 교장실 안에서도 쉽게 들을 수 있다. 명절이 되면 교장실로 교직원들이 인사를 오는 것이 아니라 교장 선생이 각 학년실을 방문하여 인사를 한다. 교장만 움직이면 되는 것을 굳이 선생님들이 형식적인 인사를 위해 움직일 필요가 없다는 것이다.

김규완 교장

학생들이 하교하는 시간 교장실엔 교장 선생
님이 없다. 교문에서 경광등을 들고 교통지도
를 하고 있다. 학생부장 시절인 2015년부터 퇴
직 전까지 계속해 왔다. 요즘은 학부모들의 민
원으로 젊은 담임들은 어떻게 대처해야 할지
난감해한다. 영일고등학교에서는 모든 민원은
교장 선생이 직접 담당하고 있다. 직원협의회
에서 학교장이 공식적으로 공포를 해 놓은 상
태이다. 학교장이 직접 학부모와 상담하여 학
부모들의 학교에 대한 신뢰도가 더욱 높아졌
고 민원도 거의 사라진 상황이다. 열린 교장실
을 운영하며 학생들과 수시로 대화하였다. 세

김규완 교장 가족

대 차이를 극복하고자 이 고등학교 인스타그램을 직접 운영하며 학생들과 소통하고 있
으니, 과연 이러한 생활은 어디에서 비롯된 것일까 궁금해진다.

　그는 청암중학교, 청암고등학교의 교훈인 '성실'을 가슴속에 새기고 6년 동안 배너미
고개를 넘어 농암면 소재 청암 교정에서 청운의 꿈을 안고 학업에 임하였다. 누나 김기
자(청암중 24회. 수필가)가 넘었던 배너미고개를 동생 3형제(김규완 청암중 27. 청암고 5. 김기정 청암중 29.
청암고 8. 김동규 청암중 33. 청암고 11)가 해를 거듭하여 열심히 넘었다.

　1989년 포항 영일중학교를 시작으로 36년 동안 학생들의 교육 활동에 최선을 다한
결과 같은 영일교육재단의 영일중(25학급), 영일고등학교(21학급)에서 교사, 교감을 거쳐 영
일고 교장으로 재임 및 퇴임을 하는 영예로운 교육자였다. 특히 담임교사로 근무할 당
시엔 10여 년에 걸쳐 학급 학생들을 혼자 인솔 〈문경새재 걷기 테마여행〉을 추진하여
학생들에게 문경새재의 의미와 자신의 꿈을 실현하기 위해 목표를 설정하는 계기를 마
련해 주고, 문경에 대한 남다른 애향심을 발휘하기도 하였다.

1980년 7월 23일, 김 교장은 문경 일대의 수해로 인해 고향 민지2리가 침수되어 집이 무너지고 떠내려가는 아픔을 겪었다. 당시 농암면 소재지도 마찬가지였다. 괴정다리 부근의 사진관 건물이 통째로 무너져 내렸고 동네마다 하천의 다리가 끊어졌으며 도로가 파헤쳐지고 그야말로 아수라장이었다. 청암고등학교 3학년이었던 그는 그저 암울하고 막막했다. 결국 졸업과 함께 민지1리 섬안 다리 공사에 투입, 막노동을 시작하였다. 새참이 되면 막걸리 한 사발 들이키고 질통을 짊어지고 모래를 다리 상판에 나르기도 하고 철골 사이로 시멘트를 비벼 넣는 작업을 담당하기도 하였다. 악조건 속에서 받은 품삯은 새로움을 갈구할 수 있는 도약이 되었다. 그리고 무엇보다도 부지런함과 책임감을 배운 소중한 시간이었고, 그것은 인생에 있어 아찔한 순간이었음은 분명하다. 하지만 그는 이를 발판 삼아 공부를 지속하여 대학생이 되고 어렵게 농사지으시며 뒷바라지 해 주신 부모님을 생각하며 이를 악물고 버틴 그 시절이 지금의 김 교장을 만들었다.

김 교장은 교사 시절부터 학교는 입시를 위한 기관이 아니라 인성 함양을 기본으로 하는 교육기관이라는 점을 강조하고 실천하는데 노력했다. 체육교과 담당이 아니면서도 2005년에는 풋살동아리를 만들어 학생들과 운동을 실시하고, 광주 조선대학교에서 열린 문화관광부장관배(2007년)에 학생들을 직접 데리고 출전해 전국우승이라는 쾌거를 이루었다. 학생들에게 '할 수 있다.'라는 자신감을 불러일으켜 주었으며, 2009년에는 문화재지킴이동아리를 만들어 학생들과 함께 양동마을 문화재 보존 활동에 참여하여 우리 문화의 소중함을 일깨워 주었다.

교사는 학생과 함께하는 직업으로 학생 개개인의 소질을 발견하고 이를 잘 승화할 수 있도록 도와주는 발견자가 되어야 한다고 강조했다. 이후 사회에 진출하였을 시 구성원들과 상호작용하며 인정받는 리더가 되는 모습을 볼 때 교사의 긍지와 보람을 갖는다고 말한다. 이러한 부지런함과 책임감, 학생 중심의 실천적인 교사상을 인정받아 영일교육재단 이사장이 수여하는 최우수교사에 선정(2015년)되어 포항이 타지임에도 불구하고 2019년 관리자가 되어 교육자로서 남다른 긍지를 지니고 근무하였다. 학교는 지역사회에서 인정받지 못하면 도태되어 버린다는 신념으로 지역사회와 함께하는 다양한 교육과정 운영으로 학교를 경영하고자 〈인성교육을 통한 학력 향상〉이라는 슬로건을 내걸고 지역 각 기관과 자매결연을 맺어 매달 1회씩 모든 학생들이 팀을 이루어 봉사 활동을 하게 함으로써 인성 함양을 추구하였다. 지역의 중학생들이 서로 입학하고자 경쟁을 벌이는 학교, 학교폭력이 없는 학교, 대학진학을 잘하는 학교로 영일고등학교가 포항의 명문사학으로 발돋움하는데 큰 역할을 수행했다.

영일고등학교는 명실공히 교육계에서 인정하는 교육과정 우수학교, 고교학점제 선도학교, 교육부지정 탄소중립모델학교를 운영하는 등 내실 있는 교육 활동으로 많은 학교가 이를 벤치마킹하고 있다. 그의 이러한 교육 활동 공로가 인정되어 그동안 교육부 장관상, 문화재청장상, 경북지방경찰청장상, 모범교사상 등을 수차례 수상하였다. 2025년 2월 퇴임을 하면서 우리나라 중등교육의 사표로서 영일고의 수호신처럼 남아 후학들을 끊임없이 응원할 것이다. 비록 학교는 떠나도 또 다른 세상으로 나아가 지금보다 더 존경받고 사랑받는 스승으로 만인의 귀감이 되고 튼튼한 버팀목이 되어 주지 않겠는가.

농암의 청암 교정에서 꿈을 키운 김 교장, 그리고 그의 동생 김기정(청암중 29회, 청암고 8회)은 예천 풍양초등학교 교장으로 재직중이고, 김동규(청암중 33회, 청암고 11회)는 국방부 공무원으로 재직 중인 명문가이다. 두 동생들은 형보다 나은 아우가 될 수 있도록 천마산 기운을

김기정 교장(둘째)　　　　김동규(셋째)

듬뿍 받은 후백제 건국대왕인 견훤의 후예로서 자긍심을 갖고 최선의 노력을 경주하고 있다. 이를 일러 도원결의를 하고 천하통일을 꿈꾸던 유비, 관우, 장비처럼 규완, 기정, 동규 삼 형제의 청암중·청암고에서 형설지공을 쌓은 〈청암결의〉는 많은 사람들에게 큰 기대를 갖게 하고 있다.

9부

견훤의 정기를 받은 후예들

01. 야누스의 얼굴을 가진 복싱 천재-박찬희

박찬희 선수

브라질의 사내아이는 축구공을 가지고 태어나고 멕시코의 사내아이는 복싱 글러브를 끼고 태어난다고 할 정도로 멕시코는 복싱 강국이었다. 당시 멕시코의 칸토는 플라이급의 맹주로 4년 2개월 동안 전매특허인 연타기술이 입신의 경지에 도달했다는 평판 속에 14차 방어에 성공했고, 그중 무려 9차례의 해외 원정방어를 성공적으로 치러 〈링의 대학교수〉라는 닉네임을 얻고 플라이급을 평정했다. 그랬으나 프로복싱 11전밖에 되지 않은 대학생 박찬희에게 대학교수 칸토는 참패를 당하고, 영원한 제국 칸토 시대는 종말의 마침표를 찍는다.

1970년 후반, 우리들의 기억 속에 생생하게 자리한 그는 〈야누스의 얼굴을 가진 복싱 천재〉라 불렸다. 1957년 대구에서 태어났으며, 그의 아버지는 박창서, 어머니는 여성분으로 견훤이 호연지기를 기르고 심신을 수련했다는 의상대와 원효대, 궁을 짓고 살았다는 농암 궁터 마을 출신이기에 박찬희가 견훤의 정기를 받았다는 건 부정할 수 없다.

기록을 만드는 선수라는 별명을 가진 복싱 영웅 박찬희! 그가 복싱을 시작한 1977년 7월 9일~1982년 12월 12일까지 통산전적 23전 17승(6KO) 2무 4패로 WBC 플라이급

 챔피언으로 5차 방어에 성공을 한다. 데뷔 후 한국, 동양챔피언을 거치지 않고 곧바로 세계챔피언에 오른 첫 번째 인물이다. 아마추어 국가 대표를 역임하는 등 이름이 나 있던 조숙한 복싱 천재로, 당시 김성준 김상현과 더불어 트리오 챔피언 시대의 힘찬 개막을 알렸다.

박찬희 챔피언의 건강한 중년

하지만 박찬희는 1980년 5월 18일 6차 방어전에서 일본의 오쿠마 쇼지에게 9회 KO패로 타이틀을 잃고 말았는데, 패인은 기량이 아니라 배탈이었다. 그리고 6개월 후 오쿠마와의 일본 원정 리턴매치에서 잘 싸웠지만 텃세 판정을 극복하지 못하고 패한 뒤 다시 재대결을 하지만 불운이 겹쳐 링을 떠나게 된다.

복싱이 세계 최고 인기를 누리던 그 시대의 주인공으로, 누가 뭐래도 한 시대를 풍미한 세계적인 복싱 스타였다. 그가 한국 복싱에 끼친 업적은 명장 칸토를 잡은 것 하나만으로도 충분하다. 지금의 그는 이마가 살짝 벗어지긴 했지만 눈매는 여전히 날카롭고 펀치를 내뻗으면 아직도 '쉭쉭' 바람 소리가 난다. KBS와 SBS 해설위원으로 활약하기도 했고, 요즘도 챔피언을 꿈꾸는 후배들의 복싱을 지도하고 있다. 견훤이 후백제를 세운 건국대왕으로 후삼국 시대를 주름잡았다면, 그는 주먹 하나로 세계를 주름잡은 그 역사는 사각의 링이 있는 한 우리들의 기억 속에서 사라지지 않을 것이다.

02. 이름을 바꾸고 장사가 된 사나이-김욱배

사람에게 이름은 매우 중요하다. 그래서 좋은 이름을 짓기 위해 작명가를 찾기도 하고. 막상 좋다는 이름으로 결정하고서도 자못 망설여지는 게 예사다. 그렇다고 이름을 안다고 하여 아무나 쉽게 부를 수 없는 게 우리 예절이다. 그러므로 존경의 뜻으로 ~님, 댁(宅), ~자(子)를 붙이거나 최소한 ~씨(氏) 정도는 부친다. 어릴 때 부르는 아명이 따로 있고 성인이 되거나 유명인이 되었을 때 본 이름 외에 필명이나 예명 등 또 다른 이름으로 부르기도 한다.

김욱배 장사 시상식

견훤이 용마를 얻었다는 말 바우를 마주하고 있는 마을, 그는 연천리에서 사형제 중 막내로 태어났다. 어릴 때부터 남다른 체형과 강골의 장한이었으니 그가 바로 김욱배(농암국교 48회) 장사다. 그는 어릴 적부터 장사라는 말을 하도 많이 들어 그 호칭이 낯설지 않았다. 국교 시절 쌀 두 가마니 정도는 쉽사리 어깨너머로 메어꽂았고 고을 씨름판에 나가기만 하면 나이나 덩치와 상관없이 적수가 없었다. 또래 아이들을 우물 안의 청개구리라 한다면 그에게는 황소개구리라는 비유가 적절했다. 단오가 되면 4형제가 출전하여 송아지를 몰고 왔으니 그 집 사람들에게는 남다른 씨름 장사의 피가 흐르고 있었다.

촌에서 씨름 하나 잘한다고 잔뜩 어깨 힘주고 다녀도 누구도 그에게 시비를 걸지 못했고 그가 하루빨리 큰물로 나아가길 응원했다. 중학교를 마친 후 집에서 놀다가 형님 도움으로 대구 배영고등학교 운동 특기생으로 입학하게 되어 본격적인 씨름 선수의 길을 가게 된다. 고3 때는 이봉걸 선수를 제치고 전국 유망인에게 수여하는 〈전국씨름 스타상〉을 받았고, 영남대학 시절 〈청도씨름대회〉에서 우승을 차지하기도 했다. 그런 다음 민속 씨름판에 등극하면서 적수다운 적수들과 프로로서 자웅을 겨루게 된다. 이봉걸 이준희 선수처럼 거대한 체격과 크레인같은 힘을 가진 한라급 백두급에 비하면 그의 체격은 그들보다 왜소했기에 자신에게 경쟁력 있는 〈금강급〉으로 정해 이때부터 본격적인 샅바 당기기 전쟁에 돌입한다.

하지만 기술이나 힘이나 전술이 부족한 것도 아닌데, 금강장사가 되어 황소 트로피를 들어올린다는 게 아무래도 중과부적인 듯했다. 한 번, 두 번 회를 거듭할수록 자존심도 상했고 최선을 다해도 10위권 박스 안에는 번번이 맴돌아도 최정상의 자리를 차지하지는 못했다. 당시 18번을 7품 이내에 들었으나 장사에는 간발의 차로 분루를 삼켜야 했다. 그러다가 1984년 11월 3일 대구에서 벌어진 결승전에서 다시 패배의 쓰디쓴 잔을 마시게 된다.

그럴수록 결승전에서 진 패배감보다 도전 의식이 더 불끈거렸고 천하장사에 대한 꿈은 뜨겁게 불타올랐다. 고민 끝에 결심한 것이 그동안 사용해 온 이름을 바꾸어 새롭게 변신해 도전하자는 생각으로 결국 '억만배 힘이 세다'는 〈욱배〉라는 이름 대신 '용맹스런 사내'라는 〈남용(男勇)〉이라는 새 이름을 걸고 전주대회에 출전하게 된다. 직전 대구대회에서 1품에 머무른 아쉬움을 이번에는 반드시 씨름판을 평정하고야 말겠다는 마음으로 가득 차올랐다. 운명의 날인 1985년 6월 25일, 육이오전쟁과 진배없는 씨름 결승전에서 맞수 〈이윤진〉 선수와 샅바를 맞잡고 드디어 그는 황소의 힘과 용마의 빠르기를 합하여 잡치기 세 판으로 상대를 모래 위에 눕히고 눈물겨운 꽃가마를 타며 그동안 꿈꾸어 왔던 영광의 순간을 맞는다.

견훤은 삼국 통일의 대망을 이루기 위해 출정에 앞서 성을 바꾸었듯, 그는 옛날의 억만 배 힘센 욱배 사나이에서 호랑이도 때려눕히는 용맹스런 사나이 김남용으로 다시 태어나 그렇게도 꿈꾸던 왕좌를 차지했다. 왕은 국운과 함께 하늘이 내리는 것이고, 천하장사도 대진운과 함께 하늘이 내리는 것이 아니겠는가. 그 후 그는 천하장사로 불리며 주어진 삶도 천하대장군으로 열심히 살아왔다. 본인의 피나는 노력과 견훤의 정기에 힘입어 왕좌를 차지할 수 있었다고 말해도 그는 부정하지 않는다.

03. 하트 여왕의 헤라클레스 가왕-박기영

1997년 11월 데뷔한 그녀는 톱 클래스의 유명 가수다. 풍부한 가창력을 지니고 있으며, 우렁찬 성량과 대비되는 맑은 음색으로 대중들의 아낌없는 사랑을 받아 왔다. 차분하고 옅게 깔리는 중저음부터 시원시원하고 힘 있는 고음까지 음색과 음역대의 스펙트럼도 넓고, 고음을 낼 때도 정확하고 세밀한 음정을 컨트롤할 수 있다. 다양한 보컬 테크닉과 팔색조라는 별명에 걸맞는 다양한 음악 장르들

가수 박기영

을 보여 주면서 그녀는 당당하게 실력으로 정상에 오른 가수 중 하나다.

박기영이 가수로 데뷔하게 된 계기는 인성여고 2학년 때 친구인 배우 박은혜가 "친구가 노래를 정말 잘하는데 한번 들어봐 주세요."라고 라디오 프로그램에 신청을 했고, 그 사연이 채택되어 예선에 오르게 된다. 그리고 본선을 당당히 통과하여 연말 결선에서 1등을 차지하자 여러 매니저들이 가수로 만들어 주겠다고 나섰으니 그의 노래 실력은 오래 갈고 다듬어서 만든 가공 보석이 아니라 지상에다 노래의 선물을 베풀기 위해 하늘의 천마를 타고 내려온 전설 속의 스타인 것이다.

현재까지 그녀가 오페라스타와 복면가왕 등에서 보여 준 음역대는 세계에서도 음역대 (진성 0옥타브부터 가성 4옥타브까지 소화)가 가장 넓은 가수로 손꼽히고 있어, 그녀를 "하트 여왕

의 헤라클레스"라 극찬한다. 네티즌들은 〈여자 음악대장〉, 〈우리 동네 하트 여왕〉이라
며 폭발적인 반응을 일으켰는데, 이처럼 음악대장으로 인기가 있는 걸 보면 그만큼 훌
륭한 실력을 가졌다는 입증이다.

그녀는 실용음악과 교수 경험이 있어서 음악적 조예와 이론적 지식이 빼어나 남달리 정
석적인 발성과 높은 테크닉을 가졌다. 워낙 스펙트럼이 넓은 만큼 자신의 주장르 외 다
양한 음악적 시도도 가능할 수 있는 많은 장점을 갖고 있다. 아버지가 가은읍 민지리에
고향을 둔 박봉서 씨의 딸로, 견훤의 걸출한 정기를 받아 음악적 영웅으로 오래도록 자
리매김할 것이다. 그의 히트곡으로는 〈마지막 사랑〉, 〈시작〉, 〈산책〉, 〈나비〉, 〈난 널 사랑
해〉, 〈그대 때문에〉, 〈미안했어요〉, 〈선물〉, 〈동행〉, 〈사랑이 닿으면〉 등이 있다.

가수 박기영

04. 15세에 국가 대표가 된 탁구 신동-신유빈

〈삐약이〉라는 애칭을 가진 신유빈(申裕斌)은 대한민국 탁구 국가 대표 선수이다. 그녀는 남달리 어릴 때부터 탁구 신동이라 불리면서 일찌감치 두각을 드러냈다. 걸음을 제대로 걷기 시작할 때부터 아버지 손을 잡고 탁구장을 다니면서 유빈의 재질은 보는 이들의 눈을

신유빈 선수

놀라게 했으며, 이를 본 부모는 소질을 살릴 수 있도록 적극 지원해 주었다. 그러다가 2019년에 우리나라 역대 최연소인 만 15세의 나이에 국가 대표로 발탁되는 기록을 세운다.

2019년 아시아선수권대회 국가 대표, 2020년 하계 올림픽에 역대 최연소 대한민국 탁구 국가 대표로 참가하게 된다. 그리고 두 번째 올림픽인 2024년 하계 올림픽에서 혼합복식과 여자단체전에서 동메달 2개를 획득하는 쾌거를 거두며 국내를 넘어 세계적인 스타로 웅비한다.

신유빈은 다른 어떤 선수들보다 특별한 이력을 가졌다. 수원 청명중 졸업 후 고등학교에 들어가지 않고 바로 실업팀인 대한항공에 입단한 것이다. 그만큼 한 분야에 올인

한다는 게 본인은 물론 가족들의 특별한 이해와 지원이 없었다면 어려운 것이다. 가족들이 유빈을 응원했고 유빈은 삐약이 시절부터 줄곧 자신의 길을 향해 묵묵히 무소처럼 나아가고 있다.

그의 핏속에는 대왕의 기운과 장군의 피가 맥맥히 흐르고 있는 듯하다. 여기서 대왕은 견훤대왕을 말하고, 장군은 조부인 신태식 의병장을 말한다. 그 이유는 견훤이 태어났다는 천마산 아래서 친 조부^(신두균, 청암종)가 태어났고, 그 계보의 선조인 신태식 의병장은 문과 무에 능한 독립 영웅으로 의병 활동 중 붙잡혀 교수형을 선고받고 감형되었으나 다시 독립운동을 지속하다 재차 옥고를 치르신 불사조 같은 분이다. 그런 명문 후손답게 유빈은 게임마다 불굴의 집념과 빛나는 지혜가 돋보인다.

이름에 사용된 〈빈^(斌)〉자는 "빛날 빈"인데, 이는 문^(文)과 무^(武)가 합해진 한자로 '문무가 조화되어 아름다운 모양'을 이룬다는 의미를 내포하고 있다. 다시 말하면 의병장 할아버지가 문무에 능했다는 점과 유빈이 힘과 지혜를 겸비한 선수라는 점이 같다는 것을 쉽사리 확인할 수 있다. 이는 유빈의 이름에 쓰인 한자는 단순히 빛이 아닌 도암 의병장의 기개가 담긴 것으로 짐작된다.

훌륭한 선수 하나가 탄생 되려면 자신의 노력으로도 최고의 스타가 될 수 있을지 모르지만 이 시대에는 스포츠도 힘과 지혜의 소산으로 이뤄지는 종합예술이라 할 수 있다. 기술과 지혜와 끈기와 정신이 결합되지 않으면 세계적인 선수가 되기는 어려운데, 유빈은 부모님의 각별한 보살핌과 사랑 안에서 그것을 갖춘 스타로 자리매김해 가고 있다.

견훤이 15세에 명마를 얻고 나라를 건국하기 위해 무진주로 출정하였듯, 유빈도 탁구를 통한 국위 선양을 위해 15세에 국가 대표가 되어 맹활약하고 있다. 그는 자신이 훈련할 때 사용했던 러버에 사인을 해서 판매, 수익금을 전액 기부하는 자선행사를 열어 이틀 만

에 200개가 모두 완판되는 천사의 마음을 지녔다. 유빈 같은 선수가 있어 한국 탁구의 인기와 스포츠를 통해 예상되는 파급효과에 많은 팬들의 관심과 국민들의 사랑을 받을 수밖에 없다.

이제 그는 스포츠 현장에서 가장 주목 받는 선수이자 한국 탁구의 희망이다. 〈2024년 대한민국 퍼스트브랜드 대상 스포츠 선수〉 부문에서 큰 상을 받았으며, 어느새 세계적으로도 경쟁력과 스타성을 증명하는 무대에 서 있음을 알고, 국가 대표로서 보다 책임감을 갖고 더 열심히 노력을 하겠다고 다짐한다. 도암 의병장 할아버지는 항일하면서 나라를 지켰다면 유빈은 탁구를 통하여 세계 속의 한국 스타로서 오래도록 최고 자리를 열어 갈 것이다.

05. 미소의 의미를 재정비하는 스타-신하균

신하균의 미소는 매우 특별하다. 그의 미소는 아무에게나 찾아볼 수 있는 그런 미소가 아니다. 부처의 얼굴을 보면서 슬픈 눈으로 바라보면 슬프게 보이고 웃는 눈으로 바라보면 미소가 보인다는 말처럼, 그는 연기에서 부처의 얼굴처럼 관객들의 마음을 사로잡는 감성의 연기를 한다. 사람의 눈이 두 개이지만 한쪽 눈은 웃고 다른 눈으로는 울 수 없어도 그는 그것이 가능할 정도로 자기만의 스킬과 광기서린 연기로 팬들을 몰입시킨다.

그에게 이런 피를 물려준 아버지 신창희(농암국교) 씨는 견훤의 탄생 설화가 내려오는 천마산 아래 도암마을 출신이다. 하늘을 넘나드는 말이 지상에 내려와 산이 되었는데, 그 산이 천마산으로 하늘의 별로 따지면 페가수스 별자리다. 그 별자리를 가슴에 품고 살았고 그는 독립운동을 한 의병장 후손이다. 견훤이 평민의 아들로 태어나 무예를 닦고 호연지기를 길러 부장이 된 다음 서쪽 땅으로 가서 한 나라를 건국한 대왕이 되었다면, 신하균의 아버지는 시골에서 서울로 올라가 아들 신하균을 빛나는 스타로 만들었으니 견훤의 정기를 어찌 받지 않았다고 할 수 있겠는가.

그는 서울예전 방송연예과 졸업 후 연극 무대에서 활동을 하다가 1998년 〈기막힌 사내들〉의 주연으로 데뷔하면서 눈도장을 찍었다. 뒤이어 〈간첩 리철진〉에서 일진 고등학생 우열 역을 맡은 이후, 570만 관객을 모은 박찬욱 감독의 출세작인 〈공동경비구역

JSA〉에서 북한 병사로 등장해 관객들에게 깊은 인상을 주어 청룡영화상 〈남우조연상〉을 받는 등 충무로의 기대주로 각광을 받기 시작한다.

2011년 〈브레인〉의 이강훈 역으로 KBS 연기대상을 수상했고, 2019년 1,600만 관객을 동원한 영화 〈극한직업〉에서 오랜만에 매력적인 악역 연기를 보여 주면서 미친 존재감을 드러냈다. 이후 2021 제57회 백상예술대상 TV부문 남자 최우수연기상을 수상하게 된다. 이는 모두 신하균의 열연이 빚어낸 결과물이었다. 〈괴물〉에서 벌겋게 달아오른 눈가, 뛰는 맥을 그대로 느낄 수 있는 혈관, 냉정하면서도 슬픔이 담긴 눈빛까지. 신하균은 오랜 시간 감내했을 죄책감과 광기를 억누른 의지력은 언제 터져 버릴지 모를 긴장을 유발하고, 뒤틀린 욕망과 이기심이 만들어 낸 괴물들의 실체와 대비되며 깊은 공감을 전하고 있다.

연기를 잘한다는 의미에서 팬들이 〈하균신〉으로 부르곤 하는데 신하균은 이에 대해 "팬분들이 제 이름을 영어식으로 불러 주시는 것 같아요."라고 겸손하게 답한다. 드라마 〈괴물〉 출연 이후에는 〈연기괴물〉로 부르는 매체들도 많이 생겼다. 최근 팬들 사이에선 잔주름이 예쁘게 퍼지는 특유의 눈매를 표현한 이모티콘〈'=^^='〉도 널리 쓰이고 있다.

"지금껏 해 보지 않은 신선한 이야기나 그런 요소가 있는 영화를 좋아하는 편이에요. 하나라도 내가 컨트롤 할 수 있는 영화를 선택하려고 해요. 어떤 영화가 크고 어떤 영화가 작은지 기준을 모르겠어요. 제작비가 적게 들어도 더 많은 사람들이 공감할 수 있잖아요. 물론 공감을 이끌어 내는 건 영화를 만드는 사람의 몫이지만요."

그는 후삼국 통일을 추구했던 견훤처럼 요즘도 명마를 타고 눈썹이 휘날리도록 달리고 있고, 또 쉬지 않고 열심히 달려갈 것이다. 한류 열풍 시대를 여는 기수가 되어 천의 고원을 넘나들며 세계를 누비는 그의 장도에 많은 팬들은 다 함께 우레와 같은 박수를 보낼 것이다.

06. 자기관리의 끝판왕 슈퍼모델-이동준

2022년 9월 16일 국내 최대 권위와 전통을 자랑하는 SBS 〈슈퍼모델 선발대회〉가 서울 마포구 상암동 SBS 프리즘타워에서 열렸다. 최고의 액티브 시니어 모델, 엔터테이너를 찾는 대회에서 전국 각지에서 모인 개성 강한 모델들은 예선을 통해 남자 11명, 여자 12명, 총 23명의 본선 진출자들을 가린 뒤 이날 대망의 본선이 개최되었다.

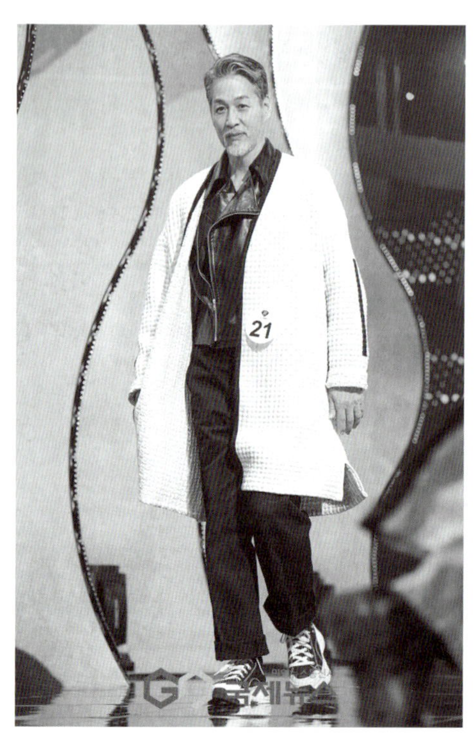

배우 뺨치는 이동준

본선 진출자 중 한 사람이 농암 연천리 출신인 이동준(농암국교 52회)이다. 매일 철저한 훈련을 통해 기본기를 쌓으며 최고의 모델이 되기 위해 쉼 없이 연습했다. 그가 멋진 워킹으로 무대에 등장하자 객석에서 우레와 같은 박수와 함성이 터져 나온다. 모델로서의 소양뿐 아니라 엔터테이너 기질까지 갖춘 파이널 진출자들이 저마다 자신의 끼를 마음껏 배출한다.

69세의 최고령 시니어 김사라, 엄마들의 롤모델을 꿈꾸는 이현아, 아역배우 출신 유지훈, 유방암을 이기고 모델로 제2의 삶을 준비하는 이나경, 아나운서 출신 엔터테이너 홍은철, 발레리노에서 새로운 도전을 준비하는 한철 등 막강하고 다양한 사연을 가진 시니어들의 치열한 도전장이었다. 그리고 두근두근 발표가 이어진다. 가장 먼저 글로벌 온라인 사전 투표를 통해 결정된 스타플래닛상은 '오늘을 위해 칼을 갈았다'고 밝힌 임시연[46]에게 돌아가고, 이어서 메디올상은 모델 활동으로 치유를 얻는다는 백수정[51]이 수상했다.

그리고 이동준[60], 박희성[54], 장재헌[54], 백수정[51], 박윤섭[63]이 차례로 호명되며 TOP5에 올랐다. 결국 TOP5 중 여자 최우수상은 오랫동안 꿈꿔 왔던 모델에 다시 도전한 박희성이, 그리고 남자 최우수상은 자기관리의 끝판왕 이동준이 차지한다. 너무 힘들었지만 상상도 못했던, 그러나 웃으면서 끝까지 해낸 이동준은 이 길이 자신의 제2의 인생을 열어 가는 시작이라고 말한다.

도전이란 언제나 아름다운 것, 자족하며 사는 것도 좋지만 회사원으로 열심히 근무하다가 정든 그곳을 떠나면 여행이나 즐기면서 적당히 남은 생을 누리겠다는 건 그에게 어울리지 않는다. 누구나 한 번쯤 꿈꾸어 봤던 모델의 길, 그 문은 언제나 열려 있지만 무대와 카메라 앞에 자신 있게 선다는 건 아무나 할 수 없기에 일찌감치 도전조차도 포기하고 만다. 하지만 그는 도전을 나서면서 철저한 운동과 식사와 수면과 자기만의 개성을 키워 나가는 일에 투철했으며, 그것은 멋을 배우거나 부리는 게 아니라 도를 닦는 일과 같았으니 절대 하루아침에 이룰 수 없는 것이었다.

그의 성공 비결은 제2의 인생을 위한 자신의 목표 설정과 철저한 자기관리를 통해 체형 조절과 자신만의 매력을 극대화하는 일을 지속하면서 감히 넘볼 수 없는 아름다운 도전을 나선 것이다. 이동준의 매력은 훤칠한 키에 균형 잡힌 몸매와 작고 갸름한 얼굴, 그리고 잘 어울리는 콧수염과 언제나 잘 웃는 표정이다. 잘 생긴 모델보다는 잘 웃고 자꾸 보고 싶은 모델이 되고자 노력한다는 그를 만나면 언제나 밝은 미소가 명품이다.

모델 필드에서 모두 성공한 모델이 슈퍼 모델이다. 대중적인 인지도와 파급력을 겸비

이동준 슈퍼모델

고향의 뒷동산

한 모델이 된다는 건 그야말로 하늘의 별따기이다. 선천적인 신체에 철저한 자기관리를 요하는 모델의 길, 이런 까다롭고 힘든 길을 나선 촌놈이 자신이 만족하는 삶을 살기 위해 슈퍼모델이 되었다는 건 얼마나 멋진 일인가. 별은 딸 수 없지만 그의 가슴속엔 낮에도 별 하나가 여전히 빛나고 있으리라.

견훤이 용모가 준수했다 해도 그가 왕의 꿈을 꾸지 않았다면 어떻게 후백제를 건국할 수 있었겠는가. 이동준도 슈퍼모델에 도전하지 않았다면 어떻게 지금의 그가 탄생할 수 있었겠는가. 그는 바쁜 일정 속에서도 자신을 낳아 주고 길러 준 고향 집이 있는 연천리를 자주 찾는다. 그러면서도 방송이나 광고 등을 보고 친구나 지인들이 연락도 해 오고 따뜻한 응원을 해 줄 때 더 큰 삶의 기쁨을 느낀다고 한다. 〈육십이 넘은 나이에 뭘 하겠느냐〉는 건 스스로 미래를 포기하는 것, 제1의 인생보다 제2의 인생이 더 중요하다는 이 시대에는 그의 삶이 우리들에게 큰 귀감이 된다.

07. 개바우와 대정공원 기운을 받은 국회의원-장석춘

특별한 인물 한 사람이 탄생하는 건 단순히 한 사람의 노력만으로는 불가하다고 한다. 그도 그럴 것이 견훤산성이 있는 천마산을 중심으로 여러 마을이 원추형으로 형성되어 살고 있는데 그곳에는 의병장이 태어났고, 여러 명의 장군이 탄생했으며, 국회의원과 시장, 영화배우, 국가 대표 선수 등의 걸출한 인물이 나오는 걸 보면 우연한 행운이 아닌 이곳만의 특별한 정기 덕분이라 하지 않을 수 없다.

장석춘(1957. 8. 18.)은 노동운동가와 정치인으로 불리는데, 용궁읍에서 태어나 초중학교를 그곳에서 나온 후 농암면 소재 청암고등학교를 다니게 된다. 말이 나면 제주도로 보내고 사람은 대도시로 보내는 게 보통인데, 그는 역으로 농암 골짜기로 들어와 3년 동안 면학한다. 그에게 농암은 당시 민란 발생 등으로 신라가 기울어져 가자 이를 타개하기 위해 전주로 가서 후백제를 건국한 견훤의 고향이라는 점에 자석처럼 끌렸고, 청암고등학교 마당에는 견훤을 숭모하는 돌탑인 〈가항동 골맥이〉가 강

국회의원 장석춘

한 서기를 뿜어 주고 있을 뿐 아니라, 학교에서 백 미터도 떨어지지 않은 곳에 항일 의병들의 출병지인 〈개바우〉가 위치하고 있으니 대범하고 의로운 일을 꿈꾸고 있던 그의 마음을 사기에 충분했다.

그렇다고 단순히 이것으로 농암과의 인연이 시작된 것만은 아니다. 대정숲은 우리나라 최초의 식목 송림 숲으로 숙종 10년에 심었는데, 이때 울진장씨와 순천김씨, 단양우씨 등 세 분이 식수한 것으로 현존하는 최초의 〈항일 애국의 숲〉이라는 역사가 그와 무관하지 않다는 점이다. 그것은 자신의 본관이 울진으로, 대정숲을 식수한 분 중 한 분이 곧 자신의 선조라는 점에서 그 숲을 수시로 거닐면서 자신을 성찰하고 선조의 거룩한 뜻을 이어 나라를 위해 보다 의로운 일을 해야겠다는 수련의 도장이 될 수 있기 때문이다. 그는 객지에서 학교를 다니며 다소 생소하고 지역민들의 텃세도 없지 않았으나 남다른 정의감을 바탕으로 말없이 큰 꿈을 꾸며 호연지기를 키워 나갔다.

비록 최종학력이 농암 청암고등학교 졸업이었지만 학력보다는 능력이 중요하다면서 늘 약자를 대변하기 위해 줄기차게 노력했다. 그리고 1992년 금성사 노동조합 지부장과 LG노동조합 위원장, 2008년에는 한국노총 위원장이 되어 2011년까지 우리나라 노동운동을 진두지휘하게 된다. 이명박 대통령 시절 미순방에 동행해 외국 투자자들을 상대로 강성노조를 불식하는 발언을 하기도 했으나 노동조합법 추진시 대정부 투쟁에 나선 정통 노동운동가였다.

이후 탁월한 리더십과 노사간 타협 등의 능력을 인정받아 2012년 대통령비서실 고용노동특별보좌관을 역임, 2016년 제20대 국회의원 구미을 선거구에 공천을 받아 52%의 득표로 이곳에서 공천 탈락한 친여 무소속 출마자를 꺾고 여유 있게 당선된다.

불굴의 투지와 강단 있고 의를 추구하는 장석춘! 그는 기라성같은 경력을 가진 사람들과 경쟁하여 금배지를 달았으며, 의원 시절 종합지식재산 제도개선에 기여한 공로로 〈2019 지식재산 의정활동상〉을 수상하기도 했다. 그리고 2021년 구미시장이나 예천군수 출마설이 있었으나 시국을 냉철히 판단한 나머지 더 이상 욕심을 부리지 않고 깨끗이 정계를 떠나 야인이 된 인물이다. 장석춘은 비록 정계를 떠났고 농암과의 인연은 멀어졌으나 아직도 그의 가슴속에는 정의의 강물이 대정공원 앞을 흐르는 쌍용수로 쉬임없이 흐르고 불의에 맞서는 힘 또한 견훤산성보다 더 철옹성의 요새를 구축하며 험난한 세상을 의롭게 살아가고 있을 터이다.

10부

견훤말 (농암 사투리) 모음

가세	변두리
가가 가가	그가 그 사람이냐
가가 기중 질 낫더라	그 사람이 그중에서 제일 낫더라
가께	갈께
가새	가위
가는	걔는
가늦하다	조금 가늘다
가대기	수작업, 막일
가둑골 처자	낯이 선 처자, 가둑골: 율수리 깊은 골
가들	그 아이들
가래이	가랑이
가루다	가리다
가름마, 가리마	가르마
가마이	가만히
가마이내또	가만히 내둬
가마이때기	가마니
가마이띠기	가마니 포장단위
가마이하다	몰래하다
가부시키	돈 나눠 내기
가막소	감옥
가만	가면
가매	가마
가매솔	수동식 면도기
가매솥	가마솥
가무솥	가마솥
가부전지	소에게 붙는 진드기
가운투로	가운데로
가물	가뭄
가물현	검을 현(효)
가민서	가면서
개붓하다, 개굽다	가볍다
가뿌리	가 버려
가뿌리다	가 버리다
가사이	약하게, 가볍게
가사이하다	약하게 하다
가상자리	가
가새	가위
가새다	헹구다
가설나무내, 가설랑은	글을 읽으면서 막힐 때 내는 군말
가수로	가로
가시나	가시내
가시롭다	가소롭다
가심	가슴
가오다	가져오다
가옷, 가웃	절반
가우눌리다	가위눌리다
가운테	가운데
가운투로	가운데로
가이가다	가져가다
가이가이고	가져가지고
가직다, 가찹다	가깝다

가주가다	가져가다
가주고	가지고
가지껀, 가지끈	힘껏, 힘대로
가지다	전부다
가직하다, 가죽하다	가깝다
가짓말	거짓말
가짜배기	가짜
가차운	가까운
가차이	가깝게
각단지다	단호하고 확실하다
각중에	갑자기
간간하다	간이 좀 되어 있다
간나, 가시나이	가시내
간날에	옛날에
간데라, 간드레	카바이트 등불
간두다, 관두다	그만두다
간땡이, 간뚜배기	간
간띠, 간때이	간덩이
간띠가 디비지다	겁이 없다
간빵	건빵
간주 나오다	봉급 나오다
갈가지	개호지
갈거치다	방해되다
갈구다	괴롭히다
갈꾸마	가겠다
갈납	고기 전류
갈라고요	가려고요
갈라먹다	나누어 먹다
갈라카다	가려고 하다
갈라항께	가려고 하니까
갈바	상대해
깔보	매춘녀
갈비	소나무 낙엽
갈씨	괄시
갈꾸리	갈고리
갈구치다	가르치다
갈키돌라카다	가르쳐 달라고 하다
갈키주다	가르쳐 주다
갈팅께	갈 것이니까
감낭쿠	감나무
감또개	감을 쪼개서 말린 것
감물대, 물대	감을 따는 장대
감주	식혜
감주저리	감이 여러 개 달린 가지
감지르다	고함 지르다
감차도	감추어도
감푸다	귀찮다
갑빠	덮개
강낭콩	강낭콩
개굽다	가볍다
개깝다	가깝다
개꼬래비	개 꼬리 빗자루

개꾸	잡신	거다	거기다가
개꾸걸리다	먹다가 체하다	거다 미기다	거두어 먹이다
개나발	사리에 맞지 않는 허튼소리	거떠보다	힐끗 쳐다보다
개나발같다	사리에 안 맞다	거떠이	거뜬히
개다리	헛발질	거랑	도랑
개딱지	별로 좋지 않은 대상을 일컫는 말	거러박시	걸인
개떡같다	좋지 않게 되다	거러지	거지
개똥불	반딧불이	거름티, 거름티미	거름더미
개락하다, 개락이다	다 쏟다	거무	거미
개롭다	가렵다	거무 방구 딩이듯	거미줄로 먹이를 묶듯 찬찬 동여맴
개룸하다	갸름하다	거바바요	거기 보세요
개름하다	갸름하다	거서	거기서
개리다	고르다	거시, 거위	회충
개막내이	망나니	거시름돈	거스름돈
개바닥	산 아래 평지	거식하다, 거석하다	거시기하다
개발새발	서투르게 쓴 글씨	거죽때기	겉
개밥띠기	땅강아지	거진	거의 다
개백정	개를 잡는 직업을 가진 사람	건주	거의
개봇하다	가볍다	거짝	그쪽
개불쌍놈	말과 행실이 고약한 사람	거치요	그렇지요
개비하다	바꾸다	거카다	그렇게 하다
개뿐하다	가볍다	거태여	같아요
개뿔, 쥐뿔	하잘것없는 것	건건이	반찬
개뿔따구	아무 쓸모없는 것	건데	그런데
개상	나락을 털어 내는데 사용하는 나무 등걸	건디기	건데기
개안타	괜찮다	건디리다	건드리다
개양	그냥	건뜻하만	걸핏하면
개와집	기와집	건하다	마르다
개이	괜히	걸구걸리다	배가고파 아주 허기지다
개지	강아지	걸때	그때쯤
개직하다	가깝다	걸로	거기로
개쭈머이	주머니, 괴춤	걸망하다	나이가 더 들어보이다
개차반이다	행실이 아주 좋지 않다	걸뱅이,거렁이	거지
개코같다	별 볼 일 없고 하찮다	걸빵	멜빵
개털	별 볼 일 없는 것	걸채	소의 길마 위에 덧얹는 기구
개터래기	개털	검저리	거머리
개판치다	판을 망쳐 놓다	검흐르다	옆으로 새어 나오다
개피보다	큰 손해를 보다	것다가	거기다가
개핑	개평	것찮다	같지 않다
개핑 떼다	개평 떼다	겉고	같고
객적다	쓸데없다	게글 받다	지저분하다
갤갤거리다	아파서 힘겨워 신음하다	게야, 게와	기와
갱기가 나다	생기가 나다	게을받다	게으르다
갱기다	감기다	게이 그래여	괜히 그래요
갱물	맹물	겨드래이	겨드랑이
갱변, 갱빈	강변	경우바르다	행실이 올바르다
갱시기죽	김치등을 넣고 끓인 죽	계랄	달걀
거 가마이서	거기 가만히 서	고곳도	그것도
거 나또	거기 뭐	고까이꺼	그까짓 것
거개	거기	고네이	고양이
거거뿌끼	그것밖에	고녀이	공연히
		고누다	겨누다

고단새	그 사이에	골때리다	머리를 때리는 듯이 아프다
고담시, 고담에	그다음에	골로가다	죽다
고대	빨리	골르다	고르다
고대로	그대로	골마	골짜기에 있는 마을
고두름	고드름	골먹다	고생을 많이하다
고디	골뱅이	골미우다	기력을 채우다
고따구	그따위	골방	큰방에 붙은 창이 없는 작은 뒷방
고때	그때	골백번	여러 번
고랑떡, 고랑때 먹다	힘든 고생을 하다	골뱅이치다	골이 흔들리도록 곤욕을 치르다
고래기	고리	골보	칭얼대며 고집부리는 아이
고루다	편평하게 만들다	골부리다	떼를 쓰다
고리땡 바지	골덴(golden) 바지	골빙들다	골병들다
고리짝, 고리	고리버들로 만든 바구니	골삐	고삐
고마이다	그만이다	골연	궐연
고마타만	그만하면	골티	골짜기
고마하다	그만하다	골패	마작
고마해라	그만해라	골패다	머리가 아프다
고만	그만	골필	볼펜
고맘때	그때쯤	곰기다	곪다
고무딸기	복분자	곰배, 곰방매	고무래, 못생긴 사람
고방	광, 창고	곰보딱지 같다	보기에 흉하다
고봉밥	많이 퍼 올린 밥	곰패이	곰팡이
고부고부다	그게 그거다	곱빼기, 곱빼이	곱절
고빼	달고 다니는 차량 칸	곱새, 꼽사	곱사등이
고불	감기	곱씰머리	곱슬머리
고상하다	고생하다	곱재기	두 배
고새	그사이	곱표하다	가위표 치다
고서곤데	거기서 거긴데	공개질	소가 머리로 떠받다
고시내	고수레	공개하다	공기놀이하다
고시하다, 꼬시하다	고소하다	공구다	괴다, 두들겨 패다
고얀놈	괴이한 놈	공꺼	공짜
고얌나무	고욤나무	공꼴로	공짜로
고연시리, 고연히	괜시리	골빙들다	골병들다
고우다, 공구다	괴다	공산명월같다	시원한 대머리다
고자리	구더기	공상박기	묘등 위에서 상대를 쓰러트리는 힘을 과시하는 놀이
고장중우	속옷바지	공짜배기	공짜
고주박, 고주배기	자른 나무 밑둥	공착하다	자기가 한 일을 핑계로 남을 탓하다
고쭘	거기쯤	공치다	허탕 치다
고추다	굽은 것을 바르게 펴다	공타리	나무의 옹이 부분
고패, 고피	고비	과도골, 가둑골	외딴집
고팽이	무릎	괄세하다	괄시하다
곡돌, 곱돌	활석	괌을 지르다	고함을 지르다
곡석	곡식	광대태우다	무등 태우다
곤먹다	그만먹다	광땡이다	아주 신나는 일이다
곤조가 있다	좋지 않은 버릇이 있다	괘이	괜히
곤죽	죽같이 질펀한 물체	괴기	고기
곤치다	고치다	괴쭈머이, 괴춤	옷에 달린 주머니
골가지 끼다	부패되어 흰 거품이 끼다	괴히	괜히
골골하다	아파서 신음하다	굉일	공일
골곰짠지	무우말랭이	구녕	구멍
골나다	화가 나다	구닥다리	구식
골딱지나다	골나다		

구덕, 구디, 구덩이	구덩이	그래 바짜다, 그래 봐짜다	그래 보았자다
구들삐, 구들뻬이	방구들 돌	그래 보이	그렇게 해 보니
구루마	달구지	그래 빼끼	그렇게 밖에
구름찌다	구름끼다	그래하만, 그러만	그렇게 하면
구리	구렁이	그랠라만	그렇게 하려면
구메논	작은 논	그랭께	그러니까
구배	기울기	그랭께 두루	그러니까
구삐같다	지독한 구두쇠다	그러게	그러하기에
구석때기	구석	그러라그까	그렇게 하라고 할까
구석지	구석	그럭	그릇
구순하다	의좋고 화목하다	그런따나	그렇게 하더라도
구슬리다	타일러 회유하다	그럴끼라	그럴 것이라
구시래기	먹는 봄나물의 한 종류	그렁가비라	그런 것 같더라
구지리하다	더럽다	그렁개비여	그런가 봐요
국궁	선 자세에서 묵념하는 의식	그렁께	그러니까
국말이밥	국밥	그렁지	그늘, 그림자
국말이집	국밥집	그마이다, 고마이다	그만이다
국시 꼬래이	국수 꽁지	그맛하만	그만하면
군디	그네	그뭄	그믐
군둥내	김치의 시큼한 냄새	그예	기어이
굼베이, 굼비	굼벵이	그지요	그렇지요
굼불다, 굼불다	구르다	그짝에서	그쪽에서
굴따꿈하다	대체로 굵어 보이다	그치만	그렇지만
굴신 못하다	힘들어 몸을 잘 움직이지 못하다	그카다	그렇게 하다
굼부리다	굴리다	그카시다	그렇게 하시다
굼불다	구르다	그칸다	그렇다고 한다
굼불 때다	군불 때다	그캉께	그렇게 하니까
궁굴다	돌다, 뒹굴다	그키	그렇게
궁디	궁둥이	그키말이라	남의 말에 동의하는 뜻으로 쓰는 말
꿍시렁거리다	혼자서 중얼대다	근거이	근근히
골연	궐련	근대	무게
궐을 내다	불참을 대신해서 금품을 내다	근대, 군디	그네
귀경하다	구경하다	근량	무게, 중량
귀까리	귀	근대나가다	무게가 나가다
귀까리 먹다	귀가 들리지 않다	근지럽다	가렵다
귀불놀이, 귀불이	쥐불놀이	근하다	부지런하다
귀불이 돌리기	쥐불놀이	글때	그때
귀빵매기	따귀	글키	그렇게
귀신산발	머리가 헝클어진 모습	글키말이라	그렇게 말이라
귀창	귀청	금마	그녀석
귀채이	귀지	금기줄	금줄
귀통배기	귀때기	금놓다	가격을 흥정하다
귀티, 기티	구석	금시	금세
귀해하다	귀여워하다	금실	금슬
그까이거	그까짓 거	금이 떨어지다	가격이 내리다
그까이꺼 가이고	그까짓 것 가지고	기가리하다	계추하다
그까정, 그깟	그까지	기갈들다	배고픔과 갈증을 느끼다
그나저나	그러나저러나	기같다	맞는 것 같다
그단새	그사이	기껍하다	질겁하다
그따우, 그따구	그따위	기경	구경
그라내도	그렇게 하지 않아도	기구만장	기고만장
그래가꼬, 그래가이고	그래 가지고		

기다, 긴 거 같다	맞다, 맞는 거 같다
기다랗다, 지다랗다	길다
기디기	구더기
기똥차다	좋다
기럭지	길이
기름하다	기르스름하다
기리다	그리다, 칼로 긋다
기맥히다	기가 막히다
기무시다, 지무시다	주무시다
기배방	약초의 한 종류
기부리돌리다	쥐불놀이하다
기빌	기별
기빠구	귀때기
기시다	계시다
기싸대기	따귀
기암하다	너무 놀라다
기양	그냥
기우, 지우	겨우
기우다	깁다
기우다, 게우다	토하다
기욱질	토악질
기저구	기저귀
기중	그중
기집	계집
기집질	계집질
기짝	궤짝
기차다	기가 막히도록 좋다
기채이	귀지
기트림	소리내어 하는 트림
기티, 귀티	귀퉁이
기피	계피
기함하다	크게 놀라다
길단하다	길다랗다
길시	길 초입
김치꽝	김치광
깃광목	생광목
깅가밍가	긴가민가
까까	과자
까까중	중대가리
까깝하다	갑갑하다
까꾸래이	기역자로 된 기구
까꾸로	거꾸로
까꾸리	갈쿠리
까꾸장하다	시비의 맘이 있다, 굽다
까꿀로	거꾸로
까끄레기	곡식 이삭의 수염
까대기	짐 포장을 뜯는 일
까딱하만	잘못하면
까리하다	세련되어 보기 좋다
까마구	까마귀
까막꼴이	얼굴이 검은 사람
까막눈	문맹

까막눈까리	일자무식꾼
까막사리, 꺼먹사리	엉거시과의 한해살이 풀, 화투
까막환갑	돌아가신 분의 환갑
까물시다	까무르치다
까불데기	잘 까부는 사람
까시덤불	가시넝쿨
까시락지다	사소한 것으로 시비를 걸다
까시방석	가시방석
까이누무꺼	제까짓 것
까자	과자
까재	가재
까재비눈	가자미눈
까치독새	알록달록한 독사의 한 종류
까털밤시	가시가 많은 작은 밤송이
까털복상, 까틀복상	털이 많고 열매가 작은 야생 복숭아
까톨밤씨	가시가 많은 밤송이
까풀막	급경사
깍대기	종이 같은 종류의 딱딱한 포장지
깍재이	깍정이
깐나	갓난애
깐난애	갓난애
깐이 있다	잘난 척하는 자부심을 갖고 있다
깐쫑거리다	물건을 가지런하게 정리하다
깐쫑하다, 깐쭝하다	잘 정돈되어 있다
깔가마구	갈까마귀
깔가먹다	갉아먹다
깔꾸리	갈고리
깔뀌	갈퀴
깔끔받다	깔끔하다
깔끼	갈퀴
깔대기하다	딸꾹질하다
깔딱메기, 깔딱미기	작은 크기의 메기
깔때기, 깔딱질	딸꾹질
깔리다	잎을 솎아 내다
깔보	창녀
깔보다	넘보다
깔치	애인, 여자
깜디	깜둥이
깜빵	교도소
깜상	얼굴이 검은 사람
깝깝하다	갑갑하다
깝대기, 껍디기	껍데기
깝치다	재촉하다
깡, 꽝	다이너마이트
깡다구	버티는 강한 힘이 있는 사람
깡부리다	행패부리다
깡이 있다	강한 기질이 있다
깡짜부리다	행패 부리다
깡촌	골짜기 마을
깨곰나무	개암나무
깨곰발	한 발로 뛰는 걸음
깨구락지	개구리

깨구리	개구리
깨금뛰기	외발뛰기
깨금발	한쪽 발을 들고 다른 한 쪽 발로 뛰기
깨꾸름하다	무엇인가 언찮다
깨꿈받다	깔끔하다
깨끔뛰기	한 발로 깡총거리며 뛰는 모습
깨목	깻묵
깨부시다	깨트려 부수다
깨이, 깽이	괭이
깨작거리다	먹는 게 시원치 않다
깨창나다	깨지고 상처나다
깽깨이 뛰기	깨금발 뛰기
깽매기	꽹과리
깽판치다	판을 깨다
꺼꿀로	거꾸로
꺼데가다	가다는 말의 비하어
꺼데가부리	가 버려라의 속어
꺼떡하면	걸핏하면
꺼러매다	꿰매다
꺼매지다	검어지다
꺼먹콩	서리태
꺼멍, 껌댕	검정, 그을음
꺼버지다	내려앉다
꺼시다	힘이 세고 드세다
꺼시르다	거을리다
꺼정	까지
꺼죽하다	초라하다, 볼품없다
꺼지	까지
꺽다리	키가 큰 사람
껀쭝하다	늘씬해 보이다
껄겅쇠	걸겅쇠
껄깨이	지렁이
껄다	굵다
낄떡거리다	하고 싶어 안달나다
껄렁패	불량배
껄빵	등짐
껌디	검둥이
껍디기	껍데기
껍어지다	무너지다
껍지	껍데기
낕버리장창부리다	겉으로만 용기 있는 척 나서다
꼬개이	배추 등의 속
꼬까옷	때때옷
꼬감	곶감
꼬깨이	곡괭이
꼬꼬	닭
꼬꾸래미	양미리
꼬다리, 꼭다리	꼬투리
꼬두머리	곱슬머리
꼬두밥	고두밥
꼬들빼기	고들빼기
꼬뚜바리	꼴찌

꼬띠, 꼴띠, 꼴등	꼴찌
꼬라박다	처박다
꼬라보다	째려보다
꼬라비	꼴지
꼬라지	꼬락서니
꼬랑내	발에서 나는 퀘퀘한 냄새
꼬랑대이	꼬리
꼬랑지	꼬리
꼬래비	꼴찌
꼬롬하다	상대를 얕잡아보다
꼬마디	꼬마둥이
꼬맹이	꼬마
꼬바리	꽁초, 꼴찌
꼬부랑글씨	영어
꼬불씨다, 꼬불치다	숨기다
꼬시다	유혹하다
꼬시다, 꼬시하다	고소하다, 쌤통이다
꼬양물	구정물
꼬이장	고추장
꼬작대이, 꼬작대기	작대기
꼬장주, 꼬장중우	고쟁이
꼬재비다, 꼬집다	꼬집다
꼬재이	꼬챙이
꼬재이에끼다	꼬챙이로 끼우다
꼬추, 꼬치	고추
꼬추대공	고추대
꼬치거치	고추같이
꼬타리, 꼬티	꼬투리
꼬롬하다	눈에 만만해 보이다
꼭다리	꼭지
꼭두배기	꼭대기
꼭지	막내아우
꼰대	늙은이
꼴갑. 꼬라지	꼬락서니
꼴값하다	얼굴값도 못하다
꼴깍하다	죽다
꼴꼴나다	별 볼 일 없다
꼴등	꼴찌
꼴띠	꼴등
꼴랑	겨우
꼴랑디기, 꼴랑지	꼬리
꼴리다	기운이 발동하다
꼴밉다	하는 짓이 밉다
꼴불견	꼴불견
꼴아박다	처박다, 손해 보다
꼴을 비다	소에게 먹일 풀을 베다
꼴통	머리의 속된 표현
꼼예이	매우 꼼꼼한 사람
꼽다	꽂다
꼽빠리	꼴찌
꼽사, 꼽싸	곱사등이
꼽사리	사이에 끼우다

꼽사리 끼다	사이에 끼어들다	끄트리	끝
꼽싸디	꼽추	끈안다	끌어안다
꽁	꿩	끌	나무를 파는 도구의 일종
꽁꾸먹은 자리	꿩을 구워 먹은 자리	끌갱이	지렁이
꽁다리	꽁지	끌거미이다	굵히다
꽁당버리밥	꽁보리밥	끌러다	풀다
꽁대이, 꽁댕이	꼬리	끌발	끗발
꽁무이	꽁무니	끌발나다, 끗발나다	기세가 오르다
꽁빙아리	꿩의 어린새끼, 꺼병이	끌방짐	괴나리봇짐
꽁타리	나무의 곁가지 나온 옹이	끌빵	어깨에 매는 끈
꽁하다	속으로 담고 있다	끌치박다	잡아서 넘어뜨리다
꽝이다	헛일이다	끌키다	굵히다
꽹매기	꽹과리	끝전	거스름돈
꾸김살	구김살	끼 드가다	기어들어 가다
꾸껑	구석	끼꾸다 안하다	꼼짝도 않다
꾸구리	물고기 이름	끼꾸름하다	꺼림칙하다
꾸꿉하다	습기가 있어 축축하다	끼다랗다	길다
꾸다	빌리다	끼리다	끓이다
꾸시다	구수하다	끼리다	동여싸다
꾸디	구덩이	끼리먹다	끓여서 먹다
꾸매다	꿰매다	끼병	꾀병
꾸무럭거리다	행동이 굼뜨다, 날씨가 흐리다	끼보	꾀보
꾸미	고명	끼와내다	유혹하다
꾸불렁거리다	구불거리다	끼우다	꾀다
꾸삐같다	인색한 구두쇠 같다	끼지	것이지
꾸석지, 꾸석배기	구석	깔끼	까뀌
꾸시하다	구수하다	낌지, 끼미	꿰미
꾸중물	구정물	낑가넣다	끼워 넣다
꾼내	쿠린내	낑가먹다	끼워서 먹다
꿀돼지	욕심 많은 돼지	낑구다	꿰다
꿀따굼하다	굵다	낑기다	끼다
꿀리다	약점이 있어 소극적이다	나나먹다	나눠 먹다
꿀무리하다	흐리다	나나지다	나누어지다
꿀밤나무	도토리나무	나대다, 나부대다	몸부림치다
꿀밤맞다	주먹으로 쥐어 박히다	나댕기다	나돌아다니다
꿀밤묵	도토리묵	나둥께	내버려 두니까
꿍심	꿍꿍이셈	나또 봐	그냥 두어 봐
꿍치다	물건 등을 묶거나 싸다	나뚜라	놓아 두라
낌지	꿰미	나락	벼
끄끄지	끝까지	나래비서다	길게 줄을 서다
끄나파리, 끄내기, 끄내키	끈	나리다	내리다
		나마니	나이 많은 사람
끄대가다	가다의 속어	나만 사람	나이 많은 사람
끄디	끄덩이	나발 뒤태기 같은 소리	사리에 맞지 않는 엉뚱한 소리
끄땡기다	끌어당기다	나발 뒤태기 같다	하잘것없다
끄러다	풀다	나배기, 나이배기, 나백이	나이가 실제보다 더 먹어 보이는 사람
끄럼	그을음		
끄시다	덤비는 힘이 강하다	나베이	나방
끄시르다	그을리다	나부대다	경망스럽게 몸부림치다
끄시름	그을음	나삐보다	나쁘게 보다
끄트래기, 끄티미기,	끄트머리	나새이, 나생이	냉이
		나이롱	가짜를 칭할 때 쓰는 말

낙성하다	낙상하다	낸대	난데
낙수	낚시	냄구다	남기다
난닝구	런닝 메리야스	냄시	냄새
난중에, 내중에, 냉중에	나중에	냉기놓다	남겨 놓다
		냉기다	남기다
날새기하다	밤새다	냉까	냇가
날구장창	허구한 날	냉돌, 냉골	불을 넣지 않은 냉방
날구지	사정에 맞지 않게 행동하는 일	냉중에	나중에
날구지하다	날씨에 맞지 않게 엉뚱한 행동하다	너거, 니	너희, 네
날궂이하다	딴짓하다	너그	너희
날라리	퉁소	너르기, 너리기	옹기로 된 주둥이가 넓은 큰 그릇
날라리 하다	기분이 좋다	너르다	넓다
날래	퍼뜩	너마이	너의 어머니
날새기	밤을 새는 일	너메	너머
날파리	하루살이	너불미기	꽃뱀
남부꾸룹다	남사스럽다	너이	넷
남구다	남기다	넉적다	싱겁다
남봉꾼	난봉꾼	넋적다	언행이 올바르지 못하고 엉뚱하다
남사시룹다	남사스럽다	널너리하다, 널러리하다	많다, 넓다
남이사	남이야		
남자리	잠자리	널널하다	많거나 넓다
남핀	남편	널단하다	넓어 보이다
낫살	나이	널부리하다	많이 퍼져 있다
낫잡아서	조금 넉넉히 잡아서	널쭈다	떨어뜨리다
낭게	나무에	널찌다	떨어지다
낭구	나무	널쿠다	넓히다
낭구다	남기다	넘고 처지다	많고 지나쳐서 불필요하다
낭글 해 오다	나무를 해 오다	넘구다	넘기다
낭께	나니까	넘부끄럽다	부끄럽다
낭중에, 내중에	나중에	넝구다	약속 기한을 넘기다, 음식을 삼키다
낭쿠	나무	노가리	명태 새끼 말린 것
낯빤대기	얼굴	노가리	거짓말이나 잔소리
내뻔지다	내다 버리다	노가리를 까다	잡담을 늘어놓다
내굽다	연기 등이 맵다	노가이	힘을 쓸 때 붙이는 구령
내껄로	내것으로	노곤하다	몸이 가라앉고 피로하다
내다서다	비켜서다	노깡	토관
내따뛰다	냅다 뛰다	노나다	매우 이익을 보다
내또부리	내버려 둬	노내끼	끈
내뚱께	내버려 두니까	노네각시	노래기
내리다지로, 내리닫이로	죽 잇달아	노누다, 농다	나누다
		노다지	많다, 일확천금
내리비서다	길게 줄서다	노다지	늘, 항상
내박	계속	노랑내	누린내
내비두라	내버려 두어라	노랑방티가되다	노랗게 물들어 버리다
내빼다	달아나다	노랑이	생각이 좁고 인색한 사람
내뻐리다	내다 버리다	노래이, 노랭이	구두쇠
내사 괜안타	나는 괜찮다	노랑태	북어
내연	내년	노리끼리하다	노란 색깔이 보이다
내우하다	남녀를 가리다	노린내나다	버터 냄새가 나다
내중에	나중에	노린자	노른자
내처	계속하여	노만	낳으면
내캉	나랑	노만돼요	놓으면 돼요

노망	치매로 인한 행동	느지감치, 느지거이	좀 늦게
노박, 노상	번번이	느침	끈적하고 길게 흐르는 침
노박이로	많이, 거의	늘거이, 늘다리	늙은이
노숙하다	노련해 보이다	늘러리하다	여유가 있다
노쿠다	녹이다	늘잡치다	행동을 느리게 하다
노타리	망을 짓지 않고 씨를 흩어뿌리는 일	늘쭈다	떨어뜨리다
노타이 샤쓰	남방셔츠	늘쿠다	늘이다
노털	늙은이	능가르다	나누고 가르다
녹그럭	놋그릇	능구리	능구렁이
논뚝	논두렁	니거튼 건	너 같은 것은
논빼미	논이랑	니군두로	네 곳으로
논을 써리다	논을 편평하게 만들다	니글거리다	속이 느끼하다
놀게이	노루	니기야	누구냐
놀래키다	놀라게 하다	니까이꺼	네까짓 거
놀로	놀러	니끼하다	느끼하다
놀로리하다	노르스름하다	니나노	놀자판
놈패이	놈팽이	니나노집	기생을 두고 노래하는 술집
놉	일꾼	니나노판	놀자판
놋날듯이	마구 쏟아지는 모습	니나들이하다	서로 맞먹다
농가먹다	나누어 먹다	니러오다	내려오다
농다, 농구다	나누다	니루다	내리다
농띠, 농땡이	망나니	니르막, 나루막, 니리막	내리막
농빵	장롱 등 가구를 만드는 곳	니리가다	내려가다
농하다	잎이 다 녹아 버리다	니리막질	내리막길
높푸단하다	높게 보이다	니림이다	유전이다
누가래요, 누기래요	누구시라요	니맨치로	너처럼, 너와 같이
누기라	누구라	니미	너의 어머니
누기차다	눅눅하다	니미럴	제기랄
누디기	누더기	니쩌다, 니찌다	떨어지다
누야	누나	니쭈다	떨어뜨리다
누집	누구네집	니캉내캉	너랑나랑
눈가리	눈동자	닐쭈다, 닐찌다	떨어뜨리다
눈까리	눈동자	님기치기하다	넘겨짚다
눈까재비	애꾸눈	닝기고 생키다	넘기고 삼키다
눈깔시룹다	눈에 거슬리다	닝기씨우다	넘겨씌우다
눈꼽재기	아주 적은 양, 눈곱	닝기집다	넘겨서 집다
눈꾸디	눈구덩이	닝기치기	넘겨치기
눈꿀따이	눈이 큰 사람	닝닝하다	맛이 없고 싱겁다
눈꼽	눈곱	다걸리다	맞닥뜨리다
눈떠버리	눈두덩	다고	~다오
눈바래	눈보라	다구치다	다그치다
눈수부리	눈썹	다글리다	붙잡히거나 맞닥뜨리다
눈을 홀키다	눈을 흘기다	다다	전부다
눈치코치 없다	눈치가 없다	다디미	다듬이
눈티	눈탱이	다라이	큰 느러기
눈티방티되다	눈이 멍들다	다랑	돌, 바위들이 많이 모인 돌밭
눌루다	누르다	다래미	다람쥐
눌쿠다	약간 태우다	다래미, 다래비	다리미
뉴똥치매	나일론 치마	다랭이, 다래이	층층으로 된 논배미
느끼하다	느글거리다	다리, 다리이	다른 이
느른국	물을 많이 붓고 국으로 만든 음식	다리껄	다리가 있는 곳
느리기	주둥이가 넓은 독	다리몽댕이	다리

다리빨	동발
다리한테	다른 사람들 한테
다무락	담
다부로	다시
다부지기	단단히 세게
다석	다식
다시매	다시마
다황	성냥
닥상이다	아주 좋다
닦아씨우다	우기다
단갈음하다	소작하여 주인과 볏단으로 나누다
단대목	명절 직전 대목
단도리하다	일의 매듭을 짓다
단디	단단히
단박에	대번에
단보짐	간단하게 차린 봇짐
단불신사	단벌 신사
단촐하다	사람 수나 물품의 양이 간단하다
달개다	달래다
달개들다	달려들다
달개주다	달래 주다
달구 몽댕이	다리
달구똥	닭똥
달구락지, 달구리, 대리	다리
달구배실	닭벼슬
달구새끼	닭
달구장	닭장
달근하다	달작지근하다
달다	심어 놓은 식물 거리가 가깝다
달달하다	단맛이 있다
달띠	달덩이
달래	무슨 까닭이 있어서
달래 그래여	아무 이유없이 그래여
달비	팔기 위해 자른 머리카락
담박	곧바로
담방구지	물속과 물 밖에서 오르내림
담배기수	담배 농사지도요원
담배조리	담배 추려 골라 묶기
담부	담비
담북장	청국장
담삐락	담
담치기	담을 넘는 일
당가, 당까	흙이나 돌 등의 운반용 도구
당가루	등겨
당구다	담그다
당꼬바지	바짓단 아래를 조인 일본식 바지
당나구	당나귀
당달봉사	눈뜨고도 못 보는 소경
당당걸음	동동걸음
당여이	당연히
당췌, 당최	도무지
대가리, 대가빠리	머리

대갈빼기	머리
대강구	되감고(시장에서 곡물을 대는 사람)
대강하다	대충하다
대고, 대구	자꾸
대공, 대궁	꽃대
대구 그러다	자꾸 추근덕거리다
대까닥, 제까닥	바로 즉시
대꼬바리	담배 장죽
대다이	대단히
대돋음, 대도둠	상여 출상하기 전날 상여 메고 예행 연습 하는 일
대떨이	재떨이
대래끼	다래끼
대리다	다리다
대림	도련님
대면대면하다	예사롭다
대모한 것	크고 중요한 것
대밑	바로 밑
대번에, 대분에	곧바로
대빵크다	아주 크다
대소고리	대나무로 만든 소쿠리
대아, 대와	대야
대이다	닿다
대절하다	전세 내다
대집	대접
대짜배기	큰것
대초나무	대추나무
대틀이다	통이 크다
대포집	선술집
댑히다	데우다
댓길이다	일이 최고로 잘되다
댕기가다	다녀가다
댕기다	다니다
댕기오다	다녀오다
댕일	당일
더가다	들어가다
더우	더위
덕시기	소에게 입히는 짚으로 짠 옷
덤부링	기계체조
덤붕배미	천둥배미, 천수답
덤테기	덤터기
덥히다	데우다, 교미하다
덧들다	간여하다
덧정없다	정 떨어지다
덩거리	덩어리
덩더깨이	행동이 어설프고 천방지축인 사람
데이다	닿다
도 텄다	그 분야에 탁월하다
도가	막걸리 만드는 공장
도가지	독
도고	다오
도구치다, 도기치다	도랑치다

도까주다, 돋까주다	돋우어 주다	동갭	동갑
도꾸	도끼, 강아지	동고래미	동그라미
도댕겨가다	하루 만에 다녀가다	동구마이	몸을 움츠려 우두커니 앉은 모습
도독고예이	도둑고양이	동군	상여를 매는 사람
도독놈	도둑놈	동글배이	동그라미
도둑고내이	야생 고양이	동네북하다	아무에게나 만만하게 당하다
도때기시장	도깨비시장	동네북이다	만만하여 아무에게나 호락호락한 존재다
도라	소를 부릴 때 돌아라고 하는 말	동당거리다	급하여 몸부림치듯 뛰다
도라무깡	드럼통	동동구리무	손에 바르던 크림
도락꾸	트럭	동박	동백
도마도	토마토	동실방하다	동그스럼하다
도매	도마	동장	동정
도방구리	둥글거나 네모난 상자	동태	바퀴
도새, 도시	도저히	동티나다, 동태나다	나무 같은 것에 귀신이 있어 해를 입다
도야지	돼지	돌리시우다	돌려세우다
도장나무	회양목	돼지구리	돼지우리
도지받다	임대료(도조)를 받다	되련님, 디림, 되림	도련님
도텄다	도가 통했다	되배	도배
도통	도무지	된통	아주 심하게
독새	독사	됫빡	되
독아지	독	두군두로	두 곳으로
독판	혼자만 유독	두껍하다	두툼하다
돈내기	주어진 일을 개인 분배하는 제도	두끼비	두꺼비
돈내이, 돈나물	돌나물	두두래기	두드러기
돋구다	돋우다	두루매기, 두루막	두루마기
돋다	두었다	두리뭉실하다	두루뭉수리하다
돋뵈기	돋보기	두리반	크고 둥근 소반상
돌가루	시멘트	두리상	두리반
돌가루 조우	시멘트 포장 종이	두멍	부엌에 물담는 큰 단지
돌가루푸대	시멘트 포대	두발뛰기	두 발을 모아 상대를 타격하는 동작
돌가지	도라지	두불걸음	두 번 걸음
돌개바람	회오리바람	두불일	두 번 해야 하는 일
돌돌말이	동점이 되어 벌이는 연장 승부	두장무이	두 장씩 갖고 놀이나 일을 하는 것
돌띠	돌	두지	뒤주
돌라고 하다	달라고 하다	두커리	두 켤레
돌라카다	달라고 하다	둔누	누워
돌리미	상모	둔눕다	드러눕다
돌림빵	돌아가면서 하는 행위	둘개이, 둘게이	소쿠리
돌무디	돌무더기	둘누무치다	둘러메치다
돌미	돌덩이	둠벙배미	둠벙이 있는 논
돌미까 돌리다	상모 돌리다	둥구미, 둥게미	짚으로 만든 둥근 모양의 그릇, 멱둥구미
돌방하다	총명해 보이다	둥굴토막	나무토막
돌부리	짐승을 잡아 여럿이 나눠 먹는 일	둥둥산 같다	옷 따위를 껴입어 뚱뚱해 보이다
돌비알	돌이 있는 산 경사면	둥시, 둥시감	대봉감
돌삐	돌덩이	둥시리하다	둥글게 보이다
돌쭉	돌쩌귀	둥치	나무의 밑둥
돌팔미, 돌팔맹이	돌팔매	둥치다	가지를 대충 쳐내다
돗대같다	최고로 보인다	뒤꾸머리	뒤꿈치
돗때기	시끄럽고 소란스런 장소	뒤뜸바리	트미한 행동을 하는 사람
돗빠	상의로 입는 반코트형 의류	뒤바라지다	되바라지다
동가리, 쪼가리	사용하고 남은 조각		
동개다	포개다		

뒤비다, 뒤접다	뒤집다	디럽다	더럽다
뒤뻐꺼지다	질리도록 싫은 감정이 생기다	디리가다	데리고 가다
뒤안	집의 뒤뜰	디리다	드리다, 들이다
뒤치닥꺼리	뒷일, 뒷설거지	디리대다	들이대다
뒤통시	뒤통수	디리밀다	들이밀다
뒤퉁맞다	엉뚱하다	디리밟다	마구 밟다
뒷딴짓	엉뚱한 짓	디리 부노코	많이 부어 놓고
뒷마	뒤에 있는 마을	디리키다	들이키다
뒷중배기	뒤통수	디림	도련님
뒷지개지다	뒷짐지다	디매다	꽁꽁 동여매다
드가다	들어가다	디미러	들이밀어
드러붙다	달라붙다	디비다	뒤지다
득달같이	말이 떨어지기 무섭게 빨리	디비지다	뒤집어지다
든놓다	안으로 들여놓다	디뻐꺼지다	진절머리나다
듣기다	들리다	디아먹다	데워먹다
들개이	채반	디이다	데이다
들고뛰다	힘껏 뛰다	디저뿌리	죽어 버려
들뛰가다	뛰어가다	디지다	죽다
들뛰다	힘껏 뛰어가다	디치다	데치다
들라라	들여놓아라	디툼바리 지꺼리	엉뚱한 짓
들루다	들여놓다	디퉁맞다	말고 행동이 엉뚱하고 덜 떨어지다
들쌀지긴다	시끄럽게 떠든다	딘놓다	들여놓다
들씨다	들추다	딘장	된장
들치	새끼 낳지 못하는 소	딜고 오다	데리고 오다
들키다	발각되다	딜고 가다	데리고 가다
듬	두메	딜다보다	들여다보다
듬에가면	촌에 가면	딜다 주다	데려다 주다
등거리	뭉치, 묶음	딩기	등겨
등더리, 등때기	등	딩기다	불을 붙이다
등바대, 등빠디	홑옷의 깃고대에서 등까지 대는 헝겊	딩이다	동이다
등빠디	등뼈	따개다	쪼개다
등빨	덩치	따까리	심부름꾼
등시, 등신	병신	따듬다	다듬다
등신같다	모자라고 숙맥 같다	따듬이돌	다듬이돌
등신육갑	병신육갑	따라박시	행동이나 소리 등을 흉내내며 따라하는 사람
등잔	호롱을 얹어 불을 켜는 연모	따라지	꼴지 처지에 놓인 사람
등판때기	등	따루다	따르다, 붓다
디가다	들어가다	따배이	또아리
디구마구	아무렇게나	따뱅이	똬리
디구마구 처지끼다	천방지축도 없이 많은 말을 하다	따시다, 떠시다	따뜻하다
디기	많이	따지	땅지(地)
디기 애먹다	심하게 고생하다	딱나무	닥나무
디꼬가다	데리고 가다	딱딱거리다	시비조로 나오다
디나마나	아무것이나	딱아씌우다	호되게 나무라다
디다	(밥이) 디다	딱지맞다	퇴짜맞다
디다	(불에) 데다	딴두로	딴데로
디다	힘들다	딴장지기다	주어진 일은 하지 않고 딴짓하다
디다보다	들여다보다	딸구다	신발, 기름등을 닳게 하다
디도 안하기는	돼먹지도 않기는	딸내미	딸
디디하다	트미하고 시시하다	딸딸이	슬리퍼, 경운기
디딜방애	디딜방아	딸랑하다	짧아 보이다
디따	굉장히		

땀때기	땀띠
땅개	키가 작은 사람을 일컫는 말
땅꼬마	키가 작은 사람
땅딸배기	난장이
땅띠	땅덩어리
때국놈	중국인
때기	딱지
때깔	빛깔
때꺼리	끼니
때때비	마른 사람의 별칭, 방아개비 수놈
때때옷	빔
때매	때문에
땟지	어린아이에게 때리는 시늉
땡감	덜 익은 감
땡강놓다	행패부리다
땡기다	당기다
땡깡부리다	행패부리다
땡대이 넝쿨	댕댕이 넝쿨
땡땡가라	땡땡무늬, 연속무늬
땡땡이치다	일이나 수업을 제대로 하지 않고 빠지다
땡땡하다	단단하다
땡빛	강하게 쏟아지는 빛
땡삐	야생의 작은 벌의 한 종류
땡양지	그늘이 없는 양지
떠리미하다	다 팔다
떠버리	일이나 말을 크게 만드는 사람
떠벌씨다	떠벌리다
떠지같다	좀 모자라게 보이다
떤지다	던지다
떨거지	동아리
떨버지다	뚫어지다
떨추다	떨어뜨리다
떨추만	떨어지면
떨피다	구멍내다
떫다	뚫다
또개다	쪼개다
또나개나	아무나
또랑	도랑
또찐개찐	거의 비슷하다는 것
똘똘말이	한 사람에게 뒤집어씌우는 일
똘똘하다	영리하고 건실하다
똘마니, 똘마이	부하
똘방하다	영리하고 똑똑하다
똥강아지	못된 인간
똥골래미, 똥골배이	동그라미
똥금	싼값
똥바가치씌우다	좋지 않게 덮어씌우다
똥방디	엉덩이의 속어
똥싯간	화장실
똥장군	인분을 담은 원통형의 질그릇
똥주바리, 똥짜바리	꽁무니

똥튀먹다	매우 힘들었다
뚜게이	뚜껑
뚜굽다	뜨겁다
뚜꿉다	두껍다
뚜끼	뚜껑
뚜끼비	뚜꺼비
뚜두리다	두들기다
뚜두리 맞다	두들겨 맞다
뚜두리 패다	두드려 패다
뚜디리다	두들기다
뚜레박, 뚜리박	두레박
뚝눈	보이지 않는 눈
뚝바리	절뚝발이, 절룩거리는 사람
뚝발이	절룸발이
뚝실	거칠고 고르지 못한 실
뚧피다	뚫리다
뚱띠	뚱보
뚱쳐먹다	훔쳐먹다
뜨러박	두레박
뜨럭	뜰
뜨사라	데워라
뜨수다	데우다
뜨시다	따스하다
뜰지름	들기름
띠개비	띠
띠구지쓰다	떼쓰다
띠껍다	보기에 거슬려 마음이 언짢다
띠끼다	액체를 떨어뜨리다
띠놓다	떼어 놓다
띠서리	떼서리
띨띨하다	행동이 어설프다
띳장	뗏장
띵가먹다	떼먹다
띵깡부리다	행패부리다
띵보	뚱보
마가꼬	모아 가지고
마구	외양간
마구다	메우다
마구뜸	마구에서 소가 밟아낸 거름
마구리	구멍을 막는 마개
마구새	누에를 올리는 넝쿨 형태의 섶
마구 씰다	세게 쓸다
마구재비	함부로 행동하는 사람
마구재비로	맘대로
마까요	말까요
마꿈	만큼
마누래, 마느래	마누라
마다리푸대	마대자루
마둥가리	마디
마디다	물건 등을 사용해도 잘 줄어들지 않다
마리	마루
마빡	이마

마수	마수걸이, 첫 번째 손님에게 물건을 파는 일	말마따나	말처럼
마수하다	첫 손님이 와서 물건을 팔다	말매미	유지매미
마실	마을	말빨	명령
마여코	모아 넣고	말빨이서다	말을 잘듣다
마이	많이	말이 차단지 같다	말을 또박또박 잘하다
마이꿈씩, 마이꿈썩	많이	말이 서다	가래톳이 서다
마이조아	매우 좋다	말 일구다	일을 저지르다
마자	마저	말짜	아주 끝
마츰	마침	말짱 황이다	아무것도 없다
마치	망치	말쫑	좋지 않은 종자
마치맞다	꼭맞다	말텅개이, 말텅수	텅어리 중에서 큰 물고기
마카, 막캉	모두	말팅께	말 것이니까
마캉다	모두다	맘마	엄마, 밥
마쿠다	막다	맛이 좋은 동	맛이 좋은 줄
마한노무시키, 마한놈	망할놈의 새끼	맛있응께	맛이 있으니까
마할노무	망할놈의	망가되다	망가지다
마할누무꺼	망할놈의 것	망개낭구	갈매나무과의 붉은 열매가 달리는 나무
막내디	막내둥이	망고리	융통성과 지식이 없는 맹꽁이
막디	막둥이	망글다, 맨들다	만들다
막우다	막다	망내이	막내
막재기	찌꺼기	망우다	망하게 만들다
막캉	전부, 모두	망쪼들다	망할 징조가 생기다
만고강산이다	산천과 같이 변함없이 좋다	맞짱뜨다	맞붙어 싸우다
만고땡	최고로 잘됨	매 씻어서	여러 번 씻어서
만날	매일	매가리	힘
만내다	만나다	매가리 없다	기운이 없다
만년묵기	영구적인 것	매굽다, 내굽다	연기 등이 맵다
만놈자슥	망할놈의 자시	매꼬자	밀짚모자
만대이, 만당	산등성이	매꾸락지	구멍 같은 것을 사용하지 못하게 막는 일
만마이	만만히	매끼올리다	광이나도록 닦다
만부당하다	절대로 정당하지 않다	매누리	며느리
만애서	많아서	매닦다	여러 번 닦다
만치	만큼	매대기 치다	휘젓다
만치다	만지다	매동구리하다	마무리하다
만침	만큼	매딩개이	매듭
만판	많이, 대판	배라먹다	빌어먹다
만판으로	마음대로	매련없다	형편없다
만판이다	넉넉한 차이	매물시룹다	인정이 없고 차다
맏물	처음 딴 열매	매씻다	많이 씻다
말 가옷	한말의 반	매양매미	참매미
말강 물	맑은 물	매오하다	맵다
말기다	말리다	매작지근하다	미적지근하다
말끼	말귀	매젓다	휘휘 자주젓다
말누다	말리다	매조지다	일을 마무리하다
말라라	말려라	매찔다	많이 찔다
말라카다	말라고 하다	매찼다	미쳤다
말랑거리다	아부를 떨다	매치대다	여러 번 비벼서 씻다
말래이	등성이	매호하다	매콤하다
말루다	말리다	맥기다	맡기다
말마	말하지마	맥동가지	목
		맥살	멱살

맥아리	힘	먹구숩다	먹고 싶다
맥아리 없다	힘이 없다	먹꾸대학생	실업자
맥아지	모가지	먹도둑놈	아주 음흉하고 큰 도둑놈
맥히다	막히다	먹성좋다	아무 음식이나 잘 먹다
맨 고대중이다	늘 그 정도 상태이다	먼지, 먼여, 머여	먼저
맨날	항상	멀국	건데기가 없는 국
맨드롬하다	편평하게 보이다	멀대같다	키가 아주 커 보이다
맨드리하다	굴곡이 없이 잘 다듬어져 있다	멀찌거니, 멀찌거이	멀리
맨재기	융통성이 없고 머리가 나쁜 사람	멋대가리	멋
맨치로, 맹구로	처럼	멋도 모르고	무엇인지도 모르고
맴	마음	멋재이	멋장이
맴매	회초리	멋적꼴레 같다	많이 멋쩍다
맴아프다	마음 아프다	멍	검불 종류를 쉽게 담을 수 있도록 새끼로 만든 도구
맹	역시		
맹그래여	똑같아요	멍먹하다	멍멍하다
맹그렇다	원래와 같다	멍치같다	멍청이 같다
맹가리	맹꽁이	메, 미	밥
맹같다	똑같다	메꾸다	메우다
맹거	간이 안 된 것	메눌아가	며늘아기
맹고리, 맹가리	속이 좁고 생각이 없는 사람	메롭다	마렵다
맹글다	만들다	메물, 미물	메밀
맹꼬래비	맨 꼴찌	메찼다	미쳤다는 말을 더 얄밉게 하는 말
맹꽁이	머리가 나쁜 아이	멘도, 민도	면도
맹랑하다	한심하여 희망이 없다	메루치, 미루치	멸치
맹매기	명매기	명, 미엉	목화꽃 피기 전의 꽃망울
맹맹하다	코가 막힌 느낌이 있다	명지	명주
맹숭맹숭하다	맛이나 멋이 없다	모가치	몫
맹아리	몽오리	모간지, 매간지	모가지
맹초	맹꽁이, 쑥맥	모개, 모개디	모과
맹초같다	맹꽁이 같다	모곡	이장 등의 품삯으로 거두는 곡식이나 비용
맹초이	변통성이 없고 머리가 나쁜 사람		
맹치, 맹충이	맹꽁이	모구	모기
맹치같다	어리숙하다	모깨이, 목괭이	곡괭이
맹쿠로	~처럼	모다서	모두어서
맹탕이다	별것이 없다	모도	모두
맹하다	아둔하다	모두다	모우다
머 이따구라	뭐 이따위냐	모래미	모리미, 막걸리의 원료주
머거리	소 입마개	모루다	모르다
머구	머위	모리다	모르다
머구대공	머위대	모리 안	물의 안
머라카다	뭐라고 나무라다	모리하다	한곳으로 몰다
머리끄디	머리끄덩이	모매싹	매꽃
머리카랑	머리카락	모새	모래
머석하다	무엇하다	모슴스럽다	다소곳하고 얌전해 보이다
머스마	사내아이	모시	모이
머시기하다	멋쩍다	모심구다	모내다
머저리	바보	모안하다	무안하다
머추다	멈추다	모욕하다	목욕하다
머터래기	티끌	모자달이	모자가 달린 상의
머털거리다	무엇이 눈에 들어가 이물감이 있다	모제비	가로 형태
머트래기	작은 이물질 같은 티끌	모지래다	모자라다
머한다꼬	무엇을 한다고	모질러빠지다	모질다

모찌살	목살
모찍하다	보기보다 무겁다
모춤, 모숨	모 한 묶음
모타리	크기
모탕	나무바탕
모퉁배기	모퉁이
모티	모퉁이
모하다, 몬하다	못하다
목간하다	목욕하다
목깨이	목괭이
목도하다	무거운 것을 옮길 때 줄을 걸어 여럿이 메는 일
목말	등 목물
목발	나무 지팡이
목사리	모가지 끈
목지	목살
목침	나무베개
몽탁하다	짧다
몰개	모래
몰이하다	매점매석하다
몰빵하다	한곳으로 모으다
몰캉하다	몰랑하다
몸띠	몸뚱이
몸쓸나게	몸서리치게
못꼬쟁이	못
못내미, 못냄이	못난이
못땠다	성격이 좋지 않고 약하다
못치기	땅에 못을 꽂으며 상대 못을 쓰러뜨리는 놀이
몽디	몽둥이
몽디뜸질	심한 몽둥이 매질
몽울, 몽을	망울
몽창	몽땅
몽창다	몽땅
몽탁하다	짧다
무굽다	무겁다
무꾸, 무수	무우
무꾸디	무구덩이
무꾸짠지	무김치
무끼	묶음
무다이	공연히, 괜히
무대망통	끗수가 없어 형편 없는 것
무대망통이다	별 볼 일 없다
무대뽀로	무리하게 억지로
무디기	무더기
무르팍	무릎
무릎맞춤하다	면전에서 따지다
무수	무
무수아요	무서워요
무시	무
무시 대수라	무슨 문제라
무시라	무서워라

무신	무슨
무신날	평일날
무심절에	무심결에
무자게	무지하게
무지룩하다	무겁게 느껴지다
무지하다	많다
무찍하다	무겁게 느껴지다
무치먹다	무쳐먹다
무탈하다	아무 탈이 없다
묵끼	묶음
묵다리	묵은 것
묵사발나다	사정없이 깨지다
묵찍하다	무겁게 느껴지다
문디	문둥이, 일반적으로 친근한 사이에 보통으로 쓰는말
문디지가리	판이 동점이 되어 다시하는 게임
문디코꾸녕같다	아주 별 볼 일(별것)이 없다
문때다	문지르다
문지	먼지
문치다	묻히다
물 풍치다	물이 스며들다
물거리	가지 등을 잘라 추려서 묶은 나무
물고재비	사람을 물속에 쳐박아 물 먹이는 짓
물곳, 물굿	무릇
물괴기	민물고기
물꼬재비	물 자맥질
물동우	물동이
물디리다	물들이다
물띠다	물을 막다
물레디	누에 오줌에 얼룩진 고치
물레방애	물레방아
물루다	원래대로 환원하다
물룰라카다	원상대로 회복하고자 하다
물말이	음식을 물에 말아 먹음
물미	물의 끝
물미가 트이다	사물 관찰 후 인식의 지혜가 트이다
물써다	물이 당기다
물씨다	물이 당기다
물위, 물외	오이
물을 뻔치다	을을 퍼서 흩어 뿌리다
물이삐다	물기가 빠지다
물장치다	물장구치다
물조루	물조리개
물커덩하다	물렁하다
물쿵디	물웅덩이
물튀배기하다	물범벅하다
물편	바닷가
뭉뚝하다	자르다
뭉태기	뭉치
뭉턱하다	끝이 잘려 있다
뭉티, 뭉티기	뭉치
뭐 대다	관계가 있다

뭐땀시, 뭐땀새	무엇 때문에
민구시룹다	면목이 없다
미기	메기, 먹이
미기다	먹이다
매기다, 멕이다	먹이다
미기잡다	물에 빠져 옷을 다 버리다
미깔시룹다	밉다
미꺼덩 거리다	미끌거리다
미꼽다	어깨로 메어 내리던지다
미꾸다	메우다
미꾸룹다	미끄럽다
미꾸리	미꾸라지
미끄덩거리다	미끄럽다
미나리깡	미나리 논
미누리	며느리
미뚜방치	밑
미뜽	묘등
미띠기	메뚜기
미련퉁이, 미련팅이	미련한 사람
미루치, 매루치	멸치
미류나무	미루나무
미물	메밀
미수가루, 미싯가루	미숫가루
미시껍다	메스껍다
미시다	모시다
미식거리다	속이 메스껍다
미역국 먹다	시험에서 떨어지다
미와하다	미워하다
미우다	메우다
미자바리(빠지다)	미주알(빠지다)
미재이	미장이
미주, 뫼주	메주
미주바리	밑
미천년, 미천놈	미친년, 미친놈
미치개이	미치광이
미치다	메어치다
미치갱이	미치광이
미칠	며칠
미터	묘터
미투로	밑으로
믹이다	먹이다
민경	명경, 거울
민구시룹다	면구스럽다
민도칼	면도칼
민목없다	면목없다
민민하다	특별한 것이 없고 그저 그렇다
민상까다	얼굴에 상처를 입다
민서기	면서기
민소매	맨소매
민숭하다	무엇인가 허전하다
민장	면장
민지구장같다	엉뚱한 구석이 있다

민짜	밋밋하게 생긴 것
민화토	화투놀이의 종류
밀개	고무래
밀개질하다	곡식 따위를 말리기 위해 편평하게 펴다
밀리하다	면례하다(이장하다)
밀지울	밀기울
밀푸레기	밀가루를 물에 풀어서 끓인 죽
밉깔스럽다	얄밉다
밉보이다	밉게 보이다
밉새이	밉상
밋나락	일반벼
밋등	묘
밍거적거리다	느릿하게 행동이 굼뜨다
밍밍하다	맛이 싱겁다
밍숭맹숭하다	별다른 맛이나 멋이 없다
밍주, 밍지	명주
밍줄	수명
및 개	몇 개
밑도리	머리를 깎을 때 아랫 부분을 돌려 깎음
밑두방치	밑
밑이서	몇이서
바가치	바가지
바깥쫑다리	다리 모양이 바깥쪽으로 벌어진 다리
바꾸	바퀴
바끼	바퀴
바눌	바늘
바더리, 바두리	말벌
바두리집	말벌의 집
바람디, 바람디이	바람둥이
바람씨다	바람쏘이다
바래다	희망하다
바래로가다	마중가다
바래주다	배웅하다
바로코 서 있다	기다리고 서 있다
바루다	옳게 고치다
바를 매다	굵은 끈으로 매다
바리	마리, 한 마리
바리다, 베리다	버리다
바리바리	많이
바보재기	바보
바뿌재	보자기
바소고리, 바소꾸리	지게에 얹어서 쓰는 도구
바수다	부수다
바싹쳐대, 바싹치대	끌어올려
바우	바위
바자마	파자마
바지게	지게 위에 얹는 발채
바지까래이	바짓가랑이
바지런하다	부지런하다
바찔로차다	발길질하다
바티리다	부딪치다

박산	튀밥
반 직이다, 반쥑이다	절반을 죽이다
반거치	반거들중이
반공일	토요일
반굉일	반공일
반다시	반드시
반도	족대
반동가리	반쪽
반동가리나다	반토막나다
반두깨비, 반주깨비	소꿉놀이
반디져여	반쯤 죽도록 혼내 줘여
반지그럭, 반주그럭	반짇고리
반첨, 반첨	절반
반피	반푼이, 모자라는 사람
반피같다	절반 모자라는 것 같다
발가리	한쪽으로 아주 편향된 사람
발가리 같다	어떤 일에 매우 적극적이다
발꾸락	발가락
발랑까지다	너무약고 되바라지다
발매하다	산판에서 나무를 베다
발모가지	발목
발쎄	벌써
발짜꾸	발자국
발키다	바르게 고치다
밝키다	특별히 무엇을 좋아하는 습성이 있다
발통	바퀴
밤새미	밤을 새우는 일
밤시, 밤시이	밤송이
밤쌔	밤새 안녕하십니까의 준말, 아침 인사말
밤티	밤송이
밥주개	밥주걱
밥티이, 밥푼이	바보
밥풀때기, 밥띠기	밥알
밧질	발길질
밧질로 차다	발로 차다
방가여	반가와요
방간, 방깐	방앗간
방구	바위
방까이	만회하다, 벌충하다
방꾸껑	방구석
방동사이	방동사니
방디	엉덩이
방뚝길	방죽길
방매이	방망이
방씰개	쓰레받기
방애	방아
방애찧다	방아찧다
방우	방위
방장	모기장
방천	둑
방천길	방죽길

방치	위로 담았다가 비우도록 된 큰 그릇
방터리	엉터리
방티	넓이가 넓고 키는 낮은 원통형의 그릇
배깥	바깥
배기다	등이나 살에 무엇이 닿다
배꾸녕	배꼽
배따지, 배떼기	배
배따지부르다	배부르다
배라먹다	빌어먹다
배라먹을, 배라처먹을	빌어먹을
배락, 비락	벼락
배락맞아 디질놈	벼락맞아 죽을 놈
배리다	일이 잘못되다
배리하다	비린맛이 받치다
배불때기	배가 불룩 나온 사람
배암	뱀
배암쟁이	뱀장어
배자	여성들이 어깨에 걸치는 쇼울의 한 종류
배지	사람의 배를 통속적으로 부르는 말
배차	배추
배창시 곳추다	너무 웃겨서 참기 힘들다
배코치다	머리 등을 빡빡 밀다
백력거치	벽력같이
백방	저급한 나일론 천의 한 종류
백역같다	큰 소리를 내다, 벽력같다
백이다	박이다
백장	백정
백지 그런다	무고하게 남을 힐난하다
백코	정수리
밴닥각시	변덕쟁이
밴닥지기다	변덕부리다
뱀모구	뱀모기, 큰 모기
뱀재이	뱀장어
뱅아리	붕어과의 물고기
뱅이하다	방위하다
버굽다	힘에 겹다
버들가지	버들개지
버리	보리
버버리	벙어리
버점	버짐
버지기	물단지, 물자배기
버팅기다	버티다
버팅개미	버팀목
벅	부엌
벅아구리	부엌 아궁이
번열이 나다	견디기가 어려워 몸을 비틀다
벌갈이, 벌가리	이곳저곳 가리지 않고 쏘다니는 사람
벌개	개처럼 돌아다니는 여자
벌거닥지	봄나물의 일종
벌거디	벌거숭이
벌거지	벌레

벌기먹다	벌레먹다	봉당	뜰
벌로	건성으로	봉사팔매 새잡기	우연의 일치
벌로하다	건성으로 하다	봉새기	짚으로 만든 바구니
벌부리	행동이 거친 사람, 불이 붓는 병	봉창	밀봉한 작은 문
벌부리같다	안정감이 없고 설치다	봉하다	붙이다
벌소리	허튼소리	부기	부은 정도
벌씨다	벌리다	부꾸룹다	부끄럽다
벌풍바지	바람이 되게 몰아치는 곳, 바람길	부러, 부로	일부러
벙찌다	어이없다	부루다	짐 따위를 내리다
벤닥지기다	변덕부리다	부삽	불삽
벼실	벼슬	부시럼	부스럼
벽장	다락	부시럼깨다	부럼깨다
변지르다	서로 상계하다	부시럼나다	부스럼나다
별꼴이 절반이다	상식이하의 처우나 일을 당했을 때 사용하는 말	부시리기	부스러기
병골	약골	부애지르다	화를 내게 만들다
병골이다	병이 들어 병치레를 자주한다	부억떼기	식모, 밥하는 부엌일 하는 여자
보고숩다	보고 싶다	부에가 나다	화나다
보고자운	보고 싶은	부예나다	화나다
보께	볼께	부절까치	불을 집는 젓가락
보뚝길	보를 막은 둑길	부주하다	부조하다
보루바꾸, 보루박수	종이상자	부지하다	지탱하다
보망개	곱고 브드러운 흙	부품하다	두꺼워 보이다
보사리감투	오소리감투	북주다	흙을 봉긋하게 돋우어 주다
보선	버선	분답시룹다	수선스럽다
보이주다	보여 주다	분란이나다	문제가 생겨 소란이 나다
보재기	보자기	분란지기다	분란을 일으키다
보족	쐐기	분잡스럽다	번잡하다
보채다	귀찮게 추근덕거리다	분지르다, 뿐지르다	부르뜨리다
보키주다	보여 주다	분총하다	뿌리나 싹을 나누어 심다
보티	보퉁이	불강아지	어린 강아지 새끼
복닥거리다, 뽁닥거리다	북적거리다	불구닥지	봄나물 이름
복디	복덩이	불구디	불구덩이
복불복이다	운수대로다	불까다	돼지 등의 불알을 거세하다
복상	복숭아	불깍재이	아주 약은 사람
복상뼈	복사뼈	불깡	불기운
복장터지다	속을 썩여서 가슴이 아프다	불내나다	탄내나다
복학	학질	불도꾸	불독(개)
본데있다	예의 범절을 잘 차리다	불떡국시	된가루로 만든 국수
본동만동	본체만체	불띠	불덩이
본때없다	볼품이 없다	불머리 나다	불 앞에 오래 앉아 있어 머리가 아프다
본새	본래	불명하다	불분명하다
볼라고요	보려고요	불버하다	부러워하다
볼부리	열이나서 볼이 붓는 병	불민하다	흐리멍텅하다
볼테기, 볼떼기	볼	불살개	불쏘시개
봇도감	보에 관한 일을 맡은 책임자	불싸개	불쏘시개
봇도랑, 거랑	봇물을 대는 도랑	불쌍놈	불상놈
봇뚝걸	보를 막아 놓은 주변거리	불알시계	벽시계
봉개싸다	봉지싸다	불알친구	어릴 적 발가벗고 놀던 친구
봉께	보니까	불야깨이, 불약깽이	불여우
봉다리	봉지	불여시	아주 간사한 여자
		불찰찰이	잘 익어서 붉은 홍시
		불치기	야간에 불을 켜고 물고기 잡는 일

불칼같다	성격이 아주 급하고 칼같이 날카로운 사람	빈중거리다	빈정거리다
불콩	붉은 콩	빈중까다	빈정거리다
불쿠다	불리다	빈하다	변하다
불퉁가지	퉁명스런 성질	빌거벗다	벌거벗다
불퉁거리다	시도때도 없이 화를 내다	빌꼬라지	별일
불핀하다	불편하다	빌꼴이다	별꼴이다
붕알	불알	빌누무	별놈의
비가 짜들다	비가 세차게 내리다	빌누무 꼬라지	별놈의 꼴
비가	비닐에 싼 크레파스 크기의 작은 엿 종류의 과자	빌로	별로
비개	베개	빌볼일	별 볼 일
비기 싫다, 배기 싫다	보기 싫다	빌빌싸다	전전긍긍하며 제 몫을 못하다
비까번쩍하다	매우 번쩍거리다	빌이빌끼	별의별것
비까비까하다	비슷하다	빌일	별일
비꾸다	서로 감정이 틀어지다	빌호, 빌명	별호, 별명
비끼가다	비켜가다	빙시, 빙신	병신
비다	베다	빙신육갑하다	행동이 정상이 아니다
비들기	비둘기	빙아리	병아리
비등비등하다	어금버금하다	빙풍	병풍
비라먹을, 비라처먹을	빌어먹을	빠가이고	빻아 가지고
비락	벼락	빠개다	부수다
비락치기	벼락치기	빠꼼이, 빠꿈이	영리한 사람
비러먹다	상태가 좋지 않거나 일이 잘 되지 않다	빠내 가이고	꺼내 가지고
비렁내	비린내	빠내 주다	꺼내 주다
비루	벼루	빠다	버터
비루다	벼르다	빠대고 다니다	밟고 다니다
비루먹을 놈	빌어먹을 놈	빠따	베트
비룩	벼룩	빠릿빠릿하다	움직임이 활발하고 생기가 있어 보이다
비르다	벼르다	빠빠	아빠, 밥
비름빡	벽	빠수다	빨다
비리다	쇠를 대장간에서 다시 연마하다	빠작종우	은박지 종이
비리비리하다	시원찮다	빠주다	빠뜨리다
비미, 비미이	분명히, 알아서 잘, 어련히	빡빡하다	인정 메마르고 각박하다
비비다	아양떨다	빡시게	힘있고 박력 있게
비뿌리다	베어 버리다	빡시다	야물딱지고 단단하다
비스무리하다	비슷하다	빤빤하다	얼굴이 잘 생기다
비슬, 비실	벼슬	빤지리하다	겉만 다듬다
비알	비탈	빤질바우	빤질이
비이다	베다	빨가삐끼다	발가벗기다
비이주다, 비싯하다	보여 주다	빨개비끼다	발가벗기다
비젖하다	비슷하다	빨개이	빨갱이
비좁다	좁다	빨랑	빨리
비짜루	빗자루	빨레장대	바지랑대
비짜리 몽댕이	닳아진 빗자루	빨빨거리다	활기차게 잘 주비고 다니다
비티	볕이 드는 모퉁이 마을, 볕의 터에서 변이	빨빨하다	생기가 있다
빈내	비린내	빨뿌리	담뱃대
빈대붙다	남에게 달라붙다	빨쭘하다	틈이 벌어져 모양이 좀 드러나 보이다
빈덕	변덕	뺨알때기	뺨
빈덕재이	변덕장이	빵개	방개
빈두리	변두리	빵고라지	배가 빵빵한 모습
		빵구나다	구멍나다
		빵글단지	탱탱하게 삐져나온 배 등을 의미
		빵빵하다	건강해 보이다, 속이 차 보이다

빼갈	중국술	뽕빠지다	거덜나다
빼다	뻬기다	봉양하다	배가 부르고 실속이 있다
빼다박다	많이 닮았다	뿌개다	부러뜨리다
빼마리	뺨	뿌개지다	부서지다
빽꼽았다	빼다 박은 것 처럼 닮았다	뿌끼	밖에
뺀닥지기다	변덕부리다	뿌래기, 뿌래이	뿌리
뺀질바우	약삭빠르고 뻔뻔한 사람	뿌렁가지, 뿌렁개이	뿌리
뺨아리	뺨따귀	뿌리뽈라	뿌려 버릴까 보다
뺑끼	페인트	뿌새다	부수다
뻐굽다	뻑뻑하다	부수다	빻다
뻐그러지다	어긋나다	뿌시래기	부스르기
뻐꺼지다	벗겨지다	뿌이다	뿐이다
뻐꿀이	자기주장을 강하게 우겨대는 사람	부이라요	뿐이라요
뻐들다	흩다	뿌장도리	뽈이 있는 망치
뻐서지다	벗겨지다	뿌지르다	부러뜨리다
뻐이 보다	뻔히 보다	뿍띠기	곡식 타작을 하고 난 후의 검불 따위
뻑대	변동성이 없이 막무가내로 우기는 고집을 가진 사람	뿐다	불어난다
뻑대같다	고집이 무지 세다	뿔개다	부러뜨리다
뻑시다	길이 잘 들지 않아 뻣뻣하다	뿔개지다	부러지다
뻑하만	걸핏하면	뿔다구	뿔다구니, 화난 모습
뻔디기	번데기	뿔다구나다	화나다
뻔보다	본받다	뿔대나다	성질내다
뻔뻔하다	낯이 두껍다	뿔떡국시	곱지 않은 붉은빛 강력분으로 만든 국수
뻗대다	순종하지 않고 버티다	뿔뚱가지	화
뻗바리	붙임성이 없는 사람	뿔퉁가지 나다	골이 나다, 화가 나다
뻘개삐리다	알몸이 되게 옷을 벗기다	삐그러지다, 삘그러지다	삐뚤어지고 잘 안 되다
뻘거디	벌거숭이		
뻘기비끼다	벌거벗기다	삐꿈하다	잠시 들르다
뻘떡하만	걸핏하면	삐끼다	베껴 쓰다
뻘띠기	땅을 구분하는 한 블록	삐끼지다	벗겨지다
뻘쭘하다	틈이 좀 벌어지다	비다구	뼈
뻘쯤하다	겸연쩍다	삐다지	빼닫이, 빼고 넣는 서랍
뻣대다	버티다, 고집을 부리다	삐대다	밟아서 자국이 나다
뻣바리	고집이 세고 거만한 자세의 사람	삐들다	모이 등을 흩다
뻥이다	거짓이다	삐딱구두	하이힐
뻥쟁이	거짓말쟁이	삐뚜러지다	삐딱해지다
뻥치기	화투놀음의 일종으로 같은 꽃 네 장을 맞추기	삐뚜름하다	기울어지다
		삐리하다	생각이 없다
뻬빠	연마지	삐비작거리다	공간 확보를 위해 몸을 비틀다
뼈다구, 뼉다구	뼈	삐삐	삘기
뽀드락지	뾰루지	삐삔내로	따로따로
뽀또구리하다	발가스레하다	삐삣내	제각기, 각자
뽀비	서랍	삐썩 마르다	바짝 마르다
뽀뽀	입맞춤	삐조지 감	기형적으로 생긴 주전자 모양의 감
뽀뿌린 치마	포플린으로 만든 치마	삐조지 매미	삐조지 삐조지 우는 매미
뽀뿌링	포플린, 옥양목	삐지다	토라지다
뽀약문디	하얗게 분칠을 많이 한 얼굴	삑상우, 삑상	서로 뜻이나 의견이 맞지 않다
뽁닥거리다	복잡하게 붐비다	삔침	옷핀
뽄때	본보기	삘거디	벌거숭이
뽈때기	볼	삘거벗다	벌거벗다
뽕낭쿠	뽕나무	삘거빗기다	벌거벗기다

삘그러지다	일이나 모양이 어긋나다	산통깨다	알을 그르치게 하다
삣삣내	각자	산판	벌목
삥코	코가 크고 삐죽한 사람	살강, 설강	시렁
사가간	사돈간	살개이	살쾡이
사가와	사 가지고 와	살림치다	장독 그릇 등의 세간살이를 부수다
사게이	억새풀	살무사	살모사
사까래	삽	살살이	모사꾼
사까루	사카린	살짝곰보	얼굴에 마마자국이 살짝 얽어 있는 사람
사깔리다	헷갈리다		
사나	사내	삼가르다	태를 가르다
사는 도막	사는 동안	삼다	관계를 맺다
사단나다	일이 벌어지다	삼동갖다	균형잡히다
사마구	사마귀	삼동추	유채
사무	사뭇	삼비	삼베
사무랍다, 사무룹다	사납다	삼빡하다	보기에 산뜻하다
사물하다	제사 때 국물을 비우고 맹물로 갈다	삼시끼	삼시 세끼
사바사바하다	비굴하게 청탁하다	삼시판	세 번 붙어서 승자를 내는 방법
사발띠기	사발 단위	삼신우하다	삼신을 섬기다
사발무지	사발을 천으로 싼 후 구멍 내어 물고기 잡는 도구	삼십육계 놓다	도망가다
		삼춘	삼촌
사부자기, 사부작이	살짜기, 부드럽고 조용하게	삽시싹	창출싹, 삽주싹
사브링하다, 사브링놓다	학교에 가지 않고 옆으로 새다	삽작	문
		삽작거리	동네어귀
사쑤, 샤쓰	셔츠	삽작껄	마을어귀
사양하다	사냥하다	삽짝	사립문
사우	사위	삿깔리다	헷갈리다
사우재이	사위	상간에	사이에
사이사이	노래 중간에 박자를 넣는 소리	상구, 상굿	오래도록 지속해서, 계속해서
사죽 못 쓰다	사족 못 쓰다	상반지기	보리와 쌀을 반반으로 섞은 밥
사짜가 있다	개인적인 사사로운 감정으로 특정인을 봐주다	상방	사랑방
		상순애기	맨 위의 새순
사치기 사치기 사빠뽀	사치기 놀이의 후렴	상자리대	누에(桑)를 치는 발을 받치는 긴 나무
사친회비	육성회비	상제	상주
사쿠다	삭이다	상판때기	얼굴
사팔이	사팔뜨기	새개이	억세풀
삭	사그리, 전부	새굽다	관절 등이 시큰거리며 아프다
삭 죽이다	마구 죽이다	새금파리	사금파리
삭다구리, 삭다리	삭정이	새기다	사귀다
삭신	온몸	새깨이, 새깽이	새끼
삭신이 쑤시다	온몸이 쑤시다	새대기	새댁
삭주패	사정없이 두들겨 패 주다	새북	새벽
삭쿠다	삭이다	새빠트	세퍼트
산띠미, 산떠미	산더미	새아재	고모부
산띠비기	산꼭대기	새아지매	형수
산만디이, 산만댕이	산마루	새알리다	헤아리다
산말랭이	산마루	새알심	옹심
산물	갱물과 같은 말	새참	쉴 때 먹는 밥
산바느질	출산 뒷바라지하다	새초롬하다	표정이 싸늘하게 좋지 않다
산비알, 비알배기	산비탈	새촘하다	토라져서 분위기가 싸늘하다
산추나무	산초나무	새피하다	가소롭다
산태나다	산사태나다	새형님	자형
산태미	삼태기	색경	선글라스

색경	거울
색색하다	진하고 선명하다
샘꼴, 샘글	샘골
생 튀내다	질리도록 많이 먹다
생가지껀	힘껏
생감	땡감
생걸로	날것으로
생난리	마구 시끄럽게 들볶는 모습
생다지	생
생다지로	힘을 무리하게 가하여 억지로
생다지로 째지다	재봉선이 아닌 부분이 찢겨지다
생디	생으로 되어 있는 덩어리
생식겁먹다	아주 고생하다
생이	상여
생일주보다	정초에 책력으로 신수를 보다
생재기	생
생절이	생채
생짜배기	날것
생키다	삼키다
생파리	성미가 좋지 않는 까탈스런 사람
생파리같다	난데없이 불쑥 나와 앵앵거리다
생판	전혀
서답	빨래
서른살	동지나 섣달에 태어나 생일이 늦은 사람의 아니를 말함
서숙	조
서이	셋이
석죽다	기운이나 기세가 꺾이다
석직이다	기죽이다
선낫, 썬낫	아주 조금
선상님	선생님
설겅	시렁
설레바리	뜻을 이루고자 바람 잡는 사람
설운살	동짓달, 섣달에 출생한 사람들의 나이
성그럽다	춥게 느껴지다
성깔	성질
세경	일정 기간 일한 대가로 받는 금품
션하다	시원하다
소가지, 쏘가지	속마음
소갈딱지, 쏘갈딱지	속마음
소갈머리, 쏙갈머리	속마음
소개기, 소괴기, 쉬기기	소고기
소곰	소금
소관 보다	볼일 보다
소까지	솔가지
소까지불	관솔불
소깝	생소나무 가지를 자른 것
소동나무	쉬나무, 소등나무
소두방, 솥뚜께이	솥뚜껑
소디	솥
소디배이	솥뚜껑

소띠끼다	소를 몰고 다니며 풀을 뜯어먹이다
소마구	외양간
소바리	소에 싣는 짐
소부치다	합의를 보다
소소하다	자질구레하고 적다
소시랑	쇠스랑
소시래이	쇠스랑
소시랑	쇠스랑
소시적	어릴 적
소양없다	소용없다
소임, 소염	단체에서 일정의 임금을 주고 부리는 사람
소전껄	우시장
소지, 소제	청소
소출	수확
소케	솜
소케망댕이	솜방망이
소쿠다	솟다, 솟구쳐 올리다
소태같다	아주 쓰다
소판	작은 쓰레받이
소피보다	오줌을 누다
속다	따라잡기 위해 속력을 내다
속닥하다	내실이 있고 알차다
속새짠지	씀바귀 김치
속씩이다	속썩이다
속알머리	좁은 생각
손	천연두
손곱다	손이 얼어 잘 펴지지 않다
손님, 손님마마	천연두
손띠다	손떼다
손모가지	손목
손짜꾸	손자욱
솔개이	솔개
솔나다	엉덩이에 종기가 생기다
솔다	옷 등이 너무 작아 몸메 안맞다
솔아터지다	면적이 좁거나 크기가 적다
솔짜기	살짜기
솔찮다	꽤많다, 수월찮다
솟기다	들떠서 위로 오르다
송구	송기
송구떡	송기떡
송동월	화투에서 1, 11, 8 을 의미하는 약어
송아치	송아지
송이가루	송홧가루
송치	송충이
송판때기	송판
송핀	송편
쇠경	소경
쇠통	자물쇠
쇳대	자물쇠
수 틀리면	서로 배짱이 맞지 않으면
수겟도	스케이트라는 외래어가 변한 말

수구리다	숙이다	쉬하다	오줌을 누다
수구려	숙여라	스리슬쩍	남모르게 재빨리
수깔총, 숟갈총	닳은 숟갈	슬슬하다	평범하여 눈에 거슬림이 없다
수꾸	수수	시간살이	세간살이
수꾸때비	수숫대	시건	생각하는 됨됨이
수꾸매미	찍찍하고 힘없이 우는 매미	시건머리, 시근머리	식견
수더벙하다	수더분하다	시골띠기	촌아이
수두룩 뻑작하다	많이 있다	시구룹다	맛이 시다
수두룩 뻑쩍	많다는 표현	시구지름	석유기름
수리치기	수수께끼	시군두로	세 곳으로
수멍	논물이 들어오는 통로 배관	시금추	시금치
수물	스물	시끼	새끼
수선시룹다	수선떨다	시기 빠르다	되게 빠르다
수영딸, 시영딸	수양딸	시꺼무리하다	좀 시커멓다
수의하다	상의하다	시꾸라바 안 득끼여	시끄럽게 하지마 안 들린다
수집다	수줍다	시꾸라여	시끄러워여요
수채구녕	하수도	시꾸루와	시끄럽다
수채구멍	하수구 구멍	시다	상하다
수체	숫제	시답잖다	마음에 차지 않다
수침하다	물이 묻어 얼룩지다	시드리하다	시들하다
수틀리다	신경에 거슬리다	시똥	소똥
수판	주판	시마리	힘껏
숙막	숙맥	시모	세모
숙지	부침개 등을 넣어 끓인 전골	시미	시어머니
숙지끓이다	찌개를 끓이다	시미기	소먹이
숙지다	기세가 줄어들다	시미기깐	소 여물을 썰어서 보관하는 곳
순디	순둥이	시바닥	혓바닥
순디기	순둥이	시방	지금
순애기, 수내기	어린 싹	시분	세 사람
숟가락몽댕이	숟갈	시빠닥	혓바닥
술막재기, 술막재이	술을 용수에 걸러내고 난 찌꺼기	시빔, 시뺌	세 뺨
술술하다	화력하지 않고 무난하다	시상	세상
술지정	술주정	시상만상에	어처구니 없는 일을 당했을 때 쓰는 감탄사
술차니	수월찮게	시상살이	세상살이
술찮다	수월하지 아니하다	시상에	세상에, 딱하거나 황당할 때 모두에 붙이는 말
숨구다, 숨쿠다	숨기다	시수	세수
숨구다, 숨다	심다	시숫대	세숫대
숨카 놓다	숨겨 놓다	시시마꿈	제각기, 각자
숫두부	순두부	시시맨크롬	제각각
숫지	숫제	시시서 니리가요	셋이서 내려가요
숭구다	심다	시쓸다, 시씰다	구더기가 쓸다
숭내	흉내	시아리다	헤아리다
숭냥	숭늉	시아바이	시아버지
숭년	흉년	시안토 안하다	행동이 안하무인이다
숭보다	흉을 보다	시안하다	희한하다
숭악하다	흉악하다	시알리다	헤아리다
숭양	숭늉	시어마이	시어머니
숭쿠다	숨기다	시엄씨	시어머니
숭허물	흉허물	시염	수염
숯껌디	숯 색깔과 같은 검둥이 또는 그 색깔	시영딸	수양딸
쉴찬히	상당히		
쉬파람	휘파람		

시영아들	수양아들	싸가지	싹수
시우다	세우다	싸게	빨리
시월	세월	싸게싸게	빨리빨리
시전	세전	싸구리	싸구려
시접가다, 시적하다	시집가다	싸그리	전부다
시접장개가다	시집장가가다	싸다	그렇게 된 것이 당연하다
시죽	소죽	싸대기	뺨
시죽깔꾸리	쇠죽을 끓일 때 여물 뒤집는 나무 갈고리	싸댕기다	분주하게 돌아다니다
시죽 끼리다	쇠죽 끓이다	싸래기	싸라기
시지부지	흐지부지	싸이나	비상
시첩, 시접	제사 때 수저 담는 접시	싸쟁이다	차곡차곡 쌓다
시치다	바늘로 띄엄띄엄 꿰매다	싹아지	싹
시카리	서캐	쌀배기	쌀을 담는 큰 바가지 정도의 그릇
시쿠다	식히다	쌀보리	가을보리
시쿠무리	시큼한 맛	쌀쌀거리다	돌아다니다
시파람	휘파람	쌀을 이리다	쌀에 돌을 가르기 위해 물로 씻다
시피기	세 포기	쌈다	삶다
식겁하다	겁을 많이 먹다	쌈바구	싸움
식끼띠, 식기디	밥뚜껑, 식기뚜껑	쌈박질	싸움질
식미가 없다	맛이 당기지 않다	쌍가매	쌍가마
식미가 있다	취미가 있다	쌍놈	상민
식순이, 식수이	가정부	쌍디	쌍둥이
식쿠다	식히다	쌔기, 싸게	빨리빨리
신마이	신출내기	쌔기 짬매	빨리 잡아매
신세조지다	신세망치다	쌔기가서	속히 가서
신장대	굿할 때 사용하는 수술이 달린 채	쌔꼿	쇠꼬챙이
신찮타	시원치 아니하다	쌔롱매미	여름철에 쌔롱쌔롱 하고 우는 매미
신체	시체	쌔리다	때리다
신키다	신기다	쌔면바리	사면발이
실강	방안에 물건을 얹도록 만든 시렁	쌔비다	훔치다
실개이	실랑이	쌔비리다	아주 흔하고 많다
실구마이	슬거머니	쌔빌렀다	많다
실무시	슬며시	쌔빠지다	꽁무니까 빠지도록 고생하다
실성하다	미치다	쌔피하다	눈 아래로 보이다 , 가소롭다
실큼, 실큰	실컷	쌕쌕이	비행기
실한 것	튼실한 것	써거리	피리미 수컷
심가지껀	힘껏	써구세	썩거나 묵어 걷어 낸 이엉
심구다	심다	써들다	켜들다
심기다	섬기다	써무하다	미안하여 대할 낯이 없다
심찔기다	마음이 검질기다	썩다리	썩은 것을 총칭
심대로	힘껏	썩어배기	고주박이
심삼아	실험삼아	썩쿠다	썩이다
심시다	힘세다	썬낫, 선낱	아주, 조금
심시울지다	쌍꺼풀지다	썬낱만	조금만
심씨다	마음쓰이다	썰다	쓸다
심지뽑기	제비뽑기	썽그렇다	뭔가 허전하다
싱거부리하다	싱겁다	썽내다	성내다
싱거비	쓸데없는 말이나 행동을 하는 사람	쎄리다	세게 때리다
싱겁벌레	실속이 없고 싱거운 사람	쎄비다	훔치다
싱겁이	싱거운 사람	쎄빌렀다	엄청나게 많다
싱구아여	싱그워요	쏘가지	속마음
		쏘내기	소나기

쏘삭거리다	자꾸 시비를 걸다	아가리	입
쑤루매, 쓰르매	말린 오징어	아가빠리	입의 속된 말
쑤시넣다	쑤셔넣다	아감지	입
쑥놈	숫놈	아구똥하다	아귀똥하다
쑥시럽다	겸연쩍다	아구지	입의 속된 말
쑬쑬하다	보기에 무난하다	아굿똥하다	보기 좋게 정리를 잘하다
쓰래	쓸개	아까전에	좀전에
쓰리 당하다	신체에 있는 금품을 날치기당하다	아까징끼	옥도정기, 머큐로크롬
쓰리꾼	남의 몸에 지닌 물건이나 돈을 훔치는 도둑	아까침에, 아까참에	진작, 일찍이
		아깨	아까
쓰리만내다	돈을 날치기 당하다	아나 엿먹어라	욕을 할 때 쓰는 말
쓰리질	쓰레질	아도하다	통째로 차지하다
씨가리	씨, 씨앗	아들래미	아들
씨갈머리	종자	아따	못마땅할 때 사용하는 감탄사
씨갑씨	씨앗	아래	그저께
씨겁다, 씨굽다	맛이 쓰다	저아래	그그저께
씨기	세게	아래께	그저께
씨껍하다	혼나다, 엄청나게 고생하다	아랫묵	아랫목
씨꼬재이	쇠꼬챙이	아루우로	아래위로
씨끌머리	골과 골 사이 계곡	아루웃집	아랫집 윗집
씨다듬다	쓰다듬다	아르켜 주다	알려 주다
씨덩거리	쇠덩어리	아리까리하다	알송달송하다
씨똥가리	쇳덩이 조각	아리잠작하다	넋이 나가다
씨뚱기미	멱동구미(씨앗 등을 담는 도구)	아리잠잠하다	소극적이고 우유부단하다
씨띠	쇳덩이	아마구	머리와 귀가 덮히는 털모자
씨라룹다	쓰리다	아무끼나	아무것이나
씨래	쓸개	아무따나	아무렇게나
씨래기	시래기, 말린 무청	아무치도	아무렇지도
씨래받기	쓰레받기	아무치도 안해	아무렇지도 안 해
씨러모두다	쓸어모으다	아문따나	아무렇게나
씨러지다	쓰러지다	아바이, 아바시, 아배	아버지
씨레질	물 댄 논을 갈아 고르게 하는 기구	아배다	임신하다
씨부랄	화날 때 욕으로 쓰는 말	아범, 아뱀, 아부지	아버지
씨부랑거리다	말이 많다	아사라	그만두라는 의미로 쓰는 말
씨부리다	말하다	아사리판	정신을 차리지 못할 정도로 난리통
씨우다	자기주장을 우기다	아사무사하다	알 듯 모를 듯하다
씨주께	씻어 줄께	아순소리	아쉬운 소리
씨짜래기 소리	혀짜래기 소리	아숩다	아쉽다
씩이다	시키다	아시	애벌
씩쿠다	식히다	아시방아	애벌방아
씬내이	씀바귀	아시빨래	초벌 빨래
씰개	쓸개	아싸로비야	일이 잘되어 기분이 좋을 때 하는 말
씰다	쓸다	아애, 아해	아이
씰때없다	쓸데없다	아우	사위
씰어담다	쓸어담다	아이겠나	아니겠나
씰어지다	쓰러지다	아이놀이	합승 중형 승용차
씹쭈구리하다	풀이 죽다	아이다	아니다
씻골, 샛골	사이골	아이라	아니라
씻나락	씨종자 볍씨	아이라요	아니라요
씻둥기미	멱둥구미	아이롱	다리미
아 뚜가라	아이 뜨거워라	아이만	아니면
아 서다	임신하다	아이미	아이의 어미

아이서다	임신하다
아재요 이기 머라요	아저씨요 이것이 무엇입니까
아재비, 아재	아저씨
아적까지	아침까지
아주무이	아주머니
아죽나절	아침나절
아즉, 아츰	아침
아지매, 아지미	아주머닌
아지뱀	아주버니
아직	아침
아직나절	아침나절
아치럽다	애처롭다
아침절에	아침 때에
아푸다	아프다
악독하다	모질다
악따받다	악착같다
악바리	성질이 끈질긴 사람
안 자래가다	길이나 양 등이 짧거나 부족하다
안갈구치조	가르쳐 주지 않다
안구, 안죽	아직
안구또	아직도
안 되고수운데	안 되고 싶은데
안마	안에 있는 마을
안반	국수 미는 기다란 나무널판
안봉	내장
안알구주다	안 가르쳐 주다
안온다거이	안 온다고 하니
안전빵이다	안전하게 되다
안존하다	행동이나 태도가 조용하고 소박하다
안죽	아직
안죽도	아직도
안질나다	눈병나다
안질배이	앉은뱅이
안짱다리, 안쫑다리	두 발 끝이 안쪽으로 향한 다리
알구다	알리다
알구치 주다	가르쳐 주다
알랑방구	잘 보이기 위하여 하는 짓 또는 일
알랑방구 뀌다	눈에 거슬릴 정도로 아부하다
알로	아래로
알로보다	깔보다
알맞하다	적당하다
알배기다	무리하여 장딴지 근육이 단단해지다
알불	잉걸불
알음알음	물어물어
알지랑거리다	앞에서 아른아른 방해가 되다
알짜	좋은 종자나 품질
알찌근하다	안타깝고 쓰리다
알키 돌라카다	알려 달라고 하다
알키 주다	알려 주다
암구또	아무것도
암꺼또 아이다	아무것도 아니다
암마, 암매, 암매도	아마

암마또 마	아무 말도 하지마
암마또 안해	아무말도 안 해
암마캐도, 암마싸도	아무리 그렇게 하여도
암만	아무리
암만 그캐도	아무리 그래도
암매도	아마도
암내나다	소가 발정이 나다
암시롱	알고 있으면서
앗쌀하다	아싸리하다
앙구또	아무것도
앙꼬	빵 등에 넣는 소
앙살부리다	기를 쓰고 버티다
앞꾸머리	앞꿈치
앞장개이	앞정강이
앞재비	앞잡이
애가 씬다	신경이 많이 쓰인다
애끼다	아끼다
애달쿠다	애 타도록 약을 올리다
애동	아이, 아동
애동호박	애호박, 어린 호박
애떨따	애닳다
애룹다	어렵다
애리다	맛이 자극이 있어 혀가 아리다
애모하다	억울하게 누명을 쓰다
애무숩다	애달프도록 무섭다
애법, 애붐	제법
애법이다	제법이다
애비다, 예비다	마르다
애비	아비
애송이	어린아이
애장시키다	관에 넣지 않고 돌무덤하여 묻다
애장터	아이가 죽었을 때 만드는 봉분이 없고 돌로 덮은 무덤
애치롭다	애처롭다
액씨	애기씨의 준말
앵간히, 엉가이	어지간히
앵경	안경
앵경재이, 앤경재비	안경을 쓴 사람
앵기다	안기다
앵기붙다	엉겨붙다
야가	얘가
야간도주	야반도주
야깨이	여우
야깽이, 여시, 여수	여우
야덜이	얘들이
야로	꿍꿍이 수작
야리꾸리하다	기분이 묘하다
야마리	염치
야마리 없다	염치가 없다
야마리까지다	염치가 없다
야무락지다	하는일이 빈틈이 없다
야물딱지다	야물고 단단하다

야바구	야바위	어리버리하다	정신을 못차리고 혼돈하다
야밤	한밤중	어리비	조금 모자라는 사람
야소교	예수교	어리빙빙한	약간 모자라는
야수, 야시	여우	어마이, 어매, 어무이	어머니
야코죽다	기죽다	어만	엉뚱한
약골이다	몸미 매우 약한 체질이다	어만 짓	엉뚱한 짓
약깽이	여우	어만소리	엉뚱한 소리
약발받다	효험이 있다	어물하다	의뭉하다
약빠르다	아주 민첩하다	어법	제법
약차약차하다	이만저만하다	어법이다	제법이다
약차하여	이리저리하여	어벙하다	미숙하다
약코를 죽이다	기선을 제압하다	어부바	엎혀 봐
약탕관	약탕기	어비	모자라는 것처럼 보이는 사람
얄보드리	얇고 부드러운	어비같다	바보 같다
얄부드리하다	얇다	어상반한다	거의 비슷하다
얄부리하다	가늘고 얄팍하다	어여	냉큼
얄분시룹다	이것저것 참견하다, 혹은 얼분시룹다	어여와라	어서 오거라
얄씨리하다	날씬하고 매끈하다	어예보면	어떻게 보면
얄짤없다	인정사정없다	어이	어서
얌생이, 얌새이	염소	어재비	허수아비
얌통마리, 염통머리	얌치	어전시룹다	정리가 안 된 상태로 흩어져 있다
얍삽하다	사람이 가볍고 간사하다	어정거리다	이것도 저것도 아닌 어중간하게 행동하다
양님	양념		
양단간	둘 중에 하나를 선택하는	어중띠다	엉거주춤하다
양대	강낭콩	어지	어제
양동이	물동이	어지떠지	어중이떠중이
양딸	수양딸	어지르다	어지럽히다
양발	양말	어처거라	아이 차가워라
양순하다	순하고 착하다	억수로, 억시기	굉장히 많디
양재기	양은 그릇	억장무너지다	가슴 무너지다
양코쟁이, 양코배기	서양인	억지쓰다	떼쓰다
어거지	억지	언가이	어지간히
어금버금하다	비등비등하다	언나	어린애
어긋장	어깃장	언년	어느 년
어긋짱놓다	반대놀음하다	언놈이	어느 사람이
어깃장 놓다	다른 사람 의견에 시비걸다	언어지다	부스러기 되어 떨어지다
어깨바디	어깨 부분	언제던동	언제든지
어더어더	소를 부릴 때 좌회전하는 구령	언치다	체하다
어데	어디	언칸	워낙
어두컴커무리하다	좀 어둡다	얻어 걸리다	자기 몫이 되다
어둔하다	둔하다	얼가이	모자라는 사람
어둘로	어디로	얼개미	구멍이 다소 큰 채의 종류
어따, 어따대고	어디에다가 대고	얼거리하다	얼큰하다, 거나하다
어떠거라	아이 뜨거워라	얼구다	얼리다
어떠키	어떻게	얼굴바시다	얼굴을 볼 낯이 없다
어떠키나	어떻게나	얼그리하다	얼큰하다, 거나하다
어떡하지	어떻게 하지	얼기미	올가미
어띠키나	어떻게	얼띠기	멍청한 사람
어련히	스스로 잘 알아서	얼띠다	좀 부족하다
어루다, 얼루다	갖고 놀다	얼라, 알라	아기
어룹다	어렵다	얼러	얼른
어리대다	얼쩡거리다		

얼러리 껄러리	얼레리 꼴레리
얼러주와	어서 주어서 와
얼렁	빨리
얼렁해	빨리해
얼로	어디로
얼룩덜룩하다	변덕스럽고 진실성이 떨어지다
얼매, 울매	얼마
얼빵하다	어리석다
얼추	대강
얼충	대충
얼크리하다	맛이 매워서 얼큰하다
얼푸시	어렴풋이
얼푼, 얼렁	얼른
엄니	어금니
엄채이	엄청나게
엄청시리	엄청나게 많다
엄한놈	엉뚱한 놈
엄한소리	허튼소리
업수이 여기다	업신여기다
없으민서	없으면서
엉가이	적당히
엉가이끼래이	그만 말해라
엉그렁	엄살
엉그렁쓰다	엄살부리다
엉기다	달라붙어
엉디, 엉디빼기, 엉치	엉덩이
엉커렇다	기분이 좋지 않아 얼굴빛이 싸늘하다
에법	제법
엔간하다	어지간하다
엥가이	어지간히
여가 거가	여기가 거기인가
여개	여기
여개는, 여는	여기는
여게둔누	여기 누워
여게저게	여기저기
여깽이	여우
여꺼지,여꺼정	여기까지
여꾸, 여꾸풀	여뀌풀
여나뭇썩	열이 좀 넘는 수
여놓다	널어놓다
여다가	여기다가, 머리로 이다가
여러불	여러 겹, 여러 개
여리	여럿이
여리서	여럿이서
여물다	야물다
여물통	여물 담는 그릇
여벌로	군더더기로
여벌옷	여유 옷
여북하만	얼마나 그렇게 하였으면
여분데기	여백
여불때기	옆
여사다	예사다
여사로	아무렇지도 않게
여사로하다	아무 문제의식 없이 행동하다
여서	여기서
여식아	딸
여와 가지고	여기 와 가지고
여적, 여직	아직
여적없다	여축없다
여주다	넣어 주다
여축없다, 여칙없다	정확하게 적중하다
연기가 내굽다	연기가 맵다
열나게	울화통 터지게
열대	열쇠
열적어하다	부끄러워하다
염병걸리다	장티푸스 걸리다
염새이	염소
엿질곰	엿기름
엿치기	가래엿을 부러뜨려 구멍이 큰사람이 이기는 놀이
영감태기	영감
영개엮다	이엉 엮다
영창	감옥
영파이다	아주 좋지 않다
영판	흡사
옆대기, 옆대기로	옆
옆때기	옆구리, 아내
열다	넣다
오가사탕	눈깔사탕
오갈찌다	잎이 까맣게 마르는 병이 들다
오감하다	분에 넘치다
오강	요강
오곰재이	오금쟁이
오그랑방티	부피가 많이 줄어든 것을 지칭하는 말
오께	올게
오니라고	오느라고
오대	어디
오대로	어디로
오도방정	오두방정
오딕이 나발불듯	신나서 나발 불 듯
오따메	매우 놀라는 모양을 나타내는 감탄사
오라바이	오라버니
오라배, 오라비	오빠
오루막, 오리막	오르막
오만	오면
오만거	여러 가지
오만군데, 오만데	여러 군데
오만날, 맨날	매일
오망거	여러 가지 잡다한 것
오물자	인형 같은 노리개
오바이트하다	토하다
오밤중	한밤중
오백난전	함부로 어지럽게 널어 놓은 모양새
오봇하다	오붓하다

오봉	작은 소반
오사리 잡놈	행실이 좋지 않은 사람을 일컫는 말
오심기	이른 모내기
오야지	어른
오양간, 오양칸	외양간
오입가다, 오입하다	가출하다
오자미	팥이나 콩을 넣어 천으로 싸서 둥글게 만든 노리개
오좀	오줌
오종감	크기가 작은 감의 한 종류
오종종하다	얼굴이 작고 이목구비가 뚜렷하지 않고 귀엽다
오줌싸개, 오줌찍개	사마귀
오줌장군	오줌을 담는 큰 독
오지게	심하게
오지기	세게
오지기 당하다	심하게 당하다
오진살	정월, 이월에 출생한 사람들의 나이
오차	보리차
오함마	큰 망치
옥바리	사기 밥그릇
옥사발	사기 그릇
옥수꾸	옥수수
온걸로	통째로, 새것으로
온나	오너라
올개	올해
올개미	올가미
올락말락하다	올까 말까 망설이다
올미	벼논에서 자라는 다년생 풀
올채이	올챙이
올키 씨기다	올바르게 시키다
올팅께	올 것이니까
옴팍 뒤집어쓰다	혼자 뒤집어쓰다
옹가지	질그릇
옹골짜다	쌤통이다
옹골찌다	남이 잘못된 것에 대하여 고소하게 생각하다
옹기, 옹가지	질그릇 자배기
옹기다	옮기다
옹께	오니까
옹노	올개미
옹니배기	옥니박이
옹배기	아주 작은 자배기
옹장무이, 꽁장무이	허리 안에 차는 주머니
와따매	놀랄 때 쓰는 감탄사
완저이	완전히
왈기다	급하게 서둘러 행하다
왈왈거리다	시끄럽게 떠들다
왔다리 갔다리 하다	왔다 갔다 하다
왕기	왕겨
왕청스럽다	엉뚱한 데가 있다
왕티	말벌
왜 그캐여	왜 그렇게 해요
왜국시	기계로 뺀 국수
외탁	외가를 닮다
왼공일	공휴일
욍겨	왕겨
욍기다, 잉기다	옮기다
요개	여기
요구하다	요기하다
요기 다라요	이것이 전부다
요대기, 요때기	요
요따가	여기다가
요따구, 요따우	이따위
요때	이때
요래	이렇게
요량	요령
요롱소리	요령 소리
요마꿈썩	이만큼씩
요마침만	이것 만큼만
요만부동	유만부동
요만하다	이만하다
요맛하만	이만하면
요번	이번
요부대기	요
요분에	이번에
요요	여기
요전앞새	며칠 전에
욕보다	수고하다
욕지기나다	속이 메스꺼워 토하고 싶다
욕지꺼리	욕
욜로	이리로
용마람	용마름
용쓰다	힘을 다해 버티다
용초	용추
용코, 직코	곧바로
용코다	제대로 들어맞다
용하게	신기할 정도로
용하다	신통하다
우구러지다	부딪혀 모양이 변형되다
우구리다	어그러뜨리다
우녀이	우연히
우때요	어때요
우떠키	어떻게
우떤	어떤
우로	위로
우리구멍	눈둑에 뱀이 만든 구멍
우리다	우려내다
우리하다	느낌이 은근히 전해 오다
우멍하다	깊이 파지다
우사	망신
우사꺼리	웃음거리
우사당하다	남우세당하다
우수, 우수리	덤으로 더 주는 것

우수로 주다	덤으로 주다
우숩다	우습다
우시개	우스개
우시개소리	우스갯소리
우악시롭다	행동이나 성격이 거칠다
우얍니까	어쩝니까
우에	위에
우예가이고	어떻게 하여 가지고
우엣돈	과윗돈
우여이	우연히
우예	어떻게
우찌, 우째	어떻게
우예다 봉께	어쩌다 보니까
우예대여	어떻게 됩니까
우예됐든지	어떻게 되었든지
우예된 택이라	어찌된 것이라
우예보만	어떻게 보면
우예야 될란동	어찌해야 될지
우예하다	일을 어떻게 처리하다
우옐끼라	어떻게 할 거야
우옐낀데	어떻게 할 건데
우옐라고	어쩌려고
우왁스럽다	사납다
우으로	위로
우장치다	비를 가리기 위해 천막을 치다
우째	어떻게
우째꼬	어찌할까
우째서	어째서
우쨀까	어떻게 해 볼까
우쨋든동	어떻게 하든
우태롭다	위험하다
우풍시다	문틈 등으로 찬바람이 많이 들어오다
우하다	위하다
우험하다	위험하다
욱하다	갑자기 화를 내다
운때	운의 기운
운묵	윗목
운제	언제
운제건	언제건
울가먹다	우려먹다
울내미	잘 우는 아이
울다	어긋나다
울래미	울보
울러메다, 울러미다	어깨에 걸쳐 매다
울로	위로
울림짱	으름장
울매	얼마
울매꿈썩	얼마만큼
울매나	얼마나
움달, 음달	응달
움마	윗마을
움벙	웅덩이

움심하다	타박상이나 충격 등으로 은근히 아프다
움적거리다	움직이다
웃대가리	우두머리
웃묵	윗목
웅디, 웅딩이	웅덩이
워리워리	개 부르는 소리
워어	소를 부릴 때 정지하라는 뜻
원대궁	줄기
원체, 원치, 원칸, 원캉	워낙
원치 그렇다	원래 그렇다
월남치마	아오자이
월쩍같다	아주 큰 소리로 발끈하다
웬수	원수
웬칸	워낙
위, 외, 이	오이
위가집, 이갓집	외갓집
위선	우선
유시부리다	유세부리다
유시통지다	턱없이 요구하다
유시하다	유세부리다
육갑하다	모자라서 엉뚱한 행동을 하다
육모초	익모초
윤두	인두
윷가치	윷가락
음달	응달
음석	음식
음전하다	행동이 곱고 점잖다
응겁절에	응겁결에
응부리다	응석부리다
응아, 흥아, 히아	형
응애, 옹애	오얏
응큼하다	엉큼하다
응하다, 응부리다	응석부리다
의 상하다	맘이 상하다
이거뿌끼	이것밖에
이것따나	이것이나마
이게 가지다	이게 전부다
이게 다다	이게 전부다
이기	이게
이기 가지다	이것이 모두 다
이노무끼	이놈의 것이
이다메, 이담시	이다음에
이따가	여기에다가
이따구	이따위
이따만하다	이만큼 크다
이래, 이키	이렇게
이래만	이렇게 하면
이래보만	이렇게 보면
이래하만	이렇게 하면
이랴이랴	소를 부릴 때 앞으로 가라는 말
이리다	쌀에 있는 돌을 골라내다

이리키	이렇게	일랄라캐도	일어나려고 해도
이마꿈	이만큼	일러키시우다	일으켜 세우다
이마빼기	이마, 마빡	일루, 일로	이리로
이마하이	이만하면	일루와	이리와
이만춤	이만치	일부로	일부러
이면수	임연수	일어뿌리다	잃다
이문	이익	일이 디다	일이 힘들다
이문보다	이윤을 보다	일찌거이, 일찌건이	일찍
이미야	에미야	입서버리	입술
이민하다	어지럽다, 불분명하다	입시	입구
이바구	이야기	입심	이야기를 잘하는 능력
이밥, 미밥	흰쌀밥	입이 화하다	입이 개운한 느낌이 들다
이비	손대면 안 된다는 금지 감탄사	입주디	주둥이
이비락지다	길이 어긋나다	잇날	옛날
이뿌다	이쁘다	잉기다	옮기다
이뿌리다	잊어버리다	잎사구	잎사귀
이수다	잇다	잎퍼리	잎
이자뿌리다	잊어버리다	자가	저 아이가
이저껀	이제껏	자거품	손목 같은 곳에 생기는 작은 혹
이적지, 이제사	이제껏	자거품나다	손목이나 발목등의 뼈에 약간 말랑한 혹 같은 돌기가 나다
이전앞새	며칠 전	자근자근밟다	찬찬히 골고루 밟다
이지가지로	이것저것 모두	자금해라	조금해라
이짜	이쪽	자께	잘께
이짜저짜	이쪽저쪽	자꼬	자꾸
이짝	이쪽	자는	쟤는
이쭉에	이쪽에	자드락거리다	귀찮게 시비 걸다
이쯤	여기쯤	자딸다	작고 사사한 것에 연연하다
이치저치	이렇게 저렇게	자딸아 빠지다	작고 쫀쫀하게 행동하다
이카만	이렇게 하면	자라	저 아이라
이쿠다	익히다	자래가다	충족이 되다
이키나	이렇게나	자래다	부족하지 않다
이키빼끼	이렇게 밖에	자래모간지	자라목
이태껏	이제까지	자레, 자래	자라
이퍼리	잎사귀	자리개질	도리깨질
이핀네	여편네	자마리	잠자리
이래하만	이렇게 하면	자못타만	잘못하면
익키	이렇게	자미	재미
인나다	일어나다	자반디기	배지기의 한 종류
인날	옛날	자발스럽다	행동이 가볍고 방정맞다
인날깐날	아주 옛날	자발적다	사소하고 득이 별로 없는 것에 관심 보이다
인내키다	일으켜 세우다	자방침, 자방틀	재봉틀
인따나	이나마	자부동	방석
인병, 염병	장티푸스	자부럼	졸음
인자, 인제	이제	자부룹다	잠이 오다
인자부터	지금부터	자불다	졸다
인지는	이제는	자빠지다	넘어지다
일건지다	쌀에 돌을 골라내다	자사가이고	실 같은 종류를 뽑아내어서
일구다	만들다	자샛물	개숫물
일나라	일어나라	자석, 자슥, 짜식	자식
일내키다	일으켜 세우다	자시	자세히
일라루	소를 부릴 때 좌측으로 가라고 할 때 쓰는 말		

자시다	먹다의 존대어	장정이다	힘이 세다
자시보다	자세히 보다	장질부사	장티푸스
자시보다	먹어 보다	장창	허풍
자심하다	귀찮다, 극심하다	장창쓰다	허풍을 떨다
자싯물	설거지하고 난 구정물	장척	인두판
자요	여기 있어요	재까닥	곧바로
자자부리하다	잘잘하다	재깍	즉각
자잔하다	자잘다	재끼다	젖히다
자장구, 자양구	자전거	재다	겨누다
자죽, 자욱, 짜꾸	자국	재빈, 재변	갑작스런 사고, 재난
자트래기	조각	재와, 재우	겨우
작기장	공책	재치기	재채기
작대기, 짝대기	막대기	잿말랑, 잿말랭이	잿고개
작살나다	다 깨어져 산산조각나다	잿물	양잿물
작작해라	그만해라	잿배기	고개
잔나비	원숭이	쟁기다	간직하다
잔디, 잔대이	초롱꽃과에 속하는 다년생 초본 식용식물	쟁이다	차곡차곡 갈무리하다
잔대이	능선	쟁일	종일
잔등	고개, 봉우리	저 내년	내년 그다음 해
잔디, 잔댕이	등어리	저 아래	그그저께
잔디	잔등	저개	저기
잔잔하다	잘다	저거턴기	저것 같은 게
잔차	잔치	저구리	저고리
잔차날	잔칫날	저그나믄	오죽하면
잔채이, 잔챙이	작은 것	저기	저것이
잘팅께	잘 것이니까	저까치, 절꺼치	젓가락
잠먹다	잡아먹다	저녁마실	저녁에 다니는 마을 나들이
잠뱅이	잠방이	저더래이, 저드랑	겨드랑이
잠치	잠꾸러기	저때, 접때	예전에
잡기장	작기장, 공책	저래	저렇게
잡동사이	잡동사니	저마이	자기네 어머니, 저렇게 많이
잡치다	망치다	저마타만	저만 하면
잣달다	마음 씀씀이가 작고 인색하다	저모레	걸피
장개	장가	저범	젓가락
장개가다	장가가다	저분에	저번에
장개이뼈	정강이뼈	저붐,저범	젓가락
장구	장고	저서라	저어라
장구다	잠그다	저어머이	제어머니
장그래여	예전과 같다	저지네꼬라지	몰골과 행색이 아주 좋지 않은 사람
장깨이	가위바위	저지네같다	미친년 같다
장깨이뽀	가위바위보	저지레	잘못
장꽁	장끼	저지레일구다	문제를 만들다
장꽝	장독대	저지레하다	말썽을 일으키다
장끼하다	기장하다, 적어 두다	저지리	어지르다
장닭	수탉	저짜	저쪽
장도리, 마치	망치	저짜게, 저쭉에	저쪽에
장도칼	옛 여인들이 품고 다니던 작은 칼	저쭘	저기쯤
장독뚜끼	장독 뚜껑	저키,이키	저렇게, 이렇게
장물	간장	저키나	저렇게나
장석	고구마 보관을 위한 발을 친 공간	저태, 젙에	곁에
장작깨비	장작	저티	젖퉁이, 젖
		적	부침개

적거보다	겪어 보다	조따구	저 따위
적다	겪다	조따구로	저 따위로
전개이	정강이	조라	주어라
전다지	다른 것이 섞이지 않은 진국	조래	저렇게
전디다	견디다	조래하만	저렇게 하면
전신에	많이	조루다	조르다
전주다	겨누다, 견주다	조립하다	졸업하다
절가락	젓가락	조막디	아주 작은 것 또는 아주 작은 사람
절로	저리로	조막디만하다	아주 작다
절리다	결리다	조막디이	어린애
절마	저 놈아	조막만하다	주먹만하다
절무이, 절문이	며느리	조면하다, 조민하다	감정이 좋지 않아 등을 돌리고 얼굴을 피하는 사이다
점도록	저물도록		
점마	저녀석	조바요	줘 보세요
점방, 점빵	가게	조발	가는 실뿌리
점배기	점박이	조발이 나다	뿌리가 나다
점상	겸상	조봐요	줘 보세요
점슴, 정심	점심	조뿌리	줘 버려
접방살이, 겹방살이	전세	조요	주세요
접사돈	겹사돈	조우	종이
접새기	접시	조우네요	좋네요
접지르다	겹지르다	조우때기	종이
접치다	접질리다	조우말이, 조이말이	두루마리 휴지
젓까치, 절	젓가락	조조	저기저기
정 그러만	진짜 그러면	조지다	망치다, 그르치다
정 그렇다	바로 그렇데	조질나게	아주 힘들게
정갱이뼈	정강이뼈	조짝에서	저쪽에서
정구지	부추	조창	조청
정기장	정거장	족치다	닦달하다
정내미	정나미	졸로	저기로
정심	점심	졸루다	조르다
정정하다	젊어 보이다	졸리다	괴롭힘을 당하다
정지	부엌	좀씨	몸집이 아주 작은 사람
정하다	깨끗하다	좀패이	좀팽이
정황없다	경황없다	종가래	작은 가래
젖매기, 젖미기	젖먹이	종대래끼, 종대래미	싸리로 만든 그릇
젖티	젖퉁이	종마리, 쫑말이	막내아우
젙에	곁에	종우때기	종이
제까닥	즉시, 빠르게	종재기	종지
제깍, 직시	즉시	종치다	끝나다
제끼다	재치다	좌상이다	무리에서 높은 지위에 있다
제비꼬래기	뒷머리 목 부분으로 머리가 제비꽁지처럼 난 형태	쬥일	종일
		주 떤지다	사정없이 힘껏 던지다
제비추리	안심에 붙은 고기의 일종	주개이	주걱
제우, 지우	겨우	주까다	아무렇게나 마구 까다
조갑지	조개껍질	주께	줄께
조개	저기	주너코	주워서 넣고
조개비	조개	주디	주둥이
조구, 쪼구	조기	주디를 씰룩거리다	입을 삐죽거리다
조대흙	점토질이 많은 황토흙	주루다	줄이다
조댕이	주둥이	주마여서	모두 모아 넣어서
조디	주둥이	주막껄, 주막담	주막이 있는 거리나 마을

주머이	주머니	지게골삐	지게에 짐을 묶는 줄
주먹다	주워서 먹다	지게대학생	나뭇꾼 또는 농사꾼을 일컬음
주먹디	주먹	지기미	지어미 혹은 욕
주물시룹다	추저분하다	지까이꺼	제까짓 거
주바르다	한 대 쥐어박다	지꺼리	짓
주변하다	부지런하다	지꼬때이	짓고땡이
주불주불	주렁주렁	지끼다	말하다
주빈머리	생각하는 능력	지난양대로	자기맘대로
주서오다	주워 오다	지내끼리	저희끼리
주옇다	집어넣다	지다란	기다란
주전부리, 주정부리	군것질	지다랗다	길다
주지끼다	말을 마구 많이 하다	지대다	기대다
주칫돌	주춧돌	지대로	제대로
주패다	마구 때리다	지동, 지둥	기둥
죽끼리다	죽 끓이다	지둥서방	기둥서방
죽사바리되다	흠씬 두들겨 맞다	지들	저들
준재되다	가라앉다	지딴에	자기딴에
줄가리 세우다	줄을 지어 세우다	지뜯기다	잡아뜯기다
줄게이, 쭐구리	줄기	지랄발광하다	광기 있게 몸부림치다
줄라고요	주려고요	지랄뻐들다	행패를 부리다
줄빵놓다	연이어 행위를 하다	지래이, 껄개이	지렁이
줄장대	빨랫줄 등을 받치는 바지랑대	지럭지	길이
줄창	계속하여	지럽대	삼나무 대
줄쿠다	줄이다	지령	간장
중늙으니, 중늘거이	장년과 노인 사이 정도에 해당하는 사람	지름	기름
		지륵, 지릅, 지릅때기	삼껍질을 벗기고 남은 속대
중대가리	빡빡머리	지리기	길이
중동무이	중간이 끊어짐	지마끔	제가끔
중바리	보시기, 종지	지미	저희 엄마
중발	중간 크기의 사발	지미랄	투덜거리는 욕소리
중불나게	별것도 없이	지미지랄이다	안 좋게 되다, 나쁘다
중신	중매	지민하다	서로 외면하다
중신애비	중매쟁이	지박다	쥐어 박다
중우	바지	지박아뿌리	쥐어 박아 버려
중잎나무	가죽나무	지받다	죄받다
중중하다	많다	지발	제발
중태미	민물고기의 한 종류	지분대다	귀찮게 추근덕거리다
쥐뿔, 개뿔	있으나 마나한 비유	지뿔도 없다	가진 게 없다
쥐뿔도 없다	아무것도 없다	지사	제사
쥐짜다	쥐어짜다	지실들다	주눅들다
쥑인다	죽인다	지실받이	재앙 등으로 주눅드는 일
지 난양대로	자기 맘대로	지아	겨우
지 내다	지어서 제출하다	지엽다	지겹다
지 밟아뿌리	짓밟아 버려	지외	겨우
지 짓다	죄를 짓다	지우, 게우	겨우
지 쪼대로	자기	지우다	낙태하다
지 쪼대로 하다	자기 맘대로 하다	지자리	제자리
지가	자기가	지작대기	지게 작대기
지가오	바보	지저구	지저귀
지가오 같다	바보 같다	지저바	여자
지각끔	제가끔	지저부리하다	지저분하다
지강지강하다	조심성이 없다	지절로	저절로

지정	주정
지정하다	주정하다
지지리	몹시
지지리 못나다	아주 못나다
지지리도 못나다	아주 못나다
지지밟다	힘껏 뭉개어 밟다
지지배	계집애
지지하다	너저분하다
지집	계집
지짓다	죄를 짓다
지쪼대로	자기 멋대로
지쪼대로하다	마음대로 하다
지침	기침
지코도	별 볼 일이 없을 때 사용하는 말
지패이, 지팽이	지팡이
지푸다	깊다
지푸단하다	깊게 보이다
직바로	곧바로
직빵	곧바로
진갈비, 징갈비	진눈깨비
진다지	진국
진더거이	서두르지 않고 인내하는
진솔	한 번도 빨지 않은 새 옷
진장	젠장
진짜배기, 진짜배이	진짜
진쿠렁	진구렁
진쿨	습기가 많은 진구덩이
진토배기	진품
질	길
질	제일
질 낫다	제일 낫다
질가	길가
질개이, 질갱이	질경이
질겁하다	놀라서 겁을 먹다
질곰	콩나물
질기다	즐기다
질까	길가
질나다	길이 나다
질나이	길나게
질나이나다	잘 길이 들다
질다	길다
질따랗다	길다
질래	자꾸
질래 그러만	자꾸 그렇게 하면
질리다	그슬리다
질매	길마
질빵매다	끈으로 어깨 등짐을 지다
질쌈	길쌈
질처음	제일 처음
질통	등짐으로 나르도록 만든 나무통
질퍼덕하다	반죽이 땅 같은 것이 질다
짐을 부루다	짐을 부리다

짐장	김장
짐장 담구다	김장 담다
짐치	김치
집세기	짚신
집장	무잎과 무 등을 넣고 두엄에 묻어 삭인 장
집적	직접
집지키미	집에서 사는 능구렁이
집청	조청
짓둥머리, 짓뚱머리	짓, 행동
짓상	잿상
징갈비가 오다	눈과 비가 섞여서 내리다
징거미	새우
징글징글하다	아주 지겹다
징기다	간직하다
징이다	지니다
징하다	진절머리 나도록 지겹다
짖똥머리	짓거리
짚다	깊다
짚북띠기	짚을 추려서 생긴 검불
짚새기	짚신
짜개다	쪼개다
짜구나다	과식하여 배탈나다
짜굽다	짜다
짜꾸	자욱
짜꾸나다	자욱나다
짜들다	비가 엄청나게 세차게 내리다
짜리몽탁하다	짧다
짜매다, 짬매다	잡아매다
짜시래기	잔챙이
짜지다	빈틈이 없고 야무지다
짜집기	짜깁기
짜트래기, 자트머리	자투리
짝다리, 짝달이	키가 작은 사람을 일컫는 말
짝대기	작대기
짝재비	왼손잡이
짝지	짝꿍
짠지	김치
짤르다	자르다
짤숨거리다	조금씩 절룩거리다
짤숨하다	짧다
짤짤이	동전 따먹기 놀이
쩜매다, 짜매다, 쩌매다	잡아매다
짭지름하다	짭조름하다
짭질받다	솜씨가 깔끔하다
짭질하다	짜다
짱박다	숨겨 놓다
째보	언청이
째비다	찝다
쩐내	냄새 등이 배어 악취가 나는 것
쩐내나다	절여진 냄새가 가다

쩔뚝거리다	절룩거리다	쪽박	작은 바가지
쩔뚝바리, 절뚝발이	절룸발이	쫀쪼리	인색한 사람
쪼가리	조각	쫄가리	마른나무 가지 땔감
쪼가리 김치	깍두기	쫄개이	졸병
쪼가리 뙈기	조그만 자투리 땅	쫄다	주눅이 들다
쪼가리떼기	작은 조각	쫄다구	졸병
쪼고랑방티	오무러 든 물건	쫄닥망하다	알거지가 되다
쪼골띠기	쪼그려 뛰기	쫄따구	졸병
쪼곰	조금	쫄딱 망하다	완전히 망하다
쪼구	조기	쫄로리	나란히
쪼굴시다	쪼그리다	쫄로리 서다	나란히 서다
쪼글띠다	쪼그리다	쫄로리 앉다	나란히 앉다
쪼까내다	과감히 쫓아 버리다	쫄리다	괴롭힘을 당하다
쪼께	조금	쫄보	성격이 진취적이지 못하고 소극적인 사람
쪼꼼	조금		
쪼꾸만썩	조그만큼	쫄짜	졸병
쪼다	덜떨어진 바보	쫄쫄이 바지	짝 달라붙는 바지
쪼달리다	쪼들리다	쫌새이	옹졸하고 못난 사람
쪼대로	맘대로	쫌씨, 좀씨	아주 키가 작은 사람들을 말함
쪼대흙	진흙	쫌패이, 쫌팽이	옹졸하고 못난 사람
쪼루다	조르다	쫑기다	작아서 꽉끼다
쪼리다	졸이다	쫑나다	쪽이 나다, 끝이 나다
쪼마구	조무래기	쫑따구나다	화가 나다
쪼마꿈씩	조금씩	쫑말이	막내
쪼마침만	조금만	쫑코먹다	혼나다
쪼마탄기	조그만한 것이	쫑코주다	면박 주다
쪼막디	작은 사람이나 물건	쫓끼나다	쫓겨나다
쪼만하다	크기가 작다	쭈구래기	알맹이가 없는 것
쪼맛하다	작다	쭈구렁방티	아주 많이 늙은이를 지칭하는 말
쪼매	조금	쭈굴시럽다	볼낯이 없고 부끄럽다
쪼맨하다	작다	쭈굴씨다	몸을 움츠리고 앉다
쪼맷한기	조그마한 것이	쭈쭈	아이가 부르는 엄마 젖의 애칭
쪼무락거리다	만지작거리다	쭉지, 쭉지기	쭉정이
쪼무래기	조무라기	쭉치다	머무르다
쪼봇하다	좁고 작다	쭐거리	줄거리
쪼부단하다	크기가 작아 보이다	쭐리다	주눅이 들다
쪼부라들다	작아지다	찌거덕거리다	소음이 나다
쪼부리다	넓은 것을 좁게 구부리다	찌꺼래기, 찌끄래이	찌꺼기
쪼사먹다	쪼아먹다	찌끄리다	액체를 조금씩 흩어 뿌리다
쪼사옇다	잘개 쪼개서 넣다	찌끼가다	쫓겨가다
쪼시래기	조각	찌끼오다	쫓겨오다
쪼시르다	쪼아 잘게 토막 내다	찌다랗다	기다랗다
쪼실다	잘게 쪼개다	찌렁내, 찌린내	지린내
쪼자리 만내다	아주 안 좋게 되다	찌리다	조금 찔끔거리다
쪼잔하다	사소한 것에 연연하다	찌리하다	약한 통증이 오다
쪼짜	졸병	찌민하다	조그맣다
쪼춤바리	달리기	찌부디디하다	좀 몸이 무겁다
쪼치기, 쪼치개	달리기	찌부러지다	무너지다
쪼치내다	쫓아내다	찌뿌동하다, 찌뿌디하다	몸이 무겁다
쪼치다	쪼들리다		
쪼침바리하다	달리기하다	찌시레기, 찌끄레기	조각난 부스러기
쪽마리	쪽마루	찌실배기	무리 중 보잘것없는 것

찌우다	끼우다	책음, 채금	책임
찌지리도 못났다	아주 못났다	챔빗	참빗
찌지부리하다	보잘것없고 시시하다	챙기름	참기름
찌질하다	조금밖에 안 되고 별것이 없다	처굽다	차갑다
찌찌, 지지	해서는 안 되는 일을 금기할 때 쓰는 말	처나무댁	처남댁
찍개	집게	처대다	태우다
찐내	지린내	처매	처마
찐짜놓다	시비를 걸다	처미기노이	먹여 놓으니까
찐짜부리다, 찐짜붙다	시비 걸다	처연하다	슬픈 느낌이 있어 쳐져 있다
찔거덩거리다	질겨서 오래 씹히다	처자	처녀
찔기다	질기다	처지끼다	말을 마구 많이 하다
찔내미	찔찔 잘 우는 아이	처처이	번번이
찔루, 찔누	찔레	천관떨다	사양하는 정도가 심하다
찔보	걸핏하면 찔찔 우는 아이	천동	천둥
찔쭘하다	길쭉하다	천둥벌거숭이	철없이 함부로 덤벙거리거나 날뛰는 사람
찔찔거리다, 찔찔짜다	울다	천디같다	천한동이 같다
찜빠, 찐따	절름발이	천디기	천덕꾸러기
찝개벌레, 찍개벌레	하늘소	천방지축	종잡을 수 없이 덤벙대다
찝어지다	무너지다	천방터지다	둑이 터지다
찝쩍거리다	시비를 걸거나 간섭을 하다	천불나다	화가 많이 나다
찝찝하다	찜찜하다	천상	하는 수 없이
찡가먹기	끼워먹기	천연하다	언행이 종용하고 점잖다
찡구다	끼우다	천지다	많다
찡기다	끼이다	천지비까리	여러 가지 종류가 다양하게 있다
차개차개	차곡차곡	천처이	천천히
차단스	서랍장	천출로	자기 맘에서 절로 우러나서
차돌	조약돌	천치	바보
차띠기	차떼기	철골하다	뼈가 드러나 보이도록 마르다
차롬하다	단정하여 보기에 좋다	철따구, 철따구니	철딱서니
차뿌리다	차 버리다	첩사이	첩
찬지름	참기름	첫빠따	맨 처음
찬차이	천천히	청출	삽주 뿌리
찰밥	오곡밥	체민	체면
찰서숙	차조	체알	차일
찰지다	차지다	체주다	빌려주다
참꽃	진달래꽃	초롱	큰 통
참하다	찬찬하고 얌전하다	초리다	조금 부족하다
창가	노래를 예스럽게 부르는 말	초악을 하다	열병을 앓다
창가해라	노래해라	초잡다	추잡하다, 틀을 잡다
창사, 창시	창자	초잡하다	추잡하다
창우지	창호지	초재비	홍시가 너무 익어 못 먹는 것
창창하다	빛이 나도록 생기가 있고 갈길이 멀다	초출내기, 초짜	신참
창칼	식도보다 작고 예리한 칼	초치다	일을 그르치게 만들다
채금지다	책임지다	초학걸리다	몸을 떠는 병에 걸리다
채다	빌리다	촉새같다	시끄럽게 조잘대다
채반	조릿대 등으로 만든 입이 넓은 바구니	촌띠기	촌뜨기
채알	차일	촐람생이, 촐랑새이	행동이 경솔한 사람
채질기계	탈곡기	촐래이	언행이 가볍고 믿음이 가지 않는 자 또는 짓
책가우	책표지	촛대같다	길고 일자로 쭉 빠지다
책보	책 싸는 보자기	촛대뼈	정강이뼈
책상다리하다	정좌하다		

촛똥	촛농, 촛물	칼칼하다	목에 느낌이 자극적이다
촛빼기	술을 너무 많이 마셔서 초 냄새가 나는 사람	캐싸도	하더라도
총채	먼지털이개	캐쌌다	그리 말하다
추리내다	골라내다	커단하다	커다랗다
추리하다	후줄근하고 어색하다	커리, 컬리	컬레
추우	추위	컴커무리하다	어둡다
추자	호두	켄노	큰 쇠망치
추접다	더럽다	코구녕	콧구멍
추지다	습기가 있어서 눅눅하다	코기리다	코를 골다
추집하다	추잡하다	코꾼다리, 코꾼드리	소코를 나무로 뚫어서 지지하는 물건
축가다	빠지다	코따대기	코딱지
축나다	빠지다	코빼기	코의 낮은 말
축을 맞다	안 좋은 기운을 받아 졸지에 쓰러지다	코재이	서양인
출렁다리	현수교	콧쭝배기	콧등
출출하다	시장기가 느껴지다	콩꼬타리, 콩꼬티	콩꼬투리
춤	침	콩밥먹다	감방가다
취하다	빌리다	콩알맛하다	매우 작다
측간, 칙간	변소	콩지름	콩기름
치고	최고	콩쿨대회	가요경진대회
치끼들다	치켜들다	콩팔칠팔	화가 나서 이리저리 뛰는 모습
치끼시우다	추켜세우다	콩팔칠팔하다	성질이 나서 심하게 화를 내다
치다보다	쳐다보다	쿠리다	좋지 않은 냄새가 나다
치대다	밀어 문대다	쿠사리	면박
치매	치마	쿠세	안 좋은 버릇
치민채리다	체면을 차리다	쿠키하다	썩는 냄새가 나다
치산잘하다	살림을 잘하다	쿤내, 쿠린내	구린내
치아라	치워라	크다꿈하다	크다
치아뿌리	치워 버려	클나다	큰일나다
치안하다	실내온도를 높여 이불을 덮고 몸조리하다	키가 솔짝하다	키가 가지런하게 크다
치알, 채알	차일	타개다	박음질한 부분을 타다
치이	키	타개지다	옷 등이 뜯어지거나 실밥이 풀리다
치해 주다	빌려주다	타내다	말에 반응하여 응대하다
칙이다	축이다	타박하다	허물잡아 투덜거리다
친탁	친가를 닮다	타지다	재봉했던 부분이 풀려서 뜯어지다
칠갑떨다, 칠갑하다	분수에 맞지 않는 행동을 하다	탁배기, 탁주배기	막걸리
칠기	칡	탁하다	닮다, 택하다
칠칠맞다	행동이 어설프다	탄하다, 타내다	참견하다
칠푸니	칠삭둥이	탈바가지, 탈바가치	헬멧
칭계	층계	탈치다	건드리다
칭기다	치이다	탈탈이	경운기
칭이	키	탕기	종재기보다 큰 질그릇, 중발
칭이질	키질	태가나다	맵시가 나다
카다	하다	태국기	태극기
카도	커브	태기치다	힘껏 바닥으로 내려치다
칸다카더라	한다고 하더라	태끼주다	태워 주다
칼 도매	칼 도마	태래비, 텔레비	텔레비전
		태이주다	태워 주다
		택	턱

택기주다	태워 주다
택도없다	턱도 없다
택수바리, 택주바리	턱
탱글거리다	활기차고 생명력이 넘쳐 보이다
탱주	탱자
터거리, 턱주가리	턱
터라구, 터래기	털
터래기	터럭
터울지다	형제 자매간에 나이차이가 나다
터주다	터뜨리다
털털거리다	많이 흔들리다
털파리	덜렁대는 사람, 트레바리
털푸덕	털썩 주저앉는 모습
털피	옷이 몸에 맞지 않는 모습
털피같다	트레바리 같다
텅수, 텅개이	퉁가리
토깨이	토끼
토끼다	도망가다
토매이	토막
토배기	토박이
토비	퇴비
토사이	도망
토사이놓다	도망가다
토달다	이유를 달다
토째비, 톳재비	도깨비
톱다	칼 따위로 빗겨 자르다
통삐	통뼈
통시	변소
통싸기 장하다	한일이 대단하지 않다
퇴박맞다	퇴찌 맞다
퇴침, 티침	목침
투닥거리다	싸우다
투시	투성이
툴툴거리다	투덜거리다
퉁먹다	혼나다
퉁수불다	퉁소를 불다, 신이 나다
튀각	튀김
튀내다	많이 먹다
튀를 내다	실컷 먹다, 혹은 실컷 당하다
튀밥	강정
튀배기하다	많이 뒤집어쓰다
튀주그륵	퇴주 그릇
튀하다	뜨거운 물에 담구어 털을 뽑다
트리하다	언행이 활기가 없다
트미하다, 티미하다	어리석고 둔하다
티개비, 튀기비, 튀겁지	티끌
티기다	튀다
티꼽다	눈에 거슬려 아니꼽다
티끄래기	티끌
티박하다	타박하다

티밥, 튀밥	옥수수, 쌀 등을 튀긴 것
티배기내다	실컷 먹다
티배기하다, 퇴뵈기하다	칠갑하다
티백이	터벅이
티비기하다	많이 묻히다
티잡다	흠잡다
티침	나무 베게
티티거리다	불만이 있어 툴툴거리다
틱틱대다	화와 짜증을 내다
팅기다	퉁기다
파토내다	취소하다
파이다	좋지 않다
파이하다	그만두다
파장치다	끝내다
파재끼다	파서 엎어 버리다
파토나다	판이 깨지다
판때기	판자
판판이	매번
팔꾸머리	팔꿈치
팔랑개비	바람개비
팔마구리만하다	조그맣다
팔목아지	팔
팔미, 팔미질	팔매질
팔밭뜨다	산에 새롭게 밭을 일구다
팔쭘	팔짱
팔팔하다	생기와 기운이 있다
팔푼이, 팔피이	모자라는 사람
판파이	판판이
팥갈다	얼굴이나 팔에 으깬 것 같은 상처를 입다
패대기치다	사정없이 팽개치다
패쥑이다	힘껏 두들겨 패서 죽이다
팬팬하다	편평하다
팽대이	팽이
팽디	풍뎅이
팽디같다	풍뎅이 같다, 빠르다
퍼 흔치다	퍼내어 뿌리다
퍼대기	포대기
퍼드리 앉다	퍼질러 앉다
퍼떡, 퍼뜩	빨리
퍼뜨카믄	걸핏하면
퍼성하다	헐겁다, 부피가 성기다
퍼언치다, 퍼헌치다	흙 등을 퍼서 흩뿌리다
펀더기	넓은 뜰
펀펀이	계속하여, 연이어
펄럭거리다	빈번하게 왔다갔다하다
펄펄뛰다	성질이 많이 나서 몸부림치다
폐빙	결핵
포시랍다	분에 넘치다
포연지다, 포한지다	소원으로 남다

폭닥하다	따뜻한 느낌이 들다	하민서	하면서
폭삭하다	포근하다	하빠리	끄트머리
폼재이, 폼재비	폼을 잡는 사람	하소하다	하소(경어)의 말씨를 쓰다
표나다	표시나다	하시민성	하시면서
무닥거리하다	굿하다	하이간	하여튼
무마시	품앗이	하지마까	하지 말까
무쌔미	쐐기	학각걸다	시동걸다
무지게	많이	학을 띠다	아주 혼쭐이 나다
풀 튀배기	풀이 무성한 밭	한 불	한 벌
풀디비기	풀이 온몸에 묻은 모양	한 행부, 한 행보	한 번 왕복
풀럭거리다	자주 들락거리다	한가마이	한 가마니
풀쌔기, 풀쌔미	풀쐐기 벌레	한갓지다	조용하고 한가롭다
풀피리	보리피리	한거	한가득, 많이
풍덩하다	옷이 커 보이다	한거득, 한거뜩, 한거석	한가득, 많이
풍디	풍뎅이		
풍비박산, 풍지박살	풍비박산	한군두로	한곳으로
풍지	문풍지	한그떡이다	한가득이다
피기	포기	한까치	한개비
피놓다	펼쳐놓다	한나질	한나절
피다	펴다	한다래이	한다랭이
피란	피난	한다카만	한다고 하면
피란가다	피난 가다	한데	밖에
피마주	피마자	한도라꾸	한트럭
피방하다	방을 쓰지 않고 묵히다	한동	한 덩어리
피백	폐백	한동우	한 동이
피사리	피 뽑아내기	한두릅	한 묶음
피시럽다	남에게 폐를 끼칠까 두렵다	한모춤	식물 등의 한 묶음
피시루떡	계피떡	한목에	한번에
피장파장, 고부고부	둘 다 똑같다	한무끼하다	한몫하다
피죽	고통과 희생으로 이루어진 가치	한무디	한무더기
피투시	피투성이	한바꾸	한 바퀴
핀들다	편들다	한발(한팔)	사람의 팔길이 만큼을 의미
핀먹다	한편이 되다	한분도	한 번도
핀안하다	편안하다	한빼미	한 자락의 논
핀지	편지	한뽐	한 뼘
핀핀찮다	불편하다	한사리	윷놀이할 때 모나 윷을 일컫는 단위
핀하다	편하다	한소내기	한바탕 퍼붓고 지나가는 소나기
핑경소리	풍경 소리	한오래기	한 줄기
핑기	핑계	한오리	미역의 한 묶음
핑기다	번지다	한오큼, 한호큼	한 웅큼
핑디같이	쏜살같이	한장우	한 쌍
하구로	하도록	한재기	한 뭉치
하까요	할까요	한전하다	추워서 떨다
하께	할께	한지름	한 점
하님이	계집종	한질	한 길
하두	하도	한차리	한 대
하라카다	하라고 시키다	한참에	한꺼번에
하룻강아지	연약한 인간	한창때	젊은 날
하마,하매	벌써	한칼	칼로 한번 잘라 낸 분량
하매나	이제나 저제나	한탕기	중발 한 그릇
		한통속	서로 통하여 모인 무리

한투로	한곳으로 몰다
한호큼	한 움큼
할라고요	하려고요
할라카다	하려고 하다
할락말락카다	할까말까 망설이다
할랑하다	편하다
할마시, 할마이	할머니
할망구, 할미	할머니
할망스럽다	잘 잊어버리다
할망하다	정신이 흐려 잘 잊어버리다
할매, 할무이	할머니
할바이	할배의 낮춤말
할비비	구멍 뚫는 공구
할찌개만	할 적에만
할찌게	할 적에
함	한번
함고, 항고	작은 휴대용 도시락형 밥통
함바집	공사판에 가설한 식당
함해봐	한번 해 봐
합바지, 핫바지	홑바지
핫빠리	저질에 속하는 부류
항거득, 항거석	한가득, 많이
항고래비	방아개비
항께	하니까
항정없이	한정없이
해 도가, 해 도고	해 달라
해감	해금
해감내	물속에서 생기는 썩은 내음
해감내나다	물비린내 나다
해거름	해 질 녘
해까닥하다	정신이 이상해지다
해꼬지	해코지
해농께	해 놓으니까
해닥거리다	가볍게 흔들리다
해봉께	해 보니까
해우다, 히우다	헹구다
해재끼다	해 버리다
해필	하필
해필이면	하필이면
했는가부라	했는 것 같아
행거또	한 것을 다시
행결	한결
행굽잖다	행실이 바르지 못하다
행상	상여
행우가 나쁘다	행동거지가 나쁘다
행우다지	행동거지
행자	행주
허개다	헐다
허기사	하기사
허꺼	헛것

허꺼다	헛일이다
허꾼두로	헛군데로
허당	허공
허드레	중요하지 않은 일
허랑방탕하다	실속이 없고 근성이 없이 노는 데만 빠져 있다
허리빵	허리띠
허빵	헛일
허뻐	거짓으로라도
허뻐라도	혹시라도
허재비, 히재비	허수아비
허정가지, 허정개비	나무의 곁가지
허정거리다	물을 흐리게 만들다
허패	허파
허풍서니, 허풍사이	곡식을 고를 때 사용하는 바람을 내는 풍구
헌덕거리다	흔들거리다
헌디, 헌데	종기
헐굽다	느슨하다
헐럭개비	몸이 보기보다 가벼운 사람
헐미저근하다	흐릿하고 미적지근, 우유부단하다
헐썩	훨씬
헐쭘하다	좀 마르게 보이다
헛거	헛된 것, 귀신
헛군두로	헛군데로
헛똑똑이	똑똑한 것 같으면서도 그렇지 못한 사람
헛빵, 허치기, 헛치기	헛일
헝클다	줄 같은 것이 얽히다
헤까닥하다	미치다
혀짜래기 소리	혀가 짧아서 내는 소리
혀짤배기	혀가 짧은 사람
형구리하다	결혼예식 끝난 후 윗 어른들에게 절을 하다
호각	호루라기
호깝디기	외겹
호도방정, 오도방정	방정
호디기, 호띠기	버들피리
호랑말코	엉뚱하고 잘 어울리지 않다
호랑말코 같은 놈	질이 좋지 않은 놈
호랑말코같다	잘 조화가 되지 않고 흉해 보이다
호래이 잡다	엄하게 대하다
호로자식	홀아비 자식
호르레기	목이버섯
호리낭창하다	가늘고 날씬하다
호리빵빵하다	쉽다
호매이	호미
호박씨 까다	남몰래 딴짓하다
호사태우다	그네 혹은 비슷한 것에 태우고 흔들어 줌
호야	남포
호야불	램프 등불

호차리, 하차리	회초리	휴월하다	수월하다
호창	홑청	흑지	흙쟁기
혹하다	유혹에 넘어가다	흑투시, 흑티비기	흙투성이
혼구녕나다	혼이 나다	흔덕거리다	흔들거리다
혼꾸녕	혼	흔데	부스럼
혼내키주다	혼내 주다	흙디	흙덩이
혼다발나다	혼쭐나다	흙디비기	흙투성이
혼떠배기나다	혼쭐나다	흙지, 흙쟁이	쟁기
혼차	혼자	흙투시	흙투성이
홀딱 삐끼다	홀딱 벗기다	흙튀배기	흙으로 범벅이 되다
홀애비	홀아비	희나리, 흰알이	흰 빛을 띠는 불량고추
홀캐미	옭	희멀끔하다	희멀건하다
홀키다	홀리게 하여 상대를 유인하다	희방놓다	훼방놓다
홀태바지	짝 달라붙은 바지	희안하다	이상하다
홉되	곡식을 계량하는 작은 되	희쭈구리하다	빛이 바래거나 표정이 좋지 않다
홋깝디기	홑껍질	희카리	버캐
홍재만나다	횡재하다	흰디	흰둥이, 백인
홍재수	횡재수	히가 동하다	회충이 뱃속에서 움직이다
홍진	홍역	히깨비	허깨비
홍침하다	잘 잊어버리다	히꼬지하다	해코지하다
홑창	홑청	히꾸무리하다	희끗하다, 흐리다
화경	볼록렌즈	히꾼데로	헛군데로
화근내나다	타는 냄새가 나다	히꾼두로	딴 곳으로
화따구	화	히다, 히지다	헤어지다, 파하다
화루, 화리	화로	히덕시거리하다	빛깔이 바래어 회색빛을 띠다
화상이다	똑같다	히딱 접어지다	훌떡 뒤집어지다
화전가다	봄꽃놀이 가다	히딴데	헛군데
화토	화투	히딴짓	엉뚱한 짓
화통하다	이해심이 넓고 성격이 시원시원하다	히떠개비	몸이 말라서 가벼운 사람
확	절구통	히떡까지다	벌렁 넘어지다
확주패다	사정없이 두들겨 패 주다	히마리	힘
활칠	되는 대로 얼룩덜룩 칠함	히방놓다	훼방놓다
황이다	아무것도 없다	히벌름하다	틈이 좀 벌어져 있다
회차리, 회추리	회초리	히비파다	후벼파다
후라이, 뻥, 구라	거짓말	히빠늘, 시빠늘	혓바늘
후루레기	목이버섯	히씨다, 히치다	쑤석거리다
후비파다	후벼파다	히안토 안 하다	비정상적이 아니다
후중거리다	물을 저어 흐리게 하다	히야, 응아, 흥아	형아
후지다	수준이 떨어지다	히야시	차게 한 것
후회막심	후회막급	히우다	헹구다
훌	확	히재비	허수아비
훌 뚜드리깨다	마구 두드려 깨다	히쭈구리하다	빛이 바래어 별로 좋아 보이지 않다
훌주 뿌리다	마구 뿌리다	히차리	회초리
훌주마서	여러 가지를 모아서	히초리	회초리
훌치기하다	몰이하다	히푸다, 히프다	헤프다
훌치다	한곳으로 몰아넣다	힘써다, 심쓰다	힘쓰다
휘염치다, 시염치다	헤엄치다	힛꾼데	헛군데
휘초리	회초리	힝핀없다	형편없다

사랑하는 김 병준군!

No. 1

군이 보낸 99부의 시집 "이른 아홉번의 맞선. 그리고 자리 보기" 제목도 특이한 김병준 시집 잘 받고. 매일 틈 있으면 아주 즐겁게 잘 읽고 있다네. 11월 10일 박은 번서 읽 적이 되도록 이제사 답장을 쓰게 되는구나! 병준군의 노력 고맙게 받는다. 글씨도 잘 쓰고 강병중 싸인도 좋구나!

우리 ○○ 여년의 역사는 가진 보고! 이곱짜기 사곤 학교에 뒤 '들꼬길'(P.63) 책받자가 가세 절러 빼고 … 군과 같은 시인이 낫 줄이야! 다시 이 문바우 시골에서 시곤 정서 풍기는 고추와 마늘 냄새 풍기는 '나는 조선인(P.24~25) 나는 조선인 나는 고추. 마늘이 그리운 뿐이다' (래방과 똑같아 조선인 여자이려 생각이 가끔 되고나) 자라온 '감솥에 닭똥 넣어 뒤불 돌리며 … 귀밖기 술 청잔에 … 정월 대보름 이오면'(P.31~32) … 감동 받언 신토불이 시대 … 쇠고기 밥 … 어머니의 비애(P.57)

농부의 볕은 된장멋. 농부의 넉근도 된장 빛 … 농촌 풍경(P.59)
○어머니의 비애(P.57~58) 너무도 읽는동안 콧등이 시큰 했단다 … !

사람 뒤에 사람 없고 … 연권이 젊은땅 … 고려의 법이 통화는 조국을 … 민주고의(P.37~38). "같은 하늘밑 같은 바다 멋, 제발 서살 성깔에 따러 따지지 말자" 같은 맽의 민족 쑥같은 푸른 민족 하번거 봐." 나의 조국(P.91~92) … 너무 너무 감동적인 군의 시! 한자 한자. 가 신감 나더라! 김 병중 66년생. 아직 어린 꼬마로만 생각나는데 … 어린 그 시절. 어쩌면 그렇게도 성생이 세계 있던 받이냐?

너부도 원통하게 고인된 군의 형 변치(3개) 생각! 첫쟁의 군의 사진 얼굴을 바라보니. 군과 누남 병운(2녀) 생각! 간접 하구나! 어제도 점촌 갔다 오다 뭉그리 고개 넘는 때 바다. 묵덤이 … 그렇게도 똑똑하고 영리하던 3군이 저자 멋노데 … 2군 병운이 6백년 제자 없는데 …

01. 신태식의 〈정미년 창의가〉

어와 세상 사람들아 금세 형편 들어보소

우리 이태조(李太祖)[1] 창업(創業)하여 오백 년 내려오며

오천 년 요순지치 이천 년 공자의 법도도

仁義禮智를 법을 삼아 三綱五倫이 분명하다

繼繼承承 내려온 德化[2] 八域[3]이 安頓[4]하다

임진왜란 병자호란 중간 기침 근심이라

泰西洋[5]이 이르기를 仁義 있다 칭찬하더니

누백 년 양반종사 리씨은우 뉘안인가

가슴에 싣난 피난 개인~~ 일반이라

죽자하니 어리석고 사자하니 셩병이라

주소로 잠못 이뤄 젼~반칙 누엇드니

불행할사 을사조약 五賊[6]이 弄奸을 부려

제멋대로 擅便[7]하여 山林川澤[8] 전수하니

---

1) 태조 이성계의 조선 창업을 이름.
2) 옳지 못한 사람을 덕행으로 감화함. 그러한 감화.
3) 八道의 옛표현으로 온 나라를 이름.
4) 사물이나 주변 따위가 잘 정돈됨. 마음이나 생각 따위가 정리되어 안정됨.
5) '西洋'을 예스럽게 이르는 말.
6) 구한말 을사조약을 체결에 가담한 이완용 등 다섯 명의 매국노.
7) 제 마음대로 처단함.
8) 산과 숲과 내와 못.

天地도 晦盲[9]하고 日月도 無光[10]하다

국가가 요란한데 蒼生[11]인들 편할손가

수백 년 兩班宗嗣[12] 이씨왕조 덕택 아닌가

가슴에 끓는 피는 개개인이 모두 같아

죽자하니 어리석고 살자하니 병날 것 같아

밤낮으로 잠 못 이뤄 輾轉反側[13] 누웠더니

柴門에 개 지~며 喧譁之聲[14] 撓亂하다

門을 열고 探問하니 關東大陣[15] 警通이라

二千萬 우리同胞 晏然이 잇단말가

軍律을 當치말고 하로밧비 出頭ᄒ소

칼을 집고 이러서~ 本邑[16]을 들어가니

重南陣이 先着하야 賊兵을 消滅이라

翌日에 行陣하여 葛坪場터 들어가니

討伐隊 數百名이 北陽寺로 넘어온다

湖左陣 付合ᄒ여 終日토록 接戰[17]ᄒ니

彼此死亡 未判ᄒ고 날이~미 저문지라

용못 와 밤새우고 五名을 살오잡아

卽地에 목을 비혀 萬軍中에 回示하니

心中에 싸인忿心 萬分之一 풀릴손가

---

9) 보이지 않게 어두움. 세상이 어지러워 막막함.
10) 빛을 잃어 어두워짐.
11) 세상의 모든 사람.
12) 양반 종가 계통의 후손.
13) 이리저리 뒤척인다는 뜻으로 걱정으로 마음이 괴로워 잠을 이루지 못함.
14) 마구 지껄여 시끄럽게 떠듦.
15) 의병대장 重南 李隣榮(1868~1909)은 1895년 민비시해와 단발령 등에 반발해 유인석, 이강년 등과 의병항쟁을 벌이지만 1896년 여름 고종의 의병 해산령에 따라 문경에 은둔했다.1907년 군대해산, 광무제 폐위 등으로 강원도에서 2천여 의병을 일으킨 이은찬 등이 지휘자로 모시려고 간청했으나 부친의 병을 이유로 거절하다, 1907년 7월 25일 의병원수부를 설치하고 관동창의대장이 되어 곳곳에 격문을 보내 창의를 독려했고 그해 11월, 13도 창의대진소 원수부를 설치 총대장이 된다. 1908년 1월 28일 허위 군사장에게 군무를 위탁 사임하고 이후 1909년 6월 7일 체포되어 경성감옥에서 교수형에 처해졌다.
16) 고향인 문경시 문경읍.
17) 문경시 문경읍 소재 葛坪, 일명 갈벌. 1907년 9월 10일 이곳에서 의병들이 永谷義規, 三原 소위 아군이 이끄는 군경 혼합부대가 싸워 크게 승리하였으며, 일본 부대는 패주하여 후퇴함.

집으로 도라와서 이틀을 留한 後에

行裝을 수습하야 故鄕을 離別흘 제

山川도 설어하고 草木도 悲悵한 듯

荊卿이 易水갈 제 不復還노래[18]로다

自古로 英雄烈士 오날~ 適當ᄒ다

慶卿이난 내가 되고 荊溪水난 易水로다

冠帽 하나 우산 ᄒ나 집신 감발[19] 憔悴ᄒ다

이틀에 豊基가서 叔姪[20]이 相面ᄒ고

竹嶺재 올나서~ 丹陽을 向望ᄒ니

雲水山 壯흔 精氣 禹域[21] 洞 氣像이라

島潭三峯 소신바우 刀戟이 分明하고

만낙江[22] 흘은 물은 嗚咽之聲 宛然하다

뒤쓸을 들어가니 趙氏家이 입~햇네

一家집 婦女 한분 젼지도지 샥여나와

반가이 迎接하니 敦睦之誼 寬厚하다

달잡고 밥을 지어 留해가라 挽留하네

四五百里 他關客地 이안이면 누그래리

二三日 留한 後에 가노라 ᄒ직ᄒ고

商山가 召募하니 多不過 百名이라

雲崗을 보랴ᄒ고 寧越上洞 들어가니

반갑다 인사ᄒ고 領率불너 分付ᄒ되

선거럼에 北進하야 丹陽邑 달여드니

五六名 男女倭人 哀乞ᄒ고 비난구나

---

18) 易水는 중국 하북성의 강으로 燕나라 검객 荊軻가 진시황을 죽이기 위해 易水를 건너기 전 남긴 시 風蕭蕭兮 易水寒 壯士
　　一去兮 不復還(바람은 쓸쓸하고 역수는 차가운데, 사내 한번 가면 다시 돌아오지 않으리)에 출진하는 마음을 비유함.
19) 버선이나 양말 대신 발에 감는 좁고 긴 무명천.
20) 당시 4종숙 明祐 씨가 풍기군수였음.
21) 중국 우임금이 치수한 지역이라는 뜻으로 넓은 중국 영토를 이르는 말.
22) 萬岳江 단양의 팔경이 위치한 남한강 지류.

一令에 結縛ᄒᆞ여 將垈에서 炮殺ᄒᆞ고

官廳에 徙處ᄒᆞ고 소자바 饋軍ᄒᆞᆫ 後

翌日에 行軍하여 고리쏠 들어가니

成判書집 大小家~ 士夫風效 寬厚ᄒᆞ다

소잡고 밥을짓고 썩을쳐서 饋軍하니

愛國思想 잇다ᄒᆞ도 이地境은 쉽잔컨네

이틀을 쉬고나니 四方에 檄書로다

討伐隊 五百名은 醴泉으로 너머오고

守備隊 四百名언 原州堤川 덮허오고

馬兵隊 百餘名은 忠州淸風 드러온다

매바우 留陣ᄒᆞ고 鐵銅갓치 단속할제

旗號를 놉히달고 喧譁[23]를 一禁하라

各將官 聚立ᄒᆞ고 軍令을 傳布할제

本陣先蜂 全世榮은 竹嶺을 防禦ᄒᆞ고

湖左先蜂 河漢西은 將任을 收拾ᄒᆞ고

左翊右翊 突擊將은 西嶺을 堅守ᄒᆞ고

前軍後軍 左軍將은 南垈에 蟄伏ᄒᆞ고

司令遺格 中軍將은 中央에 留陣ᄒᆞ되

賊兵이 乘勢ᄒᆞ니 一時에 炮放ᄒᆞ라

軍令을 어긴 者는 私情업시 斬ᄒᆞ리라

未時末 申時初에 天地가 뒤눈난다

속小炮 기관炮는 탄알이 비쌀이요

千步大[24] 去來大는 소래가 霹靂이라

火藥煙氣 안개되여 東西를 難分일네,

四五일 지내도록 勝敗를 不分트니

23) 마구 지껄여 시끄럽게 떠듦.
24) 영조 1729년에 尹弼殷이 발명한 총의 이름.

七十餘戰 싸온 後에 賊兵이 退陣ᄒ네

軍士를 收襲ᄒ니 銃마진 者 七八이라

敵兵을 收斂ᄒ니 數百名 死亡일세

翌日에 行陣ᄒ여 寧越邑 들어가니

老牧과 擄掠ᄒ든 趙東圭가 留陣ᄒ네

將坮에 坐起ᄒ고 趙哥을 拿入[25]ᄒ여

坮下에 싶여놋고 嚴刑으로 問招할제

네 罪를 네가알면 죽난 것을 恨을마라

爲國도 하려니와 蒼生을 건지랴고

萬民을 揮同하여 義陣으로 단니면서

閭閻의 노략ᄒ고 人民을 逼迫하니

賊兵에 우심이라 살려두든 못하리라

先蜂씨겨 목을비여 萬民에 懲習ᄒ고

그 時로 行陣하여 花落岩 올나가니

端宗大王 묘신 侍女 形迹이 宛然하다

古事를 生覺ᄒ니 感悵 悲懷 새로워라

大化方林 얼는지나 江陵상 넘어서~

李海秀집 드르가니 點心참이 되난지라

魚卵을 고배[26]ᄒ고 滿盤珍羞 차려내네

作別ᄒ고 이러서니 날이~미 夕陽이라

盉密한 竹林속에 賊兵이~러난다

一馬場[27] 웨통길에 속새砲을 거러노니

顚之倒之 다라날제 죽난 者가 太半이라

二十里 退陣ᄒ니 層岩絶壁 當頭햇네

數百名 賊兵들이 벌삭갓치 다라오니

25) 죄인을 잡아들임.
26) 高排 과일이나 과자, 떡 따위의 음식을 그릇에 높이 괴어 담다.
27) 마장은 거리의 단위로서 오 리나 십 리가 못 되는 거리를 이름.

갈길이 茫然ᄒ여 사라날 곳 바이읍다

雲崗前軍 尹起英이 헐길업서 自訣하네

三陟ᄉ 넘어가니 人家가 바이업다

山川은 高峻ᄒᆫ대 海風은 참도찰사

雲崗을 依지ᄒ여 바위밋헤 밤지내고

中軍을 指揮하야 前軍將 運喪ᄒ라

五六百名 軍卒들이 베신어 건해쓰니

機具도 壯할시고 滿山遍野[28] 喪制로다

堤川와 安葬ᄒ고 祭文지어 慰勞하고

怨恨을 抑制ᄒ고 聚軍하여 도라서~

忠州牧溪 留陣하고 四五近邑 募集하니

擔銃하고 오난軍士 千有餘名 되난구나

東倉으로 斥候노코 彈琴坮 올나가니

申將士 간곳 읍고 戰壘만 남앗구나

山川은 依舊ᄒ여 愁色을 씩여잇고

江水은 潺~ᄒ여 嗚咽之聲 쓴이로다

遺名[29]은 다를망정 寃憶之心 一般이라

炮軍불너 소를잡아 祝願하여 祭지낼제

岩上에 놉흔 旗발 左右를 둘너싸고

將卒에 壯한 刀戟 日月을 戲弄ᄒ다

싸리재 넘어와서 堤川와 宿所하고

蔚珍平海 나려가서 申乭石이 相面하고

그 길로 行陣ᄒ여 望鄕亭[30] 잠간보고

三陟ᄉ 드러서~ 竹西樓 올나가니

---

28) 산과 들에 가득함, 사람이 많음을 비유적으로 하는 말.
29) 幽明(어둠과 밝음 즉, 저승과 이승을 이르는 말)의 오기로 보임.
30) 통천의 叢石亭, 고성의 三日浦, 간성의 淸澗亭, 양양 洛山寺, 강을 鏡浦臺, 삼척 竹西樓, 평해의 越松亭과 더불어 관동팔경
　　의 하나인 울진의 望洋亭을 이르는 것으로 보임.

樓閣도 조커니와 風景이 더욱좃타

前後左右 題名書는 古來騷客 興趣로다

眼前에 萬頃蒼波 一望無地 廣闊흔대

波濤는 山을 넘고 水光은 接天일네

길우에 선난 石碑 眉叟先生[31] 退潮碑라

碑文을 보랴흔들 去路가 忽急하다

安東西壁 留陣흐니 敵兵들이 드러온다

終日토록 接戰해도 彼此死亡 업난지라

退陣흐야 물너서~ 晝夜倍道[32] 하난구나

永春邑 드르가니 날이 이미 발난지라

無心이 밥바드니 左右伏兵 이러난다

許多한 將官軍銃 手足을 놀일손가

風雪은 蕭瑟흔대 大江을 臨햿구나

죽음이 泰山갓고 건내는 者 死境일네

진밧와 聚軍흐니 多不過 四十이라

雲崗이 샹을 치며 痛哭흐며 흐난말이

千之亡我[33] 分明흐지 非戰之罪 아니로세

踪跡을 隱匿흐고 七十里 行軍흐여

堤川 桃洞 드러오니 닭이~미 우난지라

人家가 너쏀이냐 深邃흐고 閑寂흐다

하로를 쉬려허고 脫身[34]흐고 누엇드니

討伐隊 數百名이 鐵銅갓치 웨워싸네

칼을 들고 나서보니 彼我陣이 渾合이라

劒戟으로 單兵接戰 大將목 비여들고

---

31) 御製詩와 李 珥, 삼척 목사를 지낸 許 穆이 쓴 죽서루기 등을 비롯한 13개의 편액과 현액이 걸려 있음.
32) 이틀에 갈 길을 하루에 걷다.
33) 아무 허물없이 저절로 망함. 천망아도 같은 뜻임.
34) 상관하던 일에서 몸을 뺌.

東坮하고 退陣ᄒ여 雪中에 몸을피고

다시금 드르가서 戰陣을 探向ᄒ니

生擒者가 二十이요 死亡者가 三十이라

쉐먹이를 드르가니 義陣이 密~ᄒ다

從士보내 探問ᄒ니 後軍將 鄭海昌이

餘卒을 收拾ᄒ고 大陣을 기다린다

그길로 付陣ᄒ여 운주제골 들으가서

소잡아 饋軍흔후 三日後 行軍홀제

行道官 불너내여 잣두로 斥候ᄒ라

黃昏에 드르가니 一村이 다모엿다

申密陽집 大小家~ 面~이 반색이라

밤내로 썩을치고 달잡고 밥을ᄒ네

留해가라 挽執ᄒ니 百代之誼 敦厚ᄒ다

村人으로 指路ᄒ야 金火屯 올나가니

平昌으로 連絡憲兵 두놈이 오난구나

영솔에 趙守安이 別炮에 金雲先이

伏地ᄒ고 하난 말이 敵兵 두놈 當頭[35]ᄒ니

小卒에게 命令ᄒ면 軍令章에 다음두고

一放에 砲殺ᄒ여 帳下에 바치리다

적다고 壓視[36] 말고 克力하야 大敵ᄒ라

第一에 失數ᄒ면 軍令施行 當ᄒ리라

軍務委員 이른말을 心中에 잇지말아

聽令ᄒ고 물너서~ 六穴砲 몸에 넛고

服裝버서 짐에 넛코 보통이를 쓰려지고

手巾으로 頭上싸고 집팽이를 싈을면서

---

35) 迫頭와 같은 말, 기일이나 시기가 가까이 닥쳐옴.
36) 남을 멸시하거나 만만하게 넘봄.

바람마진 病身처럼 비틀~~ 건너간 後

麥食境³⁷⁾이 채못되여 砲聲이 浪藉ᄒ다

先蜂을 指揮ᄒ야 山上에 올나보니

두놈을 炮殺ᄒ고 機械收拾 ᄒ나이다

行軍ᄒ야 들어가서 田學子집 徙處³⁸⁾하고

領卒別炮 불너들려 二百兩式 賞給ᄒ고

時計돈푼 잇난 것은 別給으로 너가저라

酒店에 술을걸너 한잔식 먹인 後에

公新院서 밤지내고 羽香山 들으가니

人家는 稀少한 대 處~에 義陣이라

七陣이 付合ᄒ야 襄陽邑 嚴殺³⁹⁾ᄒ니

兵參에 守備隊들 銃들고 내닷는다

數三千名 將官軍卒 겹~이 웨워싸고

一時에 沒放⁴⁰⁾ᄒ며 鼓喊하고 달여드니

藉雲洞 안개속에 天地을 未分하고

天動갓흔 銃소래에 山川이 뒤눗난다

一合이 채못되여 賊兵이 消滅이라

官廳에 徙處ᄒ고 財産을 收拾ᄒ니

廣木이 두수래요 四十萬兩 葉錢이라

그 外에 許多之物 엇지다 記錄ᄒ리

四五日 留흔 後에 斥候將 指路⁴¹⁾ᄒ여

萬物篁 들으가니 壽石怪石 壯觀일네

石上에 안진 石佛 眉目이 天性일세

絶壁에 흐른 瀑布 銀河갓치 훗허지니

---

37) 食頃은 밥을 먹을 동안이라는 뜻이며 잠깐 동안을 이르는 말.
38) 거처를 옮김.
39) 掩殺 별안간 습격하여 죽임.
40) 총포나 폭발물 따위를 한 곳을 향하여 한꺼번에 쏘거나 터뜨림.
41) 길을 가리켜 인도함.

巢夫 許裕 問答ᄒᆞ든 箕山穎水[42] 恰似ᄒᆞ다

四方을 둘러보니 石面이 조종일네

글을지여 題名ᄒᆞ고 三日浦 넘어가니

海水는 隆~[43]ᄒᆞᆫ대 漁船이 密~ᄒᆞ다

새벽달 찬바람에 船人들이 작을지여

북을둥~ 울니면서 어기여차 닷감아라

旅館寒燈 客에마음 憾悵悲懷 절노난다

杆城ㅅᅡᆼ 들어가서 淸江亭 求景ᄒᆞ고

通川ㅅᅡᆼ 들어서~ 총석정 올나가니

海風은 屑~ᄒᆞᆫ대 元山가는 商賈船[44]이

쌍돗츨 놉히달고 羅繹不絶 往來하네

閭閻에 初見으로 그도 쏘한 壯觀일세

오며가며 數多戰場 歷~記錄 다못할세

死地出世 하온 사람 景槩處가 不當하고

心思自然 悵忽ᄒᆞ며 物色조차 有感ᄒᆞ다

長安 포훈[45] 兩大刹은 風景處 일넛근만

數百名 領率하고 求景을 다 할손가

추지령[46] 너머서~ 安邊邑 嚴殺[47]하니

兵參에 잇난 憲兵 四五人쑨이로다

生擒하야 잡아다가 장거리에 炮殺하고

鄕廳에 徙處하니 六房이 다나온다

一等妓生 鳳月이가 暎請으로 現身하네

姿色도 잇거니와 歌舞가 名唱일세

---

42) 중국 堯임금이 나라를 맡기고자 은자인 許由에게 청했으나 거절했으며 潁水라는 강에서 귀를 씻었다고 함. 이에 巢父가
그 말을 듣고 귀 씻은 물이 더럽혀졌다 하여 상류로 가서 소에게 물을 먹였고, 箕山에 들어가 은둔했다는 고사에서 유래.
43) 기운이나 세력이 왕성하다.
44) 商品을 싣고 다니는 그리 크지 않은 배.
45) 금강산에 있는 4대 사찰인 장안사, 표훈사, 유점사, 신계사 중 장안사와 표훈사를 의미함.
46) 강원도 통천군과 회양군 군계에 있는 높이 643미터로 중부 영서지방에서 관동, 관북지방으로 가는 태백산맥을 넘는 고개.
47) 별안간 습격하여 죽임, 掩殺.

四五日 消暢⁴⁸⁾하고 가노라 下直하니

鳳月이 눈물짓고 細聲으로 하난 말이

小女八字 기박하여 娼女로 들어와서

一夫從事 못하야도 心腸은 本心이라

厚德하신 使道德澤 사람하나 살여주오

好貪한배 안이은만 永絶⁴⁹⁾은 일안인 듯

古來로 英雄烈士 女寃이 詳審⁵⁰⁾處라

그리하라 許諾ᄒ고 行裝을 재촉ᄒ니

男服지어 變服하고 머리나려 뒤로싸고

銃대메고 바랑지어 賢哲이라 이름갈고

當番으로 뒤세우고 鐵嶺으로 올나갈 제

賢哲이 불너내여 甘言으로 달낸 말이

軟弱한 女子몸이 死地戰場 不可할 쏜

예전 人君⁵¹⁾ 唐明皇이 絶對佳人 楊貴妃를

馬嵬坡下 의土中⁵²⁾에 刀頭魂을 식혓시니

제게에 積怨이요 後世에 우음이라

네게로 돌아가서 數月을 잇게되면

天下을 平定하고 너를 分明 달여가마

賢哲이~말 듯고 한숨짓고 일어서~

毒하도다 嶺南兩班 엇지그리 木石이요

가노라 下直하고 선녀이 도라서니

虛薄한 壯夫心腸 悵盍之心 업실손가

金化金城 얼는지내 楊口 下隣들어와서

---

48) 가깝한 마음을 풀어 후련하게 함.
49) 아주 끊어져 없어짐.
50) 속속들이 자세하게 살핌.
51) 임금.
52) 당나라 시인 백거이가 지은 장한가의 칠언고시 중에 나오는 문구로 '馬嵬坡下 泥土中(마외파 언덕아래 진흙땅 그 장소엔) 不見玉顔 空死處(옥안은 볼 수 없고 죽은 곳만 쓸쓸하다)'의 뜻.

하로를 留한 後에 洪川으로 넘어가니

賊兵이 길을 막아 晝夜로 接戰혼다

彼此死亡 太半인대 軍卒이 勞困키로

橫城으로 退陣타가 억개를 마자구나

將官軍卒 聚立하야 雲崗에게 傳任하고

窮峽으로 드러와서 避身하고 調理할 제

다래순 국끄리고 문메물 감자밥은

今時에 죽더라도 먹을수 숙혀 읍네

새틀바지 노랑머기 족지도지[53] 노래하며

우리 집에 손님와서 別食한다 자랑트니

콩고물 감자쏙을 別味라고 일캇드라

數十日 調理한 後 春川地境 너머와서

芳洞[54]을 探問하니 多不過 數十里네

先祖墳墓[55] 謁過ᄒ니 不肖之心 절노난다

화쳔관쳑 들어가니 賊兵이 嚴殺하네

이틀을 接戰하여 數十名 殺害하니

春川잇단 守備隊가 討伐隊로 合陣하여

山上에 陣을 치고 嚴殺하고 달여든다

士卒도 路困하고 藥丸이 乏絶이라

險路로 몸을 쌔여 晝夜로 行軍할제

胡地[56]가 不遠하야 西北風 참도찰사

말고개 넘서서~ 실운을 들어가니

山中人心 淳朴할사 白沸湯[57] 반갑도다

四五日 留連ᄒ고 軍卒을 쉬운 後에

---

53) 너무 좋아 손을 활기차게 휘두르며 춤추고 발과 다리가 뜀뛰며 춤춘다는 뜻, 매우 큰 기쁨과 감격.
54) 강원도 춘성군(현재는 춘천시로 편입됨) 서면 방동리.
55) 강원도 춘천에 있는 시조인 壯節公(신숭겸) 묘소를 칭함.
56) 오랑캐가 사는 땅, 흔히 중국 동북지방을 말함.
57) 아무것도 넣지 않고 맹탕으로 끓인 물.

楊根 砥平 斥候놋코 元帥府陣 차자가니

重南[58]이 반겨나와 손잡고 人事하네

皇勅을 의지하여 各陣에 警通일서

楊州山安 들으가니 津東陣이 先着일네

朴華南 閔兢鎬는 靑松에 留陣ᄒ고

南弼煥 金玄國은 伐村샹 留陣이라

三日을 留한 後에 報發이 羅繹ᄒ다

서울로 오난 賊兵 東頭네에 留陣하고

春川잇난 守備隊는 討伐隊를 揮同하여

抱川永平 올나올 제 義氣가 揚~하다

開城잇난 憲兵大將 馬兵을 領率허고

麻田積城 더퍼오며 濁亂이 無雙하다

曉頭에 밥먹이고 將卒을 揮同훌제

서울로 오난 賊兵 洞口를 防禦ᄒ고

그 나문 許多將官 各處로 分送할 제

山上에 놉히 올나 陣勢를 살펴보니

日本大將 장삼낭이 晧獜馬 놉히 타고

칼춤추며 들어올 제 揚~自得 하는구나

壯夫의 盃拂之心 忿心이 절노난다

노새를 잡아타고 萬軍中에 나아갈 제

개갓흔 倭敵들아 天時를 몰으나냐

聞慶사난 申大將이 너잡으로 예왓노라

一刻이 채못되여 敵將머리 비여들고

本陣으로 돌아오니 날이~미 黃昏이라

안자서 밤사우고 曉頭에 밥을지여

各處로 分送ᄒ여 賊兵을 對敵ᄒ라

巳時末 午時初에 玄德鎬 戰亡이라

各陣이 渾合하여 四山奔走 解散일네

餘卒을 收拾하여 廣岳山 들어가니

嶂谷도 深邃[59]할 샌 人心도 淳朴하다

春川으로 盂向하여 數朔을 留宿하니

加平잇는 守備隊가 물골노 올나온다

三日을 接戰해도 勝敗를 未分트니

左先蜂 姜昌根이 倭服裝 쑤며 입고

銃바리고 말을 타고 뒤으로 날여가서

업살하고 달여들어 大將을 被害하고

左右充突 드르오니 快活하기 測量업뒤

敵兵의 擧動보소 섁구로 銃대 메고

退陣하야 물러갈 제 哭聲이 震動하네

士卒을 收拾ᄒ야 番號식혀 聚立하니

軍卒亡者 七八이요 居民亡者 五六이라

섁싣어 영장하고 그 길로 行陣하야

淸溪洞 드르가서 金졍셩집 警通하니

무른 담이 적시하되 八百餘石 祿米왓네

翌日에 作米하여 士卒에게 賞給할제

섁씨기고 술얼 걸너 含哺鼓腹 놀고나니

抱川잇난 守備隊가 이를갈고 달여든다

죽기를 무릅쓰고 晝夜不得 接戰할 제

말굽은 紛~하고 霜雪은 滂~한대

우레갓흔 鼓角喊聲 左右山川 녹여낸다

陣勢를 살펴보니 賊兵이 勝~하다[60]

59) 깊숙하고 그윽함.
60) 싸움에서 이기는 형세.

旗를 돌녀 收軍하여 桃城岭 너머오니

雲崗이 손을 잡고 落淚하고 하난 말이

天運이 ~갓흐니 人力으로 못할지라

東峽으로 行陣ㅎ여 後軍中軍 맛낸 後에

다시 率軍 하고 와서 이 雪冤 ㅎ여보세

忿思亂[61] 이른 말이 이를 두고 이름이라

오날~ 이 離別이 僉意[62]에 엇드하오

初也에 나설 적에 죽기를 무릅쓰고

以死報國 하잔 마음 一時ㄴ들 이질손가

自意로 하다가서 勝敗를 當하리라

作別ㅎ고 도라서니 心身이 詰難ㅎ다

華南과 付陣하여 報價山 들어가니

人心이 不古하여 舟中이 敵國[63]이라

況~한 七夜半에 江山도 生面이라

細雨난 濛~[64]한대 伏兵이~러난다

東西를 不分한대 地形을 어이아리

松木下에 담요펴고 油端[65]덥고 누엇시니

地向읍시 가노라니 報價山 中특이라

寒風은 蕭瑟ㅎ대 四肢가 옴겨든다

苦極히 붑지내고 聚軍하야 돌아서~

利川邑 들어가니 邑樣이 雄壯하다

士卒이 勞困키로 三日을 留한 後에

斥候로 指路하여 고미탄 들어가니

五六十里 長谷속에 人家가 즐비하다

---

61) 疑思必問 忿思必難 의심이 날 때는 반드시 물을 것을 생각하고 성이 날 때는 반드시 어려움이 닥칠까 생각함(小學).
62) 여러 사람 의견.
63) 舟中敵國 배 속의 적국이라는 뜻, 한 배를 타고 있는 것과 같이 같이하는 사람이라도 적이 되는 수가 있음(사기).
64) 비, 안개, 연기 따위가 자욱하다.
65) 기름에 결은 두껍고 질긴 큰 종이.

深山窮峽 遍踏타가 別乾坤[66]을 初見일세

村人이 반겨나와 迎接하여 들어가니

간난 쌀로 밥을짓고 銀鱗玉尺[67] 반찬ᄒ고

귀리로 술을빗고 蔘芙草로 안주하니

食味가 淡泊할샌 香氣롭고 精潔하다

安貧樂道 허넌 모양 山中滋味[68] 極盡허다

점심먹고 行陣허야 新溪谷山 잠간 지내

遂安셩에 宿食허고 肅川邑 들어가니

憲兵하나 슌교 너이 四山奔走다라난다

客舍에 留陣하고 一夜를 지닌 後에

熙川으로 斥候노코 狄踰嶺[69] 當頭허니

안밧겨 四十里의 人家가 바이업다

원집의 잠을자고 翌日의 느므가니

六房이 다나와서 欣然이 迎接헌다

소를 잡고 호군허며 留ᄒ가라 만졉허네

이틀 後 行陣허여 江界셩 드러셔~

의암[70]장셕 뵈온 後에 그곳셔 召募하니

一等炮軍 九百餘名 擔銃허고 오난구나

큰소 잡아 호군한 後 次례로 將官나니

軍禮도 溫全할샌 軍令이 嚴夙ᄒ다

七八日 지낸 後에 賊兵온다 報發왓네

二三日 接戰하니 彼此死亡 만흔지라

各其退陣 도라서~ 山谷에 留陣하니

先蜂이 來告하되 砲軍一名 被殺이라

---

66) 이 세상 밖의 다른 세상, 俗된 세상과는 딴판으로 아주 좋은 세상.
67) 은 비늘에 한 자 되는 고기, 좋은 물고기를 형상하는 표현.
68) 자양분이 많고 좋은 맛, 그러한 음식.
69) 평안북도 회천과 江界 사이에 있는 험한 재, 낭림산맥에서 갈리는 적유령산맥은 이 재를 중심으로 뻗침, 높이 963미터.
70) 義庵 柳麟錫 의병장의 호.

울나가 收斂하니 寧越잇난 金成道라

山上에 갓다놋코 붓들고 痛哭할 제

불쌍하고 慘酷하다 이를 엇지 하잔말가

不遠千里 날 좃차와 客地孤魂 되단말가

너의 父母 너 보낼 제 全體를 훌여잡고

累代로 常漢⁷¹⁾되어 나라일이 무엇이뇨

六男妹를 다 죽이고 너 하나를 晩得하여

甘苦를 갓치ᄒ고 暫時 離側⁷²⁾ 마잣드니

國家가 不幸하여 이 地境이 되난구나

날 죽이고 네가~지 살려두고 못가리라

厚德하신 大將使道 小女子息 노와주오

堂上에 鶴髮老親 엇지하여 奉養허며

腹中에 깃친 子息 依託할곳 全혀 업다

울음울고 辭說소래 내귀에 저~잇다

回軍길에 寧越들어 무엇이라 對答하노

江東弟子 八千人을 하로 밤에 다 죽이고

江건낼 낫치 업서 虞美人 손목잡고

彷徨하든 楚霸王⁷³⁾이 내아니면 뉘가될가

私處로 돌아와서 夕飯을 全廢하고

故鄕을 生覺하니 千餘里 길이로다

春日이 和暢흔대 싯도피고 입도피네

杜鵑鳥는 슬피우러 손의마음 撓動한다

心思을 抑制하고 月餘을 지내드니

朴華南이 令을내듸 領率불너 聚立하라

形便을 둘너보니 成事할 길 茫然ᄒ다

71) 상놈.
72) 부모를 떠남.
73) 우미인은 옛날 초황 항우의 애첩으로, 늘 항우를 따라다녔다고 함. 楚霸王은 중국 초나라의 항우를 높이어 이르는 말.

西間道 건너가서 上馬賊과 合陣하여

倭賊을 消滅하고 國權을 回復하면

國家에 忠臣이요 萬民에 榮光이라

令대로 行陣하되 二心을 먹지마라

千餘里 同往同來 同時死生 하잣드니

意表가 各~이라 分離가 適當하오

晏然이 作別하고 回軍하여 돌아서~

永平 東面 드러가니 左右에 親舊로다

五六日 쉬고나니 李彦贊에 警通이라

抱川셔 付陣한 後 廣陵뇌로 回陣허여

泰陵에 伏兵하고 이틀을 기다리니

서울로 오난 賊兵 報發이 丁寧[74]이라

馬兵이 四十이요 騎兵이 三十이라

탄환砂糖 시른 유마 五六匹이 넘는구나

上下로 埋伏하고 約束을 定할 적에

賊兵이 드러와셔 後軍이 싣치거든

一時에 呼軍하고 嚴殺하고 沒放허라

卯時末 辰時初에 陵아니 녹난구나

無心이 다가가셔 계어이 防禦하라

업더지고 折脚된 놈 팔졉치고 銃마진 놈

가다죽고 오다죽고 五十餘名 다잡앗다

오붓하고 快活함은 엇듯타 말할손가

유마에 실은 物品 雪糖이 절반일네

헐價로 放賣ㅎ니 軍士에 酒用費라

永平二洞 들어가서 사당이 留陣하니

四方이 고요하고 賊兵消息 바이읍다

<hr>

74) 틀림없이.

無心이 자노라니 銃소래 震動하네

呼角처 聚軍하여 大門밧게 나서보니

數百名 賊兵들이 後園을 덥푼지라

田野로 가노라니 都先蜂 戰亡일네

붓들고 痛哭한들 죽은사람 살일손가

數步를 채 못가서 다리를 마잣구나

砲軍에 등에 업혀 山上에 올나갈제

走馬갓치 ᄲᅡ라오며 가지마라 소래하네

左先蜂 姜昌根아 내말을 잇지마라

우리가 이래다는 沒死죽음 할터이니

나는 임이 죽거니와 너의들은 사라가셔

賊兵退陣 하그들낭 내 신체 차자다가

네손으로 斂拾하여 向陽之地 뭇어놋코

내집으로 기별하여 魂歸故國 식혀다고

죽난 事情 보지말고 날 바리고 밧비가라

將官士卒 달여들어 붓들고 痛哭할 제

죽으면 갓치 죽지 使道 두고 못가갯소

이 情曲⁷⁵⁾ 이 경상⁷⁶⁾은 木石도 感動일네

日月도 慘憺하고 山川도 悲悵한 듯

賊兵이 갓가오니 아니가든 못하리라

ᄲᅡ지고 가는 경상 鬼神도 遺感ᄒ다

守備隊 달여들어 銃대 셰고 軍刀 쎅고

가마안에 집어너혀 永平邑 들어갈제

憲兵大將 종견이가 畵像을 내여들고

誤着은 아니갯지 申議官이 分明ᄒ다

<hr>

75) 간곡한 정, 心曲.
76) 經常 계속하여 그치거나 변하지 않음.

萬里他國 戰爭와서 大將하나 자밧시니

國家에 忠臣이요 賞與金도 不少찬타

우리나라 運數조화 處~에 勝戰일세

우슴 웃고 질겨ᄒ며 노래ᄒ고 춤을춘다

忿心이 復發하나 四肢업난 둥거리라

용맹도 씰ᄯᅢ업고 造化도 虛事로다

마로방에 누엇시니 戰兢症이 졀노난다

一身에 流血이요 아푼 대가 頭痛일네

八九日 寂然터니 서울로 올나가라

白鷺洲 드러가니 萬歲橋 겻치로다

風景도 죳커니와 山水가 더욱 죳타

沃野千里 너른 덜에 大村이 졀비하다

平日래 過此하면 詩興도 나련마는

싯업난 거럼이라 悵然之心 쑨이로다

솔모로서 點心먹고 築雪領 올나서~

京城을 瞻望하니 悲悵하고 可憐ᄒ다

三角山 第一峰은 愁雲이 덥혀 잇고

南山嶂頭 烽火트는 霧炳이 잠을 잔다

議政府서 歇脚⁷⁷⁾하고 다락원 너머서~

東小門 드러가니 半日이 너문지라

博石堆 너머가니 宗廟담이 겻치로다

墻垣⁷⁸⁾은 무너지고 愁雲이 참담하다

鐘路로 올나가니 萬人이 落淚하네

裁判所로 드러가니 魚頭鬼面⁷⁹⁾ 列坐로다

---

77) 잠시 다리를 쉼.
78) 담장.
79) 고기 대가리에 귀신 상판때기라는 뜻으로 怪常罔測하게 생긴 얼굴을 형용하는 말.

內亂強盜 罪名으로 處絞[80]가 맛당하니

監獄으로 나려가라 號令이 서리갓다

忿心이 命門[81]막아 말할 수 전혀 업서

麥食境 鎭定하여 精神을 가다듬아

司訟床압 드러서~ 큰 소래로 吐罪할 제

以臣伐君[82] 한적업고 國穀偸食[83] 안햇그든

內亂이 무엇이며 白晝衝火[84] 아니하고

殺人奪財 안해그든 强盜가 웬말이뇨

兩班凌辱 너무 말고 時刻內로 죽여다고

凶慝한 伊藤博文 大鳥圭介 도희씨겨

滿洲大滿 偸적하고 朝鮮降書 차자올 제

萬國에 公布하고 自主獨立 식힌다고

億兆蒼生 旋同씨겨 甘言으로 쇽우드니

統監이라 自稱하고 國權을 휘여잡고

姦臣을 요래하여[85] 山林川澤 勒奪하니

千斬萬戮[86] 앗갑잔코 殺之無惜[87] 맛당하다

杰念을 못이기여 司訟床을 훌처 치니

巡禁이 달여드러 捕縛하여 스러낸다

監獄으로 나려가서 漠~히 안자시니

빈지싹 벽돌담에 찬바람 蕭瑟하다

건너 山 杜鵑鳥는 不如歸로 밤새우고

---

80) 교수형에 처함.
81) 몸을 지탱하는 물질을 다루는 기관으로 가슴뼈 아래 오목한 부분인 명치.
82) 신하로서 임금을 침.
83) 공금이나 公穀을 훔쳐 먹음.
84) 벌건 대낮에 일부러 불을 놓음, 衝火賊은 남의 집에 불을 지르고 재물을 빼앗아 가는 도둑.
85) '요리하여'가 줄어든 말.
86) 천번 목을 자르고 만번 죽임.
87) 죽여도 아깝지 않다는 뜻으로 죄가 매우 무거움을 이르는 말.

;절경퇴 胡笛[88] 聲은 옥수심회[89] 도아낸다

庭樹에 부는 바람 寃恨을 알웨난 듯

분국에 맷친 이슬 義兵눈물 안일는가

國運이 不幸키로 이를수가 잇단말가

忠義烈士 몃~치며 亂臣賊子 몃~친고

聰明이 過人[90]키로 歷~히 다 알손가

萬古忠臣 崔勉菴은 對馬嶋에 餓死ᄒ고

事君節忠 李儁氏는 萬里他國 和蘭[91]가서

萬國公會 列座中에 肝을내여 피을 품고

閔忠貞[92] 樓軒閣에 死節竹[93]이 自生일네

마듸~~ 忠節이요 葉~히 義字되고

생게 大將 元龍八[94]은 原州獄에 餓死ᄒ고

白頭書生 安重根은 數萬餘里 하루빈에

伊藤博文 弑害하고 旅順口에 處絞당코

平壤兵丁 金鳳學氏 제 가슴을 제가 노아

萬人에게 公布하고 營門압헤 伏死하고

領相에 趙英河氏 內侍에 柳在鉉氏

甲辰年 四兇亂[95]에 慶運宮에 腰斬하고

國內大臣 李敬直氏 營門大將 洪在熙氏

慶會樓 殿閣압에 三浦에게 被殺하니

부분은 다를 망정 愛國思想 一般이라

淸州大將 盧炳大氏 大邱獄에 餓死ᄒ고

88) 국악기인 날나리.
89) 獄囚心懷 옥에 갇힌 사람의 마음속의 생각.
90) 보통 사람보다 뛰어난 사람.
91) 헤이그의 한문식 표기로 보임.
92) 고종 때의 문신인 민영환의 시호.
93) 목숨이 끊어져 죽은 후 생겨난 대나무.
94) 三戒는 의병대장 원용팔의 호이며 1895년 여주에서 봉기, 1905년 국권침탈에 반발, 재의거해 감옥에서 숨을 거둠.
95) 1884년 甲申年 갑신정변을 일으킨 김옥균, 서광범, 박영효, 서재필 등에 의해 생도와 장사들을 시켜 知中樞府事 조영하, 내시 류재현 등을 대청에서 죽이게 한 사건.

英陽大將 申乭石氏 原州特務 閔兢祜[96]氏

정선大將 南弼煥氏 春川大將 李炳相氏

湖左右軍 邊鶴基氏 生擒하야 被殺하고

陣東大將 許蔿氏 湖左大將 李康秊氏

關東大將 李麟英氏 加平大將 朴來鳳氏

丹陽大將 李明相氏 楊州大將 鄭龍大氏

關東中軍 李彦贊氏 湖左中軍 金相泰氏

本陣中軍 柳齊七氏 原州中軍 金鉉國氏

丹陽中軍 趙弼煥氏 楊州中軍 金錫永氏

本陣參謀 嚴海尹氏 平壤書生 李在明氏

處絞는 當햇시나 遺芳百歲 안이될가

人在名 虎在皮가 이에 適當한 말일세

四凶은 뉘가 되며 五賊[97]김영위 朴泳孝와 吏曹參判 金玉均이

제조에 徐光範이 參議에 徐載弼이

內部大臣 李在龍이 軍務大臣 朴齊順이

農商大臣 宋秉俊이 外部大臣 李完用이

議政大臣 韓圭卨이 七諫은 뉘가 되며

八賊은 뉘가 되며 國內大臣 閔炳錫이

軍務大臣 李柄茂며 國內讚政 閔永基며

全權大臣 李遐永이 軍務讚政 權重鉉이

萬古姦臣 尹泰永이 中樞院將 金加鎭이

軍務總長 李根倬이 遺醜萬年[98] 되오리다

밤이~미 기퍼기로 抑制하고 잠을 자니

無情한 빈대벼룩 벌썩갓치 달여든다

---

96) 閔肯鎬 씨의 誤記로 보임.
97) 을사조약 체결에 가담한 다섯 명의 매국노로 외부대신 박제순, 내부대신 이지용, 군부대신 이근택, 학부대신 이완용, 논
　　상공부대신 권중현을 이름.
98) 더럽고 추한 이름을 후대에 만년까지 남김.

絞抬에 鬼哭聲은 사람心身 驚動하네

五六朔 지낸 後에 永平서 등소⁹⁹⁾왓네

裁判所서 呼出트니 三等 減해 七年이라

四五年 苦極함은 口不可 形言일네

조흘시고 壬子七月 睦仁¹⁰⁰⁾이가 絶命일네

우리가기 밧부자냐 日本運數 다되기를

晝宵로 仰祝타가 所願成就 되어시길

이아니 질거우며 엇지아니 快樂할가

十二月 十八日에 本監에서 呼出왓네

典獄室 드러가니 교호사 演說이라

特赦章 내여주며 放免이라 稱讚하네

門박게 나와 보니 眞夢을 未分일네

盛德하신 우리 父母 慈愛도 남달나서

不肖한 이 子孫을 晝宵로 誦祝ᄒ사

天德을 빌어나서 日月을 다시 본 듯

昔事를 推仰ᄒ니 怨恨之心 새로워라

餘厄이 未盡하여 寸步가 相難하다

二十里를 終日와서 路中에 누엇시니

永平親舊 三四人이 서울로 오난 길에

내 模樣을 것더보고 申議官이 아니신가

손잡고 落淚하며 져성 親舊 다시 보내

말을 태와¹⁰¹⁾ 압세우고 四五人이 扶握하여

永平 東面 드러가니 男女老少 다 나왓다

數三朔 調理하니 本形像이 도라온다

---

99) 等訴, 等狀 같은 말로서 여러 사람이 이름을 잇대어 써서 관청에 어떠한 요구를 하소연하는 일, 청원서.
100) 明治(메이지)라는 연호를 쓴 일본의 122대 텐노 무쓰히토(牧仁). 1867년 16세의 나이로 즉위하여 청일전쟁과 러일전쟁
　　을 승리하면서 절대주의적 왕정국가를 완성시켰고 1912년 7월 30일 사망함.
101) 말을 태워.

鐵原잇난 崔參奉은 平日에 義兄弟라

前처럼 차자가니 훌처잡고 드러간다

옷을 주고 挽執하기 月餘을 留宿하니

衣幣가 自甚할분 厚待가 不安하다

집으로 오느라고 서울로 올라 와서

主人집에 잠을 자고 發行次로 써낫드니

居昌사는 金主事는 前日 사귄 親舊러니

偶然이 그를 맛나 내집으로 가자하기

아모리 恩急하나 행~이 못갈너라

내집이 狹窄하나 倏~[102]이 못갈이라

자네 所遣 아라시나 風俗이 다른 故로

一次相面 못햇시나 情理에 泛然[103]한 듯

積年喫苦하든 餘毒 行役을 急히 하면

能力도 不足할 쏀 成病도 될거시니

數十日 調理한 後 完~이 發行하라

信誼로 挽執하니 고맙고도 感謝ㅎ다

날만한 이 사람을 뉘가그리 寬曲할가

안밧기 如一하여 待接이 寬厚하다

月餘을 묵고 나니 身世가 泰山이라

後日報恩 할지라도 當場厚對 不安하다

晏然이 作別하고 구리개 을는 지내

光化門 第一樓에 완년이 올나 서~

長安을 구버 보니 憾慨之心 새로워라

慶會樓 光化門은 樓閣만 남아 잇고

春塘坮 옥유쳐는 쑥밧치 되어 잇고

---

102) 갑자기, 매우 빨리 내닫는 모양.
103) 차근차근한 맛이 없이 데면데면함, 또는 그 모양.

德壽宮 大漢門은 蕭條하고 悲悵하다

南北村 故家世族 痕迹이 바이 없다

벽돌담 二層집은 四方에 왜놈이라

國家가 업섯시니 다시 오기 杳然하다

三角山아 잘잇그라 漢江水야 언제 볼고

송파강 얼는 지내 利川邑 留宿하고

장원장 求景하고 丹陽邑 자고 나서

竹嶺을 올라 서니 豐基邑이 머잔쿠나

北門通 드러서~ 기침하고 소래하니

四從叔母 同壻分이 버선발로 쒸여나며

살아서 참왓는가 죽어 靈魂 안일는가

반갑기도 그지업고 질겁기도 測量읍다

甘酒하여 願을 풀고 버선 기워 발덥푸니

人事안든 집안니나 不安之心 읍실손가

數日을 留宿허고 故鄉으로 도라온다

百戰老卒 壯夫심장 國恩을 못다 갑고

獨行千里 무삼일가 無面渡江 내안인가

彔¹⁰⁴⁾~할사 同胞들아 非戰之罪 아니언만

桀紂風波 搖亂하다 堯舜世界 언제 볼고

醴泉邑 잠간 보고 龍宮邑 잠을 자고

咸昌邑 點心먹고 안은재 구버보니

山川은 依舊하여 나를 보고 반기는 듯

仁慈하신 우리 慈親 朝夕으로 바래시다

所願은 못 이루고 世上離別 하싯시니

九泉에 맷친 寃恨 何年何日 풀일손가

---

104) 변변치 못한.

泉坮[105]가 몃 萬里며 유명이 무엇인고

蹤跡을 은익하고 반기실 줄 몰으시네

不肖한 이 心腸도 愁悵之心 새로워라

胸격이 문어진 듯 骨節에 脉이 업서

痛哭하고 구불다가 如狂如醉 밋치갯늬

憶第하고 이러서~ 村前에 달여드니

一村이 모도 나와 우름우슴 泰半일네

妻子에 多情함은 옷깃 잡고 落淚하고

親族에 질겨함은 손목 잡고 우슴 웃고

더풀~~ 쇠여 남은 며나리 기상이라

人事들며 반긴 양은 여러 嫂氏 情曲[106]일네

瀰池[107]를 건너 가서 從叔母宅 들어가니

가진 飮食 차려놋코 寬谷히 권하실 제

肌傷도 되려니와 새도 맛참 窮節이라

햇콩 노코 밀개쪽은 고량진미 生覺읍다

抱子戱孫 낙을 삼아 農夫漁翁 조을시고

이 다음에 나문 말은 後錄記載 하오리다

* 〈참고〉 독립기념관 소장 두루마리 영인본을 원문대로 옛글체로 입력하고, 각주에 필요한 해설을 추가한 내용임.

105) 저승, 사람이 죽은 뒤에 그 혼이 가서 산다고 하는 세상.
106) 간곡한 정.
107) 도암의 생가가 있는 문경시 가은읍 민지1리는 한 개의 행정구역에 속하지만 하천을 사이에 두고 하천 안쪽 섬처럼 생긴 부락은 섬안 또는 島內洞이라 하고 이 곳에 생가가 위치하며 하천 건너편은 瀰池 또는 원민지라고 불린다.

02. 김상건의 〈신설지^(伸雪誌)〉

우리나라 산송소설^(山訟小說)의 효시는 작자미상의 〈박효랑전〉을 꼽는다. 18세기 초 성주에서 일어난 박효랑 사건은 순천박씨와 죽산박씨가 묘지 산송을 벌이다가 죽산 박씨家의 박수하가 억울하게 죽자 두 딸이 아버지의 원수를 갚고 정려를 받는 실록이다. 이 실록은 야담 및 한문소설 등으로 서사화되어 활자본 소설로 출판되었다.

산송사건으로 촉발된 억울한 죽음과 현실 권력에 대한 비판이 나타나기도 하고, 명문화된 법보다 효의 이념이 상위에서 작동하는 양상도 발견되며, 자신의 의지로 행동하는 새로운 여성상이 드러나기도 하여 그 가치를 높게 평가한다.

실화소설 〈신설지〉는 김상건^(1881~1971)이 국문과 한문으로 썼으며, 박효랑전보다 조금 늦은 18세기 후반 문경에서 일어난 산송사건이다. 순천 김씨 김성의家와 안동 김씨 김병옥家가 묘지 산송을 벌이면서, 여러 차례 소를 제기하지만 현감^(성주)이 이를 매듭짓지 못한다. 결국 피해자인 김성의가 고종 임금의 행차를 막고 격쟁 상소를 하자, 이에 질세라 김병옥도 허위 서류를 만들어 맞격쟁을 벌이며 두 가문의 처절한 다툼이 10여 년간 벌어진다. 특히 대를 이어 가며 다투면서 김병

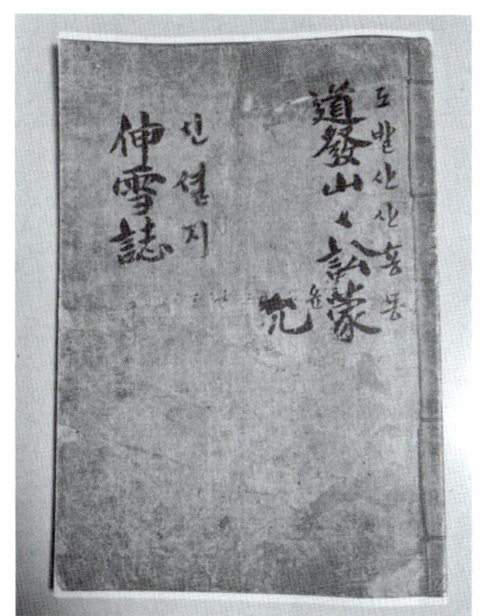

신설지 표지

옥의 사악한 권모술수와 칠백 석 권문세가에 맞서 김성의는 수많은 시련과 처참한 고초를 겪으면서도 종국에는 약자의 정의가 강자의 불의를 꺾는 해피엔딩으로 끝맺는다.

신설지의 산송 사건 속에는 당시 사회적 분위기와 탐관오리의 부조리가 곳곳에 드러난다. 그리고 몇 차례의 감옥살이와 귀양 등의 명령이 반복되면서 결국 기세등등하던 부자가 멸문지화를 맞게 되는 권선징악적 교훈을 남긴다. 당시 백성들의 억울함을 해결할 수 있는 창구로 〈신문고 격쟁〉이 이용되어 〈국민청원 제도〉로서 역할을 했다는 점에서 우리나라 민주주의가 이때부터 싹트기 시작했다고 볼 수 있다. 산송사건에 관련된 소장과 감결(공문), 업무와 관련된 현감과 수어사, 관찰사, 동부승지, 추조, 한성판윤 등의 업무분장 및 처리 절차 등이 비교적 자세히 상술되어 있다.

조선 시대의 3대 민사소송 사건으로 묘지소송, 노비소송, 전답소송으로 나뉘는데, 그중 열에 아홉은 묘지소송이다. 이것은 단순히 명당을 차지하거나 이권문제에 머물지 않고, 집안의 명예와 가문의 위상을 지켜 낸다는 후손의 도리같은 가치문제로 평가하는 사회현상이 목숨까지 건 송사로 확대되어 오늘에 전해지고 있다.

특히 〈신설지〉는 〈박효랑전〉에 버금가는 소설로서 필사된 한글본, 한문본과 상소문, 고소장, 감결 등을 후손들이 보존하고 있고, 신문고 격쟁 승소를 기념하여 지은 〈윤하정(允下亭)〉이라는 정자가 비지정문화재로 지정 관리되고 있다. 이 정자는 건축물보다는 〈신문고 격쟁승소 기념으로 지은 대한민국 최초의 정자〉이자 〈대한민국 국민청원 제도와 민주주의의 뜻을 담은 최초 유적〉이라는 평가받고 있으며, 오늘날 행정기관에서 운영 중인 국민신문고 역사를 증언해 주는 사료적 가치를 지니고 있다.

〈신설지(伸雪誌)〉 한글본

하늘이 열리고 땅이 생긴 후로 만물이 생겼으며, 그 가운데 사람이 으뜸됨은 삼강오륜이 있어 사람이 살아가는 예절을 갖추었음인데, 이를 이행치 못하면 새와 짐승과 다름이 없도다.

금수가 아니라면 오륜을 이행하여야만 가히 사람이라 할 것이니라. 이에 임금에게 욕됨이 있으면 절개를 지켜 목숨을 바치고, 선조에 욕됨이 돌아오면 자손은 효로써 정성을 다하고, 남편이 불행하면 여자는 열녀가 되고, 어른과 어린이와 붕우 사이에는 존경과 신의를 지키려는 뜻으로 죽는 도리도 있는 것이 만물의 영장이라 일컫는 사람의 행실인 것이다.

슬프다, 우리나라 이조 오백 년에 산변, 산송이라 하는 것은 최대로 큰 법률이라. 이는 의리가 있으면 좋거나 고운 풍습이 되고, 잘못하면 폐습이라 아니할까. 지금부터 구십 년 전⁽¹⁸⁸²⁾ 계미 4월 초순경 왕릉에 사는 김병옥^(본관은 안동)이라는 하는 사람은 원래 선산 사람으로 왕릉으로 옮겨와 칠백 석 대부자로서 누구 하나 두려워할 자가 없는 사람으로, 그 당돌하고 당당한 모습으로 우리 조부^(성의)께 찾아와서 인사를 마친 후 하는 말이
"노형댁 선영하에 묘지 한 좌를 빌려주시오."
하므로 조부께서 자리를 피해 앉아 사절하는 말씀으로
"피차간 명문 후예로 의관을 중히 여기는 처지인데, 어찌 무뢰한과 같은 망담을 하시오."
하고 거절하니 그 사람이 부끄럽게 여기고 돌아갔다.

그렇게 돌아간 지 몇 날 만에 상두꾼 삼백 명과 호상꾼 차마객 수백 명으로 만산평야 당지에 도착하여 그 당당한 기세는 무인지경을 가는 듯하였다. 어떻게 우리 집안을 이같이 멸시하는가 슬프다. 그때 마침 선고께서는 막내 숙부를 데리시고 문희소 백일장에

접유사로 가셔서 돌아오지 못한 때라, 조부와 중부께서 집에 계시다가 장사를 지낸다는 소문을 들으시고 부자분이 산상에 올라가시니 저쪽에서는 그들 6부자가 교활한 말로 위협도 하고 애걸복걸하는 말로

"지난번 댁에 가서 가깝지 않은 곳에 묘지 한 자리를 빌려 달라고 하지 않았습니까?"

하고 또 호상꾼들은 가깝지 아니한 곳으로 한 좌 빌려주라고 권고가 분주하다. 당장 형세로 볼 지경이면 외로운 부자분이 어찌 그 세력을 당할 수 있으며 항거할 수 있었겠는가?

창황 중에 관이 묻히고 그 자의 어떤 계책인지는 모르나 봉분은 안 하고 농암장 여관으로 내려가서 유숙할 계획이었다. 그때 조부께서 집으로 돌아오셔서 일방으로 부주께 알리고 일변으로 여러 친척에게 알리며 동리 친구와 부리는 하인들을 모아 밤에라도 저 자들이 봉분을 만들려고 산에 오면 위협으로 물리칠 계획을 세웠다. 밤이 깊어도 한 사람도 나타나지 않고 아무 기척이 없어 하인 몇 사람을 데리고 시장 여관에 가서 잠긴 문을 열고 들어가니 상주 한 놈이 마침 튀어나오므로 그놈을 결박하여 산으로 올라갔다. 그때 그자는 갑자기 거짓 죽은 체를 하는지라, 이렇게 완력으로 할 것이 아니라 법정에 송사하는 것이 도리라고 생각하여 모든 사람들을 해산시켰다.

며칠 후 조부께서 부주께 명하여 문경 본관 현감^(성주)에게 소장을 제출하였다. 그 내용은 '제교에 이르기를 금하는 남의 땅에 장사하는 것은 좋지 않은 일이고, 장사를 못하게 상주를 공갈 협박하는 것도 문제이니 이를 해결해 주시옵소서.'라고 소장을 냈으나 해결해 주지 않았다. 이렇게 하여 신원할 도리가 없었다. 그때 집에서 부리던 하인 김수군이가

"한양이나 영문이나 고을이나 왕복하는 통신은 소인이 담당할 것이며, 소인의 지팡이가 다 닳기 전에 묘를 파내게 할 것이니, 서방님께서는 여러 수단으로 주선해 보십시오."

이것은 선조를 위하는 일로 백번 죽어도 신원을 하지 않고서는 머리를 하늘에 두고 발을 땅에 디딜 수 없을 것이다. 그해 계미 8월 13일 고종 임금께서 동구릉에 거둥하시

는 길이라 아버지께서는 30세 성년이라 조부의 명을 받아 문맥이 정연한 상소문을 품에 안고, 한 손에는 명종을 들고, 한 손에는 망치를 들고, 도복을 사서 입고, 임금이 가시는 길을 막아 서서 징을 친다. 당장 신하된 자의 도리로는 황송무지였다.

그때 임금의 어가를 호위하는 군졸들은 창과 칼로 옷을 비껴 찔러 노변으로 들어낸 다음 임금이 가는 길을 열어놓았다. 그리고 군졸들의 명령에 복종하여 형조로 압송되었다. 압송을 당한 아버지는 정신을 잃어버리시고 취조하는 마당에 누웠다가 얼마 후에 눈을 떠 보니 어전에 걱정을 끼친 그로서는 벌써 청천하에 버려진 것임을 알았다.

그 이튿날 동부승지인 홍성헌이 사건을 나라에 품달하니, 임금께서 김모의 산송 건은 한성부 판윤으로 하여금 처리하라는 지시를 내리셨다. 그달 17일 판서 홍성헌과 좌랑 이모가 한성부에 분부를 내리어 경상도 관찰사로 하여금 피해자 측의 내용을 알아 장문하라 하였다. 8월 22일 판윤 민종록, 주부 정선조, 동부승지 홍성헌이 나라의 명령으로 조사 판단하는 것을 시행하는 것이 당연하므로 한성판윤은 관찰사에게 명령하여 한성부 관문^(공문)을 한양으로부터 9월 8일에 발송하였다.

그 관문이 9월 17일 영문에 도착하니 관찰사는 즉시 감령^(공문)을 발하여 문경현감 앞으로 보낸 후 한 달이 지나도록 소식을 들을 수 없는지라. 10월 13일 영문에 내려가서 그 늦음을 탐지하고, 즉시 순상께 품의하여 다시 감령을 발송해 10월 24일 본읍에 도착한다. 그다음 날 관으로부터 장교 입회 하에 26일 전 무덤을 파내고 그 전에 가까운 타인 분묘 두 좌도 파내었다. 이즈음 집에 하인 김수군의 지팡이가 한 자밖에 남지 않았다. 이것은 참으로 충성스러운 하인이라고 칭하지 않을 수 없다.

이듬해 갑신 4월 초순에 김병옥의 맏아들 김우용이가 교묘한 수단과 방법으로 문서를 위조하여 조부로 하여금 금장하지 못할 곳에 금장하게 한 것은 임금을 기만한 것이라는 내용으로 격쟁하였다. 이로 인해 임금을 기만한 죄명을 씌워 조부가 평안도 양득현 2천 리의 먼 지방으로 귀양을 가도록 명령했다. 당장에 신하된 도리로 감히 그렇게 하지 않을 수 없어서 곧바로 길을 떠나 동대문 밖 고마청에 숙소를 정해 두고 즉시 본가에 연락을 하니 아버지께서 이를 들으시고 낮에 백 리, 밤에 백 리를 달려 이틀 만에 사백 리 길을 걸어 한양에 도착한다.

사관을 찾아 사실을 설명한 후 다시 추조^(형조)에 호소하니 김우용 측에서 협잡하여 무고한 사실이 백일하에 탄로되어 3일 후 할아버지는 귀양령이 풀리셔서 아버지께서 뫼시고 집으로 돌아오셨다. 두 달 만에 영문으로 나오라는 연락이 있어 조부께서 그 까닭을 물으니

"김우용을 평안도 양득현에 귀양을 보낼 뜻으로, 그가 한성부 관문을 거짓 상고하였으니 그 죄가 크므로 어찌할 겁니까?"

"이 사람의 도리로는 죄없는 자에게 죄를 주고자 했으니 그 사람이 죄받음은 당연한 일이나, 이제 결말이 났으니 저 사람에게 보복하는 것은 아름답지 못한 것이니 금지하여 주십시오."라 하여 산송은 끝이 났다.

하지만 그 후 한해를 지내고 병술년이다. 이 해에는 그간 소송으로 인해 가족들이 시달림에다 돌림병까지 나돌아 더욱 우리 집이 피해가 심했다. 7월 초순에 조모와 중부께서 삼사 일 간에 작고하시고, 8월초 아버지께서 하세하시며, 그 이듬해 정해년 6월에는 조부까지 별세하시니 한 집안에 4곳의 빈소가 차려진다. 이 얼마나 망극하고 비통한 마음 말로 다 형용키 어렵도. 인간 세상의 변해 가는 모습이 다 상전벽해다. 그때 삼촌이 겨우 20세라 졸지에 창망한 상고를 당하여 장사를 지내는 범절은 친가의 도움으로 마쳤다. 그러나 슬하에 있는 조카들은 13세, 10세, 6세로 강보에서 갓 면한 어린 것들이라 고독하고 외로워도 열혈 후원하는 사람은 전연 없다.

다른 사람이 불행해지는 것을 다행으로 여기는 그전에 산송에서 패했던 김우용이라는 자가 경인년 6월에 다시 송사를 기도했다. 이 산은 민성용에게 매수하였다며 산값과 장례비 등을 합하여 3천냥이 들었으므로 한성부에 무고하여 송사를 제기하니 본읍 성주가 장교 2명을 시켜 숙부님의 소환 명령이 도착되었다. 때는 마침 큰비가 내려 통행이

극히 어려웠다. 이날 숙부께서 13세 되는 조카(김상련)를 불러 말씀하되,

"네가 비록 유치하나 조선사에는 부득불 탈신할 도리가 없으니 집을 생각하여라. 내가 이날 감옥에 구금(체수)되고 나면 뒤에서 일을 볼 사람이 아무도 없다."

형님이 숙부께 고해 가로되,

"제가 비록 우매하고 부족하오나 조상을 위한 일인데 어찌 차마 몸을 아껴 목숨을 구하리오. 숙부를 대신하여 잡혀가서 사건 조사에 따라 형벌을 받을 것이오니 간절히 주선 주장하시기를 천만 읍축하나이다."

숙부께서 이 말을 들으시고 눈물을 머금고 가마(교자)를 명하여 형님으로 하여금 숙부를 대리하여 잡혀 보내신다. 이때 큰물이 창일하여 강을 건너기가 심란한데 비옷(유삼)을 둘러쓰고 가마에 앉아 농암천을 간신히 건너셨다.

그때 광경을 들어 말할진데, 홀로 계신 어머님은 자애하신 마음을 진정할 도리가 전혀 없고, 숙부께선 미거한 조카를 잡혀 보내시니 그날 가정에 그 광경을 누구라도 볼작시면 가슴이 막히어 아무 말을 할 수 없게 되었다.

형님은 이날 교자 위에 유삼으로 가리고 진역하여 문경현에 도착한 뒤 장방에 구금되어 지리한 세월을 3삭(3개월)이 범한지라. 향내 모모한 조부, 형부집 장로가 군에 가셨다가 상시로 면회(문옥)를 하여 가로대,

"너의 집 운액이 이같이 자심하냐, 너의 조부, 형님이 계셨던들 너의 몸에 이러한 운액이 닥쳤겠나."

하시고 참외와 복숭아, 신선한 물을 주시면서

"이것을 먹고 있거라, 너의 삼촌이 상경하셨다니 주선하여 너를 석방할 도리가 있으리라." 하였다.

감옥에 있어 머리를 빗을 도리가 없으니 그 형용은 털벙거지를 방불케 하며, 이것이 일생에 너무도 큰 환란 풍상이 아닌가. 옥 밖에서 옥 안을 들여다보는 이들의 가슴을 무엇으로 형용한다는 말인가.

상경한 숙부께서 한성부 관문을 얻어 본관 성주에게 돌아와 관문을 올리니 성주가 관문을 무릎 밑에 말아넣고 뭉갠 뒤 없애 버렸다. 슬프다. 성주는 사랑하는 손자도 없었던가. 내 자손 사랑하는 마음이 있다면 13세의 어린아이를 감옥에 가두어 두고 지루한 세월을 소비하는 모양이 무엇이 그리도 좋겠는가. 참으로 무지막지한 소치로다.

숙부께서 다시 밤을 낮삼아 상경하시던 길에 음식이 맞지 않아 몸이 상하여 죽산 등지에서 구토를 하고 설사를 만나 위태한 지경에 다다라 넘어지는가 하면 앞으로 더 나아갈 힘조차 잃는다. 이때 세마를 빌려 타고 도성에 다다라 재차 관문을 얻어 오니 그 관문에는 다음과 같이 적혀 있었다.
"업무수행에 어찌 그리 태만하냐. 저쪽에서 무고한 관문은 없애 버리고 저쪽을 응징해서 그 버릇을 징계하는 것이 당연하도다."
이 관문이 당도하자 형님이 감옥에서 석방되었다.

다음 해 신묘 11월에 다시 김우용이 선산 본관 군수겸 수어사에게 무고하여 숙부가 본읍 감옥에 갇히게 되니 달리 주선할 도리가 전혀 없었다. 이때 형님도 초례 후 한 달이라 제행 후 집에 돌아오니 숙부는 옥에 갇히고 어린 동생들 뿐이라. 15세의 형님은 혼자로서, 또한 주장할 계책이 전혀 없고 위에서 원조할 사람조차 없는지라. 생각하다 못해 타고 온 말을 돌려 타고 헌국조 조사장 댁을 향해 말을 달렸다. 사장 어른께서는 원래 문장이 능하고 견문이 있는 집안이라 소장을 지으시는데 동지섣달 긴긴밤에 해를 보고 불을 껐다. 그 소장은 누가 보던지 우리 집 사정을 비참하고 망극하다 아니 할 자 없었다.

그 소장을 안고 선산 관가에 도착하여 수위 순상께 제소하니 그 제교에 문경에서 사실 확인한 보초가 도착되면 바르게 조치할 것이라 했다. 본읍 보초가 선산 관가에 도착할 세 어사께서 보초를 보시고 송사를 가리셨다. 그가 이르되,
"산송으로 다툼이 여러 번 되풀이됨은 백성의 좋지 않은 습관이오, 그칠 줄 모르고 송사가 이다지 심하므로 김우용 김모를 일체 엄하게 징벌하여 이로 인해 다시 올리지 못하게 하는 것이 합당하다." 했다. 이로 인해 숙부께서 석방되었다.

이듬해 계미년 봄에 본관 현감이 바뀌고 새로 부임한 현감에게 김우용이 다시 송사를 기도한다. 그가 본관 현감의 딸에게 편지를 얻어서 그 현감에게 부친 것이다. 그 내용인 즉,

"아버지께서(현감) 이 돈 삼천 냥을 받아 주시면 식량을 얻어 겨울을 지낼 계책이 되겠습니다."

라 했다. 어떤 사람이라도 그 말의 정확한 뜻을 새겨보지 아니하랴.

그러나 현감은 장동 김정견씨라 조선의 훈족으로 사리에 밝아 그의 딸 편지에도 불구하고 양방이 계속된 송사를 잘 읽어 보고 살핀 후 쌍방을 불렀다.

"이치가 바른 자는 신원하고 이치에 맞지 않는 자는 패송하니, 이것이 하늘의 이치요 국법이라. 김우용의 송사는 결단코 용서할 수 없다."

"그러나 저쪽에 가산이 송사로 인하여 탕진하였으니 이것저것 논할 것은 없으나 김성의가에서는 돈 백 냥을 수일 내로 가져오라."고 했다.

"돈 백 냥은 어디에 쓰실 것입니까?"

"저 사람에게 주려고 한다."

"한 푼도 줄 수 없습니다."

"관의 명령을 어기면 형을 가할 것이니 속히 납입하여라." 현감이 말했다.

숙부님은 돈 백냥을 주선하여 성주에게 바치니 성주가 그 돈을 김우용에게 주며 말했다.

"이 송사를 다시 기도하지 않는다는 각서를 써 올려라."

"못하겠습니다."

라고 김우용이 답하자, 성주는 이에 크게 노했다. 성주가 그 자의 각서를 받아 숙부께 준 후에 김우용의 산송 관련 전후 문서를 모두 불에 태웠고, 우리 집 장첩은 돌려주었다.

* 〈참고〉 원문에 충실하였으나, 일부 수정을 통해 독자 이해가 쉽도록 정리하였음.

산송사건 일람표(1883. 4.~1892. 11.)

일 자	내 용
1883. 4. 9.	김병옥이 도발산 김택수의 묘소 주룡에 아내의 주검을 무단으로 암장
1883. 4.~	김성의가 김병옥을 성주에게 고소했으나 성주가 조치하지 않음
1883. 8. 13.	성주의 불의에 맞서 김영재(30세)가 고종 임금 동구릉 행차길에 격쟁(신문고)
	형조로 압송되어 상소문 제출 및 조사
8. 30.	한성부 판윤이 경상도 관찰사에게 사건 조사 지시
9. 18.	관찰사가 문경현감에게 조사 지시했으나 사건을 조사하지 않고 방치
10. 29.	김성의가 승상에게 강력 항의하여 사실 조사
	김병옥 아내 분묘를 파내고, 주변 타인 분묘 2곳도 이장
1884. 4. 4.	김우용(김병옥의 자)이 상경, 김성의가 임금에게 허위사실을 상소했다며 김성의를 처벌해 달라고 신문고 격쟁
4.18.~	한성부에서 김우용의 상소를 받아들여 김성의에게 평안도로 귀양 명령
	김영재가 상경, 김우용이 무고했다는 사실 해명으로 김성의 귀양 해제
	한성부에서 김우용에게 귀양 명령을 내렸지만, 김성의는 사건이 잘 해결되었으므로 귀양 명령을 취소해 달라고 요청하여 건의가 받아들여짐
1886. 7. 10.	유행병과 소송 울화 등으로 인해 김성의 부인 사망
7. 13.	김성의의 2남 김학재 사망
8. 1.	김성의의 장남 김영재 사망
1887. 6. 6.	김성의 본인 사망
1890. 6.~	김우용이 성주에게 김성재를 고소(산을 적법 매수했다며 피해액 3천 냥 청구)
	성주가 김성재를 소환 통보하여, 김상련(13세)이 대신 출두 및 3개월간 수감
	김성재가 상경, 한성부에서 죄가 없다는 공문을 받아 성주에게 제출했으나 성주가 이를 무단 파기
	김성재가 다시 상경, 한성부에서 공문 재발급을 요구하자 김우용을 징계 지시
	공문이 다시 도착하자 김상련 석방
1891. 11. 13.	김우용이 선산군수에게 다시 무고하여 김성재를 소환 및 수감
	김상련이 고소장을 작성 어사에게 제출 및 조사, 진실이 밝혀져 김성재 석방
1892. 11. 16.	김우용이 신임 현감과 모의, 성주 딸을 내세워 김성재를 다시 무고
	성주가 대질조사를 통해 김우용의 허위사실이 명백하게 밝혀짐
	성주가 김우용의 소송서류를 소각하고, 다시는 나쁜 짓을 금하라 각서 징구
	소송 10년 만에 거지가 된 김우용에게 김성재가 100냥의 금전을 베품

03. 〈파리장서운동〉 재현에 참여한 농암 유림 세 사람
-김박연 신관식 홍원섭

1919년 3.1운동이 일어나자 유림들은 파리에서 열린 세계평화 회의에 대한 독립을 호소하는 서한을 제출해 독립 의지를 세계만방에 떨친 공헌을 했다. 당시 제출된 서한은 〈파리장서〉로서 일제의 대한 주권 찬탈 과정을 만천하에 폭로하고 식민지배의 불법성과 대한 독립의 정당성을 주장하여 한국 모든 계층과 사회 집단이 독립을 열망하고 있음을 국내외에 알렸던 서한이다.

김복한 등 유림 대표 137명이 연서한 이 장서(전문 2,674자에 달하는 대한 독립청원서)를 김창숙이 상해로 가져가도록 하였고, 이를 다시 김규식을 통해 파리 강화회의에 제출하였다. 그리고 각국 대표와 외국공관과 국내 각지의 향교에도 영문 번역본과 한문 원본 3천 부씩 인쇄하여 배포되었다. 이 파리장서운동에 참여한 유림들은 체포 투옥되는 등 가혹하게 탄압(제1차 유림단 사건)을 받았으며, 이 사건을 계기로 유림계는 구국운동의 전통을 계승하여 독립운동에 적극 참여하게 되었다.

파리장서운동은 대한 독립의 근원적인 힘을 보여 준 거사였으며, 3.1 만세운동과 쌍벽을 이루는 독립운동이라는 평가를 받는다. 유림들이 3.1운동보다 7년 앞서 〈대한독립의군부〉를 조직, 대규모의 독립운동을 획책하다가 발각되어 핵심인물들이 숙청되었다. 그 후 불교계와 기독교계가 주동하여 3.1운동을 일으키자 유교계에서는 〈장서운동〉을 일으켜 이에 호응한 것이다. 당시 3.1운동 발기에 직접 참여하지 않은 이유는 독립선언

서에 왕조의 복고에 대한 언급이 없었고, 유림들이 머리를 깎고 양복을 입은 자들과 자리를 같이 한다는 것은 큰 수치로 생각했기 때문이다.

그러나 나라를 빼앗기자 유림들이 은둔과 보신을 일삼은 것이 아니라 유교적 무저항주의와 비타협주의의 표본을 보여 주는 놀라운 변신을 보여 준 것이 이 장서운동인 것이다. 사색의 당색을 넘어서서 유림이 합일하여 추진한 대대적인 독립운동으로 발현되고 사군이충의 충성심이 재현된 결사의 투쟁이라 볼 수 있다. 이런 역사적인 독립운동을 기념하기 위해 대통령 희사금과 국민성금 등을 모아 서울 중구 장충단공원에 〈대한유림독립운동 파리장서비〉를 먼저 건립[1973]하였다. 그 뒤를 이어 거창, 정읍, 봉화, 진주 등에 기념비가 추가 건립되었다.

이후 국내외 다수 유림들을 대상으로 기념시를 공모, 선별된 2천여 편의 한시를 모아 파리장서운동에 대한 기억 및 재현을 위해 1973년 12월 기념시집을 발간하게 된다. 우리 민족사에 한층 광휘를 남기게 될 사업의 추진이었고, 유림의 독립운동 역사를 '재사유'하게 하는 텍스트였으며, 이것이 한시로 표현되었다는 점에서 한국현대문학사의 한 영역을 구축하고 범주를 확장하는 데 크게 기여할 수 있었다.

이 시집에는 모두 2,086명의 시가 수록되었다. 지역별로 보면 서울 246수, 부산 40수, 경기 104수, 강원 117수, 충북 166수, 충남 248수, 전북 105수, 전남 178수, 경북 547수, 경남 284수, 제주 32수, 일본 19수 등으로 작품 숫자상으로 보면, 경북이 가장 많으며 그 뒤로 경남, 충남 등의 순이다. 이는 시인들이 대부분 독립운동가들, 즉 한말 성리학자에게 사사하여 유학을 전수받은 유림들, 한문 소양을 기반으로 한시 창작 활동을 하던 학자들로 구성되었다. 이 뜻깊은 시집 발간에 참여한 3명의 농암인이 있었으니, 우리는 그분들의 시를 같이 공유하며 고을 주민에게는 자긍심을, 후손들에게는 참교육의 자료로 활용하여 이 땅에 살아갈 미래 세대들이 애향심과 애국심을 잘 키워 나갈 수 있기를 희망한다.

〈晩靑 金博淵〉 문경군 농암면 농암리

爲國丹忠滿幅成　나라 위한 충절로 장서 채워 완성하니
貞珉十尺闡揚明　십 척의 비석 세워 그 공적 드러내네
儒林倡起咸同口　유림 선창 일어나니 이구동성 호응하고
公議昭然各列名　공의가 분명하여 각자 이름 서명했네
當日經綸危且重　당시에 하던 일은 위험하고도 중하거니
千秋節義死猶生　천추의 절의는 사람은 가도 살아 있네
新亭物色那堪說　새 정자 모습 보며 감회 어찌 다 말하리
長使英雄慷慨情　길이 영웅으로 하여금 강개에 젖게 하네

* 貞珉: 곧고 고운 돌이라는 의미로 비석의 미칭.

〈宜齊 申寬植〉 문경군 농암면 농암리

旌勳一石晩初成　공훈 새긴 이 비석 느지막이 세웠으나
紀念當時事蹟明　당시의 사적을 기념하여 밝게 드러냈네
千載好機巴里會　천재일우 좋은 기회 법국 파리 강화회의
萬邦公示大韓名　만방에 대한의 이름 공공연히 드러냈네
平和獨立天心復　평화적인 독립운동 하늘 뜻도 돌아오고
憂憤長書正義生　근심 울분 파리 장서 바른 의리 생기네
偏向忠壇壇共屹　장충단 바라보니 제단 모두 우뚝하거니
後人膽仰不勝情　우러르는 후인 마음 금하지를 못하겠네

獻身國事慾功成　국사에 헌신하여 공 세우려 하였거니
忠義明於日月明　밝은 충의는 해와 달 아래 빛이 나네
巴里幸開聯合會　파리 회의 다행히도 연합회를 열었고
長書高揭大韓名　장서에는 대한 이름 높이 게시하였네
賊來呑倂那傍觀　왜적 와서 병탄하니 어찌 방관만 하랴
獨立鬪爭決死生　독립 투쟁 목숨 걸고 싸워야 살아나네
從古吾邦多烈士　예로부터 우리나라엔 열사도 많거니와
偉勳碑建萬年情　위대한 공훈 비 세우니 가슴이 벅차네

파리장서비 기념시집 표지

파리 장서비(장충단공원)

04. 이석영의 농암국교 〈개교 축시〉

농암학교 낙성운(籠巖學校 落成韻, 1921년) / **李錫榮***

學宮功訖際佳時

淨砌明窓麗日遲

野色山光開活畫

鶯歌鷰語和新詩

아름다운 때를 맞아 학교 짓는 일을 마치니

정갈한 섬돌 밝은 창가에 하루해가 더디구나

들판의 색과 산 빛이 그림처럼 열려

꾀꼬리와 제비가 지저귀며 새로 지은 시로 화답하네

萬千金貨淨捐義

數百諸生會不期

教育英材眞可樂

風流一夕酒三卮

많은 금화를 다투어 의연금으로 내 놓았으나

수백의 학생들이 모이는 것을 기약하지 못하네

영재를 교육하는 것이 참으로 즐거우니

하룻밤 풍류에 술 석 잔을 마시네

東華學術變隋時

猶恨吾州此擧遲

書數亦從先聖教

唱歌如誦古人詩

築成廣廈爭來集

成就群才庶可期

勝日風流吟咏席

敢辭金谷酒盈巵

동화의 학술이 때에 따라 변하니

오직 우리 고을에 일이 더딘 것이 한스럽네

글씨와 수학 신성의 가르침 따르고

창가도 고인의 시를 외우는 것 같네

넓은 집을 짓는데 다투어 와 모이니

많은 젊은이들 성취할 것을 기대해 보네

좋은 날 풍류를 읊는 자리에

잔에 금곡주 가득 채운들 감히 사양하지 않으리

* 李錫榮(1875~1951), 眞城人, 조선 후기 문인, 가은 갈전生, 자는 華鮮, 호는 潁坡, 유고집으로 「영파유고(潁坡遺稿)」 1, 2, 3권이 있음.

05. 민순호 의병장의 청암중 〈개교 축사〉

靑菴中學校 鄕飮酒禮序

檀紀四二八四年辛卯, 聞慶郡籠巖面靑菴中學成. 越明年三月日, 廣請鄕內賢士大夫及子弟之俊秀者, 以燕落之, 設鄕飮禮而識其勝事, 如我病拙, 亦在請中. 方欲扶杖而往觀焉, 適有客有言于余者曰,

"現今世界大戰, 汽電暴彈, 嚇宇宙而威四海, 長鎗大劍, 耀日月而駭耳目. 當此之時, 宇內萬億蒼生, 曾求死不贍, 奚暇治禮義哉? 吾子之不識時義也, 如是夫!"

余悠然而坐, 莞爾而笑曰,

"誠如子之言, 禮義道德, 實治世之取可論, 而亂世之不可講也明矣. 聖人曰, '道也者, 不可須臾離也, 可離, 非道也.' 是故, 古人, 投戈講藝, 息馬論道, 獄中授尚書, 舟中講大學, 豈可以治亂安危二其心哉? 春雨霏霏, 蛙蚓終日吟, 世人皆厭聽. 長夜漫漫, 鷄鶴以時鳴, 天下皆爽聞. 方今天地飜覆, 人文變革, 三綱淪而九法斁, 正路蕪而邪說橫. 于斯之時, 設鄕飮之禮, 行賓主百拜之儀, 唱

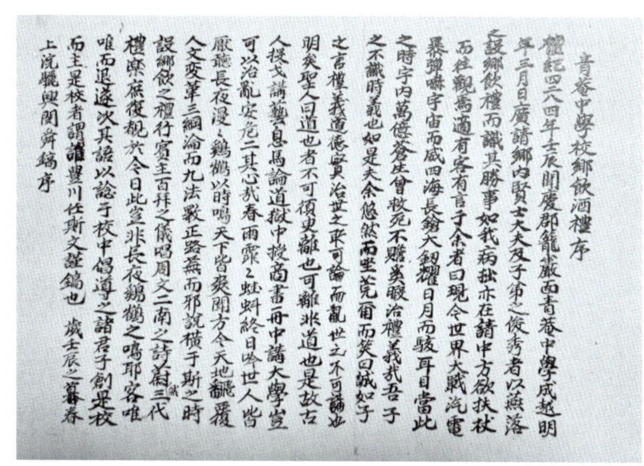

민순호 선생 자필 축사

周文二南之詩, 蔚然三代禮樂, 庶復覩於今日, 此豈非長夜鷄鶴之鳴耶?” 客唯唯而退.

遂次其語, 以諗于校中倡導之諸君子. 創是校而主是校者謂誰? 豊川任斯文謹鎬也.

歲壬辰之暮春上浣, 驪興閔舜鎬序.

청암중학교^(靑菴中學校) 향음주례^(鄕飮酒禮) 서문[序]

단기 4284년 신묘년⁽¹⁹⁵²⁾에 문경군^(聞慶郡) 농암면^(籠巖面) 청암중학교^(靑菴中學校)가 완성되었다. 이듬해 3월 모일 향내^(鄕內) 훌륭한 사대부^(士大夫) 및 준수한 자제들을 많이 초청해 잔치를 열어 낙성식을 하면서 향음례^(鄕飮禮)를 베풀어 훌륭한 일을 알리려고 했다. 나처럼 병약하고 보잘것없는 사람도 초청자 명단에 들었으므로 막 채비를 하고 가서 보려던 참이었는데 마침 어떤 객이 내게 말하였다.

“현재 세계대전으로 증기와 전기, 폭탄이 우주를 놀라게 하여 사해를 위협하며, 장창^(長鎗)과 대검^(大劒)이 밤낮 없이 번득여 이목을 놀라게 하고 있습니다. 이러한 때를 당하여 온 세상 억만창생은 목숨을 부지하기에도 여념이 없는데 어느 겨를에 예의^(禮義)를 차린단 말입니까? 군자께서 시의를 모르는 것이 이와 같으시군요.”

내가 태연하게 앉아 빙긋이 웃으며 말하였다.

청암중 6회(1957) 졸업

청암중 동문회(2013)

"진정 그대의 말과 같다면 예의(禮義)와 도덕(道德)은 실로 치세(治世)에나 논할 수 있는 것이고 난세(亂世)에는 강론할 수 없는 것이 분명합니다. 성인(聖人)께서 '도(道)라는 것은 잠시도 떠나서는 안 되니, 떠날 수 있다면 그것은 도가 아니다.'라고 말하였습니다. 이렇기 때문에 옛사람이 창을 내려놓고 육예(六藝)를 강론하고, 군마를 쉬게 하고 도를 강론하였으며, 옥중에서 상서(尙書)를 수업하고, 배 안에서 대학(大學)을 강론하였으니, 어찌 치란(治亂)과 안위(安危)로 그 마음을 다르게 먹겠습니까? 봄비가 부슬부슬 내리는데 개구리와 규룡이 종일 울어대면 세상 사람들이 모두 듣기 싫어할 것이고, 기나긴 밤에

청암중고등학교 교패

닭과 학이 제때 울면 천하 사람들이 모두 기분 좋게 들을 것입니다. 현재 천지가 뒤집히고 인류의 문화가 변혁되어 삼강(三綱)이 몰락하고 구법(九法)이 깨지며, 정도(正道)가 어지럽혀지고 사설(邪說)이 횡횡하니 이러한 때에 향음례를 베풀어 손님과 주인이 수없이 절을 나누는 의식을 행하고, 주(周)나라 문왕(文王)의 덕을 읊은 주남(周南)·소남(召南)의 시를 노래한다면 성대했던 삼대(三代) 하(夏), 은(殷), 주(周))의 예악(禮樂)을 오늘날에 다시 볼 수 있게 될 것이니 이것이 어찌 기나긴 밤에 닭과 학의 울음처럼 기분 좋은 소리가 아니겠습니까?" 내가 이렇게 말하자 객이 예예하고 물러났다. 이에 그와 나눈 얘기를 차례대로 서술하여 학교에서 학생들을 이끌어 갈 여러 군자들에게 당부하 바이다.

이 학교를 창립하고 이 학교를 주관하는 사람은 누구인가? 사문(斯文) 풍천(豊川) 임근호(任謹鎬)이다.

임진년 3월 상순에 여흥(驪興) 민순호(閔舜鎬)가 서문을 쓰다.

06. 쌍용구곡을 경영한 민영석의 〈쌍용구곡시〉

쌍용구곡시(雙龍九曲詩) / 민영석

一幅龍岡四友亭 한 폭의 용강에 사우정이 자리한데
三山會合兩溪   세 산이 모이고 두 시내 돌아 흘러가네
此地溪山藏九曲 이 땅의 산과 시내 아홉 굽이 감추니
天敎形勝最丁寧 하늘이 경치를 가장 아름답게 하였어라

1곡 入門
一曲來由入道門 일곡이라 시작하여 도문에 들어가니
兩邊峭壁路中昏 양쪽으로 높은 절벽 가는 길이 어두워라
行行立脚進無已 가다가 서면서 나가기를 그치지 않으니
次第前頭自有源 차례차례 가면 앞머리에 절로 원두 있으리라

2곡 志道
二曲峭然志道石 이곡이라 가파른 지도석이
橫流截立定如   횡류를 막아서니 진실로 주춧돌 같아라
飛淙奔瀑時相過 나는 물줄기 힘찬 폭포수 때로 지나는데
猶不回頭去益白 머리를 돌리지 않고 흘러가니 더욱 희네

3곡 于淵

三曲于淵一鏡磨 삼곡이라 우연은 물결이 잔잔하고
天然古石自成窩 천연의 고석은 절로 움집을 이루네
浪息風怗春日暖 물결 잔잔하고 바람 고요하니 봄볕이 따뜻한데
魚群閃閃任委他 고기떼 이리저리 한가로이 노니누나

4곡 天台

四曲戾天千尺臺 사곡이라 하늘에 이르는 높은 누대
無人曾昔到崔嵬 일찍이 높은 이곳 이르는 이 없어라
惟有巢鳶能識性 둥지 튼 솔개만이 그 본성 알아서
長風九萬任飛回 구만리 긴 바람 타고 날아 휘도네

5곡 放火洞

五曲超然放化洞 오곡이라 방화동 속세를 벗어나니
拔乎其萃出乎衆 가려 뽑은 곳이라 무리에서 우뚝하네
屈指幾人能到斯 손을 꼽아 몇 사람이 이곳에 이르렀나
乾坤寂寂醉長夢 하늘과 땅 적적하니 긴 꿈에 취하여라

사우정의 여름

사우정의 겨울

6곡 安道

六曲迂然安道石 육곡이라 아득한 자연 안도석

中流截特百千尺 중류에 우뚝히 높이 솟았네

休說而今高莫攀 지금 높아 오르지 못한다 말하지 말라

由門進道可追跡 문을 통해 나아가면 자취를 좇을 수 있으리

7곡 樂耕台

七曲躬耕樂此臺 칠곡이라 몸소 밭을 갈고 이 대에서 즐기니

柿桑豆菽雨初栽 감나무 뽕나무 콩을 비가 오자 가꾸었네

鋤罷南山歸臥夕 남산에서 김매기 마치고 돌아와 저녁에 누우니

兒孫環匣讀書催 아이들 둘러앉아 책읽기를 재촉하네

8곡 廣明岩

八曲奇巖廣且明 팔곡이라 기암은 넓고도 밝으니

水澄魚躍兩相情 맑은 물 뛰는 고기 둘이 서로 정이 있네

風雲魚水誠非偶 바람 구름 고기 물은 진실로 우연이 아니니

推廣吾明利衆生 나의 명철 넓혀 가서 중생을 이롭게 하리라

9곡 紅流洞

九曲紅流別有洞 구곡이라 홍류에 별천지 동천이 있는데

桃花春水謝塵鬨 도화와 춘수에 티끌과 시끄러움 이르지 않네

始焉出岫終知還 아침에 산굴을 나서서 저녁에 돌아오니

獸有麒麟鳥有鳳 길짐승엔 기린 있고 날짐승엔 봉황이 있어라

07. 여류 수필가의 고향, 그리고 더대 추억-김기자

〈문양 출렁다리〉

판자로 다리의 모양을 만들고 쇠줄 형
태로 고정하는 다리가 있었다. 소양에서
문양국교 사이로 흐르는 농암천을 건너
는 다리였다. 그 다리를 흔들다리라 하거
나 출렁다리라고 부르기도 했고, 그런 다
리를 요즘 와서는 하늘다리, 구름다리라
고 더 이쁘게 표현하기도 한다. 많이 흔
들리기 때문에 겁이 나기도 했으나 사람

문양 출렁다리

들만 조심스레 다니는 인도교로 이용되었다. 그러나 지금은 사라지고만 추억의 다리를
나는 아직도 시나브로 흔들흔들 출렁출렁 건너기도 한다.

짓궂은 남자 얘들은 여학생들을 놀려 주려고 일부러 뛰어서 가면 다리는 더욱 상하로
흔들리기 마련이었다. 최대한 중심을 잡은 채 가만히 있어야 했지만, 등줄기가 서늘해
지는 건 진땀나는 고역이었다. 하지만 그런 시절 속에서 외려 우리들의 꿈과 희망은 더
건강하게 자라났다. 만약 그 다리가 없었다면 앞 냇가의 돌다리를 건너다녀야 했을 터
이고, 더구나 장마철이면 불어나는 물로 인해 돌다리마저 떠내려가는 일이 잦았으니 학
교는 결석할 수밖에 없었을 터이다.

농암천 옆 지방도로는 산 벼리를 깎아서 만든 구불구불한 자갈길로 이어지는 가운데 드물게 다니는 버스는 우리들에게는 신기한 풍경이었다. 약간은 경유타는 냄새가 나고 뽀얀 먼지의 꽁무니를 뒤따라가면서도 학교 가는 길은 언제나 지루한 줄 모르던 시절이었다.

이 다리는 1960년 중반쯤에 놓였다. 그때는 전후라서 나라의 재정이 너무 빈약했기에 그나마도 얼마나 고마운 다리였는지 모른다. 요즘 전국에 출렁다리 수가 200여 개가 넘고 그것을 관광용으로 만들고 있으니 세상이 변해도 너무 변한 것이다. 당시에는 실용성을 감안하여 만들었지만 지금 와서는 관광 목적이자 체험을 즐기는 명소로 바뀌고 있으니 천지가 완전히 뒤바뀐 느낌이다.

1980년 여름, 대홍수로 인해 이 다리는 소실되었다. 그리고 농촌 인구가 줄어들고 아이들이 드문 시대가 되고 보니 자연스레 문양국교는 2002년 폐교에 들어갔다. 이제 출렁다리와 학교는 전설로 남게 되어 그저 추억만 헤집을 뿐이다. 학교가 떠난 자리에는 아메리카의 이색적인 문화를 전시 소개하는 마야잉카박물관이 들어서서 사람들이 오기를 기다린다.

출렁다리가 왜 이리 아득하게 뇌리에서 되살아날까. 지금의 교각은 아주 튼튼하게 만들어져서 흔들림 없이 그 자리에 서 있는데 나는 그때의 다리 위를 걷는 기분에 무시로 젖어든다. 발전된 오늘과 지나온 우리 역사가 비교되면서 소리 없는 독백이 이어져 가고 있다. 최근 문경에는 봉명산으로 올라가는 160미터 길이의 출렁다리를 만들어 관광객들을 유인하고 있다.

출렁다리의 추억 중 아주 생생하게 떠오르는 사건이 하나 있다. 학교를 파하고 집으로 오는 길에 큰 마음 먹고 땅콩이 섞인 알사탕을 샀다. 용돈이 턱없이 부족하던 시절이라 사탕도 낱알로 사 먹곤 했는데, 그날은 동전 하나로 다섯 알을 사서 주머니에 넣고는 출렁다리를 친구들과 폴짝거리며 건너왔다. 그리고 후에 주머니에 손을 넣으니 사탕은 모두 온데간데없이 어디론가 사라져 버렸다. 구멍 뚫린 주머니를 생각지도 않았으니 사탕은 모두 다리 아래 강물이 삼켜 버린 것이다. 그 허전함은 오랜 세월이 흘렀어도 아직껏 생생하다. 입안을 단맛으로 가득 채우며 집으로 돌아가리라는 어린 소녀의 즐거움은 깨끗이 사라지고 만 것이다. 그곳을 지날 때면 어려웠던 그때를 기억하기보다 순수했던 시절 속으로 빠져들어 입꼬리가 살짝 올라간다.

사람과 사람을 이어 주는 관계도 이런 다리같다는 생각을 한다. 그렇게 우리는 관계의 필요불가결 속에서 살아간다고 해도 과언이 아니다. 보이는 풍경과 보이지 않는 정신의 세계까지 이어 가며 서로 역할을 묵묵히 감당해 가고 있지 않는가. 아무리 복잡한 세상일지라도 다리의 유용성처럼 항상 바르게 연결해 주는 진정성을 지닌 관계를 이어 간다면 얼마나 좋은 세상이 펼쳐질까.

이제 사라져 간 출렁다리는 추억으로 남겨 놓는다. 그곳에서 태어나고 자라난 우리에게는 잊지 못할 아름다운 유산이 되었다. 다리가 있던 곳에서 사방을 바라보는 순간 지난 날의 사연들이 봄나비처럼 나풀나풀 하늘로 날아오른다. 흔들리는 기분과 함께 주머니 밖으로 튀어나간 사탕의 맛이 혀를 자극해 오고, 눈가에는 촉촉한 별꽃이 피어나 한참을 그 자리에 머물도록 만든다. 없던 다리도 만들어 세우는데, 있던 다리를 다시 복원할 수는 없을까 생각을 해 보지만 마음의 다리만 눈 앞에서 자주 출렁거린다.

자박자박 출렁다리 위를 건너가는 어린 나를 만나는 시간, 중심을 잃지 않으려고 애쓰는 모습과 순진무구했던 정신세계가 요즘도 가깝게 흑백으로 다가온다. 잃어버린 사탕을 아쉬워하던 소녀는 몇 겹의 세월을 둘렀어도 여전히 추억을 헤매는 중이다. 과거와 현재는 그렇게 놓아 주는 다리가 되어 오늘까지 열심히 살아가는 추억의 다리로 나를 지켜 주고 있기에.

〈배너미고개〉

참 불가사의한 일이다. 어찌 배가 고개를 넘을 수 있었단 말인가. 그 고갯길로 학교를 오갈 때마다 언제나 의문에 휩싸이고는 했다. 설화에 의하면 큰 홍수를 맞아 영강의 물이 고개를 넘었다 해서 붙여진 이름이라 하지만 실제로 배가 오갔을까 하는 생각은 잘 믿어지지 않았다. 성재산과 쪽금산을 이어 주는 좁다란 고개, 개바우에서 꽃비리 지나 고개를 넘으면 더대마을, 지금도 향수에 젖을 때면 여전히 그림자의 한 부분은 고개를 넘는다.

그 고개는 절대로 혼자서는 넘어 다니지 않았다. 으스스하기가 그만이었는데, 동네에서 금줄을 치고 제사를 올리던 제단의 흔적이 남아 있어 더 그랬다. 그런 데다 그곳이 나이 드신 노인들을 산채로 떠나보낸 고려장 무덤이었다고 들었고, 석실 같은 윤곽이 어렴풋이 보여 허물어진 고분을 방불케 했으며, 누군 거길 무사히 지나려면 돌 하나씩 돌무덤으로 던지고 가야만 된다는 말까지 있었다. 학교를 다니면서 성황당이 무엇을 하는 곳인지 알게 되자 어떤 연유이든 그 자리를 지키는 돌 한 조각, 나무 한 그루조차도 신격화되어 있으니 신이 지키고 있는 고갯길을 여자 혼자 넘는다는 건 무모한 짓이라 생각해 그 도전은 아예 시도하지도 않았다.

배너미는 기다림의 고개였다. 닷새마다 열리는 농암장을 가기 위해 동네 어른들은 가실목을 넘는 성황당 고갯길보다 지름길인 배너미로 다녔다. 필요한 것들을 구하기 위한 가장 가까운 시장, 그만큼 농암장의 역할은 마을 주민들에게 절실했던 만남의 장소이자 소식을 나눌 수 있는 대화의 장소였다. 그중 한 가지 선하게 그려지는 따뜻한 풍경은 아버지가 장에서 돌아오실 때 손에 들린 먹거리였다. 내륙인 탓에 새우젓이나 먹을 뿐 생선은 구하기가 어려운 시절이 아니었던가. 지푸라기에 매달려 배가 늘어진 꽁치며 고등어가 어제 일인 양 시각과 후각을 자극한다.

나는 그렇게 배너미고개를 가까이하고 살면서 한 편의 드라마처럼 잔잔한 물결로 지내온 시절이기도 하다. 야생 꽃들과 바람, 속이 훤히 들여다보이는 강바닥의 피라미와 송사리와 뱅아리 등의 물고기들까지 친구가 되기에 충분했다. 성재산의 끝자락인 갓길을 돌며 만나던 갖가지 풍경들이 아직도 가슴에 푸르게 가득 채워져 있다는 사실만으로도 추억은 여전히 진행형일 뿐이다.

얼마 전 그곳을 다시 찾아갔다. 인적이 사라진 고개는 기울어진 잡목과 쌓인 낙엽들로 허벅지가 빠질 정도로 골이 깊어져 있어, 발로 낙엽의 쿠션을 느끼며 더듬더듬 넘어야 했다. 하지만 조금도 낯설지 않고 익숙한 느낌은 왜일까. 바람에 흔들리는 나뭇가지 사이로 지난날의 영상들이 꽃인 양 만산에 천자만홍으로 피어난다. 그러다가 갑자기 안개 같은 속울음이 목을 타고 올라와 그것을 삼키느라 잠시 애써야 했다.

그것은 남아선호 사상이 팽배하던 시대를 살아온 많은 여성들의 아픔이랄까. 또래의 친구들은 너나 할 것 없이 그런 입장이었다고 지금도 만나면 이야기가 끝날 줄 모른다. 누구의 잘못도 아닌데 그럴 수밖에 없었던 사정과 처지가 이제는 눈물범벅과 뒤섞인 웃음꽃으로 피어 재미까지 더해 주니 그게 세월이 적층된 연륜의 힘인지 모르겠다.

이상하게도 희미하게나마 상처였던 그림자가 오늘의 나를 완성시켜 가는 촉매제라 여기니 오히려 편해진다. 전후 세대로서 너나 할 것 없이 곤궁했던 상황을 누구나 겪어야 하지 않았던가. 나이만큼 시야의 폭도 점점 넓어지고 삶의 보폭도 다소 여유가 생긴다. 성재산과 쪽금산의 사잇길인 배너미를 넘으며 잃어버린 꿈 조각의 퍼즐들을 찾아내며 그것을 천천히 제자리로 돌리려고 애써 본다. 그러다가 예전 단발머리의 나를 만나면서, 아픈 과거 없이는 귀밑머리 희어지는 현재를 깨닫기는 어렵다는 걸 알게 된다. 아득하지만 어제 일인 양 남다른 기억들이 여운으로 밀려들어 이제는 피하거나 막아 낼 생각마저 사라진다.

배너미고개, 내겐 가슴속에서 편평한 길로 자리를 잡았다. 학교 가는 길, 거긴 꿈을 향한 고개가 있었고, 아버지에게는 시대의 무게를 견디며 넘던 애환의 재였다. 그곳은 탁한 강물이 넘는 물길이 아니라 맑은 바람이 넘는 오솔길이었고, 딴은 배가 넘은 곳이 아니라 사람의 길이었으며, 성재산 아래 형성된 논밭을 터전으로 조상 대대가 오래도록 살아가기 위한 생명의 길이었음을 느낀다.

내가 떠나 있었지만 떠난 게 아니었다. 배너미를 넘어 흐르는 영강의 물결을 따라 멀리 더 멀리 넓은 바다로 향하는 인생 항해였다 해도 여전히 마음이 돌아올 곳은 고향뿐이었다. 세상이란 만경창파에 다다라도 뱃머리는 결국 배너미로 귀향하고 있지 않은가. 산천은 변했어도 스며있는 기운은 그대로이니 혹여 어느 골에 안착한들 누가 낯설다 홀대할까. 차가우면 온기를 심고 뜨거우면 한 겹 마음을 식히고 정화하면서 찾을 곳은 오직 강물도 더디게 흐르는 나의 고향 더대이다.

〈성재산〉

성재산에 올랐다. 겹겹의 세월 속에서 나무들은 무성하게 자라났고 좁았던 길마저 묻혀버렸으니 그저 짐작으로만 올라야 했다. 산의 살갗 위에 풀 한 포기와 발끝에 닿는 돌멩이 하나하나가 나를 기다렸는지 암봉이 없는 육산의 느낌은 엄마 치마폭처럼 포근했고 볼에 스치는 바람도 부드러움으로 다가왔다.

산의 정상을 성안이라고 불렀다. 견훤이 성을 쌓았다는 산성은 산 정상이 일자형으로 바구니 형태이며 퇴메식 성곽으로 둘러 있어 넓고 편평하여 아이들의 놀이터로는 제격이었다. 그곳에 군사들의 훈련과 진지로 활용하며 우물까지 있었다면 어떤 풍경인지 그림이 그려질 것이다. 산천이 마냥 푸르던 시절에는 몸과 마음도 가볍기만 했기에 힘든 줄도 모르고 가풀막진 그곳을 자주 오르내렸다.

성안에서 아래를 내려다보면 성재산을 중심으로 영강이 쪽금산을 휘감아 돌고 가까운 농암과 멀리 있는 마을들이 잘 보일만큼 시야가 넓었다. 그즈음 철부지인 우리들에게 부족한 역사의식은 당연했다. 다만 콕 집어서 영원의 기억 속에 묻어 둔 것은 후백제를 세운 견훤의 활동 무대였다는 근거만 지금껏 자랑으로 지녀왔을 뿐이다. 견훤이 농바우가 쪼개지면서 태어났다는 것과 말바우에서 용마를 얻었다는 것 정도의 설화만으로도 후백제를 건국한 대왕의 고장이자 그 산성이라는 게 가슴 뿌듯한 일이었다.

요즘도 해질 무렵이면 그때를 떠올리게 된다. 오후 한나절은 성안에서 신나게 노는 일이 빠뜨릴 수 없는 일과 중 하나였다. 그 과정이 내게는 성장하는 데 있어서 큰 묘약으로 작용해 온 것 같다. 집으로 돌아오는 길, 산 아래 이집 저집 굴뚝에서 모락모락 피어나던 저녁 연기를 지금도 잊지 못하는 그것이 이웃 사랑의 마음을 키워 준 것이리라. 밥 짓는 냄새가 코끝에 다가오는 듯한 느낌만으로도 내가 머리 둘 곳이 어디라는 것을 잘 알게 해 준 것이다.

세상살이가 달고 쓰다 여길 때쯤 고향을 찾는 일이 잦아졌다. 동구 밖을 지키는 느티나무만이 늙은 몸으로 반겨줄 뿐 적막만 가득하다. 기다리는 이들은 떠나가고 휑한 바람만 길목을 오가고 있다. 모래톱처럼 가라앉은 기억을 하나 둘 헤집으며 둘러보건데 모든 것이 외롭게 변한 모습의 일색이다. 넘쳐나는 빈집들은 막연하게나마 어느 때쯤이면 주인이 찾아올까를 기다리는 간절함만 보여 주고 있다. 아이와 어른이 함께 아침저녁으로 찾던 산 아래 약샘은 송어장으로 변하여 외지인들의 차량만 빈번해졌으니 왠지 모를 낯가림만 가득하다.

김기자 수필가

'더대'라는 지명은 매우 특이하다. 이곳 사투리로 "어데(어디)?"라고 물으면 그 답으로 "더대(저기)"라고 응대하는 식의 농담을 한다. 하지만 뒤쪽은 견훤의 혼이 서린 성재산이 배산이 되어 마을을 안아 주고, 앞으로는 너른 들판을 지나 작약산이 마을의 안산이 되어 주고 있으니 언제나 아늑하고 평화로운 마을로 자리매김하여 왔다. 나는 언제부터인가 이 더대를 "더 대단한 마을"을 줄여 부르는 것으로 생각했다. 왜냐하면 30가구도 되지 않는 마을에서 장군이 탄생하고 국회의원이 나며 세상을 선도하는 인물들이 다수 나오는 등 예사롭지 않은 인물들의 출현을 보면서 누가 뭐래도 대단한 마을로 지칭해도 된다는 생각이었다. 사람들은 이곳에서 많은 인물들이 나는 건 견훤의 기운을 받아서라고 말하고, 나는 어린 시절부터 성재산을 놀이터로 이용하기도 하고 마을 가운데 샘솟는 용출수가 여름엔 시원하고 겨울엔 따뜻한 물을 제공하여 늘 마을 사람들에게 새로운 기운을 불어 주기 때문이 아닐까라고 말한다.

인생의 가을이란 말이 실감 날 정도로 스산한 고개에 다다랐다. 그래도 되돌아볼수록 꿋꿋하게 주어진 몫을 감당하며 잘 살아오지 않았는가. 가끔씩 그 힘은 어디서부터였을까 궁금한 적이 여러 번인데 이제사 정답을 찾는다. 값없이 얻은 고향의 정기가 오늘까지 나를 지배해 왔음을 당당하게 고하고 싶다. 그 속에는 가장 먼저 부모님의 그림자가 선명하다. 곁길로 가지 못하도록 묵언의 힘이 되어 항상 붙잡아 준 분들이라는 것을 뒤늦게 깨닫고 감사드린다.

  어떤 말로 고향에 대한 정서를 다 표현해 낼 수 있을까. 유물처럼 간직하고 싶은 그 시절의 그리움과 애환을 꺼내어 나열할 때면 눈물 반 웃음 반으로 나누어지는 추억들은 무수하다. 가슴 시린 기억은 차츰 진주처럼 바뀌었고 행복했던 기억은 오늘의 나를 따뜻하게 변모시키는 길로 가까이 데려다 놓았다. 혈관 속에 잠재한 애착의 그림자마저 해처럼 훤히 밝아지면서 내가 새롭게 인식할 본향을 갖게 하고 있다.

  고향은 언제나 나를 지켜 주는 정신적인 지주이다. 어느 누구나 부인 못할 정서의 샘물과 같은 곳이다. 어제와 오늘을 이어 갈 수 있도록 해 준 존재의 이유가 거기서부터 출발해 온 것이다. 절대로 내려놓지 않고 붙드는 힘, 그 힘의 작용으로 이렇게 살아 있다 해도 쑥스럽지 않다. 성재산 품 안에는 사랑하는 어머니가 잠들어 계시기에 그 산을 멀리서 바라만 봐도 어머니가 내 가슴으로 달려오신다. 요즘 이모티콘 대신 초성 문자로 찍어 보내는 'ㄷㄷ'은 '대단'이라는 뜻이지만, 내겐 '더대'라는 또 다른 고향의 의미다. 살면서 고향에 대한 그리움이 점점 짙어져 갈 때 나는 'ㄷㄷㄷ'라 쓰고 '더 대단한 더대'로 읽으며, '더대'를 헤진 삶의 옷에 구멍난 팔꿈치와 무릎에 따뜻한 사랑으로 덧대어 꿰매 준 '덧대'라 부르리라.

  멀리서 오래 서성이다가도 먼눈으로 성재산을 바라본다. 새롭게 조명되는 견훤의 역사가 장엄하게 되살아나고 있다. 우레와 같은 기개가 저만큼 높다랗게 가득이다. 성곽은 희미하게 세월 속에 묻혀 있으나 귀하디귀한 전설들이 골짜기마다 메아리로 넓게 퍼져 살아 숨쉬고 있다. 이제 바빠지기 시작했고 멈추어졌던 꼭짓점은 선율을 타고 사방으로 갈라져 모두가 애향의 노래를 부르도록 만든다. 귀한 터전, 문경에 대한 자부심이 밝게 살아나는 순간이다.

08. 남상순의 단편소설 〈장부〉

〈장부〉 단편소설

바깥에서 기침 소리가 들리자 잠시 베틀을 멈추었던 희규는 정신을 가다듬으며 코피를 풀어낸 손수건을 치마 속에 감추었다. 내려놓았던 북을 서둘러 잡고 끌신을 당기는데 할머니가 문을 열었다.

"다 됐나?"

허리가 구부러진 할머니는 양 손으로 문지방부터 짚었다. 명주를 끊으러 올 때면 안으로 들어와도 되는지 아닌지부터 살피는 습관이 있었다. 문턱이 높아 하루 두 번 오르내릴 곳은 못된다고 생각했음이 분명했다. 베틀이 있는 아래채 큰 방이 큰 채에 비해 문지방이 턱없이 높았던

남상순의 〈흰뱀을 찾아서〉 표지

이유는 각혈병^(폐병)에 걸렸던 증조모를 모시려고 따로 지은 건물이기 때문이다. 밥을 들여 주는 사람과 밥을 받는 사람의 눈높이가 어느 쯤에서 만났을지 자세히 따져 본 적은 없다. 증조모가 그 안에서 3년을 앓다가 돌아가신 해 초겨울에 쑥을 피워 안을 샅샅이 그을린 다음 베틀을 앉혔고 오늘에 이르렀다. 상방 마루에 놓았던 베틀이 멀리 떨어진 아래채로 이사 나는 날 작은오빠 내외도 분가를 해서 둘이던 베틀은 하나씩 나뉘게 되었다. 이제는 모여서 실은 같이 감아도 틀을 돌리는 것은 제각기 하였다. 작은올케도 좋아하고 희규도 마음이 들떴었지만 이듬해에 시집을 가게 될 줄은 몰랐다. 시집가기

전에는 높은 문지방을 보면 공연한 안도감에 마음이 든든하였지만 친정 온 지금은 한 번 내려가면 다시는 올라오기 힘든 아득한 낭떠러지가 되었다.

"거진 돼 갑니다."

신을 벗고 안으로 올라온 할머니는 베틀 옆에 앉아 혹시라도 골 진 부분이 있는지 살피다가 베틀 아래로 고개를 숙였다. "이기 뭐라?" 한참 만에 고개를 치켜든 할머니의 손가락에 핏방울이 묻어 있었다. 허리는 꼬붓한 양반이 눈은 어찌나 밝은지 날아가는 새의 다리가 부었는지 말았는지를 분간할 때도 있다는 소문이 돌 지경이었다. 희규가 코피를 흘렸다고 했더니 쯧쯧 혀 차는 소리가 들렸고 이내 낮은 한숨이 흘러나왔다. 명주에는 묻지 않았다고 하자 할머니는 "비오리가 떨어지면 멀쩡하다가도 날이 궂더라." 하며 딴소리였다. "시집 왔을 때 너 엄마도 그래 코피를 쏟았느니라."라는 말은 한참 뒤에 나왔다. "아 낳을 생각은 안 하고 부엌 아궁이에 불을 쳐댈 때도 코피가 나고 파를 뽑다가도 코피를 흘려서 어른들한테 무지하게 타박을 먹었다. 한약이라도 한 재 지어 먹였으면 싶었지만 층층시하라 그럴 수가 있어야지. 얼른 마무리 짓자." 할머니가 서둘렀다. 희규가 베틀방에 더 있고 싶어 시간을 끈다는 것을 할머니는 모를 리 없었지만 그렇다고 베틀방이 지은 희규의 마음을 속속들이 다 아는 것은 아니었다. 자식을 여럿 거느린 할머니는 희규에게 그만한 관심까지는 가질 여력이 없었는지도 모른다.

희규에게 친정집은 상방이나 안방, 부엌이 아니었다. 그렇다고 허름한 용마루일 리는 더더욱 없었다. 친정집을 그릴 때마다 눈에 떠올린 것은 실꾸리와 베틀, 물레 같은 것들이 자리 잡고 있는 아늑한 베틀방이었다. 베틀방이 곧 친정집인 셈이다. 그 안에서 명주를 한 필 한 필 완성하는 나날들이 언제까지나 계속되기를 바랐지만 꿈은 이상한 방식으로 깨어졌다. 해는 서산으로 기울었고 들에 나간 식구들은 곧 돌아올 것이다. 동생이 소죽을 끓이기 위해 가마솥에다 구정물 쏟아 붓는 소리가 여러 번 들린 뒤였다.

차르락차르락.

꾸리를 감은 북이 얼마간 날실과 날실이 벌어진 사이를 통과하고 나자 위로 올라가던 잉아실이 팽팽해지더니 북이 더 이상 지나갈 수 없게 되었다. 희규가 도투마리를 넘어프림과 동시에 할머니가 몸을 일으켜 바디집을 빼고 가위로 날실을 끊었다. 사린 명주를 꾹꾹 눌러 접는 할머니 손길이 부드러우면서도 엄숙했다. 친정 온지 반 년 가까이 되었고 오늘 마지막으로 짠 한 필을 보태면 명주는 딱 스무 필이었다. 해마다 봄누에를 두 칸씩 쳤지만 고치가 몇 섬이나 나온 것은 올해가 처음이었다. 오빠들은 체면을 내려놓은 채 뒷마당에서 실 째는 것을 도왔고 할머니는 실을 감았으며 나머지 식구들은 베매기에 열을 올려 탐스러운 실꾸리가 베틀방에 돌탑처럼 쌓였다. 한나 두울… 세어 보지 않아도 빤한데 할머니는 보따리를 끌러 자꾸자꾸 명주를 세었다. 두 번을 세고 세 번을 세어도 스무 필이 넘거나 모자라지는 않았다.

"니 그간 고생 많았데이. 이젠 밍지 같은 거 잊어버리고 더 좋은 거 하민서 살아라."

따뜻이 위로하고 달래는 어투였지만 말에 뼈가 있음을 희규는 모르지 않았다. 스무 필을 끝내고 시집으로 돌아가겠다는 약조는 친정 식구 모두 앞에서 내린 선포였다. 그 약조가 있었기에 큰 올케가 선선히 베틀을 내어 준 것인지도 모른다.

"해 넘어 가기 전에 바구지에나 다녀올랍니다."

"할미가 같이 가 주랴?"

"혼자 다녀올게요."

"그래라, 그럼."

골방에서 옷을 갈아입고 나오다가 도로 들어가 얇은 시첩을 챙겨 가슴팍에 넣었다. 시첩으로 만들어지고 시첩이라 불리지만 그것은 명주장수 어머니가 남긴 장부였다. 외상 놓은 것을 그 안에 꼼꼼히 표시했으나 다른 사람이 알아볼 정도는 아니었다. 어머니는 글을 조금만 아는 사람이었고 그마저도 자의적이었다. 아버지와 오빠들은 외상값을 받아내려고 돌돌 말린 장부를 들고 몇몇 동네를 돌면서 탐문에 나섰으나 그것을 사람들 앞에 펼쳐보이지는 않았다. 장부를 보여 주더라도 알아보는 사람도 없었겠지만 외상을 졌다는 사람이 자발적으로 나설 거라고는 믿지 않았던 것 같다. 그만큼 장부는 어머니만의 암호로 되어 있었다. 기껏 짐작해 낸 글씨가 '남원'이나 '마성'이라는 한글이어서 큰오빠와 아버지는 인근에 장이 서는 날을 골라 마성으로 달려갔으나 '귀정'이라는 글자에 막혀 길을 잃고 돌아왔다. 희규는 '마성'을 '내성^{봉화의 옛 명칭}'으로 읽어야 한다고 해 봤지만 아버지는 어림없는 소리 말라고 했다. 내성이라니, 거기가 어딘 줄이나 알고 하는 소리냐? 희규는 아버지가 어머니의 행보를 장부를 통해서가 아니라 당신의 상식으로 가늠하려 한다는 인상을 받았으나 아버지가 오래 해 오던 습관을 바꿀 리는 없었다. 어머니가 그 먼 곳까지 행상을 갔으리라는 짐작은 아버지에 의해 끝내 차단되었으므로 글씨 아닌 글씨들은 어머니의 알 수 없는 속내로만 남았다. 식구 중에서 그 속내에 닿아 보고자 장부의 페이지를 오래 들여다보고 만지작거린 것은 희규가 유일했다. '귀정'이라는 글자가 시커멓게 뭉개진 채 늘어나 형체를 알아볼 수 없게 된 것도 희규 탓이 컸다.

어머니가 행상 다니는 동안 아버지는 집에서 칠언절구로 이루어진 한자 책을 읽었고 그러다가 지루해지면 방문을 열고 나와 시첩의 재료인 한지를 만들었다. 속에서 알 수 없는 천불이 치받칠 때도 한지를 만들거나 노끈을 꼬았다. 희규는 그 모든 과정에 기꺼이 동참하면서도 아버지가 바라는 세상은 다시 오지 않는다고 소리치는, 아버지 앞에서 불효를 저지르고 싶은 충동을 느낀 게 한두 번이 아니었다. 그렇게 만들어진 장부를 오늘 어머니에게 돌려 드릴 작정이었다. 그것을 이대로 두고는 시집으로 돌아가지 못할 것 같았다.

바구지 산꼭대기 어머니 무덤 앞에 이르러 두 번 절하고 시첩을 감춘 다음 집으로 돌아왔더니 저녁상이 차려져 있었다. 상방으로 상이 두 개 들어가고 나머지 식구들은 마루에 둘러 앉아 저마다의 수저를 집어 드는 중이었다. 마루 끄트머리에 애매하게 걸터 앉아 보리밥을 비비고 있던 큰 올케가 부엌으로 들어가 희규의 밥그릇을 들고 왔다. 할머니가 칭얼거리는 조카들을 어루만지다가 희규에게 말했다.

"야야, 밍지를 반으로 가르기로 했다."

발간 물김치를 숟가락에 떠 맛을 보고 있던 희규는 무슨 말인지 몰라 가만히 눈치를 살피다가 뒤늦게 "뭐라고요?" 반문해 보았다.

"시집 올 때 빈손으로 왔다고 너 시할마씨가 성구리^(폐백 드리는 것)도 안 받을라 했다매? 밍지 가지고 가서 팔면 뭔 수가 날 거다."

자신이 진정으로 원하는 것이 그것인지 헤아려 보느라 고개를 갸웃거리는데 "싫다고는 안 하네?" 하는 소리가 들려와 스스로 무르춤해졌다.

다음 날 이른 아침 가족들의 배웅을 받으며 집을 나섰다. 장꾼들이 상주장으로 질러 가기 위해 이용하던 느즈목고개와 황령이라는 큰고개를 넘고 상주에서는 다시 화령재를 넘어야 시집이 나온다. 느즈목고개는 비교적 밋밋했으나 다른 고개들은 가팔랐다. 무엇보다 오늘 안으로 돌아와야 할 큰오빠의 입장을 배려하지 않을 수 없었다. 어머니가 돌아가셨다는 소식에 시집을 나서 울면서 화령재를 넘었던 게 엊그제 같았다. 야심한 밤이다 보니 나이 어린 신랑은 머슴 등에 업혔다가 걷다가 하면서 칭얼대기 바빴다. 희규는 명주 열 필을 등에 지고 앞장서던 큰오빠를 윗마을 갈림길에서 불렀다.

“바구지 엄마한테 잠깐 다녀가면 안 될까요?”

날카로운 눈으로 바라보던 큰오빠가 잠시 난감한 표정을 지었으나 곧 걷는 방향을 바꾸면서 아량을 베풀었다. 골칫거리 여동생이 시집 문간으로 발을 들이밀기 전까지는 뭐든 참겠다는 심산인 것 같았다. 왜냐고 묻지 않고 어제 다녀오지 않았느냐 잔소리조차 하지 않는 오빠에게 고마워할 틈은 없었다. 희규는 재빨리 앞장 서 들고 뛰어 산으로 올라가 어제 묻은 장부를 파내 흙을 털어냈다. 안도감이 전해져 왔다. 간밤에 잠을 설쳐 가며 내린 결론이었다. 장부를 아무도 거들떠보지 않는 골방에다 골동품처럼 남겨 두고 시집으로 돌아가고 싶지도 않았지만 산중에 버려 두는 것은 더 못할 노릇이었다. 식구들을 먹여 살리기 위해 식은 밥을 얻어먹고 가랑비에 옷을 적셔 가며 낯선 동네를 부지런히 돌아다녀야 했던 어머니의 시간을 떠올리면 그리 해서도 안 될 일이었다.

고만 내뻐리라.

외상 진 사람을 한 사람도 찾아내지 못하자 아버지는 그것을 창고 앞 거름 더미 위로 던져 버렸다. 다음 날 희규가 나무장대를 이용해 조용히 끌어내려 감춘 뒤로 어머니의 장부를 다시 거론하는 식구는 없었다. 숨겨 둔 장소가 기억나지 않아 골방을 다 뒤져도 안 보이더니 어느 날 불현듯 눈에 띄어 챙긴 것인데 이제는 마음 깊이 들어와 굳은살처럼 박혀 버렸다. 다시는 장부와 헤어질 수 없을 것 같은 불안감은 상서롭지는 못하나 불쾌는 아니었다.

갈림길까지 되돌아왔을 때 왠지 그 기분마저도 오래 감당할 수 있을 것 같아 집 쪽으로 시선을 주었더니 뒷밭에서 김을 매다가 이쪽을 쳐다보는 사람의 실루엣이 잡혔다. 아버지인 것 같았고 왠지 모르게 희규를 보고 있는 듯했다. 밥하고 김매는 것에 무관심했던 어머니처럼 호미 잡는 것을 그토록 꺼려하던 아버지가 거기 서 있다는 건 자식의 뒷모습을 한 번이라도 더 보고파서일까. 죽었다 깨어나도 그건 아니겠지만 그렇다고 마음이 간결해지는 것은 아니었다. 모든 것을 다 보고만 아버지와 눈이라도 마주 친 느낌이었다.

해가 한 발 가량 떠올랐을 때 큰고개 중턱에서 잠시 짐을 내려놓았다. 희규가 주먹밥 싼 보자기를 풀고 있을 때 소피 보러 숲에 들어갔던 큰오빠가 영지버섯 세 송이를 들고 돌아왔다.

"얼마나 고운지 봐라. 아주 발갛구나."

그중 하나는 크고 실해서 상주 장터에 내 놓으면 장돌뱅이들의 시선을 끌고도 남을 물건이었다. 버섯을 코에 갖다 대자 숲 냄새가 진동했다. 집안이 필 모양이다. 기분이 좋아진 큰오빠가 주먹 밥 한 덩이를 통째로 입에 넣고는 신나게 씹었다. 잠시 후에는 옆에 놓아둔 희규의 보퉁이를 끌어당기더니 영지버섯을 그 안에 넣었다.

"큰오빠, 그걸 왜 거기 넣어요. 싫습니다."

막무가내의 손길을 이기기는커녕 어머니의 장부조차 들키고 말았다. 이발한 지 오래되어 덥수룩한 큰오빠 머리에서 땀 한 방울이 내려와 귀밑으로 흘렀다. 큰오빠는 장부를 못 본 척 넘어가 주었다.

"논농사 밭농사도 짓다 보면 재미난다. 너 시집에는 땅도 많고 하니 살림은 순식간에 피어날 거야."

그러니 그렇게 죽을상 짓지 말라는 뜻인 것 같았다. 세 살 어린 신랑만 생각하면 가슴 벌렁거리는 사연을 큰오빠가 알 리는 없었다. 담 너머로 보따리 좀 넘겨 달라기에 시키는 대로 했다가 날벼락을 맞았다. 알고 보니 동네에서 같이 어울려 다니던 종말이 아재와 함께 농에 있던 양복기지를 훔쳐 서울 행을 준비하고 있었다. 어비 겉은 기 밥도 못하고 문단속도 못하고… 저걸 뭐에다 쓸꼬? 시어머니의 야단법석이 오래가지는 않았지만 가슴속에 뜨거운 돌멩이 하나가 자리 잡은 느낌은 아프고 쓰라렸다. 희규가 하고 싶은 것은 뭔가 돈벌이 될 만한 것에 몰두하는 것이었다. 다른 건 몰라도 명주 짜기는 자신 있었다. 작은올케는 며칠을 붙잡고 있어도 안 되지만 그녀는 신들린 사람처럼 하루 만에 한 필을 뚝딱 짜낸 적도 있다. 희규가 명주를 짜고 어머니가 팔러 다닐 때가 가장 행복하고 좋았지만 이제는 물거품이 되었다. 시집 식구의 밥그릇은 열일곱 개가 넘는다. 그걸 혼자서 떠안다 보니 어디가 앞이고 어디가 뒤인지도 모르는 사이에 하루해가 저물었다. 그 동네는 베틀을 아는 사람은 없고 그저 구경해 본 사람이 있는 정도였다.

"지금은 네가 아무것도 할 줄 모르지만 배우자고 치면 순식간이야. 세상에 밥상 차리는 여자 따로 있고 명주 짜는 여자 따로 있겠나?"

골난 표정으로 큰오빠의 잔소리를 듣고 있다가 영지버섯을 다시 꺼냈다. 하지만 어느새 눈치를 챈 큰오빠가 어르신 드리라며 가로막더니 몸을 일으켰다.

큰고개는 험난했다. 가쁜 숨을 내쉬며 꼭대기를 지나 내리막길에 이르니 다리가 후들거렸다. 산을 다 내려가자 여기저기 밭일하는 사람들이 보였다. 큰오빠에게 그만 돌아가라고, 혼자 갈 수 있다고 큰소리쳤다. 장터를 지나 화령재를 넘어가야 시집이 나오는데 거기까지 갔다가는 큰오빠의 귀가가 늦어질 수 있었다. 희규의 거듭된 설득에 결국 큰오빠가 마음을 바꾸고 왔던 길로 되돌아갔다.

큰오빠에게 넘겨받은 명주를 머리에 이고 작은 보따리는 허리에 묶었다. 찌는 날씨였지만 참을 만했다. 장터 같은 번화한 거리에 이르면 희규만 하는 습관이 있었다. 간판글씨를 읽으며 돌아다니는 일이었다. 상주이발소, 문경방아깐, 김천빵집, 상주기계공업사, 점빵… 학교에서는 창씨를 개명하라고 난리고 거리에는 일본어로 된 간판도 눈에 띄었지만 그런 건 얼마든지 못 본 척할 수 있었다. 한글이나 한자로 된 글씨의 의미를 하나하나 새겨 가며 읽고 있노라면 아무 생각도 나지 않고 걱정도 사라졌다. 화령 장터의 간판은 초라하고 작고 개수도 몇 안 되지만 가끔은 없는 것을 보는 재미도 누린다. '이희규 명주 전문상회'라는 번듯한 간판은 언제나 연두색으로 채색되어 있었다. 아버지나 오빠들이 알면 다른 건 몰라도 이희규라는 이름은 떼어 내라고 할 것이다. 여자이름을 거기 붙이는 법이 어디 있느냐고 하면서.

눈앞에 육촌인 말숙 언니네 '지름집' 간판이 나타난 것은 그때였다. 안으로 들어가 언니를 불렀지만 처음부터 계산하고 한 행동은 아니었다. 보따리를 내려놓는데 며칠만 명주를 맡아 줄 수 있느냐는 말이 불쑥 튀어나왔다. 말숙 언니가 눈을 휘둥그레 뜨면서 고개를 가로저었다.

"그거 맡겼다가는 오늘 안에 술값으로 아작 난다."

그러면서 턱짓으로 집 안채를 가리켰다. 생각해 보지도 않은 일이었지만 사정이 그렇다 보니 영지버섯만 팔고 일어서지 않을 수 없었다. 말숙 언니가 싸 준 찐 감자를 보따리에 챙겨 넣고 시집으로 가는 척하다가 상주역으로 향했던 순간에는 마음이 어느 정도 정리가 된 다음이었다. 어머니 장부에서 엿본 긴가민가한 글씨가 물음표를 던지며 평생 귀신처럼 따라붙고 말 일이었다. 그렇게 쫓기느니 늦기 전에 봉화 장터로 가서 귀정에 관한 비밀을 파헤쳐 보는 것이 백 번 옳은 일이라 확신하였다. 그래야만 어머니 딸이고 그래야만 이희규라는 이름이 부끄럽지 않을 것이다. 권월호라는 멋진 이름이 있었지만 나이 든 상꾼이 흰 옷을 입고 지붕으로 올라가 어머니의 죽음을 하늘에 고할 때에는 그 이름이 나오지 않았다. 어머니는 그저 무슨 성씨 집안 누구누구의 처였다. 그때의 충격을 희규는 아직도 잊지 못하고 있다.

"봉화에 가려고 하는데 차를 어떻게 타야 합니까?"

표를 끊은 다음 화장실에 숨어 긴 머리를 상투 틀고 사내 옷으로 갈아입었다. 잠이 오지 않는 밤에 일어나 틈틈이 지은 신랑 옷이었다.

봉화에 도착한 것은 다음 날 정오 무렵이었다. 갖은 고생을 다했어도 '봉화'라고 적힌 간판글씨를 발견했을 때에는 다리에서 힘이 났다. 짐작한 대로 장날이 맞는 것 같았다. 성장을 하고 장에 다녀오는 사람들을 심심치 않게 볼 수 있었다. 그날이 봉화장날이라는 단서는 어머니의 장부에서 찾았다. 봉화장은 상주장과 같은 페이지 앞뒷면으로 표시되어 있었기에 마성처럼 보이는 글자를 내성으로 읽어야 한다고 주장해 보았으나 아버지와 오빠들은 귀를 기울이지 않았다. 그다음 페이지는 어디라고 뚜렷이 표시되어 있지는 않았지만 희규는 화령이라고 믿었다. 상주장과 봉화장 다음 날이 화령장이기 때문이다. 화령 다음 페이지는 은척이고 은척 다음 페이지는 농암일 것이다.

번잡스러운 장터에서 명주 보따리를 풀기 전에 허기부터 달래 놓는 것이 여러 모로 좋을 것 같았으나 사람들에게 말을 걸기가 주저되었다. 여자 목소리를 숨기기 힘들었다. 상투도 마음에 걸렸다. 입은 닫아 놓을 수 있고 벙어리 흉내도 가능하지만 상투는 아니었다. 열차 칸에 상투를 튼 사람이 한 사람도 눈에 띄지 않아 얼마나 당황스러웠는지 모른다. 하룻밤을 명주 보따리를 등에서 풀지 않은 채 출입구 좌석 뒤에 앉아 버티었고 누가 다가와 옆에 앉더라도 낭패를 당하지 않으려고 창문을 향해 돌아앉았다. 다행히 승객이 많지 않아 꾸벅꾸벅 졸다가 눈까지 잠깐 붙였다.

봉화에 도착하면 상투 튼 이가 몇몇은 눈에 띄지 않을까 기대했으나 오산이었다. 편하고 쉬운 것에 사람들이 이토록 빨리 적응하게 될 줄은 몰랐다. 상투가 표식이 되어 누군가 시비라도 걸고 주재소에서 순사라도 나오면 꼼짝없이 군대나 공장으로 끌려갈 것이다. 가정의 생계를 위해 딸이나 여동생을 팔아치우기도 하는 세상이니 두 말 하면 잔소리가 된다. 어쩌지? 희규의 마음은 자꾸만 움츠려 들었다.

길모퉁이를 돌았을 때 마침내 장거리가 보였다. 왁자지껄한 고함소리며 물건을 흥정하는 소리가 흥겹지 않은 것은 아니었으나 아무래도 파장에 가까운 것 같았다. 정오가 지났으니 그럴만했다. 곧장 복판으로 들어가지는 않고 닭이며 강아지들이 오들거리며 붙잡혀 있는 입구로 쭈뼛쭈뼛 다가가 짐을 내렸다. 빈대떡을 붙이고 있는 아낙네가 보였다. 냄새가 식욕을 자극해 정신이 혼미해졌다. 멀찍한 거리에서 가만히 사고파는 것을 구경하고 있자니 빈대떡 한 장의 가격이 저절로 가늠되었다. 동전을 알맞게 꺼내 건네면서 손가락 두 개를 펴 보이자 아낙네가 커다란 양은그릇에다 빈대떡을 담아 주었다. 허겁지겁 배를 채우고 물도 얻어 마시고 나자 용기가 생겼다.

"말좀 묻겠습니다."

남정네 목청을 흉내 내려다보니 의젓하지는 않고 거만하게 비친 것일까. 젊은 아낙네가 퉁명스럽게 말을 받았다.

"내가 여인이라 말을 묻는 것은 도와줄 수 없고 그나마 말귀는 알아듣는 편이니 어디 들어나 보지요."

이것이 장터의 가락인가 싶었으나 웃음은 나지 않았다. 아낙네에게 귀정을 아느냐고 말해 보려고 앉은걸음으로 조금 더 다가서고 있을 때였다. 어디서 나타났는지 갈래머리 처녀가 지나가다가 희규와 눈이 마주쳤는데 이후에도 시선을 떼지 않았다. 가던 걸음을 멈추고 뚫어져라 얼굴을 훑어보면서 고개를 갸웃거리기까지 했다. 한눈에 말괄량이임을 알 수 있었다. 신경이 쓰여 자리를 뜨려고 좌우를 살폈지만 늦은 것 같았다. 처녀가 양손을 허리에 얹은 채 장터가 떠나가라 고함을 질렀다.

"아무리 봐도 여인이 아닙니까? 여인이 왜 남복을 하고 있답니까?"

희규는 감싸고 있던 보따리마저 잊고 벌떡 몸을 일으켰다. 물러날 곳이 없을 때에는 맞서서 대거리 하는 게 최고라고 어머니에게 배웠지만 막상 닥치고 나니 쉬운 일이 아니었다.

"지금 뭐라는 겁니까? 당치도 않아요."

처녀는 "당치도 않아요."를 여자 음성임을 강조해 가면서 흉내 내고 나더니 턱을 희규 코앞까지 들이밀었다.

"이 장터에서 남복을 하고 무슨 사기를 치려했는지 어디 말해 보아요."

"사기를 치다니, 정신 나갔어요? 정말 어이가 없군요."

아무리 봐도 평범한 처녀였다. 볼일이 있어 장에 나왔으면 가던 길을 가면 되지 남이야 남복을 했든 여복을 했든 웬 시비란 말인가. 하지만 그런 말로 따지고 든다고 해서 해결될 일이 아니었다. 불리한 것은 희규였다. 그 길로 명주 보따리를 들고 뒤도 돌아보지 않고 장터 안쪽을 향해 빠르게 걸어갔다. 도망치는 것 같아 기분은 좋지 않았으나 다른 도리가 있는 것도 아니었다.

이제는 따돌렸겠지 싶은 곳에 이르러 무거운 보따리를 추스를 때였다. 어느 새 처녀가 비웃음을 날리며 눈앞에서 알짱거렸다. 그뿐이 아니었다. 한껏 의기양양해서 손에 들고 있던 작대기로 자신의 손바닥을 탁탁 내려치면서 위협적인 태도를 취하고 있었다. 그런데 뭔가 이상하다 싶어 다시 봤더니 그녀가 잡고 있는 것은 작대기가 아니었다. 우두망찰하다가 처녀에게 말까지 새치기 당했다.

"왠지 수상하다 했어. 너 도대체 정체가 뭐냐?"

기회를보다가 처녀가 무례하게 휘두르는 그것을 손으로 잡아챘다. 하지만 빼앗지는 못하여 둘이 마주 잡고 힘겨루기 하는 꼴이 되었다. 그것은 작대기가 아니라 어머니가 남긴 보따리 속 장부였다. 처녀의 다른 손에는 희규의 작은 보따리가 들려져 있었다. 급하게 도망치느라 작은 보따리는 빠트린 모양이다. 장부를 묶었던 끈이 풀어진 것을 보면 그 새 보따리 속 치마저고리를 들킨 것은 물론 장부까지 뒤져 본 게 분명하다. 두루마리가 찢어지거나 상할까 봐 희규는 손을 놓고 말았다.

처녀가 소리쳤다.

"주재소로 끌려가지 않으려면 곱게 나를 따라와."

09. 박희정의 고향시 〈감나무 꽃물〉 외 2

감나무 꽃물 / 박희정

감꽃 목걸이 만들어 주던 그런 사람 있었다
약속의 말 짧게 적어 편지처럼 건네주던
가끔은 자전거 타고 마을 앞을 서성댔던

고향 마을 감나무 베어지자 왈칵 그리운
조각무늬 추억들이 돌탑을 쌓는 유년
나에게 꽃물이 되어 준 그런 사람 있었다

고샅길 언저리에 조붓하게 놓인 환상
논배미 물꼬처럼 찰방대며 흘러가는
감꽃이 뚝뚝 질 때면 감물 든 사람 있었다

끝내, 태반 드러내고
젖을 대로 젖어서

놀치는 강물 쪽으로 암수 한 몸 되어

군말은
다 지워내고 올곧은 뼈대라니,

말라가는 곁가지는
그대로 그냥 두라

절벽의 물 그늘 아래 세상을 굽어보는

어머니,
중용의 품새를 다 저물어 익힌다

옹골찬 그리움 있어
열매가 영글듯이

물소리, 바람소리 자서전을 읽어 내듯

묵묵히
계절을 견디는 내 어머니 서 계시다

꼰대도 다 버리고 줏대도 발로 찼다

찢는 대로 자르는 대로 쏠리고 기울다가

예저기 기웃거리던 눈빛마저 지웠다

맑어지거나 흐려지거나 저를 녹여 저를 만드는,

건더기도 알갱이도 채에 거르듯 치대면서

쫀득한 묵의 이미지, 그 맛이면 좋겠다

영남대학교, 고려대학교 대학원 졸업. 2002년 서울신문 신춘문예 시조 당선. 중앙시조대상 신인상(2011), 청마문학상 신인상(2012) 등, 시조집 「길은 다시 반전이다」, 「들꽃사전」, 「마냥 붉다」, 「하얀 두절」, 시 에세이 「우리 시대 시인을 찾아서」, 논문 「박기섭 시조 연구」 등 출간.

박희정 시인

10. 김병중의 역사 장편소설 〈짐새의 깃털: 발췌〉

〈짐새의 깃털〉 발췌

짐새였다. 푸른 날개를 펼쳐 하늘을 도도하게 맴돈다. 사람들은 화들짝 놀라 순식간에 매 앞에 병아리처럼 숨는데 급급하다. 언뜻 보면 독수리를 닮았고, 녹색의 깃털을 가졌으며, 부리는 구리색으로, 몸은 검고 눈알이 붉은빛을 띤다. 살모사와 야생하는 쥐을 먹고 살며 온몸에는 독이 퍼져 있는데, 그 새가 논밭 위를 날면 그림자가 지나간 자리에는 곡식들이 다 말라 죽는, 이름만 들어도 소름이 돋는다.

어디 이뿐인가? 새의 깃털이 술잔이 스치기만 해도 이 술(鴆酒)을 마시는 사람은 곧 독사(毒死)하므로 깃털로 술을 담그면 수천의 목숨을 독살할 수 있다. 돌 아래 숨어 있는 뱀을 잘 잡아먹는데 새의 발이 닿기만 하면 단단한 차돌마저도 힘없이 부서져 버린다. 무미 무취한데다가 물에 잘 녹아 독을 타도 분간이 안 되므로 옛날 황제나 귀족들은 이런 독살이 두려워 코뿔소 뿔로 만든 잔을 가지고 다니며 사전에 독을 제거한다고 했다.

원래 짐새에겐 독이 없었다. 그런데 이 새의 깃털을 꽂고 다니면 희망하는 것을 모두 이루고 최고의 복을 누린다는 말이 돌기 시작했다. 그러자 사람들은 신비한 깃털을 가진 짐새를 잡으려고 사방팔방으로 나서자 새는 점점 맹독을 가지게 되었고, 그 후 깃털에까지 강한 독이 번지게 되었다. 그냥 두면 선하게 사는 아름다운 새를 욕심을 가진 사람들이 잡으려 하면서부터 불행이 시작되었다.

짐새는 하늘을 날면서 "으악 으악" 땅을 향해 서럽게 울부짖는다. 그것은 노래가 아닌

외마디 비명에 가깝다. 사람들은 그 새가 우는 이유를 알지 못하고 눈부신 깃털만 탐하므로 평화로운 세상이 열리기는 요원하여 짐새가 독을 품고 화를 내리는 일은 사라지지 않는다.

"불쌍하게도 사람들에게 욕심이 사라지지 않는 한, 나라와 나라 간에 전쟁이 사라지지 않는 한, 자신도 잘못을 깨닫지 못하는 큰 화, 화, 화가 있으리라. 사람들은 서로 뒤엉켜 싸우고, 나라와 나라끼리 피에 피를 흘리게 하리라."

그럼 누가 이 새를 보았는가? 아니면 누가 잡아서 깃털을 꽂고 다녔는가는 아무도 알 수 없다. 이 새를 본즉 거의 사망에 이른다는 말이 구전되어 올 뿐이다. 사람들이 이 새를 보지 못하자 마음속으로만 그리면서 아예 무서운 상상의 새로 간주해 버린다. 새의 몸에는 희망의 깃털이 달려 있어 우리 영혼에 사뿐히 날아와 가사 없는 생명의 노래를 멈추지 않고 있는데, 사람들의 욕심으로 인해 언제부터인가 짐새가 소리 없이 사라진 것이다. 축복의 길조가 화를 불러오는 흉조가 되어 모습을 감추자, 사람들의 근심은 늘어가며 희망은 오그라들기 시작했다.

기원전 2333년, 천제가 아들 환웅이 인간 세상을 탐하는 것을 보고, 홍익인간^(弘益人間)의 이념을 펼칠 수 있는 곳을 정해 천부인 3개와 바람, 비, 구름을 거느리고 태백산 신단수^(박달나무) 밑에 내려와 신시를 베풀게 한다. 환웅은 웅녀와 교혼하여 단군을 낳고, 단군은 널리 인간을 이롭게 하라는 말을 나라 이념으로 정하고 인류를 선정으로 다스리는 그 나라가 바로 고조선이다.

곰과 호랑이가 사람이 되고 싶다고 애원하여, 환웅이 신령스럽고 영험한 쑥과 마늘을 주며 이것을 먹고 굴속에서 백일 간 햇빛을 보지 않고 견디면 사람이 된다고 하였는데, 곰은 이를 견디어 사람이 되고 호랑이는 견디지 못해 사람으로 화하지 못한다. 결국 사람과 호랑이는 승자와 패자의 관계가 되어 서로 좋은 관계를 터지 못하고 사람은 호랑이 가죽을 벗기고 호랑이는 사람을 해치게 되었다.

천부인은 덕과 힘과 영험을 모은 보물로, 단순한 물건이 아니라 영이 있으며 스스로 의지를 갖춘 신물로 빛과 같아 너무 눈부셔서 사람의 눈으로는 볼 수 없다. 그 힘은 무소불위하여 수월하게 이루지 못하는 일이 없으니, 이런 보물은 누구나 가지려고 탐을 내지만 그것은 하늘이 정하는 자에게 내려진다는 것이다. 그것을 누가 가지느냐에 따라 신비한 권위에 힘입어 곡식과 수명, 질병과 형벌과 선악까지 다스리며, 천하를 얻을 수 있다 했으니 천부인은 하늘로부터 선택받은 자의 소유가 될 뿐이다.

사라진 짐새와 영험한 힘을 가진 천부인을 찾아내는 일은 인간의 힘으로는 불가능에 가깝다. 희망의 새가 이미 맹독을 가진 짐새로 변해 버렸고, 천부인은 이 땅 어디엔가 있다 하더라도 그것이 어떤 형태로 있는지 찾을 길이 막연하다. 하지만 하늘이 내린 자에게는 축복의 짐새가 보이고, 영험을 가진 천부인도 눈부신 모습을 서서히 드러내게 될 것이다. 고조선에서는 왕이 백성을 위해 이롭게 선정을 베풀다 보면 신이 내린 천부인의 성지를 얻게 된다는 전설이 입에서 입으로 전해 오고 있었다.

"오직 선정을 베푸는 자는 천부인을 얻으리니 그 힘으로 독수리가 날개치며 올라감 같을 것이요, 경계를 나누며 창고를 채우려 하지 아니하겠고, 힘이 강하여 이기는 것이 아니라 평화로 이겨서 강해지므로, 결국 고난을 벗고 태평성대를 누리게 되리라."

〈중략〉

낙엽이 지는 가을 밤, 아름다운 자태를 자랑하던 온갖 꽃들이 시들고 떨어진 다음에 피는 것이 하나이고, 꽃이 금방 지지 않고 오래도록 견디는 것이 하나이고, 긴 숨을 쉬도록 향기로운 것이 하나이고, 고우면서도 화려하지 않고 깨끗하면서도 싸늘하지 않은 것이 하나라는 국화가 이 자리에 나타난다. 그림자놀이가 시작된다.

빼어난 국화를 촛불의 그림자를 통해 즐긴다. 국화의 위치를 정돈해 벽에서 약간 떨어지게 한 다음, 적당한 곳에 불을 돌려 가며 국화를 비춘다. 그랬더니 기이한 무늬, 이상한 형태가 홀연히 벽에 가득하다. 그중에 가까운 것은 꽃과 잎이 서로 어울리고 가지와 곁가지가 정연하여 마치 묵화를 펼쳐놓은 것과 같다. 그다음엔 너울너울하고 어른어른하며 춤을 추듯이 하늘거려 마치 달이 동녘에서 떠오를 때 뜨락의 나뭇가지가 서쪽 담장에 걸리는 것과 같으니, 이같은 그림자 꽃놀이로 소경절과 유백영 등은 감탄과 감동에 빠져든다. 이럴진대 한 순배의 술을 더하지 않는다면 어찌 인간일 수 있겠는가.

더욱이 잠시 뒤 거문고와 가야금과 피리로 합주하는 음악이 흐르자 사람들의 눈과 귀를 더 집중하게 만든다. 거기에는 국화의 그림자가 음악과 함께 어우러져 춤을 춘다. 춤사위마다 은은한 향기를 뿜고 있다가 바람을 타고 기묘한 자태로 변하며 나의 이런 모습을 보았느냐고 묻는 듯했다. 이때 보화라는 예인이 나와서 음악에 맞춰 가야무를 춘다. 시와 술과 음악과 춤과 국화 속에서 가을 밤을 느끼다 보니 이상향이 바로 이곳이다.
소경절이 취기가 거나했을 때 가야금을 뜯으며 한 예인이 장가를 부른다.

"큰 바람이 일어나니 흰 구름이 날리는구나. 가을 서리가 날리니 초목이 누렇게 떨어지는구나. 난에는 꽃이 피고 국화에는 향기가 있구나. 사생에 때가 있으니 즐길 때가 얼마인고. 어떻게 군사를 얻어 사방을 힘으로 바로잡겠는가. 덕으로 베풀고 덕으로 살아야 하늘이 복을 내린다."

노래가 끝나자 잔을 치켜들고 한잔을 더 비우고는 분위기에 몰입되어 춤을 추었다. 그러다 한 사람 한 사람씩 춤을 추다가 바닥으로 스러진다. 건장한 소경절도 스러진다. 스러진 사람은 다시 일어나지 못하고 서서히 몸이 식어간다. 흥청망청 마신 후 당나라 군사들의 시신이 인산인해를 이룬다. 사람도 여럿이 한곳에 누우니까 큰 산이 되어 간다.

짐주는 맛이 쓰지만 생꿀과 조화되어 자극적이지 않으며 목으로 잘 넘어간다. 목을 타고 술이 넘어가면 속이 타들어 가는 것이 아니라 오히려 속이 편해지면서 긴장이 풀어져 온몸이 이완된다. 어느 정도 시간이 지나자 통증이 오는 게 아니라 눈앞에 땅거미가 오르고 마음이 점점 슬퍼지며 눈물이 조금씩 스미는 느낌으로 음악과 춤과 함께 환각에 빠진다. 식은 땀이 나고 한기가 들며, 맥박이 느려지고 위에서는 점막 출혈이 생기면서 피를 토하며 몸이 무너져 죽음에 이른다.

"야아, 당새, 당나라 소열이 죽었다. 만세, 만만세! 당당, 위풍당당을 신라가 죽여 버렸다! 배가 잔뜩 부른 군사는 전투도 도주도 잘 못한다. 이제 자기 배를 채우고 죽은 자는 애도하지도 마라. 짐주를 먹고 천하태평하게 죽은 자들을 다리 밑에다 묻고 꼭꼭 밟아라.”

보름쯤 지난 후 하나의 투박한 표석이 완성된다. 표석의 크기가 업적의 크기는 아니므로 원술은 어른 키만한 화강석 전면에 길지 않은 문구를 새겨 넣었다. 그리고 사람들을 동원하여 당교에서 반 마장쯤 떨어진 돈달산 기슭에다 표석을 세우고 그 골짜기를 후세들이 기억하기 좋도록 표석골이라 이름 짓는다.

〈중략〉

'칼보다 손이 먼저 생겼으니 손이 다른 손을 잡아 주고, 전쟁보다 평화가 진정한 통일을 이루게 하였으니 평화를 더 사랑해야 하리. 짐은 왕이요 짐이 새처럼 날기 위해서는 깃털의 힘이 필요한데, 깃털은 백성이니 백성을 하늘같이 모심으로 호국의 다리가 생겼다. 신라 유신공의 백전백승 중에 가장 빛나는 1승이 당교대첩이라 그것은 피의 대가가 아닌 피가 뛰는 지략의 덕분이다. 신라가 강하여 전쟁으로 당나라를 이긴 것이 아니라 짐독으로 이겼으니까 강한 것이다. 전쟁은 악마의 비밀이고 통일은 하늘의 비밀이니 굳이 그 비밀을 알려 하지말고 선하게 살면 축복이 절로 온다. 반도의 독수리가 대륙과 섬을 맘껏 비상하는 그날 이곳에 태평천하가 열릴 것이니 성벽이 따로 필요 없을 것이다. 이 작은 다리의 힘으로 큰 반도가 일어서는 여기에다 작은 비를 세우고, 큰 삼국의 길을 열어 가는 단전의 호흡은 계속될 것이다.'

이제 원술은 마음의 큰 짐을 덜어 낸다. 그동안 자신이 짊어진 짐은 아버지가 물려준 것이 가장 큰 짐이었고, 결국 그 짐을 벗긴 했으나 그래도 아버지와는 이 세상에선 용서와 화해가 불가능한 아픔으로 남는다. 이제 조카들과도 당교에서 술을 한잔 붓고 표석도 세웠으니 이별의 시간이 도래한다.

“윤중, 윤문아, 이제 이 숙부는 홀로 가야 할 길을 떠난다. 그 길이 어디인지는 묻지 말고, 다만 나는 울이 없는 대륙으로 갈 것이며, 살생이 없는 세상에서 살게 될 것이다. 나는 명예로운 화랑으로 살기로 했지만 본의 아니게 임전무퇴라는 계율에 묶여 부모와의 인연을 잃어버렸다. 살생이 없으면 전쟁도 임전무퇴도 없는 것이니 그곳이 나를 맞아 줄 것이다.”

“숙부님, 아직 숙부님께서는 서울로 돌아가시면 얼마든지 벼슬을 얻으시고, 나라에 큰 일을 하실 텐데 가슴이 아픕니다.”

“아니다. 나는 능력이 남보다 뛰어나질 않다. 그리고 부모님께 불효는 나의 운명일 뿐, 아버지께서 나를 용서를 해 주었다면 어찌 지금의 통일을 이룰 수 있었겠느냐? 그러니 난 결단코 부모님을 탓하지도 않는다. 너희는 왕경으로 돌아가면 더 충성된 신하로 조부의 위업을 받들고 5대를 이어 공을 세우도록 혼신의 힘을 다해 주길 바란다. 이것은 조부의 소원이자 마지막 나의 소원이다.”

“예, 숙부님. 꼭 명심하여 그 뜻을 이루고야 말겠습니다.”

그러고는 원술이 아직도 무엇인가 할 일이 있다는 듯 자기가 쓰던 칼을 차고 혼자 영강으로 나간다. 칼을 찬 장수의 모습은 언제나 위엄이 느껴지기 마련인데 왠지 오늘따라 원술의 어깨엔 힘이 빠져 보인다. 삼태극의 기운을 품고 유유히 흐르는 영강은 아무 말이 없다. 성천자^(聖天子)라고 추앙받는 중국의 요임금이 허유에게 천하를 주겠다고 하자 허유는 더러운 말을 들었다며 영수강^(潁水江) 물에 귀를 씻었다는 그 강과 품격이 버금가는 이 강에 원술이 나와서 강물에 비친 자신의 모습을 물끄러미 바라보고 있다. 물속에 누군가가 킨 칼을 들고 자신을 노려보고 있고, 소멸되지 않는 욕심으로 가득한 세상이 영강에서도 굽어진 칼날을 드러내고 있었다.

〈중략〉

눈이 내린다. 눈은 당나라에도 내리고, 신라에도 내리며, 왜나라에도 내린다. 같은 겨울, 어느 나라에 내려도 흰색의 눈이고, 어느 나라에 내려도 같은 물이 되고, 어느 나라에 내려도 하나의 바다로 흘러간다. 눈은 대륙도, 반도도, 섬도 하얗게 하나로 만들어 쉽사리 은세계의 설국으로 큰 통일을 연다.

그 세계의 하늘을 나는 독수리는 어디에서건 자유롭다. 독수리에게 국경은 없고, 독수리의 눈은 천리안이며, 독수리의 두 날개는 만뢰를 지배한다. 그 독수리가 눈 위에 내리면 발자국이 남고, 그 발자국을 보고 만든 한자는 세 나라를 소통하는 하나의 언어로 지경을 삼는다. 한자를 사용하는 나라의 사람들은 소리는 달라도 글씨로 쓰면 서로 뜻이 통한다. 그러나 삼국은 한자겨레이자 한자동맹을 잘 지키고 살아가면서도 아직은 국경을 긋고 있다.

왕의 지위란 모자에 꽂은 깃털에 불과하다. 그런 지위를 남용하면 그 왕과 그 나라는 비상을 할 수 없다. 하늘을 나는 새는 결코 비만하지 않으며, 작은 새는 작은 둥지에 만족할 뿐이고, 그렇다고 독수리가 비둘기 알을 품지 않는다. 빛나는 깃털을 가진 저 독수리는 강을 어떻게 건너야 할지 걱정하지 않으며, 그보다 머리를 어느 방향으로 두느냐를 더 중요하게 생각하지 않는가. 지금 반도의 독수리는 그 머리가 산둥반도를 향해 대륙으로 날아갈 기세다. 누가 이 도도하고 거침없는 기세를 막을 것인가? 이미 어느 섬도 대륙의 일부분이고, 대륙은 반도의 둥지이며, 반도는 평화라는 이름을 가진 비상하는 한 마리의 독수리다.

욕심의 너머에는 짐승이 있고, 짐승의 너머에는 탐욕이 있으며, 탐욕의 너머에는 인간이 있다. 그 뒤에 있는 인간은 아무 보잘것없다. 아무리 먹어도 채워지지 않는, 피에 굶주린 인간의 가면을 쓴 얼음보다 차가운 냉혈한만 있을 뿐이다. 그러나 평화 너머에는 사람이 있고, 사람 너머에는 사랑이 있으며, 사랑 너머에는 천사가 있다. 그 뒤에는 꿈꾸는 인간이 먹지 않아도 배부른, 웃음과 사랑이 넘치는 지상 낙원에는 깃털이 눈부신 짐새가 날고 그 비상의 하늘아래 하나의 천국이 존재한다.

가장 높이 나는 새, 가장 멀리 나는 새, 가장 멋있게 나는 새가 바로 독수리 형상의 짐새다. 욕심을 가진 자의 눈에는 그 새가 쉽게 모습을 드러내지 않는다. 그러나 욕심을 버리면 새가 보이고 눈부신 깃털이 보인다. 모든 새는 서로 깃털로 알아보고, 깃털이 고우면 새도 멋지며, 깃털을 날리며 노래하는 새가 창공의 주인이다. 그 새가 날 수 있는 비밀은 몸통이 아닌 깃털이다. 그러기에 선인들은 몸통이 왕이라면 깃털은 백성이라 왕이 천하를 얻고자 하면 백성이 먼저 있고 그 백성을 하늘같이 섬겨야 하는 것, 그 힘으로 짐이 새가 되어 짐새가 날면서 만년 평화가 도래한다 하였다.

"욕심 없는 짐새의 깃털은 날개가 되어 하늘을 날게 하지만, 욕심 많은 짐새의 깃털은 독이 되어 하늘로 떠나게 한다."

신라는 이제 작은 천하를 얻고 다시 큰 천하를 얻고자 한다. 욕심 많은 짐새의 무리들은 이미 당교에서 짐독을 먹여 멸하고, 이제는 반도를 중심으로 태평성대의 시대가 다가온다. '천리의 영토를 얻는 것보다 당교 다리 하나 얻는 게 더 낫다.'고, 그리고 왕들은 저마다 통일의 기대를 버리지 않고 전쟁을 기피하기 시작하며 이렇게 외치기 시작했다.

"백성들이 그 칼을 쳐서 보습을 만들고, 그 창을 쳐서 낫을 만들 것이며, 이 나라 저 나라가 다시는 칼을 들고 서로 치지 아니하며 다시는 전쟁을 연습치 아니하리라."

〈작품의 창작 동기〉

이 역사소설은 고령가야국과 당교대첩의 역사를 아울러 「짐새의 깃털」이라는 제목으로 쓴 김병중 작가의 역작이다. 중국과 일본과 우리나라를 〈한자겨레〉라 칭하는 신조어가 등장하고, 한자를 만든 동이족의 나라인 한국을 중심으로 세계 통일이 이룩된다는 것이다. 대륙의 중국과 열도의 일본을 짐새가 비상하는 반도의 한국이 흡수 통일하게 되는 하늘의 명령이 떨어지고, 그 명령은 당교대첩에서 신라 김유신이 당나라 소정방 군대를 전멸시킨 승지에서 실행되고 있다.

그간의 역사를 재해석하는 새로운 시각과 웅비하는 한국의 미래 비전을 작가의 특별한 시선을 통하여 선견적으로 통찰해 나가는 소설이다. 통일은 기본적으로 하늘이 내리며, 그것을 이루려면 5대가 나라에 무공을 세워야 한다는 전설을 굳게 믿고, 그것을 김유신이 당교에서 펼쳐 냈으니 문경이 곧 삼국통일의 성지라 할 만하다 주장한다.

11. 박종건 선생의 〈제자에게 보낸 손편지〉

사랑하는 김 병준군!　　　　　　　　　　　　No. 1

군이 보낸 99록의 시집 "이혼 아홉번의 맞선. 그리고 자리 보기" 제목도
특이한 김병준 시집 잘 받고. 매일 틈 났으면 아주 즐겁게 잘 읽고 있다네.
11월 10일 받고 번서 왼 적이 되도록 이제사 답장을 쓰게 되는구나!
병준군의 큰정 고맙게 받는다. 글씨도 잘 쓰고. 강변글 사인도 좋구나!
우리 20여년의 역사를 가져 보고! 이곳저기 사곤 학교에서 내 '늘푸길'(P.63)
책별자기 가세절러 빼고 … 군과 같은 시인에 낫 줄이야! 대 이 몬바우
시골이기세 시골 정서 풍기는 고추와 마늘 냄새 풍기는 '나는 조선인(?.44~45)
나는 조선인 나는 고추. 마늘이 그리운 뿐이다 (러빗러 못보아 춘선진 역자히러 생각이각것 했느나)
가나요 '광솔에 닭똥 넣어 쥐불 돌리며 … 쥐 밝기 술 참판에 … 장편 대보를
이오면 (P.31~32)…감동 받언 신토불이시며 … 쇠고기 맘 … 어머니의 비애(P.57)

농벡의 변도 된장멋. 농벡의 번군도 된장 빗 … 농촌 줄경(P.59)
●어머니의 비애 (P.57~58) 너무도 읽는동안 콧등이 시큰 했단다.—!.
　사랑 쥐게 사람 없고… 인권더 젖은딸… 고려비 법이통화는 조국은 …
민주주의 (P.37~38). "같은 하는빛 같은 바다 벗, 제발 새살 색깔에
대해 따지지 말자" 같은 백의 민족 푹같은 푸른 민족 아닌가 봐."
나의 조국(P.91~92) … 너무 너무 강등적인 군의 시! 한 자 한지.
가 신간 나러나! 김 병준 선생. 아직 어린 꼬마로만 생각나는데…
어린 그 시적. 어쩌면 그렇게도 생생히 새겨 있단 받이냐 ?

　너무도 원통하게 고인된 군의 현 별채 생각! 첫짱의 군의 사긴
연굳늘 바라보니. 군와 누남 병운 생각! 간적 하구나! 어제도 점출
갔다 오다 물구리까네 넘는 때 마다. 무덤이 …… 그렇게도 똑똑
하고 영리하던 3기 제자였노데… 2회 병운이 6백연 제자였는데…

다시 몇번 면나라로 가 샀었구나! No.2

병룡군 집안 사촌 오촌 등... 니가 직접 담넌반 제자들 너셕도
받았넌데... (28회) 복희. 병욱. 배(29회) 김병운. 병의. (2학년 담임)
상주이면 호라 사노 병종(30회) (35회) 병무, 전숙, 금자등 1.3.6학면 3년은
담임했고. (36회) 옥희. 옥희(2학면 담임) (37회) 영철이. (5학면인가) (38회) 선희
3회1 경아. (6학면였음) 40회 병준(담임 안함) 31. 병조. 33리광희군. 44리 병종군
직접 담임은 못했지. (41회) 병조. 인희 익학면담임했고, 병준군은 내 지식놈
받우라고 한반이었는데. 지식들도 다 담임했는데. 완숙이. 44리 인순 딸면은
담임 못했리. ...49년 9월 부터 농학 모교에 주임 이가께 26리(43)부터
44회까지는 그의 직접 제자만도. 근 20명이 되는 샘이야.

해방후 니가. 면사무소 근무 할때 선교이신 一永 아버님 농고 1회졸업생
자주 생존하신 金載永와같이 면예로는 1회 졸업생이시지. 자주 뵈었고
또 숙박이신 林永民와는 면 서기를 3년간 함께 근무하다가. 학교로 갔었다네.
산놈들 6회 현연이. 9회 병두식(제종형) 병두의(9회) 호영식(9회) 종수 받았다네.
우리 16회 동창생. 효永. 八永. 九永. 병기. 병태.(손)병초. 병오. 병구는 6면단
의 동기라네. 19리 병룡은 내 동생과. 동기생으로. 여철전 면사무소에더
뇌위로 전도 상봉이었다네. 병하도 만나... 그외도 많아.
평생을 교육계에 있다보니. 많은 제자들. 선후배들 너무 정답데네.

요새는 면지 편찬 쉬원으로 면기와 면가은 각사 잭곡 됬다네.
동부회나. 교가나 더불러 동기생이나 고향친구들 만나거던 즐겁게
불려 주게나. 군노인 회오 교감직을 맡아. 봉사중이떠. 군민
체전등 면민이 모이는 기회. 노인 모인 기회에 면가은 즐겁게
부른다네. ...... 그리고 44회 동창 병복이. 홍문한 준비 되던

명부도 동봉하니 참고 하게나. 군데 집안 관계는 붉은 서른
그어 보았다네.

92년 한글날 관계로 우연히 한글 애국자인 공병우 박사
구 알게되어. 평생을 교육계서 뜻 닿아 모였어도 못다한
한글 전용회. 과학화에 심력회 (퇴임교원모임)이나 기타
많은 모임에서도 모임마다 강연도 하고 토의도하고 여생을
피력이나마 성군의 성군인 세종대왕의 민주정신 애민정신
자주정신 창의정신은 본 삼아 맨바닥의 민초들을 위해
노력하겠네. 함께 과학회에 힘쓰주게나.

구의 시림에 너무 감동되어 나 보다 몇배 한글관계
각 던졌으리라 참고 하게 고맙겠네.
1994. 10. 9 한글날 세종대학교서 수여하는
공병우 박사의 명예박사 수여식에 참가 했드니
원주 출신 권 광로 국회의원 (민자)도 명예 문학 박사
수여도 함께 하는걸 너무 놀랐다네. 사세의 젊은이로서
(마포구 아현동 ☎ 312-3679)
한국 바른말 연구원장으로. 조선학 국제 학술대회 한국대표로
참학하고 한글 중흥 전도 위원으로. 그 연역함에 모두가 감동
하였다네. 옹야은 시간 나는대로 닦어 보게나.
두서 없는 난필로 이만 줄이고 상경하면 전화 하겠네.
18일은 노인대학 졸업 식이라. 한눈것 없이 바쁘네.
11. 17저녁 박 종 건 보냄

12부

농암인이 쓴 화제의 책

01. 남상순의 〈흰 뱀을 찾아서〉

〈흰 뱀을 찾아서〉-남상순

남상순 소설가^(농암 52회)가 쓴 〈흰 뱀을 찾아서〉는 1993년 제17회 '오늘의 작가상' 수상작이다. 큰 상을 받았다는 것은 그만큼 작품성과 소설의 미덕이 될 만한 가치를 인정받았다는 말이다. 중심을 이루는 이야기는 한국 전쟁 이후 산업화 이전의 문경 농암면 갈골 마을에서 자라고 있는 우경경이라는 어린 소녀와 그의 가족에 관한 것이다. 경경의 조부는 마을 사람들의 존경을 한 몸에 받는 어르신이지만 그의 집안에는 늘 우환이 있고 우울함이 짙게 드리워져 있다. 그는 바로 '민자', 그는 호적상으로는 경경이의 친언니로 올라 있지만 실상은 그렇지 않다.

한국전쟁 발발 직전, 경경이의 고모가 시집가서 살던 동네는 한 무리의 군인들에게 뜻

남상순 소설가

남상순 상패

남상순 저서

밖의 풍비박산이 난다. 동네 사람 거의 전부가 살해당하고 집이 모두 불태워진 것이다. 소식을 듣고 부랴부랴 달려간 경경이 할아버지가 딸의 집에 갔을 때는 이미 모든 것이 끝난 후였고 죽은 사위 곁에서 울고 있는 민자를 발견하게 된다. 기적처럼 총이 비껴가서 살게 된 것이다. 그를 안아 와서 자신의 호적에 올렸다가 아들이 장가를 가자 그의 호적에 올린 것이 바로 '민자'였다. 민자는 끔찍한 사건을 겪은 뒤 정신이 이상해졌지만 경경이를 비롯한 식구들은 모두 민자를 애지중지하며 보살폈다.

경경이는 아픈 언니를 위해 모든 병을 고칠 수 있다고 소문이 난 흰 뱀을 잡고 싶어한다. 온몸이 하얗고 이슬과 산삼만을 먹고 사는 흰 뱀이 높고 험한 동네 앞산 꼭대기에 살고 있을 거라 믿는다. 여기서 이 산 너머에는 한번도 본 적 없는 기차가 다니고 있다는 믿음과 합해져 흰 뱀, 기차, 앞산은 항상 경경이에게 무지개 너머와 같은 희망과 동경의 대상이 된다. 함께 흰 뱀을 찾고 싶어 하는 동네 친구 송이와 종수, 경경이의 어린 시절과 민자 언니와의 추억이 이 책의 주된 줄거리이다.

"소박하고 건강한 문학성이 있다. 그래서 재미가 있다. 자주 들어 본 소재이면서도 나름대로의 당기는 힘이 있다." -유종호_(문학평론가), "소설의 중요한 미덕이 될 감동이 있었고 작가적인 순수함과 성실성을 풍기는 데가 있어 호감을 샀다." -이문열_(소설가), "유년 성장소설적인 작품이면서 민족상잔의 아픔을 싸고 있어, 가벼워지기 쉬울 뻔한 작품의 무게를 유지하는 데 성공한 셈이다. 작가 특유의 상상력으로 감동의 차원으로 이끌어 들이는 힘이 있다." -조성기_(소설가) 씨 등이 이 작품에 대해 좋은 평가를 하고 있으므로 누구나 한 번쯤 읽어 보길 권할 수 있는 책이다.

특히, 갈골에는 〈백명암〉이라는 암자가 있었고, 보도연맹사건으로 마을이 쑥대밭이 되었던 아픈 과거가 아물지 않았으니, 작가가 화해와 치유를 위한 모티브로 삼은 〈흰 뱀〉이 사는 〈앞산〉은 아픈 과거를 침묵하고 있으니 우리가 어찌 외면할 수 있겠는가. 박완서, 이순원, 남상순의 소설 작품이 각각 영어와 스페인어, 프랑스어로 번역, 소개됐다. '흰 뱀을 찾아서'는 파스칼 그로트 이화여대 교수의 번역으로 프랑스 이마고 출판사를 통해 출간된 명작으로 오래도록 우리들의 가슴에 남을 것이다.

02. 김병중의 〈아흔아홉 번의 맞선 그리고 자리보기〉

김병중 시인^(농암 44회)이 1994년 10월에 출간한 그의 첫 시집 「아흔아홉 번의 맞선 그리고 자리보기」는 제목부터 이채롭다. 연애는 어렵고 중매로 맞선을 본다는 것, 그리고 서로 마음의 저울질을 끝낸 다음 보금자리를 마련한다는 건 일상적이기는 하지만 생애에선 매우 중요한 선택적 시간과 공간이다. 시인은 세상의 만물을 만나게 되는 것을 〈맞선〉으로, 그 것이 한편의 시가 될 때 〈자리보기〉로 설정하고 있어 독자들의 호기심을 유발시킨다.

그가 쓴 138편의 시는 관세율표 99개 품목을 소재로 한 이색시집이라는 점이 독자들의 눈길을 끌었다. 시는 어렵고 독자들이 외면하는 장르이지만 그의 이런 시도는 인간을 제외한 지구상의 만물을 한 권의 시집에 다 담아냈다는 점에서 특별함을 인정받았다.

관세청에 근무하면서 수출입물품 검사와 매일 드나드는 여행객들의 짐보따리 속에 담겨진 물품이 관세율표상의 99개 분류품목 중 어디에 해당하는지를 가려내는 과정에서 자연스럽게 시상^(詩想)을 다듬어 왔다. 그에게 있어 '산동물^(1류)'에서 '골동품^(99류)'까지 99개 품목과 한번씩 마주치는 것이 설레는 '맞선'이었고, 그 물품을 분류해 내는 작업이 바로 '자리보기'였던 것이다. 그는 제1류로 분류되는 '산동물'을 소재로 한 〈어떤 생존^(生存)〉이라는 시에서는 많은 동물들을 등장시킨다.

"태초에 살아 있는 목숨들이 말했다/뛰는 자 위에 나는 자가 있다고/말과 당나귀 뒤에/노새와 버새가 달려가고/그 풀밭 위를 울음을 가진 새들이 날아갔다…"

그는 또 시어로 담아내기 가장 힘들었다는 '유기화학품'을 소재로 한 〈고질 아저씨〉라는 시에서는 "꺼져가는 시간에/모르핀 주사를 놓고 돌아서면 _(중략) /가나마이신 주사 한 대만 달라고/애원하던 환자…"라고 풀어나가고 있다. 〈꽁치들은 은빛 철갑을 입는다〉에서는 "소금꽃 피는 버짐 같은 희망은/바닷속보다 더 비린내나는 물 위에/한 점의 숨죽인 세포가 되고/지느러미도 잘린 비무장의 몸뚱어린/이미 바코드로 표시된/666인을 자신의 관 속에 아로새기고 있다…"고 상징과 비유를 통한 현실비판도 서슴지 않고 있다.

시란 효용론적 관점을 절대 무시해서는 안 된다며 현란한 수사로 기울어진 단순한 감정의 스침보다는 무엇인가 뇌리에 오래 남는 시가 되어야 한다고 말한다. 깊이를 더하면 공감이 떨어지고 공감을 더하려 하면 가벼워지는 속성을 타개하는 방법은 해학과 풍자가 담긴 시가 필요하다는 주장으로, 문학세계가 현실과 유리된 공허한 말의 유희이길 거부하고 우리 생활과 늘 가까이 있어야 함을 강조한다.

처녀 시집 출간으로 조선 중앙 한국 경향신문 등의 일간지에서 대서특필하고 KBS MBC SBS 등에 보도 및 출연하면서 선풍을 일으켰다. 이후 산문집 「누드 공항」, 시집 「서른하나의 사랑수첩」과 「새재아리랑」, 역사 장편소설 「짐새의 깃털」 등의 출간도 세간의 주목을 받았으며, 문학평론집 「짧은 시 그리고 긴 생각」으로 경기도문학상, 「쉰한 해의 사랑 그 어머니 나라」로 영랑문학상을 받았다. 시집은 14권을 출간했으나 요즘도 미발표 시 2,000여 편을 퇴고하고 있으니 그의 끊임없이 생성되는 문학적 시공의 확장과 차별화된 특별한 글쓰기는 아직도 진행형이다.

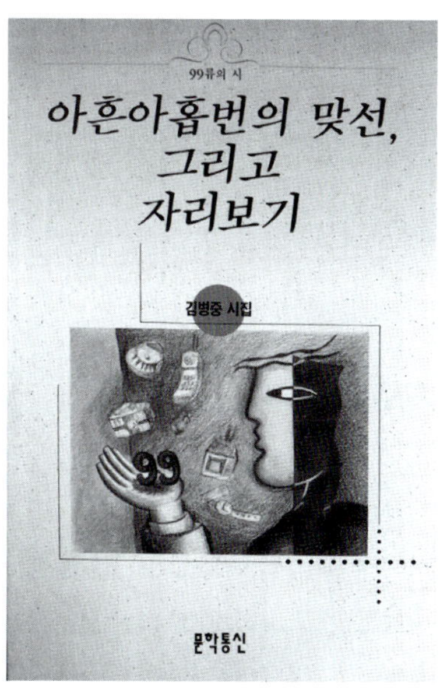

〈아흔아홉 번의 맞선 그리고 자리보기〉 시집

03. 박찬수의 〈부수따라 한자여행〉

〈부수따라 한자여행〉-박찬수

박찬수^(청암중 4회)가 2010년 4월 10일 「부수따라 한자여행」을 출간했다. 그는 고려대학교 사학과를 졸업한 뒤, 동 대학원에서 박사학위를 받고, '한국고전번역원'의 전신인 '민족문화추진회'에서 기획실장, 사무국장 등의 요직을 거치며 평생을 국학 발전에 이바지해 왔다.

그가 업무 현장에서 벗어나 대학 강의를 통해 오늘날 대학생들에게 수십 년간 진행되어 온 '한글전용교육'의 결과, 국한문 혼용교재를 읽지 못해 수업 수강이 곤란한 지경이

〈부수따라 한자여행〉 표지

박찬수 국학자

라는 가슴 아픈 현실을 목도하게 된다. 한자교육의 사각지대에서 성장하여 '한자문맹'이 된 학생들에게 효율적인 한자교육의 필요성을 강조한다. 시중에는 수많은 한자교본들이 나와 있으나 부수(部數)를 중심으로 글자의 구성원리를 체계적으로 설명한 교재가 없음을 안타깝게 여겨, 10년간의 피땀 어린 노고 끝에 이 책을 발간하게 되었다 한다.

이 책에서는 부수자(部首字)의 해설을 통해 212자의 자원(字源)을 3~4단계의 그림으로 설명하여 글자의 변천 과정을 이해할 수 있도록 했고, 중고등학교 교육용 한자(1,800자)를 표제자(表題字)로 삼아 자원(字源)을 풀이했으며, 복잡한 한자어는 파자하여 글자 형태를 단순화, 한자의 구조를 알기 쉽게 설명하고 있다.

나아가 서예 공부하는 이들에게 도움이 되도록 소전체를 명기했을 뿐 아니라, 고자(古字), 동자(同字), 약자(略字), 속자(俗字)도 표기했고 중국어를 공부하는 이들에게 도움이 되도록 간체(間體)자를 표기했다. 또 표제자의 상단 모서리에 한자능력검정시험 대비 참고 표시, 중학교용 한자의 표제자, 고등학교용 한자와 구별하는 등 사용자를 위한 섬세한 배려가 돋보인다.

삽화를 곁들인 70여 개의 고사성어를 실어 역사와 교훈적 의미를 전달하고자 했으며, 필자가 느낀 '한자공부의 필요성'을 정리 제시해 일반인과 학부모는 물론 학생들이 한자 학습의 필요성을 인식하고 공부하도록 역설했다. 한자에 대해 어렵다는 생각보다 한자 교육을 통해 오히려 다른 과목의 학습의 효율성을 높일 수 있는 지름길이 된다는 것이다.

대부분 우리 낱말은 한자어로 구성되어 한자는 모든 과목의 기본이 되므로, 한자를 모르는 학생들은 앞뒤 문맥을 보고 뜻을 이해하다 보니 분명한 낱말의 뜻을 모르거나 왜곡하고 있다는 점이다. 고등학교에서 논술(論述)과목이 중시되어 국어, 영어, 수학의 주요 과목 중 국어 대신 논술이 뜬다고 하면서 '국어한자를 모르는 논술이 어떻게 가능한지는 알다가도 모를 일이라 말한다. 필자는 한자문맹이 논술을 잘한다는 것은 마치 생식 능력이 없는 사람에게 아이 낳기를 기대하는 것이나 다를 바 없다고 단언했다.

  세계화 시대에 영어가 필수라 하지만 이에 못지않게 한자도 필수적이다. 그 이유는 세계 인구의 1/4을 차지하는 중국-한국-일본-동남아시아가 한자문화권이므로 한자는 영어보다 더 편리한 수단이 될 수 있다고 보고 있다. 영어의 알파벳은 26자이지만 무의미한 부호에 지나지 않아 하나하나의 단어를 모두 외워야 한다. 그러나 뜻글자인 한자(漢字)는 3천 자만 익히면 이를 조합하여 60만 단어를 저절로 알게 되므로 학습 효율 면에서도 뛰어나고 효과적이라 말한다. 한자 공부를 통해 세계화의 주역이 되길 바란다는 박찬수의 서문은 이 시대를 사는 모든 이들이 귀담아들어야 할 대목이라 하겠다.

04. 신차식의 〈우표에 담긴 괴테 이야기〉

〈우표에 담긴 괴테 이야기〉-신차식

신차식^(농암 27회, 단국대 독문과 교수)이 2019년 출간한 「우표에 담긴 괴테 이야기」는 그의 이력을 보면 책을 펴낸 감이 잡히는데, 우취가로 한국우편엽서회, 우표사랑회를 주도하고 있기 때문이다. 유학 시절 만난 독일의 지 신부님^(P. Ernst Siebertz OSB)은 그가 잊지 못하는 은인이었고, 독일 유학을 마치고 교수가 된 후 그분께서 몸소 실천하는 사랑의 모습을 직접 보고는 은혜를 꼭 갚아야겠다는 생각을 하게 되었단다. 특히 신부님께서는 인간 사회로부터 소외되어 생활하는 나환자들을 돕는 모습을 보곤 더욱 그랬는데, 이분은 오직

〈우표에 담긴 괴테 이야기〉 표지

한국인을 위하여 사랑을 실천했기 때문에 본인이 앞장서서 정부 당국에 훈장 추서를 제안하여 훈장을 받도록 했고, 다시 저자는 은공을 잊지 않고 독일 우표를 책으로 엮어 고마운 마음을 담아 신부님 영전에 이 책을 바친다고 했다.

독일은 세계에서 가장 부유한 나라 가운데 하나로, 축구의 나라, 히틀러 나치 정도로만 기억하고 있지만 우리나라와는 깊은 인연을 맺고 있다. 초기 산업화 과정에서 차관을 제공했으며, 아우토반이 경부고속도로의 모델이 되었고, 경제부흥기에 광부와 간호사가 간 나라로서 우리와는 뗄 수 없는 밀접한 나라이다.

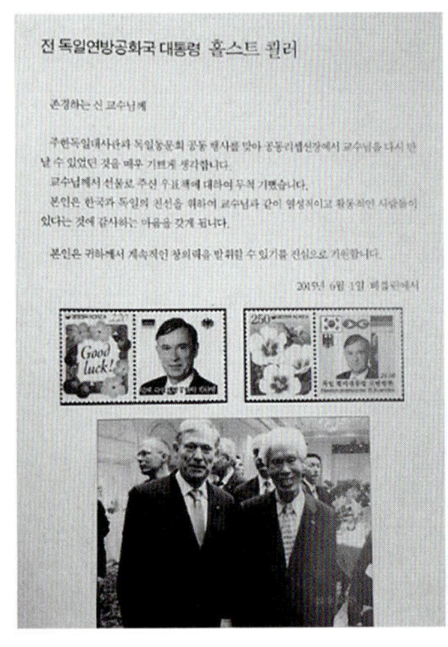

독일대통령과 함께

우리와 독일은 파독 광부와 간호사로 말미암아 유럽의 어느 나라보다도 친밀한 관계가 되었다. 우표를 수집하면서 만난 괴테, 실러, 헤세, 이미륵, 브레이히트… 괴테 탄생 250주년 기념우표전시회를 예술의 전당에서 열기도 했다. 괴테 우표를 한·독 공동 발행하는 쾌거를 이루기도 했다.

그의 괴테 사랑은 400종이 넘는 우표 수집에서 그치지 않고, 괴테 이름을 가진 독일 가로명 고찰로 이어지고, 프랑크푸르트에서 한·독 친선 우표전시회를 열기에 이른다. 교황 요한 바오로 2세의 방한 때 독일어 통역을 하기도 했지만 기념우표를 미리 만들어 건넨 것은 곧 민간외교였다. 「에밀과 탐정들」을 쓴 에리히 캐스터니와의 만남. 노벨 문학상 수상 작가 귄터그라스와 헤르타 뮐러의 방한 때도 우표는 우정의 가교가 되어 주었다. 신차식 교수의 행보에는 우표가 있고 우정이 있었다. 이 책은 한국인과 독일인 사이에 행해진 길고 긴 대화의 역사다. -이승하(시인. 문학평론가, 중앙대 교수)

한국외국어대학 재학 시절부터 우표를 수집해 왔는데, 우표 사랑이 남다르시고, 독일 우표 전문가이자 권위자로, 평생 수집하신 괴테 관련 우표를 1999년 3월 26일부터 16일간 예술의 전당에서 괴테 탄생 250주년 괴테 우표전시회를 개최하기도 했고, 괴테 탄생 250주년 기념우표가 양국에서 공동으로 발행되도록 주도했다. 그동안 소중하게 모아 온 괴테 우표를 "우표에 담긴 괴테 이야기"라는 제목으로 출간은 귀중한 자료이자 애국심이 듬뿍 담긴 남다른 책이다. -라제안(한국우취연합회장)

우표에 담긴 역사는 문자에 담긴 의미보다 더 깊고 농축되어 오래 유전되는 힘을 갖고 있다. 그건 단순히 우표 자체가 아닌 편지와 같은 마음이 간직되기 때문이다. 편지로 소통하던 시대는 가고 SNS로 소통하는 시대가 되었지만 소중한 것은 가치를 갖고 지금 우리 앞에 책으로 남아 있으니 괴테가 그리우면 이 책을 펼치게 될 것이다.

05. 김종태의 〈하루 한 수씩 읽는 일일일시〉 상, 하권

〈계절별로 하루에 한 수씩 읽는 '일일일시(一日一詩)'〉-김종태

　-상권 「드넓은 벌판 위 별들은 떠 있고」

　-하권 「일 년의 좋은 풍경 그대는 기억하시게」

　저자 김종태는 후백제를 건국한 견훤의 왕궁이 있었다는 궁터 태생으로 궁기국교를 졸업했으며, 2004년부터 한국고전번역원에 재직하고 있다. 그동안 「승정원일기」 번역과 평가, 자문 등의 일을 주로 하였고, 현재는 한문 고전에 관한 대외 자문을 주로 하고 있다. 민족문화추진회 연수부와 상임연구부 과정에서 한문을 공부하고 국사편찬위원회 초서과정을 수료하였으며, 성균관대 대학원에서 한문학을 전공하였다. 한국고전번역원은 우리나라 한문 고전을 번역하고 정리하는 정부 출연기관이다.

　이 책은 중국 한시 365편을 계절에 맞게 편찬한 뒤에 번역하고 해설하였다. 시와 함께 그림 도판과 사진 도판이 많아 책이 다소 큰 편이며, 총 수록 한시는 402수이고 이미지 도판은 188점이다.

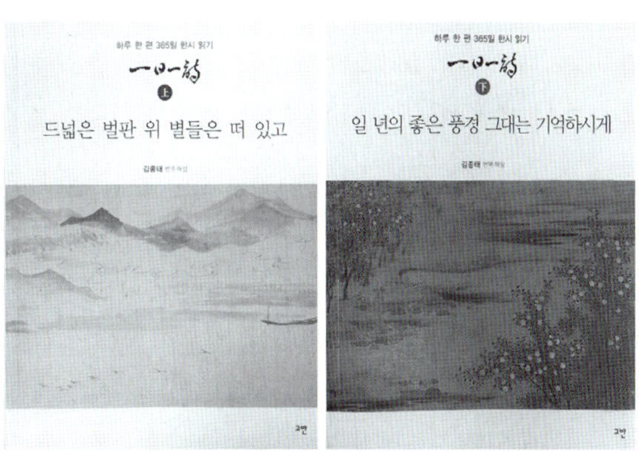

〈일일일시〉 상, 하권 책 표지

이 책의 주요한 특징은 이렇다. 한시의 원문에서 왜 이런 번역이 나와야 하는 지를 중점적으로 서술하여 한시 자체도 익히고 그 의미를 분명하고 알고 싶어 하는 독자들의 요구에 부응하였다. 그리고 각 한시에서 가장 중요한 가치가 있는 부분을 중점적으로 해설하였다.

한시와 함께 수록한 그림은 본래 함께 창작한 것도 있지만 대체로 별도로 그린 그림으로 한시의 의경과 매우 밀접한 관련이 있어 함께 감상할 경우 그 의미가 더욱 풍부해지기 때문에 함께 수록하여 책을 보는 깊이와 재미를 더하고 있다. 이화여대 미술사학과 겸임교수이기도 한 저자는 시에 어울리는 그림을 구하기 위해 많은 노력을 기울였다.

보통의 한시 해설서는 원문 번역과 주석, 해설이 분리되어 있는데 이 책은 한시 번역문 자체만으로도 이해할 수 있도록 배려하였고, 그 해설을 읽어나가면서 절로 실력이 향상될 수 있도록 서술하고 있다. 이 책은 한문학 전반에 관한 풍부한 상식을 얻고자 하는 분에게도 많은 도움이 된다.

우리 고향에는 팔경이나 한시 동호회, 서당 등이 다른 지역에 비해 많았던 곳이다. 예전 우리 한문학은 중국 한시와 관련이 깊은데 이 한시를 그림과 함께 읽으며 이해도를 높인다면 선조들이 남긴 수많은 문학 작품이나 언행을 이해하는 데 큰 도움이 될 것이다.

저자 고향의 뒷산인 조항산

13부

농암국교의 백년 역사 기억하기

01. 농암 지역 학교를 세우는데 기여한 위인들

〈김상건, 박주노, 박우양, 김학련, 임근호〉

우리나라 조선 시대의 교육기관으로는 성균관과 향교, 서원과 서당 정도가 있었다. 하지만 교육 과목이 도덕이나 윤리 등 경전 중심이었으니 창의적이고 실용적인 학문과는 거리가 멀었다. 이후 '국가의 부강은 교육에서 시작된다.'는 갑오개혁 이후의 〈교육입국조서(敎育立國詔書), 1895. 2. 2.〉 영향을 받아 지역마다 근대식 교육을 위한 학교 설립이 필요하다는 것을 공감하고 이를 추진하라고 고종이 지시한다.

그러나 구한말 국가의 근간이 흔들리는 큰 사건들이 발생되고 국민들이 도탄에 빠진 어려운 시기인 데다 일본의 침략으로 암울한 식민지 시대가 도래하였으니 근대식 학교 설립은 꿈꾸기조차 어려운 일이었다. 방법은 나라에서 작은 예산이라도 지원하거나 특

농암국교 전경

소양서원

별한 후원자라도 없으면 도저히 불가능했다.

이런 여건하에서 농암 지역에서는 조선 시대 후기 교육을 담당한 〈한천서원〉과 〈소양서원〉이 폐철 되긴 했어도 몇몇 서당과 야학이 그런대로 운영되어 왔다. 하지만 실용적인 교육기관인 소학교의 설립은 답보상태였으며, 한일합방 이후 조선총독부에서 1920년대는 3면마다 1교, 1930년대는 1면마다 1교 설립을 정책적으로 추진하였다.

나라에서는 지방의 학교 건축에 지원할 돈이 턱없이 부족하였다. 지역 유지들에게 기부를 협조 요청하게 되었고, 교사를 지을 국유지도 따로 없으니 지주들에게 땅을 기부할 것을 강요할 수밖에 없었다. 지역 유지들은 이런 총독부의 요구에 인재 양성교육이 필요하다는 점에 공감하고 이에 동참, 후원하게 된다. 그렇지만 학교를 지을 부지는 토지주가 여럿인 경우가 대부분이고 각각의 사정이 있으나 그렇다고 예외를 둘 수도 없으므로, 처음에는 희사할 것을 요구하다가 불응하게 되면 강요하는 순으로 진행되었다. 당시 소학교는 유상교육이었으므로 지역 유지를 기성회장과 평의원, 학무위원 등으로 뽑아 학교 교육의 필요성에 대한 계몽과 입학 홍보 및 권유를 강화해 학생 수를 점점 늘려가는 방법으로 예산을 충당해 나갔다.

그러므로 일제강점기에는 지역민들이 경제 능력이 없으면 그곳에는 학교 신설과 운영이 불가능하였다. 하지만 농암 지역에서는 유지들과 토지주 등의 뼈를 깎는 노력으로 타 지역보다 빨리 1921년 학교를 설립^(문경군에서 두 번째)하기에 이르렀다. 학교 설립 후 〈기성회〉를 설립하게 되는데, 그 회는 주민들에게 학교 설립기금을 나누어 거두고 모자라는 건 독지가들의 후원으로 충당하게 하였다. 이렇게 신설 또는 증설과 학년 연장^(4년제에서 6년제)이 뒤이어졌으며, 또한 학생수를 늘이기 위해 지역 유지들을 중심으로 학교 기성회 등을 통해 발전과 성장을 도모했다.

당시 문경군 학교 평의회는 친일을 하는 게 아니라 나름대로 지역민들과 지역 발전을 위해서 헌신했으므로 독립운동 출신자가 평의원을 하기도 했다. 일제로서는 3.1운동 직

후 험악한 민심을 수습해 치안과 교육을 회복, 조선 독립운동의 열망을 억누르는 것이 우선적인 과제였다. 이는 조선인들에게 일정한 참정권을 주면서 지배를 영구히 하겠다는 속셈이었고, 식민지 지배 야욕을 실현시키기 위한 도구와 방편으로 삼아 침략을 정당화하고자 했다.

하지만 이런 일본의 획책이 계획대로 잘 이행되진 않았다. 외형적인 조직은 갖추었으나 평의회 위원들이 독립 의지를 버리고 결성된 관변단체가 아니어서 그들의 조직화된 힘이 오히려 자체적으로 강한 결속력을 갖기도 했다. 이 조직은 문맹 퇴치와 주민을 개화시키거나 한 걸음 더 나아가 주민들을 지도하여 새로운 지역 발전을 모색해 나가는 일종의 애국 운동이 되었다.

평의원회 조직의 구성원은 학교발전에 도움이 될 수 있는 자로 구성하기 위해 투표로 뽑고, 그런 연후 위촉하여 교육의 주요 사항을 심의 자문함으로써 합리성 제고는 물론 학교 발전을 위해 인적 물적 지원을 최대한 동원할 수 있는 체제를 구축했으며, 이를 통해 행정비용 감축과 행정의 효율성 증진 등을 꾀하였다.

또한 위원들은 대부분 자신의 기반과 부를 바탕으로 빈민 구휼 활동을 전개하며, 빈민에게 쌀을 무상으로 나눠 주고, 학교, 우체국, 보건소 등 관공서 개축, 교량 도로 보수 등 다른 공익사업에 많은 기부금 모금 및 납부를 주도했다. 문경 지역의 유지집단은 학무위원이나 학교평의회의 후원을 담당하거나 후원회 기성회 등에 참여하여 재정적 후원을 아끼지 않았으며, 직접 서당, 강습소, 야학 설립 등을 통해 봉사 활동을 적극 전개하기도 했다. 결국 이런 활동이 사회봉사와 자선 활동으로 자리잡아 나가면서 일제 치하에서도 지방정치나 유지정치, 더 나아가 유지 지배체제의 작동 메커니즘으로 발전되는 매우 중요한 의미를 갖는 일종의 사회 활동이 되었다. 특히 교육 관련 자선 봉사 활동은 사회인망 확대는 물론 3.1운동 이후 문화정치의 시기에 청년 학생을 중심으로 야학운동의 활성화, 청년회 결성, 지역유지 조직, 시민 사회운동 등을 다방면으로 펼쳐 자주적 국가, 독립운동의 밑거름이 되고 혁신 청년운동에도 영향을 미치게 되었다.

이 무렵 농암 지역 유지로서 중책을 맡은 김상건(1881~1971)은 1925년 농암보통학교 기성회 위원직을 시작으로 1941년까지 16년 동안 농암보통학교 학무위원과 기성회장, 문경군 평의원 등으로 활동했고, 거액의 기부금 모금을 주도하여 농암우체국과 농암교(橋), 제중공소(보건소), 축산지소, 농암국교 증축, 청화국교 건립 등을 완수하며 농촌 계몽 운동의 선봉에 섰다.

이즈음 농암국교는 농암2리(가항리)에 건축, 1921년 개교될 당시, 학교 앞으로는 논과 밭이었고, 뒤쪽으로는 공동묘지와 야산이 있었다. 관련 토지 등기서류 등은 6.25전쟁 시 면사무소가 불에 타 문서들이 소실되어 정확한 자료로 입증하긴 어렵지만, 생존자의 구술이나 일반적으로 알려진 이야기 등을 종합 정리할 필요가 있다. 왜냐하면 토지를 기부한 것은 지역 인재 양성을 위해 선행을 한 것이라는 점에서 귀감이 되는 일이며, 이미 소리없이 지나간 과거라 하여 묵과해 버릴 수 없다는 점이다.

농암국교 건립 시 토지를 기부한 것으로 알려진 분은 가항리의 박주노(1881~1953)이다. 농암리 207번지와 211-3, 272-2번지 일대가 학교 부지로 선정됨에 따라 이때 자신의 땅이 강제 수용되는 바람에 큰 피해를 입게 된다. 그의 아버지 박무영이 1850년경 입향, 현 농암리 207번지(강당 자리)에서 터를 잡았고, 이후 박주노는 농암학교 사택 자리에서 태어났다. 한문학에 조예가 깊은 그는 선조의 선비정신을 계승해 현 농암학교 자리에 서당을 세우고 후학을 양성했는데, 일제가 큰 차원의 인재양성을 한다면서 토지를 기부하라는 총독부에 맞서서 싸울 다른 비책은 없었다. 다만 총독부의 학교 건립이 우리 민족정신을 말살하고자 서당을 없애려는 획책한 수작이 숨어 있음을 짐작하고 분노했으나 끝내 삶의 터전을 학교 부지로 빼앗긴 채 기부라는 명분만 얻고 이주하게 된다. 그리고 그는 자식들에게 그 학교에 입학해 일본인들에게 글을 배우면 민족의 정기를 빼앗기게 된다며 학교 입학을 하지마라는 유언까지 남긴다.

반남박씨 참봉공 박우양(朴佑陽, 아들 진사공 朴勝夏)은 예천에서 한의원에 벼슬까지 하며, 서울 삼청동에 집이 있을 정도로 갑부로 살았으나 동학혁명과 국권이 상실되는 아픔 등을 감내하다가 고민 끝에 병화가 없는 우복동 길지를 찾아 나서게 된다. 19세기 말경 봉화 명호로 이주했다가 1910년대 예천으로 환향한다. 그러나 한일합방의 비극을 맞은 데다 장래가 촉망되는 맞아들이 경성의학교(현 서울대 의대) 재학 도중 요절하자 은둔을 자처하며 1916년 우복동이라 일컫는 농암으로 들어오게 된다. 임시로 종곡리 뒷바리에 거주하면서 3.1운동이 일어나던 1919년, 청화산 아래 우복동으로 인도한 술사의 뜻에 따라 양택자리에 집을 짓고 조용히 복락을 누리며 살고자 했다. 이때 농암 보통학교 건립 부지를 총독부에서 요구하자 순순히 제공하게 된다. 당시에는 사유지가 수용되어도 보상이 없고, 다만 기증을 받는 것이 상례였으며, 공익사업에 대한 토지 기증은 외지에서 들어온 부자들에게는 지역에서 인심을 얻는 좋은 기회로 받아들인 것이다. 농암 화산에 거부의 이주로 주변 이웃들은 알게 모르게 많은 은덕을 입었다.

해방 후 청화국교가 간이학교였을 당시 중리에 살던 김종일 씨의 부친인 김학련(金學鍊) 씨가 문전옥답인 밭 789평을 희사하여 제대로 된 운동장을 가진 학교로 면모를 갖추게 된다. 당시는 해방 후이므로 강제수용이 아닌 상당한 금액의 토지대금을 받을 수도 있었고, 더욱이 농토가 생계를 좌우하던 시대임에도 제2세 교육을 위해 토지를 희사한 것은 지역 교육발전과 기부문화 확산에 기여한 공이 지대하다고 본다. 일부 지역에서는 일제가 학교를 짓기 위해 땅을 강제 수용하자 토지주들이 경찰에 몰려가 강하게 항의하면서 고문을 받는 등의 소란과 소동이 발생하기도 했고, 해방 후 학교 건립 시에는 토지 수용에 따른 보상금을 두둑이 챙긴 사람들도 있으니 김학련 씨의 선행은 그런 부

청암중고등학교 원경

류의 사람들과는 현격한 수준의 차이가 난다.

한편 해방이 되던 해, 청암중학교가 있던 자리에는 크고 길다란 창고가 하나가 있었다. 그 창고는 일본인이 운영하던 회사였고, 당시 직원으로 근무하고 있던 임근호(林槿鎬, 한우물) 씨는 해방이 되어 그들이 떠나면서 창고를 할양받게 된다. 그 후 그는 건물을 활용한 사업을 시작해 금전적인 부를 충분히 누릴 수도 있었으나 그것을 포기하고, 오로지 오지의 지역민들에게 신교육의 기회를 제공하기 위한 방안으로 중학교를 설립하기로 결정한다. 왜냐하면 1948년 8월 13일 문경중학교, 1948년 1월 11일 함창중학교가 개교했으나 농암 지역에서 다닐 수 있는 거리가 아니었고, 그 이전에는 주로 상주중학교(1936년 개교)로 유학을 하였으므로 농암에서는 거의 중학교 진학 기회가 주어지지 않았다. 그는 주어진 현실을 명찰하고 미래의 인재 양성이 나라를 위한 급선무임을 자각하면서 반드시 중학교를 설립해야겠다는 목표를 세우게 된다.

집 하나 짓는데도 여러 조건 구비와 복잡다단한 서류, 그리고 여러 인허가가 필요한데 학교 하나를 세우는 일은 그야말로 죽은 자식을 살리는 일보다 어려운 것 같았다. 이후 창고를 교실로 개조, 복잡한 절차를 끝내고 1949년 학교로 인가를 받아 개교를 하게 된다. 천신만고 끝에 1952년 제1회 졸업생을 배출하게 되는데, 이는 6.25전쟁 직전 개교하여 전쟁 중 최악의 조건에서 졸업생을 배출했다는 건 얼마나 대단한 향학열이었는지 짐작이 가고도 남음이 있다. 이후 5,889명의 졸업생을 배출하고 폐교되었지만, 청암(青菴) 임근호 선생의 숭고한 정신으로 설립된 청암학원(청암중고등학교)은 농암 지역 인재들이 이 나라의 동량이 되는 데 크게 기여하게 되었다.

02. 훈장 고을을 만든 농암의 선비들

훈장(訓長)이란 조선 시대의 초등교육기관 정도에 해당하는 서당의 선생을 말한다. 주로 동네에서 글깨나 하는 사람들이 훈장이 되거나 정치에 휘말려 지방으로 유배되어 관직을 내려놓고 온 명망 높은 사람이 훈장이 되기도 했다. 일단 과거 합격자라면 그것 하나만으로도 다른 사람들을 가르치기엔 모자람이 없었기에 교육에 뜻이 있는 이가 사재를 털어 그런 방식으로 서당을 운영하기도 했다.

이러한 이유로 대다수의 서당은 기본적인 교육은 이루어졌지만 뛰어난 제자에게는 다른 스승을 추천하기도 했다. 서당에서 가르치는 학동들은 서민 계층이 대다수였기 때문에 고등 학문보다는 편지나 읽고 쓰는 정도의 글을 가르치는 게 주된 목적이므로 전체적인 교육의 질은 그리 높지 않았다. 그렇지만 때로는 조정에서 관리로 종사하다가 사정으로 낙향 또는 귀양 온 선비들이 훈장이 되었는데 이 경우엔 학문이 검증된 인물이라는 점에서 양반 자제들이 몰려 전체적인 교육의 질도 높아지고, 이로 인해 많은 제자들을 배출하기도 했다.

농암 권역의 서당이나 서원의 역사는 한천서원에 배향된 신숙빈과 소양서원에 배향된 김락춘이 그 중심에 있다. 신숙빈(1457~1520)은 태종(太宗)의 셋째 딸인 정선공주의 외손으로 문장이 뛰어났으며 품행과 도의가 올발라 당대에 학자로서 이름이 높았는데, 사헌부 감찰과 거창현감을 지냈다. 하지만 그가 거창현감으로 있을 때 무오사화가 일어나 많은 선비가 죽임을 당하는 것을 보고, 관직을 버리고 빙부(聘父)인 안귀손(安貴係)과 함께 가은 소양에서 후진들을 가르쳤다. 중종이 집권하고 나서 여러 차례 관직에 나올 것을 권하였으나 굳이 사양하였다.

김락춘(金樂春, 1525~1585)은 용궁현감을 지낸 우행(兩行)의 아들로 어려서부터 문행(文行)이 출중하고 부모에 대한 효성이 지극하여 주위의 칭송을 받았으며 1545년(인종 원년)에 사마시(司馬試)에 급제하였으나 을사사화(乙巳士禍)가 일어나자 벼슬길에 나아가지 않았다. 후에 학행(學行)으로 천거되어 예조좌랑이 되었으나 이 또한 거절하였다. 퇴계 선생의 문하에서 오직 학문연구에 전념하여 독지역행(篤志力行)하였으며 조예정심(造詣精深)하다가, 처가인 본향 소상강(瀟湘江)의 산수절경에 심취하여 풍산으로부터 가은 소양으로 우거를 옮겨 영류정(暎流亭)이라는 정자를 지어 학문을 연마하고 후진을 강도함에 심혈을 기울이며 풍류를 즐겼다.

낙향한 두 선비 중 신숙빈은 소양의 상강정에서, 김락춘은 영류정에서 후학을 가르친 것이 이곳 지역 교육의 시작으로 이후 한천서원(1697)과 소양서원(1712)이 각각 들어서게 된다. 하지만 1864년 흥선대원군의 서원 철폐령에 의해 두 서원 모두 철폐에 이르게 되자 이때부터 마을마다 암암리에 소규모 서당이 많이 생겨난다. 한문과 도덕과 윤리와 애국심 등을 강학하며 교육 기능을 해 나가다가 한일합방 이후 일제가 보통학교를 세우면서 서당이 독립운동의 온상이 된다며 서당을 탄압하여 문을 닫게 만든다.

일제가 1918년 서당규칙을 공표하면서 서당을 본격적으로 탄압하자 또 다른 방편으로 야학이 등장한다. 그래도 일부 지역에서는 1960년대 중반까지도 서당이 간간이 남아 있었고 지금 80대쯤 된 어르신들 중 보통학교(초등학교)를 마치고 오후에는 글방에서 공부했다는 분들이 더러 있으니 당시 학원을 다니는 개념으로 서당에 다녔던 셈이었다. 이 지역의 이런 서당 운영 자료와 기록 등을 감안할 때 부유하지 않은 시골임에도 불구하고 향학열이 매우 높았던 것으로 파악된다.

▶ 우복동 정자에서 후학들을 가르친 송명흠(宋明欽, 1705~1768)

문신이자 서예가이다. 자는 회가(晦可), 호는 늑천(櫟泉), 본관은 은진(恩津)이고, 부친은 송요좌(宋堯佐)이다. 그는 사화(士禍)를 피하여 부친을 따라 옥천(沃川)·도곡(塗谷) 등지를 돌아다녔으며, 그 후 천거로 장령, 서연관 등에 임명되었으나 사퇴하였고, 1755년 옥과현감(玉果縣監)이 되었으나 모친상으로 사직하였다. 1764년 부호군에 임명되고 찬선(贊善)으로 경연관이 되어 정치 문제를 논의하는 가운데 영조의 비위에 거슬리는 발언을 하여 파직되고 만다. 당시 가장 첨예한 문제인 사도세자에 대한 상소로 유배를 간 박치륭의 석방을 건의했으며, 역적으로 죽은 심사순(沈思順)을 파양하는 문제가 잘못됐다고 직언함으로써 삭탈관직과 유배를 당했다.

속리산 근처에 병화(兵火)가 침범하지 못한다는 신비한 마을 우복동(牛腹洞)이 있는데, 상상 속의 마을 우복동은 그 터에 사는 사람이 당대에 벼슬에 오르고 은퇴한 후에도 큰 부자가 된다는 둘도 없는 명당자리가 바로 농암면 내서리 광정 마을 부근이라며 이곳을 일컬어 우복동이라고 했다. 이 마을을 찾은 송요좌(宋堯佐)는 광정 마을 입구의 용유동에다 숙종 29년(1703)에 늑천정(병천정)이라는 정자를 지었고, 송명흠은 생전에 이 정자에서 학문을 논하고 후학들을 가르치며 시심을 돋웠다.

송명흠은 기(氣)보다 이(理)를 더 중시하고 본연지성에 초점을 맞춰 경을 강조하였으며, 이러한 그의 사상은 송준길을 뿌리로 하는 가학(家學) 전통에 기반을 두었다. 공신(功臣) 등은 불천지위(不遷之位)라 하여 계속 제사를 지내도록 나라에서 은전을 내렸는데, 은진송씨 문중에는 불천지위 선조가 송준길, 송시영, 송시열, 송명흠 네 사람이었다. 이조판서에 추증되었고, 시호는 문원(文元)이다.

▶ 성사심제설(性師心弟說)을 펼친 전우(田愚, 1841~1922)

조선 말과 일제강점기에 대표적인 유학자로, 1905년 을사조약이 체결되자 소를 올려 조약에 서명한 대신들을 처단해야 한다고 주장했으며, 경술국치 이후 서해 도서 지역 등 전국을 다니며 도학의 강학을 통해 국권회복을 꾀한 조선 최후의 정통 유학자이다.

그의 호는 간재^(艮齋)이고, 본관은 담양^(潭陽)으로, 어려서부터 학문이 뛰어났으며, 문장을 잘 지어 사대부들 사이에 이름이 널리 알려졌다. 1854년 부친을 따라 전주에서 이사해 서울 정동·삼청동·순화동^(順化洞) 등에서 살았다. 이때부터 스승 임헌회^(任憲晦)의 문하에서 20년 동안 성리학을 공부하여 임헌회가 죽을 때까지 아산·전의·연기·진천 등지로 따라가 살면서 학문을 연마하여 윤치중^(尹致中)·서정순^(徐廷淳) 등과 함께 그의 수제자가 되었다.

그는 평생 성사심제설^(性師心弟說)을 앞세워 마음^(心)보다 성^(性)을 우선해야 한다는 주장을 펼쳤다. 조선 말 국가의 천운이 끝나 임오군란이 일어나니 일찍이 도가 행하여지지 않음을 보고 유학을 전도하고자 하였다. 1883년 계미년에 홀로 홀연히 문경 도장산으로 들어온 이후 청화산으로 옮겨가며 심원사, 혹은 원적사에서 제자를 받아 5년 동안 유학을 강의했다. 특히 심원사에서 〈강규 講規〉를 설치하여 사제 간의 예의를 엄격히 하고, 부부간에도 반드시 서로 공경히 응대할 것을 강조하여 문경학단에 예의 회복을 기대하였고, 이어 청화산 저동^(著洞)강학에서는 〈저동서사의 著洞書社儀〉를 제정해 입지를 크게 하고, 소학을 행동준칙으로 하며, 공부는 성을 위주로 할 것을 주장함으로써 성사심제설의 단서를 보여 주었다.

그리고 1887년 문경을 떠났는데, 그가 가르친 것은 도학과 성리와 의리와 예절로 이를 거듭 가르쳐 지역의 도를 바로 세우니 고을 풍습 또한 크게 변하여 왕성한 공맹의 유풍이 되게 하였다. 간재 선생의 이러한 숭고한 뜻을 기려 성균관 문경청년 유도회에서는 2016년 10월 12일 농암면 내서리 STX리조트 입구에 〈간재선생 문경도화산 강학비〉를 세웠다.

▶ 향리의 2세 교육을 위해 사숙을 연 손창원(孫昌源)

약 200년 전 서숙을 열어 향리의 2세 교육을 위해 노력했으며, 오랜 기근으로 많은 이재민이 발생하자 그들을 위해 적극적인 구휼 활동을 벌여 주민들을 보호하 였다. 이러한 공적은 현재 대정공원 입구 송덕비에 전한다.

▶ 농암국교 터에서 서당을 운영한 박주노(朴周老, 1853~1921)

본관은 함양, 호는 총계^(叢桂)로 중종 때 오형제를 급제시킨 박눌의 후손이다. 경학이 높고 인품이 고매하여 유학자들의 추앙을 받았으며, 주변 7개 고을에서 후학들이 모여 들어 이들에게 한학을 가르치며 후진 양성에 기여했다.

▶ 임기영 (林基榮): 중리

본관은 예천, 진사시에 급제 하였으며, 후진 양성에 힘썼다

▶ 신종희 (申鍾熙): 웃밤소

본관은 평산, 호는 송관(松觀), 한학자로서 지방유림의 거목이었다. 특히 후진 양성에 많은 노력을 기울여 제자들이 과거에 많이 급제하였으며, 후일 선생의 업적을 높이 기렸다.

▶ 신의균 (申義均, 1867~1928): 밤소

본관은 평산, 자는 삼여(三汝), 호는 송암(松菴), 진사 신광희의 아들로 고종 때 진사에 급제하고 문장과 시가에 능하여 청한거사(淸閒居士)라 했다,

▶ 이종면(李鍾冕): 감막

본관은 경주, 자는 순명(舜明), 호는 우령(藕鈴), 고종 때 생원 급제하고 문장가로 필명이 널리 알려져 있으며, 유고집이 있다.

▶ 김상건(金商建): 한우물

본관은 순천, 호는 백치(百恥), 한학자 문장가로 널리 알려져 있으며, 〈한천정사〉라는 서당을 건립, 수십 년간 후학 양성에 노력했다. 산송소설인 〈신설지〉 등의 저서가 다수 있으며, 1,500여 편을 담은 한시가 전하고, 소양서원 장의, 79명의 유림들이 참여한 사가정 창건 주관 등의 공적이 있다.

▶ 신현상(申鉉相): 가실목

본관은 평산, 자는 국필(國弼), 호는 가은(加隱), 한학자로서 한문학에 조예가 깊었고, 한천서원 철폐후 단소 유지관리를 하였다.

▶ 이강호 (李康鎬): 밤소

본관은 전주, 호는 천산(天山)이다. 한학자로 덕망이 높아 향리민들의 칭송을 받았으며, 사가정회 설립 및 정자를 창건, 79명의 회원들을 모아 성리학을 가르쳤다.

▶ 전경석(全敬錫): 중리

본관은 옥천이고 호는 초산(樵山). 한학자로서 학당을 열어 후진 양성에 온 힘을 기울였다.

▶ 신동진(申東鎭): 삼화실

본관은 평산, 호는 만초(晩樵), 한학자로서 학문에 조예가 깊었으며 학당을 개설하여 후진 양성에 노력하였다.

▶ 고영화(高永和): 연계

본관은 개성, 호는 정산(靜山), 화산, 연계, 한우물 등지에 여러 서당을 열어 많은 제자를 배출하였다.

▶ 조규팔(曺圭八, 1903~1981): 선바우

본관은 창녕, 호는 해사(海史). 만몽(滿夢) 대학을 졸업하고, 후진 양성에 힘써온 석학이다. 국회의원에 두 차례 입후보하였으나 뜻을 이루지 못했다.

▶ 홍최식(홍最植): 귀밑

본관은 남양, 호는 연암(蓮菴). 서당을 열어 많은 후진을 양성했다. 문인 제자 68명이 그 은덕을 기려 화산리에 오괴정(五槐亭)을 세웠다.

▶ 전익양(田益穰): 사현

본관은 연안, 한학자로 서당을 개설하여 후진 양성에 기여하였다.

▶ 신상균(申尙均): 사현

본관은 평산, 한학자로서 한학에 조예가 깊었으며, 서당을 개설하여 후진 양성에 힘을 쏟았다.

▶ 고철수(高喆秀): 삼화실

본관은 횡성, 자는 성상^(聖尙), 호는 필봉^(必峰). 한학에 조예가 깊었으며 평소 인심이 후덕하여 손님이 끊이지 않았으며, 서당을 열어 후학을 양성하였다.

▶ 신대희(申大熙): 삼화실

본관은 평산, 한학자로서 한문학에 조예가 깊어 향리의 후진 양성에 많은 노력을 기울였다.

▶ 손종한(孫從漢): 한우물

본관은 밀양, 호는 아천^(我泉). 한학자로서 한문학에 조예가 깊었고 향내 유림들과 폭넓은 교류를 가졌으며, 후진 양성에 힘썼다.

▶ 안교원(安敎元): 궁기리

본관은 순흥, 초대 궁기 이장을 맡아 동민들의 복리증진에 노력하였으며, 한학자로서 조예가 깊어 청소년 교육에도 많은 관심을 가졌다.

▶ 김종대(金鍾大): 연천리

본관은 경주, 호는 청사^(晴士), 한학자로서 서당을 건립하여 후진 양성에 이바지 하였다.

▶ 김도우(金道祐): 갈골

본관은 강릉, 호는 영초^(嶺樵). 한학자로서 향리의 후학 양성에 많은 노력을 기울였다.

▶ 박영래(朴泳來): 연천 상담

본관은 밀양, 호는 사함^(土涵). 한학자로서 한학에 조예가 깊었으며 서당을 개설하여 후진 양성에 공이 컸다.

03. 농암국교의 은행나무와 우물정신-박주노

은행나무 잎은 물들거나 땅에 떨어져도 그대로 노란 색이다. 변치 않는 노란 잎을 책 갈피로 사용하는 건 은행나무가 공자의 학문을 가르치고 배우는 것을 의미하기 때문이다. 공자가 '행단목^(杏壇木)'아래 단을 올리고 그곳에서 제자를 가르쳤다 하여 학문 혹은 학교의 상징으로 여겨 향교나 문묘에다 은행나무를 심어왔고, 성균관대학교에서는 은행나무 잎을 학교의 마크로 사용하고 있다. 학문의 정진과 정직, 패기, 청아, 굳건한 의지력과 인내력 등이 은행나무의 상징으로 사용되고 있다.

농암국교 동편쪽 교감 사택이 있던 자리 앞쪽에는 학교 교목인 은행나무 한 그루가 우뚝 서 있다. 나무의 크기와 굵기로 보아 수령이 백 살은 넘어 보이고 그 밑으로 넓은 그늘을 펼치고 있다. 학교 서편쪽 교장 사택이 있던 자리 우편에는 깊은 우물이 양철 지붕 아래 두 레박 줄을 걸고 있었다. 농암국교 개교 100주년에 즈음해 묻혀버린 그간의 역사를 찾아 나서면서 이 은행나무는 누가 심었고 우물은 누가 팠을까를 알아내기 시작했다. 하지만 기록이 거의 없는 상태에서 은행나무와 학교 우물의 과거사를 밝혀내는 일은 쉽지 않았다. 백

교목 은행나무

년이 훨씬 넘었으니 강산은 몇 번이나 변했고, 그 시대의 사람들은 예외 없이 세상을 떠

났으니 누가 사실을 입증해 줄 수 있을까? 더욱이 식민지시대와 6.25전쟁을 연이어 겪으면서 대부분 공적인 문서들이 소실되어 궁금증을 해소할 자료 찾기는 그저 난감하기만 하다. 이런 수난 속에도 사실을 증언하는 단서가 있어 당시 상황을 유추할 수 있다면 그것이 비록 구전이라 하여도 신뢰성을 검토해 사실로 인정할 수 있을 것이다.

농암국교는 일제 치하인 1920년 6월 9일 설립인가를 받아 1921년 4월 5일 개교를 하게 된다. 당시 학교 교육이 겉으로는 문맹을 타파한다는 것이었다면, 속으로는 일제가 식민지 지배를 가속화하려 한다는 양면성이 있었다. 어느 것에 속하건 대부분 교육의 필요성은 강조되었는데 그 이유는 문맹률이 90% 수준으로 너무 심각했기 때문이다. 한자를 아는 일부 권문세족을 빼고 나면 대부분 제 이름도 못 쓰는 문맹자들이어서 총독부에서는 기본이라도 가르쳐야 보다 많은 것을 착취해 갈 수 있다고 믿었다. 하지만 막상 학교를 지으려면 부지와 건축비가 필요했다. 당시 나라가 너무 빈곤했으므로 방법은 백성들의 땅을 강제로 수용하는 일뿐이었다. 농암국교도 사정은 마찬가지였고, 그 시작은 학교를 어디에 세울까 부터 진행되었다. 고민을 거듭하다 농암의 중심이 가항리이고, 이곳은 신숙빈 처사가 공부를 가르치던 한천서원이 있었던 만큼 아무래도 학생들을 많이 모우기 위해서는 지금의 농암국교 자리가 적합하다는 다수 의견이 나오자 농암리 207번지와 211-3, 272-2번지 일대가 학교 부지로 선정된다.

학교 뒤로는 병풍처럼 산이 둘러싸고, 그 산 아래 작은 뒷동산과 수백기의 공동묘지가 있으며, 이에 연해 밭과 논으로 이어졌다. 더욱이 큰 운동장을 만들어야 했으니 논밭만으로는 부족해 손대는 것을 금기처럼 여기던 묘지마저 학교부지로 밀어버릴 수밖에 없었다. 이런 연유로 학교 뒤편 변소에 가면 대낮에도 귀신이 나온다하고 밤에는 귀신 울음소리가 들려온다는 것이 전혀 근거 없는 유언비어는 아니었으리라. 이때 일제에 의해 땅이 강제 수용되는 바람에 가장 큰 피해를 입게 된 사람이 바로 함양 박주노^(1881~1953)였다. 그의 아버지 박무영⁽¹⁸²⁶⁾은 1850년경 입향, 현 농암리 207번지^(강당 자리)에서 터를 잡게 되었고, 이후 박주노는 농암국교 사택 자리에서 태어났다. 한문학에 조예가 깊은 그는 윗대 선조의 선비정신을 계승해 현 농암국교 자리에 서당을 세우고 후학을 양성했으며, 슬하에 아들 셋을 두었다. 서당 옆에는 깊은 우물을 팠는데 수량이 많고 물맛이 좋아 마을 주변에서 많은 사람들이 물을 길어다 먹게 된다. 그가 우물을 판 이유는 우물은 선을 추구하는 정화^(淨化)의미로 선비정신이 깃들어 있고, 또 물은 정신적 물질적 원천으로 다 함께 나누는 공동체 정신을 통해 향리의 교화와 단결에 뜻을 둔 점이었다.

이어 박주노의 3남인 박구진도 아들 셋을 두었다. 그는 1921년 농암리 71번지로 분가해 박익수⁽¹⁹¹⁴⁾-박순자⁽¹⁹⁴²⁾로 이어져 후손들이 지금까지 가항리^(농암2리)에 살고 있다. 결국 농암국교를 세우던 1921년, 땅을 학교부지로 빼앗기자 어쩔 도리 없이 기부라는 명분만 얻은 뒤 농암리 71번지^(천마산 뒷골)로 분가 겸 이주하는 아픔을 겪게 된다. 이때 박주노는 땅을 강제 수용한 것이 일제가 서당을 향리에서 없애고자 농암국교를 지었다는 이유를 알게 되자 크게 분노했다. 고장의 교육 근간을 무너뜨린 일제 만행에 대척하여 후손들에게 "절대 일본을 용서하거나 교육이라는 미명 하에 굴종해서는 안 되며 그럴수록 덕행을 쌓고 면학에 정진하라."는 유언을 남긴다. 그건 땅을 빼앗긴 것보다 면학을 가로막은 서당 철폐 조치에 대한 또 다른 항일이었다. 윤리와 덕행을 앞세운 서당 교육 대신 일본어를 가르치고 수탈과 지배를 가속화하는데 협조하는 건 돌이킬 수 없는 망국행위이었기 때문이다. 이에 후손들은 그의 애국충정이 담긴 유언을 마음 깊이 새기고 이를 실천 강령으로 삼는다. 그러면서 운동장 한켠에서 푸르게 자라는 은행나무의 면학정신을 바라보고 맑은 우물의 선비정신을 함께 나누어 마시는 것을 위안으로 삼으며 하루빨리 광복의 날이 오기를 학수고대했다. 그는 일제의 만행은 미워했지만 고을 사람들을 미워하지는 않았기에 선비정신으로 우물을 팠고, 면학정신으로 은행나무를 심어 묵시적인 항일투쟁을 전개한 인물이라 할 수 있다. 올곧은 선비정신은 결코 친일을 하지 않는다는 것이고, 투철한 면학정신은 나라의 미래를 열어 가는 동력이기에 그의 생각은 눈앞의 현실보다는 미래를 지향한 것이며, 이 길만이 빼앗긴 국토를 찾고 잃어버린 주권을 회복한다는 장기 전략이었다.

박주노가 심은 농암국교에 서 있는 은행나무! 그 나무는 조선 중종 때 행정^(杏亭) 박눌^(朴訥)이 심은 상주시 이안면 기장리 461번지의 은행나무 열매를 발아시켜 심은 것으로 두 나무의 정신은 궤를 같이하고, 대를 이은 부자 나무이다. 박주노의 선조인 박눌은 효성이 깊고 성품이 온화했으며 학문에 전념하여 과거에 급제, 창락도 찰방을 지냈고

교목 은행나무

청암서원에 향사된 선현 중 한 분이다. 조선의 역사 속에 인물인 박눌은 기장리 마을 동산 숲속에 〈모정(茅亭)〉이라는 정자를 짓고 곁에 은행나무 한 그루를 심는다. 그리고 후일, 다섯 아들들을 차례로 이곳에 오게 하여 교육을 시키는데, 은행나무에 사다리를 놓고 아들이 공부하러 올라가면 옷과 음식만 올려보낸 후 사다리를 치워 공부에만 전념하도록 정성을 쏟았다. 이런 공의 특별한 보살핌으로 다섯 아들 모두 대과(大科)에 급제하여 국사를 담당하는 중요한 인재가 되었다. 1남 거린은 장령, 2남 형린은 이조참의, 3남 홍린은 대사헌, 4남 붕린은 한림 시강원 설서, 5남 종린은 이조정랑을 지내면서 삼한의 갑족 중 손꼽히는 명문가가 되었다. 후에 사람들은 "세상에 다섯 아들 낳기도 힘들고, 다섯 아들이 급제하기도 어려우며, 다섯 아들이 문과급제하기도 어렵다."며 아무나 하기 어려운 3가지 모두를 이룬 〈삼난가(三難家)〉의 집으로 칭송을 아끼지 않았다.

박주노는 농암국교 은행나무가 쑥쑥 자라는 것이, 곧 어린 학생들이 자라 이 나라의 동량이 된다고 소망하면서, 1952년 득룡의 태몽으로 태어난 박눌의 30대손인 박운식(농초 41회)의 탄생에 환호한다. 박운식은 나라의 공복으로서 헌신하여 서울특별시 부구청장에 이르렀고 퇴직 후에는 후학들을 위해 〈운식장학금〉을 지급하기도 했으며, 동생 박명식(성북구청 퇴직)과 31대손 박하나(송파구청 근무)도 나란히 공직에 진출해 나라에 헌신 봉사하며 선조의 뜻을 계속 이어 가고 있다. 인류가 멸망하지 않는 한 끈질긴 생명력을 가진 은행나무는 지금도 튼튼하게 살아 있고, 배움이 있는 한 은행나무 면학정신은 계속 이어질 것이며, 농암국교 출신자들의 약진도 거듭될 것이다. 농암국교의 우물은 사라졌지만 은행나무는 아직도 윤택을 띠고 강건하게 살아남아 오늘도 제자리를 굳게 지키고 있음을 보면서, 농암인들은 영세토록 은행나무와 우물 정신을 기억해야 할 것이다.

04. 교단을 빛낸 44인의 스승들

　농암은 지리적으로 보면 경상도 북부지방의 궁벽한 고을에 속한다. 하지만 풍수적으로 보면 청화산의 우복동천과 조항산의 도덕동천이 고을을 평화롭고 안온하게 품어 안고 주흘산에서 속리산으로 줄기차게 뻗어내려온 백두대간의 중심구간으로 장엄한 기운이 도도히 흐르고 있다. 특히 고을의 유구한 역사와 민족의 정기를 품은 천마산을 궁기천과 쌍용천이 합류하여 해자(垓字)를 만든 요새지라 퇴뫼식 견훤산성이 굳건하게 자리하고 있다. 1城2洞天의 고을! 그래서인지 예전에는 골이 깊으면 범이 나온다고 했지만 근자엔 골이 깊어 훌륭한 인물이 많이 난다고 한다.

　후백제를 세운 견훤대왕의 고장인 농암! 기울어져 가는 나라를 살리기 위해 살신성인의 자세로 헌신한 조헌, 이강년, 신태식, 이기찬 의병장 등의 기개가 서린 고장이다. 가은 〈소양서원(1712)〉보다 농암 〈한천서원(1697)〉이 15년 먼저 설립되었으며, 일찍이 청암중학교가 설립(1949)되어 선진 교육 풍토가 조성된 이곳에는 이미 유서 깊은 농암국교가 문경에서 두 번째로 개교(1921) 후 이미 백 년이 넘었다. 이런 교육의 혜택으로 농암인들은 보다 열린 사고와 남다른 열정으로 경향 각지에 나가 헌신했으니 누가 이들을 가벼이 볼 수 있겠는가. 특히 백년대계의 교육에 투신한 인물들이 많은 점은 빼놓을 수 없는 자랑거리이어서 이 지역 출신으로 교장 이상의 직을 수행하여 우리나라 교단을 빛낸, 여기 44인의 교육자들의 족적을 오래도록 잊지 못할 것이다.

- 김천일: 효성여대 대학장

- 조도현: 아주대 교수, 탄자니아 연합대 부총장

- 박용수: 일본 시즈오카대 교수

- 박광양: 홍익대 교수

- 조영진: 명지대 교수

- 조운석: 경북대 교수

- 이순영: 숙명여대 교수

- 홍재욱: 인천대 교수

- 이인직: 경북산업대 교수

- 이하남: 대구대 교수

- 박찬수: 강남대 교수

- 손병희: 안동대 교수

- 이명희: 공주대 사학과교수

- 김오현: 경민대 교수

- 이찬우: 구미 기능대 교수

- 김동균: 공군사관학교 교수

- 신경식: 육군사관학교 교수

- 김재화: 순천향대 특수체육과 교수

- 김경민: 한남대 수학과 교수

- 김영로: 명지대 교수

- 임근호: 청암교육재단^(청암중) 설립자 및 초대 교장

- 이시황: 상명여사대부고 교장

- 최윤돈: 월배중고교 교장

- 김규완: 영일고 교장

- 채기식: 점촌고 교장

- 김춘식: 점촌중 교장

- 임창재: 청암중 교장

- 이동열: 청암중 교장

- 박건식: 은척중 교장

〈국교 교장〉

- 이계항: 당포국교 교장

- 신영수: 점촌국교 교장

- 김헌영: 호계국교 교장

- 김병조: 영순국교 교장

- 이성재: 점촌국교 교장

- 김영식: 점촌국교 교장

- 신현규: 문양국교 교장

- 신조헌: 농암국교 교장

- 신영재: 과천국교 교장

- 박승택: 농암국교 교장

- 고재덕: 청화국교 교장

- 엄성환: 가은국교 교장

- 이선화: 송산국교 교장

- 김기정: 풍양국교 교장

05. 농암 지역 국교 교장 및 기수별 졸업생

〈농암국교 교장 및 졸업생〉

졸업 기수	졸업년도	교직자 이름	졸업생수			비 고
		교장	남	여	계	
1	1924	安岡善晴	56	0	56	
2	1925	安岡善晴	54	0	54	
3	1927	安岡善晴	42	0	42	1926년 학제개편
4	1928	安岡善晴	44	0	44	
5	1929	中山泉	40	0	40	
6	1930	中山泉	27	0	27	
7	1931	中山泉	27	0	27	
8	1932	中山泉	21	1	22	
9	1933	中山泉	39	2	41	
10	1934	中山泉	52	0	52	
11	1935	相樂有三	46	0	46	
12	1936	相樂有三	25	3	28	
13	1937	相樂有三	32	1	33	
14	1938	岩本吉郎	40	0	40	
15	1939	岩本吉郎	47	0	47	
16	1940	岩本吉郎	61	12	73	
17	1941	岩本吉郎	60	3	63	
18	1942	岩本吉郎	21	13	44	
19	1943	岩本吉郎	63	8	71	
20	1944	岩本吉郎	62	12	74	
21	1945	마승한			95	남녀 확인불가
22	1946	채이식	29	12	41	

23	1947	김백희	39	8	47	
24	1948	김백희	21	13	77	미상 34
25	1949	김병규			81	남녀 확인불가
26	1950	김병규	52	16	68	
27	1951	윤주오	49	21	70	
28	1952	이국원	77	20	97	
29	1953	이국원	51	21	72	
30	1954	이국원	45	28	73	
31	1955	이국원			71	남녀 확인불가
32	1956	이두현	27	17	44	
33	1957	신우섭			56	남녀 확인불가
34	1958	신우섭	26	34	60	
35	1959	박호정			67	남녀 확인불가
36	1960	박호정	65	71	136	
37	1961	박호정	40	24	64	
38	1962	백기훈			72	남녀 확인불가
39	1963	백기훈	70	45	115	
40	1964	백기훈	65	47	112	
41	1965	백기훈	49	57	106	
42	1966	백기훈	69	57	126	
43	1967	이국원	61	59	120	
44	1968	이국원	78	67	145	
45	1969	이국원	75	50	125	
46	1970	이국원	84	56	140	
47	1971	이국원			119	남녀 확인불가
48	1972	이국원			134	남녀 확인불가
49	1973	이국원	88	72	160	
50	1974	김삼조			110	남녀 확인불가
51	1975	김삼조	71	60	131	
52	1976	김삼조	70	73	143	
53	1977	김삼조	61	58	119	
54	1978	김삼조	74	58	132	
55	1979	박승택	52	51	106	
56	1980	박승택	51	48	99	
57	1981	박승택	53	49	102	
58	1982	박승택	46	44	90	
59	1983	박승택	49	32	81	
60	1984	황준하	53	41	94	

61	1985	황준하	37	43	80	
62	1986	황준하	31	35	66	
63	1987	손병대	24	39	63	
64	1988	손병대	27	40	67	
65	1989	손병대	32	29	61	
66	1990	강용석	21	17	38	
67	1991	강용석	21	17	38	
68	1992	강용석	9	32	41	
69	1993	정준원	12	18	30	
70	1994	고칠식	16	17	33	
71	1995	고칠식	18	19	37	
72	1996	김흥선	12	13	25	
73	1997	김흥선	22	10	32	
74	1998	김기옥	9	12	21	
75	1999	김기옥	11	23	34	
76	2000	김영식	18	12	30	
77	2001	이상희	22	27	49	
78	2002	이상희	20	9	29	
79	2003	이상희	14	12	26	
80	2004	김휘숙	15	5	20	
81	2005	김휘숙	13	12	25	
82	2006	김주현	9	10	19	
83	2007	김주현	11	10	21	
84	2008	장상윤	12	5	17	
85	2009	이영갑	8	5	13	
86	2010	이영갑	12	4	16	
87	2011	이영갑	8	7	15	
88	2012	김인규	3	5	8	
89	2013	김인규	6	4	10	
90	2014	이성영	5	12	17	
91	2015	이성영	7	3	10	
92	2016	이성영	4	3	7	
93	2017	구본일	9	5	4	
94	2018	구본일	4	3	7	
95	2019	구본일	6	2	8	
96	2020	구본일	3	7	10	
97	2021	박영미	7	4	11	
98	2022	김조한	0	3	3	
99	2023	김조한	4	2	6	

<선암국교 교장 및 졸업생>

졸업 기수	졸업년도	교직자 이름	졸업생수			
		교장	남	여	계	비고
1	1954	신현규	18	15	33	
2	1955	신현규	12	8	20	
3	1956	산현규	16	7	23	
4	1957	신현규	21	7	28	
5	1958	신현규	29	18	47	
6	1959	신현규	27	21	48	
7	1960	신현규	34	21	55	
8	1961	신재수	20	19	39	
9	1962	신재수	31	25	56	
10	1963	정죽원	32	27	59	
11	1964	정죽원	32	11	43	
12	1965	정죽원	25	27	52	
13	1966	노원환	30	22	52	
14	1967	노원환	44	38	82	
15	1968	최재윤	43	31	74	
16	1969	최재윤	39	33	72	
17	1970	김보한	25	25	50	
18	1971	김보한	29	30	59	
19	1972	김보한	29	32	61	
20	1973	김보한	35	51	86	
21	1974	황준하	35	27	62	
22	1975	황준하	50	41	91	
23	1976	황준하	39	32	71	
24	1977	황준하	37	27	64	
25	1978	황준하	48	30	78	
26	1979	황준하	25	22	47	
27	1980	김종배	36	20	56	
28	1981	김종배	22	23	45	
29	1982	김종배	15	20	35	
30	1983	김종배	19	18	37	
31	1984	김종배	15	25	40	
32	1985	임춘석	17	18	35	
33	1986	임춘석	11	12	23	
34	1987	윤세묵	25	17	42	
35	1988	강용석	19	10	29	
36	1989	강용석	10	7	17	
37	1990	고재영	6	11	17	
38	1991	김홍종	11	8	19	
39	1992	김홍종	8	6	14	
40	1993	김홍종	4	4	8	
41	1994	고진욱	4	5	9	
42	1995	강원규	4	2	6	

<궁기국교 교장 및 졸업생>

졸업 기수	졸업년도	교직자 이름	졸업생수			비고
		교장	남	여	계	
1	1954	민현식	9	0	9	
2	1955	민현식	14	2	16	
3	1956	민현식	5	3	8	
4	1957	민현식	7	2	9	
5	1958	김성환	5	2	7	
6	1959	김성환	13	5	18	
7	1960	장사경	19	4	23	
8	1961	장사경	4	5	9	
9	1962	김남두	10	6	16	
10	1963	김남두	13	3	16	
11	1964	김남두	13	8	21	
12	1965	임병국	14	18	32	
13	1966	임병국	11	12	23	
14	1967	임병국	18	7	25	
15	1968	남준근	24	18	42	
16	1969	남준근	18	17	35	
17	1970	권사문	18	10	28	
18	1971	권사문	9	16	25	
19	1972	권사문	9	16	25	
20	1973	엄갑용	19	12	31	
21	1974	엄갑용	21	17	38	
22	1975	이찬우	12	17	29	
23	1976	이찬우	15	16	31	
24	1977	송재룡	14	13	27	
25	1978	송재룡	20	18	38	
26	1979	박수기	12	14	26	
27	1980	광원환	8	3	11	
28	1981	박상열	4	14	18	
29	1982	박상열	7	8	15	
30	1983	박상열	8	2	10	
31	1984	신현규	4	11	15	
32	1985	신현규	5	6	11	
33	1986	신현규	10	7	17	
34	1987	이태호	9	10	19	
35	1993	정용원	1	1	2	

〈청화국교 교장 및 졸업〉

졸업 기수	졸업년도	교직자 이름	졸업생수			
		교장	남	여	계	비고
1	1950	신영수			17	남·여 숫자 미명기
2	1951	서용구			32	〃
3	1952	예두원			38	〃
4	1953	오영달			15	〃
5	1954	장중식			30	〃
6	1955	장중식			17	〃
7	1956	현중근			24	〃
8	1957	현중근			30	〃
9	1958	현중근			26	〃
10	1959	현중근			22	〃
11	1960	신현규			57	〃
12	1961	신현규			42	〃
13	1962	김성환			42	〃
14	1963	김성환			54	〃
15	1964	신현규			55	〃
16	1965	신현규			68	〃
17	1966	신현규			68	〃
18	1967	신현규			93	〃
19	1968	신현규			87	〃
20	1969	이기영			72	〃
21	1970	이기영			54	〃
22	1971	이기영			74	〃
23	1972	이기영			42	〃
24	1973	이기영	36	37	73	
25	1974	서석근	27	23	50	
26	1975	정필원	30	29	59	
27	1976	정필원	40	41	81	
28	1977	정필원	33	24	57	
29	1978	정필원	30	32	62	
30	1979	정필원	46	26	72	
31	1980	이규대	22	38	60	
32	1981	이규대	36	25	61	
33	1982	이규대	28	13	41	
34	1983	이규대	22	21	43	
35	1984	이규대	13	24	37	

36	1985	신취균	26	20	46	
37	1986	신취균	16	21	37	
38	1987	신취균	14	28	42	
39	1988	박진록	19	15	34	
40	1989	박진록	17	16	33	
41	1990	박찬구	10	14	24	
43	1992	김하원	10	12	22	
44	1993	김하원	9	6	15	
45	1994	강명국	7	10	17	
46	1995	강명국	5	4	9	
47	1996	이형백	9	10	19	
48	1997	이형백	6	5	11	
49	1998	이상필	3	6	9	
50	1999	이상필	5	9	14	
51	2000	김영식	3	3	6	분교장으로 격하
52	2001	이상희	8	11	19	
53	2002	이상희	4	5	9	
54	2003	이상희	3	1	4	
55	2004	김휘숙	1	2	3	
56	2005	김휘숙	2	2	4	
57	2006	김주현	2	1	3	
58	2007	김주현	0	0	0	
59	2008	장상윤	4	1	5	
60	2009	이영갑	0	1	1	
61	2010	이영갑	1	0	1	
62	2011	이영갑	2	1	3	
63	2012	김인규	3	5	3	
64	2013	김인규	6	4	10	
65	2014	이성영	1	7	8	
66	2015	이성영	1	1	2	
67	2016	이성영	1	2	3	
68	2017	구본일	3	0	3	
69	2018	구본일	2	1	3	
70	2019	구본일	4	1	5	
71	2020	구본일	2	1	3	
72	2021	박영미	0	0	0	
73	2022	김조한	0	2	2	
74	2023	김조한	1	1	2	

〈도장국교 교장 및 졸업〉

졸업 기수	졸업년도	교직자 이름	졸업생수			
		교장	남	여	계	비고
1	1970	김선학	6	1	7	
2	1971	김기수	8	7	15	
3	1972	최병룡	1	6	7	
4	1973	최병룡	2	8	10	
5	1974	이부충	6	4	10	
6	1975	이부충	2	8	10	
7	1976	박종환	4	4	8	
8	1977	권오형	5	6	11	
9	1978	권오형	4	8	12	
10	1979	권오형	5	3	8	
11	1980	이등대	5	3	8	

〈문양초등학교〉

가은읍 전곡리 288-2, 지금은 마야 잉카 박물관이 들어서 있음

1946. 08. 05. 문양국민학교로 설립인가

1949. 09. 01. 문양국민학교 개교

1999. 03. 01. 가은초등학교 문양분교로 격하

2002. 03. 01. 폐교

〈삼송초등학교〉

충북 괴산군 청천면 삼송리 533번지, 지금은 솔맹이골 권역활성화센터가 들어서 있음

1946. 09. 13. 삼송공립국교 설립인가

1946. 10. 05. 삼송공립국교 개교

1947. 03. 01. 4학급 편성

1963. 01. 01 행정구역 개편으로 경북에서 충북으로 이관

〈청암중학교 역사〉

1949. 02. 15. 청암학원 설립(초대원장 임근호)

1950. 04. 28. 학교법인 청암교육재단 설립

1952. 04. 02. 청암중학교 설립인가 및 개교. 초대교장 임근호 취임

1965. 11. 02. 제2대교장 임창재 취임

2004. 07. 01. 제3대 교장 이동열 취임

2007. 02. 18. 제56회 졸업

2007. 02. 28. 폐교(졸업생수 5,942명)

籠岩國民學校 總同窓會 組織 準備委員名單

(第16회 卒業生) 교감 朴鐘健 정년퇴임 기념 제공 (1990. 8. 현재) No. 1

졸업기수	졸업년도	졸업생수		期別 同窓生 會長 외 (前·現 會長 및 부회장) 有力人士 (七는 死亡者)
		남	여	
1	1924	56	·	李鐘源 · 金根永 · 甲正熙 · 金一永 …
2	1925	54	·	申明提 · 金南九 · 朴龍八 · 金百錄 · 朴瓖若 · 金龍來
3	1927	42	·	申明提 · 金南九 · 田容碩 · 洪敬龍 …
4	1928	44	·	李時雨 · 錢子春 · 雅臨錫 · 金嗣命 · 申實慶 · 安榕基
5	1929	40	·	金佐永 · 申道植 · 朴文若 · 南海元 · 錢客來 · 李圭安 · 田容德
6	1930	26	·	安昌旭 · 徐連源 · 金寬永 · 李壽… · 金成鉉 · 金昌鐵
7	1931	26	1	金俊永 · 南震元 · 趙誠出 · 金珠東 · 李主複 · 金收弱 · 金…
8	1932	21	1	金長源 · 柳承德 · 李鳳仙 · 李光永 · 李甲出 · 朴在仁 · 安未玉
9	1933	39	2	李守命 · 金栖斗 · 申應坤 · 金壽性 · 金字鍊 · 朴鳳鳳 · 申彦雨 · 趙南易
10	1934	52	·	金禧永 · 朴勝照 · 朴漢圭 · 金護永 · 李重右
11	1935	46	·	○李景植 · 李德遠 · 申永提 · 朴成圭 · 甲成坤 · 金在圓 · 金光標
12	1936	24	4	金庸俊 · 金聖炘 · 金東均 · 李連淵 · 李振照 · 姜袞慶 · 金正熙 · 朴吏分
13	1937	32	1	南太收 · 朴顕燮 · 金政戚 · 林水毛 · 申鉉鍾 · 李戚雨 · 安永俊 · 全在烈
14	1938	39	1	全聖爲 · 李華植 · 金成煥 · 李慶用 · 李駿永
				李乾周 · 崔相俊 · 呂永錄 · 賣訊夾 · 金政玉
15	1939	44	3	○蔡元植 · 曹永鎮 · 金斗経 · 南教元 · 權寧壽
				金寅永 · 金海永 · 南廷琪 · 金点周 · 朴丁淑
16	1940	62	11	○高在恩 · 李承雨 · 朴鐘健 · 林鎬善 · 徐世源
				金栖杰 · 金榴炅 · 金栖稿 · 金八來 · 金九成 · 金柄宇
				金永錥 · 徐忠深 · 張熙植 · 金敦玉 · 金高鍊
				金竟來			
17	1941	58	5	○李台伍 · 朴勝澤 · 申鎬圭 · 梁基鉉
				安永七 · 崔弘錫 · 高惠林 · 李聖萬
				李模雨 · 金祐永 · 趙海行

E-HWA

졸업회수	졸업년도	졸업인수 남	졸업인수 여	期別月期生 会長団 (会長. 副会長. 現務 및 有力人事)	
18	1942	49	12	˚孫 坤材 (농암) 高在煥 (과산) 李順輝 (연주) 任忠鎬 (과산)	
				と申泉逴 (주구) 任昌宰 (연초) 李相喆 (연초) 朴鳳洙 (서을)	
19	1943	63	8	˚金周鎬 (명주) 李寶雨 (다기) 申喆澈 (과산) 朴高浩 (연천) 李版蕃 (서을) 金錫夏 (연주)	
				˚金鍾成 (연천) 申海澈 (과산) 金德澤 (농암) 朴鍾貴 (연초)	
				李点宰 (연천) 曹大煥 (진동) 申性敬 (서을) 朴鍾様 (연천)	
20	1944	59	12	˚南期元 (정동) 金丙戈 (전구) 金天照 (서초) 錢景源 (종무)	
				と印龍煥 (선운) 朴潤夏 (연천) 朴慶萬 (주구) 李相文 (연천)	
				金鍾選 (삼동) 申丙照 (연소) 申束秀 (전구) 錢慶華 (대구)	
21	1945	48	26	˚李健和 (정동) 申君逴 (가동) 権藏文 (농암) 申鉉三 (농암)	
				申喜照 (서을) (先退) 金周達 (과초) 林鎬植 (농암) 嚴炳基 (연천)	
				高正忠 (과산) 鄭順南 (세소) 李在雨 (연천) 李願愛 (부천)	指龍水 (농암) 金益永
(1) 22	1946	29	12	朴庄用 (서초) 安瑩洙 (농암) 李相晋 (연초) 李泳和 (서을)	朴O生
				申東根 (전구) 朴鍾球 (") 申武鎬 (") 康泳悲 (농암)	
23 (2)	1947	39	8	˚権泰遠 (과초) 金鍾㤼 (과산) 朴太洙 (농암) 申佑逴 (연초)	趙O伯 金栢元
				李相正 (농암) 柳承烈 (가동) 孫稷寿 (과비) 申常載 (")	
24 (3)	1948	64	13	鄭海原 (정동) 金廣田 (서초) 朴鍾律 (연초) 李束雨 (太卵)	
				張喜佳 (") 朴鍾允 (문비) 朴鍾連 (연초) 朴元釜 (연천)	
				金三吉 (신비) 趙鳳行 (전구) 李昌厚 (") 李昊恒 (서초)	
25 (4)	1949	66	15	朴奉圭 (연천) 徐元澤 (농초) 申束澈 (") 申㳆逴 ( )	
				李仁輝 (능초) 金且永 (대구) 申昊逴 (주비) 李束恒 (연초)	
				李成宰 (명비) 朴鍾德 (대구) 朴鍾益 (신초) 蔡仁錫 (농암)	
				鄭海雄 (부암)	

졸업회수	졸업년도	남	여	期別 同窓会長団 ○(전, 현 회장 부회장 총무) 및　有力人事
26 (5)	1950	52	16	○申鉉培(달성) 郭鍊會(음성) 金柄宙(서울) 禹正水(농암)　金桐立(경북)
				○權五建(안동) 李丙琦(점촌) 宋鎮泰(대구) 禹永喆(종구)　金桐仁(가은)
				○李相培(안동) 趙戒元(〃) 朴舜澤(유천) 李世河(대구)
27 (6)	1951	49	21	○申炎堤(서울) 金景宰(성남) 錢宸一(대구) 金鍾順( )　金柄住( )
				任旭宰(경남) 金大辰(문경) 李瑢遠(대전) 朴詠璇(수원)
				金文永(경남) 申榮祐(안동) 金榮源(대구) 禹丁任( )
28 (7)	1952	77	20	○李鍾偉(대구) 金永吉(사천) 權學邦(민지) 金鍾植(대구)　金大源(경북)
				○申憲熙(점촌) 權五錫(점촌) 尹錫河(점촌) 趙漢行(〃)
				○權五高(종구) 申束鎭(〃) 崔虎永(〃) 林竹男(정평)　金板玉(대구)
				金寓炎(전구) 權順福(민지) 金穌熙(대전) 朴武彦(대구)　洪在斗(제동)
29 (8)	1953	51	21	○李相國(김해) 朴長奎(영주) 朴大善(연천) 朴演洙(서울)　金章吉(제천)(계선
				○吳世永(서울) 金正植(춘기) 申鉉皙(안동) 申範堤(〃)　李昌伯(영주)
				○金柄登(〃) 金光培(대구) 申弘堤(〃) 李相大(〃)　金柄逼(종구)
				○李政子(〃) 權奇順(〃) 權長順(〃) 高貞子(〃)　趙春子(대구)
30 (9)	1954	56	16	○金基尚(춘기) 林基爻(종구) 李相旭(가은) 安永根(춘기)
				權憲永(점촌) 李文秀(〃) 李學殊(남안) 源東熙( )
				朴正秀(연천) 蔡漢吉(남안) 李林雨(연천) 申炅浩(청주)
				郭永春(〃) 申文堤(대) 金柄宗(안동) 河奉善(미국)
31 (10)	1955	45	28	○申榮國(서울) 朴鍾源(안동) 嚴桂淑(연천) 金柄租(점촌)
				金榮植(안동) 尹錫源(남안) 黃台明(농암) 李永式(농암)
				申孝堤(봉계) 朴潤弘(영천) 金祥吉(〃) 李京子(대구)

期順	년도	졸업생수 男	졸업생수 女	期別同窓生 會長團 및 (前,現会長,副會長總務) 有力人事
32 (11)	1956	27	17	申東和(서울) 朴文喆(상주) 鄭輝昇(서울) 朴昱子(대구)
				李長壽(종구) 金復鉉(대구) 柳宗根(상주) 金炳三(종구)
				金金澤(종구) 呂原祐(문천) 朴慶春(종구) 李相得(종구)
33 (12)	1957	36	20	金鍾旬(봉명) 李相益(안동) 稚盛夫(상주) 宗謹鎬(대구)
				申鉉益(안동) 李炳宰(서울) 尙瘍祐(상주) 金世庀(대구)
				余護鐘(안동) 金光照(〃) 朴照子(점촌) 李昊姬(상주)
34 (13)	1958	26	34	金元植(문천) 李佑遠(문천) 嶌昌浩(점촌) 朴永玉(서울)
				崔東植(금암) 李相建(상주) 曺圭榮(점촌) 朴連玉(〃)
				金廣治(〃) 朴鍾守(농공) 千英弼(문천) 朴淳熙(〃)
35	1959	38	29	°許鉉(서울) 李東悅(금암) 權昌照、(상주) 朴鍾純(港)
				°鄭秉昱(〃) 孫戴熙(안동) 鄭輝永(농공) 朴德龍(마산)
				°申明浩(〃) 權洪根(〃) 鄭重鎬(서울) 權明根(서울)
				°南長照(〃) 曺圭敦(〃) 朴哲弘(〃) 權奇浩(〃)
				°金貞救(〃) 金金子(안천)
				金柄琴(남동) 金在德(水원) 李淑子(水원) 鄭和淑(대구)
				金祖晟、(港) 金允照(照)
36	1960	65	71	余護元(농공) 金成德(문천) 嚴寒碩(김포) 姜永子(대구)
				權五勳(마산) 李相益(문산) 吳三夒(봉명) 李昌源(농공)
				金七龍(문천) 申鉉宗(농공) 趙永浩(서울) 嶌貞淑(서울)
				李英淑(양구) 李順子(점촌) 朴貞順(대구) 曾順子(점촌)
37	1961	40	24	李相鎭(점촌) 孫學秀(상주) 尹正川(상주) 申東宰(서울)
				李成植(〃) 曺昇鎭(농공) 朴鍾煥(농공) 李憲一(문경)
				孫永九(농공) 朴德煥(마산) 朴姬順(〃) 朴貞伊(점촌)
				金柄彩(점촌) 金柄根(안동) 金文誠(港) 金鎬旭( )

38	1962	42	30	金相泰(청주)	申理쫙(대구)	權泰根(대구)	孫湜默(서울)
				崔東圭(서울)	朴武洙(부산)	李相遠(서울)	李季憲( )
				朴永植(능남)	朴正洙(울산)	申有湜(대구)	申順喆(과기)
				朴分凉(서남)	申貞順(미안)	郭壽一(대전)	李鍾分(대구)
39	1963	70	45	朴健植(능영)	李昌根(논남)	申德均(대전)	李相旭(의성)
				金鳳起(청송)	張充根(병천)	申仁湜(서울)	高暎煥(대구)
				李憲圭(왜관)	劉永哲(서울)	金喜洙(영주)	金慶愛(대구)
				李東子(서울)	朴貞在(서울)	朴晋洙(상주)	呂永浩(서울)
40	1964	65	47	申東坤(청송)	金栖璿(능남)	朴暉圭(청송)	申鈜敬( )
				李武熙(마산)	李湘德(청송)	姜恭壽(논산)	孫永熙( )
				朴鍾寛( )	朴仁達(〃)	李英( )	錢太旭(경세)
41	1965	49	58	金承熙(청송)	朴雲植(서울)	李大雨(서울)	申澤均(서울)
				嚴進水(면천)	朴琦洙(〃)	金在奎(〃)	李善和( )
				姜侑聲(조곡)	李成根(논남)	崔玉梅(금)	李瑅(청송)
				朴千圭(서울)	李鍾德(영주)	裵道星(의성)	金仁熙(증구)
42	1966	69	57	李仁濟(영천)	安相哲(논남)	柳春根(청주)	李東湖(증구)
				安熙愛(〃)	權五弼(〃)	權忠默(안동)	洪在東(산남)
				嚴成漢(증구)	朴煥洙( )	李圭大(청송)	金成澤(증구)
				朴룡戌(서울)	申暎均( )	錢相九( )	林澤洙( )
43	1967	61	59	李東喆(안동)	金應德(논남)	孫丙熙(안동)	崔甫植(서울)
				崔慶澤(조곡)	朴魯英(〃)	申完湜(청송)	朴鍾祐(〃)
				李相弘(〃)	朴慶洙(청송)	金鍾浩(영천)	鄭大秀(부산)

44	1968	79	66	朴完奎(충주) 申錫奐(민지) 金道英(종곡) 申相容(연천)
				李興根(민기) 朴鍾培(농남) 由湖湜(충남) 朴琓洙(연천)
				金栯中(종곡) 申犬湜(서울) 金憙來(여주) 鄭輝春(충주)
				嚴在國(충남) 朴順圭(연천) 金允源(농남) 權寧植(영월) 〇충북
45	1969	100	25	李鍾九(충) 任汪冗(농남) 朴相俊(화산) 朴大圭(종규)
				張用雲(농남) 朴蕭洙(농남) 朴鍾呂(연천) 郭潤一(충주)
				南得炡(농남) 李鍾甲(농남) 金東秀(연천) 朴龍洙(청주)
				朴相哲(연천) 李昌宇(여주) 申淑均(여주) 申東姬(서천)
				朴基成(농남) 孫永愛(종규) 박의식( ) 신경열( )
				김영욱( ) 여상동( ) 이영옥( ) 안종복( )

06. 졸업생이 지은 오행시 100편

1 김병중

농, 농 하나 이고 시집온 아지매
암, 암만 평생을 살아 봐도 농은 비어 있고
인, 인간 세상 끝날이 되어서야
만, 만다라로 황홀하게 핀
세, 세 치의 덕담이 피운 농암의 백년초 한 송이

2 이윤영

농, 농암국민학교는
암, 암울한 시대⁽¹⁹²¹⁾에 개교하여
인, 인생의 길잡이가 되어 주었다
만, 만족스러운 배움의 터전이오
세, 세상에 자랑할 우리의 역사

3 김기자

농, 농사는 귀하고 귀한 노동에 속한다
암, 암소와 황소도 가족처럼 일을 하고
인, 인정이 뒤섞인 이웃들도 함께라면
만, 만남은 언제든지 고단함을 삭인다
세, 세월에 밀려나는 고향의 정경이여

4 이선화

농, 농바우가 있어 농암이라지
암, 암석으로 변한 선녀의 장롱이
인, 인고의 세월에도 버티어
만, 만고강산 농암이 되고
세, 세상의 중심이 되리

5 이영태

농, 농은 세 글자로 농바우다
암, 암울했던 세파에도
인, 인고의 농암 꽃은 피었다
만, 만세 농바우여
세, 세상을 밝혔다

6 이춘자

농, 농바우가 보인다
암, 암자에 오르니
인, 인간 세상이 보인다
만, 만사가 다홍이네
세, 세계 중심의 농암인 만세

7 이미자

농, 농암인아 지혜롭게 살아라
암, 암흑 속 같은 고난이 오더라도
인, 인고의 세월을 보내다 보면
만, 만세를 부를 날이 있다
세, 세상은 나의 편

8 박운식

농, 농암초등학교 관사에서 서당을 여신 할아버님
암, 암울했던 일제의 탄압 속에서
인, 인재양성의 뜻을 끝내 펼치지 못하시고
만, 만고의 한을 안고 떠나셨지만
세, 세월이 흘러 흘러 백 년이 흐르고 농암초등학교
    는 꽃피운 백 년에서 설레이는 미래로 발돋움을
    시작했다

9 권오영

농, 농띠도 치고
암, 암요 암요 아부도 떨고
인, 인정도 펑펑 베풀고
만, 만약에 그랬다면
세, 세상살이 더 편했을까?

10 김인희

농, 농암의 자랑 농암초교
암, 암흑의 민초들을 눈뜨게 하고
인, 인재를 길러 그 이름
만, 만방에 떨치니
세, 세월의 백 년을 넘어 설레이는 백 년으로

11 김병해

농, 농암으로 이사 가자
암, 암만 생각해도 그게 좋아
인, 인정 많고 경치 좋으니
만, 만사 제치고 알아봐야겠어
세, 세를 얻어서라도 갈 거야

12 김정숙

농, 농암 한우물에서 내가 태어난 것은
암, 암만 생각해도 큰 축복을 받았음이 틀림없다
인, 인품과 학식이 출중하신 우리 할배
만, 만약 내가 할배 자손으로 태어나지 않았다면
세, 세상에나~ 어쩔 뻔했나

13 이학근

농, 농사꾼으로 살 것인지
암, 암만 생각해도 결정하기 힘드네
인, 인간답게 산다는 것에 초점을 둔다면
만, 만고의 자연이 가르침을 줄 거야
세, 세상살이의 깊숙한 이치가 농사를 통해 깨닫게 되니까

14 이봉근

농, 농암이라는 내 고향은
암, 암자에 마음 수양 온 듯
인, 인심 좋고 마음씨 좋은 분들과
만, 만남의 즐거움과 소중함을 느끼게 만들며
세, 세월을 거꾸로 흐르게 만드는 농암이 최고의 터전이 아닐까

15 김기수

농, 농사가 억수로 잘되는 풍요로운 고장
암, 암만 가물어도 먹거리 풍성한 곳
인, 인정 많고 산수 좋은 내 고향 농암은
만, 만만세 자손 번창할 천하 명당 터
세, 세상 빛낼 영웅들이 태어나는 터랍니다

16 김완구

농, 농사하기는 여기가 최고야 농암
암, 암! 그렇고 말고 이제는 농암이 대세여
인, 인명재천은 옛말 지금부터 농암
만, 만백성이 가 보고 싶은 곳 농암
세, 세상에서 제일 살기 좋은 곳 농암면

17 신석환

농, 농롱자는 long
암, 암자는 arm
인, 인자는 in
만, 만나 보면 팔이 긴 그 품 안에는
세, 세세토록 정이 든 농암 친구들!

18 박기복

농, 농부의 딸로 태어나 살면서
암, 암울하고 힘들 때도 많았지만
인, 인생사 마음먹기에 따라
만, 만사형통인 것을
세, 세상을 반백 년 살아 보니 알겠네

19 이영옥

농, 농촌의 푸르름이 내 고향이라면
암, 암흑을 밝힌 지혜는 내 학교였다
인, 인생의 첫걸음을 배운 그 자리
만, 만 가지 꿈이 자라던 곳
세, 세상에 외치리라, 농암인 만세

20 김도영

농, 농암 사람들 중엔

암, 암만 찾아봐도

인, 인정은 많은데 농띠는 안 보여

만, 만약에 농띠가 보인다면

세, 세상이 웃을끼라 그래여 안 그래여

21 김인

농, 농암인 여러분

암, 암만 생각해도

인, 인재가 많이 나오는 농암

만, 만만세

세, 세상을 향해 무한질주 홧팅!

22 이미영

농, 농촌의 바람 속에 자란 꿈

암, 암울한 날에도 우리를 키운 학교

인, 인생을 준비한 고향의 품에서

만, 만남과 배움이 어우러진

세, 세계를 향한 농암인 만세

23 박상준

농, 농암에서 태어나 유년 시절을 보낸 것이

암, 암만 생각해도

인, 인생에서 가장 잘한 것 같아

만, 만약에

세, 세상에 다시 태어난다면 농암에서 태어났으면 좋겠어

24 우석희

농, 농암 고향 땅 빨간 사과 익어 가네

암, 암반수에 산천의 물길 따라 뿌리내린 사과나무

인, 인내심에 키우는 주인의 손길

만, 만인이 알아주는 맛있는 비타민

세, 세 가지 넘어서 마흔가지~ 주렁주렁 달려서 주인 얼굴 피었네

24 우석희

농, 농암 고향 땅 빨간 사과 익어 가네

암, 암반수에 산천의 물길 따라 뿌리내린 사과나무

인, 인내심에 키우는 주인의 손길

만, 만인이 알아주는 맛있는 비타민

세, 세 가지 넘어서 마흔가지~ 주렁주렁 달려서 주인 얼굴 피었네

25 남우희

농, 농자는 천하지대본(農者는 天下之大本)

암, 암반수 파서라도 물주고 특용작물이나 과수 재배하면 수입이 짭짤하다

인, 인자라도 괜찮다. 귀농귀촌해서 사과농사하는 정록이처럼 열심히 일하고 힐링(Healing)도 하면

만, 만수무강에 아무런 지장이 없다

세, 세상살이 탓하고 얼굴 찌푸려 가면서 이마 주름은 늘고 홧김에 깡소주 마시지 말고 꽃피고
　　새 울고 소꿉친구들이 살고있는 내 고향 농암으로 어서들 오셔

26 류귀남

농, 농사를 지으며 공기 좋은 곳에서 삶을 영위해 보자

암, 암암리 동네는 내가 자주 다니는 산마루

인, 인사도 하고 동네 꽃길도 만들고 아름다움은 이곳이 최고

만, 만 평 되는 네 땅이 메리골드 호두 고사리 신토불이 최고일세

세, 세기에 출발은 나에게 기쁨 주는 우리 땅 우리 영토

27 박상언

농, 농암으로 가자

암, 암만 생각해 봐도 그게 좋을 것 같아

인, 인생 살아 보니

만, 만만치 않고

세, 세상에서 가장 살기 좋은 곳은 내 고향 농암이네

28 이태호

농, 농로 따라 오가던 길

암, 암석 위에서 정답게 여담을 나누던 길

인, 인생을 살면서 아름다운 길이라는 것을 알게 되었고

만, 만 가지 길을 걸어 보았지만

세, 세상에서 가장 아름다운 길인 걸 알게 되었다

29 박순임

농, 농사지어 성공한다는 건

암, 암만해도 안 된다고 생각했는데

인, 인제 와서 보니

만, 만석지기가 되었네

세, 세상에 열심히 살면 안 되는 것이 없네

30 신재식

농, 농바우 놀이터 삼아 놀고 뛰던 꼬맹이도

암, 암만 생각해도 지난 세월 유수같아

인, 인간사 분별도 없이 일엽 같은 인생인데

만, 만화 같은 추억은 눈감으면 선하지만

세, 세류 따라 물길처럼 흘러가면 못 오는데 오행시로
　　남은 자취는 기념책에 영원하리

31 김우석

농, 농사짓기 좋은 농암에 인정이 넘치는

암, 암만 생각해도 사랑과 인정이 넘치는

인, 인품 하나는 최고인 농암

만, 만남과 행복이 넘치는 농암

세, 세월이 흘러도 변함없는 농암에서 살고파라

32 박정애

농, 농암에서 태어난 걸

암, 암만 생각해도 천만다행

인, 인심 하나는 내세울 수 있는 제일 최고인 농암

만, 만남과 헤어짐이 있어도

세, 세상에서 제일 멋지고 경치 좋고 살기 좋은 내 고향 농암이 최고

33 박상식

농, 농암의 고향은 내 마음의 집
암, 암석처럼 단단했던 배움의 터
인, 인생의 시작을 함께한 학교
만, 만 가지 추억이 깃든 곳
세, 세월이 흘러도 영원한 농암인 만세

34 박정숙

농, 농암에서 태어나서
암, 암흑기도 이겨 내며
인, 인간답게 살고 지고
만, 만고강산 유람하며
세, 세상 구경하며 사세

35 엄소영

농, 농암의 친구들은
암, 암만 생각해 봐도
인, 인생 살면서 여태 많은 사람을
만, 만나 봤지만
세, 세상에서 최고더라

36 이희중

농, 농암에서 태어나
암, 암석을 기초로 다져진 우정은
인, 인정과 사랑이 넘치는
만, 만남을 통하여
세, 세상이 다하는 그날까지 모두들 행복하게
　　살아가길

37 김이분

농, 농암을 떠나온 지 몇 십 년 세월
암, 암만 생각해 보아도
인, 인심 좋고 산수 좋은 내 고향 농암에서 언제
만, 만나도 반가운 친구들과
세, 세월을 맛있게 보내고 싶다

38 박정란

농, 농암 아들 딸들이여!
암, 암수 원앙 부부처럼
인, 인정 모아 사랑 모아
만, 만사 OK 알콩달콩
세, 세상만사 유유자적

39 엄태흠

농, 농암에서 태어나 청룡에 정기를 받아
암, 암반수 물을 먹고 건강한 몸으로
인, 인정 많은 사람들과 정을 나누고
만, 만세 만세 외치며
세, 세상에 서울 대구 부산 찍고 이 땅에 사는 친구들 늘 건강과 행복이 가득한 농암에
　　서 살고 싶어

40 엄서영

농, 농암에 태어나신 할아버지 덕에

암, 암만 보아도 농암

인, 인정 많은 농암에서

만, 만나 본 분들이 정답고

세, 세상에서 살고 싶은 곳은 농암

42 이상엽

농, 농담 고만하소

암, 암만 봐도 농암이 최고지

인, 인자 고만 농암으로 돌아오소

만, 만날천날 돌아다녀 봤자

세, 세상천지 농암만한 곳이 있소

41 우상진

농, 농암 가실목은 어릴 적 내 고향

암, 암말 말고 정년퇴직하고 내 고향 찾아가서

인, 인정 있고 ^복^도 많은 농암인들과 함께 어울려

만, 만족스럽게 즐기면서

세, 세계 일주 여행도 하고 이웃들과 알콩달콩 재미나게 살아 봅시다

43 우병설

농, 농암초등학교는 역사와 전통을 이어 받아

암, 암울했던 일제강점기에도

인, 인재 양성을 위해 혼신의 정열을 쏟아 왔으며

만, 만년의 미래를 향해

세, 세찬 기운을 담아 영원히 웅비할 것이다

44 박연순

농, 농초에 다니다가 4학년 마치고 대구로 전학 가서

암, 암울했지만 어린 나이 적응하기 위해 노력했다

인, 인도네시아에서 지금 살고 있지만

만, 만에 하나 이곳 무슬림이 나를 공격하면

세, 세상에 알릴 것이다, 한국인의 위대함을!

45 김찬희

농, 농사를 주업으로 살아온 선조부터
암, 암울한 세월에도 고향 땅 지켜 주신
인, 인생사 선배님인 우리들 부모님께
만, 만물의 영장인 인간이란 이름으로
세, 세상에 태어났음에 감사드립니다

46 박용진

농, 농암의 80년도에는 큰 수해로 인해
암, 암석이 파헤쳐 뒹굴어 떠내려와도
인, 인명 피해 한 명도 없었고
만, 만만년 역사 위에 터전을 잡은 우리
　　선조들의 얼을 되새겨
세, 세세손손 백년대계로 줄기차게 이어
　　나갑시다

47 우화목

농, 농산물의 요람 농암
암, 암암암! 영농인 천국
인, 인생살이 새옹지마
만, 만만찮은 삶이지만
세, 세세손손 농암 옥토 길이길이 보전하세!

48 정인화

농, 농암에서 농사 짓고 사는 친구님들 고마워요
암, 암만 생각해도 고향이 좋아유
인, 인사드립니다, 고향에서 농사 짓는 친구님들께
만, 만세 만세, 만만세라~ 약진하는 대한민국 만만세라~ (경복궁 타령입니다)
세, 세월이 가기는 흐르는 물과 같고 인생이 늙기는 바람결 같구나~ (경기민요)

49 상희주

농, 농암의 친구들의 운세를
암, 암만 점쳐 봐도~
인, 인생 살아가면서 앞으로는 걱정 마세요
만, 만사형통이라네요
세, 세상에서 가장 행복하게 다들 산다네요~~

50 박용현

농, 농사 짓고
암, 암만 힘들다 해도
인, 인제는 먹고살 만하잖소
만, 만약에 이조차 없는 삶이면
세, 세상만사 재미있는 게 무엇이오

51 유의숙

농, 농암은 언제나 나에겐 그리움이지유
암, 암만 해도 고향이란 단어가 주는 정감은 변하지 않아
인, 인자는 농암 소식만 들려와도 뭉클~
만, 만날 수만 있다면 시간 아끼지 말고
세, 세상사 얘기로 수다도 떨며 살아가는 거 행복이예유

52 김명숙

농, 농암에는 농경지 농수로가 너무 좋아요
암, 암반수 맑은 물처럼 일급수의 냇가^(물)
인, 인심 좋고 마음씨 좋은 내 고향 농암분들
만, 만수무강 인사 나누는 정다운 이웃사촌
세, 세상 사는 재미를 느끼게 하는 농암이 최고입니다♡

54 김태희

농, 농단이라고 함은 국정농단이란 말로 보았는데
암, 암만 생각해 봐도
인, 인간들의 마음이 사악하여
만, 만인을 우롱하고
세, 세상을 기만하는 말로 보이더라

55 노봉구

농, 농암은 대한민국 영토 중심지
암, 암반석 석회암층 옛날 바닷속
인, 인제는 지구촌을 밝힐 인간이
만, 만천하 살아 나갈 참된 삶의 터
세, 세상을 움직여 갈 축복 온누리

56 김규완

농, 농암의 역사를 자랑으로 지키자
암, 암반 위에 자리 잡은 굳센 꽃처럼
인, 인고의 세월이 가고 또 온다 해도
만, 만세토록 전해질 장엄함을 위해
세, 세밀한 심정 모아 영원히 애향 노래

57 김연옥

농, 농암의 산천은 수려하기 그만이다
암, 암반에서 솟아난 맑은 물의 흐름과
인, 인정 쌓인 발걸음이 만 객을 부른다
만, 만세토록 귀한 절경 높은 뜻 품었고
세, 세세토록 그 유산 소중히 지켜 가자

농, 농암 하면 생각나는 것
암, 암만 생각해 봐도 한우물 대정숲
인, 인고의 세월에도 잘 견디어 준
만, 만고 풍상의 대정숲
세, 세월의 무상함에 아픔을 겪는구나

농, 농암인이란 자긍심 속에
암, 암만 생각해도 내 고향은
인, 인간이 살 수 있는 최적의
만, 만만 대손 이어 갈 명당터
세, 세월이 흘러도 명불허전

농, 농바우 개바우 말바우
암, 암석으로 농암이란 이름을 짓고
인, 인고의 세월 동안 지켜 온 땅
만, 만민이 계승해 온 숨쉬는 땅
세, 세월이 지나도 변함이 없네

농, 농불 실시하여 보니
암, 암중비약 필요없네
인, 인지상정 나누면서
만, 만수무강 바라나니
세, 세월 따라 유지경성

籠, 籠岩 山高水長
岩, 岩磐 崎岩絶壁
人, 人傑 山川地靈
萬, 萬人 生居之地
歲, 歲歲 子孫萬代

농, 농암의 농번기 철이 되면 외국인의 일터
암, 암컷 숫컷 짝을 지어 무리로 모여든다
인, 인심 좋고 살기 좋은 내 고향 농암
만, 만인의 철새처럼 이방인이 되어
세, 세계로 뻗어 가는 영농의 후계인 우리 모두 동참하여 고향 지켜 나가세

64 이학연

농, 농암에는 볼 것과 들을 것이 많도다
암, 암암리에 전해 온 궤적들을 좇으며
인, 인의의 예 갖추어 고개를 숙여댄다
만, 만 가지 뜻이 모여 찬란하게 빛나니
세, 세상은 요동쳐도 변치 않을 위대함

65 김병규

농, 농사 열심히 짓다가 짬을 내어
암, 암자 같은 심원사 들어가면
인, 인자하고 그윽한 부처의 미소
만, 만천하에 부러울 것 없는
세, 세속을 떠난 작은 수행

66 우화수

농, '농자천하지대본야'라!
암, 암만 생각해도 농암보다 좋은 곳이 또 있으랴 ^~^
인, 인증(引證)들 하는 거지요?
만, 만인(萬人)들께 물어봅니다
세, 세상에 이런 곳이 또 있겠느냐고요 ^^~^^

67 손정록

농, 농익은 과일에는 풍미가 넘쳐난다
암, 암흑을 이겨 내듯 헤쳐 온 시간 속에
인, 인내의 결실되어 맛으로 살아났다
만, 만나면 만날수록 정겨운 농암인들
세, 세월 가도 변치 않을 그 마음 미더워

68 이재연

농, 농바우 지나 대정숲
암, 암석바위 낙수바우
인, 인간 세상 살다 보니
만, 만고강산 고향 산천
세, 세월 따라 나도 왔네, 말바우 지나 명
　　당 견훤 궁터!

69 박용식

농, 농암이라~~
암, 암~~
인, 인정
만, 만코, 마음씨 고운
세, 세상에 둘도 없는 내 고향

70 이용기

농, 농암에는 유구한 역사를 자랑하는 농암초교가 있지요
암, 암울했던 일제와 동란도 굳건히 견뎌 내며
인, 인재 양성의 산실이 되어 왔던 우리들의 모교
만, 만인의 인재들이 세상을 밝히니
세, 세월이 흘러도 꽃피운 백 년의 역사는 길이 빛나리

71 정태욱

농, 농부가

암, 암소를 소중하게 키우듯이

인, 인간미와 정이 넘치는 농암으로

만, 만들어 갑시다

세, 세상에서 으뜸가는 우리 고향으로~

72 권오길

농, 농암은 청운의 꿈을 낳은

암, 암스트롱처럼

인, 인류가 꿈꾸든

만, 만국의 달이 되어

세, 세상의 등불이 되었노라

73 여경숙

농, 농업의 발전을 위해서는

암, 암석을 뚫는 강인한

인, 인성으로 끊임없는 노력을 경주해서

만, 만천하에 최상의 품질로

세, 세상을 평정해야 합니다

74 신대식

농, 농암초등학교 통합 100주년 행사의 연장인 사업을 이렇게까지 눈물겨운 기념 책자 발간을 위해 노력하시는 책 발간 위원장님과 발간 위원분들께 응원 박수를 보내드립니다

암, 암만 생각해도 이건 아닌데도 불구하고 불철주야 노고와 열정에 눈물겨운 감동과 힘찬 박수를 보내드립니다

인, 인간으로 태어나서 할 일 못 할 일 가려가면서 열심히 살아오셨을 농암 지역 초등 통합총동창회가 심각한 진통 끝에 그나마 다시 태어난 통합총동창회 회장님과 차기 임원분들께 힘찬 응원의 박수를 보내드립니다

만, 만세! 만세! 만세! 역사와 진리는 살아서 영원할 것이다!

세, 세상엔 선과 악이 늘 공존하는 인간사입니다. 그 또한 지나가리라 역사에 영원히 타임캡슐에 보관될 것이다

88 강한성

농, 농짝 같은 바위와
암, 암반으로 이어진 병천에
인, 인걸이 찾아오니
만, 만세월 가도록
세, 세상에 별천지네

89 이창우

농, 농암인 생명력은
암, 암반수 솟구치는
인, 인간애 만큼이나
만, 만만세 이어 나갈
세, 세상에 본보기라

90 김종선

농, 농부의 기다림 긴 침묵은
암, 암석을 뚫는 물방울의
인, 인내와 노력으로
만, 만석의 추수를 거두니
세, 세상에 이보다 더 값진 것이 있으랴

91 김명조

농, 농농하는 농바우와
암, 암암해도 마암의 말바우가 있어
인, 인재들이 많이 나는 견훤의 고장
만, 만나면 서로 그래여 안 그래여
세, 세상 이보다 좋은 우복동이 어디 있어

92 남장희

농, 농가 먹어야 정이라 카대
암, 암커 없어도 노나 먹으면
인, 인정 우정도 생겨
만, 만만해져서 니캉네캉 디기 좋더라
세, 세월 가도 초등 친구가 그래서 질이라

93 이돈영

농, 농암에 갔더니
암, 암소 한 마리 길에서 만났네
인, 인물이 꼭 누굴 닮은 거 같았어
만, 만월의 달걀 같은 커다란 두 눈이
세, 세상 떠나간 전설 속 장군 같았어

94 신우균

농, 농암 쌍용 계곡에서 흐르는 물은
암, 암반과 암벽을 뚫고 나오는 천년수
인, 인간이 먹고 마시는 생명의 젖줄이요
만, 만백 년 마셔도 마르지 않는 샘물
세, 세월이 흘러 흘러도 끊임없이 흐르는구나

95 최백운

농, 농촌의 그 바쁜 일상에도
암, 암반수 떠 놓고 매일
인, 인간 잘 되라고
만, 만사 제쳐 놓고 빌던
세, 세상에 하나밖에 없었던 언제나
　　　내편인 어머니

96 신경숙

농, 농암인의 모습과 얼굴은 다정다감한
　　친구의 미소
암, 암만 생각해 봐도 그리운 친구들
인, 인생 다그렇고 그래요!!!
만, 만 가지 생각 해 봐도 건강이 최고랍니다
세, 세상은 즐겁고 행복하고 건강하게!!!

97 이순옥

농, 농암인이 된 것을 영광으로 생각합니다
암, 암 그렇지요
인, 인생사 만나고 나면 또 보고 싶은 친구들
만, 만세 소리 그치면 스치고 지나가는 그리운
　　얼굴들
세, 세상에 이런 즐거움을 어디서 찾을 수 있을까

98 김태수

농, 농민을 위한 논밭 산지
암, 암 염소 키우니 번성하고 번창하더라
인, 인생은 즐겁게 좋은 공기 마시며 살아갈 때 행복해요
만, 만 마리 염소 떼들이 뛰어놀 땐 즐겁고 행복해요
세, 세상에도 염소 새끼는 너무 귀여워요

99 김종한

농, 농사일은 힘들어 보였어요. 그 옛날 아버지 모습
암, 암암리 먼 밭고랑 메는 그 옛날 어머니 모습
인, 인간은 목구멍이 포도청이라 먹어야 살 수 있었다
만, 만 가지 농작물 성공으로 이루었다
세, 세상에도 온갖 농사는 열심히 일한 노력의 보물

100 이순영

농, 농사짓는 일은 하늘과 동업이야
암, 암암리에 구름과 비, 햇빛까지 동업해 주는 거야
인, 인복이 많은 것도 하늘이 허락해 주는 거야
만, 만약에 하늘의 뜻을 거역하면 어떻게 될까?
세, 세월 깊고 나이 들수록 알게 되겠지

14부

농암의 미래를 위한 제언 10가지

01. 〈대정공원 송림〉 천연기념물 지정

〈대정공원〉은 선조들이 수백 년 지켜오고 가꾸어 온 자랑스러운 산림문화자산이다.
수령이 350년이 넘은 점도 자랑이지만, 그보다 소나무를 직접 농민들이 식목하여 오늘
에 이르고 있다는 사실로 인해 더 가치 있게 평가된다. 전천상 부사가 식목 조성한 하동
송림 숲은 천연기념물로 지정, 특별 관리되고 있으나, 대정공원은 그보다 먼저 조성되었
음에도 지정 신청조차 검토해 본 적 없고 오히려 파크골프장을 조성하면서 송림을 훼손
시킨 것은 몰상식의 극치다.

이 공원은 등기상으로는 사유지로 되어 있지만 기능으로는 이미 공원으로 공유화되
어 있다. 여러 조건 등을 관계 부처와 검토한 결과 이 공원은 산림청에 〈산림문화유산〉
으로 지정할 수 있고, 문화재청에는 〈천연기념물〉로 지정 신청할 수 있으며, 국가보훈부
에는 〈보훈유적지〉로 지정 신청할 수 있다. 세 가지 다 충족되는 이 소중한 자산에 대해
방치를 넘어 훼손까지 하고 있다는 건 부끄러운 일이다. 대정공원이 소중한 문화자산으
로 관리되고, 환경친화적인 황토걷기 숲길을 곁들인다면 농암은 지금보다 훨씬 더 특별
하고 많은 사람들이 찾는 고을이 될 것이다.

02. 제대로 된 견훤 역사 복원 및 유적 반영

견훤에 대한 설화 하나가 전하는 광주와 묘지 하나의 논산, 군사들이 훈련하던 장소 하나의 경산, 테뫼식 작은 성 하나의 화북 같은 곳 등은 벌써 견훤 유적을 복원하고 그 역사에 대한 재평가로 새로운 가치를 발굴 보존해 나가고 있다. 그러나 농암 고을은 설화와 유적이 넘쳐나고 있음에도 〈궁터 별무리 마을〉에 견훤의 궁이름 정도를 알리는 시늉과 갈동리 〈농바우 공원〉만 덩그러니 자리하고 있다. 가은에서는 발빠르게 〈금하굴〉 전설 하나 만들어 견훤을 지렁이 자손으로 폄훼하여 사생아로 만들고도 당당히 〈숭위전〉을 짓고, 그것도 모자라 견훤이 사생아가 아니라 아자개의 아들이라며 왕릉을 〈아자개 장터〉의 고을로 앞뒤가 맞지 않는 홍보를 하고 있다.

이처럼 타 지역에는 전설 하나가 있거나, 발자국 한 번만 스쳐도 그것을 유적으로 만들고 스토리텔링하여 지역 발전의 소중한 자산으로 활용하는데 농암은 마음이 좋아서인지 관심이 없어서인지 그저 침묵이다. 견훤의 〈천마산 탄생 설화〉가 있고, 그 유적으로 천마산이 있으며, 천마산성^(견훤산성)까지 있을 뿐 아니라 바위가 쪼개져 나왔다는 〈쪽금산〉과 〈농바우〉가 있는데도 이대로 지렁이 자손으로 방치할 것인가. 게다가 용마를 얻었다는 〈말바우〉, 왕궁이 있었다는 〈궁터〉, 군사들이 훈련을 했다는 〈북짓골〉, 견훤이 심었다는 〈견훤 느티나무〉와 목을 벤 말을 묻었다는 갈동리의 〈말무덤〉과 왕이 넘었다는 〈왕재〉 등이 있어도 무관하다는 말인가. 견훤 역사 정비법의 국회 통과 이후 지자체에서 새로 설계된 역사 복원의 초안에 이를 제대로 반영하는 것이 필요하다. 발표한 계획에는 터무니없이 가은 갈전리에 견훤 생가와 독서굴 등이 들어 있고, 산양에 근 품산성을 넣어 그곳을 개발하려고 애쓰지만 농암은 겨우 궁터와 견훤산성 정도의 언급만 있을 뿐이다. 만약 이를 묵인 방치한다면 견훤 역사는 크게 왜곡될 것이고, 농암인들은 역사 앞에 죄를 짓는 일이 될 것이다.

구분	입증 근거	내 용	비 고
설화	천마설화 (天馬說話)	천마가 떨어져 천마산이 되고 아비와 구호가 떨어져 두 개의 바위가 되어 그중 한 바위가 쪼개지며 견훤이 탄생	천마산과 산성, 말바우 등 13가지 자료 존재
산	천마산 (甄城山)	하늘에서 말이 떨어져 생긴 산	농암면
"	국신말, 국선말	조항산 갓바우를 달리 일컫는 말로, 하늘이 내려준 말(國神馬), 화랑 우두머리가 타는 말(國仙馬)	농암면 (궁기리)
산성	천마산성	천마산에다 견훤이 쌓았다는 산성	" (농암리)
"	천마산성 보조성	천마산 지맥에 쌓은 치성의 쪽금산성	" (민지리)
명마	말바우	견훤이 용마를 얻은 바위	" (연천리)
"	말바우 (안장바우)	잘 달리는 말 안장같이 생긴 바위로 큰 꿈을 이루려는 사람들이 찾음	" (화산리)
무덤	말무덤	견훤이 실수로 목을 친 말의 무덤	" (갈동리)
나무	견훤 느티나무	말과 시합 시 화살 표적으로 삼은 나무	" (갈동리)
탄생	농바우	하늘에서 천마와 같이 떨어진 바위가 쪼개지며 견훤이 탄생한 바위	" (갈동리)
지명	농암, 마암	견훤 탄생과 견훤 명마 관련 현 지명	"
우물	천마천 (天馬泉)	야생마가 물을 먹고 있는 것을 포획	" (천마산)
풍수	천마등공형 (天馬騰空形) 죽통혈	쪽금산의 지세가 말이 하늘로 오르는 형세, 도내에서 말죽통 2개의 지세(서울대 최창조 교수)	"

03. 문경 최초의 사설 교육기관인 〈한천서원〉 복원

한천서원은 문경 고을에서 가장 먼저 지어진 사설 서원이다. 1697년(숙종 23) 명현을 제사하고 후학을 양성하기 위해 건립하였고 안귀손(安貴孫)과 신숙빈(申叔彬)과 성만징(秋潭 成晩徵)을 제향하였다. 1868년(고종 5)에 서원철폐령으로 훼철되었으나 후에 다시 한천사만 지어 오늘에 이르고 있다. 문경이 신석호(申石虎)의 고장이라 불리는 것은 평산신씨들이 많이 산

문경 안내판

다는 말이다. 이 지역의 신씨들은 대부분 신숙빈 한천처사의 후손이다 처사가 낙향하여 후학들을 가르친 존경받는 선비가 되어 이 한천사에 배향되었다.

하지만 지금은 3인을 모시는 〈한천사〉만 있을 뿐 어떤 복원 계획도 없다. 문경에서 제일 먼저 생긴 공교육기관은 〈문경향교〉이고 그 뒤를 이어 사설 교육기관인 서원으로는 〈한천서원〉이 먼저 생겼다. 후에 소양서원이 생겼지만 서원철폐령으로 한천서원은 사라지고 만다. 서원이 사라지자 곳곳에 서당이 생겨났고, 일제강점기가 되자 1921년 농암국교가 문경 지역에서 두 번째로 개교하게 된다. 이는 한천서원이 몰고 온 면학의 학풍으로 서당이 생겨났고, 후에 농암국교와 청암중고등학교가 설립되는 등 이 지역이 남다른 교육 고을이 되는 터전이 되었다. 이와 같은 역사성을 감안할 때 한천서원의 일부라도 복원하여 지역 교육문화의 역사를 오늘에 되살리고 한천처사를 기리는 일은 의미 있는 작업이 될 것이다.

04. 농암 외곽길 〈은성로〉의 도로명 개정

농암면 소재지였던 농암1리는 구 장터, 현 소재지인 농암2리는 신 장터로 그 도로명은 〈농암길〉이고, 농암2리 성황당 고개에서 괴정 〈농암로터리〉에 이르는 도로명은 〈은성로〉로 명명하고 있다. 그리고 농암로터리에서 화산방향으로는 〈청화로〉, 사현방향으로는 〈무운로〉로 부치고 있는데, 여기서 도로명을 한 번쯤 생각해 볼 여지가 있다. 〈은성(恩城)〉이란 말이 생긴 것은 일제강점기에 〈은성광업소〉가 개광하면서 광산 이름을 지어야 하므로 가은의 〈은(恩)〉과 마성의 〈성(城)〉자를 따서 은성광업소라 하였다. 그 이유는 탄맥 형태가 가은 왕릉에서 마성에 걸쳐 형성되어 있으므로 지어진 이름이다. 그러므로 이 명칭은 일제가 지었고, 〈무연탄〉에 대한 의미가 내포되어 있다.

그런데 이 이름을 농암까지 이어서 길 이름으로 지었다는 게 문제라는 점이다. 일제가 적당히 한 글자씩 따서 지은 그 잔재가 남아 있는 이름을 왜 농암으로 연결된 도로명에까지 부쳐야 했을까? 농암으로 탄맥이 이어진 것도 아니고 농암에 좋은 명칭이 없어서도 아니라면 이대로 지나친다는 건 자존심 상하는 일이다. 농암 외곽도로의 〈은성로〉 명명은 '우리 아이 이름을 지을 때, 그냥 옆집 아이 이름을 빌려서 지은 것'과 무엇이 다르겠는가. 농암2리 성황당에서 농암로터리까지 구간은 짧지만 그 도로명은 적어도 〈청화산〉에서 따온 〈청화로〉, 아니면 〈견훤로〉로 명명함이 농암의 자존심을 지키는 일일 것이다.

05. 견훤숭배탑 〈골맥이〉 지키기

농암에는 견훤 유적이 유난히 많다. 그러나 그것을 복원하거나 유적으로서 가치 있게 제대로 발굴한 것은 거의 눈에 보이지 않는다. 견훤 유적 중 가장 원조격인 〈견훤산성〉은 성곽 돌 하나 바로 세우거나 제대로 살피지 않았다. 다른 지자체에서는 견훤산성이 복원되기도 했는데 농암의 경우 안내판 하나 전무한 실정이다. 특히 견훤산성 중 천마산 산성은 해자형이자 본성과 보조성까지 있는 산성으로 천혜의 요건을 갖춘 특별한 가치가 있는 성으로 평가된다. 성 이외에도 견훤을 숭상하는 〈골맥이〉가 8개나 있음에도 거의 방치 수준을 면치 못하고 있다. 그나마 가항동 골맥이^(청암중 운동장)는 청암문화원에서 안내판을 세우고 농암2리에서 동신을 지내며 최소한의 기본 관리는 유지되고 있다.

견훤은 〈바위 탄생 설화〉가 있는 인물로 돌탑인 골맥이와 특별한 관련이 있다. 견훤이 궁을 지었다는 〈궁터 골맥이〉와 용마를 얻었다는 〈말바우 골맥이〉, 그리고 견훤산성을 지키는 〈가항동 골맥이〉는 특별하다. 궁터 골맥이는 〈수문장〉, 말바우 골맥이는 〈작은 어른〉, 가항리 골맥이는 〈농암의 동신〉으로 그 꼭지돌이 바로 견훤을 섬기는 대왕신이자 토템인 것이다. 왕궁을 지키고, 용마와 성을 지키는 골맥이를 단순한 돌무덤으로 방치해서는 안 되며 이를 견훤 유적으로 복원 관리해야 할 것이다.

06. 의병성지인 개바우와 대정공원의 성역화

농암시장은 문경에서 3번째로 큰 장시가 열렸고 영남에서 한양 가는 지름길인 고모령이 있어 예로부터 통행이 많은 지역이었다. 특히 견훤이 태어나 호연지기를 기른 고장이자 적의 침입을 막을 수 있는 천혜의 해자형의 견훤산성이 있고, 화북과 궁기 방향으로는 동천의 길지가 있어 평범한 시골로 머물러 있지 않았다. 임진왜란 시 중봉 의병장이 내서 중산에 의진을 치고 주둔했고, 1895년 도암 의병장이 밀정자인 김골패와 강용이를 농암 장터에서 총살했으며, 동년 운강 의병장이 농암 장터 개바우에서 김석중외 2명을 효수했고, 같은 해 지산 의병장은 대정숲에 의진을 치고 전열을 가다듬어 출병했으며, 1944년 대정 마을 〈청년단〉은 일제 군함 제작용으로 대정송림을 벌목 공출하라는 총독부 지시에 반대 투쟁을 벌여 숲을 지켜 내는 등의 항일 역사의 현장이 있는 자랑스런 고을이다.

그러나 〈개바우 안내판〉 하나만 서 있고, 〈항일애국의 숲 안내판〉은 파크골프장을 짓는다고 뽑아 버렸다가 항의하자 한쪽 구석에 세워 놓는 걸 보면서 이것이 후세들의 태도라는 점은 가슴 아픈 일이다. 다른 고을은 없는 것도 만들어 정부 지원을 받고 홍보해 고을을 발전시키는데, 농암인들은 백두대간의 중심이나 천혜의 명소라는 추상적 명칭만 바윗돌에 새겨 두고 있다면, 그것은 다른 사람들의 공감을 끌어낼 수 없고 타지 사람들이 찾아오지 않는다. 농암이 〈의병성지〉로 지정 관리되도록 보훈부에 요청하여 잊혀져 가는 자랑스런 선현들의 농암 역사를 기릴 수 있도록 조치하는 것이 후세의 도리인 것이다.

07. 다섯 개의 기념관 건립이 필요한 농암

특별하거나 새로운 것은 그만큼 가치가 있고 차별화되며 관심의 대상이 된다. 이 지역에는 이런 이유로 관심의 대상이 되는 다섯 가지가 있다. 견훤의 탄생과 성장과 관련된 견훤산성 등이 있고, 국민신문고 제도를 이용한 격쟁 승소를 기념하여 지은 윤하정이 있으며, 의병장들이 거병 및 출병을 앞두고 창의를 한 개바우 성지가 있고, 대정공원의 송림은 우리나라 및 세계 최초의 민간 식목일을 제정 시행했고, 쌍용 STX에는 우리나라 국토의 정중앙인 정중진에 해당된다는 것이다.

견훤이 태어나고 자란 이곳은 곳곳마다 견훤 유적지가 많기 때문에 〈견훤박물관〉이 들어설 수 있는 최적의 요건이 된다. 그리고 고종 때 신문고 격쟁 상소를 통해 승소 기념으로 지은 대한민국 최초의 정자인 〈윤하정〉은 국민청원 제도의 유일한 유적으로 〈국민신문고 기념관〉 설립이 요청되고, 또 개바우^(농암 장터)와 대정공원은 다수의 의병장들과 청년들이 항일투쟁한 성지로서 이를 기리는 〈의병성지기념관〉 건립 조건이 충족되며, 대정공원은 숙종 때 민간에서 소나무를 심어 육림하였고 1934년 세계 최초로 민간에서 〈식목일을 제정〉 시행하였으므로 〈식목기념관〉을 건립하여 이를 기념할 필요가 있다. 그리고 STX리조트에 있는 국토의 정중앙인 〈정중진〉은 국토의 중심으로 좋은 기운을 받을 수 있는 단전이라는 곳이므로 〈정중진 전망대나 기념관〉을 건립한다면 정동진과 정서진, 정남진처럼 훌륭한 관광상품이 될 것이다.

08. 새길 3길을 열어 가야 할 농암

요즘은 길의 시대이다. 사통팔달의 길이나 아우토반도 필요하지만 느리게 힐링하며 걷는 길, 역사 유적을 탐방하며 걷는 길, 좋은 기운을 받으며 걷는 길, 맨발로 걸으며 건강을 증진하는 길 등이 도처에 소재하고 있다. 특히 문경 지역은 〈옛길 박물관〉이 있고 문경새재가 있어 그 어느 지역보다 길의 고장이라 일컫는다. 그럼에도 많은 여행자들이 문경새재를 찾고 나면 그다음은 갈 곳이 없다고 할 정도로 여행 콘텐츠가 빈약하다는 흠을 갖고 있다.

농암에는 조선 중기부터 열린 〈고모령〉이라는 훌륭한 길이 있으나 그동안 새재에 밀려 잠든 길이 되고 말았다. 그리고 농암면 화산리와 종곡리에는 소가 엎드려 있는 최고의 복지라는 우복산이 있고 그 길 일부가 속리산길에 중복되어 표지판이 서 있으나 사람의 인적마저 사라지고 말았다. 또 견훤산성이 있는 천마산과 쪽금산은 견훤 유적과 함께 등산까지 즐길 수 있는 둘레길 형태가 있지만 아직 개발되지 않았다. 한양으로 가던 역사 속의 〈고모령길〉^(한양길), 좋은 기운을 뿜어 주는 〈우복산 둘레길〉^(명상길), 견훤 역사를 생각하며 함께 걷는 〈견훤둘레길〉^(역사길)을 재정비 및 조성하여 세 길을 새롭게 연다면 농암은 새재길과 연계하여 역사와 문화와 힐링을 누리는 새로운 고을로 변모될 것이다.

09. 농암 〈스테이 캠프〉 상품 개발 및 홍보

농암은 역사적인 것과 문화적인 것이 공존하고 있는 고을이다. 산촌 체험과 견훤 역사를 곁들이는 〈궁터 별무리 마을〉이 있고, 내서리에는 무형문화재 김삼식 한지장이 만드는 〈한지 체험 전수관〉이 있으며, 선곡리에는 이상선 명인이 전통 사인검을 만드는 〈고려왕검연구소〉가 있다. 천마산 아래는 애국 독립투사 〈도암 의병장 생가〉가 있고, 농암리에는 문청함 예인이 지도 관리하는 〈청암문화예술원〉이 있으며, 전곡리에는 남미의 생소하고 특별한 문화를 관람할 수 있는 〈마야잉카박물관〉과 거기서 개울을 건너서면 〈소양서원〉과 〈영류정〉, 〈상강정〉에서 조선의 교육제도와 선비 문화를 맛볼 수 있다.

4km 반경 내에 이처럼 다양하고 알찬 볼거리를 하나의 상품으로 구성^(1박 스테이 캠프)한다면 많은 사람들의 호기심과 욕구를 충족하고도 남음이 있을 것이다. 다만 콘텐츠의 구성과 홍보 부족 등의 미흡으로 지금까지 답보상태로 있으나, 학생들을 대상으로 1박 2일 체험으로 상품화하고 청암문화예술원이나 마야잉카박물관 마당에서 별을 보며 야영을 한다면 농암에서만 느낄 수 있는 특별한 시간이 될 것이다.

10. 궁기리 마을 이름 개정

이름은 사람이나 회사나 마을이나 공히 중요하다. 부르기 좋고 듣기 좋으며 사람들에게 쉽게 와닿는 이름을 누구나 선호한다. 이런 연유로 〈지리산면〉이라는 지명을 부치려고 지자체끼리 소송전까지 벌어지는 일이 발생하기도 했다. 영월 수주면은 〈무릉도원면〉, 군위 고로면을 〈삼국유사면〉, 상주 사벌면은 〈사벌국면〉, 고령읍은 〈대가야읍〉, 왕릉 장터는 〈아자개 장터〉 등으로 개명하여 지역의 역사나 널리 알려진 지명을 활용하며 이름값을 톡톡히 누리고 있다.

농암의 경우 〈견훤면〉으로 생각해 볼 수도 있으나 농암은 이미 〈농바우〉라는 견훤 탄생 설화가 들어 있으므로 큰 문제가 없다고 볼 수 있다. 그러나 궁기(宮基)라는 지명은 〈궁이 있는 터〉라는 뜻으로 한자세대에서는 무난하게 통할 수도 있으나 요즘에 이르러서는 뭔가 부족하다는 생각을 떨칠 수 없다. 그러므로 1914년 일제강점기 때 지은 〈궁기〉라는 지명을 1745년 〈영남지도, 광여도〉에 표기된 〈견훤 궁기리〉로 고친다면 "견훤궁이 있는 마을"로 쉽게 이해할 수 있고, 홍보 효과도 더 배가될 것이라 믿는다. 동명을 고치는 절차는 생각보다 문경시 의회에서 어렵지 않게 추진할 수 있으므로 동민들의 적극적인 검토 추진이 필요하다.

15부

농암 100주년 기념사진전

01. 추억의 교과서

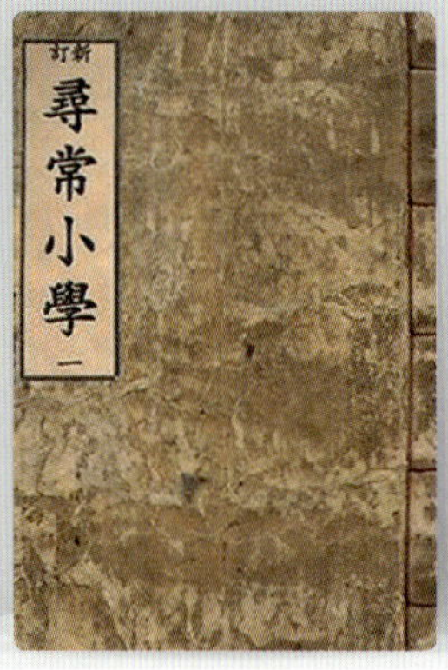

최초로 그림을 넣어 제작한 교과서(1896)
『신정심상소학』

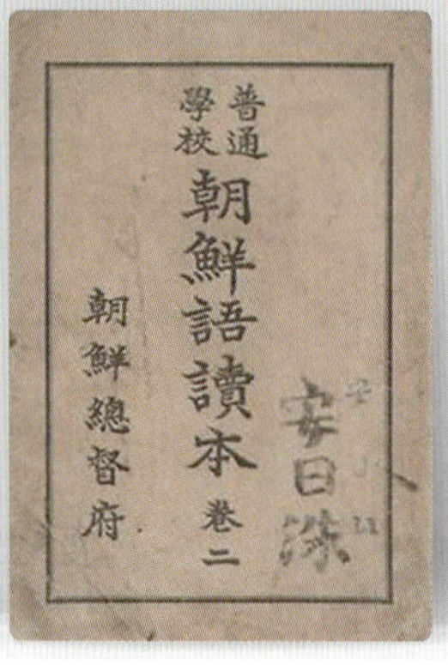

조선총독부가 발행(1935)
『조선어독본』

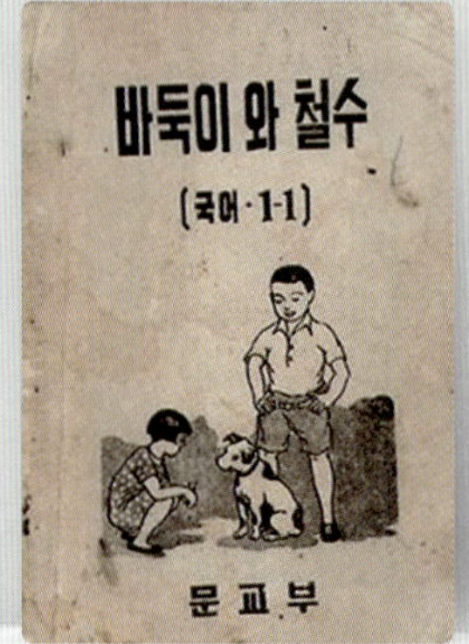

광복 후 첫 교과서(1948)
국어 1-1 『바둑이와 철수』

6.25전쟁 때 초등학교(1951)
전시생활 교재 『우리나라와 국제연합』

전시생활 교재(1951)
『국군과 유엔군은 어떻게 싸워 왔나?』

호국 정신을 가르치기 위해 발행(1951)
전시생활 교재 『우리도 싸운다』

반공 강화 시기(1966)
『승공』

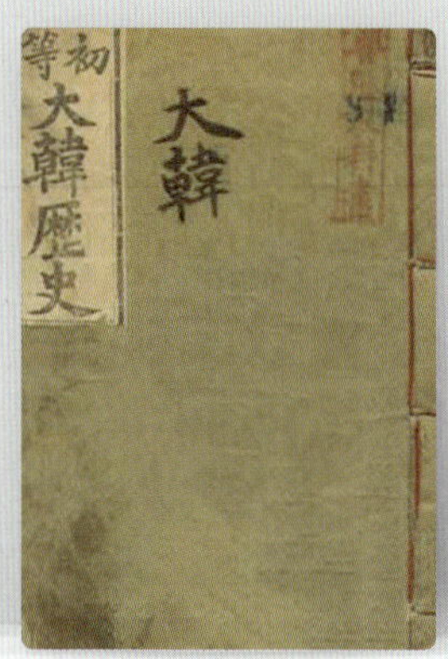

개화기(1890-1910)
『초등 대한 역사』

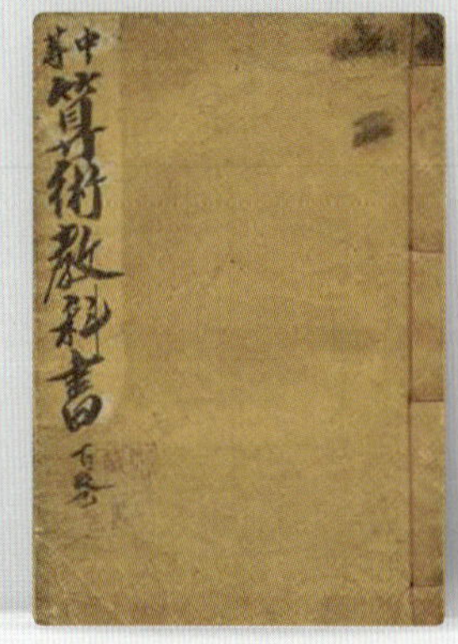

개화기(1890-1910)
『집중 산술 교과서』

일제강점기(1910-1945)
「신제 세계 지도」

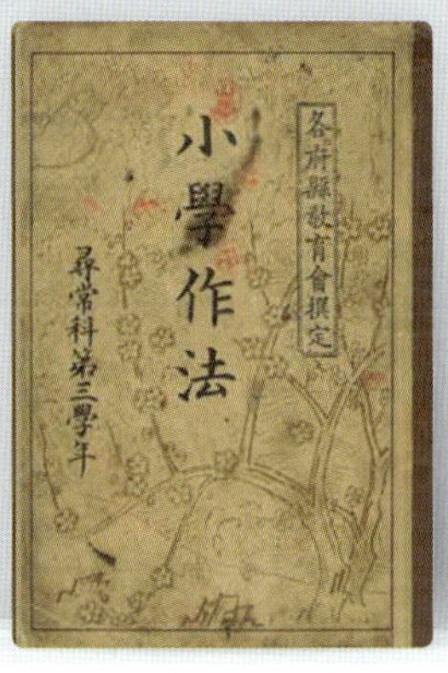

일제강점기(1910-1945)
「소학 작법」

일제강점기(1910-1945)
「초등 지도」

미군정기(1945-1955)
「과학 공부」

미군정기(1945-1955)
「초등 사회 생활과 우리 나라의 발달」

미군정기(1945-1955)
초등 「국어」

미군정기(1945-1955)
초등 「셈본」

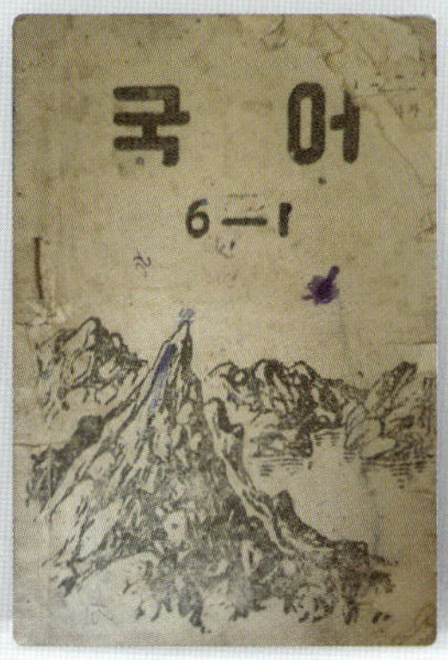

(1951)
초등 「국어」

(1951)
「전시부독본」

제1차 교육과정기(1955-1963)
『착한 생활』

제1차 교육과정기(1955-1963)
초등 『자연』

제1차 교육과정기(1955-1963)
초등 『도덕』

제1차 교육과정기(1955-1963)
『초등 도의』

제1차 교육과정기(1955-1963)
초등 『음악』

제1차 교육과정기(1955-1963)
초등 『보건』

제1차 교육과정기(1955-1963)
『중등 과학』

제1차 교육과정기(1955-1963)
고등 『요리 실습』

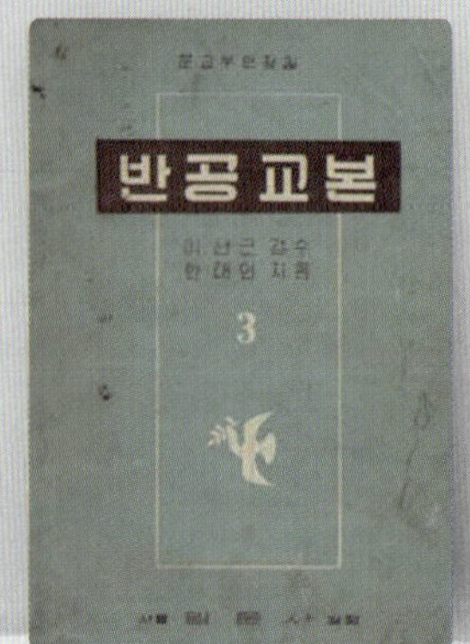

제1차 교육과정기(1955-1963)
『반공교본』

제2차 교육과정기(1963-1973)
『국민교육헌장』

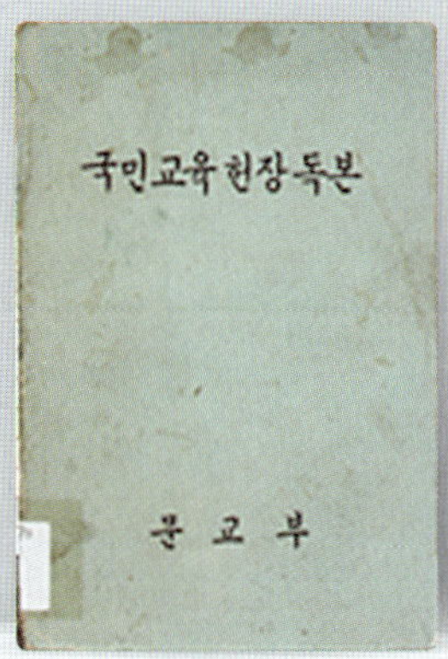

제2차 교육과정기(1963-1973)
『국민교육헌장독본』

제2차 교육과정기(1963-1973)
초등 『사회』

제2차 교육과정기(1963-1973)
고등 『국민 윤리』

제2차 교육과정기(1963-1973)
『일반 관리』

제2차 교육과정기(1963-1973)
『교련』

제2차 교육과정기(1963-1973)
초등 『글본』

제2차 교육과정기(1963-1973)
『중학 글본』

제2차 교육과정기(1963-1973)
중학 『과학』

제3차 교육과정기(1973-1981)
초등 『도덕』

제3차 교육과정기(1973-1981)
초등 『산수』

제3차 교육과정기(1973-1981)
초등 『국사』

제3차 교육과정기(1973-1981)
중학 『영어』

제3차 교육과정기(1973-1981)
고등 『정치·경제』

제3차 교육과정기(1973-1981)
고등 『일본어』

제4차 교육과정기(1981-1987)
초등 『즐거운 생활』

제4차 교육과정기(1981-1987)
초등 『바른 생활』

제4차 교육과정기(1981-1987)
초등 『음악』

제4차 교육과정기(1981-1987)
중학 『공업』

제4차 교육과정기(1981-1987)
중학 『농업』

제4차 교육과정기(1981-1987)
고등 『철학』

제5차 교육과정기(1987-1992)
초등 『우리들은1학년』

제5차 교육과정기(1987-1992)
초등 『바른 생활 이야기 』

제5차 교육과정기(1987-1992)
초등 『말하기·듣기』

제5차 교육과정기(1987-1992)
초등 『사회』

제5차 교육과정기(1987-1992)
중학 『수학』

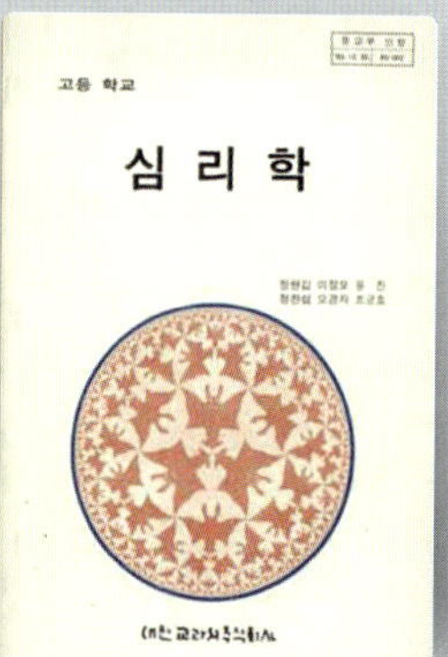

제5차 교육과정기(1987-1992)
고등 『심리학』

제6차 교육과정기(1992-1998)
초등『수학』

제6차 교육과정기(1992-1998)
초등『우리들은 1학년』

제6차 교육과정기(1992-1998)
중학『환경』

제6차 교육과정기(1992-1998)
고등『과학사』

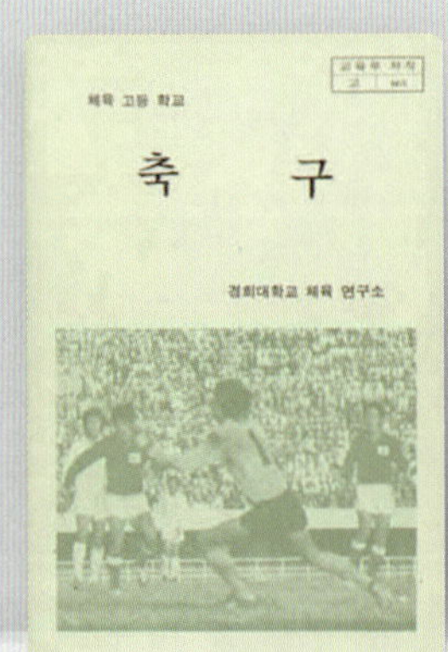

제6차 교육과정기(1992-1998)
고등『축구』

제7차 교육과정기(1988-)
초등『영어』

제7차 교육과정기(1988-)
중학『컴퓨터』

제7차 교육과정기(1988-)
중학『기술·가정』

제7차 교육과정기(1988-)
고등『한국 문양』

02. 100주년 기념행사 이모저모

100주년 기념식

100주년 행사 기념식 국민의례

100주년 기념 우수 기여자 포상

기념행사장 전경(우천)

100주년 기념 사진전

100주년 기념 사진전 관람(허일진 회장)

2023 농암 신임 총동창회장 김태희

농암 총동창회장 채동식

100주년 기념사업회 회장 허일진 인사

100주년 기념행사 케이크 커팅

100주년 축시낭송 김병해

100주년 사진전 관람 신현국 시장

100주년 기념 표지석

문청함 선생 묵락행사

축하 공연

100주년 기념 실내행사

03. 농암 백 년이 남긴 추억의 사진들

농암공립보통학교 봄소풍 1921년

농암국민학교 교가

농암국교 모표

청암중 전경

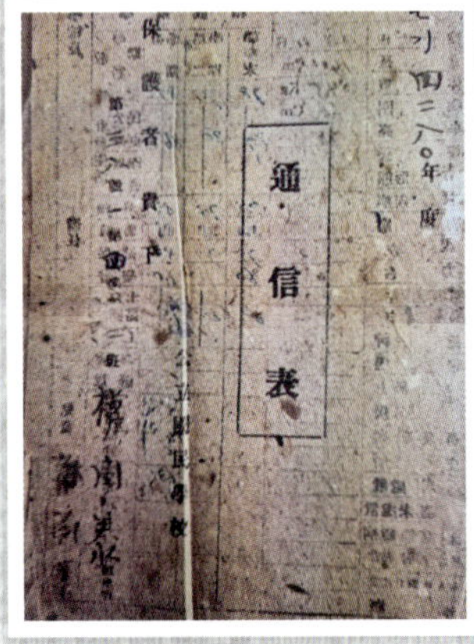

국민학교 통신표(1948)

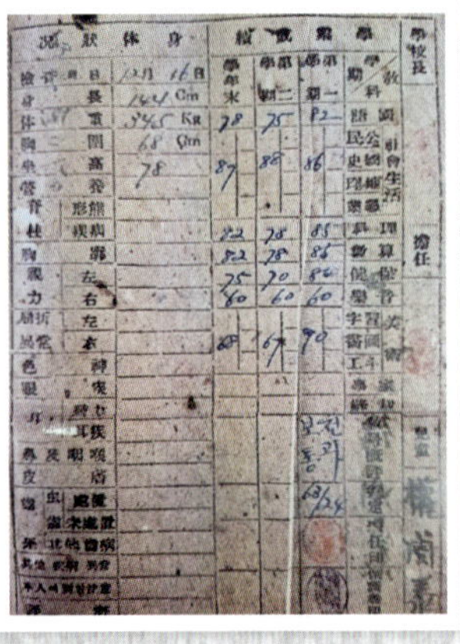

1964년 청암중 수업료(220원) 영수증

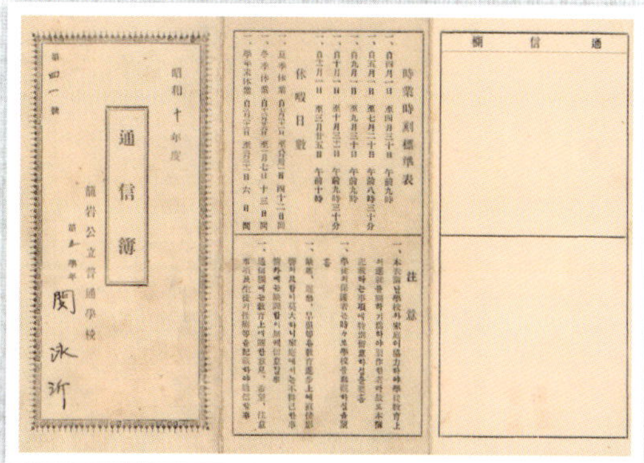

일제강점기 농암공립보통학교 통신부

농암면기-중간 직사각형이 농바우

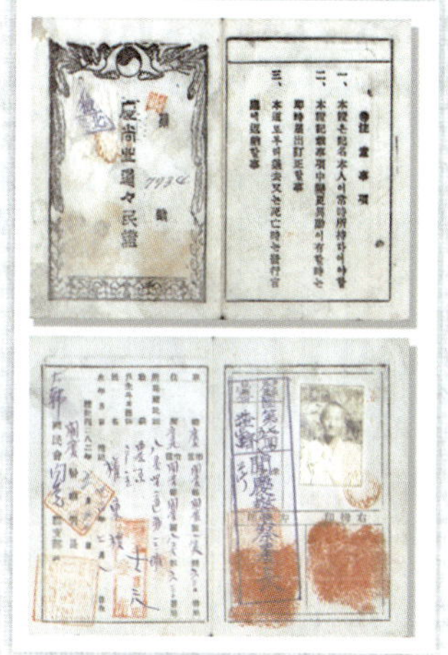

신분증-1949년 도민증

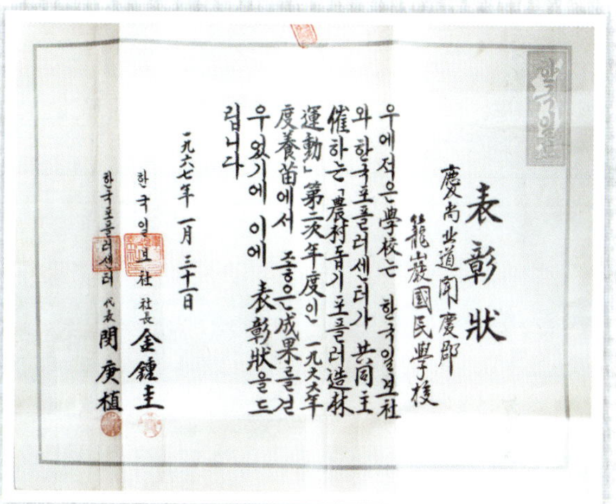

1967년 포플러 심기 우수학교 표창

한복 입은 여인

화전놀이(1963)

댕기 땋은 처녀

농암면 식수 기념(1954. 4. 6.) 성재산 앞

전후 가난한 가족사진

장례 행렬

빨래터에서 빨래하는 여인들

낙수바우 갱변에서 국수탕(1975년, 면민 축구우승 한우물팀 자축연)

학교와 조회 풍경(1959)

운동회

시상식

비석치기

등굣길 신작로

1회 봄소풍(1921, 개바우)

학예발표회(1967)

04. 기수별 졸업사진

01회, 21회

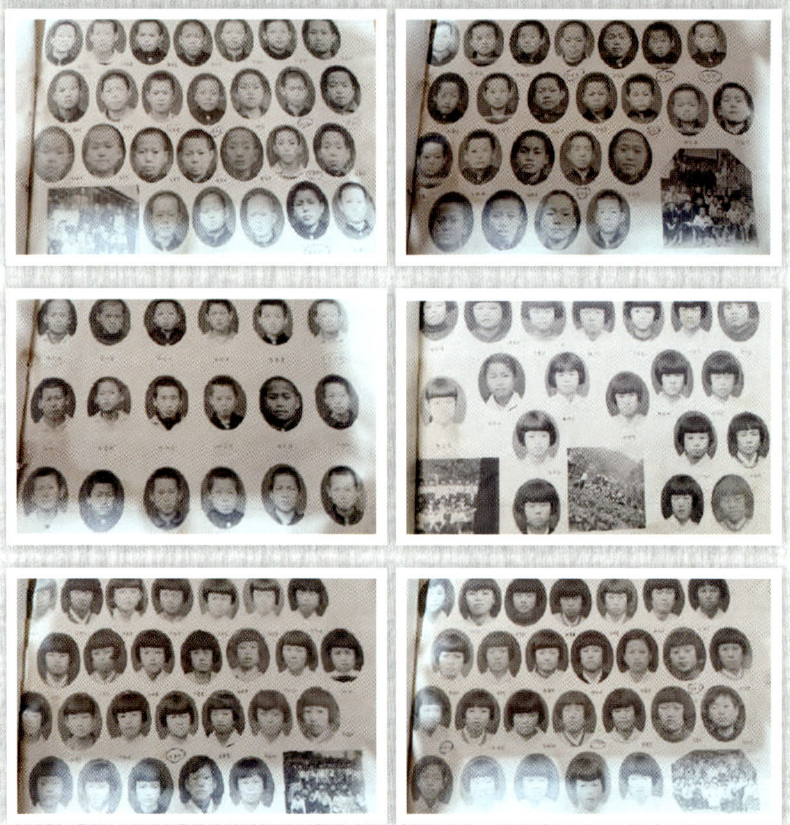

35회, 36회

37회, 38회

39회

40회

급 훈 씩씩하고
명랑하게

42회

43회

44회

45회

46회

47회

48회

49회

50회

51회

52회

53회, 54회

55회

56회

57회

58회

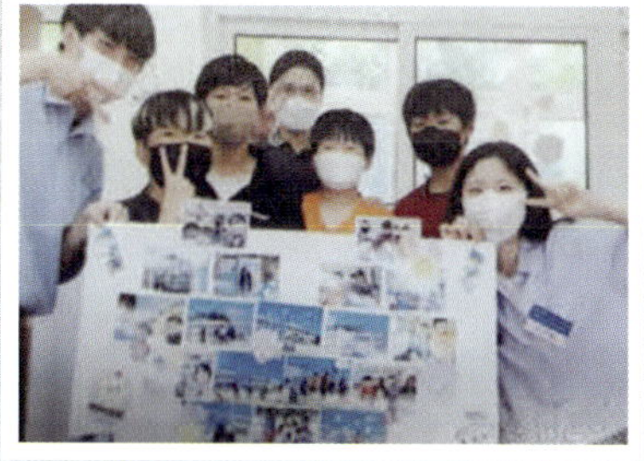

99회(100주년) 졸업생

교목-은행나무

교화-개나리

교표

05. 견훤 유적

농암 원경과 표석/천마산

초중고가 보이는 농암 풍경

학교 운동장의 우물

견훤의 초상

천마산, 성곽돌, 집수정

천마산의 요새

천마산의 성곽

천마산의 진지터

쪽금산(천마산) 보조성

쪽금산의 진지

  견훤이 쓴 농암천하지대본

견훤대왕신 골맥이(궁기리, 가항동, 천마산)

견훤 우물(약천, 더대 소재)

말바우

견훤궁기 마을

견훤 느티나무

전설의 범바우 개바우 사자바우 농바우

마고할미, 손녀마고통시바우

소원 들어주는 조항산 갓바우

손녀마고통시바우

마고바우 능선 만물상

농바우와 왕재

말무덤과 앞산과 칠봉산

손녀마고의 젖꼭지바우

마고능선의 가을

우복동천과 병천

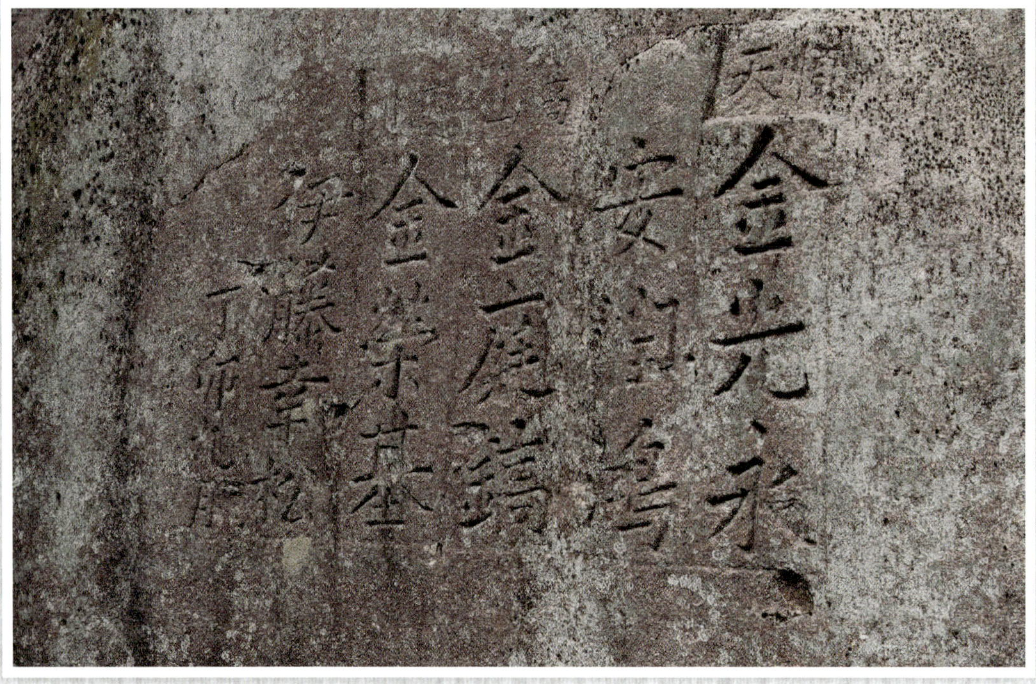

도덕동천

화산의 육소나무(천연기념물)

조항산과 도덕동천 계곡

마고할미능선

한우물 왜가리의 사랑짓

천마산과 연엽산

청화산 시루봉

도장산과 둔덕산 설봉

도장산 심원폭포

청화산 원적사와 말바우(학바우)

쌍용계곡 1

쌍용계곡 2

사우정의 봄

신문고 격쟁승소의 윤하정

06. 견훤의 후예들

박찬희는 미구엘 칸토, 구티
에스파다스 같은 맥시코
강타자들의 킬러였다.